Fryske

nia

Feverreich

Feverhof

Brannwin

Frozen Crowns
Ein Kuss aus Eis und Schnee

Es geht spannend weiter mit Frozen Crowns bei Planet!:

Frozen Crowns
Bd. 2: Eine Krone aus Erde
und Feuer
ISBN 978-3-522-50715-8
Erscheint am 24.06.2021

Für mehr Informationen über Asuka Lionera und Frozen Crowns
folgt der Autorin auf:
www.asuka-lionera.de
de-de.facebook.com/AsukaLionera
www.instagram.com/asuka.lionera/?hl=de

Mehr über unsere Bücher, Autoren und Illustratoren auf:
www.planet-verlag.de

ASUKA LIONERA

FROZEN CROWNS

EIN KUSS AUS
EIS UND SCHNEE

Prolog

Eine Faust landet krachend in meinem Gesicht und für einen Moment sehe ich Sterne.

»Konzentrier dich!«, donnert die Stimme unseres Ausbilders. »In einem echten Kampf wärst du jetzt tot.«

Ich schüttele den Kopf und reibe mir mit dem Handrücken über den Mund. Kein Blut. Zum Glück! Meine Mutter würde mich ausschimpfen, wenn ich einen Zahn verliere. Dann konzentriere ich mich wieder auf mein Gegenüber.

Ich habe das Pech, gegen den Prinzen kämpfen zu müssen. Jeder aus unserer Truppe fürchtet sich davor, dieses Los zu ziehen, doch einen trifft es immer. Heute bin ich der Unglücksrabe.

Dass es noch dazu schüttet wie aus Eimern und sich der Trainingsplatz in eine Schlammgrube verwandelt, trägt nicht dazu bei, meine Laune zu heben.

Dennoch gehe ich wieder in Position, ignoriere den kalten Wind, der über mein klatschnasses Hemd streicht und sich mir bis auf die Knochen zu fressen scheint.

Der Prinz ist fast einen Kopf größer als ich. Bis letztes Jahr zählte er zu den Kleinsten unserer Truppe, doch dann schoss er in die Höhe. Wir konnten praktisch dabei zusehen, wie er wuchs. Aber er legte nur an Größe zu, nicht an Muskeln. Mein Kreuz ist um einiges breiter als seines, und meine Arme sind kräftiger. Wenn ich es darauf anlegen würde, könnte ich ihm mit einem Hieb die Lichter auspusten.

Dummerweise darf ich das nicht.

Niemand kämpft ernsthaft gegen den Kronprinzen, wenn er an seinem Leben hängt.

Also stehe ich hier, halb erfroren im Regen, und lasse mich verprügeln.

Ich habe schon mehrmals versucht, unserem Ausbilder klarzumachen, dass ich ein Reiter in Ausbildung bin und kein Faustheld. Leider vertritt er die Meinung, dass wir uns auch ohne Waffe verteidigen müssen, wenn es hart auf hart kommt.

Schon als der Prinz ausholt, weiß ich genau, dass er diesmal auf meinen Bauch zielt. Ich hätte alle Zeit der Welt, ihm auszuweichen, doch ich spanne nur die Muskeln an.

Prinz Esmond verzieht den Mund und holt erneut aus. Ich hoffe, dass er nun wieder auf mein Gesicht zielt, damit ich so tun kann, als sei ich ohnmächtig, um diese verdammte Farce zu beenden.

Stattdessen legt er mir die Hand auf die Schulter, zieht mich näher und rammt mir das Knie zwischen die Beine.

Helle Punkte tanzen vor meinen Augen, als ich mit einem Keuchen zusammensacke. Meine Kameraden am Rande des Trainingsrings geben ein mitfühlendes Zischen von sich.

Mit Mühe hebe ich den Blick und starre in Esmonds siegessicheres Grinsen. Das lässt bei mir das Fass überlaufen. Ich springe ungeachtet der Schmerzen in meinem Unterleib auf die Füße, vergesse, wer da vor mir steht, und gehe auf ihn los. Verdattert reagiert Esmond zu spät. Ich durchbreche seine hastig gehobene Verteidigung und lande einen Treffer nach dem anderen.

Bereits nach dem vierten geht er zu Boden. Der Länge nach liegt er im Schlamm. Von oben schaue ich auf ihn herab.

»Du weißt genau, dass ich mich nicht gewehrt habe«, grolle ich. »Warum greifst du auf schmutzige Tricks zurück? Du hättest mich auch so besiegt.«

»Leander«, knurrt der Ausbilder warnend. »Du sprichst mit dem zukünftigen König.«

Ich verziehe den Mund. »Gnade den Feuerlanden, wenn der da König wird.«

Meine Kameraden schnappen nach Luft, doch niemand wagt es, mich zurechtzuweisen. Wir alle denken dasselbe. Esmond ist zu weich und zu gutgläubig, um ein guter König zu werden. Besonders in Zeiten wie diesen, in denen die Erdländer ständig über die Orte in den Grenzgebieten herfallen, plündern und morden und immer weiter vordringen. Wir brauchen einen starken König, einen Krieger. Einen Mann, dem die Soldaten in einen Kampf folgen, ohne an die Konsequenzen zu denken.

Doch der Junge vor mir wird niemals zu einem solchen Mann heranreifen, wenn er weiterhin mit Samthandschuhen angefasst wird.

Unser Ausbilder fasst sich als Erster, eilt mit großen Schritten zu mir und packt mich am Kragen. »Bist du von Sinnen, Junge?«

Ich befreie mich mit einem Ruck. »Es ist die Wahrheit. Ihr wisst es ebenso wie wir anderen. Aus ihm wird nie ein König werden, wenn wir uns Tag für Tag von ihm verprügeln lassen, ohne uns zu wehren.«

»Wenn der König davon erfährt ...«

»Nein«, murmelt Esmond und kommt ungelenk auf die Füße. Schlamm klebt ihm an Hose und Hemd. »Mein Vater wird nichts davon erfahren.«

»Aber ...«, setzt unser Ausbilder an.

Esmond schneidet ihm mit einer knappen Kopfbewegung

das Wort ab und macht einen Schritt auf mich zu. Verblüfft starre ich auf die Hand, die er mir hinhält.

»Du bist Leander, oder?«, fragt er, als ich zögernd seine Hand ergreife. Jede Sekunde rechne ich mit einer weiteren fiesen Finte. »Ich danke dir.«

»Wofür?«, frage ich.

»Dafür, dass du mich behandelst wie einen von euch.«

»Ich ... verstehe nicht.«

»Ich bin hier, um zu lernen«, sagt Esmond. »Am Feuerhof bin ich umgeben von Ja-Sagern und Günstlingen, die mir jeden Wunsch erfüllen. Keiner verweigert mir etwas. Aber umgeben von solchen Menschen kann ich mich nicht entwickeln. Deshalb wollte ich am Training der Knappen teilnehmen. Doch bisher ...« Er zuckt hilflos mit den Schultern. »... gehörte ich nicht dazu.«

Ich gebe mir Mühe, seine Erklärung zu verstehen. Ich selbst bin der Sohn eines Lords, der ein eher unbedeutendes, aber wunderschönes Fleckchen Land sein Eigen nennt. Von klein auf spielte ich mit den Kindern aus dem Dorf. Nie habe ich mich ausgegrenzt gefühlt. Deshalb fällt es mir schwer, mir Esmonds Leben vorzustellen. Ein Leben ohne Grenzen, in dem mir jeder Wunsch von den Augen abgelesen wird.

»Wenn du einer von uns sein willst, solltest du heute Abend mit nach Brannwin kommen«, sage ich, während ich seine Hand umklammert halte. »Nach einem feuchten Training wie heute brauchen wir etwas Warmes zu essen.«

Ein vorsichtiges Lächeln zeichnet sich auf Esmonds Lippen ab. »Ich würde euch gern begleiten. Tut mir leid, dass ich dich getreten habe.«

Ich winke ab. »Ich vergesse es, wenn du heute Abend mehr Bier trinken kannst als ich.«

»Die Wette gilt.«

Unser Ausbilder seufzt. »Ihr Burschen seid zu jung für Trinkspiele ...«

✳

Seitdem gehört Esmond zu uns. Wir hörten auf, in ihm den Prinzen zu sehen. Er war ein dreizehn-, fast vierzehnjähriger Bursche wie der Rest von uns, der die Ausbildung zum Knappen durchlief, um später ein Ritter zu werden.

Mit jedem Tag wurde unsere Freundschaft tiefer. Wir wussten, was der andere dachte, wenn wir uns ansahen, und wurden zu einem unaufhaltsamen Gespann im Trainingskampf. Ich hielt mich nie mit der Wahrheit zurück und Esmond dankte es mir.

Als sein Vater überraschend starb und er in jungen Jahren bereits die Krone erbte, ernannte er mich und die anderen Knappen zu seinen engsten Beratern.

Als die Jahre vergingen, zogen sich die meisten meiner Freunde zurück, um zu heiraten und sich um ihr Gut zu kümmern. Wir sahen uns nur noch zu besonderen Anlässen, zu denen ich ihren gut gemeinten Spott über mich ergehen lassen musste.

»Leander!«, begrüßt mich Baldwin, als sich unsere Truppe anlässlich des fünfjährigen Krönungsjubiläums am Feuerhof trifft. Wie üblich haut er mir so kräftig auf den Rücken, dass ich unweigerlich einen Schritt nach vorn mache. »Treibst du dich immer noch hier am Hof herum?«

Ich spüre, wie mein aufgesetztes Lächeln ins Wanken gerät. Schnell greife ich nach meinem Krug und bleibe ihm eine Antwort schuldig. Die Gerüchte müssen sich bis zu ihm verbreitet haben.

»Du kennst doch Leander«, sagt Anselm, der sich zu uns gesellt. »Ein Pferdenarr durch und durch. Eine Frau, die seine Aufmerksamkeit erregen soll, muss auf einem weißen Gaul daherkommen.«

»Hmm«, brummt Baldwin. »Da könnte was dran sein.«

Ich stürze das Bier hinunter. »Sucht euch jemand anderen, den ihr piesacken könnt«, murre ich. »Der Saal ist voll. Warum bin jedes Mal ich euer Opfer?«

»Weil du uns die beste Vorlage lieferst«, sagt Anselm grinsend.

Er hat über die Jahre ein paar Kilo zugelegt. Ich habe gehört, dass seine Frau eine hervorragende Köchin sein soll. Nicht, dass ich ihn je besucht hätte. Trotzdem ruft mir sein schelmisches Grinsen immer wieder die Probleme in Erinnerung, die wir seinetwegen hatten. Die Mädchen, die ihm in Scharen hinterhergelaufen waren und vor denen wir ihn verstecken mussten. Es war eine unbeschwerte Zeit, als wir noch alle zusammen waren.

Nun haben sie alle ein eigenes Leben – bis auf mich.

»Irgendjemand muss auf den König aufpassen«, murre ich in meinen Krug. »Und da ihr nicht mehr da seid, ist diese Aufgabe mir zugefallen.«

Indem ich an ihr schlechtes Gewissen appelliere, entgehe ich weiterem Spott auf meine Kosten und kann den restlichen Abend irgendwie überstehen.

»Hast du es schon gesehen?«, fragt Anselm in verschwörerischem Tonfall. Auf meinen zweifelsohne fragenden Blick hin fügt er hinzu: »Das Gemälde seiner Verlobten.«

Ich schüttele den Kopf. »Esmond hat es niemandem gezeigt, nicht einmal mir.«

»Finde nur ich das seltsam?«, will Baldwin wissen.

Insgeheim stimme ich ihm zu, halte mich jedoch mit meiner Meinung zurück. Ich bin Esmonds letzter Freund hier bei Hofe. Dank ihm habe ich eine Aufgabe. Dieses Privileg werde ich nicht leichtfertig aufgeben wie meine einstigen Kameraden.

KAPITEL 1

LEANDER

Etwa drei Jahre später ...

Der Boden ist glitschig, aufgeweicht von all dem Blut. Ein falscher Schritt und ich versinke in dem tückischen Schlamm und den Tiefen des Erdreichs, aus denen es kein Entkommen gibt. Ein langsamer Tod ohne Ehre.

Ich habe aufgehört zu zählen, in wie vielen Schlachten ich bereits gekämpft habe. Manchmal reihte sich eine an die andere, manchmal lagen mehrere Monate dazwischen, in denen ich jedoch keine Ruhe fand und die Tage konturlos ineinander übergingen.

Die Menschen sagen mir, ich solle froh sein, wenn ich nicht in den Krieg muss, und das Leben genießen. Doch wie soll das gehen, wenn sich jeder meiner Atemzüge wie ein großer Fehler anfühlt? Wenn ich mich für jeden einzelnen schuldig fühle?

Vielleicht finde ich dieses Mal den Frieden, nach dem ich seit Jahren suche. Ein ruhmreicher Tod im Kampf – das ist es, wonach ich mich sehne.

Das Schwert in meiner Hand bildet eine Einheit mit dem Rest meines Körpers. Ich gebiete über die tödliche Waffe, als sei sie ein Teil von mir. Hinter mir höre ich das Donnern unzähliger Hufe, doch ich reite an der Spitze – wie immer. Meine treue Stute Elora gehorcht meinen Anweisungen blind und prescht ohne zu zögern voran. Nicht wenige Erdländer finden sich unter ihren Hufen wieder. Die restlichen machen mit meinem Schwert Bekanntschaft.

Seit vielen Jahrzehnten kämpfen wir Feuerländer gegen das Erdreich. Nicht einmal die Ältesten können sich an den Grund für die Feindseligkeiten erinnern. Es geht immer weiter. Keine Verhandlungen, keine Übereinkünfte, keine Friedensangebote. Keine Seite gibt klein bei. Ganz gleich, wie herausragend unsere Siege sind, die Erdländer rappeln sich jedes Mal wieder auf. Auch jetzt ist der Tross, den sie uns entgegenschicken, lachhaft klein.

»Kommandant!«, brüllt einer meiner Männer über den Kampflärm hinweg.

Ich ziehe mein Schwert aus dem letzten Gegner, der so dumm war, sich mir zu stellen, und drehe mich in die Richtung, aus der die Stimme kam. Wild gestikulierend zeigt der Soldat auf den Hügelkamm in unserem Rücken. Für einen Moment gefriert mir das Blut in den Adern. Dieser mickrige Trupp war nur eine Ablenkung! Hinter uns erwartet uns die richtige Streitkraft.

»Sammeln!«, brülle ich, so laut ich kann.

Die Reiter in meiner Nähe geben den Befehl in Windeseile weiter. Meine Männer sind gut geschult und reagieren sofort. Wir bilden mit unseren Schlachtrössern eine neue Angriffslinie und nehmen die Fußsoldaten schützend hinter uns. Elora scharrt aufgeregt mit den Hufen, während der Hengst neben mir auf der Stelle tänzelt.

Die feindlichen Männer am Hügelkamm stoßen ihre harten Kriegsschreie aus, wagen sich jedoch nicht in unsere Nähe. Ich weiß genau, was sie vorhaben.

»Sobald sie den Kamm herunterkommen«, knurre ich,

»treiben wir diese Bastarde dorthin zurück, wo sie hingehören.«

Die Soldaten zu meiner Seite nicken grimmig. Wir alle
wissen, dass das Erdreich böse Überraschungen bereithalten
kann. Mehrmals musste ich dabei zusehen, wie gute Männer
und ihre Pferde im weichen Treibsand oder Felsspalten ver-
schwanden und nie wieder auftauchten.

»Bogenschützen!«, befehle ich. »Feuer!«

Zielsicher treffen unsere Pfeile ins Schwarze. Einige Erdländer rollen in Panik den Hügelkamm hinab – und werden
prompt von der weichen Erde verschluckt.

»Idioten«, grollt der Reiter neben mir. »Dachten sie, dass
wir auf diesen uralten Trick hereinfallen?«

Die Unebenheiten und versteckten Fallen des Erdreichs
sind die einzigen Gründe, warum wir dieses verdammte Land
nicht einfach überrennen und unterwerfen. Wir haben es in
der Vergangenheit oft genug versucht und teuer dafür bezahlt.
Seitdem haben wir keine andere Wahl als uns den Kämpfen
zu stellen, wo wir festen Boden unter den Füßen haben.

Mehr und mehr Erdländer kommen nun den Hügelkamm
herunter, während sie gewisse Zonen umgehen.

»Angriff!«, brülle ich, nachdem unser Gegner am Fuße des
Kamms angelangt ist.

In einer Linie preschen die Reiter meiner Kavallerie-Ein-
heit nach vorn, doch ich muss neidlos anerkennen, dass sich
die Erdländer wacker gegen uns behaupten. Anstatt ihr Heil
in der Flucht zu suchen, stellen sie sich uns entgegen, atta-
ckieren unsere Pferde und bringen so einige meiner Männer
zu Fall. Andere zerren sie aus dem Sattel.

Ich weiß nicht, wie viele von ihnen ich niedermache. Zehn?
Zwanzig? Fünfzig? Zu viele, als dass ich mir ihre Gesich-

ter merken könnte. Sie verschwimmen ineinander und ich reagiere nur noch. Ohne Unterlass stoße und schwinge ich mein Schwert in feindliche Leiber und lenke Elora über gestrauchelte Erdländer.

Die Sonne geht bereits unter, als ich mein Schwert aus dem Körper des letzten Feindes herausziehe. Meine Kleidung starrt vor Schlamm und Blut und auch Elora ist bis zum Bauch dreckbesudelt. Ich schaffe es kaum, die Waffe in die Scheide zu stecken. Meine Bewegungen sind fahrig, mein Arm schlaff, und ich kann mich kaum noch im Sattel halten.

In das Siegesgeschrei meiner Männer falle ich nicht ein.

Ich schaue nur der Sonne zu, wie sie hinter dem Hügelkamm verschwindet.

Ein weiterer Tag, den ich überlebt habe.

Eine weitere Nacht, die ich irgendwie überstehen werde.

Ich lebe und atme, weil der Tod mich erneut verschont hat.

Doch im Gegensatz zu meinen Männern bin ich nicht froh darüber.

Ich lasse sie feiern und ziehe mich zurück, um mich und mein Pferd zu waschen.

»Wie viele Schlachten müssen wir noch schlagen, bevor es vorbei ist?«, murmele ich Elora zu.

Wir haben gewonnen. Ich kann meinem König und besten Freund die Nachricht eines weiteren, herausragenden Sieges überbringen, doch ich verspüre keine Freude, sondern nur Leere. Kein Sieg, kein guter Kampf vermochte diese Leere bisher zu füllen. Egal, wie viele Erdländer ich töte, mein Rachedurst verlangt nach immer weiteren.

Vielleicht habe ich Glück und treffe in der nächsten Schlacht auf einen ebenbürtigen Gegner, der mich von meinem Elend erlöst.

»Kommandant Leander«, sagt jemand hinter mir.

In einer fließenden Bewegung ziehe ich mein Schwert und halte es dem Ankömmling an die Kehle. Der Soldat – ein junger Mann, der nicht älter als sechzehn sein kann – starrt mich aus schreckgeweiteten Augen an.

»B-Bitte vergebt mir«, stammelt er. »Ich w-wollte nicht ...«

Ich stoße den Atem aus und stecke das Schwert weg. »Was ist?«

Er beäugt mich aus sicherer Entfernung. »Wir ... haben Spuren gefunden.«

»Spuren?«

Er nickt. »Erdländer zu Pferd. Sie ... haben die Grenze passiert.«

Ich stoße einen Fluch aus und wende mich ab. Mit einer Hand tätschele ich Eloras Hals, während ich murmele: »Tut mir leid, mein Mädchen, aber wir werden heute Nacht keinen Schlaf finden.«

KAPITEL 2

DAVINA

Lauf! Lauf weiter!

Mit jedem Schlag hämmert mir das Herz schmerzhafter gegen die Rippen, sodass ich mich vor dem nächsten fürchte. Doch noch mehr fürchte ich mich vor dem, was mich erwartet, wenn sie mich kriegen ...

Das Schnauben ihrer Pferde kommt immer näher und die rauen Befehle der Reiter klingeln mir in den Ohren.

Ich zwinge mich vorwärts, ignoriere die Schreie meines Körpers nach einer Pause und renne weiter. Tiefer und tiefer dringe ich in den unbekannten, dicht bewachsenen Wald vor in der Hoffnung, meine Verfolger im Unterholz abschütteln zu können.

Zweige zersplittern unter den donnernden Hufschlägen eines Pferdes ganz in meiner Nähe. Mein Herz setzt für einen Schlag aus, nur um anschließend in halsbrecherischer Geschwindigkeit weiterzuhasten. Beinahe meine ich, den heißen Atem des Gauls bereits im Nacken zu spüren.

Ich wage nicht, mich umzudrehen und nachzuschauen, wie nah mir meine Verfolger tatsächlich bereits gekommen sind. Ich weiß nicht, wie viele es sind, doch ich höre ihre Befehle, die sie sich in regelmäßigen Abständen zubellen. Die Sprache des Erdvolkes klingt hart und stumpf und passt perfekt zu diesen niederen Geschöpfen.

Etwas packt mich an den Haaren. Im ersten Moment hoffe

ich, dass ich mich nur in einem Zweig verfangen habe, doch dann werde ich zurückgerissen. Panisch schreie ich auf – vor Schmerzen und Angst gleichermaßen. Mit dem Rücken krache ich gegen einen Baumstamm, so fest, dass ich befürchte, mir das Rückgrat zu brechen. Sofort wird mir sämtliche, dringend benötigte Luft aus den Lungen gepresst.

Dunkle Punkte blitzen vor meinen Augen auf und ich sacke zusammen. Aber ich darf nicht aufgeben … Wenn ich nicht weiterrenne, werden sie mich kriegen … Benommen versuche ich, wieder auf die Füße zu kommen, scheitere jedoch kläglich. Die Erde unter meinen Füßen ist ungewohnt weich und meine Muskeln protestieren bei jeder noch so kleinen Bewegung.

»Du dachtest wohl, du könntest uns entkommen«, tönt eine tiefe Männerstimme direkt vor mir. Ich höre den schweren Akzent des Erdvolkes, doch ich habe Mühe, den Blick auf ihn zu fokussieren. Alles ist verschwommen und unklar, als würde ich versuchen, durch eine dicke Eisschicht auf den Grund eines Sees zu schauen. »Niemand entkommt uns. Sag uns, wo sie ist! Und vielleicht verschonen wir dein Leben, Mädchen.«

Ich hebe den Kopf. Selbst diese Bewegung jagt unzählige Schmerzwellen durch mich hindurch, doch ich beiße die Zähne zusammen, damit mir kein Laut entweicht.

Mein Gegenüber sitzt auf einem riesigen, kohlschwarzen Kriegsstreitross, das nervös mit den klobigen Hufen scharrt. Der Mann selbst wirkt indes nicht halb so beeindruckend wie sein Pferd. Wie üblich für das Erdvolk, ist auch er von gedrungener Statur. Seine Füße erreichen kaum die Steigbügel, und es würde mich nicht wundern, wenn er eine Leiter braucht, um überhaupt in den Sattel zu gelangen.

Mein Blick huscht zur Seite. Nur noch ein weiterer Krieger, ebenfalls zu Pferd. Wo sind die anderen? Es waren doch fünf, wenn mich nicht alles täuscht.

Fünf Krieger haben ausgereicht, um einen nach dem anderen abzuschlachten.

Wir fühlten uns sicher, schließlich hatten wir die Hauptstadt nach über zwei Wochen unserer Reise so gut wie erreicht. Es sollte ein freudiger Tag werden, sobald wir dort ankämen. Nicht für mich, aber für andere. Und ich hätte mich für sie gefreut und ihnen zuliebe gelächelt.

Doch nun ist keiner mehr übrig, für den ich lächeln muss.

Der Krieger drückt die Fersen in die Flanken seines Pferdes, sodass es einen stampfenden Schritt nach vorn macht. Hastig ziehe ich die Beine ein und schlinge die Arme darum, um nicht unter die zermalmenden Hufe zu geraten.

»Ich frage dich noch ein einziges Mal«, knurrt er, wobei sein Akzent nur noch deutlicher zum Vorschein kommt. »Wo ist die Prinzessin?«

Ich stoße ein höhnisches Schnauben aus. »Ihr wollt die Prinzessin und vergeudet eure Zeit mit *mir*? Woher soll ich wissen, wo sie ist? Ich habe sie zuletzt gesehen, als ihr uns überfallen habt.«

Ein winziger Funken Erleichterung mischt sich unter die Panik, die in mir tobt. Sie muss entkommen sein. Hoffentlich sind die übrigen Angreifer ihr nicht auf den Fersen …

Als der Angreifer das Pferd noch näher an mich herantreten lässt, rappele ich mich auf die Füße und presse den Rücken gegen den Stamm. Der Blick, mit dem er mich bedenkt und von oben bis unten mustert, verursacht mir Übelkeit. Ich schlucke hektisch, um die aufsteigende Magensäure wieder dorthin zu befördern, wo sie hingehört.

»Unser König wird nicht erfreut sein, wenn wir ihm nicht wie befohlen die Prinzessin bringen«, murmelt der Krieger scheinbar in Gedanken, während sein Blick zu lange auf meinem Gesicht verweilt.

Ich recke das Kinn. »Ihr habt keinen König! Nur einen Emporkömmling, der Herrscher spielt.«

Er zieht eine buschige Augenbraue nach oben. »Gefährliche Worte für solch ein hübsches Ding wie dich.«

»Ich habe keine Angst vor dir.« Ich lege so viel Kraft wie möglich in diese Lüge.

»Ach nein?« Sein Lächeln verursacht mir eine Gänsehaut. »Das solltest du aber. Unser König wird nicht erfreut sein, aber … ich denke, ich kann ihn besänftigen, wenn ich ihm stattdessen eine schöne Dienerin aus dem Reich der Kälte bringe. Nur deine Zunge werden wir dir vorher rausschneiden müssen, da du sie offensichtlich nicht im Zaum halten kannst.«

Äußerlich gebe ich vor, dass mir seine unverhohlenen Drohungen nichts anhaben können. Innerlich winde ich mich jedoch vor Angst. Ich brauche nicht viel Fantasie, um mir vorzustellen, was mit mir geschehen wird, sobald ich als Sklavin des Erdvolkes ende.

Ich werfe dem Krieger direkt vor mir und dem zweiten im Hintergrund einen durchdringenden Blick zu. »Wagt es nicht, mich anzurühren, sonst …«

»Sonst was?«, höhnt der Krieger. »Wenn du eine der Magierinnen wärst, hättest du uns schon längst zu Eis erstarren lassen. Nein, du bist nichts weiter als eine gewöhnliche Dienerin. Und ab heute wirst du *uns* dienen.«

Bevor ich ein gezischtes »Niemals!« ausstoßen kann, vernehme ich erneut das Donnern von Pferdehufen. Mir gefriert augenblicklich das Blut in den Adern. Sie müssen sie gefunden haben ... Und nun schließen sie zu ihren Kameraden auf. Einem von ihnen hätte ich entkommen können. Zwei vielleicht mit dem Beistand der Göttin auch. Aber drei oder noch mehr? Ausgeschlossen!

Hektisch schaue ich nach links und rechts auf der Suche nach einem Ausweg. Aber wohin ich auch sehe, ich bin umgeben von Wald in einem fremden Land.

Pferd und Reiter nähern sich. *Nur einer,* schießt es mir durch den Kopf. Und ich erkenne keine Frau bei ihm. Haben sie sie also doch nicht gefunden? Oder ist sie vielleicht ...?

Der Reiter wird nicht langsamer, auch nicht, nachdem er uns gesehen haben muss. Stattdessen zieht er in einer fließenden Bewegung sein Schwert. Ich halte die Luft an. Diese Reaktion verleitet den Angreifer direkt vor mir, sich ebenfalls zu dem Neuankömmling umzudrehen. Er erstarrt einen Augenblick, dann brüllt er seinem Kumpanen etwas zu, was ich nicht verstehe.

Für den zweiten Krieger des Erdvolkes kommt die Warnung jedoch zu spät. Mit einem sauberen Hieb trennt er dem Angreifer den Kopf von den Schultern. Ich kneife die Augen zusammen. Ein Teil von mir ist dankbar, dass der Krieger nicht mehr schreien kann. Ich habe heute bereits zu viele Todesschreie gehört ...

Als ich grob am Arm gepackt werde, reiße ich die Augen wieder auf. Der andere Angreifer ist aus dem Sattel geglitten und hält mir nun eine Klinge an den Hals, während er einen Arm so um mich geschlungen hat, dass er die Hand über meinen Mund legen kann. Seine Nähe und der Geruch nach feuchter, modriger Erde und Schweiß, den er verströmt, lassen mich fast würgen.

»Keinen Schritt näher!«, schreit er dem Ankömmling zu. »Oder die Kleine atmet gleich durch ein Loch im Hals!«

Am liebsten hätte ich laut gelacht. Als ob das den anderen Mann von irgendetwas abhalten würde! Schließlich habe ich ihn noch nie in meinem Leben gesehen. Er wird sich nicht dafür interessieren, ob ich …

Zu meiner Verwunderung gleitet der Mann galant aus dem Sattel und legt das blutverschmierte Schwert auf den Boden, um sich anschließend mit erhobenen Händen zwei Schritte zu entfernen.

»Wie du siehst, bin ich unbewaffnet«, sagt er. Seine Stimme klingt gleichzeitig weich und rau. »Lass die Kleine gehen.«

Der Krieger stößt einen Grunzlaut aus. »Vergiss es! Sie wird mich begleiten. Jetzt geh wieder dahin zurück, wo du hergekommen bist!«

Der andere Mann seufzt. »Ich befürchte, das wird nicht möglich sein.«

Ich winde mich in der Umklammerung, halte jedoch sofort still, als er die Klinge fester gegen meinen Hals presst und die dünne Haut anritzt.

»Hör auf, dich zu zieren, Mädchen!«, raunt er mir ins Ohr. Ein eisiger Schauer rauscht durch mich hindurch. »Es wird dir bei uns gefallen, versprochen.«

Ganz bestimmt nicht!, denke ich und rucke abrupt den Kopf nach hinten. Dadurch rutscht seine Hand ein Stück nach unten und ich versenke die Zähne in seiner Haut. Ein widerlicher Geschmack nach Dreck und Schweiß flutet meinen Mund, doch ich beiße noch fester zu, bis er aufjault und die Umklammerung löst.

Ich spüre einen Luftzug an der Stirn, gefolgt von einem erstickten Laut. Einen Herzschlag später sackt der Krieger des Erdvolkes in sich zusammen.

Als ich mich zu ihm umwenden will, ist der andere Mann bereits bei mir und breitet seinen dunkelroten Umhang um mich aus.

»Nicht hinsehen«, murmelt er, als er mich vorsichtig an sich zieht.

Ich zittere am ganzen Körper und lehne mich dankbar an ihn, auch wenn eine nervige Stimme mich dafür eine Närrin schimpft. Immerhin weiß ich nicht, ob er nicht auch einer von denen ist ... Er könnte mich auch ...

Als er sanft einen Arm um meinen Rücken legt, schließe ich die Augen und gebe mich der lockenden Wärme hin, die sein Körper verströmt. *Nur für einen Moment*, sage ich mir. *Nur um wieder neue Kraft schöpfen zu können.*

Erst jetzt, wo ich für einen Augenblick zur Ruhe komme, spüre ich, wie erledigt ich bin. Meine Muskeln schmerzen von der Flucht. Die Schnitte an den Armen und Beinen, die ich mir im dichten Unterholz eingefangen habe, pochen. Mein Rücken schmerzt so sehr, dass ich nicht aufrecht stehen kann.

Ich sinke etwas mehr gegen meinen Retter. Das ist er doch, oder? Er hat mich gerettet. Aber ... warum?

»Alles in Ordnung?«, fragt er nach einer Weile besorgt.

Langsam hebe ich den Kopf und zwinge meine Augen dazu, sich wieder zu öffnen. Er ist groß. Das ist das Erste, was mir nun, da die Anspannung aus mir weicht, auffällt. Ich reiche ihm gerade mal bis zum Kinn. Mein Blick gleitet über den markanten Kiefer hinweg weiter nach oben. Er hat den Mund leicht zusammengepresst, als ärgere er sich über etwas. Eine gerade Nase, eine Spur zu breit vielleicht. Schließlich bleibe ich an seinen Augen hängen.

Eine solche Farbe habe ich noch nie gesehen.

In Fryske, dem Land, aus dem ich stamme, haben alle Bewohner eine helle Augenfarbe. Blau, so wie ich, aber auch ein helles Grün oder ein kräftiges Türkis. Eine Farbe – klar, begrenzt und genauso kühl wie unsere Heimat.

Die Augen des Mannes vor mir sind eine Vielzahl aus Farben und Schattierungen, dass ich sie unmöglich alle benennen kann. Ein warmes Braun herrscht vor, wird jedoch von Sprenkeln aus Gold und Grün unterbrochen. Zur Pupille hin wird die Iris heller, bis sie beinahe golden wirkt.

Er zieht die Brauen zusammen, während ich ihn unverhohlen anstarre. Widerstrebend reiße ich mich vom Anblick seiner Augen los. Sein Haar ist dunkel. Ich bin nicht sicher, ob es ein dunkles Braun oder doch schwarz ist. An den Seiten ist es kürzer und einzelne Strähnen hängen ihm in die Stirn.

»Bist du in Ordnung?«, wiederholt er seine Frage von vorhin.

»Ich … denke schon«, krächze ich. Meine Zunge kommt nur zögerlich meinen Befehlen nach. »Hast du … vielleicht etwas zu trinken?«

Sichtlich verwundert über meine Frage, lässt er mich los und geht hinüber zu seinem Pferd. Während er in der Satteltasche nach etwas zu trinken sucht, werfe ich einen Blick über die Schulter. Hinter mir liegt der Mann aus dem Erdreich. Mit einem Dolch mitten zwischen den Augen. Seltsamerweise berührt mich sein Tod nicht im Mindesten.

Eine Feldflasche erscheint in meinem Blickfeld. »Du solltest nicht hinsehen«, tadelt mich mein Retter.

Ich zucke mit den Schultern und öffne die Flasche. »Er ist nicht der erste Tote, den ich heute sehe«, murmele ich. Nachdem ich einen Schluck getrunken habe, verziehe ich den Mund. »Hast du auch etwas … Stärkeres als Wasser?«

Der Fremde reißt überrascht die Augen auf.

»Ich ... nun, weißt du ... Der Geschmack seiner Hand verschwindet ansonsten nicht«, beeile ich mich zu erklären.

Tatsächlich klebt mir der widerliche Geschmack von Dreck noch immer am Gaumen, vermischt mit dem metallischen von Blut.

Aus der Tasche an seinem Gürtel zaubert der Fremde eine kleinere, flache Flasche hervor und reicht sie mir nach kurzem Zögern. »Aber nur einen Schluck«, mahnt er. »Ist ziemlich stark.«

Ich nicke und stürze das bittere Gebräu hinunter. Keine Ahnung, was es ist. Es brennt im Hals und entzündet ein Feuer in meinem Bauch. Außerdem vertreibt es den widerlichen Geschmack aus meinem Mund. Ich verziehe nur ein wenig das Gesicht, als ich dem Fremden die Flasche zurückreiche.

Unschlüssig mustern wir uns eine Weile. Wenn er mir etwas hätte antun wollen, hätte er mittlerweile genügend Gelegenheiten dazu gehabt. Dennoch bin ich auf der Hut. Eine Frage lastet trotzdem auf mir – nun, da ich nicht mehr verfolgt werde. Ich wünschte, ich könnte die Gedanken daran verdrängen, aber ich muss es wissen.

»Bist du ... noch anderen begegnet, bevor du hierher kamst?«, frage ich.

»Anderen aus Fryske?«, hakt er nach. Ich nicke. »Nein. Ich habe den Trupp des Erdvolkes verfolgt und bin zufällig auf dich getroffen.« Er sieht sich um. Sein Blick huscht von dem Mann hinter mir zu dem anderen ein Stück entfernt. Die Pferde sind mittlerweile verschwunden, ohne dass ich es bemerkt habe.

»Es waren fünf«, werfe ich ein.

»Sieben«, präzisiert er. »Zwei habe ich schon erwischt, als

sie gerade über die Grenze kamen. Aber die restlichen sind mir entkommen.«

Sein Blick kehrt zu mir zurück und mustert mich von Kopf bis Fuß. Im Gegensatz zu dem Krieger aus dem Erdreich ist mir sein Blick nicht unangenehm. Es liegt kein begehrliches Glimmen darin, sondern er scheint nur aus meinem Aufzug schlau werden zu wollen. Ich weiß, auch ohne dass er es aussprechen muss, dass es ungewöhnlich ist, eine junge Frau in Reithosen und einem in den Hosenbund gesteckten Hemd anzutreffen. Und noch dazu ohne Schuhe.

»Was machst du hier draußen?«, fragt er schließlich. »Der nächste Ort ist mehrere Tage und die Hauptstadt sogar fast eine Woche entfernt. Zu Fuß ...« Sein Blick huscht wieder zu meinen verschmutzten und bloßen Füßen. »... könnten es auch zwei Wochen werden.«

Innerlich winde ich mich vor Scham. Die Stiefel, die ich mitgenommen hatte, haben mir nicht gepasst. Sie waren viel zu groß, weshalb ich mich dazu entschlossen habe, lieber barfuß zu reisen. Da ich die meiste Zeit eh auf einem Pferd saß, machte mir das nichts aus.

»Ich war ... mit einer Eskorte unterwegs«, erkläre ich. »Wir wurden überfallen.«

Wieder zieht er die Brauen zusammen, sodass eine steile Falte dazwischen erscheint. »Eine Eskorte? Aus Fryske?« Er verzieht den Mund. »Sag mir bitte nicht, dass ...«

Ich nicke. »Ich gehöre zum Gefolge der Prinzessin.«

Stöhnend reibt er sich mit beiden Händen übers Gesicht. »Prinzessin Eira sollte erst nächsten Monat kommen und einen völlig anderen Weg nehmen! Was, um alles in der Welt, hat euch dazu bewogen, so nah an der Grenze zum Erdreich zu reisen?«

Ich zucke mit den Schultern. »Ich ... weiß nicht ... Ich bin nur ...«

Er unterbricht mich mit einer abrupten Handbewegung. »Kannst du mir sagen, wo ihr überfallen wurdet?«

Ich schlucke angestrengt, als ich an ihm vorbei den Wald um uns herum mustere. Ich bin von dort gekommen. Oder ... war es doch von dort drüben? Alles sieht für mich gleich aus. Braun und grün, ganz anders als zu Hause. Während der Flucht habe ich so oft die Richtung gewechselt, dass ich unmöglich sagen kann, aus welcher ich kam.

Der Fremde deutet mein Zögern richtig. »Also nein.« Er bleckt die Zähne, als er nachdenkt. »Vielleicht kann ich ihre Spuren zurückverfolgen.«

Noch während er redet, eilt er hinüber zu seinem Pferd, das friedlich einige Grashalme zwischen den am Boden liegenden Blättern hervorzupft. Trotz seiner Hast, sind seine Bewegungen kraftvoll und gleichzeitig geschmeidig. Ich habe noch nie jemanden gesehen, der sich so bewegt wie er: wie ein Raubtier auf der Jagd, das ganz genau weiß, dass es an der unangefochtenen Spitze der Nahrungskette steht. Dass er ein Krieger ist, habe ich schon aufgrund des präzisen Dolchwurfs vermutet, aber die Kraft, die er ausstrahlt, und die Sicherheit, mit der er sich bewegt, lassen keinen anderen Schluss zu: er muss in vielen Schlachten gekämpft haben. Dabei schätze ich ihn höchstens auf Anfang zwanzig und ...

Als er die Hände an den Sattel legt und einen Fuß in den Steigbügel stellt, kommen meine Gedanken jäh zum Stillstand.

»He!«, rufe ich. »Was ... was ist mit mir?«

Über die Schulter hinweg wirft er mir einen spöttischen

Blick zu. »Was soll denn mit dir sein? Ich habe dir das Leben gerettet.«

»Ja, aber ich ...« Ich schaue zu Boden und knete den Saum des Hemdes. »Ich weiß nicht, wohin ich gehen soll.«

Ich sollte ihm nicht vertrauen – schließlich kenne ich ihn nicht –, doch ich habe keine andere Wahl. Wenn er recht hat und der nächste Ort selbst zu Pferd mehrere Tage entfernt ist ... Wer weiß, wie viele Krieger des Erdvolkes noch hier durch den Wald streifen! Allein werde ich mich nicht gegen sie behaupten können. Und in einem fremden Land ohne etwas von Wert werde ich nicht weit kommen. Ich besitze nichts als das, was ich am Leib trage.

Als er sich wieder zu seinem Pferd umwendet, werde ich panisch. »Du hast mich gerettet, nur um mich danach meinem Schicksal zu überlassen?«

»Hör zu, Kleine«, grummelt er, als er zu mir herumwirbelt. »Ich bin nur hier, weil ich den Erdländern gefolgt bin. Dass ich dabei auf dich getroffen bin, war reiner Zufall und nicht geplant. Ich muss denen nach, die mir entkommen sind, damit sie nicht weiter ins Landesinnere vordringen. Und ich muss die Prinzessin finden.«

Ich schlucke sämtliche Selbstachtung hinunter und spiele die letzte Karte aus, die ich auf der Hand habe. »Ich werde hier draußen *sterben*. Und es wäre deine Schuld.«

Ich starre ihn mit zusammengebissenen Zähnen an und bete zur Göttin, dass meine Schlussfolgerungen von vorhin richtig sind. Dass er ein Soldat des Feuerkönigs ist und somit einem Ehrenkodex unterliegt, der ihm verbietet, eine wehrlose Maid sich selbst zu überlassen.

Nachdem er sich die größte Mühe gegeben hat, mich mit bloßen Blicken zu töten, stößt er so geräuschvoll den Atem aus, dass ich es selbst aus mehreren Metern Entfernung noch hören kann. Auch das blitzende Farbenspiel seiner Augen, die vor Wut zu funkeln scheinen, bleibt mir nicht verborgen.

»Sei froh, dass ich einen Eid geschworen habe«, knurrt er. »Ich führe dich aus dem Wald heraus. Aber wenn du mich aufhältst, lasse ich dich zurück! Ich habe nämlich keine Zeit, um sie mit dir zu vertrödeln. Also beeil dich!«

Seine Worte treffen mich härter, als sie es sollten, aber ich verkneife mir einen Kommentar. Mit gesenktem Kopf und fest aufeinandergepressten Lippen eile ich zu ihm, ignoriere aber seine dargebotene Hand. Stattdessen schwinge ich mich ohne seine Hilfe in den Sattel, ein Bein auf jeder Seite. Das Pferd hebt verwundert den Kopf, kommt aber offenbar zu dem Schluss, dass es von mir nichts zu befürchten hat, und grast weiter. Ich tätschele ihm den Hals.

»Kommst du nun oder nicht?«, murre ich, als ich zu ihm hinabsehe und seinem verwunderten Blick begegne. Ein erhebendes Siegesgefühl durchrauscht mich, verschwindet jedoch schnell wieder, als sich seine Miene verdüstert.

»Rutsch ein Stück weiter nach vorn«, brummt der Fremde barsch, ehe er sich hinter mich in den Sattel setzt.

Ich versteife mich trotz der Proteste meiner erschöpften Muskeln. Als ich ihn bat, mich nicht zurückzulassen, habe ich keine Sekunde daran gedacht, dass wir nur ein Pferd haben. Oder dass er hinter mir sitzen würde. *Sehr nah* hinter mir. Näher als mir ein Mann meines Alters jemals war.

Ich habe davon in den zahlreichen Büchern gelesen, die es im Schloss von Fryske gibt. Von seltsamen Gefühlen, die kurze Berührungen auslösen können. Von einem ungewohnten Flattern im Bauch. Von Gedanken, die einem zuvor nie durch den Kopf gegangen sind.

Ich mochte diese Bücher und habe fast alle gelesen, wenn es meine Zeit zuließ. Aber selbst habe ich das, was darin beschrieben war, noch nie empfunden. Nicht einmal ansatzweise.

Nun wirbeln so viele Gedanken und Empfindungen durch mich hindurch, dass ich keine einzige zu fassen kriege. Einerseits will ich sofort absteigen und wieder Abstand zwischen uns bringen. Andererseits bin ich dermaßen erschöpft, dass ich mich am liebsten nach hinten lehnen und schlafen würde.

Stattdessen klammere ich mich am Sattelknauf fest und rufe mich stumm zur Ordnung.

Das funktioniert auch für ein paar Augenblicke, bis der Fremde einen Arm um meinen Bauch legt und mit der anderen Hand nach den Zügeln angelt. Ich spüre jede noch so kleine Bewegung, jede Verlagerung seines Körpers. Zusätzlich streicht mir sein warmer Atem die ganze Zeit über meinen Nacken.

Mit einem Schnalzen lässt er das Pferd antraben. »Zum Glück haben sich diese Idioten keinerlei Mühe gegeben, ihre Spuren zu verwischen«, murmelt er mehr zu sich selbst, während wir der Schneise der Verwüstung folgen, die die Angreifer hinterlassen haben.

Die klobigen Hufe ihrer Pferde haben sich tief in den Waldboden gegraben und einige Zweige abgeknickt, sodass wir schneller als gedacht zurück zur Straße gelangen. Ein wenig schäme ich mich, dass mir das nicht zuvor aufgefallen ist. Selbst jemand wie ich, der keinerlei Erfahrung im Spurenlesen hat, hätte dieser Verwüstung folgen können und ich wäre nicht auf seine Hilfe angewiesen gewesen. Aber dann wäre ich immer noch allein in einem fremden Land.

Ich bin froh, dass unser Pferd nun auf halbwegs ebenem

Boden läuft und ich nicht mehr bei jeder Unebenheit gegen den Körper hinter mir gedrückt werde. Doch auch jetzt spüre ich ihn überdeutlich. Jeden Atemzug, jedes Ziehen an den Zügeln, jede Bewegung seiner Beine, mit denen er sein Pferd größtenteils lenkt. Er muss viel mit ihm trainiert haben; ich bin fast ein wenig neidisch, wie gut sich die beiden verstehen.

Wieder verlagert er das Gewicht, um sich ein Stück zu den Spuren nach unten zu beugen. Ich schnappe nach Luft, als er dabei beiläufig eine Hand an meine Taille legt, um das Gleichgewicht halten zu können.

»Ist nicht lange her, seit sie hier durchgekommen sind«, murmelt er, wieder zu sich selbst.

Ich bin es anscheinend nicht wert, dass er sich mit mir unterhält. Normalerweise würde ich mich darüber ärgern, aber jetzt bin ich ganz froh, dass ich nicht den Mund öffnen muss. Viel zu schnell hämmert mein Herz in der Brust; so sehr, dass ich es bis zum Hals spüren kann.

Der Fremde richtet sich wieder auf und zieht den Arm, den er bis eben um meinen Bauch gelegt hatte, zurück. Ehe ich mir im Klaren bin, ob ich deswegen aufatmen oder enttäuscht sein soll, hüllt mich ein warmer, blutroter Umhang ein. Verwirrt blinzele ich auf das fremde Kleidungsstück hinab.

»Du zitterst«, erklärt er.

Ich schlucke angestrengt und öffne erst den Mund, als ich meiner Stimme traue. »Ich stamme aus Fryske«, werfe ich möglichst gleichgültig ein. »Was ihr Feuerländler als kalt bezeichnet, ist für uns der wärmste Sommertag seit Jahrhunderten.«

Dennoch ziehe ich den Umhang fester um mich in der Hoffnung, dadurch mein Zittern vor ihm verbergen zu können. Ein Zittern, das nicht von der Kälte herrührt. Tiefer als nötig atme ich ein und rieche Leder, Pferd und frisches Heu und Wald – eine wilde Mischung aus Gerüchen, die dem Umhang anhaften und die das Kribbeln in meinem Bauch nur verstärken.

Was ist nur los mit mir?

KAPITEL 3

DAVINA

Nicht weit von der Stelle, an der wir aus dem Wald kamen, stoßen wir auf die Eskorte aus Fryske.

Oder zumindest das, was davon übrig ist.

Obwohl die Sonne langsam untergeht und die Umgebung in Dämmerlicht taucht, kann ich deutlich das Ausmaß der Zerstörung erkennen. Die Kutsche, neben der ich vor wenigen Stunden noch hergeritten bin, ist völlig zerstört, als hätten die Angreifer mit Äxten darauf eingeschlagen, um auch wirklich jede goldene Verzierung stehlen zu können. Die Truhen sind aufgerissen, Kleidungsstücke wurden kreuz und quer verteilt.

Dazwischen liegen die vier reglosen Körper unserer Solda-ten. Ich kannte keinen von ihnen näher. Der König stellte sie uns zur Seite, als wir aufbrachen. Trotzdem murmele ich ein kurzes Gebet zur Göttin für ihre Seelen, wie es sich gehört.

»Macht dir das nichts aus?«

Ich wende mich so gut es geht im Sattel und begegne dem neugierigen Blick meines Retters. Das ist das erste Mal, dass seine bemerkenswerten Augen nicht vor Wut, sondern vor echtem Interesse funkeln.

»Was meinst du?«, frage ich.

Er deutet mit dem Kinn auf einen der gefallenen Soldaten. »Tote. Die Frauen, die ich kenne, würden bei diesem Anblick in Ohnmacht fallen.«

Ich folge seinem Blick. Er hat recht, ein schöner Anblick

ist es nicht. All das Blut … Ich kenne tatsächlich viele Frauen in meinem Alter, die nicht hinsehen könnten, aber zu denen zähle ich nicht.

»Sie waren Fremde für mich«, sage ich, ohne den Blick von den Gefallenen zu nehmen. »Sie starben, als sie mich und die anderen verteidigen wollten. Ich sehe keinen Sinn darin, deswegen ohnmächtig zu werden. Das wäre eine Beleidigung für sie und ihre Taten.«

Da er mir eine Antwort schuldig bleibt, beende ich in Gedanken das Gebet an die Göttin und schaue dann wieder zu meinem Retter. Ich meine, den Anflug eines Lächelns in seinen Mundwinkeln erkennen zu können, doch das Zucken ist genauso schnell wieder verschwunden, wie es gekommen ist. Aber ich habe es gesehen, da bin ich mir sicher. Offenbar kann er doch lächeln. Bis eben war ich mir da nicht so sicher.

»Wie es aussieht, können die Frauen der Feuerlande noch einiges von euch Eisländern lernen«, sagt er mit gewohnt grummeliger Miene und schaut dabei demonstrativ an mir vorbei. »Oder vielleicht stimmen auch nur die Erzählungen.«

»Welche Erzählungen?«, hake ich nach.

»Dass die Frauen aus dem Eisland gefühlskalte Wesen sind, ohne jegliche Wärme in ihren Herzen. Weder für die Lebenden noch die Toten.«

Ich schweige, weil ich nicht weiß, was ich darauf erwidern soll. Er spricht die Wahrheit, trotzdem treffen mich seine Worte hart. So sieht er mich also? Aber es stimmt: Im Gegensatz zu den offenherzigen Frauen aus dem Feuerland, wirken wir geradezu zugeknöpft. Das bedeutet aber nicht, dass wir gefühlskalt sind.

Doch auf ihn muss ich so wirken. Er war zwar bisher nicht sonderlich freundlich zu mir, aber das beruht auf Gegenseitigkeit. Habe ich ihm überhaupt für seine Rettung gedankt? Ohne ihn wäre ich verschleppt und versklavt worden – oder Schlimmeres. Ich bin nur hier, weil er mir geholfen und mich nicht einfach mir selbst überlassen hat.

Vielleicht sollte ich den ersten Schritt machen und mich ihm gegenüber etwas freundlicher verhalten.

»Wie ist dein Name?«, frage ich.

Er zieht eine Augenbraue nach oben und ist sogleich auf der Hut. »Wieso?«

Ich zucke mit den Schultern. »Wenn ich für dich ein Gebet an die Göttin sprechen muss, will ich wissen, wie ich dich nennen soll.«

Er schüttelt den Kopf. »Es wird nicht so weit kommen, dass du meinetwegen beten musst. Wir werden sowieso nicht mehr viel Zeit miteinander verbringen.«

Sofort versteife ich mich. »Was meinst du damit?«

Sein Blick gleitet über die zerstörte Kutsche. »Die Prinzessin ist nicht unter den Toten, nicht wahr? Ich muss herausfinden, ob sie entkommen konnte oder verschleppt wurde. Wie dem auch sei, ich muss sie finden.«

»Warum?«

Er sieht mich an, als würde er ernsthaft an meinem Verstand zweifeln. »Weil sie die zukünftige Königin dieses Landes ist«, sagt er. »Es wäre meine Aufgabe gewesen, sie an der Grenze abzuholen und sicher in die Hauptstadt Brannwin zu geleiten.« Er ballt die Hände zu Fäusten. »Wieso ist sie nur früher aufgebrochen? Ich verstehe es einfach nicht ...«

Seine Aufgabe. Das bedeutet, dass er einer der engsten Vertrauten des Feuerkönigs sein muss! Vielleicht sogar einer seiner Ritter, denn einem anderen würde der Feuerkönig diese wichtige Aufgabe nicht übertragen. Selbst in Fryske hören wir hin und wieder Geschichten über sie. Vier tapfere Ritter, einer stärker und wagemutiger als der andere. Hochrangige Befehlshaber in der Armee des Feuerkönigs. Jeder von ihnen könnte es spielend mit unseren *Ritari* aufnehmen. Doch mittlerweile sollen nur noch ein paar von ihnen im Dienst sein.

Aus den Augenwinkeln beobachte ich meinen Retter dabei, wie er die Spuren analysiert, während er sein Pferd mit uns beiden darauf um die zerstörte Kutsche herumtraben lässt.

Er ist jung; schätzungsweise Anfang oder Mitte zwanzig. Etwa drei oder vier Jahre älter als ich. Wenn im großen Saal über die glorreichen Ritter des Feuerkönigs erzählt wurde, stellte ich mir ältere Männer mit mehr Erfahrung vor, die die Soldaten in die Schlacht führten und einen vernichtenden Sieg nach dem anderen gegen die Erdländer errungen haben.

»Wie dem auch sei«, murmelt er und schaut in den Wald, in den einige der Spuren führen. »Ich *muss* sie finden. Und du musst jetzt absteigen, Kleine.«

Panisch drehe ich mich so weit zu ihm um, wie es mir möglich ist. »Was? Du kannst mich nicht einfach zurücklassen!«

Er mustert mich, ohne dass ich in seiner Miene auch nur die kleinste Regung ausmachen kann. Wenn er mich als gefühlskalt bezeichnet hat – was ist dann er?

»Warum nicht?«, will er wissen. »Ich habe versprochen, dich aus dem Wald zu führen. Das habe ich getan. Ich habe dich sogar zu der Stelle gebracht, an der du verloren gegangen bist.« Er sieht sich um und nickt schließlich zufrieden. »Wir sind auf einer der Hauptstraßen. Früher oder später wird jemand vorbeikommen, der dich mitnimmt. Hier kommen immer mal Leute vorbei. Händler. Reisende.«

Erdländer, die mich versklaven wollen, vervollständige ich in Gedanken seine Aufzählung, beiße mir aber auf die Zunge, um es nicht laut auszusprechen. Wenn ich ihn gegen mich aufbringe, wird er mich erst recht zurücklassen.

Nackte Angst packt mit eisigen Klauen nach meinem Herzen. Ich schlucke angestrengt. »Aber ich ... ich weiß nicht ... wo ich bin und wohin ich gehen soll.«

Er seufzt tief, offenbar genervt von mir. »Mitnehmen kann ich dich auch nicht. Wenn ich die Erdländer verfolge, muss ich mich vielleicht anschleichen.« Für einen Moment verschwindet die Härte aus seinem Blick, als er mich ansieht. Wenn ich es nicht besser wüsste, würde ich sagen, dass ein weiches Funkeln in seinen Augen liegt, während er mein Gesicht betrachtet. Sofort beginnt mein Herz unstet vor sich hinzustolpern. »Das kann ich mit dir nicht. Du leuchtest im Wald heraus wie ein Signalfeuer.«

Ich weiß, dass er mein weißblondes Haar und die spitz zulaufenden Ohren meint. Und ich weiß auch, dass ich damit inmitten der braunen und grünen Waldumgebung auffallen werde. Abgesehen davon habe ich keinerlei Erfahrung im Spurenlesen oder Anschleichen. Doch das bedeutet noch lange nicht, dass er sich einfach umdrehen und mich meinem Schicksal überlassen kann! Hier in der Fremde ist es nur eine Frage der Zeit, bis ich wieder einem feindlichen Krieger in die Arme laufe oder verhungere. Oder ... Schnell schüttele ich den Kopf, als immer neue Schreckensszenarien in meinen Gedanken auftauchen.

»Nimm mich mit«, bitte ich. »Ich verspreche, ich werde dir nicht zur Last fallen.«

»Elora«, er lehnt sich vor, ist mir nun wieder ganz nah und tätschelt dem Pferd den Hals, »ist zwar ein sehr ausdauerndes Mädchen, aber auch sie wird mit zwei Reitern langsamer sein. Ich habe dich schon einmal gerettet. Sei dankbar dafür!

Ich habe dich sogar aus dem Wald geleitet und meine Schuldigkeit einer hilflosen Maid gegenüber und damit meinen Eid mehr als erfüllt. Ab jetzt bist du nicht mehr mein Problem.«

Ich knirsche mit den Zähnen. Eingebildeter Mistkerl! Ausgeschlossen, dass er einer dieser sagenumwobenen Ritter der Feuerlande ist!

»Du sprichst von einem Eid«, entgegne ich und übergehe die Tatsache, dass er mich als Problem bezeichnet hat. »Erlaubt dir dieser Eid, eine junge Frau in Nöten einfach ihrem Schicksal zu überlassen?«

Er verengt die beeindruckend funkelnden Augen zu Schlitzen. »Wenn es um ein höheres Ziel geht, vielleicht. Solche Sonderfälle kommen in meinem Eid nicht vor. Aber ich nehme an, dass es wichtiger ist, die Prinzessin zu retten, deren Hochzeit mit meinem König eine Allianz gegen das Erdreich bilden soll, als einer Dienerin den Weg ins nächste Dorf zu weisen.«

Ich halte seinem durchdringenden Blick stand. »Wenn du sie findest, wirst du mich brauchen«, wende ich ein. »Die Prinzessin, meine ich. Sie wird dir nicht einfach folgen. Es sei denn, ich begleite dich. Ich bin ihre engste Vertraute. Und dann kannst du sie unversehrt zu deinem König bringen.«

Er schnaubt verächtlich. »Das könnte ich auch ohne deine Hilfe. Zur Not knebele ich sie und werfe sie über Eloras Rücken.«

Ich blinzele mehrmals. »Wie bitte?«

Er zuckt mit den Schultern. »Du hast mich schon verstanden. Und jetzt runter mit dir. Elora und ich müssen weiter.«

Am liebsten würde ich mir die Haare raufen oder ihm gleich an die Gurgel gehen. Vermutlich würde es auf Letzteres hinauslaufen. Ich weiß nicht, was mich mehr schockiert:

Wie er mit der Prinzessin verfahren will oder dass er tatsächlich plant, mich zurückzulassen.

Ich knirsche mit den Zähnen. Mein verdammter Stolz hält mich davon ab, ihn auf Knien anzuflehen, mich weiter mitzunehmen. Doch als ich aus dem Sattel gleite und meine Füße den harten Boden berühren, verkümmert mein Stolz zu einem leisen Stimmchen. Trotzdem schlucke ich jedes Betteln hinunter, das mir bereits auf der Zunge liegt.

»Dann sag mir wenigstens, wohin ich mich wenden muss, um in den nächsten Ort zu kommen.«

Mein Retter verzieht den Mund und schließt mit einem Seufzen die Augen. »Im Grunde musst du nur immer weiter der Straße folgen, aber wie gesagt, es wird eine Weile dauern, bis du zur nächsten Siedlung gelangst. Um die nächste zu erreichen, wirst du zu Fuß ... etwa vier Tage unterwegs sein. Du solltest lieber warten und hoffen, dass ein Händler vorbeikommt. Um ins Dorf Brasania zu gelangen, müssen sie hier lang.«

Vier Tage. Ich kann mich jetzt schon kaum noch auf den Beinen halten und mein Magen knurrt so laut, dass mich Raubtiere im Umkreis von mehreren Hundert Metern hören müssen. Ohne Verpflegung oder eine Waffe, mit der ich mich im Notfall verteidigen kann, werde ich nicht weit kommen.

Flüchtig schaue ich zu den gefallenen Soldaten. Wie ich vermutet habe, haben die Erdländer ihnen die Waffen abgenommen. Nicht, dass ich damit etwas hätte ausrichten können! Aber ich würde mich ... besser fühlen.

Ich wende mich um. Mir ist egal, dass der Fremde meint, hier würden des Öfteren Händler entlangkommen. Ich kann nicht einfach hier warten und hoffen, dass die Erdländer nicht doch schneller sind. Aber in welche Richtung soll ich gehen?

Welche führt mich noch näher ans Erdreich, wohin ich auf keinen Fall will?

Ich muss einen solch bemitleidenswerten Anblick abgeben, dass sich mein Retter seufzend mit einer Hand durchs dunkle Haar fährt, bis es nach allen Seiten absteht. Die Abendsonne zaubert hellbraune Strähnen hinein, die mir vorher gar nicht aufgefallen sind, nun aber meine volle Aufmerksamkeit fesseln und für einen Moment meine Wut auf ihn vertreiben. Mit dem zerzausten Haar sieht er jünger, beinahe spitzbübisch aus und wirkt gar nicht mehr wie der Ritter, der vor knapp einer Stunde im Alleingang die Erdländer besiegt hat, ohne mit der Wimper zu zucken. Auch seine stoische Miene, aus der ich rein gar nichts herauslesen konnte, ist verschwunden. Nun wirkt er ... zwar immer noch genervt, aber auch ein wenig ... verletzlich? Ich weiß nicht, ob das das richtige Wort ist, um ihn zu beschreiben. Vielleicht eher ... hilflos?

Mit einem weiteren resignierten Seufzen reißt er mich aus meinen wirren Gedanken. »Schau, ob du hier wenigstens Schuhe für dich findest.«

Völlig verdattert starre ich ihn an. »Heißt das, ich darf ...?«

»Ja«, brummt er unwirsch und weicht meinem Blick aus. »Aber beeil dich!«

Ich unterdrücke ein Jauchzen und mache mich daran, die durchwühlten Truhen nach Schuhen zu durchsuchen. Immer wieder schaue ich über die Schulter, um sicherzugehen, dass er mich nicht doch mutterseelenallein hier zurücklässt. Doch er bleibt auf seinem Pferd sitzen und observiert unsere Umgebung, als gehe er davon aus, dass wir jeden Moment überfallen werden.

Tatsächlich finde ich in einer Truhe das Paar Stiefel aus weichem Leder, das ich eingepackt hatte. Heilfroh darüber, dass sie die Erdländer nicht interessiert haben, schlüpfe ich hinein. Ein herrliches Gefühl, endlich wieder Schuhe zu tragen! Diese sind zwar alt und ausgetreten, aber gerade deswegen sehr bequem.

Während ich zu meinem Retter zurückeile, flechte ich mir das durch die Flucht in Unordnung geratene Haar neu, das mir offen bis zur Hüfte reicht. Wenn die Abendsonne darauf scheint, schimmern goldene Strähnen darin; normalerweise wirkt es aber beinahe weiß wie der Schnee in Fryske.

»Fertig!«, verkünde ich, als ich direkt vor ihm stehe.

Er beäugt mich von oben bis unten, bis ich kurz davor bin, mich unter seinem Blick zu winden. Wieder schlägt mein Herz schneller, als ein Funkeln durch seine Augen huscht. Eilig fixiere ich einen Punkt hinter ihm, um so das seltsame Gefühl in seine Schranken zu weisen. Aus den Augenwinkeln sehe ich, dass er mehrmals blinzelt, ehe er mir wortlos erneut seinen Umhang reicht.

»Ich sagte doch schon, dass das, was ihr hier als kalt bezeichnet, mir nicht ...«

Mit einer knappen Geste schneidet er mir das Wort ab und murmelt etwas von »Eid«, während er mir weiterhin den Umhang hinhält und demonstrativ an mir vorbeischaut. Ich gebe mich geschlagen; wahrscheinlich ist es besser, nicht mit ihm zu diskutieren und mein Glück nicht weiter überzustrapazieren. Also werfe ich mir den Umhang über, der mir so lang ist, dass er fast auf dem Boden schleift. Aber er ist warm und riecht nach ihm.

»Komm.« Er streckt mir die Hand entgegen. »Solange wir noch ein bisschen Licht haben, will ich die Verfolgung aufnehmen und die Spur nicht verlieren.«

Ich lege die Hand in seine und bin überrascht, wie schwielig sie sich anfühlt. Sein Griff ist fest und sicher, als er mir aufs Pferd hilft. Wieder sitze ich vor ihm.

Und wieder bin ich mir seiner Nähe und Wärme mehr als bewusst.

Nach einem Schnalzen setzt sich Elora in Bewegung. Die braune Stute bewegt sich trittsicher durch das Unterholz des Waldes, in den die Spuren der Erdländer führen, aber trotz ihres sicheren Schritts bleibt ein gelegentliches Schaukeln nicht aus. Jedes Mal komme ich meinem Retter dabei so nah, wie ich es unter normalen Umständen nie zulassen würde. Und jedes Mal kribbeln die Stellen, die ihn berühren, auf merkwürdige Weise.

»M-Meinst du, wir können sie durch den Wald verfolgen?«, frage ich ihn, um mich von meinen wirren Empfindungen abzulenken. Ich möchte mich dafür ohrfeigen, dass ich stottere. Das ist doch sonst nicht meine Art ...

Ihm muss es auch aufgefallen sein, denn er zögert mit einer Antwort. »Erdländer sind von kleinem Wuchs. Zu Fuß kommen sie nicht schnell genug voran, also sind sie meistens zu Pferd unterwegs. Und Pferde hinterlassen Spuren, denen wir folgen können. Aber ... wir müssen uns dennoch beeilen.«

Ich drehe mich im Sattel halb zu ihm um. »Wieso?«

Seine Miene wirkt konzentriert. Oder verkniffen, ich bin mir nicht sicher. »Weil ich befürchte, dass es bald regnen könnte. Regen wird die Spuren verwaschen und wir hätten keinen Anhaltspunkt, wohin wir uns wenden sollen. Es wäre die Suche nach der Nadel im Heuhaufen, vor allem, wenn sie bereits über die Grenze sind. Auch wenn sie die Prinzessin entführt haben, kann ich nicht einfach mir nichts, dir nichts ins Erdreich spazieren, wann immer es mir passt.«

Ich nicke. Zwar habe ich noch nie Regen gesehen, aber wenn er die Spuren verwischt, haben wir ein Problem.

Ich betrachte die Vielzahl an Spuren, die im Wald verlaufen. Die meisten stammen nicht von den Erdländern, einige überlagern sich, sodass ich nicht mehr sagen könnte, von welchem Tier sie stammen. Oder ob sie überhaupt von einem Tier sind.

»Diese Spuren«, murmele ich. »Bist du sicher, dass eine davon von der Prinzessin stammt?«

Er zieht hinter mir scharf die Luft ein und ich rechne bereits damit, erneut von ihm zurechtgewiesen zu werden.

»Warum fragst du?«, will er stattdessen wissen. Seine Stimme klingt dabei schneidend kalt.

»Nun ja«, druckse ich herum. »Ich ... weiß nicht, ob sie sich einfach so hat gefangen nehmen lassen. Was ist, wenn die Erdländer ohne sie unterwegs sind? Wenn sie doch fliehen konnte, ohne dass uns ihre Spuren aufgefallen sind?«

»Das bezweifele ich.«

Ich knirsche mit den Zähnen. War ja klar, dass er nicht meiner Meinung ist.

»Aber«, setze ich erneut an, »haben wir denn einen klaren Hinweis, dass die Prinzessin tatsächlich bei den Erdländern ist?«

Eine Weile ist es still und ich befürchte schon, dass er mir gar nicht antworten wird. Doch dann murmelt er: »Nein.«

Ich halte die Luft an, wage es aber nicht, mich wieder zu ihm umzudrehen. Hat er ... tatsächlich zugegeben, dass er sich unsicher ist?

»Doch das bedeutet nicht«, fährt er fort, »dass ich einfach irgendwo warte und hoffe, dass die Prinzessin allein zurückfindet. Ich will dich nicht anlügen. Als ihre Dienerin stehst du der Prinzessin sicher nah. Aber mit jeder verstreichenden Minute sinken unsere Chancen, sie zu finden. Vor allem, wenn die Erdländer sie doch in die Finger bekommen haben. Ihr Reich ist uneinnehmbar.«

Ich runzele die Stirn. »Kein Land und keine Burg ist uneinnehmbar.«

»Das Erdreich schon«, widerspricht er. »Schließlich haben wir es oft genug versucht. Unwegsames Gelände, kaum Vegetation. Nirgends kannst du eine Stellung bauen, ohne Gefahr zu laufen, dass sie dir im zu weichen Boden versinkt. Ich habe Pferde und Reiter gesehen, die im Schlick untergegangen und nie wieder aufgetaucht sind.« Er stößt ein Schnauben aus und pustet einige meiner Haarsträhnen nach vorn. »Aber warum berede ich das überhaupt mit dir? Du bist eine Frau und hast von solchen Dingen keine Ahnung.«

Ich rolle mit den Augen. Diese und ähnliche Aussagen bin ich gewohnt. Das bedeutet aber nicht, dass sie mich nicht jedes Mal kränken.

»Habt ihr schon daran gedacht, einen Einheimischen nach dem Weg zu fragen?«, will ich wissen.

Mehrere Herzschläge lang ist es still hinter mir, ehe ein schroffes »Was?« ertönt.

Ich seufze übertrieben laut und bin froh, dass er mein Grinsen nicht sehen kann. »Wie in jedem Land, wird es auch im Erdreich Untertanen geben, die mit ihrem Dasein und dem Mann, den sie König nennen, unzufrieden sind. Für die richtige Summe sind sie vielleicht bereit, euch den Weg durch das unwegsame Gelände zu zeigen. Denn schließlich *muss* es einen Weg geben, wenn die Erdländer nicht selbst Gefahr laufen wollen, im Schlamm zu versinken.«

Erneut herrscht Stille. Ich habe kein Problem damit, mir

seinen verdatterten Gesichtsausdruck vorzustellen. Wie gern würde ich ihn sehen!

»Das ... das könnte ich niemals tun«, begehrt er schließlich auf. »Das ist ...«

»... nicht ehrenhaft?«, helfe ich aus und bemühe mich nicht, die Prise Spott aus meiner Stimme zu verbannen. »Nicht alle Kriege werden mit Ehre gewonnen. Manches Mal muss man zu einer List greifen, wenn man siegreich sein will.« Ich stoße ein Schnauben aus. »Oder eine Hochzeit mit dem einzigen Land arrangieren, das sich bisher aus den Streitigkeiten herausgehalten hat, um seine Armee vergrößern zu können.«

Ich spüre, wie er sich hinter mir versteift. Offenbar habe ich einen wunden Punkt getroffen. Doch ich werde mich nicht dafür entschuldigen.

»Willst du damit andeuten, dass das Ansinnen meines Königs ... ehrlos ist?«

Ich schüttele den Kopf. »Nicht ehrlos. Aber ... es geht ihm nicht um die Prinzessin. Er nutzt die Vorteile, die er nutzen kann, ohne auf – wie nanntest du es? – unehrenhafte Tricks zurückgreifen zu müssen. Dass er deswegen die Prinzessin von Fryske heiraten muss, nimmt er dafür in Kauf.«

»Die Heirat ist kein Kuhhandel!« Nun klingt er wütend, aber davon lasse ich mich nicht einschüchtern. »König Esmond hat einen Narren an der Prinzessin gefressen.«

Ich kann ein Lachen nicht zurückhalten, lege aber schnell eine Hand über den Mund, um es zu dämpfen. »Seit die Verlobung beschlossen wurde, hat er sie nicht ein einziges Mal besucht. Er hat ihr noch nicht mal einen Brief geschrieben. Beide wissen nichts voneinander. Also sag mir, wie du auf die Idee kommst, dein König könnte irgendwas für sie empfinden.«

Wir reiten schweigend weiter. Elora findet beinahe allein

den richtigen Weg, sodass der Mann hinter mir sie nur hin und wieder lenken muss.

In Gedanken gehe ich mehrmals das eben Gesagte durch. Ich spüre an seiner steifen Haltung, dass er sich mir gegenüber nun noch abweisender verhält. War ich zu hart? Aber es war die Wahrheit ...

Die arrangierte Hochzeit mit der Prinzessin dient nur dazu, auch die eisigen Lande von Fryske in einen Krieg hineinzuziehen, dessen Grund ich bis heute nicht verstanden habe. Ich dachte, es ginge darum, dass der Feuerkönig sein Reich erweitern will. Doch wenn die Gebiete des Erdreichs tatsächlich derart unwegsam sind, wie mein unfreiwilliger Begleiter meint, wird ihm dieses Reich nichts nützen. Geht es ihm nur um eine persönliche Fehde?

»Er hat ein Bild von ihr«, murmelt mein Retter so leise, dass ich ihn beinahe nicht gehört hätte.

Ich drehe den Kopf. »Was?«

»König Esmond ... hat ein Bild von der Prinzessin. Ein Gemälde, das er vor drei Jahren, als die Verhandlungen zum Abschluss kamen, geschenkt bekommen hat. Er bewahrt es in seinen Gemächern auf und keiner von uns durfte es je betrachten. Aber ein paar Mal sprach er davon, wie verzaubert er vom Lächeln der Prinzessin ist.«

Ich verdrehe die Augen. »Es ist ein Bild. Niemand kann sich in ein Bild verlieben. Außerdem lächelt sie nicht darauf.«

»Woher weißt du das?«

Ich zucke mit den Schultern. »Ich bin ihre Kammerzofe. Ich war dabei, als es gemalt wurde. Sie hat nie gelächelt, wenn es um die Verlobung mit dem Feuerkönig ging.«

»Hat die Prinzessin nicht ebenfalls ein Bild bekommen?«

»Hat sie«, antworte ich knapp.

»Und? Jetzt sag mir nicht, sie ist nicht angetan von ihm. König Esmond ist stark und gut aussehend. Jede Frau könnte sich glücklich schätzen, einen Mann wie ihn zu bekommen.«

»Einen Mann, der sich nicht für seine Frau interessiert, meinst du?«, entgegne ich. »Dazu hätte sie nicht extra in die Feuerlande reisen müssen. Er hat sich in drei Jahren nie bei ihr gemeldet.« Ich recke das Kinn. »Sie hat das Bild in den hintersten Winkel ihres Kleiderschrankes verbannt und nie wieder hervorgeholt, nachdem sie ein Jahr vergeblich auf eine Nachricht von ihm gewartet hat. Es hat sehr schnell Staub angesetzt, aber sie hat mir verboten, ihn abzuwischen.«

»Mein König ist ein viel beschäftigter Mann.«

Sein Einwand klingt vorgeschoben, als suche er krampfhaft nach einer Rechtfertigung für das Verhalten von König Esmond. Aber ich kenne die Wahrheit. Ich weiß, dass es ihn einfach nicht kümmerte, was seine unfreiwillige Braut von all dem hielt. Für ihn ist sie nur ein Mittel zum Zweck. Der Preis für Soldaten aus dem Reich des Eises. Und das Königspaar von Fryske war dumm genug, auf die Versprechungen des Feuerkönigs hereinzufallen, womit sie ein Volk, das sich seit Jahrhunderten aus allen Streitigkeiten heraushielt, in den Krieg hineinzogen. Auch wenn die Feuerlande eine natürliche Grenze zwischen Fryske und dem Erdreich bilden, bedeutet das nicht, dass Fryske nicht ebenfalls erobert werden kann.

Ob durch das Erdreich oder die Feuerlande, bleibt abzuwarten.

KAPITEL 4

DAVINA

Als es dunkel wird, machen wir unter einem dichten Baum halt. Mit geübten Handgriffen bringt mein Retter ein Lagerfeuer in Gang, das uns Licht und Wärme spendet. Ich bin erstaunt darüber, wie geschickt er sich anstellt. Da ich nicht friere und schon genug Zeit viel zu nah an ihm verbracht habe, lehne ich mich gegen den Baumstamm – mehrere Meter von ihm entfernt. Ich habe das Gefühl, endlich wieder befreit durchatmen zu können. Trotzdem meine ich, ihn noch immer an meinem Rücken zu spüren. Jeden seiner Atemzüge. Seinen Arm, den er um meinen Bauch geschlungen hat, damit ich nicht herunterfalle.

Nicht, dass ich je Gefahr gelaufen wäre, herunterzufallen. Aber ich habe seinen Arm auch nicht weggeschoben, nachdem die erste Unsicherheit verflogen war. Irgendwie gab er mir dadurch ein Gefühl von Sicherheit.

Und dieses Gefühl brauche ich gerade dringender als alles andere.

Wie gebannt schaue ich auf seine Hände, während er das Feuer in Gang bringt. Fest umschließen seine Finger die beiden Feuersteine, ehe er sie aneinanderschlägt, wobei er die Augenbrauen konzentriert zusammengezogen hat. Selbst beim Feuermachen wirkt er verbissen, und nicht zum ersten Mal frage ich mich, ob er überhaupt lächeln kann. Als Funken im trockenen Gras zwischen den Zweigen auflodern, beugt er sich vor und pustet hinein.

Ich weiß genau, wie sich sein Atem anfühlt. Den ganzen Tag über war er eine willkommen kühle Abwechslung zu der Wärme, die sich immer dann in mir ausbreitete, wenn meine Gedanken abdrifteten. Da wir nach unserer Auseinandersetzung über die Motive des Feuerkönigs kein Wort mehr miteinander wechselten, gerieten meine Gedanken mangels Alternativen ständig auf Abwege.

Schnell ziehe ich die Beine nah an den Körper, bette das Kinn auf die angewinkelten Knie und schaue woanders hin. Wir sind weiter den Spuren gefolgt, die uns immer dichter an die Grenze zum Erdreich bringen. Trotzdem haben wir keinen Hinweis darauf, dass die feindlichen Angreifer tatsächlich eine Frau bei sich haben. Wäre ich an ihrer Stelle, hätte ich zumindest versucht, einen Hinweis zu hinterlassen: ein Stück meines Kleides, das ich mir abgerissen hätte, ein verlorener Schuh, eine Haarspange – irgendetwas, was wir zweifelsfrei einer weiblichen Gefangenen zuordnen könnten.

Doch um uns herum erstreckt sich nichts weiter als ein grün-brauner Wald voll fremder Gerüche und Geräusche.

Der Überfall der Eskorte geschah so schnell und unerwartet, dass ich nicht sagen kann, was genau passiert ist. Ich weiß noch, dass ich in einem Moment stocksteif dabei zusah, wie unser Begleitschutz niedergemetzelt wurde. Im nächsten rannte ich bereits tiefer und tiefer in einen fremden Wald hinein. Meine Beine bewegten sich von selbst, getrieben von nackter Panik. Ich dachte nicht an andere. Ich wollte nur mein Leben retten.

Jetzt schäme ich mich dafür, dass ich einfach geflohen bin. Aber was hätte ich schon ausrichten können? Ohne Waffen. Ohne Ausbildung, diese zu führen. Ich wäre nur ein weiteres Opfer gewesen.

Ein sinnloses Opfer.

Trotzdem nagen Schuldgefühle an mir. Schuldgefühle, die mich immer dann überkommen, wenn meinen Gedanken nicht anderweitig beschäftigt sind. Ich gebe es ungern zu, aber meinen Begleiter anzustarren und ungewohnt auf seine – mehr oder weniger unfreiwilligen – Berührungen zu reagieren, ist mir tausendmal lieber, als mich mit der Frage zu quälen, was ich anders hätte machen können.

»Was wirst du tun, wenn wir die Grenze erreicht haben?«, frage ich meinen Retter, dessen Namen ich immer noch nicht kenne.

Ich habe es aufgegeben, ihn danach zu fragen, wie ich allgemein nur das Nötigste mit ihm rede. Überdeutlich spüre ich, dass ich für ihn nichts weiter als unwillkommener Ballast bin. Auch ich bin alles andere als glücklich über dieses Zweckbündnis, aber es ist meine beste Chance zu überleben.

Danach muss ich ihn nie wiedersehen.

Es gibt also keinen Grund, Förmlichkeiten auszutauschen.

Das flackernde Feuer wirft Schatten auf sein Gesicht, wodurch seine Konturen kantiger wirken. Er mustert mich kurz, ehe er mit den Schultern zuckt. »Warum sagst du es mir nicht? Vorhin hattest du doch auch zu jeder Frage die passende Antwort.«

Ich setze mich auf und blinzele mehrmals, bis mir wieder einfällt, was ich ihn gefragt habe, und verdrehe die Augen, um mein Starren von eben zu überspielen. Mehrfach habe ich in der Vergangenheit zu spüren bekommen, dass es Männer nicht schätzen, wenn eine Frau ihre eigenen Gedanken zu gewissen Themen hat. Politik und Krieg gehörten stets zu den Dingen, über die sich Minister und andere Würdenträger den Kopf zerbrechen sollten – und keine zwanzigjährige junge Frau wie ich.

In Fryske *sprach* man glücklicherweise nur über Krieg; er suchte uns nie heim. Doch das könnte sich bald ändern.

Ich übergehe seine patzige Antwort und schaue ins Feuer. »Wenn ein Überqueren der Grenze für dich gefährlich ist, solltest du versuchen, das Problem auf friedlichem Wege zu lösen«, sage ich.

Er stößt ein Lachen aus. In einer anderen Situation würde es vielleicht angenehm klingen, doch mir entgeht nicht die Härte, die darin mitschwingt. Erneut frage ich mich, ob er ... normal lachen kann, weil er etwas witzig findet oder sich über etwas freut. Wahrscheinlich werde ich es nie erfahren. Ein Teil von mir findet das schade. Er hätte bestimmt ein wundervolles Lächeln.

»Niemand kann Probleme mit dem Erdreich auf friedlichem Wege lösen«, knurrt er und holt mich dadurch in die Realität zurück, in der es keinen lächelnden Fremden gibt. »Sie haben die Prinzessin! Was willst du da verhandeln? Was könnten wir ihnen anbieten? Fällt dir etwas ein, das den Wert einer *Prinzessin* aufwiegen würde?«

»Nein«, gebe ich zu. »Aber wir wissen nicht mit Sicherheit, ob sie ihnen in die Hände gefallen ist. Es könnte auch sein, dass sie sich irgendwo in den Wäldern versteckt.«

»Fängst du schon wieder damit an? Ich habe keine anderen Spuren gesehen«, entgegnet er in einem Tonfall, der keinen Widerspruch duldet.

Dennoch verschränke ich die Arme vor der Brust. »Vielleicht sind sie dir nur nicht aufgefallen.«

Seine faszinierenden Augen scheinen im schummrigen Licht Funken zu sprühen. Beinahe zucke ich vor diesem stechenden Blick zurück. »Vorsicht, Kleine«, zischt er. »Ich bin einer der besten Spurenleser in der Armee der Feuerlande.«

»Hör auf, mich Kleine zu nennen! Ich habe einen Namen.«

Sichtlich überrumpelt von meinem Ausbruch runzelt er die Stirn und der wütende Ausdruck verschwindet aus seinen Augen. Fast rechne ich damit, dass er nicht darauf eingehen, sondern weiter damit angeben wird, welch ein toller Spurenleser er doch ist.

Oder dass ich sowieso keine Ahnung habe, wovon ich rede.

Oder dass er mir vorhalten wird, dass es völlig egal ist, wie ich heiße, da er ohnehin kein Interesse daran hat, unsere zufällige Begegnung weiter auszubauen.

Vielen Dank, das beruht durchaus auf Gegenseitigkeit! Sobald er mich in den nächsten Ort gebracht hat, kann er sich meinetwegen in Luft auflösen.

»Und wie lautet er?«

Ich blinzele verwirrt. Habe ich mich gerade verhört? »Was?«

»Dein Name. Wie lautet er?«

Ich zögere, weil ich es für einen dummen Scherz halte. Eine weitere Art, sich über mich lustig zu machen. Doch sosehr ich auch danach suche, finde ich in seiner Miene keinen Hinweis dafür. Er beobachtet mich zwar eindringlich, aber der Ausdruck von Spott und Abneigung, der vorhin darin lag, wann immer ich den Mund aufmachte, fehlt.

»Davina«, murmele ich.

Er hebt eine Braue. »Seltsamer Name.«

Ich verdrehe die Augen. Warum dachte ich mir, dass eine solche oder ähnliche Bemerkung von ihm kommen würde?

»Und wie heißt du?«, frage ich anstatt der patzigen Erwiderung, die mir bereits auf der Zunge lag.

Über das Lagerfeuer hinweg sieht er mich abwartend an, als müsse er sich erst klar werden, ob er auf diese Frage antworten soll. »Leander.«

Ich zucke zusammen. Diesen Namen habe ich bereits gehört – mehrfach! Aber ... dieser eingebildete Kerl kann unmöglich ...!

»Du ... du bist der erste Ritter des Feuerkönigs!«, presse ich hervor.

Er verzieht den Mund. »Ich bin kein Freund von Titeln. Ich bin einer seiner Ritter. Das genügt.«

»Aber ... selbst in Fryske spricht man über deine Taten. Deine Siege sind *legendär*, ebenso wie deine Künste im Umgang mit dem Schwert.«

Nun kehrt die spöttische Verärgerung in seine Miene zurück. »Ich habe dir oft genug gesagt, dass ich gut bin. Sowohl im Umgang mit dem Schwert als auch im Spurensuchen als auch ...« Er zögert. »... in anderen Dingen.«

Ich tue so, als hätte ich seine letzte Anmerkung nicht gehört, und gebe mir die größte Mühe, mir nicht vorzustellen, von welchen anderen Dingen er spricht. Allerdings gelingt mir das nicht so recht. Schnell lenke ich das Thema weg von ... seinem *Können*. »Was machst du so nah an der Grenze? Müsstest du nicht in der Hauptstadt beim König sein?«

Sofort spüre ich, dass ich mit der Frage zu weit gegangen bin, denn Leander wirkt noch verschlossener als zuvor – sofern das möglich ist.

»Das geht dich nichts an.«

Er wendet sich ab und stochert mit einem Stock im Lagerfeuer herum.

Ich stecke seinem Rücken die Zunge heraus und bette den Kopf wieder auf die Knie. Eingebildeter Mistkerl!

Wir wechseln an diesem Abend kein Wort mehr miteinander.

❅

In der Nacht finde ich keinen Schlaf. Vor allem das nagende Hungergefühl, aber auch die ungewohnten Geräusche halten mich wach. In Fryske habe ich zwar bereits öfter unter freiem Himmel geschlafen, aber die Geräusche des Waldes waren ... anders. Weniger bedrohlich. Und Hunger kannte ich nicht. Im Schloss gab es genug zu essen für alle. Doch jetzt scheint jedes neue Magenknurren ein noch tieferes Loch in meinen Bauch zu fressen.

Um mich selbst abzulenken, beobachte ich Leander über das fast herabgebrannte Lagerfeuer hinweg, ohne dass er mich dafür grimmig anschauen kann. Er hat die Beine nah an den Körper gezogen und den Kopf auf den Knien gebettet – genauso wie ich vor noch ein paar Minuten. Ich rutsche ein Stück zur Seite, um sein Gesicht betrachten zu können, das nun weicher wirkt als vorhin. Im Schlaf sieht er beinahe friedlich aus. Ich würde nicht im Traum darauf kommen, dass er zu einem eingebildeten Trottel wird, der mir den letzten Nerv raubt, sobald er aufwacht.

Mir ist noch nie jemand begegnet, der mich so sehr zur Weißglut treiben kann, ohne dass er den Mund aufmachen muss. Ein abwertender Blick, ein grimmiges Verziehen seiner Mundwinkel reicht aus, um mich mit den Zähnen knirschen zu lassen. Ob er gegenüber jedem so abweisend ist? Oder hat er einen besonderen Narren an mir gefressen?

Womit habe ich nur diese zweifelhafte Ehre verdient? Dass ich ausgerechnet auf *Leander* treffen musste ...

Ich habe auf einige Kriegsberichte heimlich einen Blick

werfen können. Wenn ein Sieg des Feuerreichs darin verkündet wurde, fand ich unweigerlich Leanders Namen darin.

Als ich bemerke, dass er zittert, stehe ich so leise wie möglich auf und schleiche zu ihm. Vorsichtig, um ihn nicht zu wecken, lege ich ihm den Umhang um die Schultern, den er mir heute Morgen überreicht hatte. Sogleich lässt das Zittern nach. Bevor ich mir darüber klar werde, was ich da gerade tue, strecke ich die Hand aus und streiche ihm ein paar wirre, dunkle Haarsträhnen aus der Stirn. Seine Haut ist genauso warm, wie ich sie mir vorgestellt habe – ganz im Gegensatz zu meiner.

Ich bin Kälte gewohnt; sie macht mir nichts aus. Selbst wenn es noch einige Grad kühler werden würde, brauche ich keinen Mantel oder Umhang. Aber ein junger Mann aus den Feuerlanden wie Leander ist anfällig gegenüber der Kälte. Egal, ob er ein berühmter Kriegsheld und engster Vertrauter des Feuerkönigs ist oder nicht. Jetzt, in diesem Moment, zählt keine seiner vollbrachten Taten.

Jetzt ist er nur ein junger Mann, der eine – für ihn – kühle Nacht im Wald verbringen muss.

Seine Lider zucken im Schlaf und er zieht die Brauen zusammen, wodurch sich eine steife Falte zwischen ihnen bildet. Selbst wenn er träumt, sieht er verbissen aus. Trotzdem wüsste ich gern, wovon er träumt.

Ich seufze. Auch wenn er mich den vergangenen Tag nicht immer gut behandelt hat, gönne ich es ihm, zumindest im Schlaf Erholung zu finden, denn ich bin mir sicher, dass er bei Kämpfen an der Front nur wenig Möglichkeiten dazu haben wird.

Als der alte König des Feuerreichs starb, übernahm sein Sohn Esmond den Thron und führte den Krieg mit einer Vehemenz fort, die ihm beinahe den Sieg schenkte. Nicht zuletzt aufgrund der Taten seiner Ritter. Sie alle durchliefen dieselbe Schule, waren Knappen des alten Königs und kämpften Seite an Seite, sodass sie perfekt aufeinander abgestimmt sind.

Einen Ritternamen hörten wir in Fryske häufiger in den Berichten – *Leander*. Er führte die berittenen Streitkräfte in die Schlacht und focht an vorderster Front, während sich die Befehlshaber normalerweise in den hinteren Reihen aufhielten und von dort ihre Befehle gaben. Doch Leander kämpfte – und wie er kämpfte! Selbst als ich die hastig geschriebenen Berichte über seine Taten las, konnte ich ihn vor mir sehen.

In meiner Vorstellung war er jedoch ein gestandener Krieger mit einem Zweihandschwert, der durch die Reihen der Feinde pflügte wie eine Sense durch reifes Korn. Ich stellte ihn mir mit Narben im Gesicht vor, gezeichnet von den unzähligen Schlachten, die er geschlagen hat, doch auf eine herbe Weise attraktiv. Er war ein Krieger, dessen bloßer Name die Feinde erzittern ließ.

Nirgends in meiner Vorstellung war Leander ein junger und noch dazu gut aussehender Mann von vielleicht zwei- oder dreiundzwanzig Jahren, auch wenn ich es mir eigentlich hätte denken können, schließlich gehört er zu den engsten Vertrauten von König Esmond. Und als der junge König an die Macht kam, umgab er sich nur mit Beratern in seinem Alter. Ich erinnere mich genau daran, wie sehr dieses Vorgehen den König von Fryske gleichermaßen erheiterte wie vor den Kopf stieß.

Während er schläft, sieht Leander so unschuldig aus, dass ich ihn mir nicht als gefeierten Kriegsheld vorstellen kann. Er wirkt so verletzlich, dass ich mich nur knapp davon abhalten kann, über seinen Kopf zu streicheln und ihm zuzumurmeln, dass alles gut werden wird. Das will er sicher nicht von mir hören ...

So leise wie möglich erhebe ich mich und entferne mich ein Stück von ihm. Während ich in den dunklen Wald voller beängstigender Geräusche starre, gehe ich in Gedanken meine nächsten Schritte durch. Leander muss mich in einen nahe gelegenen Ort bringen. Dort angekommen, ist es meine Pflicht, den Königshof von Fryske zu kontaktieren. Der König und die Königin müssen erfahren, was geschehen ist. Sie werden den Familien der Gefallenen ihr Beileid aussprechen, und ich bin froh darüber, dass ich es nicht tun muss. Schließlich kannte ich keinen von ihnen beim Namen.

Obwohl wir bereits seit mehreren Tagen unterwegs waren, machte ich mir nicht die Mühe, meine Mitreisenden kennenzulernen. Ich hing meinen eigenen Gedanken nach und verfluchte mein Schicksal, das mich in die entfernten Feuerlande brachte. Ich sehnte mich nach der Kühle von Fryske und den weißen, mit pudrigem Schnee überzogenen Wäldern. Doch um mich herum erstreckten sich nur Wälder in Grün und Braun und Gelb – Farben, die ich mein ganzes Leben so gut wie nie gesehen habe, zumindest nicht, wenn ich aus dem Fenster sah. Ich wollte zurück in meine weiß-blaue Welt, die ich kenne und die mir Sicherheit gibt.

Doch wegen der Verbindung von König Esmond und Prinzessin Eira von Fryske würde ich nie wieder in meine Heimat zurückkehren können. Allein dafür hasse ich den jungen König, obwohl ich ihm nie begegnet bin. Es hieß, er sei zu beschäftigt, um seiner Braut seine Aufwartung zu machen. Ich glaube, dass er sich einfach nicht für sie interessiert. Er interessiert sich einzig und allein für ihre Mitgift, die unter anderem auch aus fünftausend fryskischen Soldaten besteht.

Eine Armee aus Kriegern, die noch nie einen echten Kampf bestritten haben. Genau wie die Soldaten, aus denen unsere Eskorte bestand.

Ich wüsste zu gern, was König Esmond den Herrschern von Fryske geboten hat, um sie dazu zu bringen, sich in den Krieg einzumischen, obwohl sie bis dahin neutral geblieben sind. Es muss etwas Bedeutsames gewesen sein.

Oder sie waren einfach nur froh, ihre unzähmbare Tochter endlich loszuwerden und haben den erstbesten Bewerber genommen.

Vielleicht ist es besser, wenn wir die Prinzessin niemals finden.

KAPITEL 5

DAVINA

Am nächsten Morgen beäugt Leander den Umhang um seine Schultern mit gerunzelter Stirn. Zwar verliert er kein Wort darüber, aber ich spüre, dass meine Handlungen in seinen Augen wieder nicht richtig waren.

Selbst als wir aufbrechen, bestehen seine Aufforderungen eher aus knappen Gesten denn aus Worten. Von mir aus! Demonstrativ rücke ich im Sattel so weit von ihm ab, wie es mir möglich ist. Keine Ahnung, was ich gestern gesagt und getan habe, um erneut sein Missfallen zu erregen. Ich tue so, als würde es mich nicht kümmern.

Dummerweise kümmert es mich aber, ohne dass ich genau sagen kann, warum. Ich *will*, dass er mit mir redet. Beinahe vermisse ich sogar seinen Spott. Nun, da ich weiß, wer er ist, möchte ich ihn so vieles fragen, aber ich bin zu stolz, um den ersten Schritt zu tun. Schließlich habe ich nichts falsch gemacht.

Auch den restlichen Tag über schweigen wir. Wortlos reicht er mir zur Mittagszeit ein paar Beeren, die er gesammelt hat, und verkündet mit einem Grummeln, das ich nur mit Mühe als Worte deuten kann, dass wir nun nah an der Grenze zum Erdreich wären, weshalb er kein Feuer riskieren könnte. Das ist so ziemlich der einzige zusammenhängende Satz, den ich heute von ihm gehört habe. Mein Magen gibt ein frustriertes Knurren von sich, aber ich verstehe

Leanders Beweggründe. Wenn es uns gelänge, einen Hasen oder sogar ein Reh zu erlegen, könnten wir es nicht ohne Feuer zubereiten.

Am frühen Nachmittag setzt schließlich der Regen ein, vor dem Leander sich gefürchtet hat, und seine ohnehin miese Laune erreicht einen neuen Tiefpunkt. Bisher konnten wir den Spuren der feindlichen Reiter ohne Probleme folgen. Selbst mir, die keinerlei Erfahrung im Spurenlesen hat, wäre es gelungen, ihnen nachzusetzen. Doch nun weicht jeder dicke Tropfen, der sich einen Weg durch das Blätterdach bahnt, die Abdrücke der Pferde auf und verschmilzt sie mit den für uns uninteressanten Spuren.

Ich bin bereits bis auf die Knochen durchnässt, als Leander seine Stute unter einem alten Baum mit ausladender Krone anhalten lässt. Zwar erreichen mich unter dem dichten Blätterdach immer noch einzelne Tropfen, aber es beruhigt mich dennoch, nicht mehr gänzlich dem aufziehenden Sturm ausgesetzt zu sein.

Regen ... Ich strecke die Hand unter dem Blätterdach hervor und zerreibe die einzelnen Tropfen mit den Fingern. *Das ist also Regen.* Er fühlt sich warm auf meiner Haut an, ganz anders als Schnee, der schmilzt.

Leander gleitet aus dem Sattel, eilt mit großen Schritten auf den Baum zu und lässt seine Faust gegen die Stamm krachen. Ich zucke zusammen. Obwohl ich nur seinen Rücken und die verkrampften Schultern sehe, spüre ich seine Frustration, als wäre es meine eigene.

Doch ich teile sie nicht.

Vielleicht ist dieser Regen ein Zeichen dafür, dass wir unsere Suche nicht weiter fortsetzen sollten. Ein unumstößlicher Hinweis, dass es kein gutes Ende nimmt, wenn wir die

Prinzessin tatsächlich finden sollten. Aber wie mache ich das Leander klar?

»Verdammt, verdammt, verdammt!«, stößt er hervor.

Ohne ein Wort an mich zu richten, wirbelt er herum und stapft in den Regen hinaus. Die Lippen zu einem schmalen, wütenden Strich zusammengepresst, zieht er sein Schwert und beginnt, es in einer festgelegten Abfolge gegen einen unsichtbaren Gegner zu schwingen. Stumm sehe ich ihm dabei zu, wie er eine Übung nach der anderen absolviert und anschließend von vorn beginnt. Hemd und Hose kleben ihm mittlerweile wie eine zweite Haut am Körper, doch er macht weiter. Immer weiter.

Verbissen flüchtet er sich in seine Übungen und versucht, mit ihrer Regelmäßigkeit sein Versagen zu überspielen. Ich weiß es, weil ich oft genug selbst auf diese Weise gehandelt habe. Ich erkenne die Hilflosigkeit in seinen Bewegungen, die mich ebenfalls ein ums andere Mal heimgesucht hat und mich in Nichtigkeiten flüchten ließ.

Ich tätschele der gutmütigen Stute den Hals. Dann mache ich mich daran, den Gurt um ihren Bauch zu lösen und ihr den schweren Sattel abzunehmen. Heute werden wir nirgendwo mehr hinreiten, und Eloraist bestimmt erschöpfter als wir beide zusammen. Sie wendet mir den Kopf zu und mustert mich einen Moment, als wolle sie fragen, was ich da eigentlich tue. Der Blick aus ihren warmen, dunkelbraunen Augen beäugt jede meiner Bewegungen kritisch.

Beruhigend reibe ich ihr über die weiße Blesse an der Stirn. »Für heute kannst du dich ausruhen«, murmele ich ihr zu.

Zu unseren Füßen zupfe ich eine Handvoll getrocknetes Gras und reibe ihren warmen, aber nassen Körper ab. Aus den Augenwinkeln sehe ich, dass Leander sein Training kurz unterbricht und uns zuschaut. Fast rechne ich damit, dass er wütend darüber sein wird, dass ich mich um sein Pferd kümmere, doch er sagt gar nichts und widmet sich wieder seinen Übungen. Ich weiß nicht, ob ich froh oder verärgert darüber sein soll. Elora könnte sich eine gefährliche Lungenentzündung einfangen, wenn er sie einfach durchnässt stehen lassen würde!

»Gleich haben wir es geschafft«, flüstere ich der Stute zu, als ich ihre nasse, braune, aber mit weißen Strähnen durchzogene Mähne mit den Fingern kämme. Ich muss mich davon abhalten, ein paar Strähnen zu flechten; das würde Leander sicher nicht gefallen. Obwohl es bestimmt hübsch aussähe ... Oder vielleicht würde ich es genießen, ihn zu ärgern.

»Nimm ihr auch das Zaumzeug ab«, weist Leander mich an.

Ich zucke zusammen. Nachdem ich den ganzen Tag seine Stimme nur als Grummeln gehört habe, halte ich es für eine Einbildung, dass er jetzt mit mir redet – freiwillig und ohne, dass ich ihm eine Frage gestellt habe!

Als ich mich zu ihm umdrehe, ruht sein Blick tatsächlich auf mir. Er ist derart unergründlich, dass ich beim besten Willen nicht weiß, was ihm gerade durch den Kopf geht. Doch ein Teil von mir wüsste es gerne. Ein Teil von mir will wissen, was er denkt, wenn er mich sieht – auch wenn ich gerade durchnässt und halb verhungert und mit wirrem Haar sicherlich einen bemitleidenswerten Anblick biete.

In meinem alten Leben habe ich oft Komplimente für mein Aussehen erhalten, obwohl ich mich stets im Hintergrund gehalten habe. Sie alle haben mir nichts bedeutet und ich musste mich zu einem dankenden Lächeln zwingen. Wäre es bei Leander genauso?

»Sie läuft nicht davon«, fügt Leander hinzu, als ich mich nicht rühre. »Aber sie kann ohne die Trense besser fressen. Wenigstens Elora soll heute nicht hungrig einschlafen müssen.«

Ich ignoriere das klaffende und nach Beachtung schreiende Loch in meinem Magen und wende mich wieder der Stute zu. Sie ruckt den Kopf zurück, als ich ihr das Genickstück über die Ohren streifen will.

»Ho«, murmele ich und ziehe ihren Kopf wieder zu mir herunter. Ich kraule ihr über die Blesse und lasse die Finger langsam höher gleiten, um es ein zweites Mal zu versuchen. So vorsichtig wie möglich nehme ich ihr das Zaumzeug ab. »Braves Mädchen.«

Nachdem ich es zum Sattel gelegt habe, begegne ich Leanders Blick. Er mustert mich mit schief gelegtem Kopf, als versuche er verzweifelt ein kniffliges Rätsel zu lösen. Diesmal fehlen jedoch die Härte und der Missmut in seiner Miene. Am liebsten hätte ich mich unter seinem Blick gewunden, doch ich straffe den Rücken. Sein Haar klebt nass und schwarz an seiner Stirn und den Schläfen, und ohne Unterlass tropft Regen von seiner Nasenspitze und dem Kinn.

»Sie lässt sich gewöhnlich von niemandem außer mir anfassen«, sagt er, ohne mich eine Sekunde aus den Augen zu lassen. »Ich wäre jede Wette eingegangen, dass du dir einen schmerzhaften Tritt oder Biss von ihr einfängst.«

Ich verdrehe die Augen. »Wie nett, dass du mich vorgewarnt hast«, knurre ich. »Aber wir kommen zurecht. Danke für deine Anteilnahme.«

Er übergeht meine schnippische Bemerkung. »Kennst du dich mit Pferden aus?«, will er wissen.

Ich nicke. »Als ich jünger war, hatte ich einen weißen Wallach.«

»Was ist mit ihm geschehen? Ist er gestorben?«

Ohne dass ich etwas dagegen tun kann, versteife ich mich bei seiner Frage. »Nein. Aber von einem Tag auf den anderen gehörte er mir nicht mehr. Und es gab nichts, was ich dagegen tun konnte.«

Leander runzelt die Stirn und sieht aus, als wolle er noch eine Frage stellen, doch dann blinzelt er und widmet sich wieder seinen Übungen. Beinahe bin ich enttäuscht darüber. Mich mit ihm über Alltägliches zu unterhalten – und sei es auch nur für einen kurzen Moment –, hat mich meine anderen Sorgen vergessen lassen. Doch nun kreisen meine Gedanken um Akando, meinen Wallach, auf dem ich reiten lernte und mit dem ich den Großteil meiner Jugend verbrachte.

Bis er einen neuen Besitzer bekam.

Ich grabe die Fingernägel in meine Handflächen, verzweifelt darum bemüht, die Fassung zu bewahren. Warum habe ich damals geschwiegen und getan, als würde es mir nichts ausmachen? Es war der schlimmste Tag meines Lebens, als ich zusehen musste, wie sie ihn aus der Box holten und woanders hinbrachten. Doch noch schlimmer war, dass ich ihn jeden Tag sah. Jedes Mal, wenn ich den Stall betrat, streckte er den Kopf aus der neuen Box und sofort ruhte sein sanfter, blauer Blick auf mir, als warte er darauf, dass ich zu ihm gehe, ihn sattele und mit ihm ausreite.

Doch das tat ich nicht.

Denn jedes Mal musste ich mir ins Gedächtnis rufen, dass er nicht mehr mir gehörte.

Viel zu oft habe ich Dinge hingenommen, weil ich dachte, dass ich sowieso nichts daran ändern könnte. Oft handelte es sich nur um Kleinigkeiten. Selbst als sie mir Akando nahmen, blieb ich stumm und zwang mich zu einem Lächeln und wirkte gefasst. Ich legte die Hände in den Schoß und hoffte darauf, dass alles einem höheren Zweck diente. Wie dieser Zweck jedoch aussehen sollte, weiß ich bis heute nicht.

Und ich habe es satt, auf diese Erkenntnis zu warten.

Selbst bei dem Angriff auf unsere Kutsche tat ich nichts und hoffte, dass die anderen schon irgendeinen Plan hätten. Erst als einer nach dem anderen fiel, begriff ich, dass sich nichts von allein regeln würde. Dass es keinen höheren Zweck gab. Nur ich selbst konnte mich retten. Nur ich selbst konnte entscheiden, was das Beste für mich war.

Ich krempele die Ärmel meines Hemdes bis hinauf über die Ellenbogen und breche einen der trockenen Zweige ab, der fast so lang wie mein Arm ist.

Ich konnte nichts tun. Ich musste zusehen, wie unsere Soldaten zwar tapfer kämpften, aber nichts gegen kampferprobte Gegner ausrichten konnten. Nie wieder will ich dieses Gefühl der Hilflosigkeit empfinden müssen.

Entschlossen verlasse ich das schützende Blätterdach und trete zu Leander in den Regen. Er hält in seinen Übungen inne und mustert mich mit hochgezogenen Augenbrauen. Es ist der gleiche Blick, den ich all die Jahre zu sehen bekam, wenn ich es gewagt habe zu protestieren.

Du bist ein Mädchen. Was weißt du schon? Setz dich brav zurück auf deinen Platz, lächele und halte den Mund.

Ungerührt begegne ich seiner Musterung. »Bring es mir bei.«

Er runzelt die Stirn. »Was meinst du?«

Mit einer Kopfbewegung deute ich auf die kostbar verzierte Waffe in seinen Händen. »Den Umgang mit dem Schwert.«

Er sieht mich an, als hätte ich nun komplett den Verstand verloren. »Geh zurück unter den Baum. Du holst dir hier draußen den Tod.«

»Bring es mir bei«, wiederhole ich ohne den Anflug von Flehen in meiner Stimme.

Seufzend wendet er sich ab und lässt mich einfach stehen, um erneut seine Übungen wiederaufzunehmen. Aber anstatt besiegt zurück unter den Baum zu schleichen, stelle ich mich wieder vor ihn.

»Du bist schon völlig durchnässt«, wirft er mit einem genervten Seufzen ein.

Auch diesen Einwand lasse ich an mir abprallen. Ich spüre weder den Regen, der meine Kleidung durchtränkt hat, noch die kalte Luft des herannahenden Sturms, die mir über die feuchte Haut streicht.

»Warum?«, fragt Leander, als auch er bemerkt, dass ich mich nicht von meinem Vorhaben abbringen lasse.

»Weil ich mich nie wieder hilflos fühlen will«, antworte ich, doch es ist nur die halbe Wahrheit.

Weil ich beweisen will, dass ich mehr kann, als mich nur im Hintergrund zu halten. Weil ich endlich die Chance auf ein eigenes Leben habe. Ein Leben voll freier Entscheidungen, die niemand anderes für mich trifft.

Leander verzieht den Mund. »Dir ist aber klar, dass du unmöglich mehrere Jahre Training aufholen kannst, nur weil ich dir zeige, wie man ein Schwert hält, oder?«

Ich nicke. »Ich erwarte nicht, den Meister-Schwertkämpfer besiegen zu können.« Ich deute eine spöttische Verbeugung in seine Richtung an, die er mit einem verärgerten Augenzucken quittiert. »Aber nur, weil ich nicht weiß, wie man ein Schwert hält, heißt das nicht, dass Feinde vor mir haltmachen. Nicht jeder Krieger kämpft mit Ehre und verschont jene, die unbewaffnet sind.«

Mir kommt es vor wie eine halbe Ewigkeit, in der Leander mich von oben bis unten mustert und schließlich sein Schwert zurück in die Scheide steckt. Anschließend geht er hinüber zum Baum, wo ich den Sattel zurückgelassen habe. Ich schlucke angestrengt, während ich darüber nachdenke, ihn anzuschreien, warum er mich einfach stehen lässt. Doch bevor die Worte meinen Mund verlassen können, kommt er mit drei Dolchen zurück und stellt sich vor mich.

»Mein Schwert ist zu schwer für dich«, sagt er. »Auch ich konnte es die ersten Monate kaum hochheben, geschweige denn zielsicher führen. Und ein Ast ist kein adäquater Ersatz. Damit wirst du nicht weit kommen.«

Stumm starre ich ihn an und muss beinahe nach Luft schnappen, als sich ein weicher Ausdruck in seine Augen stiehlt und die goldenen Sprenkel darin strahlen lässt.

»Du hast recht«, murmelt er schließlich und nun halte ich tatsächlich die Luft an. »Wir befinden uns im Krieg. Nur weil du keine Waffe zu führen weißt, bedeutet das nicht, dass andere dich verschonen.« Der weiche Ausdruck verschwindet aus seinem Gesicht. »Ich ... musste ebenfalls zusehen, wie Frauen und Kinder getötet wurden. Deshalb kenne ich dieses Gefühl der Hilflosigkeit, von dem du gesprochen hast, nur zu gut.«

Wieder scheine ich seinen Schmerz am eigenen Leib zu spüren. »Was ... ist geschehen?«

Sofort verschließt sich seine Miene und er weicht meinem Blick aus. »Nichts, was dich etwas anginge.«

Das zarte Gefühl der Verbundenheit, das bis eben in mir keimte, verschwindet dank seiner schroffen Antwort, als wäre es nie da gewesen. Ich knirsche mit den Zähnen. Aber was habe ich erwartet? Wenn er nicht über seine Vergangenheit reden will, soll mir das nur recht sein. Schließlich verliere ich auch kaum ein Wort über meine – von den Erinnerungen an meinen Wallach Akando einmal abgesehen.

Dennoch huscht mein Blick immer wieder zu dem jungen Ritter zurück und mustert seine Miene in der Hoffnung, dort einen winzigen Hinweis darüber zu finden, was ihm zugestoßen ist. Ich wünschte, ich könnte erneut einen Blick hinter die Maske aus Grimmigkeit erhaschen, die er normalerweise zur Schau trägt. Nur ganz kurz, um sicherzugehen, dass das Gefühl der Verbundenheit nichts als Einbildung war.

Denn warum sollte ich mich ihm verbunden fühlen?

»Hier.« Er reicht mir einen der Dolche, die er eben aus der Satteltasche geholt hat. Obwohl er auf den ersten Blick einfach verarbeitet und ohne jegliche Verzierungen gefertigt ist, liegt er ausgesprochen gut in meiner Hand. »Einen Dolch kannst du auf zwei Arten führen. Entweder benutzt du ihn im Nahkampf – dazu musst du deinen Gegner aber verdammt nah an dich heranlassen, weshalb ich das nur im Notfall empfehle – oder du wirfst ihn.«

»Ich soll ... ihn werfen?«, wiederhole ich. »Aber dann stehe ich in einem echten Kampf ohne Waffe da.«

Leander schüttelt den Kopf. »Erinnerst du dich, wie ich den Erdländer unschädlich gemacht habe, der dich gepackt hielt?«

Ich nicke. »Du hast ihm einen Dolch direkt zwischen die Augen geworfen.«

Er zieht spöttisch eine Augenbraue nach oben. »Ich hatte gehofft, du würdest nicht hinsehen. Normalerweise fallen junge Frauen in Ohnmacht, wenn sie mit dem Tod konfrontiert werden. Das Drama wollte ich mir gern ersparen, denn ich hatte es eilig.«

Ich wische seinen Einwand mit einer Handbewegung beiseite. »Vielleicht bin ich nicht wie die jungen Frauen, die du bisher kanntest.«

»Könnte sein«, murmelt er. »Bisher hat noch keine von mir verlangt, dass ich ihr den Umgang mit dem Schwert beibringen soll. Zwar wollten es einige von ihnen sehen, aber ...« Er zuckt mit den Schultern. »Nicht so wichtig. Komm mal hier rüber.«

Zögerlich komme ich seiner Aufforderung nach, doch er winkt mich immer weiter näher, bis ich so nah vor ihm stehe, dass ich seine Körperwärme spüren kann. Ein wohliger Schauer durchfährt mich, doch ich gebe mein Bestes, mir nichts anmerken zu lassen. *Das ist nicht anders als den ganzen, verdammten Tag über*, schärfe ich mir ein.

Dennoch klebt mein Blick förmlich an seinem Gesicht, das ich tagsüber kaum zu sehen bekomme. Fasziniert beobachte ich, wie einzelne Regentropfen von seinen dunklen Haarspitzen und der Nase perlen, und ich muss mich davon abhalten, die Hand auszustrecken und sie wegzuwischen. Gerade die Tropfen an der Nase kitzeln ihn bestimmt.

»Ich werde dir jetzt zeigen, wie du den Dolch dort drüben gegen den Stamm werfen wirst«, sagt er in einem ruhigen, aber auch leicht rauen Tonfall, der ein sanftes Flattern in meinem Bauch heraufbeschwört. »Dazu werde ich dich berühren müssen, um deine Haltung zu korrigieren. Ist das in Ordnung?«

Ich nicke, weil ich meiner Stimme nicht traue. Und weil nur Blödsinn dabei herausgekommen wäre, wenn ich den Mund geöffnet hätte. Dass mich noch nie ein Mann berührt hat, mit

Ausnahme meines Vaters und des *Ritaris* meiner Mutter. Oder dass ich mir nicht sicher bin, ob ich mich dann noch auf die Lektion konzentrieren kann.

Leander stellt sich hinter mich. Wenn er einatmet, streift seine Brust über meinen Rücken und ich spüre seinen warmen Atem in meinem klitschnassen Nacken. Beinahe entgleitet mir der Dolch, weil das Blut in meinen Adern plötzlich kribbelt.

»Jetzt ziel auf den Baumstamm«, murmelt er so nah an meinem Ohr, dass ich die Bewegung seines Kiefers spüre. Als ich mich nicht rühre, fügt er hinzu: »Dazu müsstest du den Arm heben.«

Mit einiger Verzögerung komme ich seiner Aufforderung nach. Er umfasst sanft, beinahe federleicht meinen Ellenbogen und richtet meinen Arm so aus, dass ich problemlos in Richtung des Baumes werfen könnte.

Statt jedoch zu meinem Ziel zu schauen, drehe ich den Kopf leicht zu Leander. Und schaue direkt auf seinen Mund. Mein Blut kribbelt noch stärker – ein seltsames Gefühl, das ich noch nie zuvor verspürt habe und mich rastlos werden lässt. Leander öffnet den Mund, als wolle er etwas sagen, doch kein Wort kommt heraus. Fast glaube ich, dass er in einer ähnlichen Starre gefangen ist wie ich.

Mühsam zwinge ich meinen Blick dazu, sich von seinen Lippen zu lösen, und schaue nach oben. Aus leicht zusammengekniffenen Augen schaut er mich auf eine Art an, die das Kribbeln beinahe unerträglich werden lässt. Undurchdringlich, dunkel, aber irgendwie auch ... herausfordernd. Keineswegs derart bedrohlich, wie die ganze letzte Zeit über.

Ich zucke zusammen, als er mir mit der Fußspitze gegen die Ferse tippt. »Den Fuß ein Stück nach hinten«, weist er mich an, ohne den Blick von mir zu nehmen. Ich gehorche ohne zu blinzeln. Die Hand, die bis eben noch an meinem Ellenbogen lag, gleitet langsam tiefer, berührt federleicht und durch den durchnässten Stoff kaum wahrnehmbar meine Taille und legt sich auf meine Hüfte. »Gewicht auf den Fuß verlagern, der hinten steht«, murmelt er und verstärkt den Druck an meiner Hüfte, um mich dazu zu bringen, mich ein Stück zurückzulehnen. »Arm oben lassen. Und mit dem hier ...« Er legt die freie Hand an meinen linken Arm und führt ihn ein Stück nach vorn. »... holst du Schwung. Verstanden?«

Ich nicke benommen, obwohl ich mir nicht sicher bin, dass ich ihm folgen konnte. Mein Blick versank förmlich in seinem und huschte, während er sprach, kurz zu seinen Lippen. Ich könnte beim besten Willen nicht wiederholen, was er gesagt hat, geschweige denn die Bewegungen ohne seine Hilfe ausführen.

Als sich ohne Vorwarnung ein flüchtiges Lächeln auf seinen Lippen abzeichnet und ein Grübchen neben seinem linken Mundwinkel enthüllt, springt mir beinahe das Herz aus der Brust. Ich wusste, dass er umwerfend aussehen würde, wenn er nur öfter lächelte, aber *damit* habe ich nicht gerechnet. Wie gebannt starre ich auf das Grübchen und seine gehobenen Mundwinkel.

»Du solltest dein Ziel im Auge behalten, nicht mich.«

Ich blinzele hastig. »Tut ... Tut mir leid.«

Mein Herz hämmert mir so stark gegen den Brustkorb, dass es fast wehtut, während ich fasziniert dabei zusehe, wie Leanders Lächeln noch breiter wird. Allein dadurch sind die Schmerzen fast vergessen. Heilige Göttin, er sollte die ganze Zeit lächeln und nicht diese sauertöpfische Miene zur Schau tragen. Ich würde ihm aus der Hand fressen, nur um ihn lächeln sehen zu dürfen.

»Dein Ziel ist dort drüben.«

Ach ja, der Baum! Was wollte ich gleich wieder tun?

»Davina«, raunt er und schickt allein mit der Art, wie er meinen Namen ausspricht, ein erneutes Kribbeln durch mich hindurch. »Du wolltest trainieren. Weil ich nichts mit mir anzufangen wusste, habe ich zugestimmt, dir zu helfen. Ich kann mich auch wieder meinen Übungen widmen, wenn du deine Meinung geändert hast.«

»Nein«, zwinge ich mich zu sagen und wende widerstrebend den Blick ab. »Was muss ich tun?«

Er legt die rechte Hand wieder an meinen Ellenbogen. »Du lehnst dich weit zurück, holst Schwung und wirfst den Dolch mit aller Kraft. Zielen üben wir später. Mir reicht es, wenn du für heute die Bewegungsabläufe verinnerlichst.«

Für heute. Heißt das, er trainiert wieder mit mir? Ich zwinge mich, meine Gedanken auf das Wesentliche zu fokussieren und fixiere den Baumstamm. Schätzungsweise ist er gute zehn Meter entfernt. Ein recht großes und unbewegliches Ziel. Sollte zu schaffen sein.

Leander macht einen Schritt zur Seite, damit ich besser ausholen kann. Wie er es mir erklärt hat, verlagere ich das Gewicht auf den hinteren Fuß, lehne mich zurück und hole mit dem nach vorn ausgestreckten linken Arm Schwung. Als ich vorschnelle, lasse ich den Dolch in genau dem richtigen Moment los. Er sirrt in Richtung des Stamms.

Doch er verfehlt ihn um mehrere Meter und fällt kraftlos ins nasse Gras.

Ein belustigtes Schnauben ertönt hinter mir. Ich wirbele herum und werfe Leander einen möglichst giftigen Blick zu.

Zwar mag ich sein Lachen, aber wenn er *über* mich lacht, ist das nichts anderes als getarnter Spott.

»Sah für das erste Mal gar nicht so schlecht aus«, sagt er, doch ich glaube ihm kein Wort.

Ich habe nicht getroffen, und nach dem Grinsen zu urteilen, das auf seinem Gesicht prangt, habe ich mich richtig dämlich angestellt. Ich beiße die Zähne zusammen, damit ich ihn nicht anschreie, und stapfe hinüber zum Dolch.

»Du brauchst nur Übung.« Als ich zurückkomme, hat sich Leander wieder gefasst – wenn man von dem spöttischen Blitzen in seinen Augen absieht. »Mit der Zeit wirst du lernen, deine Umgebung einzuschätzen und darauf zu reagieren. Bei Regen oder starkem Wind musst du anders werfen als bei Sonnenschein. Aber für heute sollten wir es gut sein lassen und uns ausruhen.«

Ich gehe wieder in Position und visiere erneut den Baumstamm an.

»Hast du mir zugehört?«

»Hab ich«, erwidere ich knapp.

»Warum machst du dann weiter?«

Ich hole aus und verfehle den Baumstamm wieder. Diesmal aber nicht um mehrere Meter. Ich hole den Dolch zurück und begebe mich wieder in Position.

»Davina«, mahnt Leander.

»Ich bin eh schon klatschnass«, sage ich, ohne ihn anzusehen. »Es macht keinen Unterschied, ob ich jetzt weitertrainiere oder wir uns unter den Baum setzen und anschweigen wie den restlichen Tag. Wenn ich übe, mache ich etwas Nützliches.«

»Eine schöne Dienerin bist du«, spottet er. »Verweigerst dich Befehlen.«

Ich wirbele zu ihm herum und richte die Spitze des Dolches auf ihn. Ohne es zu ahnen, hat Leander mit seiner Aussage einen wunden Punkt getroffen.

»Vielleicht habe ich es satt, Befehle anzunehmen!«, knurre ich. Die Worte entschlüpfen mir härter, als ich es beabsichtigt habe, doch ich nehme sie nicht zurück. »Vielleicht kann ich die Schrecken, die ich mit ansehen musste, als Chance nutzen.«

Er runzelt die Stirn, sichtlich verwirrt über meinen Ausbruch. Jedoch schaut er ganz allein mich an und ignoriert den Dolch, dessen Spitze ich noch immer auf ihn gerichtet habe. »Chance worauf?«

Ich lasse den Arm sinken. »Auf ... ein eigenes Leben.«

Leanders Augen werden für einen Moment groß, doch er fasst sich schnell und schaut mich mit gerunzelter Stirn und gewohnt grimmigem Blick an. Ich kann beim besten Willen nicht sagen, was ihm gerade im Kopf herumgeht. Aber ich wüsste es gern. Hält er mich für verrückt? Wahrscheinlich. Und es sollte mir rein gar nichts ausmachen. Sobald wir diese Suche endlich hinter uns und die Prinzessin gefunden haben, wird er mich im nächsten Ort absetzen und ich werde ihn nie wiedersehen. Das ist gut so! Doch ich habe keine Ahnung, was ich dann mit meinem Leben anfangen soll. Gut möglich, dass ich die einzige Überlebende des Angriffs bin. Ich sollte den fryskischen Königshof benachrichtigten. Das wäre das einzig Richtige. Aber das würde bedeuten, dass ich in mein altes Leben zurück müsste.

In ein Leben voller Regeln und Grenzen und ohne die Möglichkeit auf einen eigenen Willen. Ein Leben, in dem andere über mich bestimmen und ich mich ihnen beugen muss.

Wenn ich mich nicht melden würde ... Wenn ich so tun würde, als wäre ich ebenfalls während des Überfalls gestorben ... Dann könnte ich mir ein eigenes Leben aufbauen.

Ich wäre *frei*.

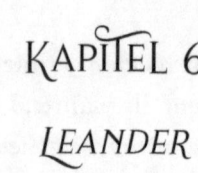

KAPITEL 6

LEANDER

Ich werde einfach nicht schlau aus der Kleinen! Das macht mich wahnsinnig. Normalerweise bin ich gut darin, mein Gegenüber einzuschätzen. Eine Fähigkeit, die ich mir schon in jungen Jahren antrainieren musste, wenn ich überleben wollte. Sie funktioniert bei einfachen Bürgern, Soldaten und sogar Königen. *Vor allem bei Königen.*

Aber nicht bei Davina.

Alles an ihr ist widersprüchlich. Ihre Bewegungen sind fein und präzise, was nicht ungewöhnlich für eine Dienerin der Prinzessin ist, die ihr ganzes Leben an einem Königshof verbracht hat. Aber manchmal hat sie eine ziemlich spitze Zunge. Am Hof von König Esmond wäre sie für ihr loses Mundwerk bereits bestraft worden. Mir macht es nichts aus, aber ich kann mir nicht vorstellen, dass ein solches Verhalten am Hof von Fryske geschätzt wird. Die Eisländer sind dafür bekannt, zugeknöpft und gefühlskalt zu sein. Deshalb war ich mehr als überrascht, als auf jedes Wort von mir eine spitze Erwiderung von ihr folgte.

Frysker bleiben unter sich, deshalb ist Davina die erste Eisländerin, die ich zu sehen bekomme. Ich habe Geschichten über sie gehört und Überlieferungen in Büchern gelesen. Jedes Mal rangen die Berichtenden um Worte, wenn sie das Aussehen der Frauen aus dem kalten Norden beschreiben sollten. Ich hätte darauf vorbereitet sein müssen. Aber ihr Anblick traf mich wie ein plötzlicher Wintereinbruch. Selbst als sie verdreckt und abgerissen durch den Wald geflüchtet war, wirkte sie schöner und anmutiger als alle Frauen, die ich bisher gesehen habe.

Ihr Haar ist so hell, dass es beinahe weiß wirkt. Im Mondlicht jedoch schimmert es silbern. Das habe ich gestern gesehen, als sie dachte, ich schlafe. Ich wäre ein schlechter Ritter – und wahrscheinlich auch nicht älter als zwanzig geworden –, wenn ich nicht gehört hätte, wie sie sich mir näherte. Sie legte den Umhang um mich – eine Geste, die ich noch immer nicht verstehe. Jede andere Frau wäre dankbar für ihn gewesen und hätte ihn selbst dann nicht zurückgegeben, wenn sie nicht gefroren hätte.

Als sie mir die Haare aus der Stirn strich, hätte ich beinahe die Augen aufgerissen. Die Berührung ihrer Fingerspitzen war gleichzeitig warm und kalt. Selbst für mich ergibt das keinen Sinn, aber es war so. Nur flüchtig strich sie über meine Haut, sodass ich dieses Phänomen nicht weiter ergründen konnte, doch die Stellen, die sie berührte, brannten danach, als würde ich viel zu nah beim Feuer sitzen. Vielleicht tat ich das. Ich muss mir mehr verbrannt haben als nur ein paar Hautstellen – mein Gehirn, zum Beispiel. Anders kann ich mir nicht erklären, warum ich sie immer noch nicht zurückgelassen habe.

Ich ließ es mir nicht nehmen, gestern Nacht einen kurzen Blick zu riskieren, nachdem sie sich von mir entfernt hatte und hinauf in den Nachthimmel schaute.

Verloren.

Das war das erste Wort, das mir einfiel, während ich sie ansah. Ohne die kühle, aber stolze Fassade, die ich den restlichen Tag zu spüren bekam und die mir die Zunge am Gaumen festzufrieren schien, wirkte sie verloren. Als wäre von einem Moment auf den anderen alles, was sie kannte, verschwunden. Als wäre sie ganz allein.

Aber das stimmt nicht! Sicher hat sie in Fryske eine Familie, die nur darauf wartet, dass sie sich meldet. Die sich freut, dass ihre Tochter am Leben und unversehrt ist.

Eine Familie, zu der sie so schnell wie möglich zurückkehren sollte.

Für mich gibt es nur einen Ort, wohin ich zurückkehren kann. Ich lebe für meinen König, der mir einen Sinn im Leben gab, als selbst der nächste Atemzug sinnlos erschien. Er zog mich zurück auf die Füße, als ich mich am liebsten zum Sterben auf der kalten Erde zusammengerollt hätte, und gab mir eine Aufgabe. Seitdem lese ich ihm jeden Wunsch von den Augen ab und diene ihm mit einer Inbrunst, die an Besessenheit grenzt, wie die anderen Ritter nicht müde werden zu erwähnen.

Aber für mich ist es die einzige Möglichkeit weiterzumachen. Wenn ich stehen bleibe und zögere, werde ich verschlungen werden.

Um nicht wieder abzudriften, schaue ich zu Davina, die weiterhin verbissen versucht, den Dolch so zu werfen, dass die Spitze im Baum stecken bleibt. Jedes Mal, wenn sie den Stamm verfehlt, glimmen Enttäuschung und Wut in ihren tiefblauen Augen auf, und beinahe habe ich Mitleid mit der armen Pflanze. Ich möchte nicht auf diese Weise von ihr angefunkelt werden.

»Du musst mehr Kraft in deinen Wurf legen«, sage ich, als sie wieder am Ausgangspunkt steht.

Sofort richtet sich ihr stechender Blick auf mich und ich schlucke trocken. Es fehlte nicht viel und ich wäre ihm ausgewichen.

»Ich *habe* nicht mehr Kraft«, zischt sie mit zusammengebissenen Zähnen.

Das stimmt. Seit gestern hatte ich mehr als genug Zeit und Gelegenheit, mit ihrem Körper vertraut zu werden, schließlich saß sie den Großteil des Tages vor mir im Sattel. Die ganze Zeit über hatte ich ihren Duft in der Nase, den ich beim besten Willen nicht zuordnen konnte, der mich aber immer wieder tief einatmen ließ, nur damit ich ihn erneut riechen konnte. Am meisten faszinieren mich jedoch ihre spitz zulaufenden Ohren, die zwischen ihren fast weißen Haaren hervorlugen und geradezu darum betteln, dass ich diese ungewohnte Form mit den Fingerspitzen nachfahre.

Bei allen Göttern, was ist nur los mit mir? Ich war eindeutig viel zu lange an der Front, wenn mich diese Kleine dermaßen aus der Fassung bringt ...

Ich schüttele den Kopf, um den Gedanken zu vertreiben und konzentriere mich darauf, worüber wir geredet haben. *Kraft.* Ja, das war es! Dass sie über nicht viel Kraft verfügt, weiß jeder, der sie ansieht. Während Frauen normalerweise ihre Formen hinter weiten Kleidern und Umhängen verbergen – vor allem unverheiratete Frauen! –, liegen Davinas Hemd und Hose so eng an ihrem Körper, dass nicht viel der Fantasie vorbehalten bleibt. Erst recht nicht, wenn beides stark durchnässt ist wie jetzt und ich unter dem weißen Hemd den Schimmer ihrer Haut und noch einiges mehr erahnen kann.

Es war eine furchtbare Idee, sie mitzunehmen ...

Sie ist ein Ärgernis, nichts weiter! Jemand, der mich aufhält, obwohl ich mich beeilen sollte. Aber so schwer es mir auch fällt, es zuzugeben, habe ich schon lange die Gesellschaft einer Frau nicht mehr so genossen wie ihre. Wann war ich zuletzt in Gesellschaft einer Frau? Ich kann mich nicht mehr daran erinnern, aber wir werden unsere Zeit nicht mit

Reden verschwendet haben. Vielleicht bin ich deswegen aus der Übung. Monate unter Männern zu verbringen, ist nicht förderlich für meine Umgangsformen.

»Gibt es keinen anderen Weg, einen Gegner auf Abstand zu halten?«, fragt sie.

Ich brauche ein paar Herzschläge, um wieder im Hier und Jetzt anzukommen. »Du kannst einen Dolch natürlich auch als Waffe führen, aber dazu muss dein Gegner sehr nah an dich heran. Wenn er über eine Waffe mit größerer Reichweite verfügt, wirst du unweigerlich den Kürzeren ziehen. Deshalb wäre es für dich besser, aus der Distanz anzugreifen.«

Sie presst trotzig die rosigen Lippen zusammen – neben ihren blauen Augen der einzige Farbklecks in ihrem ansonsten makellos hellen Gesicht.

»Am allerbesten«, füge ich hinzu, »wäre es, wenn du von vornherein nicht mehr in eine gefährliche Situation kommst. Frauen sollten in der Sicherheit eines Zuhauses bleiben.«

Spätestens als sie die Augen zu Schlitzen verengt, weiß ich, dass ich mich auf gefährlichem Terrain bewege. »Willst du damit andeuten, dass es *meine Schuld* war, dass mich dieser widerliche Krieger aus dem Erdreich entführen wollte?«

Ich bin geneigt, mit Ja zu antworten. Ich verachte Gewalt gegen Frauen in jeglicher Form, aber ein dunkler Teil in mir versteht die Beweggründe des feindlichen Kriegers, zumindest ein Stück weit. Dieser dunkle Teil wollte Davina ebenfalls für sich, als er sie das erste Mal sah. Doch im Gegensatz zu dem Pack aus dem Erdreich kann ich mich beherrschen.

»Nein«, sage ich daher. »Dennoch wäre es für eine junge Frau wie dich sicherer, wenn du schnell wieder dorthin zurückkehrst, wo du hergekommen bist.«

Wieder scheine ich etwas Falsches gesagt zu haben, denn

nun schießen ihre funkelnd blauen Augen wahre Eisblitze auf mich. »Junge Frauen wie ich?«, wiederholt sie gefährlich ruhig.

Ein entferntes Donnergrollen unterstreicht die in ihr brodelnde Wut, die sie kaum noch in Schach halten kann.

Ich zwinge mich zu einem Nicken. »Euch fehlt die körperliche Kraft und die Fähigkeit, euch selbst zu verteidigen. Eure Schutzlosigkeit ist eine Einladung für solches Gesindel aus dem Erdreich.«

»Mir mag die Kraft fehlen«, gibt sie zu. »Aber vielleicht ist dies einfach nicht die richtige Waffe für mich.« Sie lässt den Dolch, den sie bis eben fest umklammert hat, ins Gras fallen. »Vielleicht bist du auch der mieseste Lehrer, den es gibt.«

Ich gebe mir Mühe, die letzte Spitze ihrerseits an mir abprallen zu lassen. »Du könntest es mit Pfeil und Bogen versuchen. Ich kenne ein paar Soldaten, die vom Körperbau her niemals über längere Zeit ein Schwert führen könnten, aber im Umgang mit Pfeil und Bogen sind sie wahre Meister. Einer kann seine Pfeile sogar zielsicher während des Reitens verschießen. Aber dazu ...«

»Dazu *was?*«

Beinahe muss ich über ihren wütend-verbissenen Gesichtsausdruck schmunzeln. Dabei weiß ich doch schon seit Jahren nicht mehr, wie man lächelt. »Dazu müsstest du freihändig reiten können. Und ich bin mir nicht einmal sicher, ob du überhaupt allein reiten kannst.«

Die Wut in ihrem Blick wird noch drohender, kaum dass ich zu Ende gesprochen habe. Wortlos stürmt sie so nah an mir vorbei, dass ich ihren Duft gepaart mit dem Geruch von frischem Regen und Wald wahrnehme, und stapft schnurstracks auf Elora zu, die friedlich unter dem schützenden Blätterdach grast.

Ehe ich sie fragen kann, was sie vorhat, schwingt sich Davina auf den Rücken meiner Stute – ohne Sattel und Zaumzeug und mit einer solch fließenden Bewegung, als hätte sie ihr halbes Leben auf dem Rücken eines Pferdes verbracht. Jedes Wort bleibt mir bei diesem Anblick im Hals stecken.

Elora legt die Ohren an; ein untrügliches Zeichen dafür, dass sie gleich buckeln wird. Sie kennt nur mich als Reiter und hat es nur selten einem anderen Menschen gestattet, auf ihr zu sitzen.

Ich will Davina zurufen, dass sie sofort runtergehen soll, wenn sie sich nicht den Hals brechen will, doch da drückt sie bereits Elora die Fersen in die Flanken. Meine Stute macht einen Satz nach vorn und galoppiert an mir vorbei. Davina passt sich innerhalb weniger Meter Eloras Tempo und ihren Bewegungen an und breitet die Arme aus, während sie kerzengerade im vollen Galopp auf Eloras Rücken sitzt. Nur als meine Stute über einen umgestürzten Baum springt, hält sich Davina mit einer Hand in der Mähne fest und lehnt den Oberkörper ein Stück nach vorn. Abgesehen davon lenkt sie Elora einzig und allein mit dem Druck ihrer Schenkel – eine Technik, die ich wohl oder übel während des Krieges lernen musste, da meine Hände im Kampf anderweitig beschäftigt sind. Es hat Monate gedauert, bis selbst ein geschultes Ross wie Elora wusste, was sie zu tun hat, doch bei Davina sieht es aus, als würden sie nach kürzester Zeit eine Einheit bilden.

Wie festgewachsen stehe ich da und betrachte das Schauspiel mit offenem Mund. Davina, die mit Elora durch den Wald prescht, während ihr zu einem Zopf geflochtenes Haar hinter ihr herweht. Bei jedem donnernden Hufschlag spritzen Wasser und Schlamm empor. Selbst als sie direkt auf mich zugaloppiert, kann ich mich nicht bewegen. Vor mir bremst sie Elora so abrupt ab, dass die Stute steigt. Doch anstatt herunterzufallen, wie es selbst einem geübten Reiter ergangen wäre, bleibt Davina oben, eine Hand in Eloras Mähne vergraben, und starrt mit einer Mischung aus Genugtuung und Herablassung auf mich nieder. Genau in dem Moment zuckt ein Blitz über den wolkenverhangenen Nachthimmel.

Ich befürchte, dass mein Herz jede Sekunde stehen bleiben könnte.

Ich habe nie an das Schicksal geglaubt. Aber jetzt bin ich kurz davor, es zu tun.

Noch nie habe ich eine Frau auf diese Weise reiten sehen. Im Damensattel und höchstens im Trab – und selbst dann begannen sie schon zu nörgeln, dass ihre Frisuren verrutschen und sie zu sehr durchgeschüttelt werden würden.

Ohne den Blickkontakt zu unterbrechen, schwingt Davina ein Bein über Eloras Hals und gleitet von ihrem Rücken. Schlamm spritzt ihr bis zu den Oberschenkeln. Dann gibt sie Elora einen Klaps, woraufhin sie zurück unter den Baum trabt. Ihr stetiges Grasen und immer wieder Donnergrollen sind die einzigen Geräusche, die die Nacht erfüllen, während ich die junge, klatschnasse und mit Schlammspritzern übersäte Frau vor mir anstarre.

Ich weiß, dass die Frysker zu einer Göttin des Eises beten. Wir aus den Feuerlanden haben hingegen viele Götter, denen wir je nach Situation huldigen. In diesem Moment würde es mich nicht wundern, wenn sich Davina als eine fleischgewordene Pferdegöttin entpuppte. Ich wäre geehrt, ihr mit eigenen Händen einen Altar zu errichten, auch wenn ich nach all den Schrecken, die ich bisher erlebt habe, den Glauben an die Götter verloren habe.

»Ich ... reibe sie nachher wieder trocken«, murmelt Davina. Wahrscheinlich deutet sie mein Schweigen und Starren falsch. Auf einmal wirkt sie unsicher, als befürchte sie, gleich wieder von mir ausgeschimpft zu werden, doch nichts liegt mir ferner.

Ich räuspere mich und lege mir ganz genau die Worte zurecht, die ich gleich sagen will. Nicht, dass dabei noch der Blödsinn herauskommt, den ich eben über Göttinnen und Altäre dachte. »Das war gar nicht so schlecht.«

Natürlich ist das eine bodenlose Untertreibung, aber ich bin froh, überhaupt einen klaren Satz herauszubekommen. Ich möchte sie anflehen, noch einmal auf Elora zu reiten. Ich will es noch einmal sehen, um sicherzugehen, dass mir meine Sinne keinen Streich gespielt haben und es tatsächlich geschehen ist. Davina zieht eine Augenbraue nach oben und sofort gerät mein Herzschlag wieder ins Stolpern.

»Mit einem eigenen Pferd und perfekt aufeinander eingespielt, könntest du tatsächlich das Bogenschießen zu Pferd meistern«, sage ich schnell, ehe ich sie doch noch darum bitte, sich wieder auf Elora zu schwingen.

Der Anflug eines Lächelns stiehlt sich auf ihre Lippen, doch er verschwindet fast augenblicklich wieder. Plötzlich wirkt ihre Miene verschlossen und das Funkeln verschwindet aus ihrem Blick, den sie nun zu Boden richtet. Mit gesenktem Kopf geht sie an mir vorbei und stellt sich unter den Baum. Ich runzele die Stirn und beobachte sie dabei, wie sie mit flinken Fingern den Zopf löst und die einzelnen Strähnen kämmt, ehe sie das Wasser auswringt.

Immer noch verwirrt über diesen Sinneswandel, flüchte

ich ebenfalls aus dem Regen, den ich bis eben gar nicht mehr wahrgenommen habe. Ungelenk stehe ich herum und suche krampfhaft nach etwas, was ich noch zu ihr sagen könnte. Habe ich sie unwissentlich beleidigt? Dabei wollte ich sie loben. Denn wie sie eben auf Elora geritten ist ... Das war ... Ich finde keine Worte dafür, deshalb lasse ich es lieber sein.

Seufzend ziehe ich mir das durchweichte Hemd über den Kopf und wringe es aus. Ohne in ihre Richtung zu sehen, spüre ich Davinas Blick überdeutlich auf mir. Er brennt sich förmlich in meine Haut, und ohne dass ich es verhindern kann, stelle ich mich aufrechter hin wie ein Idiot, der sich vor Frauen in Pose wirft.

Bei allen Göttern, warum tue ich das? Ich habe solche Männer immer verspottet, und leider gab es davon an der Front eine Menge. Ich möchte mich selbst dafür ohrfeigen, nun ebenso zu handeln. Schnell stelle ich mich wieder normal hin. Es ist völlig egal, was sie von mir denkt. Sosehr ich ihre Reitkünste auch bewundere, werden sich unsere Wege bald trennen. Und das ist gut so. Ich reagiere nur derart seltsam auf sie, weil ich viel zu lange keine Frau mehr zu Gesicht bekommen habe.

»Hast du in vielen Schlachten gekämpft?«, höre ich Davina hinter mir fragen.

Ich weiß, warum sie das wissen will. Die Narben, die sich über meinen Körper ziehen, sind selbst bei dem schlechten Licht deutlich zu erkennen. Ich vergesse oft, dass sie da sind, weil ich die meisten nicht sehen kann.

Aber nun werde ich schmerzlich daran erinnert, dass sie kein schöner Anblick sind und die Frauen davor zurückschrecken.

»In vielen kleineren Geplänkel«, antworte ich. »Und in drei

richtigen Schlachten, die sich über Monate zogen. In zwei von ihnen war ich der Befehlshaber der Kavallerie.«

»Und du wurdest verletzt.« Keine Frage, sondern eine Feststellung.

Ich nicke, ohne mich zu ihr umzudrehen. »Ich wollte nie einer dieser feigen Kommandanten sein, die ihre Befehle aus den hintersten Reihen weitergeben, von wo aus ihnen nichts geschehen kann. Ich wollte kämpfen. Und leider neige ich dazu, nichts um mich herum wahrzunehmen, wenn ich mein Schwert führe.«

Sie schweigt. Bestimmt habe ich zu viel gesagt und sie nun endgültig verschreckt. Das wäre das Beste. Bisher hat mich noch nie jemand verstanden. Selbst meine Soldaten fürchten mich, wenn ich kämpfe. Sie fürchten das, wozu ich fähig bin. Sie fürchten die Bestie, die in mir lauert und jedes Mal zum Vorschein kommt, wenn ich mich einem Feind gegenübersehe.

Als ich Davinas Schritte über den Waldboden auf mich zukommen höre, versteife ich mich, und als ihr warmer Atem über die ausgekühlte Haut an meinem Rücken streicht, kann ich ein Zittern nicht mehr unterdrücken. Hoffentlich sieht sie es nicht ... Wenn sie ...

Ich zucke zusammen, als sie mit den Fingern federleicht über einen Narbenwulst direkt zwischen meinen Schulterblättern fährt.

»Was ist dir hier zugestoßen?«, fragt sie leise.

Mit jeder Silbe huscht ein weiterer warmer Atemzug über meine Haut, die bereits vor Wonne kribbelt. Ich schlucke verbissen jeden Laut herunter, der sich in meiner Kehle zusammenbraut und nichts mit der Beantwortung ihrer Frage zu tun hat.

»Ein Armbrustbolzen«, knurre ich. »Eine Attacke aus dem

Hinterhalt. Ich wollte wegen eines mickrigen Bolzens nicht vom Schlachtfeld getragen werden wie ein Schwerverletzter, sondern weiterkämpfen. Ich wusste nicht, dass die Pfeilspitze gezahnt war und sich mit jeder meiner Bewegungen weiter in meinem Fleisch verankerte. Die Wunde entzündete sich, nachdem der Feldarzt den Pfeil endlich herausgeschnitten hatte.« Ich stoße bei der Erinnerung daran ein Schnauben aus. »Ich bekam Fieber und war tagelang ans Bett gefesselt, sodass ich den Ausgang des Kampfes verpasst habe.«

Vorsichtig streicht sie mit den Fingern über die äußeren Ränder der Narbe. »Sie ist so gezackt, dass sie fast aussieht wie eine Schneeflocke. Und sie ist fast mittig auf deinem Rücken.«

»Der Arzt meinte, einen halben Zentimeter weiter links und ich hätte vielleicht nie wieder laufen können.«

»Dann hattest du Glück.«

»Das hat nichts mit Glück zu tun.«

Ich rechne damit, dass sie mir widersprechen wird, so wie sie es dauernd tut. Wahrscheinlich gibt es kein Thema auf dieser Welt, bei dem sie keine andere Meinung vertritt als ich. So seltsam ich diese lose Zunge bei einer jungen Frau auch finde, kann ich nicht sagen, dass es mir missfällt, mit ihr zu diskutieren. Während die mir unterstellten Soldaten oft über die eigenen Füße stolpern, um meinen Befehlen nachzukommen, ist es erfrischend, mich mit jemandem zu unterhalten, der mir mit Skepsis begegnet. Abgesehen von Davina, darf nur König Esmond meine Meinung und Befehle infrage stellen.

Ich weiß nicht, warum ich es ausgerechnet ihr erlaube. Vielleicht, weil sie mich an jemanden erinnert, den ich vor langer Zeit verloren habe.

»Habt ihr gewonnen?«, fragt sie und zieht die Hand zurück. Die Stellen, die sie bis eben noch berührt hat, fühlen sich sofort kalt an.

Ich schmunzele, auch wenn sie es nicht sehen kann. »Wir gewinnen immer.«

»Wie kommt es dann, dass dieser Krieg weiterhin andauert?«

Das Schmunzeln verschwindet. »In offenen Kämpfen sind wir den Erdländern überlegen, aber sie sind zahlreicher als wir. Wenn wir einen von ihnen töten, rücken zehn für den Gefallenen nach. Sie meiden Schlachten gegen unsere Truppen und begnügen sich damit, die Siedlungen in der Nähe der Grenze niederzubrennen. Oder Kutschen mit jungen Frauen zu überfallen. Sie machen uns das Leben schwer, wo sie nur können. König Esmond ist mehr damit beschäftigt, den Schaden, den die Erdländer anrichten, wiedergutzumachen, als einen Kampf gegen sie zu planen.«

Ich zucke zusammen, als sie die Hand wieder an meinen Rücken legt. Diesmal zeichnet sie eine Narbe an meiner Schulter nach, die bis zum rechten Oberarm verläuft.

»War das eine Schwertklinge?«

»Eine Axt«, antworte ich. »Der Hieb sollte mir wohl den Kopf von den Schultern trennen. Dummerweise bleib die Axt in meiner Schulter stecken, anstatt meinen Nacken zu treffen.«

Ich wurde schon öfters nach der Herkunft meiner Narben gefragt, manchmal auch von kecken Frauen, die hofften, mir dadurch näherkommen zu können. Die meisten von ihnen haben sich schnell einem anderen Ritter zugewandt, nachdem sie die Vielzahl schlecht verheilter Verletzungen sahen, die meinen Körper zieren.

Fast alle Narben befinden sich an meinem Rücken, denn

nur die wenigsten Kämpfer kommen nah genug an mich heran, um meine Vorderseite verletzen zu können. Zu schnell landen sie besiegt oder tot zu meinen Füßen, wenn sie sich mir in einem offenen Gefecht stellen.

Federleicht streicht Davina über die feinen Narben an meinem Arm, die im schwachen Licht silbern schimmern. Dabei umrundet sie mich, bis sie direkt vor mir stehen bleibt. Ich halte die Luft an, während ihr Blick suchend über meine Brust und den Bauch huscht. Es ist, als könnte ich ihn wie eine Berührung spüren. Unweigerlich reagiere ich darauf und verlagere schnell das Gewicht, damit es ihr nicht auffällt. Nur kurz schaut sie zu mir auf und bemerkt mein Stirnrunzeln.

Entschuldigend zuckt sie mit den Schultern. »Wie du weißt, sind wir Frysker ein sehr ... friedliebendes Volk.«

Ich verkneife mir den Einwurf, dass ich sie als *feige* bezeichnet hätte.

»Wir haben zwar Soldaten und eine Armee, aber keiner von ihnen hat je eine echte Schlacht gesehen, geschweige denn in einer gekämpft. Daher hat auch keiner von ihnen solche Narben.« Sie schürzt die Lippen, als sie kurz nachdenkt. »Klar gibt es die, die während des Trainings Pech hatten und einen unglücklichen Hieb abgekriegt haben. Oder einige Köche, die sich mit ihren Messern geschnitten haben. Aber eine echte Kriegsverletzung habe ich noch nie gesehen.«

»Wie kommt es, dass du davon so fasziniert bist?«, frage ich, während ihr Blick tiefer gleitet. Viel zu tief, als gut für mich und meine Zurückhaltung ist. »Findest du sie nicht ... abstoßend?«

Auf meine Frage hin schaut sie mir in die Augen und erneut verliere ich mich im Blau ihrer Iriden. Ich habe noch nie eine solch tiefblaue Augenfarbe gesehen.

»Warum sollte ich?«, erwidert sie spitz. »Wie du schon sagtest, sie faszinieren mich. Sie sind ein Zeichen, dass du gekämpft hast und siegreich warst. Sie sind eine Trophäe. Jede Narbe bedeutet, dass du überlebt hast, während andere es nicht taten. Sie zeichnen dich als Sieger aus.«

Trophäen. Der Beweis, dass ich überlebt habe. Ein Zeichen des Sieges.

Ich schlucke angestrengt. Noch nie habe ich jemanden auf diese Weise über Narben reden hören, erst recht nicht über meine. Vor allem in den Augen junger Frauen sind sie ein Makel. Und gerade diese Kleine aus Fryske, die wahrscheinlich nur aus Büchern weiß, was ein Krieg überhaupt ist, spricht genau die Worte aus, nach denen ich mich unbewusst viele Jahre gesehnt habe.

Worte, die den Teil von mir heilen, der durch die zahllosen Kämpfe noch nicht völlig abgestumpft ist.

Als ich ihr nicht antworte – nicht antworten *kann* –, gleitet ihr Blick wieder über meine Brust und den Bauch nach unten. Schnell ziehe ich das noch klamme Hemd wieder über den Kopf und wende mich ein Stück von Davina ab.

»Hast du etwas anderes zum Anziehen?«, frage ich. Meine Stimme klingt rau und aufgeregt. Ich hoffe, dass es ihr nicht ebenfalls auffällt. »Irgendwas, worin du dir nicht den Tod holst.«

Mit spitzen Fingern zieht sie das Hemd aus ihrem Hosenbund und wringt es aus. Dabei gewährt sie mir freie Sicht auf einen Streifen ihres flachen Bauches und der fast weißen Haut.

Ich schaue nach oben und schicke ein stummes Stoßgebet gen Himmel. Was habe ich diesmal getan, um den Zorn der Götter zu verdienen? Warum schicken sie mir Davina, um mich zu quälen?

»Ich habe nur das, was ich am Leib trage«, murmelt sie. »Wir könnten ein Feuer machen. Vielleicht trockne ich dann schneller.«

»Kein Feuer«, sage ich sofort. »Wir sind viel zu nah an der Grenze zum Erdreich.«

Provokant zieht sie eine Augenbraue nach oben und ein Teil von mir, mit dem absolut etwas nicht stimmt, freut sich schon auf ihre zweifelsohne spitze Erwiderung. »Hat der große Ritter etwa Angst vor ein paar Erdländern?«

»Vor ein paar? Wohl kaum«, erwidere ich. »Aber wie du eben gesehen hast, bin auch ich nicht unverwundbar. Gegen ein paar Erdländer komme ich an, doch ich weiß nicht, wie viele hier tatsächlich herumstreunen. Deshalb würde ich es vorziehen, wenn wir unbemerkt bleiben. Es sei denn, du willst unbedingt von ihnen entdeckt und doch noch entführt werden.«

Wieder versucht sie, mich mit ihren blitzend blauen Blicken zu Eis erstarren zu lassen. »Lass die dummen Witze! Sag mir lieber, was wir jetzt vorhaben.«

»Bei dem Regen? Nichts.« Ich verziehe den Mund. »Die Spuren sind unbrauchbar und ich mache mir keine Hoffnung, dass wir die Verfolgung wiederaufnehmen können, sobald es aufklart.«

»Dann ... willst du aufgeben?«

»Von *wollen* kann keine Rede sein«, knurre ich. »Denkst du, ich hätte hier eine Rast gemacht, wenn ich noch Hoffnung gehabt hätte? Aber ich habe keine Wahl. Ich werde nicht das Risiko eingehen und dich mit ins Erdreich nehmen. Es war falsch, dich *überhaupt* mitzunehmen.«

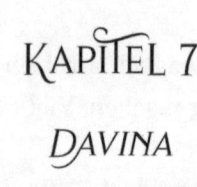

KAPITEL 7

DAVINA

Ich versteife mich bei seinen Worten. *Ein Fehler.* Er hält es für einen Fehler. Bereut er auch, dass er mich vor den Erdländern gerettet hat?

Aber ich kann es ihm nicht verübeln. Er ist ein erfahrener Ritter. Sicherlich ist es für ihn eine Belastung, dass jemand wie ich ihm am Rockzipfel hängt und er sich nicht so bewegen kann, wie er es gewohnt ist. Ohne meinen zusätzlichen Ballast wäre Elora sicherlich viel schneller vorangekommen und Leander hätte die Erdländer längst eingeholt.

Nun muss er unverrichteter Dinge zu seinem König zurückkehren und ihm mitteilen, dass aus der geplanten Hochzeit nichts wird.

Und es ist meine Schuld. Wenn ich Leander nicht angefleht hätte, mich mitzunehmen, wäre alles anders verlaufen, da bin ich mir sicher.

»Was ... wirst du deinem König sagen?«, frage ich leise.

Leander fährt sich mit einer Hand durchs feuchte Haar und bringt es noch mehr durcheinander. »Wenn ich das wüsste ... Obwohl er sie nie getroffen hat, war Esmond völlig vernarrt in die Prinzessin von Fryske. Ich weiß nicht, wie ich ihm ihre Entführung beibringen soll, ohne dass er sofort ins Erdreich stürmt, um sie eigenhändig zu retten.« Leanders Blick huscht zu mir. »Was ist mit dir? Du wirkst so gefasst. Machst du dir keine Sorgen um deine Herrin?«

Ich zwinge mich dazu, mit den Schultern zu zucken. »Wir wurden während des Angriffs getrennt, aber ich weiß, dass sie auf sich aufpassen kann. Auch wenn sie ihr Leben in einem Schloss verbracht hat, ist sie nicht so hilflos wie ich. Es würde mich nicht wundern, wenn die Erdländer sie bereits von selbst freigelassen hätten.«

»Du meinst, sie könnte auf freiem Fuß sein?«

»Möglich. Vielleicht hat sie den Erdländern auch einen Handel angeboten. Immerhin ist sie eine Prinzessin. Ihre Eltern sind reich. Irgendwas wird es schon geben, das die Erdländer mehr begehren als eine fremde Königstochter, die ihnen das Leben schwer macht.«

Leander ruckt den Kopf in meine Richtung. »Sie ... könnte einen Austausch vorschlagen?«

»Ich denke schon. Zumindest würde ich das so machen. Ich wüsste, dass es für meine Kerkermeister von größerem Nutzen wäre, ihre Soldaten mit besseren Waffen auszustatten oder angemessener zu versorgen, statt eine junge Frau aus einem fremden Volk, mit dem sie sich nicht im Krieg befinden, ihre Böden schrubben zu lassen. Fryske ist bekannt für seinen feinen Stahl und die besonders scharfen Waffen. Damit hätten die Erdländer endlich einen Vorteil gegenüber ihrem Gegner.« Ich zucke mit den Schultern. »So würde ich vorgehen.«

Leanders Mund klappt auf, während er mich anstarrt, als sähe er mich zum ersten Mal. Mit einem mulmigen Gefühl in der Magengegend erwidere ich seinen Blick.

»Warum bin ich nicht darauf gekommen?«, murrt er, nachdem er sich gefangen hat. »Und warum kommst *du* auf solch kluge Ideen?«

Ich lasse mir die letzte Bemerkung nicht zu nahe gehen,

aber es schmerzt trotzdem jedes Mal, wenn mich jemand unterschätzt. Und bei Leander schmerzt es noch mehr.

»Ich habe wohl das ein oder andere aufgeschnappt«, entgegne ich. »Während ihrer Jugend hat die Prinzessin oft an Beratungen teilgenommen und ich war notgedrungen auch dabei. Oder ich denke eben nicht nur an den nächsten Kampf, so wie du, sondern versuche, das große Ganze zu sehen.«

Ein belustigtes Leuchten glimmt in seinen farblich faszinierenden Augen auf. »Ich sollte dir widersprechen, aber leider hast du recht. Ich bin den Angreifern einfach kopflos gefolgt und habe keine anderen Möglichkeiten in Betracht gezogen.« Er schaut in die Richtung, in der sich die Spuren der feindlichen Krieger verloren haben. »Trotzdem widerstrebt es mir, nichts zu tun und abzuwarten. Das liegt mir nicht ... Was, wenn die Prinzessin doch auf Rettung hofft?«

»Allein wirst du nichts ausrichten können«, gebe ich zu bedenken. »Wir hatten eine Chance, als sie noch auf diesem Territorium waren, aber im Erdreich wird sich ihre Spur verlieren.«

Leander mustert mich mit einem Blick, den ich nicht deuten kann, doch er beschwört wieder dieses seltsame Flattern in meinem Bauch und das Kribbeln in meinen Adern herauf.

»Was ist?«, frage ich verunsichert.

»Ich überlege gerade, ob es eine so gute Idee ist, dich in den nächsten größeren Ort zu bringen, von wo aus du deine Familie kontaktieren kannst«, murmelt er, ohne den Blick von mir zu nehmen. »Das würde bedeuten, dass ich in Zukunft auf deine klugen Ideen und dein vorlautes Mundwerk verzichten müsste. Ich bin mir nicht sicher, ob mir das gefallen wird.«

Das Flattern verstärkt sich, bis es sogar mein Herz erreicht, das in einem viel zu schnellen Takt hämmert. »Wer weiß?

Vielleicht nutze ich diesen unglückseligen Umstand auch dazu, um neu anzufangen.«

Leander runzelt die Stirn. »Was meinst du damit?«

Ich stopfe das Hemd zurück in den Hosenbund und ignoriere die Tatsache, dass mir die Kleidung an der Haut klebt. Ich mag dieses Gefühl nicht, auch wenn ich zum Glück die Kälte nicht spüren kann. Nachdem ich mich gesetzt und gegen die Baumstamm gelehnt habe, ziehe ich die Beine nah an mich und schlinge die Arme darum.

»Wolltest du schon immer ein Ritter des Königs werden?«, frage ich, ohne ihn direkt anzusehen.

Leander zögert, kommt dann aber zu mir und lässt sich in einigem Abstand neben mir nieder. Trotzdem meine ich, seine Wärme bis zu mir zu spüren.

»Nein«, gibt er zu.

»Was wolltest du stattdessen machen?«

Er neigt den Kopf und legt ihn auf die angewinkelten Knie, während er mich betrachtet. »Meine Familie besaß ein kleines Gut mit einigen Hektar Land. Nichts Großes, aber es reichte für meine Schwestern und mich. Irgendwann, ich war noch sehr klein, setzte sich mein Vater in den Kopf, Pferde züchten zu wollen. Nicht irgendwelche Pferde, sondern riesige Schlachtrosse wie die, auf denen die Erdländer geritten sind.«

Ich hänge an seinen Lippen und habe keine Schwierigkeiten damit, mir den Ritter neben mir als kleinen Jungen vorzustellen, der seinem Vater in den Stall hinterhertapst. Bei dieser Vorstellung muss ich lächeln. Leander war sicher ein niedlicher Junge, dem damals schon die Mädchen zu Füßen lagen.

»Schon früh bemerkte ich, dass ich ein Händchen für Pferde hatte«, fährt er fort. »Ich konnte spüren, wenn sie sich nicht wohlfühlten oder sich eine Erkrankung anbahnte.

Ich konnte ihnen ansehen, wozu sie fähig waren. Es dauerte nicht lange, bis Vater dazu überging, mich nach meiner Meinung zu fragen, ehe er ein neues Pferd kaufte.« Er schmunzelt. »Ich kann nicht mehr zählen, wie oft Mutter mit mir geschimpft hat, weil ich wieder in den Stallungen im Heu schlief anstatt in meinem Bett.«

Ich schmunzele ebenfalls. Ohne dass ich es verhindern kann, taucht die Vorstellung von Leander im Heu vor meinem inneren Auge auf. Doch darin ist er kein kleiner Junge, sondern der Mann, der er heute ist. Meine Wangen brennen wie Feuer und ich bete, dass er es bei dem schlechten Licht nicht bemerkt.

»Vater wollte eine Zucht einzig und allein für Schlachtrösser etablieren. Aber ich war dagegen.«

»Wieso?«, frage ich.

»Weil dieser Krieg irgendwann vorbei sein wird. Und dann müssen diese stolzen, kräftigen Geschöpfe ihr Leben vor einen Pflug gespannt verbringen, weil sie für die Damen und jungen Männer, die nie einen Krieg gesehen haben, zu groß und anspruchsvoll sind.« Er zieht die Augenbrauen zusammen. »Zumindest dachte ich das bis vorhin.«

Die Intensität seines Blickes jagt einen wohligen Schauer durch mich hindurch.

»Niemand wagt sich an Elora heran«, murmelt er. »Selbst die Stallburschen am Hof weigern sich, sie zu versorgen, weil sie tritt und beißt, sobald sich ihr jemand nähert, den sie nicht kennt. Ich habe nur eine Handvoll Burschen, denen ich sie anvertrauen kann. Fulk, zum Beispiel. Er ist … na ja, so was wie mein Knappe. Hast du – abgesehen von deinem Wallach – viel Erfahrung mit Pferden?«

Ich schüttele den Kopf. »Ich hatte nur Akando. Nachdem

er mir genommen wurde, bin ich nie wieder geritten. Bis wir in die Feuerlande aufgebrochen sind, weil ich es nicht ausgehalten hätte, ewig in einer Kutsche eingesperrt zu sein. Von dem Geschaukel wird mir übel. Warum ist Elora schwierig bei anderen? Hat sie schlechte Erfahrungen gemacht?«

Mein Herz gerät bei seinem schelmischen Grinsen ins Stolpern. »Ganz im Gegenteil! Elora war das erste Fohlen, das als Nachzucht auf unserem Hof zur Welt kam. Leider starb ihre Mutter dabei. Also habe ich sie mit der Flasche aufgezogen.«

»Du?«

»Natürlich! Ich hab Tag und Nacht bei ihr verbracht, sie warm gehalten und alles darangesetzt, dass sie nicht ebenfalls stirbt.«

Als ob sie wüsste, dass wir über sie reden, kommt Elora zu uns herüber und stupst Leanders Kopf mit ihren weichen Nüstern an. Er richtet sich ein Stück auf und streichelt ihr über die Stirn. Das ehrliche und liebevolle Lächeln, das er ihr schenkt, löst ein Kribbeln in meinem Bauch aus.

Die Frau, die er irgendwann auf genau diese Weise anlächelt, muss die glücklichste auf der ganzen Welt sein. Vielleicht gibt es bereits eine Frau in seinem Leben, die er so liebevoll anlächelt. Ich weiß praktisch nichts über ihn und kenne nur die mit Sicherheit ausgeschmückten Berichte über seine Heldentaten an der Front und das, was er mir eben aus seiner Kindheit erzählt hat. Ich wünschte, ich wüsste mehr über ihn. Was er mag und was nicht. Welche Träume er für die Zukunft hat.

Und ob es bereits eine Frau an seiner Seite gibt.

Als Elora genug von den Streicheleinheiten hat, trabt sie zurück zu der Stelle, wo sie eben gegrast hat.

»Anfangs lachten mich die anderen Knappen aus, als ich

mit Elora an den Hof des alten Königs kam, um ein Ritter zu werden«, sagt er, während er seine Stute nicht aus den Augen lässt. »Sie alle besaßen kampferprobte Schlachtrösser. Nur ich kam mit der vergleichsweise zierlichen Elora daher. Aber sie lernten schnell, dass es nicht immer auf die Größe ankommt.«

»Was hast du getan, um die anderen zu überzeugen?«

Er zuckt mit den Schultern und schaut zu mir. »Ich musste nicht viel tun. Elora und ich waren von klein auf ein eingespieltes Team. Bereits damals vertraute sie mir blind. Einige der Schlachtrösser waren schlecht ausgebildet, das sah ich auf den ersten Blick. Sie fürchteten sich vor lauten Geräuschen und ruckartigen Bewegungen.«

Ich runzele die Stirn. »Das ist während eines echten Gefechts natürlich schwierig ...«

»Allerdings. Die Pferde der anderen buckelten und scheuten selbst beim leisesten Waffenklirren. Nicht so Elora. Sie sprang sogar mit mir über brennende Zweige, so sehr vertraut sie mir. Keiner der anderen Knappen hat diese Prüfung mit seinem Pferd gemeistert.« Leander stößt geräuschvoll den Atem aus. »Und nun unterstehen die meisten von ihnen mir. Ihre Wahl bei Pferden hat sich bis heute nicht gebessert. Sie sehen nur die Größe und die Kraft, vergessen aber, dass ihnen das nichts nützt, wenn sie sofort durchgehen, sobald sie Blut riechen.«

»Wenn du so gut Bescheid weißt, warum züchtest du dann nicht weiter Pferde mit deinem Vater? Ich bin mir sicher, dass die Pferde aus eurer Zucht auch unter den Rittern heiß begehrt wären.«

Sofort verschließt sich seine Miene und er wendet den Blick ab. »Das ist unmöglich.«

Ich stutze. »Weil du ... jetzt im Dienst des Feuerkönigs stehst und seine Kavallerie kommandierst?«

»Genau«, antwortet Leander, doch seine Stimme klingt gepresst. »Wir sollten schlafen. Morgen reiten wir zurück und ich bringe dich nach Brannwin. Das ist die größte Stadt in der Gegend und von dort aus kannst du deine Familie kontaktieren. Deine Eltern sind sicher froh, dass es dir gut geht, und werden dich abholen.«

Ich ziehe die Beine noch fester an den Körper. Kein Wort darüber, dass er meine vorlauten Bemerkungen und gute Ideen vermissen wird. Dass er *mich* vermissen wird. Das sollte mir nichts ausmachen, schließlich kenne ich ihn nicht, aber es tut trotzdem weh.

Ich sollte es mittlerweile gewohnt sein, dass mich jeder zurückweist, den ich etwas näher an mich heranlasse ...

»Ich will nicht zurück«, wispere ich mehr zu mir selbst, doch Leander hat mich gehört.

»Warum?«

Ich zögere mit einer Antwort, weil ich nicht weiß, wie ich meine Gefühle in Worte packen soll. »Meine Eltern werden trauern, wenn sie von meinem angeblichen Tod erfahren. Das wird schlimm für sie werden, zumindest am Anfang. Doch das vergeht und irgendwann werden sie mich vergessen. Glaub mir, das wird ihnen nicht schwerfallen. Der Überfall, so schrecklich er auch war, ist für mich eine Chance, die sich mir nie wieder bieten wird.«

»Ich ... verstehe nicht.«

»Ich verstehe es auch nicht«, gebe ich zu, »aber ich *weiß*, dass ich nicht in mein altes Leben zurückkann. Nicht ohne daran zu zerbrechen.« Ich suche seinen Blick und gestatte mir, für einen Moment darin zu versinken. »Ich habe dich vorhin gefragt, ob du schon immer im Dienst des Feuerkönigs stehen wolltest, und du hast Nein gesagt. Wenn du die Möglichkeit hättest, noch einmal ganz von vorn anzufangen, würdest du wieder alles genauso machen? Wenn es keine Restriktionen gäbe, die dich festhielten. Wenn du völlig frei wählen könntest. Was würdest du tun?«

Er schweigt, während sein Blick unstet umherhuscht, ohne etwas bewusst wahrzunehmen. »Es erfüllt mich mit Stolz, ein Ritter des Königs zu sein. Ich bin gut in dem, was ich tue.« Zwischen seinen Augenbrauen bildet sich eine steile Falte. »Aber ...«

»... es ist nicht das, was du *willst*«, beende ich seinen Satz. »Du tust es, weil du gut darin bist und es die beste Alternative ist. Aber ich habe keine Alternativen. Mein Leben war klar durchgeplant, ohne dass ich auch nur ein Wort mitreden konnte. Ich war gefangen in einem Käfig, konnte das Schloss nicht verlassen, weil ich immer bei der Prinzessin bleiben musste. Ich war genauso eingesperrt wie sie. Doch von einem Moment auf den anderen hat sich die Käfigtür geöffnet. Jetzt muss ich mich nur noch entscheiden, ob ich fliehen und mich dem Unbekannten stellen oder bleiben und das Altbekannte annehmen will.«

»Und ... was wirst du tun?«, fragt Leander.

Ich stoße den Atem aus. »Wenn ich das wüsste! Ich *will* mich für einen Neuanfang entscheiden, aber es gibt nichts, was ich besonders gut kann. Es ist schwer, die gewohnte Sicherheit zu verlassen, wenn man nichts zu bieten hat.«

»Du bist ziemlich gut im Umgang mit Elora«, wirft er ein. »Wenn du mit ihr klarkommst, wirst du auch mit anderen, weniger anspruchsvollen Pferden zurechtkommen.«

»Ich bin eine Frau«, gebe ich zu bedenken. »Es gibt einen Grund, warum es ›Stallknecht‹ oder ›Stallbursche‹ heißt. Frauen werden nicht für die Arbeit in Ställen oder auf Gutshöfen angestellt.«

Leander zuckt mit den Schultern und lehnt sich zurück gegen den Baumstamm. »Wir brauchen etwa zwei Tage bis zur nächsten Stadt. Drei, wenn wir einen kleinen Umweg machen und du es nicht zu eilig hast.«

»Ich hab es nicht eilig«, nuschele ich.

»Genug Zeit, dass du dir etwas überlegen kannst.« Endlich ist das schelmische Grinsen auf seine Lippen zurückgekehrt. »Wenn es dir ernst ist, finden wir eine Lösung, wie du neu anfangen kannst.«

Wir. Ich mag den Klang dieses Wortes, wenn es aus seinem Mund kommt.

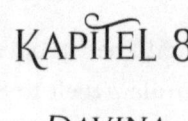

KAPITEL 8

DAVINA

Am nächsten Morgen lässt es sich Leander nicht nehmen, noch einmal die Umgebung abzusuchen. Doch wie befürchtet, hat der Regen sämtliche Spuren weggewaschen. Ich sehe ihm deutlich an, dass es ihn ärgert, unverrichteter Dinge abzuziehen. Doch er weiß, dass es Selbstmord wäre, allein ins Erdreich einzudringen – auch wenn er mich nicht dabeihätte. Leander mag an vielen Kämpfen teilgenommen haben und über viel Erfahrung verfügen und sich gern mal überschätzen, aber er ist nicht dumm.

Als er hinter mir im Sattel sitzt, wird mir ganz flau im Magen. Gestern Abend habe ich ihm viel mehr erzählt, als ich sollte. Ich habe zugelassen, dass er mir nahekam. Es endet nie gut, wenn ich andere zu nah an mich heranlasse. Gestern muss eine Ausnahme bleiben!

Aber ich kann nicht leugnen, dass ich es genossen habe, mit ihm zu reden. Ich kann mich nicht mehr daran erinnern, wann ich das letzte Mal etwas gesagt habe, ohne die Worte zuvor abzuwägen. Und er schien mich zu verstehen, nachdem er seinen grimmigen Panzer verlassen hatte.

Gestern fühlte ich mich Leander auf eine Weise verbunden, die ich nicht beschreiben kann, die aber nun, da die Sonne zwischen den Zweigen hindurchblitzt, verschwunden ist.

Ich bemühe mich, unsere Gespräche unverfänglich klingen zu lassen, und überdenke die Worte mehrmals, wie ich es gewohnt bin, um nichts mehr von mir preiszugeben. Auch Leander scheint es so zu ergehen. Meistens schweigen wir und hängen unseren eigenen Gedanken nach, aber heute ist es kein unangenehmes Schweigen. Allein die Wärme und das Gefühl seines festen Körpers hinter mir und Eloras gleichmäßiges Schaukeln beruhigen meine angespannten Nerven.

Was ich gestern gesagt habe, war keine fixe Idee. Seit einigen Jahren spinne ich immer mal wieder zusammen, wie mein Leben verlaufen könnte, wenn ich ausbräche. Doch es gab nie eine Möglichkeit, die Käfigtür mit Gewalt zu öffnen.

Nun steht sie offen – unverhofft und einladend. Aber ich zögere, hindurchzugehen. Ich weiß nicht, welches Leben mich auf der anderen Seite erwartet. Ein ähnliches wie jetzt? Ein noch viel furchtbareres? Ich glaube nicht daran, dass es gut ausgehen könnte, wenn ich mutig genug bin, um hindurchzuschreiten.

In den letzten Jahren habe ich verlernt, mutig zu sein.

Und ich weiß nicht, ob ich diese Fähigkeit je wiedererlangen kann.

❋

Als wir am Abend rasten und endlich wieder ein größeres Feuer machen können, weil wir die Grenze des Erdreichs weit hinter uns gelassen haben, erlegt Leander ein Kaninchen. Mir stülpt sich beinahe der Magen um, als er es mit gekonnten Griffen häutet und ausnimmt, und ich bin fest entschlossen, keinen Bissen davon anzurühren.

»Du bist noch blasser als gewöhnlich«, spottet Leander, als er die nicht genießbaren Innereien vergräbt.

Mit einem verkrampften Würgen schlucke ich die Magensäure wieder hinunter. »Ich habe noch nie zugesehen, wie ein Tier ... geschlachtet wird.«

Überrascht zieht Leander die Augenbrauen nach oben. »Aber Fleisch hast du schon mal gegessen, oder?«

»Natürlich. Ich werde jedoch nichts davon«, ich deute mit einer Kopfbewegung auf das Kaninchen, das kopfüber an den Hinterläufen an einem niedrigen Ast hängt, »anrühren.«

Spitzbübisch grinst Leander, was meinen rebellierenden Magen augenblicklich beruhigt. »Das werden wir noch sehen.«

Während das Kaninchen ausblutet, sammelt er im Umkreis unseres Lagerplatzes Kräuter, die ich noch nie zuvor gesehen habe. Danach schichtet er mehrere flache Steine über das Feuer, reibt das Kaninchen mit den Kräutern ein und legt es auf die erhitzten Steine. Sofort steigt der herrliche Duft von frisch Gebratenem und würzigen Kräutern auf und kitzelt mir in der Nase. Mein Magen gibt ein ohrenbetäubendes Knurren von sich, was Leander ein wissendes Lachen entlockt.

»Hätte ich etwas Wein und ein paar Beilagen, würde ich ein richtiges Festmahl zaubern«, murmelt er, während er vor der Feuerstelle hockt und das Kaninchen wendet.

»Du ... kannst kochen? Ich meine, abgesehen davon, dass du ein Tier braten kannst. *Richtig* kochen?«

Er sieht zu mir auf. Das Grübchen blitzt in seinem linken Mundwinkel auf. »Wärst du beeindruckt, wenn die Antwort *Ja* lauten würde?«

»Wahrscheinlich schon«, gebe ich zu.

Grinsend wendet er sich wieder dem Kaninchen zu. »Dann lautet die Antwort *Ja*. Ich kann auch nähen. Na ja, nicht wirklich gut, aber kleinere Risse in meinen Hemden kriege ich ohne Hilfe wieder zusammengenäht. Das zählt, finde ich.«

Nun muss ich ebenfalls schmunzeln. »Gibt es auch etwas, was du *nicht* kannst?«

»Mit der Bescheidenheit hapert es ein wenig, fürchte ich«, gibt er schelmisch zurück. »Wie steht es mit dir? Irgendwelche geheimen Begabungen, außer Reiten, von denen du mir noch nichts erzählt hast?«

Ich ziehe die Beine an mich und schlinge die Arme darum, um das Kinn auf die Knie zu legen. »Ich fürchte nicht. Ich kann weder kochen noch nähen. Ich bin allgemein ziemlich ungeschickt, wenn ich mit den Händen arbeite.«

Leander runzelt die Stirn. »Das ist sicherlich hinderlich bei deiner Arbeit als Kammerzofe.«

Ich zwinge mich zu einem Lächeln, als er mein altes Leben anspricht. »Ja ... Dafür gab es zum Glück andere Dienerinnen. Aber das ist einer der Gründe, warum ich von einem Neuanfang träume. Schließlich muss es etwas geben, worin jemand wie ich gut ist. Bisher«, ich seufze, »habe ich dieses Etwas aber nicht gefunden. Vielleicht wäre es am besten, wenn ich zurückgehe und dort weitermache, wo ich aufgehört habe.«

»Wir werden schon etwas finden, worin du gut bist«, sagt Leander leichthin.

Ich wünschte, ich besäße nur halb so viel Zuversicht wie er ... Im Gegensatz zu mir ist er so unglaublich talentiert und erfahren, dass ich mich neben ihm winzig fühle. Wenn ich mich an ihm messe, werde ich nie mutig genug sein, um auszubrechen.

»Was wirst du machen, nachdem du mich in die nächste Stadt gebracht hast?«, frage ich, um mich nicht weiter selbst zu quälen.

»Ich stehe in den Diensten des Königs«, erinnert er mich, aber seine Miene wirkt wieder verschlossen. Das schelmische

Grinsen ist wie weggewischt. »Ich muss zurück an den Hof und den nächsten Angriff planen.« Sein Blick sucht meinen. »Wie du siehst, können wir beide nicht aus unserer Haut. Du willst nicht zurück nach Fryske, weißt aber nicht, was du stattdessen machen willst. Ich habe schon so viele Kämpfe gefochten, dass es für zwei Leben reicht, und würde nichts lieber tun, als den endlosen Streitigkeiten den Rücken zu kehren.«

»Warum tust du es nicht?«

Er zuckt mit den Schultern, während er das Kaninchen erneut wendet. »Irgendwann werde ich das. Wenn ich eine Frau gefunden habe, will ich sesshaft werden. Einige meiner Kameraden nehmen ihre Frauen und sogar ihre Kinder mit an die Front.« Er verzieht das Gesicht. »Das könnte ich nicht. Ganz egal, wie überzeugt ich von meinem Können bin, es ist und bleibt ein gefährlicher Ort.«

Ich weiß, dass ich mir die nächste Frage verkneifen sollte, aber sie kommt mir über die Lippen, ehe ich sie daran hindern kann. »Du gehörst zu den engsten Vertrauten des Königs und bist bestimmt eine gute Partie. Gibt es noch keine adlige Dame, mit der du verlobt bist?«

Leander gibt ein Schnauben von sich. »Die Götter mögen mich davor bewahren! Wenn ich eine dieser gackernden Gänse, die über nichts anderes als Kleider und die neueste Mode reden können, heiraten muss, stürze ich mich in mein eigenes Schwert.«

Ich blinzele verblüfft. »Dann ... hast du dich noch nie für eine Frau interessiert?«

Wieder ruht sein Blick auf mir, nur diesmal fällt es mir schwer, ihm nicht auszuweichen. »Das habe ich nicht gesagt. Meine Wahl würde nur nie auf eine Adlige fallen.«

»Warum?«, frage ich, wobei meine Stimme gefährlich

ins Wanken gerät. Sein intensiver Blick geht mir durch und durch, dass ich mich kaum aufs Sprechen konzentrieren kann.

»Weil sie alle gleich sind. Oberflächlich und eingebildet und weltfremd.«

»Vielleicht hast du nur die falschen adligen Damen kennengelernt«, werfe ich ein.

Leander schüttelt den Kopf. »Das bezweifele ich. König Esmond gibt nach jedem Sieg ein rauschendes Fest nach dem anderen am Hof, und ich musste schon mit sehr vielen Damen tanzen, weil er es von mir verlangte.«

Ich lehne mich ein Stück nach vorn. »Tanzen kannst du also auch noch?«

»Nur, wenn ich es muss«, gibt er mit dem spitzbübischen Grinsen zurück, das mein Herz seltsame Kapriolen schlagen lässt.

Ich spüre, wie sich auch auf meinen Lippen ein Lächeln ausbreitet. »Wahrscheinlich ist die Liste von Dingen, die du *nicht* kannst, kürzer und wir sparen uns eine Menge Zeit, nur diese aufzulisten. Also, was kannst du *nicht*?«

»Bevor ich dich mit meinen mannigfaltigen Fehlern konfrontiere, lasse ich dich lieber probieren.«

Er zupft etwas durchgebratenes Kaninchenfleisch aus dem Rücken des Tieres und hält es mir hin. Eigentlich wollte ich nichts von dem armen Tier essen, dem ich beim Ausbluten zusehen musste, aber mein Magen ist da anderer Ansicht. Es duftet verführerisch. Nachdem ich die letzten Tage nur ein paar Beeren zu mir genommen habe, ist dieses Kaninchen besser als jedes Festmahl. Zögerlich strecke ich die Hand nach dem dargebotenen Happen aus, doch Leander zieht seine zurück. Als ich sie sinken lassen, hält er sie mir wieder hin und zieht abwartend eine Augenbraue nach oben.

Als mir klar wird, was er von mir verlangt, schlucke ich angestrengt. Mein Blick huscht zwischen dem Stück Fleisch, seinen vor Fleischsaft glänzenden Fingern und seinem Blick hin und her, während ich vergeblich versuche, die widersprüchlichen Gefühle in den Griff zu kriegen.

Schließlich siegt der Hunger über die Vernunft. Langsam lehne ich mich vor, bis ich im Gras knie, und öffne den Mund. Vorsichtig nehme ich das Fleisch zwischen die Lippen, darauf bedacht, Leanders Finger nicht zu berühren. Während jeder noch so kleinen Bewegung bin ich mir seines Blickes bewusst, der sich in mich zu brennen scheint, sodass ich mich kaum konzentrieren kann.

»Schmeckt es?«, fragt er.

Ich zwinge mich zu einem Nicken, obwohl ich keine Ahnung habe, weil ich mich mehr auf ihn als das Essen konzentriert habe. Mein Magen verlangt aber lautstark nach einem Nachschlag.

Grinsend zupft Leander ein weiteres Stück aus dem Rücken und hält es mir hin. »Frisst du mich auf, wenn ich dich nicht schnell genug füttere?«

Ich werfe ihm einen möglichst giftigen Blick zu. »Du musst mich überhaupt nicht füttern! Ich kann sehr gut allein essen.«

Er wedelt einladend mit dem Stück Fleisch. »Das kannst du sicherlich. Aber das würde weniger Spaß machen. Außerdem erschleicht man sich das Vertrauen eines Hundes doch auch über Futter, oder?«

»Vergleichst du mich gerade mit einem Hund?«, frage ich fassungslos.

Wieder lacht er und meine Empörung verraucht ein Stück weit. Ich mag den Klang seines Lachens – seines *ehrlichen* Lachens. Hell und klar. »He, ich mag Hunde! Übrigens ging es dabei um Vertrauen. Wenn dir eine andere Tierart lieber ist ...«

Ich verdrehe die Augen. »Vergiss es einfach.«

Diesmal achte ich nicht darauf, seine Finger nicht zu berühren. Am liebsten hätte ich sie ihm abgebissen wie der Hund, mit dem er mich vergleicht. Als ich kurz mit den Zähnen über seine Fingerspitze schramme, zieht er schnell die Hand zurück.

»Man beißt nicht die Hand, die einen füttert!«, mahnt er, grinst dabei jedoch.

Wenn er so grinst wie gerade jetzt, vergesse ich, wen ich vor mir habe: einen Kriegshelden und den engsten Vertrauten des Feuerkönigs. Einen Idioten, der mich die letzten Tage mehr Nerven gekostet hat, als gut für mich ist. Jetzt ist er nur ein Mann, der mich auf eine Art und Weise fasziniert, die ich kaum in Worte fassen kann. Jetzt umgibt ihn nicht diese Mauer aus Ablehnung und stummer Wut, die ich öfter als nötig zu spüren bekam.

Als ich bemerke, dass ich ihn schon wieder anstarre, beginnen meine Wangen zu brennen und ich senke schnell den Blick. Ich rutsche näher und zupfe mir selbst ein paar Stücke Fleisch aus dem Kaninchen. Prompt verbrenne ich mir die Finger.

»Siehst du?«, murmelt Leander. »Ich hatte nur dein Wohlergehen im Sinn.« Er greift nach meiner Hand und begutachtet die leicht geröteten Fingerkuppen. »Ich habe mir gedacht, dass deine Hände keine Hitze gewohnt sind.« Erschreckend sanft streichelt er über die schmerzende Haut und schickt damit einen Hitzestoß nach dem anderen meinen Arm hinauf. Ich halte die Luft an. »Nun hast du dir wehgetan. Dabei wollte ich dir heute Abend noch ein paar Kniffe mit den Dolchen zeigen.«

Schnell kämpfe ich mich durch den Nebel, der sich bereits über meine Gedanken gelegt hat. »Tatsächlich? Obwohl ich mich das letzte Mal nicht sonderlich geschickt angestellt habe?«

Langsam gleitet Leanders Blick hinauf zu meinem. Überdeutlich spüre ich jeden Zentimeter, den er auf dem Weg dorthin streift. »Alles nur eine Frage der Übung.«

Ich runzele die Stirn. »Und warum solltest du mit mir üben wollen?«

Er wendet sich wieder dem Kaninchen zu und zupft mehrere Stücke Fleisch ab, um sie neben das Gerippe auf den heißen Stein zu legen. »Du hattest recht mit dem, was du gesagt hast.«

»Ich ... habe eine Menge gesagt«, gebe ich zu bedenken. »Was genau meinst du?«

»Dass es kein Schutz ist, wenn du unbewaffnet bist«, antwortet er.

»Ich glaube nicht, dass ich eine Chance gegen die Erdländer gehabt hätte, selbst nicht mit einem Dolch oder einer anderen Waffe.«

Leander nickt. »Vielleicht nicht. Aber ich weiß aus Erfahrung, dass es immer ein besseres Gefühl ist, wenn man sich zumindest verteidigen kann, anstatt wehrlos auf das Ende warten zu müssen.«

Bei seinen Worten wird es mir eng in der Brust. Ehe ich mich jedoch dazu überwinden kann, ihn um weitere Einzelheiten zu bitten, schüttelt er den Kopf, als könne er so unliebsame Erinnerungen vertreiben.

Als er mich wieder ansieht, sagt er: »Es ist nur ein Angebot. Wenn du nicht willst, werde ich nicht mit dir üben. Ich dachte nur, dass es dir helfen könnte – egal, wie dein weiterer Weg aussehen mag.«

Ich strecke die Hand nach ihm aus und lege sie auf seine. »Ich würde mich geehrt fühlen, von einem gestandenen Ritter wie dir etwas lernen zu dürfen.«

Er schenkt mir ein kleines Lächeln, bei dem das Engegefühl in meiner Brust verfliegt. »Erwarte aber nicht, dass ich dich schone!«

Ich schmunzele. »Darauf wäre ich nicht im Traum gekommen!«

✳

Nachdem wir gemeinsam das Kaninchen, das ausgezeichnet geschmeckt hat, verzehrt haben, führt mich Leander ein Stück vom Feuer weg. Das Licht der Flammen reicht noch bis hierher, aber auf der kleinen Lichtung haben wir mehr Platz.

Sofort bin ich wieder nervös. Wahrscheinlich trainiert er nur mit mir, um sich selbst abzulenken und nicht mehr darüber nachzudenken, dass es ihm nicht gelungen ist, die Prinzessin zu finden. Es geht dabei nicht um mich. Ich bin nur ... ein Zeitvertreib, den er bald wieder los ist.

Ja, genauso sollte ich es auch sehen und aufhören, mich in etwas hineinzusteigern, was nicht da ist. Doch sobald er in meiner Nähe ist, fängt mein Blut auf sonderbare Weise an zu kribbeln.

Leander drückt mir einen Dolch in die Hand. »Dir fehlt die Kraft, um ihn über längere Distanzen zu werfen. Deshalb zeige ich dir heute, wie du ihn im Nahkampf einsetzt.«

»Ich dachte, Nahkampf mit Dolchen wäre keine gute Idee?«, werfe ich ein.

»Ist es auch nicht. Aber es ist immer noch besser, als gänzlich ohne Waffe dazustehen.« Sanft umschließt er mein Handgelenk und dirigiert meinen Arm hinter mich. »Eine kleine

Waffe wie einen Dolch kannst du leichter verbergen als ein Schwert oder einen Bogen. Du kannst ihn in den Falten deines Kleides verstecken – wenn du irgendwann wieder eins tragen solltest.« Bei der letzten Bemerkung bedenkt er mich mit einem Schmunzeln, das mir die Hitze in die Wangen treibt. Da ist es wieder – das Grübchen neben seinem linken Mundwinkel – und wie die Male zuvor fesselt es meine Aufmerksamkeit.

Dennoch frage ich: »Hast du ein Problem mit meiner Kleidung?«

Ein spitzbübisches Funkeln glimmt in seinen Augen auf. »Hab ich das gesagt? Es ist nur unmöglich, einen Dolch in dieser Hose zu verbergen, ohne dass er sofort auffällt. Dazu fehlt ... der Platz.« Als sein Blick hinab zu meinen Beinen huscht, verschwindet das Funkeln aus seinen Augen. Auf einmal wirken sie dunkler als zuvor. Keine Spur mehr von den goldenen Sprenkeln, nur noch Grün.

Ich räuspere mich, woraufhin er mehrmals hintereinander blinzelt und mir mit einem leicht verwirrten Ausdruck wieder ins Gesicht schaut.

»Wir waren beim Führen von Dolchen im Nahkampf«, helfe ich ihm auf die Sprünge.

»Ja, nun ...« Seine Stimme klingt mit einem Mal rau. Ich mag diesen Klang fast so sehr wie den seines Lachens. »Wie ich schon sagte, musst du sehr nah an deinen Gegner heran, wenn du ihm mit einem Dolch schaden willst. Aber dadurch, dass du eine vergleichsweise kleine Waffe vor ihm verstecken kannst, wiegst du ihn in Sicherheit. Und dann, wenn er es am wenigsten erwartet«, er zieht meinen Arm nach vorne, »stößt du zu.«

»Und ... wohin?«

Er runzelt die Stirn und lässt mich los. »Du hast recht. Wahrscheinlich sollte ich dir zunächst die Grundlagen beibringen, ehe wir zu den praktischen Übungen kommen. Lass den Dolch ins Gras fallen.«

Ich gehorche. Leander stellt sich vor mich, etwa eine Armlänge entfernt.

»Mit einer kurzen Klinge wie bei einem Dolch musst du zielsicher die Punkte treffen, die deinen Gegner unschädlich machen. Je nachdem, worauf du zielen willst, musst du die Umgebung des Punktes beachten.« Er nimmt meine Hand und legt sie sich auf die Brust. Unter meinen Fingerspitzen fühle ich sein Herz kräftig und schnell schlagen. »Das Herz ist ein gutes Ziel, um deinen Gegner sofort zu Fall zu bringen. Aber«, er umfasst meine Finger und drückt sie sanft gegen sich, bis ich die Erhebungen seiner Rippen spüre, »es ist gut geschützt. Wenn du mit deinem Angriff direkt auf einen Knochen triffst, kann es passieren, dass du abrutschst.«

Konzentrier dich, Davina, mahne ich mich. *Bleib bei der Sache!*

»Also ... sollte ich nicht auf das Herz zielen?«, krächze ich. Heilige Göttin, warum klingt meine Stimme auf einmal so hoch?

Leander schüttelt den Kopf. »Als Anfängerin nicht.« Er führt meine Hand tiefer, sodass ich jede einzelne Erhebung seiner Rippen durch das Hemd spüren kann. »Es erfordert viel Übung, genau den Zwischenraum zu treffen und den Gegner wirklich zu verletzen.«

Als ich mit einiger Verspätung nicke, führt er meine Hand zu seinem Brustbein. »Auch hier wirst du bei einem Frontalangriff Schwierigkeiten haben. Aber«, wieder lenkt er meine Hand tiefer zu seinem Bauch, »hier ist kein natürlicher Schutz im Weg. Ein Dolchhieb in den Magen ist zwar nicht sofort tödlich wie einer ins Herz, doch er verursacht immense Schmerzen und verschafft dir Zeit, um dir ein neues Ziel zu suchen oder die Flucht zu ergreifen.«

Ich verkneife mir den Einwurf, dass sich die Haut unter dem Hemd bei ihm auch nicht viel weicher anfühlt als bei den Rippen.

Erst als er mir die freie Hand unters Kinn legt und meinen Kopf ein Stück nach oben drückt, fällt mir auf, dass ich viel zu lange auf seine Brust und den Bauch gestarrt habe.

»Soll ich dir noch mehr Stellen zeigen?«, raunt er in einem Tonfall, der mich nach Luft schnappen lässt und meine Gedanken auf Reisen schickt.

Doch ich zwinge mich zurück ins Hier und Jetzt. Wer weiß, ob er sich noch einmal dazu herablässt, mir den Umgang mit Waffen zu zeigen. Leanders Stimmung wechselte in den letzten Tagen derart schnell, dass ich manchmal selbst nicht mehr hinterherkam. Also muss ich jetzt das nehmen, was er mir anbietet, und mich *verdammt noch mal konzentrieren!*

Da ich meiner eigenen Stimme nicht traue, nicke ich nur. Leander wendet mir den Rücken zu und zieht das Hemd aus der Hose.

»Auch hier unten sind keine Rippen oder andere Knochen im Weg. Ein Stich in die Niere ist nicht direkt tödlich, aber verdammt schmerzhaft.«

Zögerlich strecke ich die Hand aus und lege die Fingerspitzen an den Streifen entblößte Haut direkt über seinem Hosenbund. Leander versteift sich unter der Berührung und schnappt hörbar nach Luft, zieht sich jedoch nicht zurück.

Seine Stimme klingt auf einmal gepresst, als er sagt: »Und selbst ... wenn du sie verfehlst, hast du gute Chancen ... andere Organe zu treffen ...«

»Aber was ist, wenn es nicht ausreicht, mein Gegenüber nur kurz kampfunfähig zu machen?«, frage ich leise. »Wenn ich ... sichergehen muss, dass von ihm keine Gefahr mehr ausgeht?«

Widerstrebend ziehe ich die Hand zurück, als Leander sich wieder zu mir umwendet und das Hemd zurück in die Hose steckt.

Er reckt das Kinn vor. »Du kannst auch auf den Hals zielen, am besten mit einem nach oben gerichteten Hieb.«

Leander legt sich meine Arme um den Hals und beugt sich ein Stück zu mir herunter, während ich mich auf die Zehenspitzen stelle. Plötzlich bin ich ihm so nah, dass ich trotz meiner guten Vorsätze alles andere um mich herum vergesse. Auch die Tatsache, dass er mir gerade beibringt, wie ich im Ernstfall jemanden verletzen oder gar töten kann, zählt nicht. Alles, was ich wahrnehme, ist sein Gesicht, das nur wenige Zentimeter von meinem entfernt ist, und sein warmer Atem, der mir stoßweise über die Haut streicht.

Er war mir schon oft so nah, schließlich sitzt er tagsüber die ganze Zeit hinter mir, doch ihm von Angesicht zu Angesicht so nah zu sein, ist etwas völlig anderes. Noch nie konnte ich die Farben seiner Augen aus dieser Entfernung ergründen. Ich scheitere, bin mir immer noch nicht sicher, ob nun Grün oder Braun mit goldenen Sprenkeln vorherrscht. Nichtsdestoweniger bin ich in seinem Blick gefangen, der so tief und unergründlich ist, dass ich nichts lieber täte, als darin zu versinken.

»Der Hals«, murmelt er rau, während sich sein Blick wieder verdunkelt, »ist ein vergleichsweise kleines Ziel und von hinten«, er verstärkt den Druck um meine Finger, sodass ich die einzelnen Wirbel in seinem Nacken spüren kann, »sehr gut geschützt. Außerdem verursacht es eine riesige Sauerei, wenn du den Hals erwischst.«

»Also«, ich schlucke angestrengt und zwinge mich, den Blick nicht von seinen Augen abzuwenden, »würdest du mir nicht empfehlen, den Hals als Ziel zu wählen?«

»Wenn du die Wahl hast, nein«, murmelt er. »Aber während eines echten Kampfes hast du nur wenige Momente Zeit, um dir über deinen Angriff klar zu werden. Ehe du in eine Schockstarre verfällst und gar nicht angreifst, ziele dahin, wo du am meisten Schaden anrichten kannst. Und sei es nur eine Fleischwunde. Jeder Nachteil deines Gegners ist dein Vorteil.« Er lehnt sich ein Stück weiter zu mir vor. »Natürlich wäre es mir am liebsten, wenn du von vornherein nicht in eine Situation geraten würdest, in der du dich selbst verteidigen musst.«

»Das ...« *Nicht auf seinen Mund schauen!* »... würde ich auch gern vermeiden. Aber da ich allein bin ...«

Unvermittelt legt er mir eine Hand an die Wange. Gerade so kann ich ein Seufzen unterdrücken. »Du könntest bestimmt eine Anstellung am hiesigen Königshof finden, wenn du partout nicht nach Fryske zurückwillst.«

Ich muss mich erst wieder daran erinnern, wie man spricht. »Das ist nicht das Leben, das ich führen will. Wenn ich irgendwann den Mut aufbringe, meinem alten Leben zu entfliehen, will ich einen völlig neuen Weg einschlagen.«

Er mustert mich aus leicht verengten Augen, als müsse er zunächst gründlich über meine Worte nachdenken. Ich wünschte, ich wüsste, was ihm gerade durch den Kopf geht, wenn er mich ansieht.

»Ich bewundere deine Entschlossenheit«, murmelt er nach

einer Weile. »Ich wünschte, ich könnte auch einfach beschließen, mein Leben neu zu ordnen.«

Als ich fragend den Kopf neige, schmiege ich das Gesicht in seine Hand. Ob bewusst oder unbewusst, vermag ich nicht zu sagen, aber es gefällt mir. »Ich dachte, du liebst es, ein Ritter zu sein.«

Einen Moment lang huscht Leanders Blick unstet umher, als müsse er sich seine nächsten Worte genau überlegen. »Ich verehre meinen König und liebe mein Land. Es erfüllt mich mit Stolz, für die zu kämpfen, die sich selbst nicht verteidigen können. Ich bin in dieser Aufgabe aufgegangen, als ich keine andere Perspektive hatte. Aber ... in den letzten Jahren habe ich mehr und mehr erkannt, dass ich durch diese Aufgabe mein eigenes Leben aus den Augen verliere. Ich kämpfe für meinen König, mein Land und die Schutzlosen. Aber ich kämpfe nicht für *mich*. Wenn der Krieg irgendwann enden sollte, bin ich vielleicht schon ein alter Mann und habe alles verpasst, was ich hätte erleben sollen. Ich werde meinem einzigen Daseinszweck beraubt und ganz allein sein. Und dann werde ich nicht wissen, was ich mit meinem kümmerlichen, restlichen Leben anfangen soll.«

Ohne darüber nachzudenken, lasse ich beide Hände von seinem Hals nach vorn gleiten und umschließe sein Gesicht. Wie bereits zuvor spüre ich genau, was in ihm vorgeht. Er wirkt so traurig, so verloren, dass ich seine Einsamkeit spüren kann, als wäre es meine eigene. Vielleicht ähneln sie sich auch so sehr, dass ich genau weiß, wie er sich gerade fühlt. Ich weiß, wie es ist, allein zu sein und sich ständig anhören zu müssen, wie gut man es doch hätte. Zweifelsohne sehen viele Soldaten und Knappen und andere Ritter zu Leander auf. Sie sehen einen der engsten Vertrauten des Königs und einen begnadeten Schwertkämpfer, einen Krieger, der einen Sieg nach dem anderen erringt.

Doch sie sind blind für den Mann, der sich hinter Ansehen und Können verbirgt.

Warum Leander ausgerechnet *mir* einen Blick auf den Mann gewehrt, der er wirklich ist, bleibt mir schleierhaft. Vielleicht, weil gerade niemand anderes da ist. Aber vielleicht ... spürt er ebenfalls diese tiefer gehende Verbindung und ich bilde mir doch nicht nur etwas ein.

Ich kratze all meinen Mut zusammen, wappne mich innerlich bereits gegen die barsche Zurückweisung, die unweigerlich folgen wird und streichele ihm mit dem Daumen über die Wange. Nur ganz kurz und flüchtig, doch es genügt, um ihn mit einem ergebenen Seufzen die Augen schließen zu lassen. Mein Herz hämmert wie wild, aber ich bringe nicht genug Mut auf, um ihn erneut zu streicheln.

Stattdessen legt Leander mir die freie Hand an meinen unteren Rücken und zieht mich näher zu sich, sodass meine Brust mit jedem hektischen Atemzug über seine streift. Doch abgesehen von dieser flüchtigen Berührung und denen unserer Hände, sind wir weiter voneinander entfernt, als mir lieb ist.

»Ich habe es fast vergessen«, flüstert er, ohne dass ich weiß, wovon er redet. Aber ich frage auch nicht nach und rühre keinen Muskel. »Ist das in Ordnung? Wenn du nichts dagegen hast, würde ich gerne eine Weile so stehen bleiben.«

»Es ist in Ordnung«, wispere ich zurück, weil ich Angst habe, dass nur ein zu laut gesprochenes Wort ihn dazu veranlassen könnte, sich wieder in sein grimmiges Selbst zurückzuverwandeln.

Zögerlich streichele ich erneut über seine Wange. Diesmal

zieht er die Augenbrauen zusammen – nicht nachdenklich, sondern als hätte er Schmerzen. Mein Herz verkrampft sich bei diesem Anblick und hat anschließend Mühe, in den ungewohnt schnellen Trott zurückzufinden. Gern würde ich ihn fester an mich ziehen, wage es jedoch nicht. Zwischen uns gibt es eine klare Grenze; das hat er mir deutlich gemacht, als er mich nur ein paar Schritte zu sich gezogen hat. Wenn ich diese Grenze überschreite, wird er sich wieder verschließen und mich vielleicht nie wieder so nah an sich heranlassen.

Seine Hände ruhen warm und sanft an meiner Wange und dem Rücken, doch er rührt nicht einen Finger. Ich weiß nicht, ob ich mich darüber freuen oder frustriert sein soll. Meine Gefühle ergeben im Moment sowieso keinen Sinn.

Als er die Augen wieder öffnet und ich im Farbspiel von Braun und Grün und Gold nahezu ertrinke, wird es noch schlimmer. Das Verlangen, ihm näher zu sein, als die von ihm gezogene Grenze es erlaubt, raubt mir beinahe den Verstand.

Ich will mich an ihn schmiegen und ihm gleichzeitig den Halt geben, den er zu brauchen scheint. Ich spüre sie – die Sehnsucht, die von ihm ausgeht und die ihn genauso verwirrt wie mich. Doch im Gegensatz zu mir scheint er sich unter Kontrolle zu haben.

Vorsichtig, als hätte er Angst, mich zu verschrecken, streckt er die Finger seiner rechten Hand aus und streicht über meine Ohrmuschel. Mit einem faszinierten Funkeln verfolgt sein Blick die Bewegung, während mich ein wohliger Schauer nach dem anderen durchfährt und ich kurz davor bin, meine Bedenken über den Haufen zu werfen und doch die gezogene Grenze zu überschreiten. Um was auch immer zu tun – keine Ahnung, aber es fühlt sich falsch an, mir nicht anmerken zu lassen, was ich empfinde.

Als seine Finger schließlich an der Spitze meines Ohres ankommen, breitet sich ein Lächeln auf seinen Lippen aus, das mein Herz in helle Aufregung versetzt. Doch das Lächeln verschwindet genauso schnell wieder, wie es gekommen ist.

Als er den Rücken strafft und die Stirn runzelt, weiß ich, dass die Zeit, in der er mir einen Blick hinter die Fassade des stolzen Ritters gewährt hat, vorbei ist. Abrupt zieht er die Hände zurück und macht einen Schritt nach hinten – weg von mir. Die Stellen, die er eben noch berührt hat, fühlen sich sogleich kalt an.

»Entschuldige«, murmelt er.

Ich lasse die Hände sinken, die eben noch sein Gesicht umschlossen haben und nun sinnlos in der Luft hängen. »Es gibt nichts, was dir leidtun müsste.«

Unschlüssig stehen wir einen Moment da und suchen krampfhaft nach den richtigen Worten, doch wir finden sie nicht. Mein Herz hat noch nicht verstanden, dass der Augenblick vorbei ist, denn es schlägt noch immer viel zu schnell und aufgeregt. Auch das Kribbeln in meinen Adern will einfach nicht verschwinden und treibt mich beinahe in den Wahnsinn.

»Wir sollten trainieren, solange das Licht dazu noch ausreicht«, sagt Leander schließlich.

Ich nicke, weil mir nichts anderes einfällt. Dass er mir zeigen wollte, wie ich mich mit einem Dolch verteidigen kann, habe ich schon fast vergessen. Und ich habe nach dem, was eben geschehen ist, keine Lust mehr zu trainieren.

Dabei ist gar nichts geschehen.

Er reicht mir einen der Dolche, und als ich das mittlerweile vertraute, kalte Gewicht in der Hand spüre, schüttele ich widerwillig die Erinnerung an Leanders Nähe ab, um mich besser konzentrieren zu können.

Als Leander sich dicht hinter mich stellt, um meine Haltung zu korrigieren, verfliegt der Gedanke an Konzentration jedoch sofort. Ich halte die Luft an, während er einen Fuß zwischen meine schiebt, um mit leichtem Druck meine Beine weiter auseinanderzustellen.

»Mit einem breiteren Stand gerätst du nicht so schnell aus dem Gleichgewicht«, murmelt er viel zu nah an meinem Ohr, was nicht dazu beiträgt, dass ich bei der Sache bleibe.

Mit einem Stupser gegen meine Ferse gibt er mir zu verstehen, dass ich das rechte Bein ein Stück weiter nach vorn stellen soll. So nah, dass sich seine Brust an meinen Rücken schmiegt, steht er hinter mir und hebt meinen Arm, mit dessen Hand ich den Dolch umklammere, als hinge mein verdammtes Leben davon ab.

»Genau so stehen bleiben«, lautet seine nächste Anweisung.

Beinahe hätte ich einen protestierenden Laut von mir gegeben, als er hinter mir verschwindet. Anstatt mich wieder allein trainieren zu lassen, stellt er sich vor mich.

»Versuch nun, mich anzugreifen.«

Perplex reiße ich die Augen auf. »Wie bitte?«

»Du sollst mich angreifen.«

Das kann doch wohl nicht sein Ernst sein!? »Aber ... ich könnte dich verletzen ...«

Er bedenkt mich mit einem überheblichen Grinsen. »Du kannst es gern versuchen.«

Es ist mir schleierhaft, wie er auf die Idee kommt, er könne mir auf die kurze Distanz von ein paar Zentimetern ausweichen ... Ich werde ihn treffen und verletzen und ...

»Nun mach schon!«, brummt er, als ich weiter zögere. »Du wirst mir nicht einmal einen Kratzer zufügen.«

Zögernd und halbherzig stoße ich den Dolch nach vorn, doch Leander weicht mir leichtfüßig aus.

»Was war das denn?«, grummelt er. »So triffst du nicht einmal einen einbeinigen Greis!«

Ich verziehe den Mund und versuche es erneut. Wieder verfehle ich ihn und muss mir seinen Spott anhören. Es ist, als ahne er jede meine Bewegungen voraus, noch bevor ich selbst den Entschluss, wo ich angreifen will, getroffen habe.

Mit jeder spöttischen Bemerkung von ihm wird mein Wunsch, ihm doch wehzutun, größer. Verflogen ist die Vertrautheit von eben. Nun habe ich wieder den Ritter vor mir, nicht den jungen Mann. Und der Ritter nimmt keinerlei Rücksicht auf mich, sondern lässt mich mit jedem herablassenden Wort, jeder verzogenen Miene, jedem tadelnden Hochziehen seiner Augenbrauen spüren, dass ich mich kläglich anstelle.

Meine Angriffe werden vehementer, doch ich verfehle ihn ein ums andere Mal. Manchmal nur knapp, meistens aber um Längen. Genervt und frustriert jage ich ihn über die Lichtung, bis ich nach Luft japsen muss. Leander hingegen sieht aus, als hätte er höchstens einen Spaziergang bei strahlendem Sonnenschein hinter sich.

Und das frustriert mich noch mehr.

Bei meinem nächsten Angriff ziele ich auf seinen Hals. Er muss nur den Kopf zur Seite neigen, um dem Hieb zu entgehen.

»Was habe ich dir über Angriffe auf den Hals gesagt?«, fragt er.

»Zu ... kleines Ziel«, keuche ich. »Große ... Sauerei.«

»Und warum versuchst du es trotzdem?«

Ich wünschte, mein Blick würde ausreichen, um ihn in ein Häufchen Asche zu verwandeln. Leider bleibt es bei einem Wunsch. »Weil ich ... gehofft habe, dich dadurch ... zum Schweigen bringen zu können.«

Ein überhebliches Schmunzeln macht sich auf seinem Mund breit. »Warum solltest du das denn wollen?«

Ich knirsche mit den Zähnen. »Ist die Frage ernst gemeint? Vielleicht sollte ich beim nächsten Versuch auf dein riesiges Ego zielen.«

Meine schnippische Antwort scheint ihn noch mehr zu erheitern. Ich hasse es, wenn sich jemand auf meine Kosten amüsiert und ich mich dadurch winzig fühlen muss.

»Mit dem Ego ist es so eine Sache«, murmelt er.

Ohne eine Vorwarnung drängt er mich zurück, sodass ich mit dem Rücken gegen den nächsten Baum pralle, packt mein Handgelenk und drückt mit dem Daumen in die Vertiefung direkt unter dem Handballen, bis ich keine andere Wahl habe, als den Dolch fallen zu lassen. Alles geschieht so schnell, dass ich nicht einmal auf die Idee komme, mich zu wehren. Innerhalb eines Wimpernschlags hat er mich nicht nur entwaffnet, sondern auch festgesetzt. Er drängt sich nah an mich, sodass ich keine Möglichkeit hätte, nach ihm zu schlagen oder zu treten.

Nicht, dass ich wirklich auf diese Idee gekommen wäre. Ich fühle mich wie das Reh, das im Dickicht das Aufblitzen der Pfeilspitze sieht und stocksteif stehen bleibt, anstatt zu fliehen.

»Man darf die Klappe aufreißen und ein riesiges Ego haben«, raunt Leander, während er sich nah zu mir lehnt. Das Gold in seinen Augen blitzt herausfordernd und gefährlich. »Nur dann muss auch etwas dahinterstecken. Und so leid es mir tut, das sagen zu müssen, aber noch steckt bei dir nichts dahinter. Deine Angriffe kann ich so leicht wie die eines Kindes durchschauen.«

Ich habe Mühe, seinen Worten, die mich eigentlich verletzen sollten, zu folgen. Wenn er mir so nah ist, kann ich mich auf nichts anderes konzentrieren als ihn – die Wärme, die er abstrahlt, seinen festen Körper, seinen Duft nach Wald und Heu und Leder. Außerdem bin ich zu sehr damit beschäftigt zu ergründen, welche Farbe nun in seinen Augen vorherrscht. Ist es das warme Braun, das nun eher wie ein kühles Gold wirkt? Oder sind es doch mehr grüne Sprenkel, die sich darin vermischen und sie dadurch heller wirken lassen?

»Davina, hörst du mir zu?«

Mehr als ein »Hmm?« bekomme ich nicht zustande. Und ich schäme mich nicht dafür.

Leander seufzt genervt. »Ich habe schon viele Anfänger trainiert, aber bei dir ist es aussichtslos.«

Ich lande wieder im Hier und Jetzt und verziehe den Mund. »Und das weißt du nach zwei Trainingsrunden?«

Er neigt den Kopf. »Ich erkenne Talent. Du hast eindeutig Talent im Umgang mit Pferden, aber nicht im Kampf mit Dolchen. Vielleicht ist es nur die falsche Waffe für dich und wir sollten es mit Pfeil und Bogen versuchen. Vielleicht solltest du aber auch von vornherein nicht in gefährliche Situationen geraten.« Sein Blick wird weicher. »Oder jemanden haben, der auf dich aufpasst.«

Ich schlucke angestrengt und kann dadurch die Frage, die mir bereits auf der Zunge liegt, gerade so noch daran hindern, mir zu entschlüpfen. *Jemanden wie dich?*, das wollte ich fragen, aber dazu habe ich kein Recht. Er hat bereits eine Berufung, auch wenn er gerade damit hadert. Ich hingegen weiß nicht, was der morgige Tag bringt. Oder der darauffolgende. Ich weiß nicht, wo ich nächste Woche sein werde. In einem neuen Leben? Oder zurück in meinem alten?

Abrupt macht er einen Schritt zurück und gibt mich frei. Ohne die Stütze des Baumstammes hinter mir, hätten mir meine Beine vielleicht den Dienst versagt.

»Wir sollten es für heute gut sein lassen«, verkündet er in einem Tonfall, der keinen Widerspruch duldet.

Ich wäre nicht auf die Idee gekommen, zu widersprechen. »Ja«, krächze ich und beeile mich, den Dolch aufzuheben.

Leander macht sich bereits am Feuer zu schaffen und sieht noch einmal nach Elora, die nur ein paar Meter entfernt grast und sich von uns nicht hat stören lassen.

In mir tobt eine solche Vielzahl von Gefühlen, dass ich wie angewurzelt am Baum gelehnt stehen bleibe und ihm zusehe. Ich bin wütend auf ihn, dass er einen Anfänger wie mich vorgeführt und sich über mich lustig gemacht hat. Ich bin verletzt darüber, dass er mich einfach hat stehen lassen. Ich bin verwirrt über meine Reaktion auf ihn, die mir völlig unerklärlich ist.

Und ich will, dass er mir wieder so nah kommt wie eben. Jetzt sofort. Und dass er sich nicht gleich wieder zurückzieht.

Auch das ist völlig unerklärlich, schließlich sitzen wir den ganzen Tag über gemeinsam im Sattel. Ich spüre ihn stets hinter mir. Aber es ist eben nicht so wie eben ... Oder wie zuvor, als er meine Wange und mein Ohr berührt hat. Das war ... Ich schließe seufzend die Augen. Allein der Gedanke an seine Berührungen beschwört ein aufgeregtes Kribbeln in meinem Bauch herauf.

Schließlich raffe ich mich ebenfalls auf und gehe hinüber

zum Lagerfeuer, um mich in dessen Nähe zum Schlafen zusammenzurollen. Leander sitzt bereits gegen einen Baum gelehnt da, den Umhang um sich ausgebreitet und das Schwert
griffbereit neben sich.

Als ich mich einige Meter von ihm entfernt niederlasse,
mustert er mich aus den Augenwinkeln.

»Was?«, grummele ich. »Wenn du mich schon wieder verspotten willst, verschieb es bitte auf morgen. Mein Bedarf für
heute ist gedeckt.«

Er verzieht den Mund. »Du bist immer noch nass.«

»Wie ich schon sagte, ich friere nicht.«

Verdrießlich zieht er die Augenbrauen zusammen. »Dann
nimm wenigstens den Umhang. Und wehe, du legst ihn mir
heute Nacht wieder um, wenn du denkst, dass ich schlafe.«

Ich schlucke angestrengt. Hat er etwa gestern nicht geschlafen, als ich …? Hat er bemerkt, wie ich ihm die Haare
aus der Stirn gestrichen habe? Ich möchte am liebsten im Boden versinken.

»Nein«, zwinge ich mich zu sagen. »Du brauchst den Umhang dringender als ich.« Nun bin ich es, die spöttisch eine
Augenbraue hochzieht. »Ihr Feuerländer seid ziemlich verweichlicht, wenn die Temperaturen des Nachts um ein paar
Grad fallen.«

Schlagartig verdüstert sich Leanders Miene. »Hast du mich
gerade verweichlicht genannt?«

Ich habe Mühe, ein Grinsen zu unterdrücken. Habe ich da
etwa einen wunden Punkt getroffen? »Kann sein.« Ich wedele
mit der Hand. »Wie gesagt, die Kälte macht mir nichts aus,
und früher oder später werde ich schon trocknen.«

Sichtlich genervt fährt er sich mit einer Hand durchs noch
feuchte Haar und bringt es derart durcheinander, dass es in

alle Richtungen absteht. Aber nur auf einer Seite. Meine Finger kribbeln vor Verlangen, die andere Seite anzupassen.

»Das geht so nicht«, brummt er. »Würde es der Dame etwas ausmachen, ein Stück näher zu rücken, damit ich den Umhang über uns beide ausbreiten kann?«

»Ja«, erwidere ich spitz. »Die Dame hat es hier ziemlich bequem.«

Seine Augen scheinen im spärlichen Licht des Lagerfeuers Funken zu sprühen. »Wenn du nicht willst, dass ich dich so fest in den verdammten Umhang einwickele, dass du dich allein nicht mehr daraus befreien kannst, dann rutsch *bitte* ein Stück näher.«

Ich schmunzele, weil das Wörtchen »bitte« ihn eine Menge Überwindung zu kosten scheint. Demonstrativ lehne ich mich zurück und strecke die Beine aus.

»Nur, wenn du mir sagst, warum ich das tun soll«, entgegne ich.

»Na schön«, grollt er. »Ich gebe es zu: Ich friere nachts und hätte nichts gegen eine weitere Wärmequelle einzuwenden. Und es lässt sich nicht mit meinem Gewissen vereinbaren, wenn ich einen Umhang habe und du nicht. Frieren hin oder her. Reicht dir das?«

Für eine Weile ergötze ich mich an seiner sauertöpfischen Miene und der sichtlichen Überwindung, die ihn dieses kleine Geständnis gekostet haben muss.

»Meinetwegen«, sage ich gedehnt und rutsche näher zu ihm. Nicht direkt an ihn – zwischen uns ist mehr als eine Handbreit Abstand, aber ich spüre seine Wärme trotzdem. Eine Wärme, die mich mehr lockt als jedes Lager- oder Kaminfeuer. »Wir wollen ja nicht, dass du erfrierst.«

Er presst die Lippen zu einem schmalen Strich zusammen,

schluckt jedoch eine Erwiderung hinunter und breitet stattdessen den Umhang über uns aus. Nicht, ohne mir dabei immer wieder giftige Blicke zuzuwerfen, die mich jedoch erheitern. Es tut gut, endlich mal diejenige zu sein, die *ihn* ärgert.

»Gute Nacht, o großer Ritter«, stichele ich.

Er gibt ein Brummen von sich und wickelt sich fester in seine Seite des Umhangs.

»Schlaf gut, Vi«, murmelt er mit einiger Verspätung und so leise, dass ich ihn beinahe nicht gehört hätte.

Überrascht über diesen Spitznamen sehe ich zu ihm hinüber, doch er hat die Augen bereits geschlossen. *Vi.* So hat mich noch nie jemand genannt.

KAPITEL 9

LEANDER

Davina braucht nur wenige Minuten, um tief und fest zu schlafen. Mit jedem Atemzug entspannt sich ihr Körper mehr, bis sie zur Seite kippt und mit dem Kopf an meiner Schulter lehnt. Im ersten Moment versteife ich mich und will sie wieder zurückschieben, doch ich bringe es nicht über mich. Nicht, solange mich ihr Duft in der Nase kitzelt und ich ihre Wärme spüre.

Sie zu bitten, näher zu rutschen, war kein Vorwand, ihr nahe sein zu wollen. Es ging lediglich darum, dass ich es nicht mit meinem Ehrgefühl vereinbaren konnte, dass ich den einzigen Umhang habe. Doch sie weigerte sich, ihn anzunehmen und hätte ihn mir sowieso wieder umgelegt, sobald sie dachte, ich schlafe.

Sie ist einfach unverbesserlich! Und so verwirrend, dass ich sie einerseits weit von mir schieben, andererseits so lange ergründen will, bis ich jede noch so kleine Unstimmigkeit verstanden habe.

Diese innere Zerrissenheit macht mich wahnsinnig!

Im Gegensatz zu Davina finde ich so lange keinen Schlaf, wie das Feuer noch Licht spendet. Ich schaue auf sie hinab und bin aufs Neue fasziniert von dem silbernen Glanz ihres Haares, sobald nur noch wenig Licht daraufällt. Am meisten fesseln jedoch ihre spitz zulaufenden Ohren meine Aufmerksamkeit, die sich immer einen Weg durch ihr Haar bahnen und mich auch tagsüber zu locken scheinen. Vorhin hatte ich genug Mut gesammelt, um sie zu berühren. Etwas, wovon ich schon träume, seit ich sie das erste Mal sah.

Heute habe ich mir erlaubt, mehr zu tun als nur zu träumen.

Und es war ein Fehler, denn nun will ich sie erneut berühren.

Ich bin überrascht darüber, dass sie mich nicht sofort in die Schranken gewiesen hat. Normalerweise sollte eine junge Frau nicht zulassen, dass sie von einem Fremden berührt wird, ganz gleich, welch hehre Absichten er haben mag. Davina kennt zwar die Geschichten über mich, aber auch ich bin nur ein Mann. Nie würde ich etwas tun, was ihr in irgendeiner Form schaden könnte! Doch je näher ich ihr komme, desto mehr bröckelt meine Standhaftigkeit.

Ich kann mich nicht mehr erinnern, wann ich zuletzt einer Frau so nah war. So nah sein *wollte*, ohne dass es sich dabei um eine rein körperliche Zusammenkunft handelte.

Ich hatte vergessen, wie gut es sich anfühlt, von einem anderen Menschen berührt und gehalten zu werden. Seine Nähe und Wärme zu spüren. Sanft zu sein.

Die letzten Jahre musste ich stark sein: für meinen König, für meine Familie und nicht zuletzt für mich selbst. Sowohl ich als auch meine Familie blieben dabei auf der Strecke, bis ich keinen anderen Lebensinhalt mehr sah, als meinem König zu dienen. Meine Hände kannten nur noch den harten, unnachgiebigen Griff meines Schwertes oder Eloras lederne Zügel. Trat ich einem anderen Menschen gegenüber, handelte es sich dabei meist um einen Erdländer, den ich töten musste, um nicht selbst getötet zu werden. Und den ich töten *wollte*, um endlich meine Rache zu bekommen. Eine Sekunde Schwäche, ein Moment des Zauderns bedeutete unweigerlich meinen Tod.

Seit ich jedoch mit Davina darüber gesprochen habe, was wir beide von der Zukunft erwarten, gerate ich mehr und mehr ins Wanken. Ich habe bereits mehr verloren, als ich verkraften kann und frage mich oft, wie ich es schaffe, jeden Tag wieder aufzustehen. Es ist höchste Zeit, etwas zu ändern! Das sage ich mir nicht zum ersten Mal, doch ich habe es bisher nicht geschafft, aus meinem Leben auszubrechen. Einen neuen Weg zu finden. Einen Sinn.

Und um dies zu tun, schickt mir das Schicksal ausgerechnet Davina, die ebenso verloren scheint wie ich.

Welche Ironie!

*

Ich erwache noch vor dem ersten Sonnenstrahl. Schnell schaue ich mich um, entdecke aber Elora friedlich schlafend nur wenige Meter entfernt. Ihr gilt immer mein erster Blick.

Als sich etwas an meiner Brust regt, versteife ich mich und will schon nach dem Schwert neben mir greifen. Doch als ich nach unten blicke, schaue ich auf einen silbrig-weißen Haarschopf.

Heilige Götter, wann ist das denn passiert?

Selig schlummernd kuschelt sich Davina an mich. Ich weiß nicht, wie es ihr gelungen ist, zwischen meine Beine zu rutschen, ohne dass ich es bemerkt habe. Doch da sitzt sie, seitlich, sodass sie die Wange an meine Brust lehnen kann. Ihre zierliche Größe passt perfekt zu mir. Ich könnte bequem das Kinn auf ihren Scheitel legen und die Arme um sie schließen.

Erschrocken schüttele ich bei diesem Gedanken den Kopf, um ihn ganz schnell zu vertreiben. Ich darf das nicht genießen. Sobald ich sie in die Hauptstadt Brannwin gebracht habe, wird sie zurück in ihre Heimat gehen. Sie hat hier niemanden und sagt von sich, dass es nichts gäbe, was sie besonders gut kann. Das glaube ich nicht – schließlich habe ich mit eigenen Augen gesehen, wie sie auf Elora geritten ist –, aber das ändert nichts daran, dass ich sie vermutlich nie wiedersehen werde.

Ich darf mich nicht in etwas verrennen, was von vornherein zum Scheitern verurteilt ist, nur weil es Davina gelingt, einen Teil von mir wiederzubeleben, den ich für tot hielt. Dieser Teil muss tot bleiben, wenn ich die nächste Schlacht gewinnen will.

Seufzend lehne ich den Kopf nach hinten gegen den Stamm. Ich frage mich ernsthaft, wann ich zuletzt so tief und erholsam geschlafen habe, und wie es möglich ist, dass ich kein einziges Mal aufgewacht bin. Und nicht gemerkt habe, dass Davina nun halb auf mir liegt. Sonst reicht ein leises Rascheln oder ein anderes typisches Geräusch des Waldes aus, um mich aufschrecken und nach meinem Schwert greifen zu lassen.

Doch nicht in dieser Nacht. Mein verräterischer Körper scheint sie sogar zu genießen – die Nähe, Wärme und Berührung eines anderen Menschen. Ich fühle mich so erholt, dass ich Bäume ausreißen könnte. Auch die Last, die mir bis gestern Abend auf den Schultern lag und mich zu Boden gedrückt hat, ist fast gänzlich verschwunden, obwohl ich noch weit davon entfernt bin, eine Entscheidung über meine Zukunft getroffen zu haben. Aber allein, dass ich darüber nachgedacht und mit jemandem geredet habe, der mich und meine Sorgen verstehen kann, hat sich richtig angefühlt.

Genauso wie es sich richtig anfühlen wird, Davina mit nach Hause zu nehmen. Und sei es nur für ein paar Stunden.

Es liegt sowieso auf dem Weg nach Brannwin; wir verlieren dadurch nicht einmal einen halben Tag. Dank der Gespräche mit ihr habe ich mich wieder daran erinnert, was für mich einst das Wichtigste war. Wovon ich geträumt habe, bevor ich ein Ritter des Königs wurde. Bevor ich gut darin wurde, seine Drecksarbeit zu erledigen.

Und das möchte ich ihr zeigen und ihre Meinung hören. Gut möglich, dass sie mich auslacht, aber dieses Risiko muss ich eingehen. Sie ist die Einzige, die mich verstehen könnte. Außer mit ihr habe ich noch mit niemandem darüber gesprochen, nicht einmal mit König Esmond, obwohl wir vor seiner Krönung so was wie beste Freunde waren.

Heute bin ich mir nicht mehr so sicher. Die Last der Krone hat ihn verändert, genauso wie das, was ich erlebt habe, mich verändert hat.

Ich schaue auf Davina hinab und widerstehe nur knapp dem Drang, die Form ihrer Ohren erneut nachzufahren. Stattdessen streiche ich ihr eine Haarsträhne aus der Stirn. Ein Prickeln schießt ausgehend von dieser sanften Berührung von meinen Fingerspitzen den restlichen Arm hinauf.

»Aufwachen, Vi«, flüstere ich. »Wir müssen weiter.«

Mit einem Grummeln, das ich viel zu niedlich finde, als gut für mich ist, kuschelt sie sich fester an mich und birgt das Gesicht an meiner Brust, um jedem noch so kleinen Lichtstrahl, der sich mittlerweile durch die Zweige verirrt hat, zu entgehen.

»Vi.« Ich pikse ihr mit dem Zeigefinger gegen die Wange, was sie nur dazu veranlasst, das Gesicht gänzlich gegen meine Brust zu pressen. Mein Herzschlag gerät aus dem Takt, dennoch zwinge ich mich zu sagen: »Du musst aufwachen.«

»Nur noch ein paar Minuten«, nuschelt sie undeutlich.

Ich seufze ergeben. »Aber wirklich nur ein paar. Wir haben noch einen weiten Weg vor uns.«

Sie gibt ein Summen von sich, das ich als Zustimmung deute. Dabei will ich sie nicht wecken. Ich könnte noch ein paar Stunden einfach hier sitzen bleiben und ihren weichen Körper an meinem spüren. Ihre Wärme, die mein kaltes Inneres mit jeder Minute mehr auftaut. Ich atme tief ein, inhaliere ihren Duft, den ich beim besten Willen nicht zuordnen kann. Frisch und klar. Ich habe noch nie Schnee gesehen, war noch nie in Fryske, woher sie stammt, aber ich bilde mir ein, dass ein schneebehangener Wald genauso riechen muss wie sie.

Elora ist bereits wach und kommt zu uns herübergetrabt. Direkt neben mir schnaubt sie, als wolle sie fragen, warum ich noch immer nicht aufgestanden bin. Vorsichtig zucke ich mit den Schultern und deute mit einer Kopfbewegung auf Davina. Ich schwöre, in Eloras warmen braunen Augen so etwas wie Verständnis aufblitzen zu sehen. Sie trollt sich wieder und sucht sich eine Stelle zum Grasen.

Nach einer Weile regt sich Davina an meiner Brust und hebt den Kopf. Verschlafen schaut sie sich um, als müsse sie sich erst wieder daran erinnern, wo sie sich befindet. Nur kurz streift ihr Blick aus herrlich dunklen, vom Schlaf verschleierten Augen über mich.

Ehe sie sie aufreißt und einen hastigen Satz zurück macht.

»W-Was ...? Wie bin ich ...?«

Schnell hebe ich die Hände, um sie zu beruhigen. »Du lagst so da, als ich aufgewacht bin.«

Unverständnis blitzt in ihrem Blick auf, während sich ihre Wangen rosa färben. »Warum hast du mich nicht geweckt?«

Ich schmunzele. »Das hab ich versucht, glaub mir.«

Davina gibt ein paar grummelnde Laute von sich und

kommt wackelig auf die Beine. Auch meine kribbeln vom langen Sitzen, als ich aufstehe.

»Die Sonne ist schon aufgegangen«, sagt sie schließlich. »Um die Zeit sind wir normalerweise schon unterwegs.«

Ich nicke. »Da hatten wir aber noch das Ziel, die Prinzessin zu finden. Nun müssen wir unverrichteter Dinge zurück. Die Zeit sitzt uns nicht mehr im Nacken.«

Sie scheint sich mit dieser Erklärung zufriedenzugeben. Kein Wort davon, dass sie schnellstmöglich in die Hauptstadt will, um ihre Familie zu kontaktieren, damit diese sie abholen kann. Kein Wort davon, dass sie so schnell wie möglich fort will.

Ein dummer Anflug von Hoffnung nistet sich in mir ein, doch ich bringe ihn rigoros zum Schweigen. Den kann ich beim besten Willen nicht gebrauchen!

Mit den Fingern durchkämmt sich Davina das Haar, ehe sie es zu einem Zopf flicht, und klopft sich einzelne Grashalme und Erdklumpen von der Hose. Dann zieht sie mit spitzen Fingern den Hemdkragen an die Nase und schnüffelt.

»Ich würde meine Seele für ein Bad eintauschen«, murmelt sie. »Wie lange brauchen wir noch, bis wir in der Stadt ankommen?«

Nun, da sie doch nach der Stadt fragt, hält die Hoffnung in mir endlich die Klappe. Ich überschlage die Entfernung und rechne kleinere Verzögerungen mit ein. »Zwei Tage, vielleicht drei.«

»Bis dahin stinke ich zum Himmel!«

Ich beiße mir auf die Unterlippe, um ein Lachen zu verhindern. »Wenn wir uns beeilen, können wir heute Abend an einer heißen Quelle Rast machen.«

Sofort ruckt sie den Kopf zu mir herum. Aufregung funkelt in ihren tiefblauen Augen. »In der Nähe gibt es heiße Quellen?«

»Dies ist das Feuerland, schon vergessen?«, sage ich. »Wenn du kalte Gewässer finden willst, musst du weiter nach Norden in deine Heimat. Ja, hier in der Nähe gibt es heiße Quellen. Das weiß ich, weil ich nur einen Tagesritt entfernt von hier aufgewachsen bin.«

Ein freudiges Lächeln umspielt ihre Lippen. »Können wir dann endlich los?«

❋

Der Tag vergeht wie im Flug und wir kommen schneller voran als gedacht, da wir uns nicht mehr abseits der Straßen halten müssen.

Irgendwie gelingt es uns, die Schüchternheit von heute Morgen, als wir eng aneinandergekuschelt aufgewacht sind, zu verdrängen und wieder in unseren Umgang von gestern Abend zurückzufinden. Ich kann eindeutig besser damit umgehen, Davina aufzuziehen und darauf zu warten, dass sie es mir heimzahlt. Ihre spitzen Bemerkungen bringen mich mehr als einmal zum Lachen.

Ich kann mich nicht daran erinnern, wann ich zuletzt so oft gelacht habe. Meine Wangen schmerzen schon von der ungewohnten Bewegung, aber ich kann nicht damit aufhören. Es macht mir zu viel Spaß, Davina zu ärgern, und ich freue mich darauf, wenn sie es erwidert. Sie sieht zu niedlich aus, wenn sie die Wangen aufplustert, weil ich mich über ihre gestrigen Trainingsversuche lustig mache. Dabei war sie nicht wirklich schlecht; ein Dolch ist nur nicht die perfekte Waffe für sie. Mit etwas Übung könnte sie hervorragend mit Pfeil und Bogen zu Pferd umgehen. Ich sehe sie förmlich vor mir auf einem weißen Hengst, wie dem, den sie verloren hat, während sie Pfeil um Pfeil verschießt und ausnahmslos das Ziel trifft.

Nicht zum ersten Mal, seit ich ihr begegnet bin und sie auf Elora habe reiten sehen, kommt mir der Spruch in den Sinn, mit dem mich meine ehemaligen Knappenkamerade aufgezogen haben. Dass schon eine Frau auf einem weißen Pferd dahergeritten kommen müsste, um meine Aufmerksamkeit zu erregen.

Davon, dass diese Frau auch noch vorlaut und nicht auf den Kopf gefallen ist, war zwar nie die Rede, aber ich kann nicht leugnen, dass es mir gefällt.

Es ist viele Jahre her, seit ich mit einem weiblichen Wesen eine Unterhaltung führen konnte, die sich nicht um Kleider, Stoffe oder Schmuck drehte. Von Sticheleien und Schabernack ganz zu schweigen! Das würde keine der Frauen, die ich kenne, mit sich machen lassen oder mir, wie Davina, gar die Stirn bieten.

Es ist fast Mittag, als ich ein Stimmengewirr auf der Straße ein Stück vor uns höre und Elora zügele. Davina versteift sich.

»Erdländer?«, wispert sie.

Ich schüttele den Kopf. »Nicht bei Tag so weitab der Grenzen. Das feige Pack traut sich nur im Dunkeln heraus. Ich möchte trotzdem, dass du absteigst.«

Sie wendet sich zu mir um. »Warum?«

Statt einer Antwort, nestele ich an dem Verschluss des Umhangs an meinem Hals und lege ihn ihr um die Schultern. »Tu's einfach.«

Ein verkniffener Ausdruck erscheint um ihren Mund und ich erwarte bereits ihren Widerspruch, für den wir jedoch keine Zeit haben. Die Stimmen und das Hufgetrappel kommen immer näher.

»Versteck dich dort drüben hinter den Bäumen, Vi.«

Zögerlich kommt sie meinem Befehl nach und huscht hinüber in den Wald, der die Straßen säumt. Kurz wirft sie mir einen Blick zu, in dem ich Sorge erkenne, ehe sie sich wie geheißen hinter den Bäumen verbirgt und die Kapuze des Umhangs hochschlägt, um ihr helles Haar zu verbergen.

Wenige Augenblicke später tauchen drei Männer zu Pferd hinter der nächsten Biegung auf. Ich stoße den angehaltenen Atem aus, als ich die rot-gelben Farben ihrer Uniformen erkenne. Sie sind Männer von König Esmond.

Als sie mich ebenfalls sehen, hebt der Mittlere von ihnen die Hand zum Gruß. Ich nicke ihnen zu und hoffe, dass sie einfach an mir vorbeireiten. Es ist der Linke, der mich erkennt.

»Ihr seid Lord Leander, nicht wahr?« Seine Augen leuchten vor Freude. Ich schätze ihn auf höchstens fünfzehn oder sechzehn. »Mein Vater hat mit Euch in der letzten Schlacht gekämpft. Was macht Ihr hier? König Esmond befindet sich am Feuerhof.«

»Ich bin gerade auf dem Weg dorthin, wollte zuvor aber zu Hause nach dem Rechten sehen. Und ihr?«

Der rechte der drei Reiter streckt die Brust raus. »Wir haben Prinzessin Eira gefunden. Der König wird uns dafür zu Rittern schlagen.«

Ich starre sie nacheinander völlig überrumpelt an. »Ihr ... habt was?«

»Die Prinzessin ist uns buchstäblich in die Hände gelaufen«, erzählt der mittlere Reiter. »Noch nie habe ich eine solch bildschöne Frau gesehen! Uns war sofort klar, dass sie keine aus den Feuerlanden war.«

»Ihre Haare hatten die Farbe von flüssigem Gold!«, wirft der Linke ein.

»Und ihre Ohren waren spitz«, hilft der Rechte aus.

Schnell hebe ich beide Hände. »Moment, langsamer! Ihr ... habt die Prinzessin gefunden? Wo ist sie?«

Der mittlere Reiter kratzt sich am Kopf. »Wir haben sie gestern Abend ein Stück entfernt einem fahrenden Händler übergeben, der an den Feuerhof wollte.«

Ich bin kurz davor, auf einen von ihnen loszugehen, vorzugsweise auf alle drei. »Seid ihr von Sinnen? Wie könnt ihr die Prinzessin einem wildfremden Händler anvertrauen?«

Der Junge, der mich zuerst erkannt hat, verzieht gekränkt den Mund. »Wir sind doch nicht blöd! Zwei von uns sind mitgereist, damit die Prinzessin auch sicher ankommt. Wir drei reiten zu der Stelle, wo ihre Kutsche überfallen wurde, um nachzusehen, ob wir etwas von ihren Habseligkeiten retten können.« Er senkt die Stimme. »Die Prinzessin war völlig verstört und sprach von einem Massaker ... Kommt Ihr zufällig aus der Richtung?«

Ich zögere mit einer Antwort, bis die drei mich seltsam mustern. »Nein«, sage ich. »Ich komme direkt von der Grenze zum Erdreich, wo ein kleineres Scharmützel stattgefunden hat, und bin auf dem Weg zum König, um ihm Bericht zu erstatten.«

Diese Antwort scheint sie zu beruhigen. »Wir haben gewonnen, hoffe ich.«

Ich nicke. »Ein herausragender Sieg.«

Sie nicken sich gegenseitig zu, als wären sie dort gewesen und hätten eigenhändig den Sieg herbeigeführt. Ich muss mich dazu zwingen, sie nicht zurechtzuweisen.

»Ich will euch nicht aufhalten«, murmele ich so beiläufig wie möglich.

Sie verstehen den Wink, salutieren kurz und lassen ihre Pferde wieder antraben.

Als sie außer Sichtweite sind, sage ich: »Die Luft ist rein.«

Kaum habe ich zu Ende gesprochen, kommt Davina hinter den Bäumen hervor und schlägt die Kapuze zurück.

»Warum hast du sie angelogen?«, fragt sie, während sie auf mich zukommt. »Du hättest ihnen sagen können, dass wir dort waren.«

Ich schüttele den Kopf. »Das hätte zu viele Fragen aufgeworfen. Und sie wären nicht so schnell verschwunden. Außerdem ändert es nichts an der Tatsache, dass die Prinzessin lebt und es ihr gut geht. Freust du dich?«

Sie lächelt mich so warm und ehrlich an, dass mein Herz einen Satz macht. »Ja. Ich bin froh darüber, dass es ihr gut geht und sie zum Feuerhof unterwegs ist.«

Ich reiche ihr die Hand, um ihr in den Sattel zu helfen. Diesmal ergreift sie sie, obwohl ich weiß, dass sie diese Hilfe nicht bräuchte.

Als sie wieder vor mir sitzt, überlege ich immer noch, ob ich die nächste Frage stellen soll, entscheide mich dann dafür. »Willst du zu ihr? An den Feuerhof.«

Davina schweigt eine Weile, ehe sie den Kopf schüttelt. »Nicht jetzt. Irgendwann will ich mit ihr Kontakt aufnehmen und mich davon überzeugen, dass es ihr gut geht, aber ... im Moment möchte ich nicht gleich wieder andere an die erste Stelle setzen.« Sie wendet sich halb zu mir um. Echte Sorge schimmert in ihren tiefblauen Augen. »Ist das selbstsüchtig von mir?«

»Nein. Wir haben versucht, sie zu retten, und nun wissen wir, dass sie lebt und wohlauf ist. Es ist nicht selbstsüchtig von dir, wenn du fürs Erste an dich denkst.«

Mit einem erleichterten Lächeln nickt sie und schaut wieder nach vorn. »Danke«, murmelt sie so leise, dass ich sie fast nicht verstehe.

»Wofür?«

Sie zuckt mit den Schultern. »Für alles, schätze ich.«

✳

Noch bevor die Sonne untergeht, erreichen wir die heiße Quelle, die nur ein paar Hundert Meter abseits der Straße zwischen den Felsen entspringt. Das Wasser sammelt sich in einem natürlichen Bassin, das hinter einigen Sträuchern verborgen ist.

Als Kind war ich oft mit meinen Schwestern und anderen Kindern aus den umliegenden Dörfern hier. Wir haben Äste und Reisig aufgetürmt und so getan, als wären es prächtige Burgen, die wir gegen die feindlichen Erdländer verteidigen mussten. Es war eine wundervolle und unbeschwerte Zeit, an die ich mich schon viel zu lange nicht mehr zurückerinnert habe.

Davina hier herzubringen, holt die verschütteten Erinnerungen wieder ans Tageslicht. Ich warte darauf, das hohe Lachen meiner Schwestern zu hören, die zwischen den Bäumen Verstecken spielen. Ich bereite mich darauf vor, den anderen Burschen Schläge androhen zu müssen, wenn sie wieder auf die Idee kommen, die Kleider der Mädchen zu stehlen.

Doch nichts davon geschieht. Nur Davina, Elora und ich sind hier.

Ich gleite zuerst aus dem Sattel. »Warte hier«, weise ich meine Begleiterin an. »Ich sehe mich kurz um.«

Davina nickt. Ich lasse mir Zeit und durchstreife die Umgebung auf der Suche nach Spuren oder Hinweisen, dass

141

Erdländer hiergewesen sein könnten, finde jedoch nichts. Nur gewöhnliche Hufabdrücke von Tieren des Waldes.

Sofort, als ich zurückkomme, springt Davina aus dem Sattel, tätschelt kurz Elora den Hals und stürmt an mir vorbei.

»Wehe, du guckst!«, ruft sie mir noch zu, ehe sie zwischen den Hecken verschwindet.

Ich schmunzele. »Darauf würde ich nicht einmal im Traum kommen!«

Das ist natürlich gelogen. Seit ich heute Morgen eine Kostprobe des Gefühls ihres weichen Körpers an meinem bekommen habe, fällt es mir schwerer und schwerer, mich auf die ritterlichen Tugenden zu besinnen, die ich zu achten geschworen habe. Als sie sich heute mehrmals im Sattel zu mir umgedreht und einen Flunsch gezogen hat, nachdem ich sie getriezt habe, war ich kurz davor, ihr Gesicht mit den Händen zu umschließen und sanft über ihre Haut zu streicheln, so wie gestern Abend. Und sie vielleicht ... zu küssen. Aber ich würde nie so tief sinken und sie beim Baden beobachten – auch wenn die Vorstellung wirklich verlockend ist.

»Ich warte hier«, rufe ich ihr hinterher.

In Ruhe mache ich mich daran, Elora abzusatteln und sie trocken zu reiben. Während sie die Zuwendung zufrieden schnaubend genießt, murmele ich ihr beruhigende Worte zu. Sie ergötzt sich sichtlich an der Zweisamkeit und meiner ungeteilten Aufmerksamkeit, auf die sie die letzten Tage verzichten musste.

»Du magst sie auch, oder?«, frage ich Elora. »Vielleicht sollte ich sie überhaupt nicht in die Stadt bringen ... Wenn sie ihre Familie sowieso nicht kontaktieren will ...« Schnell schüttele ich den Kopf. »Nein, das wäre selbstsüchtig von mir. Und falsch.«

Ich war noch nie selbstsüchtig, sondern habe meine eigenen Wünsche immer für die anderer hintangestellt. Das werde ich jetzt nicht ändern, nur weil mir eine junge Frau aus Fryske in die Arme gelaufen ist. Ich würde Davina nie vor vollendete Tatsachen stellen wollen, aber ... ich könnte sie fragen.

Ich *werde* sie fragen.

Morgen, wenn wir mein Zuhause – das Dorf Brasania – erreichen. Ich werde sie fragen und ihr einen Vorschlag machen, wenn sie noch keinen anderweitigen Entschluss gefasst hat. Aber ich werde nicht noch einmal der dummen Hoffnung erlauben, in mir zu keimen, denn Davinas Antwort wird mit Sicherheit *Nein* lauten. Und ich kann es ihr nicht verdenken, schließlich kennt sie mich so gut wie nicht.

Es ist töricht von mir zu hoffen, dass sie dieselbe Anziehung für mich empfindet wie ich für sie.

Plötzlich legt Elora die Ohren an und wirft den Kopf nach hinten. Augenblicklich kommen alle Gedanken, die mich bis eben beschäftigt haben, zum Stillstand und meine Hand gleitet wie von selbst zum Schwert an meiner Hüfte.

Wir sind nicht allein.

»Vi!«, schreie ich, als der erste Erdländer bereits auf mich losgeht.

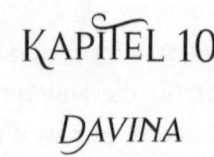

KAPITEL 10

DAVINA

Noch bevor ich das Bassin erreiche, schlüpfe ich aus den Stiefeln und ziehe mir das Hemd über den Kopf. Das werde ich nachher waschen, denn es stinkt zum Himmel! Keine Ahnung, wie Leander es aushält, wenn ich den ganzen Tag direkt vor ihm sitze und er ununterbrochen meinen Mief in der Nase hat ...

Ohne weiter darüber nachzudenken, lasse ich meine Kleidungsstücke auf den steinernen Boden des Ufers fallen. Kurz klirrt der Dolch, den ich im Stiefel stecken hatte, aber das ist das einzige Geräusch weit und breit. Hastig winde ich mich aus der Hose und Unterwäsche, teste mit einem Fuß die Wassertemperatur und gleite mit einem Seufzen hinein.

Das wundervoll warme Wasser reicht mir bis zu Hüfte, deshalb setze ich mich auf einen der Steine. Ich wünschte, ich hätte eine der Seifen zur Hand, die es am fryskischen Hof gibt und die herrlich nach Kiefernadeln und Schnee duften. Diese Mischung war immer mein Lieblingsduft gewesen und ich konnte gar nicht genug davon bekommen. Ob es eine Möglichkeit gibt, mir ein paar der Seifen schicken zu lassen, wenn ich hier im Feuerland bleibe?

Ich schüttele den Kopf. Wie komme ich nur auf die Idee, hierzubleiben? Wo sollte ich denn hin? Ohne, dass ich es verhindern kann, taucht Leanders Gesicht in meinen Gedanken auf. Obwohl ich ihn erst seit Kurzem kenne, wird es schmerzen, ihn zu verlassen. Ich habe es genossen, mit ihm zu reden und zu streiten. Von ihm unterrichtet zu werden, auch wenn er denkt, ich sei ein hoffnungsloser Fall.

Und heute Morgen … Meine Wangen glühen bei der Erinnerung daran, wie ich aufgewacht bin. Zwischen seinen Beinen, praktisch in seinen Armen. Keine Ahnung, wie ich dort hingekommen bin, aber ich habe so gut geschlafen wie schon seit langer Zeit nicht mehr. Mehr als gut. Und ich hätte nichts gegen eine Wiederholung einzuwenden.

Doch die wird es nicht geben: Sobald er mich in die Stadt Brannwin gebracht hat, wird er zu seinem König zurückkehren. Unsere Wege werden sich trennen und ich werde ihn vermutlich nie wiedersehen. Allein bei dem Gedanken wird es mir eng um die Brust.

Ich wasche mir die Haare und rubbele mir den Schmutz der letzten Tage vom Leib. Anschließend drehe ich die Haare zu einem Knoten auf und mache mich daran, meine Kleidung zu waschen, während ich an der Luft trockne. Als ich einem hartnäckigen Fleck am Hemd zu Leibe rücke, drängt sich mir die Frage auf, was ich eigentlich anziehen soll, während meine Sachen trocknen werden. Oje, daran habe ich gar nicht gedacht! Ich hätte Leander um den Umhang bitten sollen, damit …

»Vi!«

Sein Schrei zerreißt die herrliche Stille, die bis eben über der heißen Quelle lag. Ich wirbele herum, lausche angestrengt auf ein weiteres Geräusch. Dann höre ich das Klirren von Waffen. Ich erstarre, die Finger fest um das tropfnasse Hemd gekrallt.

Leander. Er ist in Schwierigkeiten.

Ohne weiter darüber nachzudenken, ziehe ich mir das Hemd über den Kopf, das mir feucht am Körper klebt, schlüpfe in die Stiefel und schnappe mir den Dolch. Zu mehr habe ich keine Zeit und es kümmert mich auch nicht.

Meine Sorge gilt einzig und allein Leander.

Ich zwänge mich durch die Hecken und haste in die Richtung, aus der der Kampflärm kam, der nun mit jedem Schritt lauter wird.

Als ich ankomme, erstarre ich, doch irgendwie gelingt es mir, mich auf das Wesentliche zu konzentrieren. Leander steht mit gezücktem Schwert zwei Erdländern gegenüber. Zwei weitere liegen bereits kampfunfähig am Boden; ob sie tot sind, kann ich von meinem Standpunkt aus nicht sagen. Und es kümmert mich auch nicht.

»Wo ist das Eismädchen?«, fragt einer der Erdländer mit harschem Akzent. Ich verstehe ihn trotzdem, und mein Blut erstarrt zu Eis.

Leander richtet die Spitze seines Schwerts auf ihn. »Wenn ihr sie wollt, müsst ihr erst an mir vorbei.«

Die beiden Erdländer geben ein animalisches Grunzen von sich und stürzen sich gleichzeitig auf Leander. Ich will schreien, ihm zurufen, dass er aufpassen soll, doch jeder Laut bleibt mir im Hals stecken. Als wüsste er über sämtliche Bewegungen seiner Gegner im Voraus bescheid, wehrt Leander ihren Angriff ab, entwaffnet sie mit wenigen Schwerthieben und zwingt sie auf die Knie. Alles geht so schnell, so gekonnt, dass ich nur mit offenem Mund zusehen kann. Ich hätte Leander gern noch weiter beobachtet, seine geschmeidigen Bewegungen in mich aufgesogen und die Aura von Stärke und purer Kraft genossen, die von ihm ausgeht und etwas in mir aufweckt, das mehr davon will.

»Was wollt ihr dreckigen Erdländer von ihr?«, will Leander grollend wissen.

Doch anstatt um ihr kümmerliches Leben zu betteln, versuchen die Erdländer erneut, Leander zu überwältigen. Wie auf ein unsichtbares Zeichen hin, springen die beiden auf. Ich will ihm eine Warnung zuschreien, aber da reagiert er bereits. Nur kurz verzieht Leander den Mund, als wäre ihm das, was nun folgt, zuwider, doch in seinen Bewegungen erkenne ich keinerlei Zögern. Ein sauberer Streich genügt, um die beiden Erdländer derart zu verwunden, dass sie zu Boden sacken und sich nicht mehr rühren.

Leander ist der einzige Kämpfer, der noch steht. Erleichtert stoße ich die angehaltene Luft aus und merke erst jetzt, dass ich die ganze Zeit über gezittert habe. Er tut dasselbe und von jetzt auf gleich fällt die Anspannung des Kampfes von ihm ab. Seine Schultern heben und senken sich schnell ob der Anstrengung und er rammt das Schwert in den weichen Waldboden, ehe er sich vorbeugt, um wieder zu Atem zu kommen.

Es geht ihm gut. Er scheint nicht verletzt zu sein. Er ist nur außer Atem, weil er es mit vier Erdländern aufgenommen hat.

Ich hätte nicht einmal gegen einen einzigen bestanden. Aber Leander zuzusehen, wie er sich allein gegen mehrere Gegner behauptet, war berauschend. Abgesehen von meiner Sorge um ihn, könnte ich diesem Schauspiel wieder und wieder beiwohnen, ohne mich dabei zu langweilen. Seine Bewegungen waren makellos – nicht zu ausladend, sondern so präzise, dass keine weitere nötig war. Kein Zaudern hemmte ihn. Er ist wahrlich der Ritter, von dem ich wieder und wieder in den Berichten gelesen habe.

Ich wanke auf ihn zu, will mich versichern, dass wirklich alles in Ordnung ist, als sich plötzlich nur ein paar Schritte neben mir ein weiterer Erdländer aus dem Schatten der Bäume löst und mit gezückter Axt auf Leander losgeht.

Ich denke nicht nach. Ich sehe nur, dass Leander zu lange bräuchte, um sein Schwert wieder zu ziehen und sich zu verteidigen. Wild entschlossen umklammere ich den Dolchgriff, eile nach vorn und habe den Erdländer erreicht, ehe er mich in den Büschen bemerkt. Seine Aufmerksamkeit gilt einzig und allein Leander, der ihm noch immer den Rücken zugewandt hat. Wenn ich jetzt nicht handele, könnte er verletzt werden.

In Gedanken gehe ich Leanders präzise Bewegungen und das gestrige Training durch. Wahrscheinlich habe ich weniger als eine Sekunde, aber ich finde genau die Informationen, die ich brauche.

Als ich direkt hinter dem Erdländer stehe, springe ich auf seinen Rücken und ramme ihm den Dolch ohne zu zögern seitlich in den Hals.

KAPITEL 11

LEANDER

Verdammt, sie haben mich überrascht. Wie lange verfolgen sie uns schon? Vermutlich seit gestern. Vorher wäre es mir aufgefallen, aber seit gestern Abend ... war ich zu oft abgelenkt. Wie können es diese dreckigen Erdländer wagen, erneut so weit in unser Gebiet vorzudringen? Wie oft müssen wir sie noch vernichtend schlagen, bis sie uns endlich in Frieden lassen?

Ich reibe mir den Schweiß von der Stirn. Das ist jetzt nicht wichtig. Ich muss nur schnell wieder zu Atem kommen, dann werde ich nach Davina sehen. Wenn ich jetzt losstürme, gerate ich ...

Hinter mir ertönt ein schriller Schrei, der mir durch Mark und Bein fährt. Ich wirbele herum, greife noch in der Drehung nach meinem Schwert und stelle mich auf einen weiteren Angreifer ein. Jede Bewegung sitzt; ich habe sie unendlich oft durchgeführt. Auch ein weiterer Gegner wird mich nicht zu Fall bringen.

Aber zu einem Zweikampf kommt es nicht. Stattdessen starre ich in den weit aufgerissenen Mund eines Erdländers, aus dessen Hals eine wahre Blutfontäne spritzt. Ich bin wie gelähmt, weil ich nicht weiß, was vor sich geht. Erst auf den zweiten Blick mache ich Davinas zierliche Gestalt hinter dem Erdländer und dem ganzen Blut aus. Aber was macht sie ...?

Ich brauche zu lange, um zu reagieren. Mit einem Ruck befreit sich der Erdländer von der Waffe, die seitlich in seinem Hals steck, ihn aber nicht lebensgefährlich verletzt zu haben scheint. Mit einem Grunzen presst er eine Hand auf die Wunde und wirbelt zu der jungen Frau hinter sich herum. Sie macht einen Schritt von ihm weg, die Augen vor Schreck weit aufgerissen und über und über mit Blut besudelt. Doch ehe der Erdländer auch nur die Hand gegen sie erheben kann, durchbohre ich ihn von hinten mit meinem Schwert. Fast bis zum Heft treibe ich die Klinge hinein, bis er lautlos in sich zusammensackt.

Als ich sicher bin, dass uns von ihm keine Gefahr mehr droht, lasse ich den Schwertgriff los und stolpere über den am Boden liegenden Erdländer zu Davina, die wie erstarrt dasteht. Haar und Hemd kleben ihr nass am Körper. Deutlich sehe ich das Zittern, das sie erfasst hat.

»Vi«, flüstere ich, als ich mich ihr vorsichtig nähere, um sie nicht noch mehr zu verschrecken. »Geht es dir gut?«

Ihre Augen sind schockgeweitet auf den am Boden liegenden Erdländer gerichtet, als könne sie nicht begreifen, was gerade vorgefallen ist. Das ist kein Wunder. Wahrscheinlich habe ich nach meinem ersten Kampf genauso ausgesehen.

»Vi«, wispere ich erneut und strecke die Hand nach ihr aus. Als ich sie an ihre Wange lege, zuckt sie kurz zusammen, als würde sie mich erst jetzt bemerken. Doch sie weicht nicht vor mir zurück, sondern konzentriert sich endlich auf mich. »Bist du verletzt? Bitte sag mir, dass es dir gut geht.«

Ihr Blick ist wieder dabei, zur Seite zu huschen, deshalb lege ich die andere Hand an ihre andere Wange und zwinge sie mit sanftem Druck dazu, mich anzusehen, anstatt die gefallenen Erdländer, die um uns herum verteilt liegen.

»Leander«, krächzt sie leise. »Ich … Ich wollte … Habe ich …?«

»Du hast ihn nicht getötet«, sage ich mit fester Stimme und gebe ihren Blick nicht frei. »Das war ich. Aber du hast soeben unser beider Leben gerettet.« Ich zwinge mich zu einem kleinen Lächeln. »Ich bin so stolz auf dich. Ohne dein Eingreifen würde ich jetzt vermutlich ebenfalls tot auf der kalten Erde liegen. Ich kann nur noch hier stehen, weil du mutig genug warst, um einzugreifen.«

Die nackte Panik verfliegt ein Stück weit aus ihrem Blick, aber sie zittert immer noch und klappert mit den Zähnen. Ich stoße einen scharfen Pfiff aus, woraufhin Elora aus ihrem Versteck angetrabt kommt. Schnell schnappe ich mir den Umhang, der über dem Sattel liegt, und hülle Davina darin ein. Dann hebe ich sie hoch. Sie wirkt so fragil, dass ich Angst habe, sie bei der kleinsten Berührung zu zerbrechen. Sie zittert zwar immer noch, aber nicht mehr so stark wie eben.

Den Weg zurück zur heißen Quelle presst sie das Gesicht gegen meinen Hals.

»Es ist alles gut«, wispere ich mehrmals, weil ich nicht weiß, was ich sonst sagen soll. Wie ich sie beruhigen und zurückholen kann.

Bei der Quelle angekommen, lasse ich sie vorsichtig auf den Steinen am Ufer nieder. Ihre Haut ist, sofern ich sie unter dem ganzen Blut erkennen kann, noch blasser als gewöhnlich.

»Du musst mir sagen, ob du irgendwo verletzt bist«, verlange ich sanft, nachdem ich mich vor sie gekniet habe. Einen Finger unter ihr Kinn gelegt, zwinge ich sie, wieder mich anzusehen und nicht das Blut. Ich kann nur hoffen, dass nichts davon ihres ist.

Zögerlich schüttelt sie den Kopf. »Sie waren … nicht hier.

Ich habe gehört, dass du nach mir gerufen hast. Und dann war da der Kampflärm ... Ich bin einfach losgerannt. Ich habe ... nicht nachgedacht.«

Erleichtert stoße ich den Atem aus. »Es wird alles wieder gut«, wiederhole ich und streiche ihr einige wirre Haarsträhnen aus dem Gesicht. »Ich hatte Angst, dass sie dich zuerst gefunden hätten. Dass ... ein weiterer Trupp durch die Büsche schleicht und dich findet, bevor ich ... Ich wollte zu dir, aber sie haben mir den Weg versperrt. Erst als mich einer von ihnen gefragt hat, wo das Eismädchen sei, wusste ich, dass sie dich noch nicht gefunden hatten.«

Und ich war so froh darüber, dass ich kaum atmen konnte. Das verschweige ich ihr jedoch.

Als sie noch immer nicht wirklich auf mich reagiert, reiße ich ein Stück Stoff aus meinem Hemd und tauche ihn in die heiße Quelle. Behutsam tupfe ich über das bereits getrocknete Blut. Zuerst reinige ich ihre Hände, die das meiste abbekommen haben, dann ihre Arme und schließlich ihr Gesicht. Sacht umfasse ich ihr Kinn und drehe ihren Kopf so, dass ich jeden Blutspritzer erreichen kann. Ich spüre, wie sie mit Blicken jede meiner Bewegungen verfolgt, und bin unendlich dankbar dafür, dass sie langsam wieder zurückkehrt.

Und dass sie nicht vor mir zurückschreckt. Ich weiß nicht, was ich dann gemacht hätte.

Als ich ihr kurz in die Augen sehe, sind sie fast wieder so klar und leuchtend wie vor dem Angriff.

»Du hast nichts Falsches getan«, murmele ich, während ich das Blut direkt über ihrem Mundwinkel abtupfe. Warum zittern meine Finger auf einmal? »*Sie* haben *uns* angegriffen. Wenn wir uns nicht verteidigt hätten, wären wir tot oder sie hätten uns verschleppt.«

Sie gibt einen leisen Laut von sich, den ich als Zustimmung deute.

»Ich hab dir nicht umsonst gesagt, dass du nicht auf den Hals zielen sollst«, sage ich, während ich einem hartnäckigen Blutspritzer an ihrer Wange zuleibe rücke. »Wie soll ich dich je wieder sauber kriegen?«

»Ich verstehe jetzt ... was du mit ›große Sauerei‹ gemeint hast«, wispert sie heiser.

Ein riesiger Stein fällt mir vom Herzen, weil sie endlich wieder in ganzen Sätzen spricht und zumindest halbwegs auf meinen gut gemeinten Spott einsteigt.

»Was ... was ist mit dir?«, fragt sie. »Bist du ... verletzt?«

Ihr Blick huscht über mich. Sicherlich bin auch ich von oben bis unten mit fremdem Blut übersät, aber darum kümmere ich mich später.

»Nein«, antworte ich. »Sie waren zwar in der Überzahl, aber sie waren keine ausgebildeten Krieger. Wahrscheinlich nur ein Spähtrupp, der sich zu weit ins Landesinnere gewagt hat.«

»Aber es waren ...« Sie runzelt die Stirn. »Wie viele waren es?«

»Mit dem, den du unschädlich gemacht hast? Fünf.«

Ungläubig gleitet ihr Blick über mich, als müsse sie sich selbst davon überzeugen, dass ich tatsächlich gegen eine solche Übermacht bestehen konnte.

Einen Finger unter ihr Kinn gelegt, drücke ich ihren Kopf ein Stück nach oben, bis sie mir wieder in die Augen sieht. »Es geht mir gut, Vi. Dank dir. Hättest du nicht eingegriffen ...«

»Ich habe nicht darüber nachgedacht«, sagt sie. »Ich wusste nur, dass ich etwas tun musste. Weil du sonst ...« Sie zieht die Augenbrauen zusammen. »Ich will mir gar nicht vorstellen, was sonst passiert wäre.«

»Ich danke dir«, flüstere ich.

Und das meine ich ernst. Bis auf die paar Übungen, die ich mit ihr gemacht habe, verfügt Davina über keinerlei Kampferfahrung. Trotzdem hat sie sich nicht versteckt und auf das Beste gehofft, sondern ist mir zu Hilfe geeilt – ohne zu wissen, was sie erwartet und nur mit einem Dolch bewaffnet.

Ich bin noch nie einer solch tapferen Frau begegnet.

Tapfer, klug, nicht auf den Mund gefallen ... und wunderschön noch dazu.

Mehrere Herzschläge lang versinke ich in ihrem Blick und suche darin nach Überbleibseln von Angst oder Schuldgefühlen, doch ich finde darin nichts als Wärme und Erleichterung. Dann schaue ich weiter nach unten und bleibe an ihren leicht geöffneten Lippen hängen. Ich schlucke angestrengt und kämpfe das Verlangen nieder, das in mir brodelt und mich kaum noch einen klaren Gedanken fassen lässt. Ich müsste mich nur ein winziges Stück vorlehnen.

Es ist eine dumme Idee ... Ich darf die Situation auf keinen Fall ausnutzen! Nicht, nachdem wir beide dem Tod ins Auge gesehen haben. Davina steht noch immer neben sich. Wenn ich sie jetzt ... Ich schüttele den Kopf, um den Gedanken zu vertreiben. Allein daran zu denken, sie zu küssen, fühlt sich falsch an. Doch so vehement ich mich auch dagegen sträube, sehne ich mich doch danach.

Eine solche Sehnsucht habe ich noch nie gespürt. Es ist, als würde mein Blut vor Verlangen kribbeln.

Ich räuspere mich und wende den Blick ab. Wenn ich weiter auf ihren Mund starre, wird es nur schlimmer. Fast genauso war es bei ihren Ohren: Ich habe sie den ganzen verdammten

Tag vor der Nase, und gestern Abend konnte ich mich nicht mehr zügeln und musste die ungewohnte Form berühren. Ich darf nicht wieder die Kontrolle verlieren.

»Wir ... sollten noch heute Nacht weiterreiten. Falls weitere Erdländer in der Nähe sind und ...«

Ich verstumme abrupt, als ich Davinas kühle Hand an meiner Wange spüre. Es fehlt nicht viel und ich wäre vor der Berührung zurückgezuckt. Nicht, weil sie unangenehm ist oder mich abschreckt – ganz im Gegenteil. Ich kann mich nicht daran erinnern, wann ich – mit Ausnahme von gestern Abend – zuletzt derart sanft berührt wurde. Das muss in meiner Kindheit gewesen sein. Seit ich ein Mann und Ritter bin, haben mich schon mehrere Frauen berührt, aber keine auf diese Weise. Keine war so sanft und gab mir das Gefühl nach ... *mehr*.

Und ich will *mehr*. Mehr als diese sanfte Berührung. Mehr als die kleinen Wortgefechte, die wir uns über den Tag verteilt bieten. Mehr als den leichten Druck ihres Körpers an meinem, wenn sie vor mir im Sattel sitzt.

Ich hatte fast vergessen, wie gut sich die Berührung eines anderen Menschen anfühlen kann. Dank Davina habe ich wieder eine Ahnung davon. Eine Ahnung, die mir jedoch nicht ausreicht.

Mehr!, raunt eine gierige Stimme in meinem Kopf, die ich nie zuvor gehört habe. Bei keiner Frau, die ich kannte. Und keine wollte ich jemals so sehr wie die junge Fryskerin vor mir. Ich schelte mich selbst einen Narren, dass ich überhaupt an so was denke. Dass ich auch nur in Betracht ziehe, dass sie ebenfalls ...

In dem Moment, als auch ihr Blick meine Augen verlässt und tiefer gleitet, verschwinden all die Gründe, warum es eine dumme Idee ist und ich ein hoffnungsloser Narr bin, aus meinem Kopf. Nur das warme, fordernde Verlangen und der verzweifelte Wunsch nach mehr bleiben bestehen.

Ihr Atem geht flach, während sie auf meinen Mund schaut. Als sie kurz mit der Zunge über ihre Lippen fährt, ist es völlig um mich geschehen. Ich handele, ohne nachzudenken.

»Vi«, wispere ich, ehe ich sie zu mir ziehe und die Lippen sanft auf ihre drücke.

KAPITEL 12

DAVINA

Ich bin nicht überrascht darüber, dass er mich küsst. Wie schon mehrere Male zuvor, spürte ich genau, was in ihm vorging. Ein heißes Kribbeln, das durch mich hindurchrauschte und mich in Brand setzte. Ein Wunsch nach mehr, der in mir loderte und mir immer wieder vorwarf, dass es nicht genug ist. Diese unerklärliche Verbindung war die letzten Tage lästig, als sich Leander mir gegenüber wie ein Idiot verhalten hat. Nun kann und will ich sie nicht mehr ignorieren, denn die Wärme, die von ihr ausgeht, erreicht Stellen in mir, die bisher von einer dicken Eisschicht umgeben waren.

Überraschend sanft bewegt er seinen Mund auf meinem. Seine Lippen fühlen sich weich und warm an; ein völlig neues Gefühl für mich. Nach einem kurzen Moment bewege ich die Lippen ebenfalls, spiegele seine Bewegungen zögernd, immer mit der Angst im Hinterkopf, dass ich etwas falsch machen könnte.

Ich wusste nicht, was mich erwartet. Natürlich habe ich von Küssen in Büchern gelesen, aber jemand wie ich hätte nie jemanden küssen dürfen.

Erst recht nicht jemanden wie Leander. Denn er ist nicht …

Unvermittelt zieht er sich zurück und ich bin enttäuscht darüber. Habe ich mich zu ungeschickt angestellt? Stirnrunzelnd schaut er mich an mit diesen wundervollen Augen, an denen ich mich nicht sattsehen und deren genaue Farbe ich wohl niemals bestimmen kann. Ich erkenne so viel in seinem Blick: eine stumme Entschuldigung, aber auch die Suche nach Zurückweisung. Doch da kann er lange suchen.

Als mein Blick erneut tiefer zu seinen leicht geöffneten Lippen gleitet, die eben dieses herrliche Flattern in meinem Bauch ausgelöst haben, neigt er den Kopf und zieht mich wieder zu sich. Aber das reicht mir nicht.

Es reicht längst nicht, um das Kribbeln in meinen Adern zufriedenzustellen.

Ich klettere auf seinen Schoß, um ihm so nah wie möglich zu sein, und vergrabe die Hände in seinem Haar. Das wollte ich schon seit unserer ersten Begegnung machen. Während er mit einer Hand meinen Kopf so dirigiert, wie er ihn haben will, berührt er mit der anderen mein Ohr. Quälend langsam fährt er mit den Fingern ihre Form nach.

Schnell passe ich mich den Bewegungen seiner Lippen an. Mit genau dem perfekten Druck und einem sachten Knabbern an meiner Unterlippe schickt er einen wohligen Schauer nach dem anderen durch mich hindurch, bis ich das Gefühl habe, in Flammen zu stehen.

Obwohl ich auf seinem Schoß sitze und ihn überall an mir spüren kann, presse ich mich fester an ihn. Gierig nehme ich die Wärme auf, die er abstrahlt und die mich zusätzlich zu dem Kuss von innen heraus verbrennt. Als er mit der Zungenspitze über meine streicht und ich ihn mehr schmecke als zuvor, tanzen unzählige Sterne hinter meinen geschlossenen Lidern.

Und etwas in meiner Brust zerbricht mit einem lauten Krachen, das ich noch bis in die Zehen spüre.

Erschrocken unterbreche ich den Kuss und krabbele nach hinten, weg von Leander. Ich schnappe hektisch nach Luft, während ich mir beide Hände gegen die Brust presse, in der Hoffnung, den Schaden dadurch reparieren zu können.

Das ... Das kann nicht sein! Das *darf* nicht sein!

Es ist unmöglich! Leander ist nicht ...!

Mein Blick huscht zu ihm und der Schmerz in meiner Brust nimmt noch weiter zu, bis ich es kaum aushalte. Einen solchen Ausdruck von Verletzlichkeit und Schmerz habe ich noch nie bei einem anderen Menschen gesehen.

Ich strecke die Hand nach ihm aus. »Es ... tut mir ...«

»Nein«, unterbricht er mich barsch. Nach einigen Sekunden hat er seine Mimik wieder unter Kontrolle und trägt nun die grimmige Maske des Ritters. Ich möchte am liebsten frustriert aufschreien. »Mir tut es leid. Ich hätte die Situation nicht ausnutzen dürfen. Das ... war absolut unangebracht.«

Ich höre ihm deutlich an, wie verletzt er ist, und das schnürt mir die Kehle zu. Ich spüre die Gefühlskälte, die nun von ihm ausgeht und rein gar nichts mit der verzehrenden Hitze gemein hat, die eben zwischen uns schwelte.

»Du hast nichts ausgenutzt. Es ist nur ...«

»Du musst mir nichts erklären.« Er steht auf und bringt mit beiden Händen sein Haar wieder in Ordnung. »Warte hier. Ich hole Elora und dann reiten wir weiter.«

Ehe ich etwas sagen kann, verschwindet er im Gebüsch. Abgehackt trommelt mir das Herz in der Brust. Mein Herz, das plötzlich anders schlägt als zuvor. Irgendwie ... befreiter, weniger gehemmt. Das darf nicht sein!

Ich stehe derart unter Schock, dass mir die Kraft fehlt, um Leander nachzugehen. Ich wüsste auch nicht, was ich ihm sagen sollte. Also bleibe ich zitternd an Ort und Stelle hocken, während ich verzweifelt versuche, das, was eben geschehen ist, zu begreifen. Ich will dieses neue Gefühl verstehen, das

Leanders Kuss in mir ausgelöst hat, aber gleichzeitig fürchte ich mich davor.

Denn ich habe eine Ahnung, was es sein könnte.

Das Kribbeln, dass die ganze Zeit über in mir war, seit ich Leander begegnet bin, ist nun viel ausgeprägter als zuvor. Es ist kühl und ich spüre deutlich, wie es gemeinsam mit meinem Blut durch meine Adern huscht, als wäre es nicht bloß ein Gefühl, sondern ... etwas Eigenständiges.

Bitte nicht!, flehe ich stumm. *Ich will es nicht haben. Ich will nicht so enden wie* sie.

Meine Hand zittert, als ich sie ausstrecke und mit dem Mittelfinger auf die Wasseroberfläche der heißen Quelle tippe. Eine so flüchtige Berührung, dass ich die Wärme und Nässe kaum wahrnehme, doch sie genügt, damit sich sogleich eine dünne Eisschicht auf der Oberfläche rund um die Berührung herum bildet.

»Verdammt«, hauche ich tonlos.

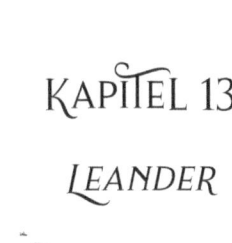

KAPITEL 13

LEANDER

Ich möchte mir selbst einen Kinnhaken für meine eigene Dummheit verpassen. Wie konnte ich sie einfach so küssen, nachdem sie noch völlig durcheinander war? Ich bin so ein Idiot!

Viel wichtiger ist aber die Frage, warum sie es zugelassen hat. *Zweimal.* Denn ich habe ihr die Gelegenheit gegeben, mich zurückzuweisen. Ich habe es sogar erwartet. Für gewöhnlich ist Davina nicht auf den Mund gefallen, und ich bin mir sicher, sie hätte mich aufgehalten, wenn sie es nicht gewollt hätte. Wenn ich ... zu weit gegangen wäre.

Trotzdem war es falsch. Der falsche Zeitpunkt. Der falsche Ort. Einfach *alles* war falsch.

Aber es fühlte sich so richtig an ... Richtiger als alles andere, was ich in den letzten Jahren empfunden habe. Richtiger als alles, was ich je für eine Frau gefühlt habe.

Ich hätte sie ewig weiterküssen können. Ihr Mund scheint wie für meinen gemacht zu sein und ihre Lippen fühlten sich an wie die Antwort auf eine Frage, die ich mir noch nie zu stellen gewagt habe.

Das klingt so blöd, dass ich mich schon wieder selbst dafür schlagen will ...

Ich reibe mir mit beiden Händen übers Gesicht, in der Hoffnung, endlich wieder klar im Kopf zu werden. Wie soll ich die nächsten Stunden mit ihr im Sattel vor mir überstehen, während ich an nichts anderes als diesen berauschenden Kuss denken kann? An ihren köstlichen Geschmack? An den wundervollen Druck ihres Körpers auf meinem?

Der Teil von mir, der noch nicht vollends den Verstand verloren hat, flüstert mir ein, dass es jetzt endlich an der Zeit wäre, sie irgendwo hinzubringen. In den nächsten Ort – einfach irgendwo hin, wo sie sicher ist und mir nicht mehr den Kopf verdrehen kann. Damit ich wieder ich selbst werde.

Doch der viel größere Teil von mir weiß, dass es dazu längst zu spät ist. Wenn sie gehen will, werde ich sie ziehen lassen, aber ich werde sie nicht dazu zwingen.

Auch Elora scheint zu spüren, dass mit mir etwas nicht stimmt. Fragend neigt sie den Kopf und stupst mich mit den weichen Nüstern an, als ich ihr wieder den Sattel auf den Rücken lege. »Tut mir leid, mein Mädchen«, murmele ich. »Wir müssen weiter. Bei Sonnenaufgang darfst du dich ausruhen, versprochen.«

Als könnte sie jedes Wort verstehen, folgt sie mir brav durch das Gebüsch hindurch zur heißen Quelle. Davina kniet noch genauso da, wie ich sie verlassen habe. Den Umhang fest um die Schultern gezogen, sieht sie zu mir auf und ich meine, Angst in ihrem Blick erkennen zu können. Angst vor mir? Habe ich meine Worte vorhin zu hart gewählt? Aber was hätte ich sonst sagen sollen? Immerhin war sie es, die den Kuss unterbrochen hat und sich noch dazu entschuldigen wollte.

Um nichts in der Welt wollte ich von ihr hören, dass sie den Kuss bereut. Da nehme ich lieber ihr Schweigen in Kauf. Denn Reue hätte bedeutet, dass es falsch war. Bin ich etwa der Einzige von uns beiden, dem es richtig vorkam? Ich schlucke die Frage hinunter und erwidere ihren Blick stumm.

Sie braucht dringend etwas anderes zum Anziehen, fährt es mir durch den Kopf. Ihr Hemd ist blutbesudelt und wir haben nicht die Zeit, um es erneut zu waschen. Zum Glück habe ich eine Idee, wo wir neue Kleidung für Davina auftreiben können. Ich wollte sie eh dorthin bringen, aber aus einem anderen Grund. Nun bin ich derart verunsichert, dass ich mein eigentliches Vorhaben beiseiteschiebe.

Ich hasse dieses Gefühl der Verunsicherung. Dadurch fühle ich mich schwach und verletzlich. Nichts davon wollte ich je wieder sein.

Ich reiche Davina die Hand, um ihr beim Aufstehen zu helfen. »Wir müssen weiter«, erinnere ich sie.

Sie legt ihre Hand in meine. »Ich weiß«, murmelt sie, während ich sie hochziehe. Den Blick unsicher zu Boden gerichtet, fragt sie: »Ist es in Ordnung, wenn ich ein paar Stunden im Sattel schlafe? Ich bin ziemlich fertig ...«

»Natürlich. Ich würde nie etwas tun, was ...«

Schnell legt sie mir einen Finger an die Lippen und ich verstumme. Ihre Fingerspitze ist eiskalt. »Ich habe dir nie unterstellt, dass du etwas gegen meinen Willen tun würdest. Auf diese Idee käme ich nicht. Auch unser Kuss war ... wunderschön. Er ... kam nur unerwartet.«

Ein riesiger Stein fällt mir vom Herzen. Ich bin mir sicher, dass sie es hören muss. Doch ich spüre, dass es nicht die ganze Wahrheit ist. So unerwartet kann es nicht gewesen sein. Selbst ein Blinder hätte mir angesehen, was in mir vorging. Ich beschließe jedoch, mich nicht erneut zu quälen und frage nicht nach.

»Du kannst so viel schlafen, wie du möchtest«, sage ich. »Ich passe auf dich auf.«

Davina lehnt sich vor, sodass sie mir die Stirn an die Schulter drücken kann. »Danke.«

Ihre Stimme ist nicht mehr als ein heiseres Wispern, doch ihr Klang zieht mir das Herz zusammen. Ich spüre, dass mehr hinter dem einfachen »Danke« steckt, als sie mir verraten wird. Sie lässt sogar zu, dass ich sie in den Sattel hebe und ihr nicht nur die Hand reiche, und da weiß ich mit Sicherheit, dass etwas mit ihr nicht stimmt.

Der Angriff, den sie auf den Erdländer ausgeführt hat, scheint sie doch mehr mitgenommen zu haben, als ich befürchtet habe.

❄

Davina verschläft den gesamten nächtlichen Ritt. Mehrmals zuckt sie im Schlaf zusammen und ich befürchte, dass sie schlecht träumt. Ich kann nicht mehr tun, als sie fester an mich zu ziehen und ihr beruhigende Worte zuzumurmeln. Ich hoffe, dass sie bis zu ihr vordringen und die dunklen Schatten vertreiben, die sich in ihr festgesetzt haben. Wenigstens für eine Weile.

Sobald wir die Straße erreichen, findet sich Elora trittsicher zurecht. Sie kennt die Wege, die in unser Heimatdorf Brasania führen, und würde sie auch ohne mein Zutun finden. Dennoch wage ich nicht, ebenfalls die Augen zu schließen und den dringend benötigten Schlaf nachzuholen.

Davinas Kleidung ist noch feucht; das ist mir schon vorhin aufgefallen. Ich hoffe nur, dass sie nicht gelogen hat, als sie meinte, sie könne nicht frieren. Für mein Empfinden sind die Nächte im Feuerland ziemlich kalt. Ich war noch nie in Fryske, aber seit ich Davina kenne, würde ich das Land gern eines Tages besuchen.

Ich verbringe die ganze Nacht damit, mir vorzustellen, wie es dort wohl ist. Ist Davina auch in ihrem Heimatland eine herausragende Schönheit, so wie hier? Oder sehen alle fryskischen Frauen aus wie sie? Wenn eine einfache Kammerzofe wie Davina so schön ist, wie muss dann erst Prinzessin Eira aussehen?

Nicht, dass es mich kümmern würde. Aber nachdem König Esmond ein riesiges Geheimnis um das Bildnis gemacht hat, das er dereinst vom fryskischen Königshof erhielt, laufen einige Wetten unter den Rittern und Knappen. Die meisten sind sich sicher, dass Prinzessin Eira unscheinbar oder gar entstellt sein muss, sonst hätte uns König Esmond sicherlich einen Blick auf ihr Bildnis gewährt. Andere, zu denen ich mich ebenfalls zähle, sind der Meinung, dass ein einziger Blick auf ihr Bild genügte, damit unser König sein Herz an die fremde Prinzessin verlor. Seitdem will er ihr Antlitz für sich allein.

Meine Augen brennen vor Müdigkeit wie Feuer, als bei Tagesanbruch endlich die ersten Hütten von Brasania in Sicht kommen. Erleichtert atme ich auf. Sie alle sind neu gebaut und erst wenige Jahre alt; trotzdem sehen sie aus, als würden sie schon ewig hier stehen und genau hier hingehören.

Vorsichtig schlage ich die Kapuze des Umhangs hoch und verdecke Davinas Kopf vor den neugierigen Blicken der Bauern. Es wird sich früh genug herumsprechen, dass ich eine Frau mit nach Hause gebracht habe, aber ich möchte, dass sie Davina sehen, wie sie wirklich ist – nicht blutbesudelt, abgekämpft, übermüdet und verängstigt.

Es dauert nicht lange, bis die ersten Bauern mich erkennen, obwohl ich seit Ewigkeiten nicht hier war. Vielleicht erkennen sie auch zuerst Elora, es würde mich nicht wundern. Jedenfalls unterbrechen sie ihr Tagewerk und säumen den Weg.

»Gut, Euch zu sehen, Minher Leander«, sagt einer der Älteren. Er ist der alte Müller. Mittlerweile hat einer seiner Söhne die Mühle übernommen. »Wo habt Ihr Euch so lange herumgetrieben?«

Ich schmunzele. Die Pächter dieses Landes haben mit ihrer Meinung noch nie hinterm Berg gehalten, aber genau das mag ich. Von Kriecherei und geheuchelter Ehrerbietung war ich noch nie ein Freund. Und auch die Pächter schätzen, dass sie mit jedem Problem früher zu meinem Vater und jetzt zu mir kommen können – zumindest, wenn ich mich mal wieder blicken lasse.

»Die Erdländer sind nicht so leicht zu besiegen, wie wir angenommen haben«, antworte ich.

Als ich rede, regt sich Davina in meinen Armen, und ich spüre, wie sie sich versteift.

»Ganz ruhig«, flüstere ich ihr zu. »Das sind Freunde. Halt einfach den Kopf unten. Ich bringe dich zu jemandem, wo du dich ausruhen kannst.«

Sie nickt schwach und birgt das Gesicht an meiner Brust. Ich schlinge einen Arm fest um sie und ich meine, ein leises Seufzen von ihr zu hören.

Noch während ich die verhassten Erdländer erwähne, verdüstern sich die Mienen der Pächter. Sie wissen besser als jeder andere, welche Bedrohung vom Nachbarvolk ausgeht.

»Ich bin in einer Stunde am Dorfplatz«, sage ich. »Und ich habe ein offenes Ohr für eure Sorgen und Nöte. Zuerst muss ich mich aber um meine Begleiterin kümmern und auch meine treue Elora verdient ein trockenes Plätzchen und einen Sack voll Hafer.« Ich wende mich dem ehemaligen Müller zu. »Wohnt die alte Grete noch in der Nähe der Burg?«

Er nickt. »An derselben Stelle wie eh und je, Minher.«

Ich drücke Elora die Fersen in die Flanken, um sie wieder antraben zu lassen.

»Minher?«, meldet sich Davina leise, als wir dem Pulk der Pächter entkommen sind.

»Eine alte Anrede in diesem Teil des Landes«, antworte ich. »Wahrscheinlich ist es eine Abwandlung von ›mein Herr‹. Ich muss mich jedes Mal erst wieder daran erinnern, dass die Pächter mich damit meinen und nicht meinen Vater.« Ich neige den Kopf, um ihr ins Gesicht sehen zu können. Wie befürchtet ist sie immer noch blass. »Wie redet ihr bei euch die Höhergestellten an?«

»Lord und Lady. Oder Graf und Gräfin, je nach Stand.«

Ich warte, bis sie mich ebenfalls ansieht. »Wie fühlst du dich?«

»Müde, obwohl ich die ganze Zeit geschlafen habe. Schmutzig. Und ich bin am Verhungern.«

Ich schenke ihr ein Lächeln. »Du hast Glück! Gegen alle drei Widrigkeiten können wir etwas tun.«

Ihre Miene hellt sich auf, was mich unendlich erleichtert. »Wirklich?«

»Wirklich.«

✻

Ich finde die Hütte der alten Grete ohne Probleme. Schon als ich noch ein Kind war, war sie bereits eine alte Frau, doch sie scheint dem Tod jedes Jahr aufs Neue ein Schnippchen zu schlagen. Sie ist nicht nur die Älteste des Dorfes, sondern auch bewandert im Umgang mit Kräutern. Und sie hat sechs Töchtern das Leben geschenkt. Wenn ich jemandem Davina ohne Sorge überlassen kann, dann der alten Grete. Mit etwas Glück hat sie sogar noch ein paar Kleidungsstücke ihrer Töchter oder Enkeltöchter, die Davina passen könnten.

Ich helfe Davina aus dem Sattel und klopfe an die Tür der gemauerten Hütte, die in Sichtweite der Burgmauern steht. Ich vermeide es jedoch, in diese Richtung zu schauen. Kaum habe ich die Hand wieder sinken lassen, wird die Tür bereits geöffnet.

Grete ist ein gebücktes Mütterchen. Ihr Gesicht ist von Falten durchzogen und über ihrem linken Auge liegt ein grauer Schleier, der noch nicht da war, als ich an König Esmonds Hof ging. Dennoch zuckt ihr Blick blitzgescheit von mir zu Davina, die sich halb hinter mir verbirgt. Sogleich streckt die alte Grete die Hand nach meiner Begleiterin aus.

»Komm, mein armes Kind«, sagt sie mit kratziger Stimme, die sich in all den Jahren nicht verändert hat. »Du brauchst dich nicht vor mir zu fürchten.«

Davinas Blick huscht zu mir und ich nicke. Erst dann tritt sie vorsichtig, als könne eine zu schnelle Bewegung die alte Grete verschrecken, hinter mir hervor.

Grete schnalzt mit der Zunge, als sie Davinas erbärmlichen Zustand sieht. »Sieh zu, dass du deinen Gaul versorgst, Leander«, murrt sie und gibt mir mit einer wedelnden Handbewegung zu verstehen, dass ich verschwinden soll. »Ich kümmere mich um das Mädchen.«

Ich schmunzele. Grete ist wohl die einzige Dorfbewohnerin, die derart respektlos mit mir redet. Sie hat mich auf die Welt geholt – mich, meine drei Schwestern und wahrscheinlich jeden Dorfbewohner, der jünger als fünfzig ist. Mit jedem einzelnen Kind fühlt sie sich verbunden und schert sich nicht um den Rang desjenigen.

»Ich komme heute Abend wieder vorbei«, sage ich, als

mir Davina einen stirnrunzelnden Blick zuwirft. »Oder ihr kommt zum Dorfplatz, wenn ihr früher fertig sein solltet.«

»Das Mädchen muss gebadet, gefüttert und neu einkleidet werden«, grummelt Grete und scheucht mich hinaus. »Dinge, die du offenbar versäumt hast. Aber was wundert es mich? Außer mit Gäulen, kommst du mit keinem anderen Lebewesen zurecht.«

Ich deute eine spöttische Verbeugung in ihre Richtung an und zwinkere Davina zu, die verloren und mit großen Augen inmitten der Hütte steht, ehe ich die Tür schließe und mich um Elora kümmere.

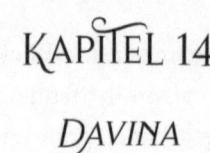

KAPITEL 14

DAVINA

Mit einem mulmigen Gefühl sehe ich dabei zu, wie Leander die Tür hinter sich schließt. Ich bleibe allein mit der alten Frau zurück. Leander nannte sie Grete. Es fällt mir schwer, ihr Alter zu schätzen. Rein vom Äußerlichen müsste sie an die siebzig sein, aber sie bewegt sich derart behände, dass sie nicht älter als fünfzig sein kann.

In der Hütte riecht es nach Kräutern; überall hängen getrocknete Pflanzen in Bündeln von der Decke. Auf einer Feuerstelle blubbert ein würzig riechender Sud, dessen fast schwarze Farbe mir allerdings Sorgen macht.

Grete nimmt meine Hand. Ihr Griff ist fest und warm und ihre Haut fühlt sich ledrig an. Ohne zu fragen, streift sie mir die Kapuze vom Kopf und zieht eine schlohweiße Braue nach oben.

»Eine Fryskerin«, murmelt sie. »Wie ist Leander denn an eine aus dem Eisvolk geraten?«

Ich brauche einen Moment, um zu begreifen, dass die Frage an mich gerichtet ist. »Es … war eher ein Zufall.«

Sie brummelt etwas Unverständliches, während sie mir den Umhang abnimmt. Ich schlinge die Arme um mich, weil ich mir in dem schmutzigen Hemd schäbig vorkomme. Lieber denke ich nicht darüber nach, wie meine Haare aussehen.

»Nun gut, Kindchen«, sagt Grete, während sie mit in die Hüften gestemmten Armen vor mir steht und mich von oben bis unten mustert. »Wir haben eine Menge Zeit. Ich wäre dir sehr verbunden, wenn ich dir nicht jedes Wort aus der Nase ziehen muss. Leander hat dich zu mir gebracht, also werde ich mich um dich kümmern. Womit wollen wir anfangen? Etwas zu essen oder ein Bad?«

Wie aufs Stichwort gibt mein Magen ein lautes Knurren von sich. »Etwas zu essen klingt wundervoll.«

»Dachte ich's mir doch, dass Leander solch grundlegende Bedürfnisse ignoriert«, grummelt Grete, während sie einen Stuhl vorzieht und mir mit einem Kopfnicken zu verstehen gibt, dass ich mich setzen soll.

»Es war nicht seine Schuld«, verteidige ich ihn. »Wir ... haben Erdländer entweder verfolgt oder wurden von ihnen verfolgt. Jedenfalls konnten wir nicht riskieren, ein Feuer zu machen.«

Sie schnalzt mit der Zunge. »Der Junge hat den Kopf immer in den Wolken! Wie kann er ein zartes Geschöpf wie dich in eine solche Gefahr bringen?« Ehe ich widersprechen kann, stellt sie einen Teller mit einer Scheibe dick geschnittenem Brot und einem köstlich duftenden Eintopf vor mir ab. »Früher hat er immer Ritter gespielt und die anderen Dorfkinder zu allerlei Abenteuern angestiftet. Ich kann gar nicht mehr zählen, wie oft ich ihre Schrammen behandeln oder ihre angeknacksten Knochen schienen musste. Aber ich dachte, nun, da er ein echter Ritter ist, hätte er dazugelernt.«

Als ich mir den ersten Löffel Eintopf in den Mund stecke, hätte ich am liebsten aufgeseufzt.

»Iss nur, Kind«, sagt Grete und streicht mir über den Kopf. »In meiner Hütte muss sich niemand um Förmlichkeiten scheren. Ich habe Edelleute und Bauern gleichermaßen behandelt. Sobald sie diese Türschwelle übertreten, legen sie ihren Rang und Titel ab.«

Dankbar tunke ich das Brot in den Eintopf und esse so hastig wie noch nie in meinem Leben. Ich habe das Gefühl, dass das riesige Loch in meinem Bauch nach immer mehr Nahrung verlangt, ganz gleich, wie viel ich in mich hineinschaufele. Ohne dass ich sie darum bitten muss, legt Grete eine weitere Brotscheibe neben den Teller, kaum dass ich die erste vertilgt habe.

Nachdem der gröbste Hunger gestillt ist, lehne ich mich seufzend zurück und streichele mir mit der Hand über den Bauch.

»Das erste Problem hätten wir gelöst«, sagt Grete. Sie umfasst mein Kinn und schaut mir musternd ins Gesicht. »Wollen doch mal sehen, ob sich unter dem ganzen Schlamm und Blut die junge Dame versteckt, die unseren Leander dazu veranlasst hat, sie hier herzubringen.«

Ich runzele die Stirn, woraufhin mir Grete ein verschwörerisches Lächeln schenkt.

»Leander hat uns die letzten Jahre sträflich vernachlässigt, aber hin und wieder war er hier, um nach dem Rechten zu sehen. Doch nie war eine Dame an seiner Seite. Bei jeder Nachfrage dahingehend winkte er lachend ab. Und nun bringt er dich mit.« Sie verzieht die faltigen Lippen zu einem Grinsen, das fast von einem Ohr bis zum anderen reicht. »Und ich bin mehr als gespannt darauf, ebenfalls zu sehen, was er in dir gesehen hat.«

✳

Grete steckt mich in eine Wanne voll lauwarmem Wasser, die hinter ihrer Hütte steht und nach allen Seiten von einem geblümten Vorhang verdeckt wird. Mit spitzen Fingern hebt sie meine Kleidung auf und beschließt, dass da nicht mehr viel zu retten ist. Ohne mich nach meiner Meinung zu fragen, wirft sie sowohl Hemd als auch Hose ins Kaminfeuer. Selbst wenn mir etwas an den Sachen gelegen hätte, hätte ich nicht gewagt zu widersprechen. Ihr resoluter Umgang mit mir erstickt jeden Widerspruch im Keim.

Sie entwirrt die schlimmsten Knoten aus meinem Haar und seift es anschließend mit einer würzig duftenden Flüssigkeit ein. Währenddessen fragt sie mich ungeniert nach meiner Herkunft aus.

»Vom fryskischen Königshof, soso«, murmelt sie. »Ich habe gehört, es gibt noch Familien bei euch im Norden, die Magie in sich tragen.«

Ich halte die Luft an und bin auf der Hut. Unsicher huscht mein Blick in der fremden Hütte umher. Ist es wieder geschehen, wie an der heißen Quelle? Habe ich irgendwo ...? Doch ich kann kein Eis erkennen, deshalb konzentriere ich mich wieder auf Grete. »Woher ...?«

Sie hält mir ihre Hand vors Gesicht. Über ihrem Zeigefinger tanzt eine schwach flackernde Flamme. »Auch bei uns gibt es Magie. In meinem alten Körper ist sie jedoch schwach und kaum mehr vorhanden. Tragen bei euch in Fryske auch nur noch wenige Familien die Gabe in sich?«

Verstohlen atme ich auf. *Es ist alles gut*, sage ich mir, *du hast es unter Kontrolle. Und vielleicht ... war es nur ein Versehen und wird nicht wieder passieren.* »Meine Mutter besitzt sie«, antworte ich wahrheitsgemäß. »Und meine Großmutter väterlicherseits hat sie auch. Abgesehen von ihnen, bin ich nie einem anderen Frysker mit magischer Gabe begegnet. Meistens leben und studieren die Magier zurückgezogen in einem der Tempel und haben nur wenig Kontakt zur Außenwelt.«

»Wenn die Gabe in deiner Blutlinie liegt, verfügst du auch über sie? Oder hast du noch Geschwister?«

»Einen jüngeren Bruder«, murmele ich auf ihre letzte Frage hin. Unwohl winde ich mich in der Wanne.

Grete scheint es zu bemerken, denn sie wechselt taktvoll das Thema. »Bist du auch vernarrt in Pferde, so wie Leander?«

»Nicht so sehr wie er«, antworte ich mit einem Lächeln. »Aber ich kann reiten und mag Pferde.«

»Leander hat dir vermutlich erzählt, dass seine Familie eine Pferdezucht besaß. Von früh bis spät wuselte er durch die Stallungen und redete von nichts anderem als Pferden.« Grete seufzt. »Ich musste so oft seine Prellungen behandeln, wenn ihn ein Pferd getreten hatte, oder seine Arme und Hände schienen, wenn er von einem gefallen war, dass ich scherzend meinte, ich könne gleich auf der Burg leben, so oft, wie sie nach mir schickten.«

Ich ziehe eine Braue nach oben. »Leander ... ist vom Pferd gefallen?«

»Natürlich, Kind. Niemand wird so gut wie er, wenn er nicht hin und wieder ein paar Rückschläge einstecken muss. Doch während die anderen Kinder weinend zu ihren Müttern gelaufen sind, um sich trösten zu lassen, ist Leander sofort wieder in den Sattel gestiegen – trotz schmerzender Knochen.«

Grete hilft mir aus der Wanne und wickelt mich in ein weiches, vorgewärmtes Tuch, ehe sie mich in der Hütte ans Feuer setzt.

»Und warum wurde er ein Ritter des Königs, wenn er so gern mit Pferden arbeitete?«, frage ich, während Grete mein Haar trocken tupft.

»Er ist der einzige Sohn des Lords dieses Landes. Es ziemt

sich nicht, dass der alleinige Stammhalter von früh bis spät im Stall herumrennt wie ein Knecht. Zumindest war es das, was die anderen Adligen hinter vorgehaltener Hand tuschelten. Leanders Eltern sahen seine Gabe im Umgang mit Pferden, aber sie mussten sich auch den gesellschaftlichen Normen beugen. Also schickten sie ihn als Knappe an den Feuerhof, damit er zumindest die Grundausbildung durchlaufen konnte. Neben der Ausbildung mit Waffen, wurden auch seine Umgangsformen geschult.« Sie schweigt eine Weile. »Wir erkannten den fröhlichen, kecken Jungen alle nicht wieder, wenn er ein paar Mal im Jahr zu Besuch nach Hause kam. Es war, als hätten sie ihm die Zunge herausgeschnitten. Er war ruhig – zu ruhig, als befürchte er, für ein falsches Wort bestraft zu werden.«

»Warum schickten ihn seine Eltern wieder an den Hof, wenn ihm die Ausbildung offensichtlich nicht guttat?«

»Sie hatten keine andere Wahl«, sagt Grete. »Allein der alte König durfte Leanders Ausbildung für beendet erklären. Ich weiß noch, wie verzweifelt Leanders Mutter war, als er sie und seine Schwestern nur mit einer steifen Verbeugung begrüßte, anstatt mit einer Umarmung und einem Kuss auf die Wange. Das Einzige, was ihm damals half, war sein Gaul. Elora war alt genug, dass er sie mit an den Hof nehmen konnte. Und dadurch taute er langsam wieder auf.« Sie brummelt etwas vor sich hin, was ich nicht verstehe. »Aber den Rest soll er dir selbst erzählen. Wir verehren Leander und sind stolz darauf, dass er zu den engsten Vertrauten des jungen Königs zählt. Aber wir wären nicht minder stolz auf ihn, wenn er sein Glück als Pferdezüchter finden würde.«

Ich lausche ihren Erzählungen und versuche, mir den jungen Leander vorzustellen, der von früh bis spät durch die

Stallungen lief. Davon weiß ich bereits, deshalb fällt es mir nicht schwer, die Bilder heraufzubeschwören. Ich frage mich nur, was mit ihm geschehen ist, dass er das, was er einst so sehr geliebt hat, für ein Dasein als Ritter aufgegeben hat. Vielleicht werde ich ihn eines Tages danach fragen – wenn ich lange genug hierbleibe.

Als hätte sie meine Gedanken erraten, fragt Grete: »Was ist mit dir, Kind? Auf welchen Leander wärst du stolzer?«

Ich versteife mich. »Ich bin nicht in der Position, um mir darüber ein Urteil zu erlauben«, versuche ich das Thema zu umschiffen, doch Grete gibt sich damit nicht zufrieden.

»Er hat dich hier hergebracht, obwohl er dich in jedes andere Dorf hätte bringen können. Oder gleich in die Stadt. Oder er hätte dich einem Händler mitgeben können, der nach Fryske fährt.«

»Er kennt die Leute hier«, werfe ich ein.

Grete schmunzelt, bevor sie sich abwendet und in ein durch Bretter abgetrenntes Abteil der Hütte geht. »Leander mag der Minher dieses Fleckchens Erde sein, aber er hat noch nie eine junge Frau mitgebracht. Ich wüsste es, wenn es so wäre.«

Mein Herz schlägt plötzlich schneller. Noch nie? Während seiner Zeit am Feuerhof muss er ständig von schönen und tugendhaften Frauen umgeben gewesen sein. Spätestens als er der engste Vertraute des Königs wurde, müssen sie ihn umschwärmt haben wie die Motten das Licht. Aber er hat nie ... eine mit nach Brasania gebracht?

»Und ... was bedeutet das?«, frage ich unsicher und gebe mir die größte Mühe, das dumme Flattern in meiner Brust zu ignorieren.

Grete kommt zurück. Über dem Arm hat sie einige Kleidungsstücke hängen. Auf meine Frage hin zuckt sie mit den

Schultern. »Das soll er dir selbst sagen, findest du nicht? Jetzt sollten wir erst mal zusehen, dass dein Haar trocknet und wir etwas Passendes zum Anziehen für dich finden. Du sagtest, du kannst reiten?«

Ich nicke.

»Dann also kein reines Kleid.« Sie legt ein paar Kleidungsstücke zur Seite. »Ich habe hier noch ein paar Kleiderhosen, die meine Töchter getragen haben, wenn sie in den Stallungen helfen mussten. Vielleicht können wir sie mit einem edleren Oberteil kombinieren.« Auf meinen zweifelsohne verwirrten Blick hin, nickt sie nur nachsichtig. »Lass mich nur machen, Kind. Aus dir zaubere ich eine Mindam, die sich neben Leander nicht verstecken muss.«

*

Nur kurze Zeit später stecke ich in neuen Kleidern. Zunächst fühlen sie sich fremdartig an mir an, doch nachdem mich Grete vor einen teilweise blinden Spiegel geführt hat, komme ich nicht umhin, mich wieder und wieder zu betrachten.

Das Oberteil ist mit einem leichten Mieder verstärkt und hat fast die Farbe meiner Augen. An den Ärmeln, die bis zu den Ellenbogen reichen und am Ende mit weißer Spitze besetzt sind, wird es heller, als würde die Farbe verlaufen. Auch am Ausschnitt, der deutlich freizügiger ist, als ich es gewohnt bin, ist Spitze eingearbeitet, die sich in einem leicht angedeuteten Kragen an meinen Hals schmiegt.

Das Rockteil reicht mir bis knapp unters Knie und ist von unten bis zum Schritt geschlitzt. So etwas habe ich bisher noch nie gesehen, aber ich verstehe den Sinn dahinter. So kann ich problemlos reiten, ohne mich mit einem Damensattel abzuquälen.

Feine Blumenstickereien in Gelb und Weiß winden sich

um den unteren Saum. Darunter trage ich eine enge braune Lederhose und gleichfarbige Stiefel.

»Ich wusste, dass es dir gut stehen wird«, sagt Grete, während sie mir zwei blaue Bänder ins Haar einarbeitet. Größtenteils lässt sie es offen, sodass es mir in leichten Wellen bis zur Hüfte fällt. Nur am Oberkopf und den Schläfen flicht sie einige Strähnen zurück. »Blau ist eine Farbe, die wir hier nur selten haben, aber dir steht sie ausgezeichnet. Muss an deiner hellen Haut und dem fast weißen Haar liegen.«

»Es sieht wunderschön aus«, hauche ich. »Darf ich es wirklich behalten?«

»Natürlich. Meine Mädchen sind schon lange aus dem Alter raus, um die Sachen tragen zu können. Und hier bei mir nimmt es nur Platz weg.« Nachdem sie mit den Haaren fertig ist, betrachtet sie mich von oben bis unten. »Du siehst wirklich aus wie eine Mindam.«

Ich schlage die Augen nieder und zwirbele nervös eine Haarsträhne. Dabei weiß ich nicht, warum ich überhaupt nervös bin. In meinem Leben habe ich viel aufwendigere Kleider getragen, trotzdem habe ich das Gefühl, als wäre dieses wie für mich gemacht.

»Danke«, murmele ich.

»Nicht dafür, Kind. Jetzt wollen wir doch mal sehen, ob es auch Leander gefällt.«

Wahrscheinlich ist das der Grund meiner Nervosität. *Leander.*

✻

Grete hakt sich bei mir unter und führt mich durchs Dorf. Die Hütten sehen alle neu erbaut aus und sind gut in Schuss. Das verwirrt mich. So gepflegt die Hütten auch scheinen, sind sie doch die Behausung einfacher Menschen. Vielleicht, sage ich mir, ist dieses Land besonders wohlhabend, sodass sich auch die Pächter neue Häuser erbauen können.

Die gepflasterten Wege, die sich zwischen den Häusern und herrlich duftenden Kräutergärten entlangschlängeln, sind jedoch älter und ausgetreten. Ich bin so sehr damit beschäftigt, nach links und rechts zu schauen und alles in mich aufzusaugen, dass ich mehrmals auf dem unebenen Weg stolpere. Ich dachte, dass Grete sich bei mir unterhakt, weil sie selbst alt und nicht mehr gut zu Fuß ist, doch nun bin ich dankbar für ihre resolute Stütze.

Schon von Weitem höre ich die Stimmen mehrerer Männer, als wir uns dem Dorfplatz nähern, der sich – sofern ich es richtig überblicke – fast genau im Zentrum von Brasania befindet. Alle Wege und Pfade führen dorthin.

Grete brummt. »Leander muss wieder Streit schlichten. Darum beneide ich den Jungen nun wirklich nicht.«

»Streit?«, frage ich.

»Um Land, Vieh und was sonst noch so anfällt«, antwortet Grete. »Du wärst verwundert, worüber Menschen einen Streit vom Zaun brechen können, wenn ihnen danach ist.« Sie wirft mir einen Seitenblick zu. »Gibt es so was bei euch in Fryske nicht?«

»Vielleicht ... Ich weiß es nicht.«

»Stimmt, du hast bei Hofe gearbeitet. Da werden die Dinge anders geregelt. Lass mich dir erklären, wie es bei uns abläuft.« Sie zieht mich weiter, bis wir den Dorfplatz erreichen. »Wenn Leander es nicht schafft, beide Parteien zufriedenzustellen, kann das in einen Familienzwist ausarten, der mehrere Generationen andauert. Diese Art von Streitigkeiten könnte ein ganzes Dorf in Mitleidenschaft ziehen.«

Grete und ich stellen uns an den Rand der Menschentraube, die sich gebildet hat. Ich dachte nicht, dass Brasania so viele Einwohner hat. Sie alle scheinen hier zu sein, um einen Blick auf ihren Minhern zu erhaschen.

Ich will Leander unter keinen Umständen stören, deshalb halte ich mich im Hintergrund, obwohl ich mich am liebsten durch die Menge drängeln möchte, um ihn zu sehen. Er hat mich erst vor wenigen Stunden bei Grete gelassen, doch es fühlt sich an, als wären wir Tage getrennt gewesen. Hin und wieder höre ich sein genervtes Seufzen, und es fällt mir nicht schwer, mir sein grimmiges Gesicht dabei vorzustellen, während sich zwei Männer gegenseitig beschuldigen, eine Kuh gestohlen zu haben. Jeder behauptet, der rechtmäßige Besitzer zu sein, und ich lausche einigen hahnebüchenen Erklärungen, wie sie auf die Weide des jeweils anderen gelangt sein soll.

Es dauert jedoch nicht lange, bis sich die ersten Bewohner nach mir und Grete umdrehen – vor allem aber nach mir. Sie mustern mich mit unverhohlener Neugier, und ich kann es ihnen nicht verdenken. Mit meinem fast schneeweißen Haar und den spitzen Ohren steche ich schon äußerlich zwischen ihnen hervor. Noch dazu bin ich eine Fremde, die sie noch nie zuvor gesehen haben. In einer alteingesessenen Gemeinschaft wie diesem Dorf bin ich ein Eindringling, den sie nicht zuordnen können. Obwohl ich am liebsten den Kopf zwischen die Schultern ziehen und mich hinter der nächsten Hütte verstecken will, halte ich ihn oben und lächele den Dorfbewohnern freundlich zu. Umstehende tippen ihren Nebenmann an und schon bald dreht sich ein jeder nach mir um. Ich schlucke angestrengt und spüre, wie mein Lächeln ins Wanken gerät.

»Ihr sollt dem Richtspruch eures jungen Minhern zuhören und euch nicht den Hals verrenken«, schilt Grete die Dorfbewohner. »Aber wenn ihr sowieso mit Glotzen beschäftigt seid, dann lasst uns durch.«

Sofort teilt sich die Menge. Ich bin überrascht, welches Gewicht Gretes Worte haben, lasse mir aber nichts anmerken, sondern folge ihr zwischen den Dorfbewohnern hindurch. Meine Bewegungen sind steif, denn ich spüre ihr musterndes Starren noch immer überdeutlich. Es ist nicht abwertend, trotzdem macht es mich nervös.

Als ich den Blick hebe und Leander anschaue, macht mein Herz sofort einen Satz und sämtliches Starren der anderen ist vergessen. Auch er hat sich umgezogen und sitzt halb auf einem Tisch inmitten des Dorfplatzes, die Arme vor der Brust verschränkt. Das frische Hemd hat er bis zu den Oberarmen hochgekrempelt, sodass ich deutlich die sehnigen Muskeln seiner Unterarme erkennen kann. Seine Miene wirkt angespannt, den Mund hat er zu einer verkniffenen Linie verzogen, wie ich es von ihm gewohnt bin, während er sichtlich Mühe hat, den zankenden Männern auch nur eine Sekunde länger zuzuhören.

Kurz huscht sein Blick zu mir und er will gerade wieder wegsehen, ehe er den Kopf doch gänzlich zu mir umdreht. Der verkniffene Ausdruck verschwindet um seinen Mund, der nun leicht offen steht, während er mich von oben bis unten mustert. Seine Musterung löst jedoch keine unangenehme Nervosität in mir aus wie zuvor bei den Dorfbewohnern. Ein Leuchten, das ganze Schmetterlingshorden in meinem Bauch in Aufruhr versetzt, glimmt in Leanders Augen, als er sich erhebt und die beiden Männer einfach weiterschimpfen lässt.

Mit großen Schritten kommt er auf mich zu. Als er vor mir steht, immer noch mit dem staunenden Ausdruck im Gesicht, sinke ich in einen kurzen Knicks. Leander greift nach meiner Hand, legt seinen linken Arm hinter seinen Rücken und verbeugt sich in einer eleganten Bewegung vor mir, ehe er mir einen Kuss auf den Handrücken haucht. Die Berührung seiner Lippen ist leicht, kaum spürbar, doch sie genügt, um meine Haut prickeln zu lassen.

Besonders die goldenen Sprenkel in seinen Augen leuchten heller als gewöhnlich, als er wieder zu mir aufschaut.

»Mindam«, murmelt er so leise, dass nur ich ihn verstehen kann.

Allein auf diese Art von ihm angesehen und angesprochen zu werden, veranlasst mein Herz dazu, den nächsten Schlag zu verpassen. Anschließend stolpert es viel zu schnell vor sich hin, als sei es verzweifelt auf der Suche nach dem richtigen Trott. Für einen Moment nehme ich die Menschen um uns herum nicht wahr. Sie verschwimmen, werden unwichtig. Ich sehe nur Leander vor mir und ich könnte eine Ewigkeit damit verbringen, in seinem Blick zu versinken und mich in dem kleinen Lächeln zu sonnen, das er viel zu selten zeigt, diesmal aber nur für mich bestimmt ist.

»Minher«, sagt einer der streitenden Männer und deutet eine Verbeugung in meine Richtung an, als ich mich widerstrebend von Leanders Anblick losreiße. »Verzeiht, aber wir ... haben noch keinen Richtspruch bekommen.«

Leander verdreht die Augen und findet so schnell in sein grimmiges Selbst zurück, dass ich schmunzeln muss.

»Ja«, brummt der andere Mann. »Ihr solltet Euch zunächst um Eure Untertanen kümmern, ehe Ihr mit ... einer Ausländerin, die wahrscheinlich nichts im Kopf hat und nur hübsch anzusehen ist ...«

Leander zieht scharf die Luft ein und will zu dem Mann herumwirbeln, doch ich lege ihm schnell eine Hand an die

Brust. Sofort hält er inne und bedenkt mich mit einem fragenden Blick.

»Ihr streitet euch um eine Kuh, ist das richtig?«, frage ich, als ich mich von Leander löse und zu den beiden Streithähnen umwende.

»Die beste Milchkuh, die es im ganzen Dorf gibt«, begehrt der eine auf. »Und sie gehört mir.«

»Lüge! Sie verschwand eines Nachts von *meiner* Weide und tauchte plötzlich in *deinem* Stall auf. Du bist ein dreckiger Dieb, nichts weiter.«

Bevor sie sich erneut in Rage reden können und die Stimmung zu kippen droht, gehe ich dazwischen. »Ihr erhebt also beide Anspruch auf diese besondere Kuh. Wie wäre es, wenn ihr sie ein Kälbchen bekommen lasst? Ist es ebenfalls eine Kuh, bekommt sie der Zweite von euch. Als Nachkomme dieser besonderen Kuh, gibt sie bestimmt ebenfalls sehr gute Milch. Auf lange Sicht könntet ihr dadurch gemeinsam die besten Milchkühe weit und breit züchten.«

»Und wenn es ein Bulle wird?«, fragt einer der Männer.

Ich zucke mit den Schultern. »Dann versucht ihr es erneut und teilt bis dahin die Milch der Mutterkuh gerecht unter euch auf. Schließlich wärt ihr ab jetzt Geschäftspartner. Auch der Bulle einer solch wertvollen Kuh ist für eine Zucht unersetzlich. Egal, was geschieht, ihr würdet beide auf lange Sicht dadurch gewinnen. Die Alternative wäre, die Kuh zu schlachten und euch zu gleichen Teilen das Fleisch zukommen zu lassen.«

»Nein!«, ruft der andere Mann sofort. »Ein Tier, das solch gute Milch gibt, zu schlachten, wäre ein großer Fehler.«

»Ein Fehler ist es auch, euch deswegen zu zerstreiten«, mahne ich. »Teilt die Milch und versucht, ebenso gute Nachkommen von der Kuh zu bekommen, damit jeder von euch ein solches Tier im Stall stehen hat und ihr neue Karren kaufen müsst, um die ganze Milch in der nächsten Stadt zu verkaufen.«

Sie sehen einander an, kommunizieren ohne Worte und verneigen sich dann vor mir. »Habt Dank für den gerechten Richtspruch, Mindam.« Sichtlich zufrieden verschwinden sie in der Menge, die zögerlich anfängt zu klatschen.

Leander legt mir eine Hand an die Hüfte. Ich spüre ihn hinter mir und widerstehe nur knapp dem Bedürfnis, mich an ihn zu lehnen. Doch ich bleibe stark und ignoriere das Kribbeln in meinen Adern.

»Sehr beeindruckend«, raunt er mir ins Ohr und schickt damit einen heißen Schauer durch mich hindurch. »Ich war kurz davor, ihnen die halbe Grafschaft zu geben, nur damit ich ihnen nicht mehr länger zuhören müsste.«

Ich ziehe die Nase kraus. »Meinst du, sie bezeichnen mich jetzt immer noch als hohlköpfig?«

»Wenn sie den eigenen Kopf auf den Schultern behalten wollen, sollten sie das nicht in meiner Gegenwart tun.« Wie zufällig streift er mit den Lippen beim Reden über meine Ohrmuschel und ich muss mir auf die Unterlippe beißen, um nicht zu wimmern. »Aber nein, ich denke nicht, dass jemand es wagt, dich als hohlköpfig zu bezeichnen. Deine beiden Alternativen waren gerecht, ohne eine der beiden Parteien zu bevorzugen. Ob sie sich daran halten, ist die andere Frage. Aber damit werde ich mich heute nicht mehr befassen.«

Ich neige den Kopf, um ihn ansehen zu können. »Was willst du stattdessen machen?«

Wieder glimmt es in seinen Augen auf und der Griff an meiner Hüfte verstärkt sich. »Da fiele mir schon das ein oder andere ein. Zuerst möchte ich so tun, als wäre niemand außer uns hier. Aber das ist schwierig, wenn sie uns alle anstarren.«

»Sehr schwierig«, gebe ich schmunzelnd zu, während ich mir der unzähligen Blicke mehr als bewusst bin. »Was ist dein Plan B?«

Leander seufzt. »Dann … sollte ich dich wohl meiner Familie vorstellen.«

Mit einem Schlag ist die Nervosität wieder da. Seiner Familie vorgestellt zu werden, ist ein großer Schritt, und ich weiß nicht, ob ich dafür bereit bin. Bin ich angemessen gekleidet, ob um einem Lord und einer Lady – oder Minher und Mindam, wie es hier heißt – vorgestellt zu werden?

»Es sei denn«, Leander lehnt sich vor, bis sich unsere Nasenspitzen ganz leicht berühren, »du hast etwas dagegen.«

Sämtliche Bedenken verschwinden. »Nein«, wispere ich.

Ich habe bisher nur Bruchstücke aus seiner Vergangenheit erfahren, doch sie genügen, um zu wissen, dass Leander in einer liebevollen Familie aufgewachsen sein muss. Auf jeden Fall einer liebevolleren als ich.

Ich möchte sie kennenlernen: seine Eltern, seine Schwestern, all die Menschen, die ihn zu dem Mann gemacht haben, der er heute ist. Und ich hoffe, dass sie mich mögen werden. Ich werde sie mögen, wenn sie nur halb so charismatisch sind wie Leander. Hoffentlich bringen sie mich aber nicht so stark durcheinander wie er.

»Seid nur pünktlich zurück«, brummt Grete in unserer Nähe und wir zucken beide zurück, als hätte sie uns mit Eiswasser übergossen. »Heute Abend gibt es ein Fest, um die Rückkehr unseres jungen Minhern zu feiern. Und natürlich für seinen Ehrengast.«

»Ein Fest?«, wiederhole ich.

»Kein rauschendes, wie du es vielleicht vom fryskischen Hof gewöhnt bist«, entgegnet Grete. »Aber wir werden trotzdem Spaß haben.«

»Dessen bin ich mir sicher«, murmelt Leander, während er die Finger seiner rechten Hand zwischen meine schiebt und sie miteinander verschränkt. Sein Griff ist fest und warm, als hätte er Sorge, dass ich ansonsten verloren gehen könnte. »Wir werden noch vor Sonnenuntergang zurück sein.«

Grete nickt und ihre Miene wird weich, während sie Leander betrachtet. »Alles Gute, mein Junge.«

KAPITEL 15

DAVINA

Es ist bestimmt schon später Nachmittag, als ich Hand in Hand mit Leander durchs Dorf laufe. Da er versprochen hat, bis Sonnenuntergang zurück zu sein, werden wir nicht lange bei seiner Familie bleiben. Ob es einen Grund dafür gibt?

Ein mulmiges Gefühl breitet sich in meinem Bauch aus. Ist es wegen mir? Will er nicht, dass ich sie näher kennenlerne? Ich wünschte, ich hätte genug Mut, ihn danach zu fragen, doch ich folge ihm stumm durch die verwinkelten Gassen und an Gretes Hütte vorbei.

Direkt dahinter erstreckt sich eine hohe, steinerne Mauer, die mir schon zuvor aufgefallen ist. Aber sie wird durch kein Tor geschützt und ist – im Gegensatz zu den neu wirkenden Gebäuden im Dorf – verwittert und überwuchert mit Efeu und anderen Kletterpflanzen.

Als wir die Mauer passieren, stehen wir inmitten eines großen Hofs, gepflastert aus hellen Steinen.

»Hier stand einst die Burg meiner Familie«, sagt Leander. Es sind die ersten Worte, die er an mich richtet, seit wir aufgebrochen sind.

Verwirrt schaue ich von ihm zu den verwitterten Grundmauern, die sich vor uns erstrecken. An einigen Steinen entdecke ich Rußspuren. Die Burg muss niedergebrannt sein und nun stehen nur noch einzelne Grundsteine, die mir nicht einmal bis zur Hüfte reichen.

»Was ... ist geschehen?«, frage ich leise.

»Erdländer«, knurrt Leander. Er speit das Wort regelrecht aus, als sei es ein Fluch. Dann kneift er die Augen zusammen und stößt den Atem aus. Als er sie wieder öffnet, wirkt seine Miene weicher. Mit der freien Hand deutet er nach rechts. »Dort drüben waren die Stallungen. Sie nahmen fast den ganzen Hof ein. Und da hinten war der Durchgang zu den Weiden.«

Aus der Erinnerung beschreibt er mir die Burg und die dazugehörigen Anwesen derart detailgenau, dass ich keine Probleme habe, sie vor mir zu sehen. Doch bei jeder neuen Beschreibung, jeder kurzen Anekdote, die er zu jedem Bereich hat, wird mir das Herz schwerer. Nichts davon ist mehr zu sehen. Nur verrußte Steine und Ruinen sind übrig.

»Warum hat deine Familie die Burg nicht wieder aufgebaut?«, frage ich. »So wie die Hütten im Dorf. Die sind auch neu.«

Wahrscheinlich wurden auch sie von Erdländern zerstört. Oder ein Feuer hat gewütet und auf den Großteil des Dorfes übergegriffen. Aber das erklärt nicht, warum die Burg, das Herzstück dieses Dorfes, noch immer in Schutt und Asche liegt.

Leander senkt den Blick und alle Freude weicht aus seinem Gesicht. Er wirkt mit einem Mal so unendlich traurig, als wäre jedwedes Glücksgefühl aus der Welt verschwunden. Ich habe ihn schon oft abweisend und frustriert erlebt, aber noch nie so schwermütig wie jetzt. Wieder scheine ich seinen Schmerz zu spüren, als wäre er mein eigener – diesmal sogar stärker als die Male zuvor. Ich presse die freie Hand gegen die Brust, um den dumpfen Schmerz darin zu dämpfen.

Ohne mir auf die Frage, warum die Burg nicht wieder aufgebaut wurde, zu antworten, führt er mich zu einem vertrockneten Baum, der einst im Frühling wundervoll in Blüte gestanden haben muss. Ich wünschte, ich hätte es sehen können. Mein Leben lang kenne ich nur Eis und Schnee – keine Blüten oder Knospen. Aber ich habe davon gelesen und Zeichnungen gesehen. Im Frühling sollen die Bäume hier in den Feuerlanden rosafarbene, gelbe oder weiße Blüten tragen, die einen herrlichen Duft verströmen.

Doch der Baum vor mir muss genauso in Flammen gestanden haben wie der Rest der Burganlage. Seine Rinde ist fast kohlschwarz und brüchig.

»Vi, ich möchte dir meine Familie vorstellen«, murmelt Leander mit brüchiger Stimme, als wir vor dem Baum stehen bleiben.

Mir schnürt sich die Kehle zu, als mein Blick auf die fünf einfachen Steingräber fällt, die am Fuß des Baums aufgereiht sind. Zwei größere direkt nebeneinander und drei etwas kleinere daneben.

Leander sinkt auf die Knie und fegt ein paar verwelkte Blätter zwischen den Steinen fort. Tränen brennen mir in den Augen, während ich seine gebeugte Haltung sehe und die unendliche Traurigkeit spüre, die von ihm ausgeht und auch von mir Besitz ergreift.

Ich wage nicht, nach Einzelheiten zu fragen, denn es erklärt sich von selbst. Erdländer haben seine Familie getötet – seine Eltern und Schwestern. Sie haben sein Zuhause und seinen Lebenstraum niedergebrannt. Alles ausgelöscht.

Leander hat allen Grund, die Erdländer mit jeder Faser seines Herzens zu hassen. Kein Wunder, dass er seine wahren Gefühle meist sorgsam hinter einer Fassade aus Ablehnung und Groll verbirgt. Der Zorn und die dunkle Leere, die in ihm wüten müssen, hätten die meisten anderen Menschen zerstört – mich wahrscheinlich auch.

Ich knie mich neben ihn und helfe ihm, einzelne Grashalme herauszuzupfen, die sich einen Weg durch die Steine hindurchgebahnt haben.

»Die letzten Jahre habe ich nur für Rache gelebt«, sagt er, ohne seine Arbeit zu unterbrechen. »Ich wollte töten. Und ein Teil von mir wollte getötet werden. Ich wollte zu ihnen, wo immer sie jetzt auch sind. Ich wollte ihnen sagen, wie leid es mir tut, dass ich nicht für sie da war, als sie mich brauchten.«

Ich schlucke angestrengt. »Wo warst du?«, frage ich.

»Am Feuerhof. Ich steckte mitten in der Ausbildung, die härter war, als ich sie mir je vorgestellt hätte. Die Tage überstand ich nur, weil ich mir meine Zukunft ausmalte. Ich träumte davon, hier, weitab des Hofes, Pferde zu züchten und mich weder um Politik noch Etikette kümmern zu müssen. Fern von Manieren, feinen Gewändern und geheuchelten Lügen wollte ich frei sein.«

Frei. Das wünsche ich mir ebenfalls. Auch ich will nicht zurück an einen Hof, der bisher mein Zuhause war. Aber anders als Leander, habe ich keine Perspektiven.

Ich lege ihm eine Hand auf die Schulter, und nach kurzem Zögern lehnt er sich zu mir, sodass ich beide Arme um ihn legen und ihn an mich ziehen kann. Es dauert mehrere Atemzüge, bis sich seine steifen Muskeln ein Stück weit entspannen und er die Stirn gegen meine Schulter lehnt. Ich spüre förmlich, welche Überwindung ihn dieser kurze Moment der Schwäche kostet. Stets musste er stark sein: erst während seiner Ausbildung, dann nach dem schrecklichen Tod seiner Familie und schließlich für seinen König. Hatte er überhaupt Zeit zu trauern?

Ich streichele ihm über den Rücken. »Du hättest nichts ausrichten können«, murmele ich. »Du warst ein Junge, noch in der Ausbildung. Du hättest nicht wie heute gegen einen ganzen Trupp Erdländer bestehen können.«

»Ich hätte mit ihnen sterben sollen«, wispert er kaum hörbar gegen meine Schulter.

»Nein.« Ich lehne mich ein Stück zurück, sodass ich sein Gesicht mit den Händen umschließen kann. Der tieftraurige Ausdruck darin versetzt mir einen Stich. »Damit hättest du niemandem geholfen. Ich habe sie nicht gekannt, aber ich bin sicher, dass deine Eltern froh waren, dass zumindest du in Sicherheit warst, als es geschah.«

Seine Augen sind gerötet, aber trocken, doch sie wirken leblos und leer. Ich kann nicht sagen, ob ihn meine Worte erreichen, aber ich hoffe es.

»Nur Elora ist mir geblieben. Ansonsten habe ich alles verloren.«

»Das stimmt nicht!«, widerspreche ich. »Du bist der Minher dieses wundervollen Dorfes und des umliegenden Landes. Die Menschen hier sehen zu dir auf. Sie verehren dich. Außerdem bist du ein bekannter und geachteter Ritter und enger Vertrauter des Feuerkönigs. Deiner Familie konntest du nicht helfen, aber wie viele Menschen hast du bisher gerettet, indem du gegen die Erdländer gekämpft hast?« Ich streichele ihm mit dem Daumen über die Wange. »Du hast *mich* gerettet. Du warst da, als ich dich gebraucht habe. Ohne dich wäre ich tot oder die Sklavin eines widerlichen Erdländers.«

Ein winziges, kaum wahrnehmbares Schmunzeln zupft an seinen Mundwinkeln. »Ich kann dich mir nicht als Sklavin vorstellen.«

Ich zwinge meine Mundwinkel, sich zu heben. »Du hast

nicht alles verloren, Leander. Eine Burg kann neu errichtet werden, so wie es die Dörfler mit ihren Hütten gemacht haben. Wenn du es willst, kannst du deinen Traum noch immer verwirklichen. Du kannst frei sein.«

Er legt eine Hand auf meine, um sie an Ort und Stelle zu halten. »Ich habe gekämpft und Erdländer getötet in der Hoffnung, mich dadurch rächen zu können. Aber das brennende Gefühl, das in mir wütete, wollte einfach nicht verschwinden, egal, wie viele von ihnen ich besiegte. Also kämpfte ich weiter und immer weiter, bis ... ich zu nichts anderem mehr zu gebrauchen war.«

»Selbst wenn es dir gelänge, das gesamte Erdreich auszulöschen, wird es deine Familie nicht wieder lebendig machen«, sage ich sanft. »Ich verstehe deinen Wunsch nach Rache und das Gefühl der Schuld, das in dir schwelt. Aber es wird nichts ändern, wenn du so weitermachst wie bisher.«

Er zieht zweifelnd die Augenbrauen zusammen und ist kurz davor, sich wieder vor mir zu verschließen. Das darf ich nicht zulassen! Wenn er sich jetzt wieder in die eisige Fassade des Ritters flüchtet, dringe ich vielleicht nie wieder zu ihm durch. Zögerlich lege ich die Stirn an seine.

»Als ich den Erdländer an der heißen Quelle angegriffen habe«, murmele ich, »hast du mir gesagt, dass es in Ordnung ist, wenn man diejenigen verteidigt, die einem wichtig sind. Die Einwohner von Brasania ... Sie brauchen dich. Sie brauchen dich wahrscheinlich mehr als dein König. Und ich glaube, dass du sie ebenfalls brauchst. Du bist ein guter Ritter, vielleicht der beste, den der Feuerkönig hat, aber ... dieses Leben, dieser ständige Wunsch nach Rache, die Kämpfe und die damit einhergehenden Risiken werden dich früher oder später zerstören.«

Er runzelt die Stirn, was sich seltsam an meiner anfühlt. »Du meinst also ... ich soll hierbleiben und der Minher werden, wie mein Vater es war?«

»Das ist dein Land«, sage ich. »Wenn du nicht darüber herrschst, wer dann?«

»Ich bin kein Herrscher«, murmelt er. »Ich will auch keiner sein.«

»Dann sei ihnen ein Vorbild. Ich habe bisher nur Grete halbwegs kennengelernt, aber was ich so gesehen und gehört habe, lässt mich schließen, dass die Leute hier ganz gut zurechtkommen. Sie brauchen keinen Herrscher, der sie mit harter Hand regiert, sondern einen, an den sie sich mit Problemen wenden können und der Streit schlichtet.«

Leander lehnt sich ein Stück zurück und verzieht zweifelnd den Mund. »Und in der Zeit, in der ich nicht den Seelsorger oder Streitschlichter spiele, was soll ich dann machen? Ich bin nicht gut darin, in irgendeiner zugigen Burg zu sitzen und darauf zu warten, dass der Tag vorübergeht.«

»Du hast einen Traum«, sage ich sanft. »Vergiss das nicht.«

Leanders Blick huscht zur Seite. Dort drüben, hat er mir vorhin erzählt, standen einst die Stallungen. »Es war der Traum meines Vaters.«

»Nein.« Erneut lege ich ihm die Hand an die Wange und warte, bis er mich ansieht. »Es war und ist auch dein Traum. Noch ist es nicht zu spät, ihn wahr zu machen. Du kannst sowohl die Stallungen als auch die Burg wiederaufbauen. Du hast Elora, die sicherlich froh darüber sein wird, nicht mehr in Schlachten im Erdreich zu kämpfen.« Ich schließe für einen Moment die Augen und lächele. »Ich kann es förmlich vor mir sehen: Die weitläufigen Stallungen, der Geruch von Heu und Leder, der überall in der Luft liegt. Das Wiehern der Pferde, die nur darauf warten, auf die Weide zu dürfen.« Mein Lächeln gerät ins Wanken, als ich ihn wieder ansehe. »Ich beneide dich darum. Um dieses Land und die Leute, deinen Traum und deine Fähigkeiten. Mit nur einem Bruchteil davon könnte ich ebenfalls frei sein.«

Der Blick, mit dem er mich bedenkt, ist unergründlich. Ich überlege bereits, was ich wieder Falsches gesagt haben könnte, doch Leander kommt mir zuvor. »Wenn ich bleibe«, setzt er an, »und es tatsächlich schaffe, meinen Traum zu verwirklichen, könnte ich eine Stallmagd gebrauchen, die gut mit Pferden umgehen kann.«

Im ersten Moment bin ich wie vor den Kopf gestoßen. Dann muss ich ein Kichern ob dieses seltsam fremd klingenden Ausdrucks zurückhalten. »Das Wort hast du dir gerade ausgedacht!«

»Vielleicht«, gibt er zu. »Seit du meintest, dass es nicht umsonst Stall*knecht* heißt, habe ich die ganze Zeit nach einer Alternative gesucht. Denn es wäre eine furchtbare Verschwendung, wenn jemand, der so gut mit schwierigen Pferden umgehen kann wie du, nicht in einem Stall arbeiten darf, nur weil es unüblich ist. Wenn du ... keine Alternativen und mich noch nicht komplett satt hast ... Wenn du ebenfalls neu anfangen willst, wäre es dann in Ordnung, wenn ich dich bitte, zu bleiben und mir zu helfen?«

Ich ziehe die Hand zurück und rutsche ein Stück von ihm ab, überrumpelt von seinem Angebot. Obwohl ich ihn nicht direkt ansehe, spüre ich seinen forschenden Blick auf mir.

Was ich eben zu ihm gesagt habe, sollte nicht darauf abzielen, dass er mich bittet zu bleiben. Und seine Bitte sollte mein Herz nicht so verdammt schnell schlagen lassen. Es stimmt, wir haben uns darüber unterhalten, dass ich nicht viele Alternativen habe, wenn ich nicht wieder an einen königlichen Hof zurückwill. Und das will ich auf keinen Fall!

An diesem ruhigen und friedlichen Ort zu leben – zusammen mit Leander! –, sollte mich vor Freude jauchzen lassen, schließlich habe ich mich schon fast damit abgefunden, ihn nie wiederzusehen, sobald wir in der Stadt ankommen. Doch ich zögere. Nicht wegen ihm. Selbst wenn das, was zwischen uns ist, zu nichts führt, hätte ich dennoch eine Aufgabe und ein idyllisches Zuhause.

Aber hier bin ich eine Fremde. Das habe ich überdeutlich vorhin auf dem Dorfplatz zu spüren bekommen. Ich bin mir nicht sicher, ob ich es schaffe, mich anzupassen. Äußerlich werde ich immer anders sein. Und wenn ich ... nicht gut genug bin ... Wenn Leander seine Bitte, dass ich bleiben solle, irgendwann bereut ...

»Ich ... weiß es nicht«, presse ich hervor. »Gib mir etwas Zeit, um darüber nachzudenken.«

Aus den Augenwinkeln sehe ich ihn nach kurzem Zögern nicken. Ein sanftes Lächeln umspielt seine Lippen, als er eine Hand auf die Steine des einen Grabes legt. »Es war gut, euch wiederzusehen. Ich verspreche, dass ich euch das nächste Mal nicht so lange allein lasse.«

Er steht auf und klopft sich den Schmutz von der Hose, ehe er mir eine Hand reicht, um mir aufzuhelfen. »Ich danke dir, dass du mich begleitet hast, Vi. Das bedeutet mir unheimlich viel.«

»Ich muss dir danken, dass du mich mitgenommen hast«, erwidere ich.

»Ich wünschte, ich hätte dich ihnen richtig vorstellen können. Wie es sich gehört. Sie hätten dich gemocht, da bin ich mir sicher. Meine Schwestern hätten dich um deine Haarfarbe beneidet und meine Mutter wäre außer sich vor Freude über deinen klugen Verstand gewesen. Sie hat über die sittsamen, aber stumpfsinnigen Mädchen, deren Eltern um eine Verbindung mit unserem Haus gebeten haben, stets die Nase gerümpft.«

Ich versuche, meine Befangenheit mit einem Schulterzucken zu überspielen. »Über mich hätte sie wahrscheinlich auch die Nase gerümpft.«

»Weil du von niedererem Stand bist als ich? Nein, das wäre ihr egal gewesen. Meine Mutter legte darauf keinen Wert. Und wäre es nicht der ausdrückliche Wunsch des alten Königs gewesen, wäre ich nie an den Hof gegangen, um Knappe und später Ritter zu werden. Ich wäre hier geblieben, wo ich eigentlich hingehöre. Aber das ist mir erst jetzt wieder bewusst geworden. Die letzten Male, als ich zu Hause war, blieb ich nur ein paar Stunden oder höchstens eine Nacht. Ich konnte den Anblick der abgebrannten Grundmauern, die einst mein Heim waren, nicht ertragen.«

Ich drücke seine Hand. »Aber diesmal kannst du es?«

»Ich kann versuchen, etwas Neues zu sehen, anstatt in der Vergangenheit festzusitzen. Mein Wunsch nach Rache hat mir nichts gebracht. Ich will sehen, wie weit ich komme, wenn ich mutig bin und die alten Fesseln abstreife. Dazu gehört auch, dass ich diesen Anblick ertragen muss, um etwas Neues daraus zu erschaffen.«

Ich lehne den Kopf an seine Schulter. »Deine Familie wäre sehr stolz auf dich.«

»Hmm«, murmelt er ausweichend. »Zunächst muss ich meinen Entschluss König Esmond beibringen. Der wird weniger begeistert sein. Wahrscheinlich hat er schon einen Suchtrupp nach mir losgeschickt, weil ich seit Tagen nicht bei Hofe war.«

»Kann er es dir verbieten? Hierzubleiben und ein neues Leben anzufangen, meine ich.«

Leander verzieht den Mund. »Theoretisch nicht, weil ich meinen Dienst mehr als abgeleistet habe. Ich hätte nur in einer Schlacht kämpfen müssen und dann heimkehren dürfen. Aber er wird mich darauf hinweisen, dass er keinen Ersatz für mich hat, der die Kavallerie anführt. Er wird versuchen, an mein Gewissen zu appellieren, damit ich bleibe.«

»Würdest du es?«, frage ich. »Beim König bleiben, obwohl du es nicht willst.«

Er neigt den Kopf und lehnt ihn gegen meinen. Ein warmes Gefühl flutet bei dieser kleinen Geste meine Brust. »Ich glaube, das kommt darauf an«, murmelt er mehr zu sich selbst.

»Worauf?«, hake ich nach.

Als er mir nicht antwortet, hebe ich den Blick und begegne seinem sanften Lächeln, das ich erst wenige Male gesehen habe und mich immer wieder aufs Neue vergessen lässt, was um mich herum geschieht. Auch jetzt kann ich mich beim besten Willen nicht an die Frage erinnern, die ich ihm gestellt habe, obwohl sie erst vor wenigen Sekunden meinen Mund verlassen hat.

»Lass uns zurückgehen«, sagt er, ehe er mir einen Kuss auf die Stirn haucht. Ich halte die Luft an und genieße das Kribbeln auf meiner Haut, wo seine Lippen mich berührt haben. »Grete kommt sonst persönlich, um uns zurück ins Dorf zu schleifen, wenn wir nicht pünktlich sind.«

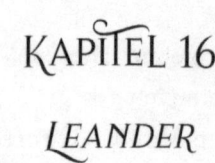

KAPITEL 16

LEANDER

Davina hakt sich bei mir unter und ich führe sie zurück ins Dorf. Ihre Gegenwart hilft mir, die Schatten der Vergangenheit zu verdrängen, die mich normalerweise heimsuchen, wann immer ich einen Fuß in den ehemaligen Burghof setze, auf dem einst mein Zuhause stand.

Obwohl ich nicht dabei war, meine ich, die Schreie meiner Schwestern zu hören, die die Erdländer zusammen mit meiner Mutter in den Stallungen einsperrten, ehe sie sie anzündeten. Ich wünschte, ich hätte diese und andere Einzelheiten nie bei den Dorfbewohnern aufgeschnappt. Dann könnte ich mir einreden, sie seien schnell und schmerzlos gestorben.

Doch das sind sie nicht. Sie mussten leiden.

Und es fühlte sich gut an, die Erdländer ebenfalls leiden zu lassen, sobald sie dumm genug waren, sich mir in einem offenen Kampf zu stellen. Aber der Schmerz über meinen Verlust wollte nicht verschwinden, ganz gleich, wie viele von ihnen ich tötete. Jeder Sieg, jede gewonnene Schlacht kettete mich nur noch mehr an ein Leben, das ich nie führen wollte.

Wäre ich Davina nicht begegnet, hätte ich weitergemacht wie bisher. Der nächste Kampf. Der nächste Gegner. Der nächste Sieg, der mir rein gar nichts bedeutete. Aber ich hätte weitergemacht in der Hoffnung, irgendwann wieder etwas außer Schmerz und Wut und dem Wunsch nach Rache zu empfinden.

Dank Davina kann ich wieder fühlen. Ich erinnere mich daran, dass ich eine Wahl habe. Ich weiß wieder, dass ich *mehr* kann als zu töten und im Namen meines Königs einen Sieg nach dem anderen zu verzeichnen. Ich habe einen längst vergessenen Traum wiedergefunden, der mich auf einen neuen Weg führen kann.

Aber noch habe ich nicht den Mut, den ersten Schritt auf diesem Weg zu wagen. Denn dann wäre ich wieder allein. Wenn ich mich für den neuen Weg entscheide, will ich das nicht allein tun, und es gibt nur eine Frau, die ich an meiner Seite haben möchte.

Doch diese junge Frau hat mich um Zeit gebeten.

Ich bin kein geduldiger Mensch. Das war ich noch nie. Aber ich weiß, dass es mir nichts bringt, wenn ich sie bedränge. Vielmehr muss sie das Gefühl bekommen, dass sie – genau wie ich – hierher gehört. Dass dieses Fleckchen Erde *uns* gehören kann. Dass sie von den Dorfbewohnern genauso akzeptiert wird, wie sie ist, obwohl sie aus einem anderen Land stammt.

All das hoffe ich, heute Abend erreichen zu können. Dass die Dörfler ein Fest zu Ehren meiner Rückkehr geben wollen, ist nur ein Vorwand. Alle paar Wochen fallen die Erdländer wie ein Rudel hungriger Wölfe über diesen Landstrich her und verwüsten alles auf ihrem Weg. Glücklicherweise vergreifen sie sich nur an den eingefahrenen Ernten und dem Vieh, nachdem es ihnen gelungen war, die Burg und den Minhern samt Familie auszulöschen. Einfache Bauern sind für die Erdländer uninteressant.

Bisher habe ich mir eingeredet, dass die Dorfbewohner es schon irgendwie ohne mich schaffen, schließlich tun sie das schon seit Jahren. Jahre, die ich damit vergeudet habe, im unwegsamen Erdreich sinnlose Kämpfe auszufechten. Ich hätte schon viel früher dem Krieg den Rücken kehren sollen, spätestens als ich erkannte, dass mein drängender Wunsch nach Rache nicht abnahm. Ich hätte mich eher an meinen verschütteten Traum erinnern sollen.

Und an die Pflichten, die ich habe. Mein Vater ist tot; ich bin sein Erbe. Ich kenne die Menschen, die hier leben, mein ganzes Leben lang. Es ist meine Pflicht und mein Privileg, das Land meiner Familie, ebenso wie seine Bewohner zu beschützen.

Zum ersten Mal seit vielen Jahren habe ich das Gefühl, dass ich alles schaffen kann, was ich mir vornehme. Dass ich meinen Platz in dieser Welt finden kann.

Mein Blick gleitet zur Seite, wo sich Davina bei mir untergehakt hat. Ihr wissbegieriger Blick saugt alles um uns herum auf – jedes Haus, jeden Baum, jeden Grashalm. Und sie sieht glücklich dabei aus. Hoffentlich rede ich mir das nicht nur ein. Ich *will*, dass sie glücklich ist. Dass sie sich hier wohlfühlt.

Jede andere Frau hätte mich ob meiner Idee, die Pferdezucht wiederaufbauen zu wollen, ausgelacht. Es wird Jahre dauern, bis sie profitabel ist. Wahrscheinlich bin ich bereits ein alter Mann, bis die Zucht das Gold wieder eingespielt hat, was ich zunächst in sie hineinstecken muss. Jede andere Frau hätte mir das vorgehalten und mich für einen Narren gehalten. *Ein Lord, der Pferde züchten will, anstatt als Vertrauter des Königs am Feuerhof auf der faulen Haut zu liegen.* Ich kann förmlich hören, wie sich die anderen Adligen die Mäuler über mich zerreißen werden.

Aber es kümmert mich nicht. Sollen sie doch denken, was sie wollen! Nur Davinas Meinung ist mir wichtig. Sie war es, die diesen fast vergessenen Traum wieder ans Tageslicht geholt hat. Auf gewisse Weise hat sie mich gerettet.

Wenn sie mir nun noch zur Seite stehen wird, wenn ich meinen Traum verwirklichen will, könnte ich wieder eine Ahnung davon bekommen, was es heißt, glücklich zu sein.

*

Als wir zurück ins Dorf kommen, ist der zentrale Platz mit Kerzen und bunten Girlanden geschmückt, die die Umgebung in ein warmes Licht tauchen. Aus verschiedenen Richtungen riecht es köstlich nach Gebratenem, und einzelne Pächter haben bereits ihre Instrumente herausgeholt, um fröhliche Weisen zu spielen.

Ich gönne ihnen ihre Unbeschwertheit von Herzen, doch ein dunkler Teil in mir fragt sich, wie sie es schaffen, so ausgelassen zu sein. Für mich bedeutete ein neuer Tag bisher nur einen weiteren, den ich irgendwie überleben musste.

Dann fällt mein Blick auf Davina, die sich mit leuchtenden Augen umsieht und sich auf die Zehenspitzen stellt, um alles besser überblicken zu können.

Der dunkle Teil schweigt, seit ich sie kenne – endlich! Und zum ersten Mal seit dem Tod meiner Familie freue ich mich auf einen neuen Tag. Wenn sie sagt, dass sie bei mir bleiben will, könnte ich Stück für Stück in ein normales Leben zurückfinden, da bin ich mir sicher. In der vorletzten Nacht, die sie an mich gekuschelt verbracht hat, habe ich besser geschlafen als in den gesamten letzten Jahren. Tief und traumlos, ohne bei dem kleinsten Geräusch hochzuschrecken.

Ich würde sehr viel dafür geben, jede Nacht so friedvoll verbringen zu dürfen. Mit ihr als dem ersten Menschen, den ich sehe, wenn ich morgens die Augen aufschlage.

Ich dränge den Gedanken zurück. Das geht zu schnell. Ich darf mich nicht an diesen Wunsch klammern, denn noch gibt es die Möglichkeit, dass sie ablehnt und zurück nach Fryske will.

Beim Umsehen streift ihr Blick über mich. Als sie bemerkt, dass ich sie ebenfalls betrachte, neigt Davina fragend den Kopf.

»Schon gut«, sage ich.

»Hier ist alles so ... anders, als ich es kenne.« Sie schaut hinüber zu den Musikern. »Selbst eure Musik klingt ganz anders.«

»Auf eine gute Weise anders?«, hake ich nach. Ihre Aussage, dass ihr hier alles fremd und anders erscheint, beschert mir ein ungutes Ziehen in der Magengegend.

Doch ihr Lächeln vertreibt dieses Gefühl. »Ja. Die Musik ist viel schneller. Irgendwie lebenslustiger. Eure ganze Welt ist bunter als die, in der ich bisher gelebt habe.«

»Möchtest du dich noch ein wenig umsehen?« Als sie zögert, füge ich hinzu: »Geh ruhig. Du kannst nicht verloren gehen. So groß ist Brasania nicht.«

Sie schaut zu mir auf. Ihre Augen sind von einem solch tiefen Blau, dass ich Angst habe, ich könnte darin ertrinken, wenn ich einen Moment zu lang hineinsehe.

Davina beißt sich auf die Unterlippe. »Aber ...«

Ich streiche ihr eine Strähne ihres fast weißen Haares hinters Ohr. Wie zufällig streife ich dabei über die spitze Form und muss mich dazu zwingen, die Hand wieder zu senken.

»Mittlerweile weiß jeder, wer du bist«, murmele ich, ohne den Blick von ihren Augen abzuwenden. »Und jeder wird dir mit Respekt begegnen.«

Ihre Brauen zucken. »Ich bin eine Fremde. Warum sollten sie ...?«

Ich schmunzele. »Weil ich dich mitgebracht habe. Und nun geh schon!«

Mit einem seligen Lächeln macht sich Davina von mir los und huscht hinüber zu den Musikern. Wie erwartet, dauert es nicht lange, bis sie von anderen Frauen und einigen Mädchen angesprochen wird, die sie bitten, ihr Haar berühren zu dürfen. Innerhalb weniger Minuten verschwindet sie zwischen den anderen Bewohnern und wird integriert, wie ein schmerzlich vermisstes Familienmitglied, das von einer langen Reise zurückgekehrt ist.

»Ich dachte nicht, dass ich dich je wieder lächeln sehen würde«, brummt Grete mit ihrer gewohnt kratzigen Stimme neben mir. Ich kann anhand ihres Tonfalls nie sagen, ob sie sich freut oder wütend ist, und ich habe es aufgegeben, in ihrer Mimik lesen zu wollen.

»Ich dachte es auch nicht«, gebe ich zu. »Und ich habe es eine sehr lange Zeit nicht getan. So lange, dass ich fast schon vergessen habe, wie es geht.«

»Was weißt du über sie?«

Gretes Frage trifft mich unvorbereitet. Nur kurz werfe ich ihr einen Seitenblick zu, ehe ich in der Menge wieder nach Davina suche. Schnell entdecke ich sie dank ihres hellen Haares.

»Sie stammt aus Fryske und ...«

Grete schnaubt. »Irgendwas, was ich nicht auf den ersten Blick sehe, Junge. Wie alt ist sie?«

Ich stutze. »Nun ... ähm ...«

»Noch nicht einmal *das* weißt du?« Grete schüttelt in einer übertriebenen Geste den Kopf. »Weißt du eigentlich irgendwas?«

Ich presse die Lippen zusammen und krame in meinem Gedächtnis nach irgendetwas, was nicht mit ihrer Herkunft oder ihrem Namen zu tun hat. »Sie ... konnte auf Elora reiten und kam gut mit ihr zurecht.«

Auch mit dieser Antwort scheint Grete nicht zufrieden zu sein, wie mir der verkniffene Ausdruck um ihren Mund verrät. »Ich werde das Gefühl nicht los, dass du völlig ahnungslos bist, was sie angeht.«

»Sie arbeitete am Königshof von Fryske für die Prinzessin«, versuche ich es erneut.

»So viel habe ich auch schon aus ihr herausbekommen. Aber war sie eine Kammerzofe?« Grete schüttelt den Kopf. »Eine Gesellschafterin? Oder doch eine Küchenmagd, die nur täglich der Prinzessin das Essen brachte?«

Genervt fahre ich mir mit beiden Händen durchs Haar. »Du hast recht, in Ordnung? Ich weiß rein gar nichts über sie. Aber das spielt keine Rolle.«

»Wirklich nicht?«, hakt Grete nach. »Auch nicht, wenn sie eine Spionin ist und über dich an den König gelangen will?«

Ich runzele die Stirn. »Warum sollte Fryske eine Spionin entsenden? Fryske ist das einzige Land, das sich bisher neutral verhalten hat.«

»Wenn du glaubst, dass ein Land – ganz gleich, wie neutral es sich auch verhalten mag – keine Spione oder andere Vorkehrungen zu seinem Schutz hat, bist du ein größerer Narr, als ich bisher angenommen habe«, schilt sie mich. »Aber ich will dich beruhigen: Ich denke nicht, dass sie eine Spionin ist. Dazu ist sie zu unbedarft. Und ich würde wetten, dass sie genauso wenig über dich weiß, wie du über sie.«

»Was willst du damit sagen?«

Grete zuckt mit den Schultern. »Nur, dass ihr anscheinend

nicht eure bisherige Lebensgeschichte voneinander wissen müsst, um euch füreinander zu interessieren. Dieses Mädchen wurde dir von den Göttern gesandt. Sie tut dir gut. Mehr noch: Du magst sie. Deshalb sollte es egal sein, woher sie stammt oder welchen Rang ihre Eltern innehaben.«

Geräuschvoll stoße ich den Atem aus. »Das habe ich schon selbst gemerkt. Aber ich weiß nicht, wohin diese Gefühle führen werden.«

»Ist das wichtig?«, fragt Grete. »Behalte sie, wenn du kannst. Hör auf, jeden deiner Schritte zehnmal überdenken zu wollen. Lebe nicht mehr in der Vergangenheit oder getrieben von Hass. Diese junge Frau könnte deine Rettung sein, wenn du sie nur lässt. Denn ich fürchte, dass es für dich keinen Weg zurück geben wird, wenn du erneut für den König in die Schlacht ziehst.«

Gänsehaut breitet sich über meinen Armen aus. »Wenn der König nach mir verlangt, kann ich nicht ...«

»Doch, du kannst«, fällt sie mir ins Wort. »Jeder andere Ritter muss nur in Notfällen in die Schlacht ziehen, sobald er über ein Fleckchen Land gebietet und eine Familie gründen will.«

Ich schlucke angestrengt. »So weit sind wir noch lange nicht ... Ich kenne sie erst seit ein paar Tagen. Und wie du schon sagtest, weiß ich praktisch nichts über sie.«

»Trotzdem hast du darüber nachgedacht, wie es wäre, mit ihr zusammen zu sein«, entgegnet Grete mit einem wissenden Lächeln. »In arrangierten Ehen braucht es Zeit, bis sich Gefühle entwickeln. Oft bleiben sie auch gänzlich aus. Aber manchmal gewähren uns die Götter eine kleine Gnade und schicken uns jemanden, bei dem wir keine Zeit brauchen. Wir wissen es, tief in uns drin.« Sie tippt mir mit ihrem knochigen Zeigefinger gegen die Brust. »Dann müssen wir nur noch handeln. Ich an deiner Stelle würde nicht lange zögern. Du magst sie und offensichtlich mag sie dich auch, sonst wäre sie schon längst fort. Also, was hält dich auf?«

Ich knirsche mit den Zähnen. »Davina hat mich um Zeit gebeten.«

Grete nickt. »Sie muss sehen, ob sie hier zurechtkommt. Du hast ein Zuhause und kennst die Menschen aus Brasania von klein auf. Sie hingegen ist eine Fremde. Für sie spielen nicht nur ihre Gefühle eine Rolle, sondern auch das Umfeld. Aber sei unbesorgt! Sie macht sich ganz gut.«

Ich muss nicht nach ihr Ausschau halten. Zielsicher huscht mein Blick zu Davina, als wüsste ich unbewusst stets, wo sie sich befindet. »Was mache ich, wenn sie Nein sagt?«

Grete verdreht die Augen. »Dann solltest du dich zuvor mehr anstrengen, Minher, damit es nicht so weit kommt.«

KAPITEL 17

DAVINA

Kaum dass ich ohne Leanders direkte Begleitung über den Dorfplatz schlendere, werde ich von anderen jungen Frauen und Mädchen umringt, die so vertraut mit mir sprechen, als wären wir zusammen aufgewachsen. Ich könnte niemals derart unbedarft auf fremde Personen zugehen, doch ich fühle mich nicht wie eine Fremde. Eine solche Herzlichkeit bin ich nicht gewohnt und ich weiß nicht, wie ich damit umgehen soll. Doch die anderen Frauen stören sich nicht daran, dass ich nur einsilbig antworte, und nach und nach taue ich auf.

Eines der Mädchen, das ich höchstens auf sechs Jahre schätze, zieht mich zu einer Wiese zwischen zwei Hütten, die über und über mit bunten Blumen bewachsen ist. Schnell folgen uns die anderen Mädchen und ehe ich's mich versehe, pflücken sie einige Blumen, um sie zu einem Kranz zu flechten, den sie mir – einer bunten, blühenden Krone gleich – auf den Kopf legen.

Eines der älteren Mädchen kniet sich neben mich. »Nun erzähl mal! Wie bist du unserem Minher begegnet?«

Ich lächele sie scheu an und berichte über unser erstes Zusammentreffen, wobei ich jedoch meine Lebensgefahr und andere blutige Details, die nichts für die Ohren der Jüngeren sind, überspringe.

»Das klingt ganz nach unserem Leander!«, schwärmt ein

Mädchen mit braunen Haaren. »Der edle Ritter, der die Jungfrau in Nöten rettet.«

Mein Blick huscht zu Leander, der einige Meter entfernt mit zwei Männern redet. Als ich zu ihm schaue, merke ich, dass sein Blick bereits auf mir ruht. Sofort breitet sich eine wohlige Wärme in mir aus.

»Macht er so was öfter?«, frage ich, ohne den Blickkontakt zu unterbrechen.

»Nicht, dass ich wüsste«, sagt das brünette Mädchen. »Als er das letzte Mal vor zwei Jahren oder so hier war, hatte er für die Mädchen, die ihm in Scharen hinterherliefen, keinen zweiten Blick übrig.«

»Es wurde schon gemunkelt, dass er sich am Feuerhof in eine schöne Adlige verliebt hat, die jedoch außerhalb seines Standes ist«, wirft ein anderes Mädchen verschwörerisch ein. »Oder die bereits versprochen oder verheiratet ist.«

»Eine unerwiderte Liebe!«, schwärmt eine andere junge Frau. »Jedenfalls war das unsere Erklärung dafür, dass Leander uns nicht genügend Aufmerksamkeit geschenkt hat. Oder allgemein Frauen. Wir waren sicher, dass es irgendwo eine geben muss, der sein Herz gehört und die es ihm nicht zurückgibt und er somit blind für alle anderen ist.«

Das ist eine solch traurige Vorstellung, dass es mir ganz eng um die Brust wird. Nach dem, was er mir vorhin erzählt hat, glaube ich, dass die jungen Frauen aus dem Dorf Leander zu sehr an seine verstorbenen Schwestern erinnert haben und er sich deshalb von ihnen ferngehalten hat – um keine alten Wunden aufzureißen.

Oder er hat tatsächlich irgendwo eine Frau, der sein Herz gehört. Bisher war ich zu feige, ihn direkt danach zu fragen. Er sagte nur, dass er sich nie für eine Adlige entscheiden würde, aber mit keinem Wort erwähnte er, dass es tatsächlich keine Frau in seinem Leben gäbe.

»Aber dann brachte er dich mit hierher«, unterbricht die Brünette meine Gedanken. »Deshalb musst du uns unbedingt erzählen, wie es dir gelungen ist, das verlorene Herz unseres Minhern für dich zu gewinnen.«

»Für ... mich gewinnen?«, wiederhole ich abgehackt.

Die Blondine nickt. »Leander hat sicherlich ein paar Ritterkumpanen, die noch nicht verheiratet sind. Wir können von deinem Wissen nur profitieren.«

Ich senke den Blick. »Aber ich hab doch gar nichts ...«

Die Brünette winkt ab und wechselt das Thema. »Wir werden es schon noch erfahren. Schließlich bleibst du hier, oder?«

Ich sehe von einer zur anderen. Sie alle betrachten mich mit einer Mischung aus Freude und Aufregung, und es bricht mir schier das Herz, ihre Freude zu zerschlagen. »Ich ... weiß nicht, ob ...«

Gejohle aus Richtung der Männer rettet mich vor einer ehrlichen Antwort. Sofort springen die Mädchen auf und ziehen mich hinter sich her. Ich habe keine Ahnung, was vor sich geht, doch ich bin dankbar über die Ablenkung.

Eine Menschentraube hat sich um einen Tisch mit zwei Stühlen gebildet. In der Mitte steht Leander, der sich die Ärmel seines Hemdes bis über die Ellenbogen nach oben krempelt. Ihm gegenüber sitzt ein Mann, der mindestens einen Kopf größer ist als er und ein solch breites Kreuz hat, dass ich ihn für einen Schmied oder Ähnliches halte. Auf jeden Fall einen Mann, dem körperliche Arbeit alles andere als fremd ist. Am Hals lugen einige Narben unter seinem Hemd hervor, und auch auf den bloßen Armen erkenne ich einige silbrig verblasste Striemen, die mich fast vermuten lassen, dass er irgendwann ausgepeitscht wurde. Aber warum sollte jemand so weit ab vom Hofleben ...?

Die Blondine zieht neben mir scharf die Luft ein. »Warum muss er sich ausgerechnet mit dem jungen Müller anlegen?«

»Worum geht es?«, frage ich sie leise.

Sie beugt sich zu mir. »Waldur und Leander sind schon als Kinder häufig aneinandergeraten und befanden sich in einem ständigen Wettstreit. Jeder weiß, warum. Waldur hatte ein Auge auf Leanders jüngste Schwester Jurinne geworfen, aber auch nach ihrem Tod setzte sich die Rivalität der beiden fort. Jedenfalls vergeht keine Rückkehr unseres Minher, ohne dass Waldur ihn zu einem Wettstreit herausfordert. Im Reiten und Schwertkampf ist er Leander aber hoffnungslos unterlegen.«

»Diesmal scheinen sie sich auf Armdrücken geeinigt zu haben«, murmelt die Brünette an meiner anderen Seite. »Das könnte Leander ordentlich in Bedrängnis bringen.«

Kurz betrachte ich Waldurs Arme, die mich an Keulen erinnern. Leander ist zwar ebenfalls trainiert und ich kann deutlich die sehnigen Muskeln an seinen entblößten Unterarmen erkennen, aber ich glaube nicht, dass er gegen einen solchen Kraftprotz wie Waldur, der täglich zentnerweise Mehlsäcke stemmt, bestehen kann.

Ich halte den Atem an, als Leanders Blick von seinem Kontrahenten weg zu mir gleitet, er herüberkommt und vor mir stehen bleibt. Mit einem erwartungsvollen, aber gleichzeitig schelmischen Grinsen sieht er mich an. Ich werde mich nie daran gewöhnen, ihn lächeln oder grinsen zu sehen. Jedes Mal verschlägt mir dieser Anblick den Atem. Er sieht so verboten gut aus, wenn er lächelt ... Die Luft zwischen uns knistert förmlich, bestärkt durch die Spannung der Anwesenden.

Als ich mich nicht rege, lehnt sich Leander vor und flüstert mir ins Ohr: »Für gewöhnlich überreicht eine Dame ihrem Ritter ein Zeichen ihrer Gunst, das er im Kampf bei sich tragen kann.«

Mit ein paar Sekunden Verspätung, in denen ich zu sehr damit beschäftigt war, die aufgeregten Schmetterlinge in meinem Bauch zu beruhigen, begreife ich, was er von mir will. Fieberhaft überlege ich, was ich ihm geben könnte, doch die Kleidung, die ich am Leib trage, gehört mir nicht. Grete würde sicher nicht wollen, dass ich die Spitze aus den Ärmeln reiße, nur damit Leander einen Glücksbringer beim Armdrücken hat. Dann greife ich zum Ende der einzelnen Strähnen, die Grete nach hinten geflochten und anschließend mit einem blauen Band befestigt hat. Ich löse das Band und reiche es Leander, der es mit einem so warmen Lächeln entgegennimmt, dass mir die Knie weich werden.

Er neigt den Kopf. »Ich werde Euch nicht enttäuschen, Mindam.«

Ich weiß nicht, ob ich etwas darauf erwidern soll, also nicke ich nur. Sobald sich Leander abgewandt hat, fangen die Mädchen um mich herum an, freudig zu quietschen. Offenbar habe ich die Erwartungen zu ihrer Zufriedenheit erfüllt. Ich reibe mir mit beiden Händen über die erhitzten Wangen.

Leander wickelt sich das Band um die rechte Handfläche, ehe er auf dem Stuhl Platz nimmt und den Ellenbogen auf dem Tisch abstützt. Waldur wirft ihm einen abschätzigen Blick zu, als zweifele er an Leanders Zurechnungsfähigkeit, bevor er zu mir sieht. Er strahlt pure Entschlossenheit aus und ist mehr als gewillt, Leander zu besiegen. Ich straffe die Schultern und verbanne jeden noch so kleinen Zweifel, den ich vorhin gedanklich gehegt habe, aus meiner Miene.

Eine Lady zweifelt niemals an den Fähigkeiten ihres gewählten Ritters, ganz gleich, wie übermächtig der Gegner erscheinen mag. Sie ist seine Stütze, sein Rückgrat und richtet ihn wieder auf, wenn er scheitern sollte.

Unsicherheit huscht durch Waldurs Blick, ehe er Leanders dargebotene Hand grob ergreift und mit seiner Pranke umschließt. Allein dieser Griff hätte womöglich ausgereicht, um meine Hand zu brechen.

Ich habe keinen blassen Schimmer von Armdrücken, aber es würde mich wundern, wenn es einzig und allein auf rohe Kraft ankäme. Leander bewegt die Finger, ändert den Griff und lockert die rechte Schulter, bevor er Grete zunickt, die neben den Tisch getreten ist.

»Ihr kennt die Regeln«, brummt sie. »Wer schummelt, ist automatisch der Verlierer. Gewonnen hat, wer den Handrücken des anderen auf die Tischplatte drückt.«

Die beiden Kontrahenten nicken. Grete legt eine Hand auf die verschränkten der Armdrücker und zählt von fünf rückwärts. Dann nimmt sie ihre Hand weg. Sofort spannen Leander und Waldur die Muskeln an und versuchen, die Hand des jeweils anderen wegzudrücken. Die ersten quälend langen Sekunden gibt keiner von ihnen nach, doch dann scheint sich Waldur durchzusetzen. Mit gefletschten Zähnen drückt er Leanders Hand Stück für Stück nach hinten. Die Menge johlt und applaudiert.

»Komm schon«, murmele ich, den Blick fest auf Leander gerichtet.

Die freie Hand hat er um die Tischkante geklammert, um mehr Halt zu haben, doch ich sehe ihm die Anstrengung deutlich an den hervortretenden Halssehnen an. Zentimeter für Zentimeter muss er nachgeben, obwohl er sich verbissen gegen eine Niederlage wehrt.

Die Dörfler feiern Waldur bereits als den Sieger. Jedes Klatschen, jedes Johlen lässt mich fester mit den Zähnen knirschen.

Ich mache einen Schritt nach vorn. »Streng dich an!«

Wahrscheinlich sollte ich etwas anderes sagen, als eine simple Aufforderung. Irgendetwas ... Motivierendes. Etwas, womit Leander arbeiten kann. Kaum dass die Worte meinen Mund verlassen haben, bereue ich sie schon.

Leanders Blick gleitet zu mir und er schenkt mir ein angestrengtes Lächeln. Erneut verändert er seinen Griff und lehnt sich in die entgegengesetzte Richtung. Kurz blitzen seine Zähne auf, als er sämtliche Kraft mobilisiert, um das Ruder noch herumzureißen.

Waldur, sichtlich überrascht über die Gegenwehr, hat Mühe, Leanders Angriff etwas entgegenzusetzen. Schneller als gedacht sind die beiden wieder in der Ausgangsposition und nun ist es Leander, der Waldurs Hand nach unten drückt. Der junge Müller brüllt wie ein wildes Tier und wehrt sich vehement, doch offenbar hat er seine Kraftreserven bereits verbraucht.

Nur knapp schwebt sein Handrücken über der Tischplatte. Leander holt ein letztes Mal Schwung und lässt Waldurs Hand auf die Platte krachen.

»Vorbei!«, ruft Grete über die Anfeuerungsrufe der Dörfler hinweg. »Leander hat gewonnen.«

Erleichtert stoße ich den Atem aus, während auch die Dorfbewohner in Jubelrufe ausbrechen. Ihnen scheint der Ausgang des Kampfes egal zu sein; sie erfreuen sich einfach daran, wenn ein solches Kräftemessen stattfindet.

Erschöpft lehnt sich Leander auf dem Stuhl zurück und massiert sich die rechte Schulter, ehe sein Kopf in meine Richtung ruckt. Die grünen und goldenen Sprenkel in seinen ansonsten braunen Augen leuchten um die Wette.

Ich bekomme von den Mädchen einen Stups in den Rücken und taumele einen weiteren Schritt nach vorn. Leander springt von dem Stuhl auf, macht nur ein paar große Schritte und schließt mich in die Arme. Der Jubel um uns herum wird lauter, als er mich hochhebt und einmal herumwirbelt. Ich lache aus voller Kehle, während er das Gesicht an meinen Hals drückt. Ich spüre ihn überall an mir, dennoch wölbe ich den Rücken, um ihm noch näher sein zu können.

Noch nie hat sich etwas so richtig in meinem Leben angefühlt, wie von Leander gehalten zu werden.

»Danke«, murmelt er an meinem Hals und beschwört dadurch ein warmes Kribbeln herauf.

»Wofür?«, wispere ich.

»Dass du an mich geglaubt hast«, antwortet er so leise, dass nur ich ihn verstehen kann. »Ich hatte schon fast vergessen, wie es sich anfühlt, wenn jemand hinter einem steht.« Er schnaubt. »Es gibt offenbar verdammt viel, was ich beinahe vergessen hätte.«

Vorsichtig lässt er mich wieder herunter, wobei sein Kopf jedoch weiter erschöpft an meiner Schulter ruht.

Ich streiche ihm mit einer Hand übers Haar. »Natürlich glaube ich an dich. Ich hätte es auch getan, wenn die Arme deines Gegners doppelt so dick gewesen wären.«

An meinem Hals spüre ich die Bewegung seiner Lippen, was ein heißes Brennen durch meinen Körper bis hinab in die Zehen rauschen lässt. »Zum Glück kommt es beim Armdrücken nicht nur auf Kraft an, sondern auch auf den richtigen Griff. Ich bin Waldur einige Armdrückwettbewerbe voraus. Trotzdem ...« Er hebt den Kopf und verzieht den Mund, während er die rechte Schulter bewegt. »... werde ich morgen fiese Schmerzen haben.«

»Armer Minher«, murmele ich spöttisch.

»Ja«, flüstert er. »Wenn es nur jemanden gäbe, der mich pflegen könnte, damit ich schnell wieder auf die Beine komme ...«

Natürlich weiß ich, dass er damit auf mich anspielt, aber ich kann mir eine kleine Spitze nicht verkneifen. »Ich bin mir sicher, dass Grete dich im Handumdrehen wieder fit bekommt.«

Leander seufzt und verdreht die Augen. »Du bist eine grausame Frau, Vi.«

Ich beiße mir auf die Unterlippe, um ein Lachen zu unterdrücken. »Sollte Grete jedoch scheitern, kann ich mir deine Schulter gern ansehen.«

»Grete *wird* scheitern, da bin ich mir sicher«, raunt er.

»Wird sie nicht«, brummt die alte Heilerin direkt neben uns. Eilig weichen wir einen Schritt voneinander weg. »Du hast eine Zerrung, wenn überhaupt. Ein paar Tage wirst du die Schulter schonen müssen, danach ist sie so gut wie neu. Siehst du? Das habe ich herausgefunden, ohne mir die Schulter überhaupt anzusehen. Aber ich habe Verständnis dafür, wenn du dich von einer jüngeren und hübscheren Mindam pflegen lassen willst.«

»Du gönnst mir auch überhaupt keine Freuden im Leben, Grete«, grummelt Leander.

»Nicht, wenn du dabei mein Können in Zweifel ziehst, mein Junge. Und nun reiße dich von deiner Gunstgeberin los und wechsele ein paar Worte mit dem Unterlegenen, wie es sich gehört.«

Leander greift nach meiner Hand und haucht einen Kuss

darauf, ehe er hinüber zu Waldur schlendert und ihm freundschaftlich einen Arm um die Schultern legt. Ich verstehe nicht, worüber sie reden, aber Waldur verneigt sich mehrmals vor Leander und sieht erleichtert aus, als hätte ihm sein Minher den allergrößten Wunsch erfüllt.

»Was genau ist zwischen Leander und Waldur vorgefallen?«, frage ich Grete, weil ich meine Neugier nicht mehr im Zaum halten kann.

»Leanders Schwester Jurinne«, brummelt die Alte. »Sie war die Jüngste der Geschwister und Leander hegte von klein auf einen extremen Beschützerinstinkt ihr gegenüber. Als sie alt genug war, dass sie sich für die jungen Männer im Dorf interessierte, fingen die Probleme an. Jeder, der auch nur in die Nähe von Jurinne gelangen wollte, musste an Leander vorbei und sich mit ihm messen. Jurinne passte das nicht, denn sie hatte sich bereits für Waldur entschieden, den Leander aber für nicht gut genug erachtete. Selbst jetzt, Jahre nach ihrem Tod, versucht Waldur noch immer, Leander davon zu überzeugen, dass er würdig ist, seiner Schwester den Hof zu machen.«

Mir wird das Herz bei dieser Geschichte schwer. Wie stark müssen ihre Gefühle füreinander gewesen sein, wenn Waldur selbst jetzt noch um sie kämpft?

»Am schlimmsten jedoch war, dass Leander dem jungen Müller vorwarf, sich während des Überfalls der Erdländer feige versteckt zu haben, anstatt die Frau zu beschützen, um die er so vehement warb.«

Ich betrachte Grete aus den Augenwinkeln. »Ist das wahr? Hat sich Waldur versteckt, während Jurinne und die anderen ...?«

Zu meiner Erleichterung schüttelt Grete den Kopf. »Er war überhaupt nicht im Dorf, ebenso wenig wie die meisten anderen jungen Männer, die etwas gegen die Angreifer hätten ausrichten können. Sie brachten die Ernte in die Stadt, um einen guten Preis zu erzielen. Entweder wussten das die Erdländer oder es war Zufall, jedenfalls griffen sie genau zu dem Zeitpunkt an, als nur Alte, Frauen und Kinder im Dorf waren. Und zeitgleich brach das Feuer in der Burg aus.«

»Aber wie kann Leander dann ...?«

Grete legt mir eine Hand auf die Schulter. »Er war schier wahnsinnig vor Trauer. Später begriff er natürlich, dass es ein Fehler war, Waldur als Feigling zu beschimpfen, aber Leander war zu halsstarrig, um sich dafür zu entschuldigen. Seitdem klafft zwischen den beiden jungen Männern ein tiefer Graben und sie legen es bei jedem Kräftemessen darauf an, dem anderen eine möglichst schmähliche Niederlage beizubringen.« Sie neigt den Kopf, als sie wieder in Leanders Richtung schaut. »Aber heute ... Etwas ist anders. Leander scheint über den Hass, der seit Jahren in ihm brodelte, hinwegzukommen. Langsam zwar, aber die Auswirkungen sind sichtbar.« Ihr Blick gleitet zu mir zurück und sie lächelt. »Dieses Wunder haben wir dir zu verdanken.«

Ich blinzele mehrmals. »Mir?«

Grete tätschelt mir die Schulter. »Komm, lass uns zurück zu den anderen Frauen gehen und das Fest genießen.«

»Aber ...«

Sie hakt sich bei mir unter und zieht mich mit sich. »Jeder Krieger – egal, ob einfacher Soldat oder Ritter – braucht etwas, wofür es sich zu kämpfen lohnt. Das kann Ehre sein oder Reichtum oder Anerkennung. In Leanders Fall war es Rache. Doch Rache gibt dir nichts zurück. Selbst wenn es ihm gelungen wäre, die Schuldigen für den Überfall zur Strecke zu bringen, wäre seine Familie noch immer tot und seine Burg niedergebrannt. Deshalb habe ich jeden Tag zu den Göttern gebetet, dass Leander einen anderen Grund für seine Kämpfe finden möge – oder dass er aufhört zu kämpfen. Wir brauchen einen Minhern, der für uns da ist und unser Land wieder zu dem macht, was es einst war. Leander könnte ein solcher Minher werden, aber er zog lieber mit dem König in den Krieg.«

»Jetzt ist er hier«, halte ich dagegen.

»Aber für wie lange? Wird er morgen wieder gehen? Oder nächste Woche? Wie können wir uns darauf verlassen, dass er diesmal bleibt und seinen rechtmäßigen Platz als unser Minher einnimmt?«

Ich schlucke angestrengt, weil ich genau weiß, was sie von mir hören will. Leander hat es selbst gesagt. Er will bleiben und einen neuen Weg einschlagen, aber er will es nicht allein tun. Er hat mich gebeten, ihm zur Seite zu stehen.

»Ich würde ihn gern unterstützen«, murmele ich, »aber ich weiß nicht, wie.«

»Doch, das weißt du«, widerspricht Grete. »Du hast es dir nur noch nicht eingestanden. Ich bin eine alte Frau, die auf einem Auge blind ist, doch selbst mir entgeht nicht, wie ihr beide euch anseht.«

»Wie denn?«

Abrupt bleibt sie stehen und umfasst mein Kinn, damit sie meinen Kopf nach links drehen kann. »Ungefähr so.«

Sofort verschmilzt mein Blick mit Leanders, den ich problemlos in der Gruppe Männer ausfindig mache. Obwohl er sich mit jemandem unterhält, gehört seine ganze Aufmerksamkeit mir.

Ich kann nicht leugnen, dass es mir gefällt, auf diese Weise von ihm angesehen zu werden. Nicht forschend oder bewertend, sondern immer mit einem Hauch Sorge, dass ich verschwinden könnte. Als wolle er sichergehen, dass ich noch hier bin.

Grete lässt mein Kinn los, doch es gelingt mir nicht, den Blick von Leander abzuwenden. Im Schein der Laternen und Kerzen wirken seine Züge weicher als gewöhnlich. Umringt von den anderen Dorfbewohnern, finde ich nichts von dem edlen Ritter und gnadenlosen Krieger, der er ist. Im Moment ist er einfach nur ein Mann.

Ein äußerst gut aussehender Mann, dessen gesamte Aufmerksamkeit auf mir ruht.

Und es gefällt mir. Sehr sogar.

Es gefällt mir, dass er mich bereits ansieht, wann immer ich mich nach ihm umdrehe. Es gefällt mir, dass ein Teil von mir stets weiß, wohin ich mich wenden muss, um ihn zu sehen. Und mir gefällt auch die Art, wie er mich behandelt: ehrerbietig, aber nicht unterwürfig; liebevoll mit einer Prise Spott. Und wenn er mich anlächelt, kann ich nie sagen, ob mir gleich das Herz aus der Brust springen wird.

Wenn ich bliebe, könnte ich all das jeden Tag haben. Und ich weiß, dass ich nie genug davon bekommen würde.

Warum also zögere ich?

Mein Herz kannte die Antwort schon, bevor Leander die Frage gestellt hat, doch mein Kopf stellt sich vehement dagegen. Ich gehöre nicht hierher. Ich habe schon genug Schwierigkeiten am Hals, vor allem seit unserem Kuss an der heißen Quelle. Schwierigkeiten, die mir noch zum Verhängnis werden können.

Ich muss es beenden, um unser beider willen. Wenn ich es nicht tue, werden wir beide leiden. Und er hat bereits genug gelitten.

Allein der Gedanke, es zu beenden, lässt mein Blut kribbeln. Ich reibe mir mit beiden Händen über die Arme, um die Kälte in meinen Adern zu vertreiben.

»Lass uns ehrlich miteinander reden«, sagt Grete und fordert damit meine Aufmerksamkeit. Sofort bin ich auf der Hut.

»Gibt es einen anderen, dem dein Herz gehört?«

Ich schüttele den Kopf.

»Willst du aus einem anderen Grund zurück in deine Heimat?«

Ich schlinge beide Arme um mich. »Ich vermisse die Kälte von Fryske«, gebe ich zu. »Aber es gibt dort nichts, wohin ich zurückkehren könnte.«

»Dann frage ich mich ernsthaft, was dein Problem ist«, brummt Grete. »Wenn ich fünfzig Jahre jünger wäre, würde ich nicht lange fackeln, wenn sich jemand wie Leander für mich interessierte.« Sie runzelt die Stirn, als sie mich eingehend betrachtet. »Wie alt bist du, Mädchen?«

»Zwanzig.«

»Längst alt genug, um auf eigenen Beinen zu stehen. Die jungen Frauen aus dem Dorf sind in deinem Alter bereits verheiratet und haben eine Familie gegründet.«

Ich nicke. »Bei uns in Fryske ist es ähnlich.«

Grete zuckt mit den Schultern. »Dann ist es wohl unser Glück, dass dich dort niemand wollte.«

Ich verziehe den Mund. »Vielleicht hatte das einen Grund. Ihr kennt mich nicht. Warum solltet ihr mich wollen? Eine Fremde, über die ihr nichts wisst.«

»Leander will dich«, entgegnet Grete sanfter, als ich es je zuvor von ihr gehört habe. »Und du tust ihm gut. Mehr muss niemand von uns wissen, um dich zu wollen. Alles andere können wir dir beibringen.«

Sprachlos starre ich sie an. Noch nie begegnete mir jemand

mit solchem Wohlwollen. Obwohl ich eine Fremde bin, wollen sie mich vorbehaltlos in ihrer Mitte willkommen heißen. Ich hätte einen Platz, wohin ich gehöre. Ich hätte Freunde und eine Aufgabe.

Und ich hätte Leander. Allein an ihn zu denken, lässt mein Herz schneller schlagen. Ich könnte jeden Tag mit ihm verbringen und, wenn wir es beide wollen, gemeinsam einschlafen und zusammen aufwachen. Heilige Göttin, es hat sich so verboten gut angefühlt, in seinen Armen zu schlafen ...

»Es ... geht zu schnell«, wispere ich mehr zu mir selbst im verzweifelten Versuch meines Kopfes, den Rest von mir zu überzeugen. »Ich kann nicht ...«

»Warum? Gefällt er dir nicht?«

»Doch ... Sehr. Quatsch, mehr noch als *sehr*. Aber ich kann nicht allein darauf ...«

»Es stimmt schon«, unterbricht mich Grete. »Wir müssen eine Person kennenlernen, um sie wahrhaft von ganzem Herzen lieben zu können. Doch zuerst begehren wir mit den Augen. Auch das ist wichtig und darf nicht unterschätzt werden, denn es gibt einer Beziehung die richtige Würze. Diesen Schritt habt ihr beide bereits geschafft.« Grete tätschelt mir die Wange. »Du musst ihm nur noch die richtige Antwort geben, wenn er dich fragt.«

❋

Während des Essens sitze ich bei den Frauen, die mich über Fryske ausfragen. Ich antworte ihnen bereitwillig und genieße die einfachen, aber wohlschmeckenden Köstlichkeiten, die sich auf den langen Tischen türmen, die U-förmig angeordnet sind. Stolz erzählen die Mädchen, dass das Gemüse hier angebaut wurde und das Fleisch ebenfalls aus den hiesigen Ställen stammt. Ich finde es wundervoll, wie verbunden ein jeder mit seiner Heimat stammt, und ich wünschte, ich könnte ein Teil davon sein.

Leander sitzt an der Längsseite der Tafel auf dem Platz des Minhern. Der Stuhl neben ihm ist frei und er wirkt einsam. Mit einem traurigen Lächeln beobachtet er die Männer am anderen Tisch, die sich lautstark zuprosten und derbe Witze zum Besten geben. Ich sehe ihm an, dass er lieber bei ihnen sitzen und so tun würde, als wäre er kein Minher. Oder dass jemand bei ihm sitzen würde ... Nein, das will ich lieber nicht. Ich will nicht, dass jemand bei ihm sitzt ... Und ich selbst traue mich nicht, aufzustehen und zu ihm zu gehen.

Nach dem Essen werden die Tische beiseitegeschoben, sodass eine freie Fläche entsteht, und die Musiker beginnen wieder zu spielen. Ihre Lieder klingen komplett anders als die getragenen Weisen, die ich aus Fryske gewohnt bin. Jeder Melodie wohnt Feuer inne: schnelle Rhythmen, bei denen mein Fuß wie von selbst mitwippt.

Es dauert nicht lange, bis die jungen Männer nach und nach die Frauen auf die Fläche ziehen, um mit ihnen zu tanzen. Ich beneide die Mädchen um ihre wehenden und farbenfrohen Röcke und die Trittsicherheit, mit der sie sich bewegen. Ich beneide sie um ihre Unbeschwertheit und Lebensfreude – Dinge, die mir fremd geworden sind.

Zu mir kommt jedoch niemand. Einerseits bin ich darüber enttäuscht, andererseits aber erleichtert. Ich würde mich nur blamieren, weil ich nicht eine einzige Schrittfolge kenne. Und da ich keinen Rock trage, würde jeder sofort sehen, wenn ich einen Fehler mache.

Also begnüge ich mich damit, im schnellen Takt der Musik zu klatschen und mich am Anblick der anderen zu erfreuen, selbst als ich die Letzte bin, die noch von unserer Gruppe sitzen bleibt. Sogar Grete hat einen Tanzpartner gefunden und bewegt sich schneller, als ich es ihr je zugetraut hätte.

Ich konzentriere mich so sehr auf die Tanzenden, dass ich zusammenzucke, als plötzlich eine Hand, umwickelt mit einem blauen Band, in meinem Sichtfeld auftaucht. Mein Herz setzt einen Schlag aus, bis ich mich dazu aufraffen kann, nach oben zu sehen und Leanders warmem Blick zu begegnen.

»Darf ich um diesen Tanz bitten?«

Meine Hand bewegt sich ohne mein Zutun und will sich bereits in seine legen, doch ich halte sie im letzten Moment davon ab.

»Ich … fürchte, dass ich … diese Tänze nicht kenne«, stottere ich.

Selbst in meinen Ohren klingt die Ausrede schwach, denn mein ganzer Körper schreit danach, mit Leander zu tanzen. Ihm endlich wieder nahe sein zu können. Von ihm gehalten zu werden.

»Niemand hält sich an bestimmte Schritte«, entgegnet Leander schmunzelnd. »Wir sind in einem Dorf, nicht am Feuerhof. Jeder tanzt, wie er will, zum Klang der Musik.«

Verwundert schaue ich zu den Tanzenden. »Aber bei ihnen sieht es so … einstudiert aus.«

»Weil sie sich ihr ganzes Leben lang kennen. Sie tanzen zu jeder Gelegenheit miteinander. Sie wissen, wie sich der andere bewegt und wie sie darauf reagieren müssen.« Er lehnt sich zu mir vor und schenkt mir ein spitzbübisches Grinsen, das meinen Herzschlag außer Kontrolle geraten lässt. »Zumindest im Sattel weiß ich, wie sich dein Körper bewegt. Lass mich sehen, ob ich es auch auf der Tanzfläche kann.«

Hitze kriecht mir in die Wangen. »Ich ... werde dich blamieren.«

»Das glaube ich nicht.«

Ohne mir Zeit für eine Erwiderung zu lassen, greift er nach meiner Hand und zieht mich vom Stuhl hoch. Mir bleibt nichts anderes übrig, als hinter ihm her auf die Tanzfläche zu stolpern. Die anderen machen uns bereitwillig Platz und lächeln uns zu, doch das verstärkt das ungute Gefühl in meinem Bauch nur noch. Wie ein fester Knoten aus bösen Vorahnungen zwickt es bei jedem Schritt.

Leander führt mich zu einer Stelle am Rand, wo wir niemanden stören können, selbst wenn ich – wie befürchtet – komplett versage.

»Vertraust du mir?«, flüstert er, während die anderen um uns herumwirbeln.

Ich atme tief ein. »Ja.«

Er legt die rechte Handfläche an meine rechte und hebt sie auf Höhe meines Gesichts zwischen uns. »Dann lass dich von mir führen.«

Ich nicke und der beklemmende Knoten lockert sich ein wenig.

Wir beginnen mit einfachen Schritten und Drehungen, die zum schnellen Takt der Musik passen. Für jede richtige Bewegung werde ich mit einem Lächeln belohnt und schon bald bin ich süchtig danach. Hastig wende ich mich Leander nach einer Drehung wieder zu, nur um erneut das Grübchen in seinem linken Mundwinkel aufblitzen zu sehen. Er berührt mich an Taille und Hüfte und jedes Mal habe ich das Gefühl, die Wärme seiner Hand würde sich direkt durch die Kleidung auf meine Haut brennen.

Nach nur wenigen Liedern haben wir unsere Bewegungen

so gut aufeinander abgestimmt, dass er mich nur noch mit leichtem Druck in die richtige Richtung manövrieren muss. Endlich kann ich die Musik und Leanders Nähe genießen, ohne ständig mein Versagen im Hinterkopf zu haben.

Auch Leander sucht meine Nähe, nachdem er sicher ist, dass ich ihm nicht mehr bei jedem Schritt auf die Füße trample. Als er hinter mir steht, um mich in eine Drehung zu führen, lehne ich mich gegen seine Brust. Ich weiß, dass ich jetzt seine Hand nehmen und mich wegdrehen sollte, aber ich kann es nicht.

»Vi«, raunt er mir ins Ohr und ein warmes Kribbeln rauscht mir bis in die Zehenspitzen.

Sanft dreht er mich zu sich um, sodass ich ihm ins Gesicht sehen kann. Plötzlich verdichtet sich der Knoten in meinem Bauch wieder, als ich seine gerunzelte Stirn sehe. Habe ich mich doch dümmer angestellt, als ich angenommen habe? Schnell gehe ich in Gedanken die letzten Schritte durch, aber mir fällt nichts auf, wo ich grob gepatzt hätte.

Mit beiden Händen umschließt er mein Gesicht und ist mir nun so nah, wie ich es mir den ganzen Tag erträumt habe. So nah, dass ich vergesse zu atmen und auch die Musik nicht mehr wahrnehme.

»Bitte«, murmelt er und streicht mit der Nasenspitze sanft über meine.

Meine Lippen kribbeln bereits vor Verlangen, ihn endlich wieder zu küssen, doch ich konzentriere mich voll und ganz auf den flehenden Ausdruck in seinem Blick.

Noch nie hat mich jemand auf eine solche Weise angesehen. Es ist, als hätte ich die Macht, mit nur einem Wort seine ganze Welt zu retten.

Oder sie zum Einsturz zu bringen.

»Bitte bleib«, flüstert Leander.

Ich stoße den angehaltenen Atem aus und schließe für einen Moment die Augen. Mein Herz kannte bereits die richtige Antwort; es war mein Kopf, der sich dagegen wehrte. Trotz des lauten Wummerns meines Herzens, höre ich in mich hinein, suche die Gründe, die mir mein Verstand immer wieder vor Augen geführt hat, als ich an Leanders Bitte dachte.

Doch mein Verstand schweigt. Ich kann die Gründe, die heute Morgen noch Sinn ergaben und all meine Empfindungen überlagerten, nicht mehr finden. Es ist, als hätten sie nie existiert. Als wären sie nie von Bedeutung gewesen.

Als ich die Augen wieder öffne, sehe ich in Leanders die gleiche Angst wie zuvor. Er fürchtet sich davor, dass meine Antwort Nein lauten könnte. Dass ich ablehne und gehe.

Doch nichts liegt mir ferner.

»Ja«, wispere ich auf seine Bitte hin.

Leander blinzelt. Einmal. Zweimal. Und noch einmal, als könne er nicht glauben, was ich gerade gesagt habe. Dann verschwindet endlich die Angst aus seinem Blick und macht überschwänglicher Freude Platz. Er zieht mich an sich und streift mit den Lippen über meine.

Da mir ein solch flüchtiger Kuss nicht genügt, stelle ich mich auf die Zehenspitzen und verschränke die Arme in seinem Nacken. Ich spüre, dass er an meinen Lippen lächelt, ehe auch er die Arme um mich schlingt und mich so fest an sich drückt, dass kein Lufthauch mehr zwischen uns hindurchpassen würde.

Um uns herum werden Jubelrufe und Applaus laut. Es müsste mir peinlich sein, Leander in aller Öffentlichkeit zu küssen, schließlich sind wir kein Paar – zumindest nicht offiziell und nach den strengen Standards, die ich aus Fryske kenne. Doch ich genieße den Kuss und auch die Wärme, die sich in meiner Brust einnistet und vor der ich das letzte Mal zurückgeschreckt bin.

Diesmal bin ich auf sie vorbereitet. Ich weiß, dass sie kommt, und auch, was sie bedeutet, aber ich fürchte mich nicht davor.

Sanft streicht Leander mit der Zunge über meine Unterlippe und mir entweicht ein Seufzen, als ich den Mund öffne. Er beantwortet diesen Laut mit einem leisen Stöhnen, das nur ich hören kann, das aber ausreicht, um mir vollends den Verstand zu vernebeln. Wie auch beim Tanz lasse ich mich von ihm führen, neige den Kopf, wie er es mir vorgibt und bin verzaubert, wie es Leander gelingt, genau den richtigen Druck mit den Lippen auszuüben, um meine Sehnsucht einerseits zu befriedigen, andererseits nur noch mehr anzufachen.

Es ist mir egal, dass mindestens fünfzig Dörfler um uns herumstehen und uns zusehen. Mir ist auch das Knacken egal, das in meiner Brust rumort, als würde eine dicke Eisschicht zerbrechen. Um nichts davon kümmere ich mich.

Und ich hätte mich für den Rest des Abends um nichts anderes gekümmert, hätte nicht plötzlich ein Schrei den perfekten Moment zerrissen.

Wir lösen uns voneinander. Schlagartig verschwindet der verschleierte Ausdruck aus Leanders Augen, deren Blick sich auf etwas hinter mir richtet. Seine gesamte Haltung ändert sich. Innerhalb weniger Herzschläge wandelt er sich von dem Mann, der sich vor meiner Antwort ängstigte, in den furchtlosen Ritter, der mehr als einmal dem sicheren Tod ins Auge gesehen hat.

»Such die jungen Mädchen und Kinder zusammen«, weist

er mich an. »Und bring sie zu Grete. Sie wird wissen, wo ihr euch verstecken könnt.«

»Aber ...«

Sein unnachgiebiger und stahlharter Blick lässt mich sofort verstummen. Keine Spur von den glimmenden Goldsprenkeln kann ich nun in seinen Iriden ausmachen. »Keine Widerrede!«

Er packt mich am Arm und schiebt mich in die entgegengesetzte Richtung. Erst jetzt erhasche ich einen Blick auf den Grund des Chaos. Mehrere Reiter nähern sich. Einige halten leuchtende Kristalle in den Händen, mit denen sie den Weg vor sich sehen können. Vielleicht dreißig oder fünfunddreißig. Allesamt beritten und – wie ich im Schein der Kristalle sehen kann – bis an die Zähne bewaffnet.

Erdländer.

Ich schüttele den ersten Schreck ab und greife nach Leanders Hand. »Pass bitte auf dich auf.«

Kurz verschwindet die Härte aus seinem Blick, als er mich auf die Stirn küsst. »Und du auf dich.« Er wendet sich um. »Waldur!«

Ich bekomme nicht mehr mit, wie er hastig die Verteidigung einteilt, sondern eile zu den Mädchen und jungen Frauen, die sich bereits in Gruppen zusammengefunden haben. Sie sehen zwar blass aus, wirken aber weitaus gefasster, als ich mich fühle.

Weil sie einen solchen Überfall schon einige Male erlebt haben, erkenne ich.

Grete schart uns um sich und zählt durch. Auch dieses Vorgehen wirkt routiniert, was mich erschaudern lässt.

»Ulara ist nicht da«, ruft eine der jungen Frauen plötzlich. Ich glaube, ihr Name ist Anja. »Meine kleine Schwester fehlt.«

»Wie sieht sie aus?«, frage ich.

»Sie … ist das Mädchen, das dir den Blumenkranz geflochten hat.«

Sofort habe ich ein Bild vor Augen: rosige, pausbäckige Wangen und brünette Zöpfe zu beiden Seiten.

»Wo könnte sie sein?«

Obwohl ich es lieber nicht tun sollte, werfe ich einen Blick über die Schulter. Die Reiter sind nun ganz nah und werden jeden Augenblick angreifen. Ich entdecke Leander, der mittlerweile ein Schwert in Händen hält und eine Verteidigungslinie formiert. Eine eisige Klaue legt sich um mein Herz und drückt zu, als mir klar wird, dass sie keine Chance haben. Nicht gegen einen berittenen Trupp, während die Dörfler selbst mit Mistgabeln bewaffnet sind – im besten Fall.

Doch zuerst muss ich bei der Suche nach Ulara helfen. Wenn sie zwischen die Fronten oder unter feindliche Hufe gerät … Nein, das will ich mir gar nicht vorstellen!

»Die Männer werden den Angriff nicht lange aufhalten können«, sage ich unumwunden.

Ich habe damit gerechnet, dass die jungen Frauen in Panik ausbrechen, doch sie nicken nur, als wären sie längst selbst darauf gekommen.

»Ich bringe die Jüngeren in Sicherheit«, sagt Grete. »Ihr sucht Ulara und kommt dann so schnell wie möglich zum bekannten Treffpunkt.« Sie nickt in meine Richtung. »Und habt ein Auge auf Davina. Sie kennt sich hier nicht aus. Leander wird es euch übel nehmen, wenn ihr etwas zustößt.«

»Du kommst in unsere Suchgruppe«, entscheidet die Blondine und winkt mich zu sich.

Grete sieht halbwegs zufrieden aus. »Beeilt euch!« Gemeinsam mit den jüngeren Kindern verschwindet sie zwischen den Hütten.

»Gibt es einen Weg, wie wir den Männern helfen können?«, frage ich die blonde Frau, an deren Namen ich mich gerade beim besten Willen nicht erinnern kann.

Diese schüttelt jedoch sofort den Kopf. »Sie decken immer unseren Rückzug. Sobald wir verschwunden sind, werden auch sie das Weite suchen und die Erdländer plündern lassen. Wie du sicherlich selbst bemerkt hast, haben wir ihnen nichts entgegenzusetzen. Wir können nur unsere Leben retten.«

»Aber zunächst müssen wir meine Schwester finden«, meldet sich Anja zu Wort.

Schnell teilen wir die umliegenden Hütten unter uns auf und durchsuchen sie nach dem Mädchen. Wir rufen über den Kampflärm hinweg ihren Namen und spähen in jeden Schrank und unter jedes Bett. Mit jeder Hütte, in der wir sie nicht finden, werde ich panischer, doch meine Begleiterinnen bleiben ruhig. Das gibt mir die nötige Kraft weiterzumachen. Ich helfe niemandem, wenn ich jetzt den Kopf verliere.

Schließlich bin ich diejenige, die die Kleine im hintersten Winkel eines Kleiderschranks entdeckt. Das Gesicht tränenverschmiert, schaut sie mit schreckgeweiteten Augen zu mir auf, als ich die Schranktüren öffne. Am liebsten würde ich sie einfach packen und mit ihr verschwinden, doch sie presst sich gegen die Rückwand, sodass ich sie nicht erreichen kann.

Ich zwinge mich zu einem Lächeln. »Erinnerst du dich an mich, Ulara?«, frage ich so ruhig wie möglich. »Ich bin Davina. Du hast mir heute diesen wunderschönen Blumenkranz geflochten.«

Sie nickt zögerlich und schnieft.

Ich strecke beide Hände nach ihr aus. »Ich will dich zu den anderen bringen, damit dir nichts geschehen kann. Doch dazu musst du aus dem Schrank herauskommen.«

Die verstreichenden Sekunden ziehen wie eine halbe Ewigkeit dahin, bis ich die schweißnassen Händchen von Ulara in meinen spüre. Vorsichtig kriecht sie aus ihrem Versteck. Ich hebe sie in die Arme, als ich sie endlich zu fassen kriegen.

»Schließ die Augen und halte dich gut an mir fest«, murmele ich ihr zu, ehe ich aus der Hütte renne.

Unten erwarten mich schon die anderen Frauen, die allesamt erleichtert die Luft ausstoßen, als sie das Mädchen in meinen Armen sehen. Ich reiche Ulara an ihre große Schwester.

»Jetzt aber nichts wie weg!«, brummt diese und führt uns zurück zum Dorfplatz, von wo aus wir zum geheimen Treffpunkt gelangen.

Ich gebe mir die größte Mühe, das Waffenklirren und die vereinzelten Schmerzensschreie auszublenden, doch es gelingt mir nicht. Ich weiß, dass ich den anderen Frauen folgen sollte, um in Sicherheit zu sein, damit sich auch die Männer zurückziehen können. Dennoch beherrscht die Angst um Leander meine Gedanken und ich bleibe stehen. Es dauert viel zu lange, ihn in der kämpfenden Menge auszumachen, doch schließlich entdecke ich ihn. Gekonnt setzt er sich gegen drei Angreifer gleichzeitig zur Wehr.

Dann passiert so vieles gleichzeitig, dass ich nicht mehr rechtzeitig reagieren kann.

Anja kommt zurück, um mich zu holen, während einer der feindlichen Reiter die Verteidigung durchbricht und direkt auf uns zugaloppiert. Die Pflastersteine erbeben unter den Hufschlägen seines Schlachtrosses.

»Vi!«, höre ich Leander schreien.

Er ist so abgelenkt durch meine Dummheit, dass es einem der Erdländer gelingt, ihn zu verletzen. Selbst über den Lärm hinweg höre ich sein schmerzerfülltes Stöhnen.

Obwohl der Laut aus mehreren Metern Entfernung kommt, vibriert er noch tief in mir nach.

Das schützende Eis in meinem Inneren zerbricht vollständig und lässt mein Blut von einer Sekunde auf die andere gefrieren.

KAPITEL 18

LEANDER

Wir halten nicht mehr lange durch. Auch meine Kräfte schwinden zusehends, weil ich keine ausgebildeten Soldaten an meiner Seite habe, sondern einfache Bauern, die zwar tapfer das Dorf verteidigen, aber nichts vom Kämpfen verstehen. Auf meine Befehle ernte ich nur verwirrtes Stirnrunzeln, also gebe ich es irgendwann auf und hoffe, dass sich jeder irgendwie verteidigen kann. Ein wenig müssen wir noch durchhalten, bis die Frauen und Kinder geflohen sind.

Als inmitten der Kämpfe eine Kerze von einem der Tische geworfen wird, greifen die Flammen sofort auf die Hütten über. Panik macht sich unter den Männern breit, aber es gelingt mir, sie mit knappen Ansagen zu beruhigen. Hütten können wiederaufgebaut werden, doch ein verlorenes Leben ist für immer dahin.

Beinahe will ich den Befehl zum Rückzug geben, als ich Davina mitten auf dem Dorfplatz stehen sehe. Im ersten Moment halte ich sie für eine Einbildung, doch als die zweite junge Frau zu ihr eilt, um sie weiterzuzerren, weiß ich, dass sie tatsächlich dort steht.

Und sie wird angegriffen.

»Vi!«, schreie ich aus vollem Hals.

Doch selbst mit Elora würde ich es niemals rechtzeitig schaffen, um den Angreifer aufzuhalten. Ich will mich durch die Reihen kämpfen, um ihr zu Hilfe zu eilen, als sich eine Klinge in meine Seite bohrt.

Ich stöhne auf.

Zwar weiß ich sofort, dass die Verletzung nicht schlimm ist im Vergleich zu denen, die ich in der Vergangenheit erlitten habe, aber sie wird ausreichen, um mich beim Kämpfen zu behindern.

Noch während ich mich wieder aufrappele, kühlt sich die stets warme Luft des Feuerreichs um uns herum merklich ab, bis ich am ganzen Körper Gänsehaut bekomme. Einige Dörfler sehen sich verwundert um und senken die Waffen.

Mein Blick fällt sogleich auf Davina, als würde er magisch von ihr angezogen werden, doch ich kann nicht glauben, was ich sehe.

Selbst auf die Entfernung erkenne ich, dass sie plötzlich in einen weißen Nebel gehüllt ist. Eilig weicht Anja vor Davina zurück und auch der Erdländer, der die beiden Frauen wohl als leichte Beute angesehen hat, reißt die Zügel seines Pferdes herum.

Aber er kommt nicht weit.

Die riesigen Hufe seines Pferdes scheinen an den Pflastersteinen festzufrieren. Wiehernd versucht es, sich zu befreien, scheitert jedoch. Panisch springt der Erdländer aus dem Sattel und sucht sein Heil in der Flucht.

Davina verfolgt ihn mit langsamen Schritten, tätschelt im Vorbeigehen dem Pferd den Hals und streckt schließlich die Hand aus. Sofort bildet sich Eis auf dem Boden und friert die Füße des Erdländers ein.

Sämtliche Geplänkel kommen zum Erliegen, da jeder Davina mit offenem Mund anstarrt.

Ich ebenfalls.

Als sie näher kommt, sehe ich, dass ihre Augen weiß glimmen, und ich bin sicher, dass die ungewöhnliche Kälte von ihr ausgeht. Ich habe noch nie Eis und Schnee aus nächster Nähe gesehen, aber ich bin sicher, dass das weiße Gestöber, das sie umgibt wie ein feiner Nebel, aus Schnee besteht. Überall, wo sie hintritt, bildet sich eine kleine Eisschicht unter ihren Füßen.

Jeder weicht vor ihr zurück, nur ich nicht, obwohl die Kälte, die von ihr ausgeht, auf meiner Haut kribbelt. Sie ist nicht eisig, wie ich es mir eigentlich vorgestellt habe, sondern eher ein magisches Prickeln. Eine fremde Kraft, die sich jedoch nicht bedrohlich anfühlt.

Mit geneigtem Kopf betrachtet sie die Wunde an meiner Seite, an die ich bis jetzt keinen zweiten Gedanken verschwendet habe. Abgesehen davon ist ihr Gesicht völlig ausdruckslos, als sei es zu einer Maske gefroren.

Davina streckt die Hand aus und legt zwei Finger in die Verletzung. Ich beiße die Zähne zusammen, doch im nächsten Moment ist der Schmerz verschwunden – ebenso wie die Wunde an sich. Verwundert taste ich danach, fühle aber nirgends frisches Blut, sondern nur feste, gesunde Haut.

Dann fällt ihr Blick auf den Erdländer, der mich verletzt hat. Ihre Augen glühen noch heller und das Wirbeln um sie herum nimmt zu. Eis rankt sich um ihre Hände, die Arme, kriecht an ihr empor, bis es schließlich den Blumenkranz auf ihrem Kopf erreicht und es aussieht, als trüge sie eine eisige Krone. Neben mir sinken die Dorfbewohner auf die Knie, murmeln Gebete an die Götter, die ihnen einfallen, und auch ich senke eilig den Blick. Aber ich kann mich beim besten Willen an keinen Gott erinnern.

Hinter mir höre ich, wie der Erdländer die Waffe fallen

lässt und Davina um Gnade anfleht. Ich schaue wieder auf. Ein Blick in ihr eisig-schönes Gesicht reicht aus, um zu wissen, dass sie nicht gnädig gestimmt ist.

Über ihrer Hand bildet sich ein spitzer und im Licht des Feuers glänzender Eiszapfen, den sie mit einer kaum wahrnehmbaren Fingerbewegung in Richtung des Angreifers schießt. Sie trifft ihn an exakt der Stelle, in die er mir das Schwert in die Seite gestoßen hat. Blut spritzt in den Schnee, der sich um uns ausgebreitet hat. Schreiend bricht der Erdländer zusammen, während er den Eiszapfen mit beiden Händen umklammert und verzweifelt versucht, ihn aus sich herauszuziehen.

Eine bleierne Stille senkt sich über uns. Niemand wagt zu atmen, während ausnahmslos jeder Davina anstarrt.

Dann kommt Bewegung in die Erdländer, die nun versuchen, Hals über Kopf vor dieser fremden Macht zu fliehen. Doch Davina reagiert schnell. Sie vollführt eine ausladende Armbewegung, woraufhin jeder einzelne Erdländer mit den Füßen am Boden festfriert und sich nicht mehr rühren kann. Unsere Männer werden jedoch von ihrer Magie verschont. Die Dörfler um mich herum schlottern vor Kälte, die ich nicht wahrnehme.

Nur einen Erdländer lässt sie übrig. Wie ein zitterndes Bündel Elend fällt der feindliche Krieger auf die Knie.

»Sag deinem König«, rauscht Davinas Stimme über uns hinweg, die nun klarer und schneidend klingt, »dass ich kein zweites Mal Gnade walten lasse. Wenn ihr euch erneut hier blicken lasst, werde ich jeden Einzelnen von euch in ein eisiges Grab schicken. Hast du mich verstanden?«

»J-Ja«, stammelt der Krieger.

»Gut. Dann verschwindet endlich.«

Davina schnippt einmal mit den Fingern. Das Eis um sie herum klirrt wie als Antwort und zerspringt anschließend, um die gefangenen Erdländerfüße aus ihren eisigen Gefängnissen zu entlassen. Schleunigst nehmen sie die Beine in die Hand und sind so schnell in den angrenzenden Wäldern verschwunden, dass ich ihnen kaum mit Blicken folgen kann. Nur der Erdländer, dem sie den Eissplitter in die Seite gerammt hat, humpelt hinter seinen Kumpanen her.

Davina reibt die Finger aneinander, wodurch sie Schneeflocken heraufbeschwört, die sie anschließend sacht hinüber zu den brennenden Hütten pustet. Innerhalb kürzester Zeit ersterben die Flammen; viel schneller, als wir sie je hätten löschen können.

Von einem Moment auf den anderen verschwindet jedoch die Kälte, die Davina bisher umgeben hat wie ein schützender Schleier, ebenso wie das unnatürliche Leuchten. Sie verdreht die Augen, bis nur noch das Weiße zu sehen ist und sackt in sich zusammen.

»Vi!« Ich hechte nach vorne und kann sie gerade noch auffangen, bevor sie auf dem Boden aufschlägt. Schnell lehne ich mich über sie und bin erleichtert, als ich ihren Atem schwach, aber regelmäßig spüre. »Sucht Grete!«, weise ich die Männer an, während ich Davina auf die Arme hebe.

Blinzelnd erwachen sie aus ihrer Starre und rennen voraus ins Dorf.

❄

Kurz darauf finde ich mich in Gretes Hütte wieder. Die alte Frau hat Davina in ihr Bett gesteckt und sie bis zum Hals zugedeckt, um sie wieder aufzuwärmen. Ich sitze daneben, die Hände unter die Decke geschoben, um ihre halten zu können. Ihr Gesicht ist weißer als das Kissen, auf dem sie liegt. Mit jeder Sekunde, die sie nicht die Augen aufschlägt, fühle ich mich elender.

Seit ich sie hergebracht habe, bin ich bei ihr. Selbst als Grete sie in ein frisches Hemd und luftige Hosen steckte, weigerte ich mich, aus der Hütte zu gehen, sondern drehte ihnen den Rücken zu, ohne mich von der Stelle zu rühren.

»Sie ist nur erschöpft«, murmelt Grete aufs Neue, als sie Davina einen warmen Lappen auf die Stirn legt. »Gib ihr etwas Zeit, um sich zu erholen.«

Ich habe aufgehört zu zählen, wie oft sie versucht hat, mich zu beruhigen. Auch diesmal gelingt es nicht.

»Du ... warst nicht dabei«, flüstere ich tonlos.

Ich bin unfähig, das, was da draußen geschehen ist – diese rohe, unbändige Macht und zerstörerische Kälte, von der die anderen berichteten – mit der jungen Frau vor mir in Einklang zu bringen.

»Sie hat ... Sie konnte die Erdländer spielend leicht besiegen. Mit ... *Eis*.«

»Sie stammt aus Fryske«, brummt Grete. »Es würde mich wundern, wenn sie eine Feuergabe besäße.«

Ich runzele die Stirn und sehe zu ihr auf. Mir stockt der Atem, als über Gretes ausgestrecktem Zeigefinger eine kleine Flamme tanzt. Ich suche nach einem Streichholz oder etwas Ähnlichem, womit sich das Feuer erklären ließe, finde aber nichts.

»Ich bin bei Weitem nicht so talentiert wie deine Mindam. Meine Gabe reicht gerade so aus, um jeden Morgen das Feuer in Gang zu bringen. Eine ganze Horde Erdländer könnte ich nie und nimmer in die Flucht schlagen.«

»Du ... wusstest es? Dass Davina ...?«

Sie zuckt mit den Schultern. »Nicht direkt. Aber ich werde schon den ganzen Tag das Gefühl nicht los, dass ich mehr über Davina weiß als du, obwohl ich nur wenige Stunden mit ihr verbracht habe.«

Das Gefühl habe ich mittlerweile auch, doch ich verstehe es nicht. Warum weiß ich so wenig über sie? Stelle ich die falschen Fragen? Oder habe ich ihr irgendwie das Gefühl vermittelt, dass sie mir nicht vertrauen könnte?

»Aber wieso ... hat sie mir nichts davon gesagt? Ich hätte nie ... Ich würde nie ...« Schnell presse ich die Lippen zusammen und sammle mich. »Ich hätte sie deswegen nicht anders gesehen. Magie zu besitzen ist ein Segen, kein Fluch. Sie hätte es nicht vor mir verbergen müssen.«

Grete nickt. »Ich weiß. Das Problem ist nur, dass Davina wahrscheinlich selbst nichts von der Kraft wusste, die in ihr wohnt. Gut möglich, dass sie sie nicht kontrollieren kann. Nach allem, was du und die anderen Dorfbewohner mir erzählt haben, war es ein plötzlicher Kraftausbruch und so was geschieht nicht ohne Grund. Hast du eine Ahnung, was der Auslöser dafür war?«

Ich schließe die Augen und konzentriere mich auf die Geschehnisse kurz vor der eisigen Kälte und Davinas unbekannter Kraft. Es fällt mir schwer, denn alles, was ich vor mir sehe, ist Davina, umgeben von wirbelndem Schnee und mit einer Krone aus Eis, während ihre Augen weiß glühen.

Ich habe noch nie etwas Furchteinflößenderes, aber gleichzeitig Ehrfurchtgebietenderes gesehen. Wunderschön und tödlich zugleich.

»Einem Erdländer ist es gelungen, mich zu verwunden. Es war nicht nicht schlimm, aber ... kurz darauf ist es geschehen.«

»Das muss der Auslöser gewesen sein«, brummt Grete vor sich hin. »Der Wunsch, dich und die übrigen Dorfbewohner zu beschützen. Aber die anderen sagten, dass sie die Erdländer davonkommen ließ.«

»Sie hat ihnen sehr deutlich gedroht, und das feige Pack hat schleunigst das Weite gesucht.«

Ich bin froh, dass sie sie nicht getötet hat, auch wenn es seltsam klingt. Ich erinnere mich an Davinas Gesichtsausdruck an dem Abend an der heißen Quelle, als sie dachte, sie hätte den anderen Erdländer mit dem Dolch umgebracht. Sie stand völlig neben sich aus Angst, ein Leben genommen zu haben. Ich will mir nicht vorstellen, was es mit ihr gemacht hätte, wenn sie die Angreifer getötet hätte ... Davina ist nicht wie ich. Ihr Geist ist zarter und zerbrechlicher, während mir ein Erdländer mehr oder weniger nicht den Schlaf raubt.

Erst als Grete mir eine Hand auf die Schulter legt, tauche ich aus meinen Gedanken wieder auf.

»Sie wird sich erholen«, murmelt die Alte. »Und sie wird noch dieselbe sein wie zuvor.«

Ich entspanne mich ein Stück weit. »Ich hoffe es.«

Grete besitzt ebenfalls die Gabe der Magie, wenn auch nicht so ausgeprägt wie Davina. Dennoch versteht sie besser als ich, was in der jungen Fryskerin vorgeht. Mir bleibt nichts anderes übrig, als ihren Worten zu glauben. Und ich *möchte* ihnen glauben. Ich will genau dort weitermachen, wo wir wegen des Überfalls der Erdländer aufhören mussten. Ich will noch einmal aus ihrem Mund hören, dass sie bleiben wird.

Ich kann mich nicht erinnern, wann ich mich zuletzt so glücklich gefühlt habe, wie in diesem Moment. Dorthin will ich zurück, genau zu diesem Zeitpunkt, um das Glück erneut spüren zu dürfen.

»Zieh die Schuhe aus und leg dich neben sie«, weist mich Grete plötzlich an. Auf meinen zweifelsohne überraschten Blick hin zieht sie nur eine Braue nach oben. »Ich bin die ganze Zeit über hier. Aber ich mache mir etwas Sorgen um ihre Temperatur. Und ich kann mir dein schwermütiges Seufzen keine Sekunde länger anhören.«

»Ich dachte, es ist normal, dass sie sich kühler anfühlt«, entgegne ich, während ich bereits den ersten Stiefel abstreife.

»Das schon. Frysker sind von Natur aus kühler als wir Feuerländer. Da ich das Reich des Eises aber nie aus der Nähe gesehen habe, bin ich keine Expertin, was die Behandlung von jungen Eisländerinnen angeht, die gerade im Alleingang eine ganze Horde Erdländer besiegt haben. Ich nehme also dankend jede Hilfe an, die ich kriegen kann. Und da ich noch eine Menge anderer Dinge zu tun habe, bleibst nur du übrig, um sie zu wärmen.« Sie neigt den Kopf. »Es sei denn, du möchtest nicht. Dann frage ich im Dorf herum, ob sich ein anderer erbarmt und ...«

Ich lasse sie nicht ausreden, sondern schlüpfe unter die Decke. Vorsichtig ziehe ich sie an mich, bis ihr Kopf auf meiner Schulter ruht und ich ihren gleichmäßigen Atem am Hals spüre.

Grete brummt, dass sie sich jetzt um ein paar Tränke kümmern müsse, und verschwindet in den hinteren Bereich der Hütte, von wo aus sie uns jedoch in regelmäßigen Abständen einen forschenden Blick zuwirft. Am liebsten würde ich sie anschreien, dass es nichts zu sehen gäbe. Ich war mehrere Tage und Nächte mit Davina allein, ohne dass etwas geschehen ist. Als ob ich jetzt, wo sie bewusstlos und erschöpft ist, etwas versuchen würde!

So gut es mir möglich ist, blende ich Gretes Anwesenheit

und ihr Geklapper mit verschiedenen Fläschchen und Tiegeln aus, und konzentriere mich auf Davina. Wenn mir jemand von ihrer Kraft erzählt hätte, ohne dass ich dabei gewesen wäre, hätte ich ihn einen Lügner geschimpft. Unmöglich, dass dieses zarte Geschöpf in meinen Armen über eine solche Macht verfügt!

Aber ich habe es mit eigenen Augen gesehen – das Eis, das ihrem Willen gehorchte und unsere Feinde in die Flucht schlug. Bisher gab es unter den Dörflern während der Überfälle nie Opfer zu beklagen, doch es gibt keine Garantie, dass es diesmal ebenso gewesen wäre. So rätselhaft mir Davinas Kraft auch erscheinen mag, sie hat nicht nur mich gerettet, sondern auch die anderen Dorfbewohner. Ich habe keinen Zweifel daran, dass die Erdländer zumindest mich getötet hätten, wenn es ihnen möglich gewesen wäre, denn von mir ging die größte Gefahr für sie aus.

»Du musst bald wieder aufwachen, hörst du?«, flüstere ich Davina zu.

Als Antwort regt sie sich in meinen Armen und schmiegt sich enger an mich. In Gedanken gehe ich die Abläufe der Schwertausbildung durch, um mich vom Gefühl ihres weichen Körpers an mir abzulenken. Jedes Mal, wenn sie im Schlaf zuckt, komme ich durcheinander und gebe schließlich auf, mich an irgendetwas erinnern zu wollen.

Es vergehen Minuten, vielleicht auch Stunden, die wir einfach nur daliegen und ich darauf warte, dass sie wieder zu sich kommt. Davon, sie im Arm zu halten, werde ich nie genug bekommen. Es ist, als würde sie genau dort hingehören. Und ich wünschte, sie würde das ebenso sehen.

»Du hast gesagt, dass du bleiben willst«, wispere ich. »Wehe, du vergisst dieses Versprechen!«

Unvermittelt hebt sie leicht den Kopf, um mich anzusehen. Es ist nicht mehr als eine kleine Neigung, doch es genügt, dass ich den Atem anhalte. Ihr Blick ist verschleiert, das Blau ihrer Augen noch tiefer als gewöhnlich. Noch unergründlicher.

»Du bist wach!« Ich streiche ihr über die Stirn, um ihre Temperatur zu prüfen. Immer noch kühl, aber nicht mehr so eisig wie vorhin. Auch ihre Wangen haben wieder etwas Farbe bekommen. »Wie fühlst du dich?«

»Warum?«, haucht sie.

Ich runzele die Stirn. »Warum was?«

Sie versucht, von mir abzurücken, doch ich schlinge die Arme fester um sie, bis sie wieder genau da liegt, wo sie aufgewacht ist.

»Rede mit mir, Vi«, bitte ich. »Triff keine Entscheidungen, bei denen du mich außen vor lässt. Wenn es dir unangenehm ist, dass ich hier mit dir liege, sag es und ich stehe sofort auf. Aber andere Gründe lasse ich nicht gelten.«

Sie hört auf, sich gegen meine Umarmung zu wehren, entspannt sich jedoch nicht. »Warum ... willst du, dass ich bleibe? Nach allem, was ich ...« Sie schluckt krampfhaft. »Was ich bin. Was ich getan habe.«

»Was hast du denn deiner Meinung nach getan?«, frage ich schärfer als beabsichtigt.

Verdutzt schaut sie zu mir auf. »Das hast du ganz genau gesehen. Ich habe die Kontrolle verloren und euch alle in Gefahr gebracht und ...«

»Willst du wissen, was ich gesehen habe?«, falle ich ihr ins Wort, ehe sie sich weiter wirres Zeug einreden kann. »Ich habe eine Kraft gesehen, von der ich noch nie zuvor gehört habe. Und diese Kraft unterstand deinem Willen. Du hast sie dazu eingesetzt, um unser Dorf und alle Bewohner vor Schaden zu bewahren.« Ich lege ihr eine Hand an die Wange und warte, bis sie mich ansieht. »Du hast mich beschützt, Vi. Ich war abgelenkt, weil ich dich gesehen habe, obwohl du längst in Sicherheit hättest sein sollen. Dieser Erdländer hätte mich getötet, wenn du ihn nicht aufgehalten hättest. Ich verdanke dir mein Leben.«

Sie kneift die Augen zu und birgt das Gesicht an meiner Brust, als wäre ihr das, was ich gesagt habe, peinlich. Ich streiche ihr über den Rücken, weil ich nicht weiß, was ich sonst tun kann. Fieberhaft krame ich in Gedanken nach den richtigen Worten, finde sie aber nicht.

»Ich kann nicht bleiben«, flüstert sie so leise, dass ich sie fast nicht verstehe.

Sofort verkrampfe ich mich. Ich weiß nicht, womit ich gerechnet habe, jedoch nicht mit den einzigen Worten, die mir den Boden unter den Füßen wegziehen. »Warum sagst du das? Vi, bitte sieh mich an.«

Zögerlich hebt sie den Kopf. »Sie werden mich fürchten, die Leute aus dem Dorf. Sie werden mit dem Finger auf mich zeigen und mich meiden.«

»Was redest du da für einen Unsinn?«, knurre ich. »Niemand wird sich vor dir fürchten oder dich meiden.«

Doch sie hört mir gar nicht zu. »Ich dachte, ich könnte hier neu anfangen, denn es gibt keinen Ort, an den ich zurückgehen kann. Ich habe kein Zuhause mehr. Selbst in Fryske werde ich ...«

Ich lege ihr eine Hand über den Mund, damit sie endlich aufhört, sich Dinge einzureden, die nicht wahr sind.

»Ich habe dir gesagt, dass du hierbleiben darfst ... und sogar sollst«, sage ich. »Daran hat sich nichts geändert. Warum sollte es das auch? Du hast uns beschützt und dafür danke ich dir von ganzem Herzen. In den letzten Jahren mag ich diesen Ort schmählich vernachlässigt haben, aber er ist mir sehr wichtig. Und ich hoffe, dass er eines Tages auch für dich wichtig sein wird. Wenn du mich lässt, werde ich Brasania zu deinem Zuhause machen.«

Mit großen Augen schaut sie zu mir auf. Ich nehme langsam die Hand von ihrem Mund und rechne mit erneutem Widerspruch, doch sie bleibt stumm.

»Ich werde den Dienst quittieren«, sage ich, »und mich nur noch um dieses Land kümmern. Du, Vi, hast mich daran erinnert, dass ich einst eine andere Vision meiner Zukunft hatte als Rache und einen endlosen Kampf. Nur ... ich fürchte mich davor, dass ich allein das Ziel aus den Augen verlieren könnte.«

Der Anflug eines Lächelns huscht über ihre Lippen. »Das ist der einzige Grund, warum ich bleiben soll? Um dich daran zu erinnern, weshalb du hier bist? Ich dachte, du wolltest mich zu einer Stallmagd machen, weil ich so gut mit Elora umgehen kann.«

Die Worte, dass ich sie zu *mehr* als meiner Stallmagd machen will, liegen mir bereits auf der Zunge, doch ich schlucke sie schnell hinunter. Dazu ist es viel zu früh. Und doch hätte ich sie gern ausgesprochen, weil ich weiß, dass sie die Wahrheit gewesen wären. Aber wenn sie bleibt, haben wir Zeit, um uns über alles klar zu werden.

Noch nie habe ich mich in Gegenwart einer Frau so unbeschwert und frei gefühlt wie bei Davina. Sie reduziert mich weder auf meinen Titel noch auf die Siege, die ich im Namen des Königs errungen habe. Sie sieht nur *mich*, mit allen Narben und Ängsten und Fehlern. Trotzdem ist sie noch hier und will eine Stallmagd werden. Ich bin mir sicher, dass sie das, was zwischen uns ist, genauso spürt wie ich. Sie könnte verlangen, meine Mindam zu werden und ich würde ihr diesen Wunsch auf der Stelle erfüllen.

Doch das tut sie nicht, sondern nimmt dankbar das, was ich zu geben bereit bin.

Ich will sie behalten, um jeden Preis. Ich will sie um mich haben, von früh bis spät. Ich will ihr Lachen hören und ihre finsteren Blicke spüren, wenn ich sie ärgere.

Obwohl wir uns durch Zufall begegnet sind, fühlen wir uns verbunden. Und ich bin auf dem besten Weg, mich in diese Frau, über die ich so gut wie nichts weiß, zu verlieben.

»Wir werden sehen, ob du das Zeug zur Stallmagd hast, wenn wir die Stallungen wiederaufgebaut haben und die jungen Hengste kommen, die noch nicht zugeritten sind«, ziehe ich sie auf. »Mit Elora magst du zurechtkommen, aber dein wahres Können musst du später unter Beweis stellen.«

Selbst wenn sie sich anstellen würde wie der erste Mensch, würde das nichts ändern.

»Ich werde mein Bestes geben«, verspricht sie mit ernster Miene. »Wenn du ... wirklich glaubst, dass die anderen Dorfbewohner mich nicht fürchten und ich hier einen Platz zum Leben finden kann, würde ich gern bleiben.«

Ich bin mir sicher, dass sie das Geräusch des riesigen Steins, der mir gerade vom Herzen fällt, ebenfalls hören kann.

»Fühlst du dich gut genug, um aufzustehen?«, frage ich.

»Ich denke schon.«

Sie setzt sich vorsichtig auf und ich eile um das Bett herum, um sie zu stützen, falls ihr schwindelig wird.

»Geht nicht zu weit«, brummt Grete vom anderen Ende

der Hütte. Ich habe fast vergessen, dass sie noch da ist. »Davina muss sich ausruhen.«

»Nur bis zur Tür, um frische Luft zu schnappen«, entgegne ich. Weiter kämen wir eh nicht, weil wir beide keine Schuhe tragen.

Davinas Schritte sind zögerlich, doch wir haben Zeit. Ich lasse sie das Tempo bestimmen, während sie einen Arm bei mir untergehakt hat. An der Tür angekommen, öffne ich sie.

Und bin für einen Moment sprachlos.

Ich habe damit gerechnet, dass ein oder zwei Dörfler davor warten würden, um nachzufragen, wie es Davina und mir geht. Doch vor Gretes Hütte hat sich das gesamte Dorf versammelt. Ohne Ausnahme. In kleinen Grüppchen sitzen sie auf den umliegenden Wiesen und unterhalten sich leise, springen aber auf, als sie die Tür hören. Sofort versteift sich Davina neben mir und ich drücke ihre Hand. Mit der anderen gebe ich den Dörflern zu verstehen, dass sie uns nicht alle auf einmal bestürmen sollen, wie sie es eigentlich vorhatten.

Stattdessen schicken sie Ulara vor, das kleine Mädchen, das sich während des Überfalls versteckt hat. Mit beiden Händchen hält sie eine rote Rose umklammert. Als sie vor uns stehen bleibt, reicht sie Davina die Rose.

»Mindam«, sagt sie feierlich mit ihrer kindlich hohen Stimme. »Ihr ... Ihr habt mich gefunden und gerettet. Ohne Eure Hilfe wäre ich vermutlich ...« Sie wirft Anja, ihrer Schwester, über die Schulter hinweg einen Hilfe suchenden Blick zu. »Als Dank für Eure Hilfe möchte ich Euch diese Rose schenken. Es ist nicht viel und ...«

Davina löst sich von mir und geht vor dem Mädchen in die Hocke. »Sie ist wunderschön. Bei uns in Fryske gibt es keine roten Rosen. Das ist die erste, die ich in meinem ganzen Leben zu sehen bekomme.« Auf Ularas Gesicht breitet sich ein seliges Lächeln aus. »Aber weißt du, was ich mir noch mehr wünschen würde als schöne Blumen?«

Die Kleine schüttelt so sehr den Kopf, dass ihre zwei Zöpfe wild hin und her fliegen.

»Ich wünsche mir, dass du dich nie wieder allein irgendwo versteckst, sondern bei den anderen bleibst«, sagt Davina. »Versprichst du mir das?«

Als Ulara nickt, streckt Davina die Hand aus und berührt mit einem Finger die Rosenblätter. Sofort bildet sich weißer Raureif darauf. Ularas Mund steht vor Verwunderung offen, sodass es Davina leicht gelingt, ihr die Rose zu entwinden und sie dem Mädchen ins Haar zu stecken.

»Wenn du doch wieder verloren gehst, verstreu die Blätter auf dem Boden«, sagt sie. »So finde ich dich beim nächsten Mal schneller. Aber denk dran, was du mir versprochen hast! Dein Minher«, sie deutet zu mir und ich bin verwundert, dass die allgemeine Aufmerksamkeit plötzlich auf mir liegt, »hat mir gesagt, dass ihr Versprechen hier sehr ernst nehmt. Ich muss mich auch an meines halten, also erwarte ich von dir dasselbe, in Ordnung?«

Ulara nickt eifrig, macht einen Knicks und rauscht zurück zu ihrer Schwester, wo sie den Frauen und anderen Kindern stolz die gefrorene Rose präsentiert.

Erstaunt und gleichzeitig verwundert betrachte ich Davina. Nicht, weil ich erneut ihre Kraft sehen durfte, auch wenn sie diesmal nicht so eindrucksvoll war. Sondern wegen dem, was sie zu Ulara gesagt hat. Wie sie das Mädchen behandelt hat. Ich habe damit gerechnet, dass sie ihr mit klaren Worten eintrichtern wird, nie wieder eine solche Dummheit zu begehen, wie ihre ältere Schwester es sicher getan hat. Sie hätte das Mädchen mit Vorwürfen überschütten können, weil Ulara das halbe Dorf in Gefahr gebracht hat.

Stattdessen redete Davina dem Mädchen ins Gewissen – ruhig und besonnen, als spräche sie mit einer Erwachsenen. Ich bin mir sicher, dass diese Worte sich fester in Ulara festgesetzt haben als die Ermahnungen ihrer Schwester.

Davinas Verhalten erinnert mich sehr an das meiner Mutter. Auch sie hatte eine ganz spezielle Art, mit anderen zu reden und ihre Absichten so in Worte zu packen, dass sie stets auf fruchtbaren Boden fielen. Eine perfekte Fähigkeit für eine Mindam.

Ich lehne mich mit der Schulter gegen den Türrahmen von Gretes Hütte und sehe schmunzelnd dabei zu, wie Davina von den anderen Kindern umringt wird, die aufgeregt durcheinanderreden und sie bitten, ihnen Schnee zu zeigen, den es hier im Feuerland für gewöhnlich nicht gibt. Davina reibt die Finger aneinander und beschwört dadurch tanzende Schneeflocken herauf, die um die Kinder herumschweben, ehe sie sich in der warmen Luft auflösen. Obwohl das Schauspiel nur wenige Sekunden dauert, sind die Kinder – und auch die umstehenden Erwachsenen, mich eingeschlossen – hellauf begeistert und bitten um eine Zugabe.

Ich weiß, dass sich Davina weiter ausruhen sollte, doch ich bringe es nicht übers Herz, sie zu unterbrechen. Bis vor Kurzem war sie sich sicher, dass die Dorfbewohner sich vor ihr und ihrer Kraft fürchten würden. Sie braucht diese Momente, in denen die Dörfler sie mit staunenden – und nicht angstvollen – Blicken beobachten.

Und je länger ich sie beobachte, desto mehr sehe ich die zukünftige Herrin dieses Landes vor mir.

Klug und freundlich zu den einfachen Menschen, respektvoll und bescheiden.

Wenn ich vor ein paar Wochen daran dachte, irgendwann heiraten zu müssen, dann wäre ich zufrieden gewesen, wenn meine zukünftige Frau nur *eine* dieser Eigenschaften besessen hätte. Ich fand mich bereits damit ab, dass alle Arbeit an mir hängen bleiben würde, weil meine Frau zu sehr mit Sticken oder dem Aussuchen feiner Stoffe beschäftigt wäre, anstatt sich mit Bauern abzugeben.

Ich will sie. Dieser Gedanke setzt sich in mir fest und ich kann ihn nicht mehr abschütteln. Er kam mir schon in den letzten Tagen immer wieder in den Sinn, aber ich konnte ihn verdrängen, indem ich mir einredete, dass Davina nicht von hier ist und somit nicht von einer eingeschworenen Gemeinschaft, wie sie in diesem Dorf vorherrscht, akzeptiert werden würde.

Als sich Davina zu mir umdreht und mich anlächelt, wird mir so warm ums Herz, dass ich die Worte beinahe laut ausgesprochen hätte.

Ich will dich, Vi.

Mühsam schlucke ich sie hinunter und lächele zurück. Ich muss ihr Zeit geben. Sie hat zugestimmt, bei mir zu bleiben. Das ist mehr, als ich gestern noch zu hoffen gewagt habe.

Alles andere findet sich von ganz allein.

KAPITEL 19

DAVINA

Grete besteht darauf, dass Leander die Nacht woanders verbringt. Ich habe mit Widerspruch seinerseits gerechnet, doch er verdreht nur die Augen und verabschiedet sich mit einem schnellen Kuss von mir.

Ich schlafe schlecht ohne ihn. Innerlich bin ich noch viel zu aufgedreht nach allem, was geschehen ist. Diese neue, fremde Kraft pulsiert durch mich hindurch, doch ich kann sie im Zaum halten. Sie gehorcht meinem Willen, obwohl ich befürchtete, sie würde es nicht tun und ich würde so enden wie meine Großmutter: weggesperrt in einem dunklen Gefängnis, wo ich für niemanden eine Gefahr darstellen kann.

Jetzt, in der Nacht, pulsiert die Kraft stärker, als suche sie nach etwas. Ich fühle mich rastlos und wälze mich von einer Seite auf die andere, bis Grete mich anbrummt, ich solle verdammt noch mal endlich schlafen.

Am Morgen fühle ich mich dementsprechend unausgeruht und dünnhäutig. Ich bin froh darüber, dass Grete nicht sonderlich gesprächig ist und mich während ihrer Arbeiten größtenteils ignoriert.

Auch bei Tageslicht kribbelt die eisige Kraft durch meine Adern, als würden Abertausende Ameisen darin herumlaufen, und ich reibe mir immer wieder mit den Händen über die Arme in der Hoffnung, das nervige Kribbeln dadurch vertreiben zu können.

Erst als Leander durch die Tür spaziert kommt, beruhigt sich meine Kraft. Nun kribbelt es ohne Unterlass in meinem Bauch, und jedes Mal, wenn ich ihn ansehe, wird es schlimmer.

»Guten Morgen, die Damen«, begrüßt er uns überraschend gut gelaunt für seine Verhältnisse.

»Schon mal was von Anklopfen gehört?«, brummt Grete, während sie eine undefinierbare Brühe in ihrem Kessel zusammenrührt.

Leander überspielt die Schelte mit einem Schulterzucken. »Ich entführe heute deine neue Mitbewohnerin. Wir sind aber gegen Abend wieder da.«

»Wo soll es denn hingehen?«, will Grete wissen und auch ich spitze die Ohren, obwohl es mir völlig egal ist. Solange ich Zeit mit Leander verbringen kann, bin ich dabei.

»Nach Brannwin«, antwortet Leander.

Sofort hebt Grete den Kopf. »Ihr wollt in die Stadt?«

Leander nickt, während sein Blick sanft auf mir ruht. Ich trage die gleiche Kleidung wie gestern – perfekt für einen Ausritt. Er hingegen trägt einfache Kleidung: ein helles Hemd, das er bis zu den Ellenbogen hochgekrempelt hat, und eine braune Lederhose. Dazu hängt um seine Schulter ein Umhang aus dunklem Leinen.

»Ich muss dem König eine Nachricht schicken und ihm mein Fehlen erklären. Wenn er erst selbst hier aufkreuzt, wird das unschön werden.«

»Und wozu brauchst du Davina?«, fragt Grete.

Am liebsten hätte ich gegen ihren Einspruch protestiert. Es ist völlig egal, warum er mich mitnehmen will. Solange ich bei ihm sein kann, bin ich zufrieden.

»Auch sie muss jemandem eine Nachricht zukommen lassen.«

Ich hebe auf Leanders Antwort hin eine Augenbraue.

»Deine Familie«, sagt er. »Ich weiß, dass du nicht vorhattest, nach Fryske zurückzugehen – und dagegen habe ich nichts einzuwenden!« Er schenkt mir ein schiefes Grinsen. »Aber bitte sag deiner Familie, dass du am Leben bist und es dir gut geht. Du musst ihnen nicht deine Entscheidung erklären, wenn du nicht willst, aber lass sie nicht im Ungewissen.« Sein Blick verdüstert sich. »Ich wünschte, ich hätte noch eine Familie, der ich mitteilen könnte, dass ich wohlbehalten aus einer Schlacht zurückgekehrt bin. Was auch immer zwischen euch vorgefallen ist, lass sie bitte wissen, dass du lebst.«

Das Hochgefühl, das ich verspürt habe, seit er durch die Tür kam, verschwindet ein wenig, wie immer, wenn ich an meine Familie denke. Nachdem ich mich vom Überfall auf die Eskorte erholt hatte, sah ich die unendlichen Möglichkeiten, die sich mir nun boten. Ich konnte von meinem vorgezeichneten Weg abweichen. Ich konnte die nur angelehnte Käfigtür aufstoßen und hinaus in die Freiheit treten. Und es war mir egal, was meine Familie darüber dachte.

Doch nun gerät mein Entschluss, ihnen für immer den Rücken zu kehren, ins Wanken. Leander hat recht. Was auch immer zwischen uns vorgefallen ist: Sie sind meine Familie. Irgendwo tief in ihnen drin sorgen sie sich um mich und fragen sich vielleicht, was aus mir geworden ist.

»In Ordnung«, sage ich. »Ich werde ihnen eine Nachricht schicken, damit sie wissen, dass es mir gut geht. Aber alles Weitere ...« Ich schlinge beide Arme um mich, doch es hat keinen Zweck. Ein Frösteln erfasst mich. »Nicht jeder hat eine liebevolle Familie, wie du sie hattest, Leander.«

Er zieht die Augenbrauen zusammen. Ich sehe ihm deutlich an, dass er mich nach Einzelheiten fragen will, und bin ihm dankbar, dass er es nicht tut. »Einverstanden. Ich werde dich nicht drängen, mit ihnen in Kontakt zu bleiben, wenn du das nicht willst.«

Er streckt mir die Hand entgegen und ich hätte am liebsten aufgeseufzt, als ich ihn endlich wieder berühre. Wie von selbst verschränken sich unsere Finger miteinander, und ich genieße die Wärme seiner Haut an meiner. Direkt vor ihm bleibe ich stehen; meine Schuhspitzen berühren seine. Ich recke mich ein Stück in der Hoffnung, mir einen Kuss stehlen zu können, bevor wir aufbrechen, doch Gretes unmissverständliches Räuspern erinnert mich daran, dass wir nicht allein sind.

»Ich sollte euch Hannah als Anstandsdame mitschicken«, brummt sie.

Leander verzieht belustigt den Mund. »Wofür hältst du mich?«

»Nach gestern Abend?«, entgegnet die alte Frau. »Ich dachte schon, ich müsste losrennen und einen Eimer kaltes Wasser holen, um euch auf der Tanzfläche wieder voneinander trennen zu können. Zum Glück haben mir die Erdländer den Aufwand erspart.«

Leander verdreht die Augen. »Was du wieder redest! So schlimm sind wir nicht.«

Gretes Blick wandert von Leander zu mir und schließlich zu unseren verschränkten Händen. »Nein, natürlich nicht. Nur das ganze Dorf war Zeuge, wie du ihr die Zunge in den Hals gesteckt hast.« Sie schaut mich an. »Ich verrate dir einen Trick, wie du ihn dir für eine Weile vom Leib halten kannst, sollte er dir zu nahe kommen.«

Leander seufzt. »Grete, bitte, das ist ...«

»Du musst einfach nur ganz schnell dein Knie nach oben

reißen und ihm dorthin rammen, wo es richtig wehtut«, schließt sie ihre Erklärung.

Ich muss mir ein Lachen verkneifen, doch ein Seitenblick auf Leander verrät mir, dass ihm nicht nach Lachen zumute ist.

»Du tust gerade so, als sei ich eine wandelnde Gefahr für sämtliche junge Frauen«, grollt er.

Grete verschränkt die Arme, während sie ihn eine Weile stumm mustert. »Nein, das bist du nicht. Weder hier im Dorf noch während deiner Feldzüge. Die Händler reden viel, wenn sie hier durchreisen, aber dein Name ist nie gefallen, wenn sie von den Ausschweifungen der Ritter und des Königs selbst erzählt haben. Ich danke den Göttern dafür, dass in dir mehr Anstand steckt als im Großteil der Truppen.«

Leander schnaubt. »Bist du fertig? Wir müssen los, wenn wir vor Einbruch der Dunkelheit zurück sein wollen.«

Ohne auf Gretes Antwort zu warten, zieht er mich hinter sich aus der Hütte. Ich muss mich beeilen, um mit ihm Schritt halten zu können.

Erst als wir die Mauern des einstigen Burghofes passieren, wird er langsamer und bleibt schließlich stehen.

»Entschuldige«, murmelt er, ohne sich zu mir umzudrehen. »Für das, was Grete gesagt hat, und meine Reaktion darauf. Ich hoffe, du nimmst ihre Sticheleien nicht für bare Münze.«

Ich trete näher an ihn heran und lehne den Kopf gegen seine Schulter. »Wenn ich Angst vor dir haben müsste, hätte ich das mit Sicherheit bereits bemerkt. Außerdem«, ich lasse ein paar Schneeflocken über meiner Hand erscheinen, »finde ich im Ernstfall Mittel und Wege, um mich zu verteidigen.«

»Das wirst du nie müssen. Nicht wegen mir.« Er küsst mich auf die Stirn. »Wenn ich je etwas tue, was du nicht willst, musst du es nur sagen und ich werde aufhören.« Er seufzt. »Tun wir bitte so, als hätte das Gespräch mit Grete niemals stattgefunden.«

»Einverstanden«, sage ich.

Auf der Wiese wartet bereits Elora auf uns, die sogleich den Kopf hebt und angetrabt kommt, als Leander mit der Zunge schnalzt. Ich begrüße die Stute, die sich jedoch mehr für Leanders Hosentasche zu interessieren scheint. Lächelnd zaubert er ein Zuckerstückchen hervor, das in Windeseile zwischen den weichen Pferdelippen verschwindet.

»Das ist mein Bestechungsversuch dafür, dass sie wieder uns beide tragen muss«, erklärt mir Leander.

Er hält mir die Hand hin, um mir in den Sattel zu helfen, doch ich ignoriere sie und steige ohne Hilfe auf. Leander grinst, ehe er hinter mir Platz nimmt.

»Ich vergesse immer noch, dass du das allein kannst«, murmelt er mir ins Ohr. »Während andere Frauen nach kleinen Treppchen verlangen, um überhaupt in den Sattel zu kommen, brauchst du nicht einmal meine Hand als Hilfe.«

Ich neige den Kopf und werfe ihm über die Schulter einen belustigten Blick zu. »Ich bin eben nicht wie andere Frauen.«

Kurz streicht er mir mit der Nasenspitze übers Ohr. Mit dieser winzigen Berührung bringt er meinen ganzen Körper zum Beben, sodass ich mich am Sattelknauf festkrallen muss.

»Das ist mir bereits aufgefallen«, wispert er. »Und du kannst dir nicht vorstellen, wie froh ich darüber bin.«

Er legt mir von hinten einen Arm um den Bauch und greift mit der anderen Hand nach den Zügeln. Ich lasse mich dankbar gegen seine feste Brust sinken.

Als wir gerade vom Burghof traben, kommt uns Waldur entgegen, der uns respektvoll zunickt. Wir erwidern die

Geste, wobei mein Blick auf den Strauß bunter Wildblumen in seiner Hand fällt.

»Worum ging es gestern bei deinem Streit mit Waldur?«, frage ich, nachdem wir außer Hörweite sind.

»Es war kein Streit«, brummelt Leander. »Eher so etwas wie eine andauernde Fehde. Dass Waldur um die Hand meiner jüngsten Schwester anhalten wollte, hast du sicher schon von den Dörflern gehört, oder?«

Ich nicke. »Aber sie meinten, die Liebe beruhte auf Gegenseitigkeit.«

»Das tat sie. Doch das bedeutet noch lange nicht, dass ich das als älterer Bruder gutheißen musste, oder?«

Ich drehe mich halb zu ihm um. »Du hattest etwas dagegen? Wieso? Ist Waldur kein anständiger Kerl?«

Leander verzieht den Mund. »Anständig oder nicht, ich hatte grundsätzlich gegen jeden etwas, der meinen Schwestern zu nah kam.«

Ich schmunzele. »Du warst also ein sehr beschützender großer Bruder.«

»Das kann man so sagen. Meine Schwestern waren allesamt sehr hübsch und verdrehten den jungen Burschen reihenweise die Köpfe. Irgendwann war ich es leid, sie alle einzeln zu fordern, und stellte die Bedingung auf, dass jeder, der auch nur die Hand einer meiner Schwestern berühren wollte, erst an mir vorbeimüsste. Die Bewerber mussten mich im Zweikampf besiegen.«

»Und wie viele haben es geschafft?«

»Keiner«, sagt er mit unüberhörbarer Befriedigung in der Stimme. »Und irgendwann gaben sie alle auf. Bis auf Waldur. Er kam immer wieder, ganz gleich, wie oft ich ihn besiegte. Ich ging sogar dazu über, ihn bis auf die Knochen zu demütigen, damit er endlich klein beigab, denn ich war es auch leid. Aber er stand jedes Mal nach einer Niederlage auf und fragte, wann er es erneut versuchen könne. Letztendlich musste ich mich nicht nur mit ihm herumschlagen, sondern auch mit Jurinne, denn sie wollte ihn ebenfalls. Also ja, es beruhte auf Gegenseitigkeit, aber ich war zu stolz, um zuzugeben, dass mir Waldurs Beharrlichkeit imponierte. Ich wollte nicht meine eigene Regel brechen, doch ich konnte ihn auch nicht einfach gewinnen lassen.«

Wir verlassen das Dorf und Leander lenkt Elora auf eine befestigte Straße.

»Aber schließlich war ich kurz davor, den beiden meinen Segen zu geben. Selbst mir entging nicht, wie sie sich ansahen, und ich wusste, dass Jurinne bei ihm in guten Händen wäre.« Er schweigt einen Moment, ehe er geräuschvoll den Atem ausstößt. »Dann geschah der Überfall der Erdländer, bei dem meine Familie getötet wurde. Ich war rasend vor Zorn und Trauer und gab in meiner Wut Waldur die Schuld. Ich warf ihm vor, dass er sie hätte retten müssen, wenn er sie lieben würde. Dass er sie bis zum eigenen Tod hätte beschützen müssen.«

Ich runzele die Stirn. »Ich dachte, die jungen Männer wären zu dem Zeitpunkt alle nicht im Dorf gewesen.«

»Waren sie auch nicht, aber ich war so wütend, dass all diese logischen Erklärungen keinen Sinn für mich ergaben. Ich stand vor den Trümmern meines Lebens: Meine Familie war ausgelöscht worden und mein Zuhause bis auf die Grundmauern niedergebrannt. Waldur hingegen erfreute sich bester Gesundheit. Das war einfach nicht fair.«

Ich lege eine Hand auf seinen Arm, mit dem er mich umschlungen hält. »Du hast recht. Dass deine Familie tot ist, ist nicht fair. Aber es war nicht Waldurs Schuld. Ich bin sicher, dass er Jurinne verteidigt hätte, wenn es ihm möglich gewesen wäre.«

Er verstärkt den Druck an meinem Bauch und zieht mich so weit wie möglich an sich. »Ich weiß«, murmelt er. »Ich weiß das alles. Und ich wusste es auch damals. Aber ich brauchte jemanden, an dem ich meine Wut auslassen konnte, wenn ich gerade nicht gegen die Erdländer in den Krieg zog. Waldur nahm meine Wut klaglos hin und beschwerte sich nicht, wenn ich ihn heftiger als nötig besiegte. Einmal brach ich ihm versehentlich beim Schwertkampf den Arm und er konnte wochenlang nicht arbeiten. Das brachte mir eine Standpauke von Grete ein, aber selbst auf sie hörte ich zu der Zeit nicht.«

Es fällt mir schwer, mir einen von Hass getriebenen Leander vorzustellen, doch seine Erklärungen ergeben Sinn.

»Jurinne ... ist tot«, sage ich vorsichtig. »Warum duelliert ihr euch immer noch? Es kann nicht mehr wegen ihr sein, oder?«

»Doch«, antwortet Leander. »Waldur hat mich gebeten, sie an ihrem Grab besuchen und Blumen hinbringen zu dürfen. Ich habe es ihm verwehrt.«

Ich zucke zusammen. Selbst nach allem, was ihm widerfahren ist, kommt mir diese Reaktion zu hart vor.

»Ich kann nicht aus meiner Haut«, murmelt Leander. »Oder ich konnte es zumindest nicht. Ich war wild entschlossen, Waldur auf ewig von Jurinne fernzuhalten, und sei es von ihrem Grab. Ich wollte der Einzige sein, der sie und die anderen besuchen und um sie trauern darf. Ich wollte allein sein mit ihnen, um mir wenigstens die Illusion ihrer Gesellschaft bewahren zu können. Und ich konnte nicht verstehen, warum Waldur noch immer etwas für Jurinne empfand. Denn – wie du schon sagtest – sie ist tot, und keine Macht der Welt kann sie wieder zurückbringen. Warum also nahm er weiterhin in Kauf, dass ich ihn vorführte und erniedrigte? Das wollte mir nicht in den Kopf.«

»Und ... was war der Grund dafür, dass er weitermachte?«, frage ich.

Leander lehnt die Stirn gegen meinen Hinterkopf und vergräbt die Nase in meinem Haar. Als er spricht, streicht sein warmer Atem über meinen Nacken. »Waldur war nicht nur an meiner Schwester interessiert. Er mochte sie nicht nur. Er war – und ist – in sie verliebt. Nachdem ich ihm gestern erlaubt habe, ihr Grab zu besuchen, habe ich ihn gefragt, wie er sie immer noch lieben kann, obwohl sie ... nicht mehr hier ist. Er meinte, dass solch tiefe Gefühle nicht einfach verschwinden würden. Egal, wie sehr man es will, man kann sie nicht nehmen, in eine Kiste packen und diese für immer verschließen. Sie sind da und bleiben auch. Vielleicht werden sie mit der Zeit schwächer, aber sie verschwinden nie ganz. Irgendwann wird Waldur sicherlich eine andere Frau heiraten und eine Familie gründen und glücklich sein, doch ein Teil von ihm wird noch immer Jurinne lieben.«

Meine Augen brennen, aber ich blinzele die Tränen mit aller Macht zurück. Ich bin heilfroh, dass mir Leander nicht ins Gesicht sehen kann. Die Erzählung allein macht mich schon traurig, dazu aber seine gebrochene Stimme zu hören, gibt mir den Rest.

»Ich habe es nicht verstanden«, murmelt er. »Ich dachte, ich wäre völlig allein mit meinem Schmerz, und beneidete all jene, die nicht so viel verloren hatten wie ich. Aber Waldurs Beharrlichkeit hat mir gezeigt, dass ich nicht allein bin und es auch nicht sein muss. Und dass ich nach Langem wieder zu anderen Gefühlen fähig bin als Wut und Neid.«

»Er hat gestern gegen dich beim Armdrücken verloren«, sage ich und runzele dabei die Stirn. »Aber trotzdem hast du ihm erlaubt, Jurinnes Grab zu besuchen ...?«

Leander lehnt sich ein Stück zurück. »Ja, das hab ich. Und weißt du auch, warum?«

Ich schüttele den Kopf.

Er lässt die Zügel los und schlingt auch den zweiten Arm um mich. »Deinetwegen, Vi. Mit dir zusammen zu sein und Zeit zu verbringen, lässt mich all das Schlechte in meinem Leben vergessen. Ich kann wieder ruhig atmen, ohne mich für jeden Atemzug schuldig zu fühlen, weil ich noch nicht tot bin. Mit dir habe ich das Gefühl, dass alles irgendwann in Ordnung kommen könnte. Nicht heute und auch nicht morgen, aber irgendwann ganz sicher. In den Jahren des Krieges habe ich vieles verlernt und vergessen. Wie sich Frieden und Ruhe anfühlen. Wie ich eine Nacht durchschlafen kann, ohne beim kleinsten Geräusch hochzuschrecken. Wie ich andere Menschen behandeln muss, die mir nicht auf einem Schlachtfeld als Feind gegenüberstehen oder meine Befehlsempfänger sind. Wie ich ... meine Hände bewegen muss, um nicht zu verletzen, sondern um sanft zu sein. Aber in deiner Gegenwart bekomme ich langsam wieder eine Ahnung von all diesen Dingen.« Sanft küsst er die Spitze meines Ohrs. »Ich mag dich, Vi. Ich mag dich sogar sehr. Und als du sagtest, dass du hierbleiben würdest, hast du mich zum glücklichsten Mann der Welt gemacht. Doch schon davor habe ich endlich verstanden, was Waldur meinte. Gefühle lassen sich nicht wegsperren. Ich werde immer um meine Familie trauern, aber dabei darf ich nicht die schönen Momente vergessen, die sie und ich gemeinsam hatten. Und ich darf auf keinen Fall zulassen, dass mein Verlust mich daran hindert, blind für all das Schöne auf dieser Welt zu werden.«

Ich winde mich in seiner Umarmung, bis ich mich so weit zu ihm umdrehen kann, dass mein Mund endlich seinen findet. Seine Lippen sind kühl von der Morgenluft. Ich sauge und knabbere an ihnen, womit ich ihm ein heiseres Stöhnen entlocke, das nicht nur mich, sondern auch die prickelnde Kraft in mir in helle Aufregung versetzt. Seit gestern Abend musste ich auf diese Art seiner Küsse verzichten, mit denen er mich in Brand setzt und gleichzeitig verschlingt. In denen ich aufgehe wie eine Blume, auf die zum ersten Mal ein Sonnenstrahl fällt. Ich bin so süchtig danach, von ihm berührt und gehalten und geküsst zu werden, dass sich jede Sekunde, in der er nichts davon tut, wie die reinste Folter anfühlt.

Innerhalb kürzester Zeit hat er sich in mein Herz geschlichen und nicht nur mich aus einem tiefen, kalten Schlaf erweckt. Genau wie er war ich lange Zeit blind für all das Schöne dieser Welt, weil mir Unrecht widerfahren ist. Klaglos habe ich mich in mein Schicksal gefügt, bis die Göttin mir nicht nur einen Ausweg zeigte, sondern auch Leander sandte. Diese Geschenke werde ich niemals leichtfertig verspielen.

Ich empfinde so viel für ihn – für den jungen, eingebildeten Ritter, der mir das Leben rettete, als ich schon damit abgeschlossen hatte, und der nicht nur äußerlich von Narben gezeichnet ist. Jede einzelne ist ein Beweis, dass er überlebt hat. Dass er stärker war als sein Gegner. Und dass er wieder aufgestanden ist, als er hätte aufgeben können.

Ich bin nicht wieder aufgestanden. Ich bin liegen geblieben und habe mich gefügt. Doch dank Leander stehe ich vor unendlich vielen Möglichkeiten.

Ich danke meinem Herzen dafür, dass seine Wahl auf Leander gefallen ist, und ich freue mich auf jeden einzelnen Tag, an dem ich mit ihm zusammen die Schönheiten dieser Welt entdecken kann.

KAPITEL 20

LEANDER

$\mathcal{D}$er Weg nach Brannwin kam mir noch nie so kurzweilig vor. Könnte daran liegen, dass die Gesellschaft angenehmer ist als je zuvor. Ich hätte nichts dagegen, wenn die nächste Stadt drei Tagesreisen entfernt wäre, solange Davina mich begleiten würde. Selbst wenn wir nicht reden und einfach nur unseren eigenen Gedanken nachhängen, fühle ich mich ihr verbundener als irgendeinem anderen Menschen. Ich liebte meine Schwestern und wäre für sie durchs Feuer gegangen, aber diese Verbindung, die ich zu Davina habe, ist völlig neu für mich und lässt sich mit nichts erklären, was ich bisher gespürt habe.

Kurz bevor wir Brannwin erreichen, lege ich ihr noch den Umhang um, den ich für sie mitgenommen habe, und schlage erst ihre, dann meine Kapuze hoch.

»Die Leute kennen mich«, sage ich auf ihren fragenden Blick hin. »Und es wird sich wie ein Lauffeuer verbreiten, wenn ich mit einer unbekannten Fryskerin in Brannwin auftauche. Ich liebe den König wie einen Bruder, aber er wird ... ziemlich ungehalten, wenn er wichtige Informationen aus zweiter Hand erfährt. In meiner Nachricht werde ich ihm erklären, warum ich mich aus dem Dienst zurückziehe, aber das muss er von mir erfahren, nicht aus Gerüchten, die ihn schneller erreichen als mein Brief.«

»Dein König scheint ein schwieriger Mensch zu sein«, murmelt Davina.

»Das ist er«, gebe ich freimütig zu, denn es ist die Wahrheit. »Er musste früh den Thron besteigen und sein Volk gegen die Erdländer verteidigen. Ich kenne Esmond seit über zehn Jahren. Als sein Vater unvermittelt starb, wurde Esmond von einem Tag auf den anderen zum König. Die Krone, die er einst erben sollte, saß nicht mehr auf dem Kopf seines Vaters, sondern sollte nun auf seinen passen. Durch ihr Gewicht hat er sich verändert.«

»Aber trotzdem ist er noch ... dein Freund ...?«

Mir entgeht nicht, wie sie das letzte Wort zur Frage anhebt. »Die meisten der Knappen, mit denen Esmond aufgewachsen ist, führen nun ihr eigenes Leben und stehen ihm nur zu Diensten, wenn es sich nicht vermeiden lässt. Selbst die anderen Ritter, die zu seinem inneren Kreis zählen, sind nur hin und wieder am Hof und halten sich ansonsten in ihren Burgen bei ihren Familien auf. Esmond ist nun umgeben von Fremden, und viele von ihnen sind nur auf ihren eigenen Vorteil bedacht. Er neigt dazu, hinter jedem geheuchelten Lächeln einen Komplott zu erkennen, weil er niemandem vertraut.«

»Niemandem, bis auf dich.«

Ich spüre, wie mir ein Lächeln über die Lippen huscht. Davina kann ich nichts vormachen. Sie durchschaut mich und deckt auch die Themen auf, die ich am liebsten umschifft hätte.

»Er vertraut auch den anderen Rittern, aber ich bin quasi der Letzte der damaligen Knappen, der noch am Hof lebt«, sage ich. »Und auch ich werde nicht von den Speichelleckern und Opportunisten verschont. Sie denken, der König würde auf mich hören, also versuchen sie über mich an ihn heranzukommen. Ich hasse es und halte mich von Festen und

Feiern, so gut es geht, fern. Und ich werde dem Hof keine Träne nachweinen, wenn ich nicht mehr dort leben muss.«

»Aber wird der König dann nicht einsam sein?«

Ich schnaube. »Er ist ein erwachsener Mann! Er wusste von Anfang an, was ihm die Zukunft bringt, und er hätte schon viel früher damit anfangen können, treue und ehrliche Berater zu suchen, anstatt sich darauf zu verlassen, dass wir ehemaligen Knappen ihm ewig zur Seite stehen.«

Vor dem Stadttor gleiten wir aus dem Sattel und ich übergebe Elora an einen der Stallburschen, den ich kenne und bei dem ich weiß, dass sie für die Zeit unseres Aufenthalts in guten Händen ist. In der Stadt gibt es oft ein solches Gedränge, dass es einfacher ist, sich zu Fuß durch die Menschenmassen zu schlängeln.

Brannwin wird durch hohe steinerne Mauern geschützt. An sich ist die Stadt nichts Besonderes, aber sie hat sich im Laufe der Zeit als Umschlagplatz für Waren aller Art entwickelt. Dadurch gibt es hier die besten Verbindungen nach Fryske und auch zum Feuerhof. Davina hat von hier aus die Möglichkeit, ihrer Familie eine Nachricht zukommen zu lassen, und ich kann dem König schreiben, ohne ihm direkt gegenübertreten zu müssen.

Denn er wird toben, wenn er erfährt, dass ich mich zurückziehe.

Ich mache mir keine Illusionen: Er wird außer sich sein, und es ist gut möglich, dass sein Zorn sogar bis nach Brasania reicht. Ich rechne sogar fest damit, dass er persönlich kommen und versuchen wird, mich zur Rückkehr zu bewegen.

Esmond ist mein Freund, aber ich bin ihm nichts mehr schuldig. Wenn er meinen Rat braucht, bin ich jederzeit für ihn da, doch ich bin es leid, mein eigenes Leben seinetwegen hintanzustellen.

Ich umschließe fest Davinas Hand, damit sie mir im Gedränge nicht verloren geht. Selbst jetzt, kurz nach der Mittagszeit, sind die Straßen von Brannwin überfüllt mit Händlern mit Handkarren, Bauern und Menschen, die etwas einkaufen wollen. Von überall höre ich die Marktschreier, die ihre Waren anpreisen, und rieche die wilde Mischung aus mannigfaltigen Gewürzen, die in der Luft liegt.

An einem Stand mit Früchten bleibt Davina stehen und deutet auf eine blaue, kugelförmige Frucht. »Die stammt aus Fryske.«

»Du findest hier einiges aus deinem Heimatland«, sage ich leise zu ihr, um nicht zu viel Aufmerksamkeit zu erregen. »Wenn du dich nach etwas aus deiner Kindheit sehnst, musst du es mir nur sagen und ich werde es in Brannwin für dich holen.«

Ihr Lächeln und das Funkeln in ihren strahlend blauen Augen sind der schönste Dank, den ich mir vorstellen kann. Sicherlich werde ich nicht alles hier in Brannwin bekommen, denn Fryske unterhält kaum Handelsbeziehungen zu den übrigen Ländern, aber ich kann dafür sorgen, dass Davina nicht unter allzu großem Heimweh leidet. Obwohl sie sagt, dass sie weder nach Hause zurück will noch kann, gibt es sicherlich Dinge, die sie aus ihrer Heimat vermisst, und ich werde auf ihre Bitte hin alles daransetzen, sie für sie aufzutreiben.

Ich führe sie zu einem der Pferdehändler, der seine Stallungen etwas abseits des Gedränges aufgeschlagen hat. Früher holte mein Vater viele seiner Zuchttiere von diesem Händler. Da ich vorhabe, so bald wie möglich unsere Stallungen in Brasania wieder aufzubauen, kann ich gleich damit beginnen, Kontakte zu knüpfen und mir seine Pferde genauer ansehen.

»Schau dich um und sag mir, was du von den Pferden hältst«, wispere ich Davina zu und deute auf die Boxen, in denen sich die Tiere befinden. Mit einem seligen Lächeln huscht sie davon.

Ich trete zu dem Mann in der Mitte einer kreisrunden Koppel, der mich schon aus mehreren Metern Entfernung mit gerunzelter Stirn mustert.

»Minher Leander!«, ruft er so laut, dass ich schnell den Zeigefinger an den Mund lege und ihm zuzische, dass er leiser sein soll. Er zieht den Kopf zwischen die Schultern und wirft mir einen entschuldigenden Blick zu. »Seid Ihr das wirklich?«, fragt er, als ich vor ihm stehe. »Das letzte Mal, als ich Euch gesehen habe, wart Ihr so groß.« Er hebt die Hand auf Höhe meiner Schulter.

»Ihr erinnert Euch an mich?«, will ich wissen.

Der Mann nickt. »Einen Burschen mit einem solchen Blick für Pferde vergisst man nicht. Außerdem gehörte Euer Vater zu meinen besten Kunden. Mein tiefstes Beileid zu Eurem Verlust.«

Ich nicke und ignoriere die Enge, die sich in meinem Hals bildet, wann immer jemand meine verstorbene Familie erwähnt und mit leeren Floskeln um sich wirft. »Ich habe vor, die Stallungen in Brasania wieder aufzubauen«, wechsle ich schnell das Thema. »Und dazu brauche ich ...«

Das quietschende Geräusch einer Pferdebox, die gerade geöffnet wird, unterbricht mich. Sofort ruckt mein Kopf zu Davina herum, die ein Pferd nach draußen auf die Koppel führt.

»He!«, geht der Verkäufer dazwischen. »Von dem solltest du dich fernhalten, Mädchen, der ist nicht ganz richtig im Kopf.«

Er wendet sich an mich. »Minher, Ihr solltet Eure Dienerin zurückrufen. Ich habe den Hengst erst seit ein paar Tagen und er hat schon drei meiner Stallburschen so sehr verletzt, dass sie nicht mehr arbeiten können. Er beißt und tritt und lässt niemanden an sich heran. Ich schwöre, dieses Tier ...«

Ich unterbreche seinen Redeschwall mit einer knappen Handbewegung und beobachte Davina dabei, wie sie rückwärts auf uns zukommt. Brav wie ein Lämmchen folgt ihr der schneeweiße Hengst, der angeblich die Stallburschen tyrannisiert.

»Ich will ihn laufen sehen«, sage ich zum Verkäufer, ohne auch nur eine Sekunde den Blick von Davina abzuwenden.

»Aber ...«

»Gebt meiner Begleiterin ein Halfter und ein Seil. Sie kümmert sich um den Rest, wenn Ihr Euch nicht in die Nähe des Hengstes wagt.«

Der Verkäufer eilt davon und wartet in sicherem Abstand, bis Davina ihm Halfter und Seil abnimmt. Neugierig richtet der Hengst die Ohren nach vorn und lässt sich ohne Widerwillen halftern. Davina schnalzt ihm aufmunternd zu, sodass er sich in Bewegung setzt und ein paar Runden um uns herumtrabt, damit ich seine Bewegungsabläufe sehen und beurteilen kann. Er ist riesig, größer als die meisten Kriegspferde, die ich je gesehen habe, doch ihm fehlt die bullige Kraft, die dieser Art von Pferd innewohnt. Trotz seiner Größe ist er feingliedrig und auch seine Bewegungen sind weich, aber nicht minder kraftvoll.

»Den Gaul kann niemand reiten«, wirft der Verkäufer ein. »Jeder, der mit einem Sattel in seine Nähe kam, musste es teuer bezahlen. Ihr könntet ihn höchstens zur Zucht ...«

Er bricht ab, als der Hengst seelenruhig vor Davina stehen

bleibt und schließlich wie zu einer Verbeugung in die Knie geht. Auch mir steht der Mund offen. So etwas habe ich noch nie gesehen! Mir war klar, dass Davina versuchen würde, auf ihm zu reiten, aber er ist viel zu groß, als dass sie sich ohne Steigbügel auf seinen Rücken hätte schwingen können. Als hätte der Hengst das begriffen, lässt er sich vor ihr nieder, sodass sie problemlos auf ihn klettern kann. Er springt zurück auf die Hufe, und Davina muss sich an der Mähne festklammern. Dabei rutscht ihr die Kapuze vom Kopf.

»Heilige Götter«, haucht der Verkäufer neben mir.

Ich kann nur zustimmend nicken. Egal, was ich jetzt sagen würde, nichts würde diesem Anblick gerecht werden. Davinas Haar, das fast so weiß ist wie das Fell des Hengstes, glitzert in der Sonne, während sie ihn über die Koppel traben lässt.

Ich habe in meinem ganzen Leben noch nie etwas derart Wunderschönes und gleichzeitig Erregendes gesehen. Ja, ich habe keine Augen für den zweifelsohne prachtvollen Hengst, sondern nur für die junge Frau auf seinem Rücken, die sich geschmeidig den Bewegungen des Tieres anpasst und die heller strahlt als die Sonne.

»Ich schenke Euch alle Pferde, die ich habe, wenn ich dafür Eure Dienerin bekomme«, wispert mir der Verkäufer zu. »Die Kleine scheint mehr von Pferden zu verstehen als alle meine Stallburschen zusammen.«

Ich knirsche mit den Zähnen und warte ungeduldig darauf, dass Davina ein Bein zur Seite schlägt und vom Rücken des Hengstes rutscht. Mit wenigen Schritten bin ich bei ihr, umschließe ihr Gesicht mit beiden Händen und küsse sie – fest und fordernd, anders als die Male zuvor, doch diesmal kann ich mich nicht zurückhalten.

Am liebsten würde ich sie irgendwo hinbringen, wo uns

niemand sieht und sie so fest an mich drücken, dass ich jeden Zentimeter ihres Körpers durch die Kleidung spüren kann. Doch ich besinne mich gerade noch so auf den Anstand, den mir meine Mutter von klein auf eingetrichtert hat, wann immer ich mit einer Dame zu tun habe – auch wenn ich diese Dame so sehr will, wie noch nie etwas zuvor in meinem Leben.

Nach einem Augenblick der Überraschung erwidert Davina den Kuss mit ebenso viel Hingabe und raubt mir damit beinahe den Verstand. Ich vergesse, wo wir uns befinden, warum wir hier sind und wieso es keine gute Idee ist, sie noch fester an mich zu ziehen. Als ich mit den Fingern über die Spitzen ihrer Ohren streiche, werde ich mit einem leisen Stöhnen belohnt, das mich fast all die guten Vorsätze und Benimmregeln vergessen lässt.

Abrupt reiße ich mich von ihr los, obwohl es mir beinahe körperliche Schmerzen bereitet. Verwirrt schaut sie zu mir auf, und ich schüttele schnell den Kopf, um ihr zu signalisieren, dass sie nichts falsch gemacht hat. Nachdem ich mich einigermaßen gesammelt habe, wende ich mich wieder dem Händler zu, dem schier die Augen aus dem Kopf fallen.

»Ich muss Euch enttäuschen«, sage ich und verschränke die Finger mit Davinas. »Sie ist weder meine Dienerin noch steht sie zum Verkauf. Den Hengst allerdings würde ich gern nehmen. Bringt ihn zu den Stallungen vor den Toren. Dort wartet bereits meine Stute. Wir nehmen ihn dann mit, wenn wir später zurückreiten.«

»N-Natürlich, Minher«, stammelt er, während er weiterhin Davina ansieht. »Bitte lasst mich Euch den Hengst zum Geschenk machen, Herrin.«

Als wüsste er, dass wir über ihnen reden, kommt der

Hengst zu uns, stupst Davina gegen die Schulter und schnuppert schließlich an mir. Ich strecke die Hand nach ihm aus und tätschele ihm den Hals, was er jedoch mit deutlich mehr Widerwillen über sich ergehen lässt, als bei Davina.

Ich kann es ihm nicht verdenken, aber ich bin froh, dass er sich überhaupt von mir anfassen lässt. Ich hatte schon mit Pferden zu tun, die in der Vergangenheit Schreckliches erdulden mussten und bestimmte Personen – Männer oder Menschen einer gewissen Größe oder mit besonderem Gang – nicht mehr an sich heranließen. Viele dieser Tiere wurden geschlachtet, weil sie für den Einsatz im Krieg nicht mehr taugten, und wahrscheinlich hätte dieses Schicksal auch dem weißen Hengst geblüht, wenn der Händler ihn nicht bald hätte verkaufen können.

Davina lächelt dem Händler zu. »Habt Dank, guter Mann. Ich verspreche, er wird es gut bei uns haben.«

»Dessen bin ich mir sicher«, murmelt der Verkäufer.

Ich verdrehe die Augen. Wahrscheinlich überschlägt er gerade seine Möglichkeiten, wie er selbst zu einem Pferd werden könnte, damit Davina ihn ebenfalls adoptiert. Sorgfältig ziehe ich ihre Kapuze wieder nach oben und streiche einzelne Strähnen darunter.

»Wir müssen weiter«, sage ich. »Aber ich bin sicher, dass wir bald wieder vorbeischauen. Schickt uns gern eine Nachricht nach Brasania, wenn Ihr besondere Tiere habt.«

»Mit dem größten Vergnügen, Minher.« Er verneigt sich vor mir und Davina.

Ich warte, bis sie sich von dem Hengst verabschiedet und versprochen hat, dass sie bald zurückkommt und er bis dahin brav sein soll, und verlasse dann mit ihr die Koppel, während ich bis über beide Ohren grinse wie ein Idiot.

Ich wusste schon vorher, dass Davina perfekt für mich ist, aber nachdem ich gesehen habe, wie sie mit dem schwierigen Pferd umgegangen ist, bin ich mir absolut sicher, dass die Götter sie extra für mich geschaffen haben müssen.

❋

Die Schreibstuben, mehrere aneinandergereihte, niedrige Häuser mit weißem Anstrich, befinden sich auf der anderen Seite der Stadt. Dorthin gehen all jene, die jemandem irgendwo im Land oder in Fryske eine Nachricht zukommen lassen wollen. Sollte derjenige nicht schreiben können, sind auch professionelle Schreiber vor Ort, die diese Aufgabe erledigen – gegen eine entsprechende Bezahlung, natürlich.

Normalerweise brauche ich bei diesem Gedränge eine gute halbe Stunde bis zu den Schreibstuben; mit Davina jedoch mindestens eine, wenn nicht gar zwei Stunden. Staunend bleibt sie an jedem zweiten Stand stehen und begutachtet mit leuchtenden Augen die Auslagen, als hätte sie so etwas noch nie zuvor gesehen. Da ich weiß, dass sie nicht gern über ihre Familie spricht, schlucke ich jede Nachfrage hinunter und begnüge mich mit meiner eigenen Erklärung: dass sie viel arbeiten musste und nicht oft aus dem Schloss kam oder dass es in Fryske solche Märkte schlicht und ergreifend nicht gibt. Also lasse ich ihr die Freude, ohne sie zur Eile zu drängen.

Als wir schließlich die Schreibstuben erreichen, erkläre ich Davina, wie sie vorgehen muss, ehe ich in eine eigene Kabine gehe, um meinen Brief an den König zu schreiben. Ich rechne fest damit, dass ich eher fertig bin als sie, denn ich halte mich nicht mit Erklärungen auf, sondern stelle Esmond vor vollendete Tatsachen. Als ich jedoch meine Kabine verlasse, den gefalteten Brief in der Hand, wartet Davina bereits auf mich.

273 ∽

»Brauchst du Hilfe?«, frage ich.

Sie schüttelt den Kopf. »Ich habe meinen Brief bereits abgegeben.«

Ich runzele die Stirn. So schnell, wie sie fertig war, kann er nicht aus mehr als zwei Zeilen bestanden haben ... Doch ich habe zugestimmt, sie zu nichts zu drängen. Die Abmachung lautete, dass sie ihrer Familie mitteilt, sie sei noch am Leben – nicht mehr und nicht weniger.

»Ich gebe nur noch schnell meinen Brief ab, dann können wir gehen. Warte hier auf mich.«

Sie nickt und ich beeile mich, den richtigen Kasten zu finden, in den die Briefe geworfen werden und die nach Ort und Gebieten sortiert sind. Als ich endlich den mit der Aufschrift »Königshof, Feuerland« finde, werfe ich ihn hinein, um schnell zu Davina zurückzukommen. Ich nehme mir nicht die Zeit, diesen Augenblick meiner Freiheit gebührend zu feiern, sondern will einfach nur mit Davina zurück nach Brasania. Weg von dem Trubel und der Enge der Stadt, die mich zu sehr an den Feuerhof erinnern, in den ich hoffentlich nie wieder einen Fuß setzen muss.

Davina steht noch genau dort, wo ich sie zurückgelassen habe, mit noch immer dem niedergeschlagenen Ausdruck im Gesicht.

Doch ich weiß, wie ich ihn vertreiben kann.

Ich greife nach ihrer Hand. »Weißt du schon, wie du den Hengst nennen willst?«

Sofort hellt sich ihre Miene auf. »Ich darf den Namen aussuchen?«

Ich schmunzele über ihre kindliche Freude. »Natürlich. Wer sonst? Er gehört schließlich dir.«

Ihre Augen strahlen nun so hell wie in dem Moment, als sie

auf dem Rücken des Hengstes saß. Ich erinnere mich daran, dass sie einst einen Wallach besaß, der ihr aber von einem Tag auf den anderen weggenommen wurde. Den Grund kenne ich nicht, aber er spielt auch keine Rolle. Er war ihr wichtig und plötzlich gehörte er ihr nicht mehr. Auch ohne die genauen Umstände zu kennen, ist mir klar, dass es für sie eine schlimme Zeit gewesen sein muss. Wenn ich mir vorstelle, Elora von jetzt auf gleich zu verlieren, kann ich kaum atmen.

Ich weiß, dass ich Davinas Erfahrung und ihren Verlust unmöglich mit einem neuen Hengst ungeschehen mache, aber ich hoffe, dass sie mit ihm ähnlich schöne Erinnerungen schaffen kann wie mit ihrem Wallach und irgendwann nicht nur an den Verlust, sondern die unbeschwerte Zeit denken kann, die sie zweifelsohne zusammen hatten.

Ich will mich gerade zu Davina hinunterbeugen, um sie zu küssen, als die Tür zu den Schreibstuben aufgerissen wird.

»Der König ist in der Stadt!«, ruft eine Frau aufgeregt herein, und sofort stürmen die übrigen Besucher der Schreibstuben hinaus.

Nur Davina und ich bleiben wie angewurzelt stehen. In meinem Magen bildet sich ein eisiger Knoten, der mir die Eingeweide zusammenquetscht. Hat Esmond von jemand anderem erfahren, dass ich den Dienst quittiere? Ich kam erst gestern mit Davina in Brasania an; so schnell kann ihm keiner der Dorfbewohner davon berichtet haben und ich glaube auch nicht, dass es einer von ihnen tun würde. Sie alle wissen, wie ich während meiner Ausbildung gelitten habe.

Warum auch immer Esmond sich dazu herabgelassen hat, Brannwin einen Besuch abzustatten – etwas, was er für gewöhnlich nur sehr selten tut, da er sich nur am Feuerhof einigermaßen sicher fühlt –, ich will ihm auf keinen Fall begegnen.

»Wir verschwinden«, sage ich tonlos.

Davina nickt, doch selbst diese simple Bewegung wirkt abgehackt, als hätte sich jeder ihrer Muskeln versteift.

Ich greife nach ihrer Hand und verlasse mit ihr die Schreibstuben. In den Straßen herrscht nun ein noch regeres Treiben als zuvor. Noch mehr Menschen sind auf den Beinen, um endlich einen Blick auf ihren König zu erhaschen, der sich nur äußerst selten sehen lässt.

»Lass meine Hand auf keinen Fall los!«, schärfe ich Davina ein. Sie ist merklich blass um die Nasenspitze, doch ihr Griff ist fest.

Durch den Menschenpulk gibt es kaum ein Vorankommen. Sie stehen dicht an dicht, schieben sich Zentimeter für Zentimeter Richtung Marktplatz. Selbst die Seitengassen sind blockiert, sodass uns keine andere Wahl bleibt, als mit dem Pulk mitzulaufen und die Köpfe unten zu halten.

Jede Sekunde wird zu einer Tortur. Ich warte nur darauf, dass mich jemand – wie der Pferdehändler – erkennt. Esmond würde nicht davor zurückschrecken, mich öffentlich zu sich zu zitieren und mir eine Standpauke zu halten. Ich bin nicht dazu bereit, mich mit ihm auseinanderzusetzen. Am liebsten würde ich das nicht persönlich tun, sondern hoffe, dass er so beschäftigt ist, dass er mir die Leviten per Brief liest.

Und auf gar keinen Fall will ich, dass er Davina zu Gesicht bekommt. Esmonds Ruf ist ... weniger königlich, wenn es um Frauen geht. Bisher ist er nur verlobt und seiner Versprochenen nie begegnet, deshalb hatte niemand etwas dagegen, wenn er sich mit Frauen vergnügte, solange diese zustimmten. Und sie alle taten es, immerhin ist er der König – machtvoll, reich und gut aussehend obendrein. Keine Frau konnte sich ihm entziehen, sobald ihr seine Aufmerksamkeit sicher war. Nicht wenige von ihnen haben nun eine Anstellung im Schloss und wärmen ihm hin und wieder das Bett, während sie darauf hoffen, eines Tages eine seiner Mätressen werden zu können – oder gleich seine Frau, wenn sich die Verlobung mit der fryskischen Prinzessin als Fehlschlag herausstellt.

Ich bin mir sicher, dass sich Davina nicht von Esmond blenden lassen würde – wahrscheinlich wäre sie gar nicht an ihm interessiert –, aber ich will es nicht auf einen Versuch ankommen lassen. So lange wie möglich will ich sie vom Feuerhof und all den dort lauernden Intrigen fernhalten.

Je näher wir dem Marktplatz kommen, desto mehr beginnen die Menschen zu tuscheln. Wie ein Lauffeuer verbreiten sich die Nachrichten derjenigen, die bereits weiter vorn einen Platz ergattern konnten, werden aufgebauscht und verzerrt, weshalb ich ihnen nicht viel abgewinnen kann.

Doch eine Aussage zieht immer wieder über uns hinweg: Der König ist nicht allein. Bei ihm ist die fryskische Prinzessin Eira. Auch Davina schnappt diese Nachricht auf.

In den letzten Tagen ist so vieles passiert, was Davinas und mein Leben durcheinanderbrachte, dass ich keinen Gedanken mehr an die Begegnung mit den drei Männern verschwendet habe, die die Prinzessin gefunden hatten. Etwas, woran ich scheiterte. Aber mir ist es egal, solange sie lebt und sicher den Weg an den Feuerhof gefunden hat.

Ich gebe zu, dass ich gern einen Blick auf sie werfen würde. Nur kurz, um zu sehen, warum ihr Bildnis Esmond derart aus der Fassung gebracht hat.

Davinas Hand ist eiskalt und sie hält meine so fest um-

klammert, als befürchte sie, ich könnte mich in Luft auflösen, sobald sie ihren Griff auch nur ein kleines bisschen
lockert. Meine eigene Nervosität und die Anspannung der
Menschen um uns herum scheint sich auf sie zu übertragen.

»Kopf unten halten«, raune ich ihr zu, als wir den Marktplatz erreichen, den wir passieren müssen, damit wir diese
verdammte Stadt endlich verlassen können.

Ich werfe einen flüchtigen Blick auf Esmond, der auf einem Podest in der Mitte des Platzes steht und sich im Jubel
seiner Untertanen sonnt. Es ist ein paar Wochen her, seit ich
ihn zuletzt gesehen habe, aber er hat sich nicht verändert.

Groß, kräftig und mit dunkelblondem Haar ist Esmond der
Inbegriff von rauer Schönheit, die Frauenherzen reihenweise
zum Schmelzen bringt.

Die Übrigen erwärmen sich für die aufwendige Krone auf
seinem Haupt, deren Edelsteine im Sonnenlicht funkeln.

Hinter ihm stehen drei Soldaten, die ich noch nie zuvor
gesehen habe. Einer von ihnen hält eine brennende Fackel
in der Hand.

Die junge Frau neben ihm fesselt schon eher meine Aufmerksamkeit. Ich habe sie mir als große Schönheit vorgestellt, deren Bild ausgereicht hat, um Esmond den Verstand zu
vernebeln. Die Prinzessin ist durchaus ansehnlich. Dank der
hellblonden Haare und der spitz zulaufenden Ohren wirkt sie
auf uns Feuerländer exotisch. Doch nach einer berauschenden Schönheit suche ich vergebens.

Esmond hebt beide Hände, um der jubelnden Menge zu seinen Füßen zu signalisieren, dass sie ruhig sein soll. Nach und
nach kommen die Jubelrufe und die geflüsterten Gespräche
um uns herum zum Erliegen. Leider bewegt sich nun niemand
mehr, sondern schaut zum König auf, sodass es für Davina

und mich nahezu unmöglich wird, uns zwischen den Menschen hindurchzuzwängen.

Ich ziehe sie nah an mich heran. »Hab keine Angst«, murmele ich, während sie das Gesicht an meiner Brust birgt. »Er wird bald wieder gehen und wir können verschwinden.«

Sie hört nicht auf zu zittern, also schlinge ich auch noch den zweiten Arm um sie.

»Meine Untertanen«, beginnt Esmond und ich verdrehe bei dieser Ansprache die Augen. »Eigentlich sollte dies ein Tag der Freude sein, an dem ich euch eure zukünftige Königin vorstellen wollte. Stattdessen ist dies ein schwarzer Tag, denn ich wurde getäuscht.«

Typisch Esmond: Er kommt gleich zum Punkt. Nun ist ihm sogar meine Aufmerksamkeit sicher.

Mit ausgestrecktem Arm deutet er auf die Prinzessin neben sich. »Das, meine lieben Untertanen, ist nicht die schöne Prinzessin Eira, die mir versprochen wurde. Diese Frau ist eine Hochstaplerin.«

Ich schnappe nach Luft, wie gefühlt jeder um mich herum. Eine Hochstaplerin? Mein Blick huscht zu der jungen Frau. Esmond ist der Einzige, der weiß, wie die Prinzessin aussieht, doch allein darauf kann er seinen Verdacht nicht gründen. Bildnisse werden immer schöner gezeichnet als die Realität und die Prinzessin kann sich im Laufe der Jahre verändert haben.

»A-Aber mein König«, meldet sich die junge Frau mit dünnem Stimmchen zu Wort. »Wie könnt Ihr ...?«

Esmond bringt sie mit einer knappen Geste zum Schweigen. »Ich will nichts mehr von dir hören! Jede Aussage aus deinem Mund und auch deine Taten lassen mich wissen, dass du unmöglich die Prinzessin sein kannst.« Er winkt einen der Soldaten zu sich und nimmt ihm die brennende Fackel ab. »Wirst du mir freiwillig sagen, wer du bist und was du mit der echten Prinzessin gemacht hast?«

Die junge Frau weicht zurück, wird jedoch von einem anderen Soldaten gepackt und festgehalten.

Davina krallt die Hände in mein Hemd. »Was ... hat er mit ihr vor?«

»Er wird sie zum Reden bringen«, sage ich, ohne den Blick von Esmond zu nehmen.

»Und wie?«

Ich schlucke angestrengt. »Wir sind hier im Feuerland. Gewöhnlich bringen wir mit Feuer unsere Feinde dazu, uns alles zu sagen, was wir wissen wollen. Aber ich hätte nie gedacht, dass Esmond ... öffentlich und eine junge Frau ...«

Meine Gedanken überschlagen sich so schnell, dass ich keinen klaren Satz mehr herausbringe. Etwas muss geschehen sein, was Esmond davon überzeugt hat, dass die junge Frau neben ihm keinesfalls die Prinzessin ist. Trotzdem verstehe ich nicht, wie er sie hier vor allen Leuten vorführen kann!

»Bitte, mein König, lasst mich erklären!«, fleht die junge Frau, als Esmond mit der Fackel näher kommt.

Wahrscheinlich will er sie nur einschüchtern, denke ich. *Er wird ihr nichts tun, nicht vor all diesen Leuten! Denn ob Hochstaplerin oder nicht – sie ist eine junge und im Vergleich zu den drei Soldaten wehrlose Frau.*

Doch als der Soldat mit der Fackeln näher an die Frau herantritt, glaube ich meinen eigenen Gedanken nicht mehr. Die Stimmung um uns herum kippt.

»Betrügerin!«, brüllt jemand in der Menge.

»Wahrscheinlich hat sie die Prinzessin getötet«, mutmaßt

ein anderer. »Jemand muss sie dazu bringen, die Wahrheit zu sagen!«

»Sie wollte unseren König täuschen und ihn anschließend ebenfalls töten!«

Die Menschen stacheln sich gegenseitig an, bis alle davon überzeugt sind, dass es sich bei der Frau um eine Hochstaplerin handelt, die für das Verbrechen, die echte Prinzessin getötet zu haben, mit Haut und Haar verbrannt werden sollte.

Erste überreife Tomaten und Eier fliegen in Richtung des Podests, während ich mich hektisch nach einem Ausweg umsehe. Davina und ich müssen verschwinden! Wir sitzen auf einem Pulverfass, das jede Sekunde hochgehen kann. Die Menge schreit nach Blut und Feuer und wird sich erst beruhigen, wenn sie beides bekommen hat.

Abrupt reißt sich Davina von mir los und macht einen Schritt nach vorn. »Aufhören!«, schreit sie über die Menge hinweg, die um uns herum sogleich verstummt, und zieht sich dabei die Kapuze vom Kopf.

Ich will die Hand ausstrecken, um sie wieder zu mir zu ziehen, doch ich bin außerstande, mich zu bewegen.

Nach und nach verstummen die Menschen, tippen ihre Nachbarn an und wenden sich zu Davina um, die mit gerecktem Kinn Esmond entgegenstarrt. Es dauert nicht lange, bis auch der König auf die junge Frau mit dem fast schneeweißen Haar aufmerksam wird.

Noch bevor Davina erneut den Mund aufmacht, weiß ich mit absoluter Gewissheit, dass das, was sie zu sagen hat, mein Herz unwiederbringlich zerstören wird.

»Lasst die Frau sofort frei«, verlangt sie. »Ich bin diejenige, die Ihr sucht. Ich bin Prinzessin Eira von Fryske.«

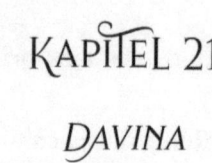

KAPITEL 21

DAVINA

Das Herz schlägt mir bis zum Hals und die eisige Kraft, die ich bis eben den ganzen Tag nicht bemerkt habe, rumort in meinen Adern und kribbelt mir unter der Haut, als sei sie aus einem schlechten Traum erwacht.

Bei mir ist es das genaue Gegenteil: Ich fühle mich, als sei ich aus einem wundervollen Traum erwacht, der mir mit jeder Sekunde entgleitet, je länger ich der Realität ins Auge sehe.

Ich habe einen riesigen Fehler begangen, das ist mir bewusst, aber ich konnte nicht tatenlos zusehen, wie sie Linnet foltern würden. Schließlich ist es meine Schuld. Ich werde nicht zulassen, dass jemand meinetwegen leidet, auch wenn letztendlich ich die Leidtragende sein werde.

Mich zu Leander umzudrehen, wage ich nicht. Ich kann mir seinen Gesichtsausdruck bildlich vorstellen, auch ohne ihn sehen zu müssen. Wahrscheinlich hasst er mich jetzt, und das kann ich ihm nicht verdenken. Ich habe ihn belogen, von Anfang an.

Aber von allen Menschen auf der Welt will ich seinen Hass am wenigsten. Es wäre mir egal, wenn alle Feuerländer mich hassten. Es ist mir egal, dass ich für meine Familie nicht mehr als eine Last bin, die sie froh waren, los zu sein, nachdem sie die letzten Jahren so getan haben, als würde ich gar nicht existieren. Es ist mir gleichgültig, was der Feuerkönig von mir denkt, obwohl ich doch so froh sein könnte, seine Verlobte zu sein.

Es ist einzig und allein Leanders Meinung, die mir wichtig ist. Seinen Hass könnte ich nicht ertragen, deshalb versuche ich, jeden Gedanken an ihn aus meinem Kopf zu verbannen.

Die Menschen weichen vor mir zurück, so weit es ihnen im Gedränge möglich ist, und gaffen mich unverhohlen neugierig an. Der Drang, mir sofort wieder die Kapuze über den Kopf zu ziehen und mir zu wünschen, ich sei unsichtbar, wird beinahe übermächtig. Doch ich halte das Kinn oben und den Rücken gerade, wie es mir mein Leben lang eingetrichtert wurde.

König Esmond fängt sich als Erster. »Ihr behauptet also, Prinzessin Eira zu sein?«

Ich schnaube. »Ich behaupte es nicht nur, ich *bin* es.«

Selbst auf die Entfernung sehe ich, dass er ob der schnippischen Erwiderung den Mund verzieht. Er scheint es nicht zu mögen, wenn ihm eine Frau Widerworte gibt. Und den Kerl soll ich heiraten! Am liebsten hätte ich geschrien.

»Wie kommt Ihr dann hierher?«, will König Esmond wissen.

Bevor ich antworten kann, spüre ich Leanders Nähe und seine Wärme, die meine aufgekratzten Nerven zumindest etwas beruhigen. Er stellt sich neben mich und streift die Kapuze vom Kopf.

»Mein König«, sagt er, wobei seine Stimme sehr viel sicherer klingt als meine, doch ich meine, ein kleines Zittern herauszuhören. »Ich habe sie gefunden und hergebracht.«

»Ah, mein bereits schmerzlich vermisster erster Ritter und Freund«, spottet Esmond. »Ich habe schon befürchtet, dass du zum Feind übergelaufen sein könntest, weil du dich nicht mehr gemeldet hast.«

Ich will dagegen aufbegehren, weil ich es nicht ertragen kann, dass er Leander öffentlich demütigt, aber Leander streift im Schutz der Umhänge kurz mit seiner Hand über meine und hält mich zurück. Die Berührung ist flüchtig, sodass ich sie fast für eine Einbildung halte, doch sie ist Balsam für meine angespannten Nerven.

»Wir mussten einen kleinen Umweg machen«, fährt Leander fort. »Die Einzelheiten erkläre ich Euch gern persönlich.«

»Von mir aus«, brummt Esmond. »Ich will lieber sehen, ob es diesmal die echte Prinzessin oder wieder eine Betrügerin ist. Bring sie zu mir.«

Leander zögert einen Moment. Ich wünschte, er würde mich einfach packen und ganz schnell von hier fortbringen. Zurück nach Brasania oder noch weiter weg, wo uns niemand kennt. Doch schließlich legt er die Faust an die Brust und verneigt sich vor mir.

»Prinzessin.«

Es fehlt nicht viel und ich breche auf der Stelle in Tränen aus. Seine Stimme klingt kalt und abweisend, dass es mir fast körperliche Schmerzen bereitet, sie zu hören. Es ist, als wären der Leander vor mir und der, der mich gestern Abend leise, beinahe ängstlich darum bat, bei ihm zu bleiben, zwei völlig unterschiedliche Männer.

Mir bleibt jedoch keine Wahl: Ich gebe mir einen Ruck und lege die Hand auf seinen dargebotenen Arm, damit er mich zu König Esmond bringen kann. Nur kurz streifen sich unsere Blicke. Als ich den Schmerz und die Wut in seinem sehe, senke ich schnell meinen, um nicht völlig die Fassung zu verlieren. Dankbar für seine Stütze, setze ich tapfer einen Fuß vor den anderen und erklimme die vier Stufen zum Podest. Leander hält sich dicht hinter mir.

Vor König Esmond sinke ich in einen Knicks, wie es von mir erwartet wird. Dann fixiere ich den Soldaten, der noch immer Linnet gepackt hält.

»Ich bitte Euch, mein König«, zwinge ich mich zu sagen, »lasst meine Dienerin frei. Sie wollte Euch nicht schaden.«

Esmond zieht eine dunkelblonde Augenbraue nach oben. »Sie hat sich für Euch ausgegeben. Natürlich wollte sie mir schaden.«

»Sie tat es auf meine Bitte hin«, stelle ich klar.

Ein Raunen geht durch die Menge, die ich beinahe vergessen hätte. Aber diese fremden Menschen sind mir egal.

»Majestät«, schaltet sich Leander leise ein. »Vielleicht sollten wir das in einer privaten Runde klären.«

Der Blick aus Esmonds stechend grünen Augen fixiert Leander, der schräg hinter mir steht. »Mein getreuester Ritter hat wie immer recht«, brummt er und gibt mit einem Wink dem Soldaten zu verstehen, dass er Linnet freilassen soll.

Sofort kommt sie auf mich zugerannt und fällt mir schluchzend in die Arme. Ich streiche ihr beruhigend über den Rücken, schiebe sie jedoch gleich hinter mich, als Esmond auf mich zukommt und sich direkt vor mir aufbaut. Er ist noch ein gutes Stück größer als Leander und wirkt aus der Nähe noch einschüchternder. Unverwandt blicke ich zu ihm auf, während ich mir einschärfe, keinerlei Schwäche zu zeigen.

Grob umfasst er mein Kinn und drückt meinen Kopf noch weiter nach oben, woraufhin sich Leander neben mir versteift. Ich sehe es nicht aus den Augenwinkeln, doch ich spüre es. Seine Anspannung scheint auf mich überzuspringen.

»Ja, Ihr seht schon eher aus wie die Frau auf dem Bildnis«, schnurrt Esmond. Ein eisiger Knoten bildet sich in meinem Magen.

»Mein König«, murmelt Leander und macht einen Schritt nach vorn, sodass er nun fast auf Esmonds Höhe steht. »Wir sollten …«

»Gleich, gleich«, grummelt Esmond, während sich sein Blick unnachgiebig in meinen bohrt. »Ich habe so lange auf meine Prinzessin gewartet. Bald wird sie eine Königin sein. Doch nicht nur deshalb soll ihr zukünftiges Volk sie sehen.« Er verzieht die Lippen zu einem Lächeln, das ich in einer anderen Situation vielleicht hübsch anzusehen gefunden hätte. »Sie sollen auch ihre Magie sehen. Zumindest hoffe ich, dass sie über welche verfügt.« Esmond zwingt meinen Kopf ein Stück weiter nach oben. »Die Magie, die in ihren beiden Blutlinien fließt und mit dem ersten Kuss der wahren Liebe freigesetzt wird.«

Ich schaffe es nicht mehr, Esmonds Blick standzuhalten und schaue zu Leander. Im nächsten Moment wünschte ich, ich hätte es nicht getan. Schock und Unglauben wechseln sich in seiner Miene so schnell ab, dass mir vom Zusehen beinahe schwindelig wird.

Ich hätte es ihm sagen sollen … Den Grund, warum ich ihn während unseres ersten Kusses von mir stieß. Aber wie hätte ich ihm das Gefühl, dass etwas in mir aufbrechen würde, beschreiben sollen? Ich wollte nicht, dass er von meiner Magie weiß, denn ich habe mit eigenen Augen gesehen, welches Unglück sie bringen kann. Ich wollte überhaupt nicht über Magie verfügen! Doch als Leander mich küsste, war sie da, als hätte sie nur auf diesen Augenblick gewartet, um aus ihrem Versteck hervorzukommen.

Und jetzt weiß ich nicht, wie ich sie wieder in mir verschließen kann. Sie reagiert auf Leander, einzig und allein auf ihn. Ich bin kaum mehr als das Gefäß, in dem sie lebt.

Sie wird unruhig, wenn wir getrennt sind, und beruhigt sich, wenn er in meiner Nähe ist.

Ich will ihm sagen, wie leid mir alles tut, doch ich bekomme kein Wort heraus. Nicht hier, nicht gegenüber Esmond und all diesen fremden Menschen. Aber auch wenn wir allein wären, könnte ich meinen Gefühlen keinen Ausdruck verleihen. Mir bricht das Herz, als der Schock aus Leanders Miene verschwindet und sich stattdessen eine tiefe Traurigkeit darauf ausbreitet.

Ich konzentriere mich gezwungenermaßen wieder auf Esmond, als er sich zu mir herunterbeugt und seinen Mund auf meinen drückt. Ich zucke zurück, doch er hält mich unerbittlich fest. Aus den Augenwinkeln sehe ich, dass Leander sich verspannt, als wäre er kurz davor, auf Esmond loszugehen.

Ich hoffe, er tut es nicht. Und gleichzeitig hoffe ich, dass er es tut.

Esmonds Lippen sind kalt und feucht, ganz anders als Leanders. Es ist, als würde ich einen toten, aber noch glitschigen Fisch an meinen Mund drücken. Als Esmond versucht, seine Zunge in meinen Mund zu schieben, beiße ich fest die Zähne zusammen. Die Hände zu Fäusten geballt, lasse ich den Kuss über mich ergehen, während die Menge uns zujubelt.

Nach einer gefühlten Ewigkeit zieht sich Esmond endlich zurück. Ekel schnürt mir die Kehle zu und am liebsten hätte ich mich übergeben und mir anschließend den Mund mit einer von Gretes übelriechenden Tinkturen ausgewaschen. Hauptsache, ich bekäme seinen Geschmack und das widerlich glitschige Gefühl seiner Zunge und Lippen aus meinem Mund heraus. Und am besten auch aus meinem Gedächtnis.

Aber ich weiß, was von mir erwartet wird. Ich zwinge mich dazu, gleichmäßig zu atmen und beschwöre einen Eiszauber über meiner ausgestreckten Hand. Das Jubeln der Menge wird lauter und auch Esmond applaudiert. Es wirkt jedoch eher, als feiere er sich selbst. Dass er es geschafft hat, meine Magie zu erwecken. Doch sein Kuss hätte nichts bei mir ausgelöst, selbst wenn ich Leander nie begegnet wäre. Nichts regt sich in mir, wenn ich Esmond betrachte. Das tat es schon nicht, als ich sein Bildnis bekam. Er ist gut aussehend, aber sogar in seinem mit feinen Pinselstrichen gemalten Blick konnte ich die Arroganz erkennen, die in ihm wohnt. Er ist ein König von Geburt an, während ich ...

Einst sollte ich eine Königin werden, ohne dass ich dazu die Frau des Feuerkönigs hätte sein müssen. Ein Leben voller Möglichkeiten lag vor mir, doch sie alle wurden mir genommen.

Mein Blick huscht zu Leander und ich kämpfe wieder mit den Tränen, als er meinen erwidert. Ich wende mich halb zu ihm zu und wische mir energisch mit dem Handrücken über den Mund, während Esmond mit seinen Untertanen redet. Es kümmert mich nicht, was er sagt. Leander verfolgt die Bewegung meiner Hand und ich hoffe, er begreift, dass der Kuss mit Esmond alles andere als einvernehmlich war. Doch was macht das für einen Unterschied?

»Du verfügst tatsächlich über Magie!«, quietscht Linnet aufgeregt an meiner Seite. Offenbar hat sie sich schneller von der Beinahe-Folter erholt als ich von dem widerlichen Kuss. »Kannst du schon sagen, wie mächtig sie ist? Reicht sie für ein Schneegestöber oder ... kannst du *mehr*?«

Ich kann mehr. Sehr viel mehr. Ich kann Stürme heraufbeschwören und Angreifer in Eis erstarren lassen.

»Das weiß ich noch nicht«, lüge ich.

Wie so viele andere Lügen, kommt mir auch diese leicht

über die Lippen. Ich habe die letzten Jahre nichts anderes getan, als meine eigenen Gefühle zu verbergen und zu heucheln, obwohl ich in meinem Inneren geschrien habe.

Ich musste die brave, älteste Tochter sein, deren perfekte Manieren alle beeindruckten. Ich musste schweigen, obwohl ich es besser wusste. Ich musste in meinem Zimmer bleiben, obwohl ich ausreiten wollte.

Ich konnte mich nicht mehr daran erinnern, wer ich wirklich war, denn ich kannte die junge Frau nicht, die mir mit einem leeren Lächeln aus dem Spiegel entgegensah. Ich *wollte* sie nicht kennen.

In den letzten Tagen, die ich an Leanders Seite verbringen durfte, wusste ich wieder, wer ich wirklich bin. Was ich will. Was ich fühle und mir wünsche.

»Es tut mir leid, dass ich aufgeflogen bin«, murmelt Linnet.

Ich drücke ihre Hand und zwinge mich zu einem Lächeln. »Du wärst eine tolle Königin geworden«, wispere ich. »Eine bessere als ich auf jeden Fall.«

Linnet nickt, ehe sie verlegen den Blick senkt. Sie machte noch nie einen Hehl daraus, dass sie mich als Prinzessin für ungeeignet hält.

Leider fällt Esmond wieder ein, dass er sich noch um mich kümmern muss. Wortreich verabschiedet er sich von seinen Untertanen, ehe er nach meinem Arm greift und ihn grob mit seinem verhakt. Ich schlucke eine Bemerkung über diese rüde Behandlung hinunter und steige mit ihm die Treppen hinab. Leander, Linnet und die Soldaten folgen uns.

Esmond führt uns in ein kleines Gasthaus ganz in der Nähe. Der Wirt überschlägt sich beinahe vor Tatendrang, als er den hohen Gast in seiner Schenke erkennt.

»Ein Zimmer, guter Mann«, verlangt Esmond. »Und ein

paar Erfrischungen. Wir bleiben nicht lange, müssen aber noch ein paar Details klären, bei denen wir nicht gestört werden wollen.«

Eilig huscht der rundliche Wirt mit angehender Glatze vor uns die Stufen in den ersten Stock hinauf und weist uns ein kleines Zimmer zu, in dem ein schmales Bett an der Wand und ein Tisch mit vier Stühlen in der Mitte steht. Esmond befiehlt den Soldaten, vor der Tür zu warten. Der Wirt stellt schnell vier Becher mit Wasser auf den Tisch, ehe auch er verschwindet.

»Ich bin sehr auf die Erklärung gespannt«, brummt der König, während Leander ans andere Ende des Zimmers flüchtet – so weit weg von mir wie nur möglich. Sein Verhalten versetzt mir einen Stich, der mich kaum noch atmen lässt. »Wie bist du an meine Braut geraten? Und warum läuft sie in Hosen herum? Das geziemt sich nicht für eine Prinzessin.«

Leanders Blick bohrt sich in mich und am liebsten hätte ich mich unter dem Tisch versteckt, um ihm zu entgehen. »Ich wusste zu Beginn nicht, dass sie die Prinzessin ist.«

Ich schlucke angestrengt. Alles kam so plötzlich, dass wir keine Zeit hatten, uns eine einheitliche Geschichte zu überlegen. Wird er Esmond die Wahrheit sagen? Über uns?

»Ich habe sie vor Erdländern gerettet, die ihre Eskorte angegriffen haben. Dabei wurde auch ihre Kleidung in Mitleidenschaft gezogen und … wir mussten einen kleinen Umweg über Brasania machen. Deshalb sind wir jetzt erst hier.«

Nicht einmal verzieht er die Miene. Wüsste ich nicht, dass er lügt, könnte ich es ihm nicht ansehen. Einerseits bin ich froh, dass er sich auf das Wesentliche beschränkt und die Fakten so verdreht, dass sie beinahe der Wahrheit entsprechen. Andererseits tut es mir furchtbar weh, ihn über unsere gemeinsame Zeit derart ... abgebrüht reden zu hören, als würde er Esmond über ein kleines Geplänkel informieren, das es kaum wert ist, erwähnt zu werden.

Esmond gibt ein Brummen von sich. »Und warum hat dann dieses Mädchen behauptet, sie sei die Prinzessin?«

Sofort fängt Linnet an zu wimmern, als sie wieder im Mittelpunkt der Aufmerksamkeit steht.

»Das war meine Idee, mein König«, sage ich. »Linnet ist seit vielen Jahren meine Kammerzofe und engste Vertraute. Sie weiß, dass ich mich sehr darüber gegrämt habe, dass Ihr mich nie besuchen kamt. Deshalb schmiedete ich den Plan, meine Kammerzofe als die fremde Prinzessin auszugeben. Ich wollte die Maskerade aufklären, sobald ich Eure erste Reaktion gesehen hätte, doch dann wurde unsere Eskorte überfallen und wir wurden getrennt.« Ich schaue zu Leander und lächele ihm vorsichtig zu. »Nur dank Eures Ritters bin ich heute noch am Leben. Er hat mich gefunden und gerettet und zu Euch gebracht.«

»Natürlich habe ich Gefühle für Euch, meine Liebe«, entgegnet Esmond. »Ich konnte Eure Magie erwecken. Das sollte Beweis genug sein.«

»Ja«, murmele ich, während mein Blick mit Leanders verschmilzt. »Das ist Beweis genug.«

Leander presst die Lippen zusammen und schließt gequält die Augen. Auch meine Fassade bröckelt zusehends und ich weiß nicht, wie lange ich meine wahren Gefühle noch verbergen kann. Selbst gerade zu stehen, verlangt mir alles ab. Ich will mich in einer Ecke zusammenrollen und weinen. Seit sie mir meinen Wallach Akando genommen haben, habe ich keine Träne mehr vergossen. Nun spüre ich sie bereits in meinen Augen brennen. Ein falsches Wort, ein falscher Blick und ich werde hemmungslos schluchzen. Doch nicht hier, nicht vor anderen. Mit aller Kraft halte ich den Rücken gerade und den Kopf oben.

»Nach all der Aufregung bin ich ziemlich erschöpft«, sage ich und reibe mir über die Stirn. »Bleiben wir über Nacht hier?«

»Hier?«, echot Esmond. »Niemals bleibe ich in einer solchen Absteige! Wir brechen noch heute zum Hof auf. Ich finde schon eine Kutsche, in der Ihr und Eure Zofe reisen könnt. Es wird aber eine Weile dauern. Lasst nach weiteren Erfrischungen schicken, wenn Euch danach ist.«

Ich erspare mir die Erwiderung, dass ich sehr wohl reiten kann, und bin froh darüber, dass Esmond aus dem Zimmer rauscht, um seinen Worten Taten folgen zu lassen. Ohne seine fremde, drückende Präsenz fühle ich mich etwas wohler und werde nicht ständig an den unfreiwilligen Kuss erinnert.

»Linnet«, murmele ich. »Lässt du uns für einen Moment allein?«

Eine Spur zu aufmerksam schaut sie von mir zu Leander, der sich sichtlich versteift, und wieder zurück. Ich nicke ihr zu, um meine Aufforderung zu unterstreichen. »Natürlich«, sagt sie schließlich und huscht ebenfalls hinaus.

Als sie die Tür hinter sich schließt, sacke ich beinahe zusammen, weil ich mich keine Sekunde länger hätte verstellen können. Auch Leander stemmt beide Hände auf den Tisch und lässt den Kopf hängen, während ich mich auf einen der Stühle sinken lasse und beide Arme um mich schlinge, um das Zittern zu dämpfen.

»Es tut mir ...«, setze ich an.

»Wenn du dich jetzt entschuldigst, vergesse ich mich«, knurrt Leander, ohne mich anzusehen. »Ich kann mich gerade noch davon abhalten, dieses Zimmer zu verwüsten, aber wenn du dich entschuldigst, kann ich für nichts garantieren.«

Schnell presse ich die Lippen aufeinander. Ich habe keine Angst vor ihm, doch seine Wut trifft mich trotzdem. Dabei hat er jedes Recht, wütend zu sein. Ich wollte nicht, dass er es auf diese Weise erfährt ...

»War eigentlich irgendwas von dem, was du zu mir gesagt hast, die Wahrheit?«, fragt er, nachdem ich schon dachte, er würde nicht mehr mit mir reden. »Ich wusste nicht einmal deinen richtigen Namen!«

»Davina ist mein Zweitname«, murmele ich matt. »So heißt meine Großmutter. Du hast vom ersten Augenblick an angenommen, dass ich eine einfache Dienerin sein muss, weil ich nicht aufwendig gekleidet war. Ich ... habe dich einfach in dem Glauben gelassen.«

Es würde mich nicht wundern, wenn er mit seinen Blicken Blitze verschießen könnte. Ich habe Mühe, meinen nicht zu senken. »Du gibst *mir* die Schuld, weil du mich belogen hast?«

»Nein«, erwidere ich. »Wie ich eben sagte, wollte ich nicht ...«

»Verdammt noch mal!« Er lässt die Faust auf den Tisch krachen und ich zucke zusammen. »Du hast es mir vorsätzlich verschwiegen! Das sind Informationen, die ich von Anfang an hätte wissen sollen. ›Hallo, ich bin Davina, aber eigentlich heiße ich Eira. Ich mag Pferde und trage Magie in mir‹.« Er verzieht den Mund, ehe er weiterspricht. »›Außerdem bin ich die Prinzessin des verdammten Eisreiches und *die Verlobte deines besten Freundes!*‹«

Die letzten Worte schreit er beinahe vor Verzweiflung, kann sich jedoch noch bremsen, ehe uns die Soldaten vor der Tür hören. Tränen schießen mir in die Augen und ich schaffe es nicht mehr, sie länger zu unterdrücken. Sie hinterlassen eine heiße Spur, als sie meine Wangen hinunterkullern. Einzelne Schneeflocken rieseln neben mir zu Boden.

»Ich wollte, dass er Linnet heiratet«, wispere ich.

Leander blinzelt überrascht. »Was?«

»Ich wollte Esmond nicht, von Anfang an nicht. Aber Linnet war ganz vernarrt in sein Bildnis, sodass ich es ihr geschenkt habe. Ich konnte den arroganten Ausdruck in seinen Augen nicht ertragen. Kurz vor meinem zwanzigsten Geburtstag fiel meinen Eltern wieder ein, dass ich auch noch existiere und es langsam an der Zeit wäre, mich zu verheiraten. Welch ein Glück, dass der edle, schneidige Feuerkönig noch immer auf mich wartete.« Ich schnaube und schüttele mich. »Ich war in Panik. Ich wusste, dass ich ihn nicht heiraten will, obwohl – oder gerade weil – ich ihm noch nie begegnet bin. Irgendwann kam mir die Idee, dass ich Linnet für mich ausgeben könnte. Dann hätte jeder, was er will. Mich würde sie unter einem Vorwand aus ihrem Dienst entlassen und ich wäre ...«

»Frei«, beendet Leander meinen Satz. »Das wolltest du sein.«

Ich nicke. »Ich sah keinen anderen Weg. Bestimmt hätte es einen gegeben, aber ich konnte ihn vor lauter Panik nicht sehen. Am allerwenigsten wollte ich dich verletzen, das musst du mir glauben.«

Seufzend fährt er sich mit beiden Händen durchs Haar. »Es hätte weniger wehgetan, wenn du mir mit bloßen Händen das Herz herausgerissen hättest ... Spätestens heute Morgen, als ich dir beichtete, dass ich dich mag, hättest du es mir sagen *müssen*.«

»Ich konnte nicht«, erwidere ich mit erstickter Stimme.

»Ich *wollte* nicht. Wie konnte ich wissen, dass wir ausgerechnet heute Esmond über den Weg laufen? Hätte er Linnet nicht bedroht, wäre ich nie ...« Ich reibe mir mit den Händen übers Gesicht und lasse sie wieder sinken. »Ich hätte mich nie zu erkennen gegeben.«

»Du hättest mich also im Ungewissen gelassen.«

»Hätte das eine Rolle gespielt?«, frage ich. »Wäre es für dich wichtig gewesen, ob ich eine Prinzessin bin? Ich wollte alles hinter mir lassen und wäre mit Freuden deine Stallmagd geworden.«

Getrieben tigert Leander durchs Zimmer. Ihm nur zuzusehen, verstärkt meine innere Unruhe, doch ich kann den Blick nicht abwenden. Ich will ihn ansehen und mir seine Bewegungen einprägen, weil ich weiß, dass sich alles ändern wird. Ich will mich an ihn erinnern können.

»Es geht nicht darum, dass du die Prinzessin von Fryske bist«, sagt er, als er wieder am Tisch stehen bleibt und sich darauf stützt. »Wahrscheinlich wäre ich auch damit zurechtgekommen, dass du mir die Wahrheit über deine Herkunft verschwiegen hast. Du kanntest mich schließlich nicht. Womit ich aber nicht zurechtkomme, ist, dass du mir nichts von deiner Verlobung erzählt hast. Du bist einem anderen Mann versprochen.«

Ich recke das Kinn. »Ein Versprechen, das ich nicht gegeben habe. Ich wurde nicht einmal nach meiner Meinung gefragt.«

Hilflos verdreht er die Augen. »Darum geht es nicht, Vi ... Eira ... Prinzessin, wie auch immer!«

»Bitte fang nicht damit an, mich Prinzessin oder Eira zu nennen«, wispere ich. »Bitte nicht du ...«

Mit einem resignierten Seufzen zieht er sich einen Stuhl

heran. »Wie dachtest du denn, dass dein Plan verlaufen würde? Nehmen wir an, Esmond hätte nicht gemerkt, dass du ihm eine falsche Prinzessin untergeschoben hast. Wie sollte es weitergehen?«

Ich zucke mit den Schultern. »Linnet wäre Königin geworden. Vielleicht hätte irgendwann sogar der König Gefühle für sie entwickelt. Sie verfügt über keine Magie, aber es gab nie eine Garantie dafür, dass ich welche besitze. Es wäre egal gewesen.«

»Du besitzt aber Magie«, murmelt er. »Ist es wahr? Was Esmond gesagt hat, meine ich. Über den Kuss ...«

Ich nicke zögerlich. »Der Legende nach versiegelte die erste Magierin das Herz ihrer einzigen Tochter mit einem Eiszauber. Nur die Wärme wahrer Gefühle sollte das Eis schmelzen und die Magie befreien können, die in ihr schlummerte. Meine Mutter besitzt Magie, jedoch nur sehr schwache. Meine Großmutter väterlicherseits ist eine große Magierin, aber ... sie hat ihre Kraft nicht unter Kontrolle. Ich habe sie nur ein paar Mal gesehen, weil sie in einem unterirdischen Gefängnis eingesperrt ist, wo sie für niemanden eine Gefahr darstellt.« Ich ziehe die Beine nah an den Körper und schlinge die Arme darum. »Ich habe Angst, dass auch mir dieses Schicksal bevorsteht. Deshalb habe ich gehofft, von vornherein über keine Magie zu verfügen. Aber als du mich an der heißen Quelle geküsst hast, war sie plötzlich da. Und ich wusste nicht, was ich tun sollte.«

»Dann geht es dir wie mir.« Leanders Stimme klingt niedergeschlagen. »Ich weiß jetzt auch nicht, was ich tun soll.«

Ich lehne die Stirn an die angewinkelten Knie. »Ich wünschte, wir wären heute in Brasania geblieben.«

»Und was hätte das ändern sollen?«, fragt er.

Ich hebe den Kopf und sehe ihn an. »Als ich dir gesagt habe, dass ich bleiben will, war es keine Lüge.«

Er schnaubt und wendet den Blick ab, als würde er an meinen Worten zweifeln. Nachdem er eine Weile geschwiegen hat, sagt er: »Die Leute im Dorf werden fragen, wo du abgeblieben bist, wenn ich nachher zurückreite.«

Er wird gehen. Er wird sich umdrehen und verschwinden und mich zurücklassen.

Vor lauter Panik kann ich kaum noch atmen und springe vom Stuhl auf. Mit nur drei großen Schritten bin ich bei ihm. »Du ... du kannst nicht gehen.«

Er steht ebenfalls auf und ist mir nun so nah, dass ich mich nur ein Stück nach vorn lehnen müsste, um ihn berühren zu können. Alles in mir schreit danach, genau das zu tun und die verdammten letzten Stunden zu vergessen. Ich will ihn wieder küssen, um das Gefühl von Esmonds Lippen aus meinem Gedächtnis zu tilgen.

»Was soll ich deiner Meinung nach stattdessen tun?«, grollt Leander. Der raue Klang seiner Stimme fährt mir direkt unter die Haut. »Soll ich bleiben und dabei zusehen, wie du einen anderen heiratest? Soll ich Nacht für Nacht vor deiner Tür Wache halten, während er zu dir ins Bett steigt?« Er schüttelt heftig den Kopf, als müsse er die aufsteigenden Bilder vertreiben. »Das kann ich nicht ... Ich würde sterben vor Eifersucht.«

Ich kralle die Hände in sein Hemd. »Ich will ihn nicht. Wollte ihn nie.« Zögerlich schaue ich zu ihm auf. »Ich will *dich*.«

Für einen Moment wird sein Blick sanft, ehe er wieder einer tiefen Traurigkeit weichen muss. »Esmond ist mein Freund, Vi. Und mein König obendrein. Ich kann ihm nicht die Frau stehlen. Das könnte mich den Kopf kosten. Und dich auch.« Eine Hand an meine Taille gelegt, zieht er mich näher zu sich. »Ich kann nicht bleiben. Es würde mich zerstören.« Sacht streichelt er mit den Fingerspitzen über meine Wangen und wischt die verbliebenen Tränenspuren fort. »Vorhin zusehen zu müssen, wie er dich angefasst und obendrein geküsst hat, hat mich fast den Verstand verlieren lassen.« Mit der Nasenspitze stupst er gegen meine. »Wie konnte er ein zartes Geschöpf wie dich nur so grob anfassen?«

»Ich bin nicht zerbrechlich«, wispere ich. »Aber ich habe es auch gehasst. Er war nicht du.«

Als mich Leander endlich wieder küsst, halte ich den Atem an. Lautlos knackst mein Herz, während er unendlich sanft über meine Lippen streicht, als wolle er sich ihre Form einprägen.

Ich weiß mit erschütternder Gewissheit, dass dies unser letzter Kuss sein wird. Erneut bahnen sich Tränen ihren Weg aus meinen Augen, doch Leander wischt sie weg, kaum dass sie meine Wange berühren.

»Nicht weinen«, wispert er, als er sich für einen winzigen Moment von mir löst. »Es schneit, wenn du weinst.«

»Ich kann nichts dagegen tun«, flüstere ich. »Waldur hat recht. Ich kann nicht länger stark sein und meine Gefühle in mir verschließen. Es gibt keine Kiste, in die sie hineinpassen.«

»Ich weiß. Ich kann sie nicht wegsperren, aber ich kann versuchen, den Schaden zu begrenzen, indem ich gehe.«

Ehe ich fragen kann, was er damit meint, verschmilzt sein Mund wieder mit meinem. Jeder logische Gedanke löst sich augenblicklich in Luft auf. Ich fühle nur noch: den Druck seiner Lippen, seine warmen Hände, die meinen Kopf neigen, um ihm besseren Zugang zu meinem Mund zu gewähren, sein fester Körper, der sich unnachgiebig an meinen presst, seine Zähne, die sanft, aber bestimmt an meiner Unterlippe knabbern.

Ich wimmere und vergrabe eine Hand in seinem Haar, um ihn noch näher zu ziehen. Sein kehliges Stöhnen setzt mein Blut in Brand und lässt meine Kraft vor Freude summen. Unvermittelt packt er mich an den Hüften, ohne den Kuss zu unterbrechen, hebt mich hoch und setzt mich auf den Tisch. Mir schwinden vor lauter Empfindungen beinahe die Sinne, als er zwischen meinen Beinen steht und ich ihn überall spüren kann.

Ich wünsche mir von ganzem Herzen, dass dieser Moment niemals vergehen wird. Der letzte Moment, den wir gemeinsam haben, bevor sich alles ändern wird.

Als wir jedoch Schritte aus dem Korridor hören, erstarren wir. Leander will sich zurückziehen, doch ich schlinge schnell die Beine um seine Hüften.

»Nein«, sage ich bestimmt. »Noch nicht.«

Meine Magie ist mir nur zu gern zu Willen, als ich sie heraufbeschwöre und die Tür einfriere. Eine dicke Eisschicht bildet sich um die Scharniere und den Knauf herum.

»Egal, wie oft ich deine Kraft zu sehen bekomme«, murmelt Leander, »ich werde sie immer wieder aufs Neue beeindruckend finden.«

Ein Lächeln stiehlt sich auf meine Lippen, als ich ihn wieder zu mir ziehe. Nur seinetwegen verfüge ich über diese Kraft. Er war es, der sie erweckt hat, auch wenn ich der Welt etwas anderes vorspielen muss.

Wir klammern uns aneinander und küssen uns mit einer hungrigen Verzweiflung, die mich beinahe erneut weinen lässt. Doch ich reiße mich zusammen und konzentriere mich lieber auf Leander. Auf das Gefühl seines zu schnellen Herzschlags unter meinen Fingerspitzen. Auf seinen Duft nach Wald und Leder und ihm. Auf seine Hände, die sanft die Kontur meiner Ohren und meines Gesichts nachfahren, um sie sich einzuprägen.

Erst als die Stimmen im Flur lauter und das Klopfen gegen die Tür vehementer werden, lösen wir uns voneinander.

In seinen Augen erkenne ich den gleichen Widerwillen und die gleiche Hilflosigkeit, die auch in mir wüten. Wir richten unsere Kleidung und das Haar. Leander stellt sich ans Fenster, so weit weg von mir wie nur möglich, und ich setze mich auf einen der Stühle, ehe ich das beschworene Eis mit einem Fingerschnippen verschwinden lasse.

Sofort kommen Esmond und Linnet ins Zimmer gestolpert, als hätten sie sich mit aller Kraft gegen die Tür gestemmt.

»Was ... was ist hier los?«, fragt Esmond, während sein Blick zwischen Leander und mir hin und her huscht.

Ich zucke möglichst unschuldig mit den Schultern. »Ich weiß nicht. Vielleicht hat die Tür geklemmt?«

Nur ein Narr würde sich mit dieser Erklärung zufriedengeben, aber Esmond scheint sie auszureichen. Jedenfalls hinterfragt er sie nicht, sondern wendet sich an Leander. »Kommst du mit zurück zum Hof?«

»Nein«, entgegnet er.

Ich wusste, dass seine Antwort Nein lauten würde, dennoch versetzt es mir einen Stich, dieses Wort zu hören. Im Schoß und unter dem Tisch balle ich die Hände zu Fäusten in der Hoffnung, so meine wahren Gefühle verbergen zu können.

»Ich habe noch einiges in Brasania zu erledigen«, sagt Leander.

Esmond brummt etwas Unverständliches. »Ich erwarte dich in spätestens zwei Wochen zurück.«

Unter Leanders Auge zuckt ein Muskel. »Vielleicht habe ich länger zu tun.«

»Willst du mir etwa sagen, dass du dich ab jetzt lieber um dein Stück Land am Ende der Welt kümmerst, als am Hof zu leben?«

»Gut möglich.«

Esmond schüttelt den Kopf. »Was ist nur in dich gefahren? So versessen, in deine Heimat zurückzukommen, warst du doch noch nie.« Er schweigt einen Moment, ehe er hinzufügt: »Steckt da etwa eine Frau dahinter?«

Nur ganz kurz huscht Leanders Blick zu mir, doch es reicht aus, um meinen Herzschlag zu beschleunigen. »Kann sein.«

Esmond lacht. Der Laut klingt so falsch und deplaziert, dass ich die Stirn runzele. »Es soll tatsächlich eine Frau geben, die deine Aufmerksamkeit erregt hat? Das kann ich mir nicht vorstellen.«

Leander seufzt und macht ein paar Schritte auf den König zu. »Nur weil ich nicht wie einige andere jedem Rock nachgestiegen bin, heißt das nicht, dass ich nicht nach der Richtigen gesucht habe.« Wieder ruht sein Blick für die Dauer eines Herzschlags auf mir, ehe er wieder den König fixiert. »Ihr werdet Eure Lebensweise auch ändern müssen, jetzt, da endlich Eure Angetraute eingetroffen ist.«

Esmond hüstelt und betrachtet mich abschätzig. »Wir werden sehen. Sie ist ja fast noch ein Kind.«

Leander schmunzelt und schüttelt gleichzeitig den Kopf. »Wenn Ihr meint ... Auf mich wirkt sie nicht wie ein Kind.« Er verneigt sich vor Esmond. »Ich werde mich jetzt auf den Heimweg machen und Euch eine Nachricht schicken, wann ich an den Hof zurückkehre. *Falls* ich zurückkehre.«

»Du kannst nicht einfach ...!«, setzt Esmond an.

Doch Leander ignoriert ihn und greift stattdessen nach meiner Hand. Sanft streichelt er mir mit dem Zeigefinger über die Unterseite, ehe er mir einen Kuss auf den Handrücken haucht. »Prinzessin.«

Ich nicke huldvoll, wie es von mir erwartet wird, obwohl ich mich mit aller Kraft an ihn klammern und ihn anflehen will, nicht zu gehen oder mich mitzunehmen. Stumm sehe ich dabei zu, wie er zur Tür geht und sie öffnet. Eine nie gekannte Angst greift mit eisigen Klauen nach mir und schnürt mir die Kehle zu. Mir zittern die Knie, doch ich springe trotzdem auf.

»Warte!«, rufe ich.

Leander bleibt stehen, dreht sich langsam zu mir um und wirft mir einen warnenden Blick zu.

Ich schlucke angestrengt. »Hembrant«, murmele ich. Auf sein Stirnrunzeln hin, füge ich hinzu: »Der weiße Hengst, für den ich einen Namen auswählen darf. Ich möchte ihn Hembrant nennen.«

Ein trauriges Lächeln umspielt seine Mundwinkel, ehe er eine Hand an die Brust legt und sich vor mir verneigt. »Ich werde es ihm ausrichten, Prinzessin. Sicherlich wird er Euch schmerzhaft vermissen.«

»Ja«, wispere ich. »Ich werde ihn auch vermissen.«

Mit einem letzten Blick auf mich wendet Leander sich um und verlässt das Zimmer. Ohne auch nur den geringsten Laut zu verursachen, bricht mein angeknackstes Herz endgültig entzwei.

KAPITEL 22

LEANDER

Den weißen Hengst Hembrant nach Brasania zu bekommen, gestaltete sich schwieriger als gedacht. Nachdem er die Stallburschen tyrannisiert hatte, wollte er auch mir nicht folgen. Ich war kurz davor, ihn einfach in Brannwin zurück- und ihn seinem Schicksal zu überlassen, weil ich nur aus dieser gottverdammten Stadt verschwinden wollte, doch ich brachte es nicht über mich. Irgendwann gelang es mir, ihn aus dem Stall zu locken und seine Zügel an Eloras Sattel zu befestigen. Meiner Stute lief er schließlich hinterher, wenn auch unter schnaubendem Protest.

Als ich endlich Brasania erreiche, wird es schon dunkel. Ich sollte erleichtert sein, aber in mir herrscht nichts als eine dumpfe Leere. Beinahe wünsche ich mir die alles überdeckende Wut herbei, die mich heimgesucht hat, nachdem meine Familie gestorben war. Es war besser, irgendetwas zu spüren als diese Leere, die mich tiefer und tiefer ins Bodenlose hinabzieht und zu verschlingen droht.

Einige Bauern sind noch auf den Feldern und grüßen mich, als sie mich sehen. Ich erwidere den Gruß, wende aber schnell den Blick ab, sobald ich ihre besorgten Mienen sehe. Ich drücke Elora die Fersen in die Seite, um so schnell wie möglich zu Gretes Hütte zu kommen. In ihrem Stall werde ich die Pferde unterstellen und ...

Keine Ahnung, was ich dann machen soll.

Ich könnte Grete fragen, ob sie Alkohol hat. Sehr viel Alkohol, damit ich zumindest die Nacht irgendwie überstehe, ohne ständig an Davina zu denken.

Nein, an Prinzessin Eira, verbessere ich mich. *An die Verlobte meines Freundes und die zukünftige Königin dieses Landes.*

Ich schwanke zwischen dem Drang, auf irgendwas einzuschlagen, bis meine Fingerknöchel bluten, und mich zusammenzurollen und zu flennen wie ein kleiner Bengel. Es ist ein ständiges Auf und Ab. Die Stunden der Heimreise habe ich Davina einerseits verflucht und in der nächste Sekunde herbeigesehnt.

Die alte Grete werkelt in ihrem Kräutergarten vor der Hütte herum und sieht mich schon von Weitem. Ich weiche ihrem durchbohrenden Blick aus und versorge die Pferde. Hembrant gibt mir wiehernd zu verstehen, dass er mit seiner Unterbringung und der Gesellschaft nicht einverstanden ist.

»Wenn du nicht willst, dass ich dich morgen zum Schlachter bringe, solltest du dich ruhig verhalten«, knurre ich.

»Es muss wirklich schlimm um dich stehen, wenn du auch nur in Erwägung ziehst, ein solch prachtvolles Tier schlachten zu lassen«, brummt Grete von der Stalltür aus.

Ich knirsche mit den Zähnen und striegele weiter den Hengst.

»Muss ich das Offensichtliche aussprechen oder wirst du mir freiwillig verraten, wo du Davina gelassen hast?«, kommt sie ohne Umschweife zum Punkt.

Ich hasse sie dafür und hätte am liebsten den Striegel nach ihr geworfen.

»Oh, Leander, du bist zurück!« Ich erkenne Waldurs Stimme, ohne mich zu ihm umdrehen zu müssen. Es folgt ein wundervoller Moment der Stille, ehe er fragt: »Wo ist Davina?«

Ich wirbele zu ihm und Grete herum. »Nicht hier! Seid ihr blind? Sie ist nicht da und sie kommt auch nicht zurück.«

Meine laute Stimme veranlasst Hembrant dazu, die Ohren anzulegen und unruhig mit den Hufen zu stampfen. Ich muss mich beruhigen ... Aber ich weiß nicht, wie ich das schaffen soll.

Ich kneife mir mit Daumen und Zeigefinger in die Nasenwurzel und atme ein paar Mal tief durch. »Sie kommt nicht wieder«, sage ich erneut, ruhiger diesmal.

»Was hast du angestellt?«, fragt Waldur.

Mir entfleucht ein humorloses Lachen. »Wie kommst du darauf, dass ich der Grund bin, warum sie nicht mehr da ist?«

Er zuckt mit den Schultern. »Weil es immer wir Männer sind, die die Schuld tragen. Hast du dich bei ihr entschuldigt für ... was auch immer du getan hast?«

Ich balle die Hände zu Fäusten. »Ich habe *nichts* getan und ich bin auch nicht schuld!«

»Wir beruhigen uns jetzt alle«, geht Grete dazwischen, »und gehen in meine Hütte, wo Leander uns alles in Ruhe erklären kann.«

Ich wende mich schnaubend ab. Wie kommen sie auf die Idee, dass ich ihnen mein Herz ausschütten will? Ich bin zufrieden damit, nachher gegen einen Baumstamm zu schlagen, bis ich die Arme nicht mehr heben kann. Das ist alles, was ich gerade brauche. Vielleicht kann Schmerz und Erschöpfung die Leere in meinem Inneren füllen.

»Wir warten, Leander«, brummt Grete. »Du kommst uns nicht davon, bis du die Wahrheit gesagt hast.«

»Wahrheit.« Ich speie das Wort regelrecht aus. »Das hättest du Davina sagen sollen ... Gut möglich, dass es dann anders gekommen wäre.«

Hätte ich mich auch in sie verliebt, wenn ich von Anfang an gewusst hätte, wer sie ist? Oder hätte ich sie nicht nah genug an mich herangelassen? Ich weiß es beim besten Willen nicht. Ehre und Vernunft hätten mich davon abgehalten, etwas anderes als Freundschaft für sie zu empfinden, aber ich bin mir nicht sicher, ob ich mich tatsächlich vor ihr hätte verschließen können.

Ich lege den Striegel zurück auf das Brett und streichele Hembrant im Vorbeigehen über die Flanke. Heute früh dachte ich noch, dass Davina extra von den Göttern für mich erschaffen worden sein müsste. Sie war so perfekt für mich, dass ich gar nicht anders konnte, als mich in sie zu verlieben.

Und nun stehe ich hier, allein, mit nichts als schmerzhaften Gefühlen und Erinnerungen und der Gewissheit, dass sie einen anderen heiraten wird. So sehr ich Esmond auch als Freund und König schätze, ist Davina keine Frau, die zu ihm passt. Sie ist nicht für ihn geschaffen worden. An seiner Seite wird sie verkümmern und wieder in dem goldenen Käfig leben müssen, den sie so sehr hasst.

Doch ich sehe keine Möglichkeit, wie ich dieses Dilemma ändern kann.

✳

Grete und Waldur reden so lange auf mich ein, bis mir nichts anderes übrig bleibt, als den beiden in Gretes Hütte zu folgen. Kaum dass ich mich auf den Schemel gesetzt habe, taucht ein Krug verdünntes Bier vor mir auf, das ich dankbar hinunterstürze. Ich habe gar nicht gemerkt, wie durstig ich bin. In der Herberge habe ich die bereitgestellten Erfrischungen nicht angerührt, und seitdem war ich mit den Gedanken woanders, um mich um solche Nebensächlichkeiten zu kümmern.

»Dann erzähl mal«, brummt Grete, als sie mir das zweite Mal nachfüllt. »Was ist passiert, dass du mit einem neuen Gaul, aber ohne Davina zurückkehrst?«

»Wie ich schon sagte«, murre ich in den Krug. »Sie kommt nicht zurück.«

»Aber warum?«, fragt Waldur.

Mit beiden Händen umklammere ich den Krug so fest, dass ich Angst habe, er könnte gleich zerspringen. »Sie hat mich belogen. Von Anfang an. Sie ist ...« Ich gebe ein gepresstes Lachen von mir. »Ich weiß gar nicht, was schlimmer ist – dass sie in Wahrheit die Prinzessin von Fryske ist? Oder doch, dass sie mit meinem Freund und König verlobt ist?«

»Davina ist ...« Waldurs Mund steht offen.

»Ihr richtiger Name ist Eira«, helfe ich ihm aus. »Selbst da hat sie gelogen.«

Einzig Grete scheint unbeeindruckt zu sein. Die Arme verschränkt, mustert sie mich über den Tisch hinweg. »Warum hat sie gelogen?«

Ich runzele die Stirn. »Was?«

Sie verdreht die Augen, als wäre ich zu begriffsstutzig, um ihre einfache Frage zu verstehen. »Sie hat dir – und uns allen – ihre wahre Identität verheimlicht. Dazu muss sie einen Grund gehabt haben. Als Prinzessin hätten ihr sämtliche Türen offen gestanden, und du hättest sie wahrscheinlich nicht erst durchs halbe Land gezerrt, bis du sie hergebracht hättest. Sicher wärst du gleich mit ihr nach Brannwin oder gar an den Hof gegangen.« Sie beugt sich vor und stützt sich mit den Ellenbogen auf den Tisch. »Also, was hat sie dazu bewogen, auf alle Annehmlichkeiten zu verzichten?«

Ich presse fest die Lippen zusammen und weiche ihrem

stechenden Blick aus, der viel zu aufmerksam ist – genau wie ihr Verstand.

»Aber wenn sie verlobt ist, wieso ...?« Waldur bricht ab, als ich kurz in seine Richtung schaue.

»Was hast du gestern gesehen, Waldur?«, fragt Grete.

Einerseits bin ich froh, eine kurze Verschnaufpause zu bekommen. Andererseits weiß ich, dass ihre Fragen gleich wieder auf mich abzielen werden.

Als er nicht antwortet, hakt Grete weiter nach. »Wie haben Davina und Leander auf dich gewirkt?«

»Grete«, knurre ich, doch sie ignoriert meinen Einwand. Wie immer.

Waldur runzelt die Stirn. »Als seien sie verliebt.«

Seufzend stütze ich die Arme auf den Tisch und berge das Gesicht in den Händen.

»Ganz genau«, sagt Grete. »Niemand, der die beiden zusammen gesehen hat, wäre je auf die Idee gekommen, dass Davina einem anderen versprochen wäre.«

»Das ist sie aber!«, gehe ich dazwischen.

»Aber es war nicht ihr Wunsch«, hält Grete dagegen.

Ich rolle mit den Augen. »Als ob das eine Rolle spielen würde! Sie ist eine Prinzessin!«

»Nein«, brummt die Alte. »Zu allererst ist sie eine junge Frau mit einem eigenen freien Willen. Danach kannst du von mir aus ihren gesellschaftlichen Stand anführen. Die junge Frau Davina hat sich von dir durchs halbe Land zerren lassen, wobei du sie nicht nur einmal Gefahr ausgesetzt hast. Nebenbei hast du ihre grundlegenden Bedürfnisse nach Essen und Ruhe vernachlässigt. Sie hätte dir jederzeit sagen können, dass sie die Prinzessin sei und du hättest dein Verhalten ihr gegenüber geändert. Das war ihr klar, aber sie hat es trotzdem nicht getan. Sie hat lieber Gefahr und Entbehrungen auf sich genommen.« Sie verengt die Augen zu schmalen Schlitzen. »Warum?«

Ich stoße geräuschvoll die Luft aus und fahre mir mit beiden Händen durchs Haar. Dann erzähle ich ihnen alles, was ich erfahren habe. Von ihrer Dienerin und dem Täuschungsversuch. Von dem goldenen Käfig, den Davina um jeden Preis verlassen wollte. Von ihrem Wunsch nach Freiheit.

»Sie wusste von Anfang an, dass du ein bekannter Ritter und der engste Vertraute des Königs bist«, murmelt Grete. »Kein Wunder, dass sie dir nicht die Wahrheit gesagt hat.«

»Sie hat mich belogen«, grolle ich.

»Das glaube ich nicht«, entgegnet Waldur. Verwundert schaue ich zu ihm. »Ja, es stimmt, sie hat dir eine Menge verschwiegen, aber sie wollte neu anfangen. Sie muss sich so sehr an den verrückten Täuschungsplan geklammert haben, dass sie irgendwann selbst dachte, sie sei nur eine Dienerin. Doch dadurch, dass sie dir begegnet ist, bekam sie eine Chance. Mehr noch als das.« Sein Blick wird weich. »Ich weiß, wie zwei Menschen aussehen, die mehr füreinander empfinden als bloßes Interesse.«

Ich schließe die Augen. »Wenn ich die Wahrheit gewusst hätte, hätte ich niemals ...«

Waldur legt mir eine Hand auf den Arm und ich starre auf die Stelle, die er berührt. »Wir suchen uns nicht aus, in wen wir uns verlieben. Es geschieht einfach. Und manchmal müssen wir für die Liebe kämpfen.«

Ich schüttele den Kopf. »Ich kann nicht! Sie ist ... Sie gehört Esmond, nicht mir. Sie war nie für mich bestimmt.«

»Du hast mir Jurinne über viele Jahre versagt«, murmelt er. »Aber ich habe nie aufgegeben. Hätte sie mich nicht gewollt, hätte ich es vermutlich. Doch sie wollte mich, und ich war bereit, alles zu tun, um mit ihr zusammen zu sein.« Waldur zieht seine Hand zurück. »Sie ist nicht mehr hier, aber sie wird immer ein Teil von mir bleiben, weil sie in meinem Herzen weiterlebt. Wenn es eine Frau auf dieser Welt gab, die wie für mich gemacht war, dann war es Jurinne. Und bei dir ist es Davina. Ich habe euch zusammen gesehen. Das *ganze Dorf* hat euch zusammen gesehen, und niemandem wäre in den Sinn gekommen, dass einer dem anderen etwas vorgespielt hätte.«

»Vielleicht waren Davinas Gefühle echt«, presse ich hervor. »Aber das ändert nichts. Sie ist nicht frei. Ich kann sie nicht wählen.«

»Will Esmond sie denn?«, fragt Grete und zieht eine Augenbraue nach oben. »Davina ist wunderschön, doch ich kann mir nicht vorstellen, dass sie der Typ Frau ist, den unser König bevorzugt.«

Ich verziehe den Mund. »Woher willst du das wissen?«

Sie zuckt mit den Schultern. »Die reisenden Händler machen gern bei mir halt, um meine Kräuter zu kaufen. Und sie haben viel zu erzählen. Soweit ich gehört habe, steht der König eher auf reifere Frauen.«

»Er meinte, Davina sei noch ein Kind«, gebe ich zu.

Grete schürzt die Lippen. »Sie ist zwanzig und somit volljährig, aber für den Geschmack des Königs wahrscheinlich trotzdem zu jung.«

Es versetzt mir einen Stich, dass Grete sogar weiß, wie alt Davina ist. Ich habe sie nie danach gefragt, aber wer weiß, ob sie mir auf diese Frage ehrlich geantwortet hätte.

»Was ist mit Davina?«, schaltet sich Waldur wieder ein. »Will sie den König?«

Grete gibt ein Schnauben von sich. »Hast du nicht eben noch gesagt, du hättest gestern gesehen, wie Davina und Leander sich angeschaut hätten? Wenn sie bereit war, ihre Herkunft aufzugeben, wird sie sich nicht dem König an den Hals werfen, nur weil sie bemerkt hat, dass Leander nicht einmal eine intakte Burg vorzuweisen hat.«

»Das wollte ich ihr nicht unterstellen«, murmelt er kleinlaut. »Aber wo liegt dann das Problem?«

»Das Problem«, knurre ich schärfer als beabsichtigt, »liegt darin, dass sie seit Jahren einander versprochen sind und die Armee der Feuerlande dringend auf die Unterstützung aus Fryske angewiesen ist. Keine Hochzeit, keine Unterstützung. Bei politischen Ehen fragt niemand nach Gefühlen.«

Grete gibt ein glucksendes Lachen von sich, das sich völlig fehl am Platz anhört. »Das sollten sie aber. Esmond wird seine liebe Not mit seiner jungen Frau bekommen.«

»Warum?«, fragen Waldur und ich wie aus einem Mund.

»Weil du ihre Kraft erweckt hast, Leander«, sagt Grete schmunzelnd. »Nicht Esmond.«

Ich balle die Hände zu Fäusten, als der Moment auf dem Marktplatz wieder vor meinem inneren Auge erscheint. Ich konnte nichts weiter tun, als dazustehen und dabei zuzusehen, wie Esmond sie in aller Öffentlichkeit küsste. In der Vergangenheit, vor allem während unserer Ausbildung, haben wir uns oft geprügelt, meistens wegen Nichtigkeiten. Aber in diesem Moment, als er grob die Frau, die ich liebe, packte und küsste, wollte ich ihm wehtun. Ich wollte ihm nicht nur einen Kinnhaken und vielleicht ein blaues Auge verpassen – nein, ich wollte ihm *schaden*. Ich wollte ihm jeden Knochen einzeln brechen, damit er nie wieder Hand an sie legen konnte. In diesem Moment war ich weder Ritter noch Freund. Ich sah ihn nicht als meinen König, sondern als einen anderen Mann, der sichtlich gegen ihren Willen die Frau anfasste, der mein Herz gehörte.

Ich werde nie den resignierten Ausdruck in Davinas Gesicht vergessen, als sie nach dem Kuss ihre Magie vorführen und so tun musste, als wäre sie neu und nur dank Esmond überhaupt möglich.

Ich wusste nicht einmal, dass ich – unser Kuss – ihre Magie befreit hatte.

»Davinas Magie ist wirklich eindrucksvoll«, murmelt Waldur und reißt mich damit zum Glück aus meinen Gedanken.

Gretes unnachgiebiger Blick fixiert mich. »Das ist sie. Sie ist jedoch so stark, dass sie nicht einfach zu kontrollieren ist. Erst recht nicht, wenn Leander sich hier in Brasania aufhält.« Sie wedelt mit der Hand und im nächsten Moment tanzt eine kleine Flamme über ihren Fingerspitzen. »Meine Kraft war im Vergleich zu Davinas kaum vorhanden, und sie verschwand beinahe ganz, als mein Mann vor vielen Jahren starb. Dennoch erinnere ich mich genau daran, wie schmerzvoll es für mich war, wenn er mehrere Tage fort musste. Ich kann mir nicht einmal ansatzweise vorstellen, was die Kraft in Davina anrichten muss.«

Ich schnaube. »Wenn du mir ein schlechtes Gewissen einreden willst, dann ...«

Grete schüttelt den Kopf. »Ich lege nur die Tatsachen auf den Tisch. Ich weiß nicht, wie viel du noch hören musst, bis du deinen verdammten Gaul sattelst und schnurstracks zum Feuerhof reitest, um die Frau zurückzuholen, die du liebst.«

Ich verschränke die Arme vor der Brust. »Du kommst auf Ideen! Ich werde mich nicht gegen meinen König stellen. Ich habe ihm einen Eid geleistet und bin ihm zur Treue verpflichtet. Da kann ich ihm nicht die Frau stehlen! Davina weiß das. Ich habe mich von ihr verabschiedet und werde mich von jetzt an vom Feuerhof fernhalten.«

Grete zieht eine Augenbraue nach oben. »Ich gebe dir drei Wochen.«

»Zwei«, wirft Waldur ein. »Höchstens.«

»Ihr seid mir schöne Freunde!«, knurre ich.

»Und weil wir das sind, wollen wir nur das Beste für dich«, brummt Grete. »Wenn du nicht erkennst, dass das Beste für dich Davina ist, bist du blinder als ich. Und ein Narr obendrein.«

Ja, ein Narr bin ich durchaus. Ein Narr, der sich in die zukünftige Königin verliebt hat.

Aber sie haben unrecht: Ich werde ihr nicht folgen. Dadurch würde ich es nur schlimmer machen. Selbst jetzt fühlt es sich so an, als hätte mir jemand gewaltsam den Brustkorb aufgerissen und mein Herz sämtlichen Einflüssen entblößt. Der kleinste Luftzug gleicht einem Dolchhieb.

Ich muss mich selbst vor weiteren Verletzungen schützen. Und das schaffe ich nur, wenn ich Davina vergesse.

KAPITEL 23

DAVINA

Meine Lippen brennen noch von Leanders Küssen. Ich wünschte, dieses Brennen würde nie vergehen und mich für immer daran erinnern, was ich hatte und verloren habe.

Ich weiß nicht, ob ich ihn wiedersehe. Oder wiedersehen *will*. Vielleicht ist es besser, wenn ich ihm nie wieder begegnen würde, damit mir nicht erneut das Herz herausgerissen wird.

Ich fahre mir mit der Hand über die Brust. Unter den Fingerspitzen spüre ich meinen gleichmäßigen Herzschlag. Es fühlt sich fast so an wie vor ein paar Tagen, als sich noch eine Eisschicht darum befand, die meine Magie versiegelte.

Doch meine Magie ist nicht versiegelt. Sie rumort in meinen Adern. Es ist, als würden Eissplitter statt Blut durch mich hindurchfließen. Es kribbelt und pocht und tut weh.

Ich weiß, dass es noch viel schlimmer werden wird, wenn ich Pech habe. Dann werde ich so enden wie meine Großmutter Davina, die ihre Magie nicht mehr unter Kontrolle hatte. Meine Familie hat nie ein Wort über die genauen Umstände verloren, aber in den Ställen des fryskischen Hofes habe ich einiges aufgeschnappt. Vor allem, weil die älteren *Ritari* nicht müde wurden zu sagen, ich wäre meiner Großmutter wie aus dem Gesicht geschnitten. Erst dadurch erfuhr ich von dem unterirdischen Gefängnis, in dem sie meine Großmutter festhielten.

»Wie wundervoll grün hier alles aussieht!«, jauchzt Linnet und drückt sich fast die Nase an der Scheibe des Kutschenfensters platt.

Pflichtschuldig werfe ich ebenfalls einen Blick aus dem Fenster, aber mich beeindruckt nichts von dem, was ich sehe. Ich vermisse das Weiß und den Schnee von Fryske. Ich vermisse die Kälte und das Gefühl der Schneeflocken, die auf meiner Haut landen.

Wenigstens herrscht in meinem Inneren jetzt wieder die gewohnte Kälte.

Wie gern würde ich über ein ähnliches Gemüt verfügen wie Linnet. Sie ist nicht dumm, aber sie macht sich nie zu viele Gedanken. Wenn etwas nicht klappt, wie sie es sich vorgestellt hat, zuckt sie nur mit den Schultern und vergisst es. Genauso wie unser Täuschungsmanöver. Sie hätte Königin werden können! Ich hätte es ihr gegönnt. Nun muss sie wieder eine Dienerin sein, doch das scheint sie nicht zu stören, auch wenn ich weiß, dass sie nach Höherem strebt. Es hat eben nicht funktioniert. Mehr braucht sie nicht zu wissen, um weiterzumachen und auf eine neue Gelegenheit zu warten, ihr vorgezeichnetes Leben zu ändern.

Ich kann das nicht. Ich kann nicht vergessen und das Gewesene einfach abschütteln.

Ich kann weder Leander vergessen noch die Bewohner von Brasania, die mich ohne Vorbehalte in ihrer Mitte willkommen hießen. Mir ist klar, dass ich mich für immer nach diesem Leben sehnen werde, das mir durch die Finger geglitten ist.

Doch ich kann Linnet dafür nicht böse sein. Sie hat ihr Bestes gegeben. Leider hatte Esmond mein Bildnis zu genau studiert; ihm sind die unterschiedlichen Augenfarben von

Linnet und mir sofort aufgefallen. Sie hat versucht, dies als »künstlerische Freiheit« abzutun, doch als sie ihn verführen wollte, ging Esmond sehr schnell auf, dass sie unmöglich die sittsame Eisprinzessin sein konnte, die nie ihren Palast und das Land Fryske verlassen hat. Unter einem Vorwand brachte er Linnet nach Brannwin, um sie öffentlich als Hochstaplerin zu entlarven und gleichzeitig seinen Untertanen zu zeigen, was denen bevorsteht, die ihren König täuschen.

Esmond ist ein junger König, der sich erst noch vor seinem Volk beweisen muss. In der Vergangenheit versuchte er das mit Kämpfen und Siegen gegen die verhassten Erdländer, doch seine Untertanen sind nicht so leicht zu blenden, wie er angenommen hat. Sie wissen ganz genau, dass nicht der König für die Siege verantwortlich ist, sondern Ritter wie Leander. Sein Name fiel ungewöhnlich oft, als wir durch die Straßen gingen, um zur Kutsche zu gelangen, und jeden, der seinen Namen aussprach, wollte ich am liebsten anschreien, dass er still sein solle.

Linnet zuckt zusammen und reibt sich mit beiden Händen über die Arme. »Irgendwie habe ich es mir in den Feuerlanden wärmer vorgestellt.« Ihr Blick huscht zu mir. »Ist dir auch kalt?«

»Nein«, murmele ich. »Ich friere nicht.«

Hör auf, an ihn zu denken!, schelte ich mich. *Du machst es nur noch schlimmer.*

Wie zur Antwort flackert meine Magie stärker auf und die Temperatur in der Kutsche fällt weiter ab. In den Ecken der Scheibe bilden sich bereits kleine Eisblumen.

Konzentrier dich, verdammt!

Doch es hat keinen Zweck. Je weiter ich mich von Leander entferne, desto mehr begehrt meine Kraft dagegen auf. Sie will ausbrechen, ihre Wut darüber hinausschreien. Ich gebe alles, um sie in mir gefangen zu halten, aber jedes Mal, wenn meine Gedanken zu Leander wandern, wird es schlimmer.

»Erzähl mir noch einmal, wie es dir ergangen ist, seitdem wir getrennt wurden«, bitte ich Linnet in der Hoffnung, dass sie mich von Leander ablenken kann.

Sie verdreht die Augen. »Das habe ich jetzt schon mindestens viermal erzählt! Wie wäre es, wenn du mir stattdessen sagst, wie du an den niedlichen Ritter gekommen bist.« Sie hebt den rechten Mundwinkel und ein begehrliches Funkeln erhellt ihre grünen Augen.

Meine Magie bettelt förmlich darum, ihr dieses Grinsen ein für alle Mal aus dem Gesicht frieren zu dürfen. Schnell verschränke ich die Hände miteinander und zwinge das Eis in mir weiter zurück.

»Da gibt es nicht viel zu erzählen«, sage ich ausweichend und gebe vor, die vorbeiziehende Landschaft zu betrachten.

Seufzend lehnt sich Linnet zurück. »Er sah ziemlich schockiert aus, als ihr auf dem Podest standet. Und dann wolltest du sogar mit ihm allein sein.«

»Um ihm zu danken«, murmele ich schnell. »Immerhin hat er mir das Leben gerettet und mich ...«, ich muss die nächsten Worte regelrecht hervorwürgen, »... zu meinem Verlobten zurückgebracht.«

Sie runzelt die Stirn. »Du wolltest ihn nie heiraten. Du hättest alles dafür getan, um diesem Schicksal zu entkommen. Du hast mich sogar deinen Platz einnehmen lassen. Und nun ... freust du dich darüber?«

Ich beiße mir auf die Unterlippe. Wegen ihres einfachen Gemüts vergesse ich oft, dass Linnet sehr gut darin ist,

Zusammenhänge zu erkennen. »Es ist immerhin besser, als versklavt zu werden, findest du nicht?«

»Wenn du meinst«, nuschelt sie. »Vor ein paar Wochen hätte ich meine gesamte Habe darauf verwettet, dass du lieber als die Frau eines Landstreichers endest als den König der Feuerlande zu heiraten, dem du noch nie zuvor begegnet bist.«

»Dinge ändern sich«, presse ich hervor. »Esmond sieht besser aus als auf seinem Bildnis. Ich glaube, ich könnte mich in ihn verlieben.«

Die Lüge schmeckt bitter, doch ich muss sie aussprechen, bevor Linnet noch tiefer gräbt und eine Wahrheit aufdeckt, die ich für immer in mir einschließen will. Die Menschen aus Brasania kennen die Wahrheit bereits. Ich darf nicht zulassen, dass noch mehr davon erfahren. Obwohl Linnet seit vielen Jahren meine Kammerzofe ist, vertraue ich ihr nicht komplett.

Ein Lächeln erhellt Linnets Gesicht. »Das hätte ich auch gekonnt. Mich in ihn verlieben, meine ich. Ich konnte gar nicht die Finger von ihm lassen. Leider hat er zu schnell bemerkt, dass ich nicht diejenige bin, für die ich mich ausgegeben habe.« Sie zieht eine Schnute und zuckt im nächsten Moment mit den Schultern. »Andere Mütter haben auch schöne Söhne. Und ich hoffe, ganz vielen am Feuerhof zu begegnen.«

Ich zwinge mich zu einem Lächeln und wünschte wieder, dass ich sein könnte wie sie: unbedarft und sprunghaft und ein wenig einfältig. Dann könnte ich das, was vor mir liegt, leichter ertragen und Leander und die Zeit mit ihm vergessen. Ich könnte sie als schöne Erinnerung bewahren und hervorholen, wann immer ich mich nach etwas Zerstreuung sehne.

Stattdessen werden mich seine Küsse und Berührungen und das Versprechen auf eine bessere – gemeinsame – Zukunft bis in meine Träume verfolgen und meinen Verstand bevölkern und mir immer wieder vor Augen führen, was ich unwiederbringlich verloren habe.

✽

Der Königshof der Feuerlande ist genauso pompös, wie ich ihn mir vorgestellt habe.

Als unsere Kutsche durch das Tor rollt, ertönen Fanfaren. Durch das Fenster beobachte ich, wie sich Esmond von seinen Soldaten feiern lässt, die in Scharen auf ihn zuströmen und ein Fortkommen unmöglich machen.

Er ist beliebt, durchfährt es mich, als ich dabei zusehe, wie er selbst für die jungen Knappen ein aufmunterndes Wort findet und jedem die Hand auf die Schulter legt.

Seit unserem Aufbruch habe ich keine zwei Sätze mit ihm gewechselt. Er ritt auf seinem Rappen vor der Kutsche her und ich war froh darüber. Ich habe noch mehr als genug Zeit, ihn mit Leander zu vergleichen und all das vor mir zu sehen, was ich niemals haben wollte.

Aber vielleicht tue ich ihm unrecht. Ja, es stimmt, er kam während all der Jahre unserer Verlobung nicht ein einziges Mal an den fryskischen Hof oder schrieb mir einen Brief. Für mich war – und ist – er ein Fremder, um den ich rein gar nichts weiß. Doch vielleicht ... ist er gar nicht so übel wie in meiner Vorstellung. Gerade jetzt sehe ich einen Mann vor mir, der auch dem Geringsten seiner Untertanen seine Aufmerksamkeit schenkt.

Vielleicht muss ich nur genauer hinsehen, um den Mann zu erkennen, mit dem ich den Rest meines Lebens verbringen kann.

Ich muss nur ganz fest daran glauben.

Es vergeht eine Weile, bis sich Esmond wieder an uns

erinnert und dem Kutscher befiehlt weiterzufahren. Als wir direkt vor den Stufen, die zum Schloss hinaufführen, anhalten, öffnet Esmond selbst die Tür und hält mir die Hand hin. Ich lege meine hinein und er zuckt sofort zurück.

»Ihr seid ja eiskalt, Eira«, sagt er mit schockierter Miene. »Ich meine, *wirklich* eiskalt.«

Mein aufgesetztes Lächeln gerät ins Wanken. »Es war ... ziemlich kühl in der Kutsche.«

Verwirrt runzelt Esmond die Stirn. Abgesehen von der kurzen Berührung eben, weiß er wahrscheinlich nicht, was Kälte überhaupt ist. Für ihn muss ich mich eisig anfühlen, denn meine Kraft pulsiert durch mich hindurch, als wolle sie gegen jede weitere Berührung protestieren. Sie verwandelt mein Blut in Eis und damit auch meine Haut, und ich weiß nicht, was ich dagegen tun kann.

Statt seiner Hand, bietet er mir nun seinen Arm, doch mir entgeht nicht, dass er trotzdem zusammenzuckt, als ich mich bei ihm unterhake.

Um mich von dem kribbelnden Pulsieren in mir abzulenken, nehme ich meine Umgebung in Augenschein. Das Schloss der Feuerlande ist groß und weitläufig, nicht ganz so verschnörkelt wie unseres in Fryske. Im Burghof befinden sich mehrere Häuser, wahrscheinlich die Unterkünfte der Bediensteten. Der Feuerhof liegt außerhalb; von Brannwin brauchten wir mit der Kutsche fast einen halben Tag. Zu Pferd wären wir natürlich schneller gewesen, aber nachdem Esmond meine Kleidung bemängelt hat, wollte ich ihm nicht noch einen Grund geben, mich zu kritisieren. Dass ich reiten kann – wahrscheinlich besser als die meisten seiner Soldaten –, sollte ich vorerst für mich behalten. Zumal ich hier kein Pferd habe, das ich reiten könnte.

Wie von selbst huschen meine Gedanken zu Hembrant und Elora und damit auch zu Leander. Ich hasse mich selbst dafür.

Der rote Teppich fühlt sich weich unter meinen Füßen an, als ich wie in Trance neben Esmond die Stufen erklimme. *Falsch.* Es fühlt sich falsch an. Hier zu sein. Ihn zu berühren. Doch ich setze einen Fuß vor den anderen. Meine Wangen schmerzen von dem aufgesetzten Lächeln und der geheuchelten Freude, die ich nach außen hin zeigen muss.

✳

In der protzig wirkenden Eingangshalle angekommen, entschuldigt sich Esmond unter einem Vorwand und verschwindet. Erleichtert atme ich auf. Ohne seine direkte Nähe und Berührung beruhigt sich auch meine Kraft auf ein erträgliches Maß. Trotzdem spüre ich sie, als würden kleine Eissplitter zusammen mit dem Blut durch meine Adern rauschen. Es kribbelt und juckt und ich muss den Drang unterdrücken, mich überall zu kratzen.

Eine Weile stehen Linnet und ich wie bestellt und nicht abgeholt in der Halle herum. Der flackernde Kerzenschein der goldenen Lüster spiegelt sich auf dem blank polierten Marmorboden. Zwei Wendeltreppen führen zu beiden Seiten ins erste Stockwerk, aber zu unterschiedlichen Flügeln.

»Prinzessin.« Eine rundliche, etwas zu kurz geratene Dienerin mit warmem Lächeln knickst vor mir. »Ich bin Clarice. Zögert nicht, nach mir zu schicken, wenn Ihr etwas benötigt. Zunächst möchte ich Euch und Eurer Kammerzofe die Zimmer zeigen, die der König für Euch herrichten ließ.«

Sie rauscht voraus – schneller als ich es ihr zugetraut hätte. Linnet und ich folgen ihr die Stufen zum rechten Flügel hinauf.

»Eure Zimmer befinden sich auf dieser Seite des Schlosses im ersten Obergeschoss. Niemand sonst besitzt ein Zimmer auf dieser Etage und ihr habt einen wundervollen Blick auf den Rosengarten.«

Sofort blitzt das Bild einer roten Rose, gehalten von einer Kinderhand, vor meinen Augen auf und ich beiße die Zähne zusammen, um die Erinnerung zurückzudrängen.

Linnets Zimmer befindet sich direkt neben meinem und sie kommt aus dem Staunen gar nicht mehr heraus. In Fryske musste sie auf einem kleinen Bett neben meinem schlafen und nun besitzt sie ein eigenes Zimmer mit Waschschüssel, Schrank und einem Bett, das groß genug ist, sich darin im Schlaf zu drehen. Für sie muss es sich wie ein Wunder anfühlen.

Ich hingegen empfinde nichts als Leere, als Clarice die Tür zu meinem Zimmer öffnet. Es ist geräumig und sehr geschmackvoll eingerichtet. Hellblaue Wände und blaue Läufer vor dem ausladenden Himmelbett erinnern mich an das Eis in Fryske.

Ich müsste dankbar für diesen Rückzugsort sein, der extra für mich geschaffen wurde, doch ich würde ihn sofort gegen die Pritsche in Gretes Hütte eintauschen, wenn ich könnte.

»Ich lasse Euch gleich etwas zu essen heraufbringen«, verspricht Clarice, als sie sich taktvoll zurückzieht und die Tür hinter sich schließt.

Ich gehe hinüber zum Fenster und schaue nach unten. Wie versprochen, erstreckt sich direkt unter meinem Zimmer ein weitläufiger Garten mit unzähligen Rosen. Dahinter befindet sich eine Pferdekoppel.

Schnell zerre ich die weißen Vorhänge zu und werfe mich mit dem Gesicht voraus aufs Bett.

KAPITEL 24

LEANDER

$\mathcal{D}$ie Tage verschwimmen ineinander. In Brasania gibt es so viel zu tun, so viele Aufgaben, die meine Aufmerksamkeit verlangen, dass ich die Gedanken an Davina tagsüber in Schach halten kann. Grete und Waldur müssen jedem eingeschärft haben, die junge Fryskerin unter keinen Umständen in meiner Gegenwart zu erwähnen, denn niemand fragt mich nach ihrem Verbleib.

Es ist, als hätte sie nie existiert und ich hätte sie mir nur eingebildet.

Doch die Leere in mir belehrt mich eines Besseren.

Nur die kleine Ulara schert sich nicht um dieses Verbot. Als ich eines Morgens Gretes Hütte verlasse, sitzt sie auf einem Zaun in der Nähe und starrt die Rose in ihren Händen an, die an den oberen Blütenrändern noch immer durch Davinas Magie gefroren ist.

»Ist alles in Ordnung?«, frage ich, als ich mich zu ihr hinunterbeuge.

Sie nickt und zupft einzelne Blätter heraus, die sie auf den Boden streut.

Ich runzele die Stirn. »Warum machst du die Rose kaputt?«

Ulara schaut zu mir auf. In ihrem kindlichen Blick liegt ein stummer Vorwurf. »Davina hat gesagt, dass sie mich findet, wenn ich die Blüten verstreue. Vielleicht findet sie so den Weg zurück.«

Krampfhaft schlucke ich gegen den Kloß im Hals an und flüchte ohne ein weiteres Wort zur Burg, deren Wiederaufbau ich beaufsichtige. Ich lege selbst mit Hand an, wann immer ich dazu komme. Alle paar Tage muss ich einen neuen Streitfall schlichten, der das Idyll des Dorfes bedroht.

Ich bin beschäftigt, bis die Sonne untergeht. Dann muss ich mich um die beiden Pferde kümmern.

Und die Kiste mit Erinnerungen und Gefühlen, die ich tagsüber sorgsam verschlossen habe, springt mit einem Mal auf und sie fallen mit voller Macht über mich her.

Hembrant lässt mich auch heute Abend deutlich spüren, dass ich nicht derjenige bin, der seiner Meinung nach durch die Stalltür hätte kommen sollen. Die restlichen Tage habe ich seine Abneigung und auch seine Versuche, nach mir zu treten und zu beißen, stumm über mich ergehen lassen und meine Arbeit verrichtet.

Heute jedoch gelingt es mir nicht. Als er mit dem Hinterhuf nach mir tritt und ich im letzten Moment ausweichen kann, pfeffere ich den Striegel ins Stroh.

»Du bist nicht der Einzige, der sie vermisst!«, schreie ich den Hengst an. »Glaubst du, ich würde nicht alles dafür geben, sie zurückzubekommen? *Alles!* Aber es gibt keinen verdammten Weg! Sie ist weg und sie wird nicht zurückkommen. Niemals. Also finde dich endlich damit ab! Ich ... tue es ja auch.«

Hembrant schnaubt, als wollte er sagen: *Wer's glaubt.*

Meine Finger zucken vor Verlangen, ihm den Hals umzudrehen. Seit ich ihn nach Brasania gebracht habe, konnte ich ihm nicht ein Mal einen Sattel auflegen, geschweige denn ihn reiten. Dieses Wunder hat nur Davina vollbracht. Er ist bockig und beißt und tritt, wann immer sich ihm eine Gelegenheit bietet. Ich bin der Einzige, der sich in seine Nähe traut. Es überrascht mich nicht mehr, dass der Pferdehändler ihn lieber schlachten lassen wollte, obwohl er ein kraftvolles und wunderschönes Tier ist.

»Sie ist weg«, murmele ich erneut, während ich den Striegel im Heu suche. »Finde dich endlich damit ab.«

Es klingt wie ein Befehl an mich selbst. Ein Befehl, den ich jede Nacht wiederhole, während ich bei Grete oder Waldur auf einer Pritsche schlafe. *Denk nicht an sie!*, weise ich meine Gedanken an. *Sie denkt wahrscheinlich auch nicht an dich.*

Doch jede Nacht kommt sie mich in meinen Träumen besuchen. Und jeden Morgen fällt mir das Aufstehen schwerer. Ich will mich zurück in die Träume flüchten, in denen es nichts gibt, was uns trennt, und wir zusammen sein können. In denen ich sie berühren und küssen kann, so viel ich will. In denen sie auf meine Frage, ob sie mich heiraten will, mit einem solch warmen Lächeln antwortet, dass ich glaube, vor lauter Glück platzen zu müssen.

Es sind nur Träume, tadele ich mich.

Ja, murmelt mein Herz. *Aber diese Träume sind der einzige Ort, an dem ich tun und lassen kann, was ich will.*

»Leander.«

Ich seufze, als ich Waldurs Stimme vom Stalltor höre. Er und Grete behalten mich viel zu genau im Auge. Ich kann praktisch keinen Schritt tun, ohne dass mich einer von ihnen beobachtet. Es geht mir auf die Nerven, wie so ziemlich alles. Gleichzeitig bin ich ihnen dankbar dafür, dass sie sich um mich sorgen. Außer ihnen habe ich niemanden mehr.

»Wie lange willst du dich noch grämen?«, fragt Waldur. »Und den Gaul gleich mit.«

Ich finde endlich den Striegel und wende mich Elora in der Box daneben zu. »Ich weiß nicht, wovon du redest.«

»Lüg mich nicht an«, grummelt er. »Ich weiß, wie du dich fühlst. Ich habe auch die Frau verloren, die ich von ganzem Herzen geliebt habe. Doch im Gegensatz zu dir, ist meine Liebe tot. Du müsstest dich nur auf Elora schwingen, den verrückten Hengst mitnehmen und zu ihr reiten.«

»Und was dann?«, knurre ich.

Aus den Augenwinkeln sehe ich, dass er mit den Schultern zuckt. »Sie wieder herbringen, was denn sonst? Die Leute fragen nach ihr. Nicht dir gegenüber, weil sie Angst vor dir haben, aber Grete und mir fragen sie Löcher in den Bauch. Wir haben es satt, dir nachts dabei zuzuhören, wie du im Schlaf ihren Namen murmelst.«

Stöhnend lehne ich die Schulter an Eloras Flanke. »Wie oft muss ich euch noch erklären, dass ich sie nicht einfach holen kann? Sie ist verlobt, verdammt noch mal. Mit dem König! Wahrscheinlich hat sie sich mittlerweile prächtig eingelebt und verschwendet keinen Gedanken mehr an mich oder dich oder dieses Dorf. Sie hat uns bestimmt schon vergessen.«

Waldur schnaubt. »Klappt es?«

»Klappt was?«, frage ich.

»Dich selbst zu belügen.«

Ich beiße so fest die Zähne zusammen, bis sie knirschen, aber mir fällt beim besten Willen keine Erwiderung ein.

»Mir ist klar, dass es nicht einfach wird«, sagt Waldur in versöhnlichem Tonfall, »aber ich verstehe dich nicht. Wenn ich die Möglichkeit hätte, Jurinne zurückzubekommen, würde ich jede Grenze übertreten, jeden Handel eingehen und jeden verdammten Eid brechen. Weil ich sie geliebt habe und es noch immer tue. Ich würde nicht zögern. Jeder Tag ohne sie ist ein verlorener Tag, aber du hast die Chance, deine Liebe zurückzuholen. Du musst nur mutig genug sein, es zu versuchen.«

Mutig. Davina wollte mutig sein und sich ein neues Leben aufbauen. Sie wollte nicht zu Esmond und an den Königshof.

»Ich habe kein Recht, zu ihr zu gehen«, sage ich heiser. »Sie gehört einem anderen.«

»Sie gehört niemandem«, widerspricht Waldur. »Davina kam mir so vor, als könne sie sehr gut für sich selbst wählen. Warum überlässt du ihr nicht die Entscheidung?«

Weil es alles verändern würde. Weil sie eine Prinzessin ist. Weil ich ihr niemals so viel bieten kann wie ein König. Weil es unser beider Leben aus den Angeln heben würde. Weil es im schlimmsten Fall unseren Tod bedeuten könnte.

All diese und noch mehr Gründe habe ich mir Abend für Abend vorgebetet, wenn die Erinnerungen an ihr Lächeln und ihre tiefblauen Augen mich zu erdrücken drohten. Sie ergeben alle Sinn; bereits einer der Gründe sollte ausreichen, um mich von der Dummheit, zu ihr zu gehen und sie auf Knien anzuflehen, zu mir zurückzukommen, abzuhalten.

Doch gegen Waldurs Argumente sind all diese Gründe machtlos. Er hat seine Liebe auf ewig verloren. Ich müsste nur die Hand ausstrecken und zumindest versuchen, meine wiederzuerlangen. Aber ich sperre mich dagegen, wohingegen er alles aufgeben würde, um Jurinne wieder an seiner Seite zu haben.

Ich bin ein Narr!

»Hol mir dort drüben den Sattel«, weise ich ihn an und deute mit einer fahrigen Bewegung auf die andere Stallseite.

»Und sag den anderen, dass ich für ein paar Tage weg sein werde.«

Waldur seufzt. »Endlich nimmst du Vernunft an, Mann.«

Ich lege Elora das Zaumzeug an. »Das bedeutet nicht, dass ich sie zurückbringe«, stelle ich klar. »Aber ich will mich davon überzeugen, dass es ihr gut geht. Dass sie ... zurechtkommt. Wenn sie zurechtkommt, werde ich sie nicht fragen. Aber ... wenn sie ... mich nicht vergessen hat ...« Meine Finger zittern und ich brauche mehrere Anläufe, um den letzten Verschluss zu schließen.

»Dann werde ich sie fragen, ob sie mit zurückkommen will. Die Entscheidung liegt bei ihr.«

Waldur reicht mir Eloras Sattel. »Wir warten auf euch. Und nimm den verdammten Hengst mit, sonst verhungert er hier, weil sich niemand in seine Nähe traut.«

Ich spüre ein Lächeln auf meinen Lippen. »Ich wollte ihn eh zu Davina zurückbringen. Er gehört ihr.«

»Bring sie lieber mit hierher«, meint Waldur. »Davon haben wir alle was. Jeder mag sie. Und du könntest endlich aufhören, jeden fast mit Blicken zu töten. Du warst viel entspannter, als sie hier war.« Er legt mir eine Hand auf die Schulter. »Sie tut dir gut.«

»Ich weiß«, murmele ich. »Doch ich kann nicht aus meiner Haut. Ich kann meinen Freund und König nicht hintergehen, aber ich kann Davina auch nicht aufgeben. Ich werde sehen, wie es um sie steht, sobald ich am Feuerhof bin. Morgen Vormittag sollte ich dort ankommen, wenn ich die Nacht durchreite.«

»Wir erwarten dich mit Davina zurück«, sagt Waldur, als würde ihn die Zwickmühle, in der ich stecke, nicht kümmern.

Ich hingegen sitze zwischen den Stühlen und weiß nicht, für welchen ich mich entscheiden soll. Für meinen Freund, den ich einst liebte wie den Bruder, den ich nie hatte? Oder für eine junge Frau, über die ich kaum etwas weiß, die mir aber das Herz gestohlen hat und sich hartnäckig weigert, es mir zurückzugeben?

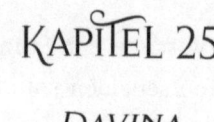

𝔇ie ersten Tage verschanze ich mich in meinem Zimmer und lasse nur Linnet und Clarice zu mir. Letztere leistet mir Gesellschaft, wenn ich Linnets Unbekümmertheit nicht mehr ertragen kann. Sie stellt keine Fragen und schreckt auch nicht davor zurück, meine Hand zu halten, wenn ich wieder ins Leere starre.

Irgendwann will ich keine von ihnen sehen. Ich schaffe es nicht mehr, die Magie zu unterdrücken, die sich schier mit roher Gewalt einen Weg nach draußen bahnen will. Wenn ich morgens aufwache, bedeckt Raureif die Laken und das Kissen, und an den Fensterscheiben haben sich Eisblumen gebildet.

Es ist nur noch eine Frage der Zeit, bis ich ende wie meine Großmutter.

In meiner Verzweiflung schreibe ich mehrere Briefe an meine Mutter und bitte sie um Rat, ohne ins Detail zu gehen. Leander erwähne ich nie. Mutters Antworten kommen zügiger, als ich es vermutet hätte, sind knapp und präzise, genau wie sie selbst. Sie freue sich, dass sich meine Magie manifestiert hätte, und ist sich sicher, dass ich mit der Zeit lernen werde, sie zu kontrollieren. Wahrscheinlich geht sie davon aus, dass ich nur wie sie ein paar Schneeflocken heraufbeschwören kann …

Ich fürchte mich davor, dass jemand von diesem oder dem fryskischen Königshof die Briefe lesen könnte, bevor sie meine Mutter erreichen, deshalb wage ich nicht, ihr die Wahrheit zu schreiben.

Esmond sehe ich nur zu den Mahlzeiten, die ich neben ihm einnehmen muss. Mir entgeht jedoch nicht, dass er jeden Tag weiter von mir abrückt und sich über die Kälte beschwert, die von mir ausgehen würde. Mir soll es recht sein, schließlich will ich nicht, dass er mir zu nahe kommt.

Eines Morgens entdecke ich nach dem Aufwachen tiefe Kratzspuren an meinen Armen. Als ich auf meine Hände und die blutverschmierten Nägel schaue, wird mir klar, dass ich mir im Schlaf diese Verletzungen zugefügt haben muss. Auch tagsüber nimmt das Bedürfnis, mir die Haut vom Leib zu kratzen, immer mehr zu, weil das Kribbeln meiner Magie mich fast in den Wahnsinn treibt.

Als Linnet die Verletzungen auffallen, während sie mir beim Ankleiden hilft, zieht sie scharf die Luft ein. Wir befinden uns in ihrem Zimmer, weil ich meines niemanden mehr betreten lasse. Die gesamten Wände sind mittlerweile mit einer dünnen Eisschicht überzogen. Mir bleibt nichts anderes übrig, als Linnet bezüglich der Kratzspuren die Wahrheit zu sagen.

»Dagegen müssen wir etwas tun«, sagt sie und kramt in ihrem Kleiderschrank herum. Stolz kommt sie mit einem Paar Handschuhen zurück. »Die solltest du vor allem nachts tragen.«

Ich nicke. Mein Versuch, mir die Fingernägel fast bis aufs Fleisch zu schneiden, hat nicht viel bewirkt. Dennoch wachte ich mit Striemen an Armen und Schultern auf. Vielleicht bringen die Handschuhe Besserung.

Die Tage verbringe ich mit Spaziergängen im Rosengarten, wobei ich so tue, als würde ich die angrenzende Koppel und die dort stehenden Pferde nicht sehen. Meistens leistet mir Linnet Gesellschaft, manchmal bin ich allein.

An einem Tag begegnen wir im Garten einer Gruppe anderer Frauen, die mit ihren Kindern ein Picknick veranstalten. Ich will mich gerade umwenden und unbemerkt verschwinden, als eines der Kinder auf mich zugerannt kommt und mich am Rockzipfel packt. Sofort liegt die Aufmerksamkeit aller Anwesenden auf mir. Die Frauen haben ihre Unterhaltungen unterbrochen und starren mich an, als sei ich ein unerwünschter Eindringling. Genauso fühle ich mich, seit ich einen Fuß an diesen Königshof gesetzt habe, aber bisher konnte ich – abgesehen von den Mahlzeiten – Begegnungen mit Fremden umgehen.

Der Umstand, dass ich die Verlobte des Königs bin, lässt mich im Rang über allen anwesenden Damen stehen, dennoch scheint keine von ihnen daran zu denken, mir den zustehenden Respekt zu erweisen. Sie könnten sich nicht damit herausreden, dass sie nicht wüssten, wer ich sei – mein fast weißes Haar und die für Frysker typisch spitz zulaufenden Ohren sind Indizien genug, um mich als die zukünftige Königin zu erkennen.

Die stumme Ablehnung, mit der sie mir begegnen, schnürt mir die Kehle zu. Ich will hier weg, will mich wieder in meinem Zimmer einschließen und meine Mutter in einem weiteren Brief anflehen, mich zurück nach Hause zu holen.

Ich gehe in die Hocke, um dem Jungen, der nicht älter als drei Jahre sein kann, mein Kleid zu entwinden, damit ich den Rückzug antreten kann. Noch bevor ich den Mund öffnen kann, erstarre ich.

Wachsame, grüne Augen blicken mir entgegen. Ein pausbäckiges Gesicht, eingerahmt von dicken, blonden Locken.

Ich schlucke angestrengt und mein Blick huscht zu der Gruppe Frauen. Eine von ihnen bedenkt mich mit einem herablassenden Grinsen, ehe sie die Hand ausstreckt. »Komm her, mein Kleiner! Wie oft soll ich dir noch sagen, dass du nicht zu Fremden gehen sollst?«

Der Junge, der Esmonds Ebenbild ist, lässt mein Kleid los und rauscht zurück zu seiner Mutter, die mich gerade auf mehr als zwei Arten beleidigt hat, ohne das Wort direkt an mich zu richten.

»Ist alles in Ordnung?«, wispert Linnet, als ich mich wieder aufrichte. »Du siehst blass aus. Noch mehr als gewöhnlich.«

Es fällt mir unendlich schwer, mich gerade zu halten und ihr zuzunicken. »Geht schon. Vielleicht sollte ich mich ein wenig hinlegen.«

Ich beeile mich, den Bereich des Gartens mit den Frauen hinter mir zu lassen. Erst als ich sicher bin, nicht mehr von ihnen beobachtet und begutachtet zu werden, werde ich langsamer.

Dieses Kind ... Es war eindeutig von Esmond. Dann muss die Frau seine Geliebte, vielleicht sogar seine Mätresse sein. Wie viele von denen gibt es wohl noch am Hof? Wie viele Kinder, die aussehen wie er?

Doch sosehr ich auch in mich hineinfühle, verspüre ich keinen Stich der Eifersucht. Es ist mir gleichgültig, dass er andere Frauen hat. Solange er mich nicht behelligt, kann er von mir aus Hunderte haben. Hunderte Mätressen und Hunderte uneheliche Kinder.

Aber es müsste mir etwas ausmachen. Ich müsste fuchsteufelswild und wütend auf Esmond sein, schließlich war er zum Zeitpunkt, als der Junge von vorhin gezeugt wurde, bereits mit mir verlobt. Er sprach von einer tiefen Zuneigung und Liebe zu mir, die allein das Bildnis hervorgerufen hätte. Das kann ich nun nicht mehr glauben, wenn er ...

Ein Schnauben unterbricht meine wirren Gedanken. Ich hebe den Kopf und bleibe stehen, weil ich beinahe in ein schneeweißes Pferd hineingelaufen wäre. Nur ein Blick in seine vor Freude glänzenden Augen ist nötig, damit ich Hembrant erkenne.

Mein Herz macht einen solchen Satz, dass mir die Brust schmerzt.

»Hembrant«, murmele ich, als ich die Hand nach ihm ausstrecke und über seine weichen, rosigen Nüstern streichele. »Wie kommst du hierher?«

Bitte antworte mir, flehe ich stumm den Hengst an. *Sag mir, dass Leander dich hergebracht hat. Sag mir, dass er noch hier ist.*

Seit ein paar Stunden habe ich meine Magie nur als entferntes Rauschen in meinen Adern wahrgenommen und es darauf geschoben, dass die frische Luft mir guttat. Aber wenn Leander in der Nähe ist ...

Mein Blick fällt auf etwas Blaues, das an Hembrants Zaumzeug befestigt ist, und mein Herz, das bis eben schneller und immer schneller schlug, kommt abrupt zum Stehen.

»Linnet«, murmele ich. »Lässt du mich für einen Moment allein?«

Ich spüre, dass sie zögert. »Natürlich«, sagt sie schließlich und zieht sich zurück.

Als ihre Schritte hinter mir verklungen sind, strecke ich die zitternden Finger nach dem blauen Band aus, das als Schleife an Hembrants Zaumzeug hängt. Ich erkenne es sofort: Es ist das blaue Band, dass ich Leander vor dem Armdrücken mit Waldur überreicht habe. Er hatte den Glücksbringer während des Wettkampfes um die Hand geschlungen.

Nun hängt er an Hembrant, seinem letzten Geschenk an mich.

Tränen quellen mir aus den Augen und ich versuche gar nicht erst, sie zurückzuhalten. Mir sind auch die Schneeflocken egal, die lautlos um mich herum zu Boden rieseln. Leise schniefend sinke ich auf die Knie und lasse ihnen freien Lauf. Hembrant stupst mir gegen den Kopf und die Schulter, doch selbst wenn mein Leben davon abhinge, könnte ich mich jetzt nicht zusammenreißen.

Hembrant und das blaue Band.

Das ist Leanders Art, mir endgültig Lebewohl zu sagen.

KAPITEL 26

LEANDER

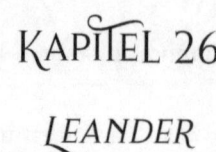

Ich weiß nicht, was mit mir nicht stimmt. Vielleicht entwickele ich eine Vorliebe dafür, mir selbst Schmerzen zuzufügen. Anders kann ich es mir nicht erklären, warum ich Hembrant am Königshof nicht einfach einem der zuverlässigeren Stallburschen überlassen habe, sondern selbst geblieben bin. Mittlerweile könnte ich längst auf dem Rückweg nach Brasania sein. Denn auf dem Weg hierher an den Feuerhof habe ich die Idee, Davina direkt gegenüberzutreten, bereits mehrmals verworfen, feige wie ich bin.

Stattdessen verstecke ich mich wie ein Dieb hinter Rosenhecken und sehe mit angehaltenem Atem dabei zu, wie sich das ungebärdige Mistvieh unter Davinas sanften Händen in das lammfrommste Pferd verwandelt, das mir je untergekommen ist.

Sobald ich auf den Burghof geritten kam, war Hembrant nicht mehr zu halten. Den Weg hierher trottete er eher widerwillig neben Elora her, doch dann zerrte er mich in den Rosengarten, kaum dass ich von Elora abgestiegen war. Ich konnte gerade noch einem der Stallburschen zurufen, dass er sich ja gut um sie kümmern soll. Und dass ich mich später selbst davon überzeugen werde.

Mitten im Rosengarten blieb Hembrant wie angewurzelt stehen. Er ignorierte mein gutes Zureden und auch das Ziehen an den Zügeln. Ich verdrehte die Augen und wollte ihm wieder damit drohen, dass er beim Schlachter enden würde, wenn er sich weiter so benahm. Natürlich würde ich das nie tun, aber ich redete mir ein, dass diese Drohung ein Umdenken bei dem eigensinnigen Hengst bewirken würde.

Dann hörte ich hinter mir Davinas Stimme. Mein Körper reagierte ohne mein Zutun und drehte sich zu ihr um, wartete angespannt darauf, dass sie zwischen den Rosenbüschen hervortreten würde. Diese Zeit nutzte mein Verstand, um mich wieder auf Spur zu bringen. So schnell ich konnte, knotete ich das blaue Band an Hembrants Zaumzeug und versteckte mich hinter den Hecken.

Ich will aufstehen, zu ihr eilen und sie endlich wieder in die Arme schließen, doch mein Verstand hält mich zurück. *Was ist, wenn sie dich vergessen hat?*, fragt er mich. *Wenn sie über dich hinweg ist? Willst du diese Leere noch einmal in dir spüren?*

Nein, zunächst musste ich herausfinden, wie es um sie steht. Es ist keine gute Idee, ihr ohne Gesellschaft gegenüberzutreten. Ich könnte Dinge sagen und tun, die wir hinterher bereuen. Ich muss sie aus sicherer Entfernung einschätzen können, auch wenn alles in mir danach schreit, sie endlich wieder zu berühren und ihren frischen Duft einzuatmen. Ich bilde mir ein, dass sie nach einem schneebedeckten Wald riecht, auch wenn ich noch nie in einem solchen war.

Ich liebe die Fremdartigkeit ihres Dufts.

Als sie anfängt zu weinen, will ich aufspringen und sie an mich drücken. Will ihr über das Haar streichen und ihr zuflüstern, dass ich hier bin und jetzt alles gut wird.

»Leander, bist du das?«

Ich zucke in meinem Versteck zusammen und wirbele herum. Hinter mir steht genau der Mann, den ich am wenigsten sehen will.

Ich rappele mich auf und verneige mich. »Mein König.«

»Was machst du hier?«, fragt Esmond statt einer Begrüßung. »Hattest du nicht damit gedroht, dem Hof auf unbestimmte Zeit fernzubleiben?«

Die Götter wissen, dass ich es wirklich versucht habe ... »Ich habe meine Meinung geändert. Aber ich werde nicht lange bleiben. Ich wollte nur ... nachsehen, ob Ihr mittlerweile einen Ersatz für mich gefunden habt.«

Esmond seufzt. »Wie oft muss ich dir noch sagen, dass du nicht so förmlich mit mir reden sollst, wenn wir allein sind? Jedes Mal komme ich mir dabei vor, als sei ich mein Vater. Ich habe mich immer noch nicht daran gewöhnt, mit ›Majestät‹ angesprochen zu werden.« Für einen Moment sieht er wieder aus wie der Junge von damals, der nichts als Flausen im Kopf hatte. »Wir sind doch Freunde, oder?«

Genauso gut hätte er mir einen Dolch in die Brust rammen können. Ich bin hier, um herauszufinden, ob und wie ich ihm die Verlobte stehlen kann – und er fragt mich, wir noch Freunde sind. Einen schlechteren Zeitpunkt hätte er nicht wählen können.

»Natürlich sind wir Freunde«, zwinge ich mich zu sagen. »Aber Ihr ... du bist auch mein König. Meine Mutter würde sich im Grab umdrehen, wenn sie wüsste, dass ich respektlos mit dir rede.«

»Du redest nicht respektlos«, brummt Esmond. »Ich genieße es, dass es wenigstens einen Mann in dieser gottverdammten Burg gibt, der mir nicht in den Arsch kriechen will.«

»Nein, das will ich ganz und gar nicht«, murmele ich.

»Gut. Wie lange bleibst du?«

Ich schlucke hart. »Eigentlich wollte ich ...«

»Ich brauche deinen Rat.« Esmond stößt geräuschvoll die Luft aus. »Obwohl du wahrscheinlich der Letzte bist, den ich deswegen um Rat fragen sollte, aber ich weiß nicht, an wen ich mich sonst wenden könnte. Du hast ja mit Frauengeschichten wenig am Hut. Es geht um meine junge Braut. Und du kennst sie zumindest flüchtig.«

Nun bin ich hellhörig und eine kribbelnde Unruhe erfasst mich. Ahnt er etwas? Oder gibt es einen anderen Grund, weshalb er mit mir über Davina sprechen will?

»Lass uns hineingehen«, sagt Esmond.

Er führt mich in seine privaten Gemächer. Ich war erst wenige Male hier, merke mir aber vorsorglich den Weg, falls ich fliehen muss. Ich hätte nicht gedacht, dass er es herausfindet ... Nicht so schnell. Hat Davina ihm etwa die Wahrheit gesagt?

Mit einem müden Seufzen lässt Esmond sich auf einen der Stühle fallen und weist auf den gegenüber. In meinem Bauch rumort es, als ich mich auf die Kante setze – direkt in Fluchtrichtung zur Tür.

»Ich weiß nicht, wo ich anfangen soll«, murmelt Esmond, der nun um Jahre gealtert scheint. »Ich sehe die Prinzessin kaum. Sie schließt sich in ihrem Zimmer ein und lässt manchmal nicht einmal ihre Kammerzofe zu sich. Wenn sie beim Essen neben mir sitzt, kann ich gar nicht weit genug von ihr abrücken, weil ich Angst habe, dass ihre Nähe mich zu Eis erstarren lässt.«

Verstohlen atme ich auf, doch seine Worte verfehlen ihre Wirkung nicht.

»Hast du mit ihr geredet?«, frage ich. »Weiß sie von deinen Sorgen?«

»Nein«, gibt Esmond zu. »In ihrer Gegenwart kriege ich

kaum den Mund auf. Ein Blick aus ihren eisblauen Augen und ich befürchte, dass mein Inneres jeden Moment gefrieren könnte.«

Verwundert runzele ich die Stirn. Ich hatte eher Sorge, in Davinas blauen Augen ertrinken zu können. Eiskalt waren sie nur wenige Male: als sie gegen die Erdländer kämpfte und sie mit ihrer Eismagie in die Flucht trieb. Als Gegner hätte ich ihr in dem Moment nicht gegenüberstehen wollen. Oder als sie Dolche auf den armen Baum warf, während wir auf der Suche nach der falschen Prinzessin waren.

»Ich hatte gehofft, dass du mit ihr reden könntest«, murmelt Esmond kleinlaut.

Mein ganzer Körper verspannt sich. »Ich?«

Esmond zuckt mit den Schultern. »Vielleicht dringst du zu ihr durch.«

Oh nein, das ist keine gute Idee …

»Bei dir mache ich mir keine Sorgen«, fährt Esmond fort, ohne dass ich etwas sagen kann. »Immerhin warst du schon mit ihr allein unterwegs und es ist ihr nichts geschehen. Und du bist mein Freund.«

Der Dolch, den er mir vorhin in die Brust gerammt hat, steckt nun bis zum Heft in mir und erschwert mir jeden Atemzug.

»Ich weiß nicht, ob ich …«, setze ich an.

»Bitte, Leander«, unterbricht mich Esmond. »Außer dir habe ich niemanden, den ich darum bitten könnte. Die Frauen meiden sie und mit den Dienerinnen …« Er zuckt mit den Schultern. »Die will ich da nicht mit hineinziehen. Sie tratschen zu viel.«

Ich runzele die Stirn. »Was meinst du mit ›die Frauen meiden sie‹? Weiß die Prinzessin etwa von deinen Mätressen?«

Ich habe den Überblick verloren, wie viele Esmond mittlerweile hat. Würde mich nicht wundern, wenn es eine für jeden Tag ist – und ein paar zusätzlich, falls eine von ihnen schwanger wird. Was regelmäßig geschieht. Ich mache ihm deswegen keinen Vorwurf. Wenigstens vergeht er sich nicht – wie andere Edelmänner – an den Dienstmägden oder verprasst sein Vermögen in einem Bordell. Die Frauen, die sich seine Aufmerksamkeit gesichert haben, führen ein Leben in Luxus hier am Hof, das einer Prinzessin würdig ist.

Doch es würde mich wundern, wenn die echte Prinzessin dieses Verhalten guthieße.

Esmond kratzt sich am Kinn. »Ich habe Eira den Frauen nicht offiziell vorgestellt, aber sie sind sich bestimmt begegnet. Nun, da meine Braut hier am Hof ist, fühlen sich einige von ihnen in ihrer Stellung bedroht.«

»Was du nicht sagst«, murmele ich mehr zu mir selbst.

»Du musst mir helfen, Mann.«

Ich stoße die Luft aus. »Denkst du nicht, du solltest selbst mit ihr reden?«

»Nein«, sagt er sofort. »Ich komme gut mit Frauen klar, aber reden kann ich nicht.«

»Solltest du nicht wenigstens dabei sein?«

Esmond schüttelt den Kopf. »Dann rückt sie sicher nicht mit der Sprache heraus. Du machst das schon. Komm, ich bringe dich zu ihrem Zimmer.«

❄

Was zum Henker mache ich hier eigentlich?, frage ich mich zum wiederholten Mal, als ich mutterseelenallein auf dem Korridor und vor Davinas Zimmertür stehe.

Mit ihr allein zu sein, war nicht Teil des Plans. Ich weiß,

dass ich mich nicht unter Kontrolle habe, wenn ich mit ihr allein bin. Ich sollte gehen, Elora satteln und von hier verschwinden. Herzukommen, war ein Fehler.

Dennoch hebt sich meine Hand wie von selbst und klopft an. Ich verfluche meinen Körper für sein eigensinniges Handeln.

Vielleicht ist sie noch nicht zurück, hoffe ich. *Vielleicht sucht sie noch eine Unterkunft für Hembrant.*

Im nächsten Augenblick wird die Tür von innen geöffnet und meine Hoffnungen zerstreuen sich. Stattdessen schaue ich in Davinas verblüfftes Gesicht. In meinem letzten lichten Moment suche ich nach dem kalten Blick, den Esmond beschrieben hat, kann ihn aber beim besten Willen nicht finden.

Dann schweigt mein Verstand und ich schaue sie einfach nur an, nehme jede Einzelheit von ihr in mich auf, die ich während der endlosen Tage ohne sie beinahe vergessen hätte. Die leicht nach oben gebogene Form ihrer Nasenspitze. Der kleine Leberfleck unter ihrem linken Auge. Die Form ihrer Ohren, die ständig meine Finger lockt, sie zu berühren.

Ich nehme einen tiefen Atemzug. Meine Lungen erfüllen sich mit ihrem eisigen Duft und reparieren den Schaden in meiner Brust.

»Leander«, wispert sie, als könne sie nicht glauben, dass ich tatsächlich vor ihr stehe.

Meinen Namen aus ihrem Mund zu hören, erfüllt mich mit einem Glücksgefühl, das ich für verschüttet hielt.

Unvermittelt packt sie mich vorn am Hemd und zieht mich ins Zimmer. Kaum dass ich hineingestolpert bin, verriegelt sie die Tür hinter sich. Dann sackt Davina auf die Knie und atmet schwer.

»Was ...?«, setze ich an, verstumme jedoch gleich darauf.

Mein Blick huscht im Zimmer hin und her. Spitze Eiszapfen hängen von der Decke. Auf dem ganzen Boden haben sich Eiskristalle gebildet, und aus den Fenstern kann ich vor lauter Eisblumen nicht mehr schauen.

Ein eisiges Gefängnis.

»Was ist hier geschehen?«, frage ich.

Davina zieht die Handschuhe aus, die mir bisher nicht aufgefallen sind, streckt den Arm aus und schnippt einmal mit den Fingern. Die Eiszapfen zersplittern klirrend und auch das Eis auf dem Boden und den Fenstern zieht sich zurück, sammelt sich über ihrer Hand und verschwindet schließlich, als wäre es nie dagewesen.

Immer noch nach Luft schnappend lässt sie den Kopf hängen. »Endlich«, flüstert sie. »Ich weiß nicht, wie lange ich es noch ausgehalten hätte.«

Ihre Worte sind nicht an mich gerichtet, jedoch legen sie sich um mein Herz und drücken zu. Fester und fester, bis ich es fast nicht mehr ertrage.

Was auch immer hier geschehen ist, es muss furchtbar für sie gewesen sein. Und sie musste es die ganze Zeit über allein aushalten. Weil Esmond Angst vor ihr hat.

Ich gehe zu ihr, umfasse sanft ihren Arm, um ihr aufzuhelfen. Schmerzerfüllt verzieht sie das Gesicht und ich ziehe meine Hand sofort zurück. Vorsichtig umschließe ich ihr Handgelenk und schiebe die Ärmel ihres Kleides ein Stück nach oben. Nach und nach lege ich verschiedene Kratzspuren frei, die sich in unterschiedlichen Heilungsstadien befinden. Einige haben einen dicken Schorf gebildet und sehen aus, als seien sie mehrere Tage alt. Andere sind noch so rot, dass sie nur frisch sein können.

»Wer hat dir das angetan?«, knurre ich mit nur unzureichend unterdrückter Wut. Ein dunkler Gedanke keimt in mir. »War es Esmond?«

Davina gibt ein freudloses Schnauben von sich und entwindet mir ihren Arm. »Wohl kaum. Das letzte Mal, als er mich berührt hat, meinte er, dass ich so kalt sei wie ein Leichnam.«

Ich runzele die Stirn und greife nach ihrer Hand. »Du bist warm. Ganz normal warm.«

Eine ganze Weile schaut Davina auf unsere verschränkten Hände. »Bist du nun zufrieden?«, wispert sie.

»Was?«, frage ich verwirrt.

Ihr Blick huscht zu meinem Gesicht. »Nicht du.« Sie zieht die Augenbrauen zusammen und ein abweisender Ausdruck breitet sich in ihrer Miene aus, den ich nie zuvor bei ihr gesehen habe. »Warum bist du hier?«

Diese Frage stelle ich mir schon seit Stunden. Ich räuspere mich. »Hembrant war ...« Ich breche ab. *Die Schuld auf den verdammten Gaul zu schieben, ist wirklich erbärmlich.* »Ich wollte sehen, ob es dir gut geht.«

Sie entwindet mir ihre Hand, steht ohne meine Hilfe auf und geht hinüber zum Fenster. Ich beobachte jede ihrer Bewegungen, doch im Gegensatz zu früher, wirken sie steif. Könnte auch an dem ausladenden Kleid liegen, das sie trägt. Ich habe sie noch nie zuvor in einem Kleid gesehen. Es passt nicht zu ihr.

Mit dem Rücken zu mir, sagt sie: »Es geht mir blendend.« Ihre Stimme ist kalt und klirrend wie das Eis, das noch vor wenigen Augenblicken das Zimmer dominiert hat.

»Ich ... dachte nur ...« Unruhig fummele ich am Saum meines Hemdes herum.

Was zum Henker dachtest du dir, Leander?, fragt eine gehässige Stimme in meinem Kopf. *Dass du hier auftauchen kannst*

und sie dich mit offenen Armen empfängt, nachdem du ihr klarge-
macht hast, dass es vorbei ist? Dass sie die letzten Wochen genauso
gelitten hat wie du? Sie lebt in einem Schloss, verdammt noch mal!
Sie hat sämtliche Annehmlichkeiten und wird bald den König hei-
raten – nicht einen verarmten Minhern wie dich, der nicht mal eine
mickrige Burg vorzuweisen hat.

Ich schließe die Augen und beiße die Zähne zusammen in der Hoffnung, dass ich die Stimme so zum Schweigen bringen kann, scheitere jedoch kläglich.

Davina stößt ein Seufzen aus und dreht sich halb zu mir um. Plötzlich wirkt ihre Haltung eingefallen, als wäre sämtliche Spannung aus ihrem Körper gewichen. »Ich hasse es hier«, gibt sie leise zu. »Nicht nur ich, sondern auch meine Magie, die ... ein Eigenleben entwickelt hat und mir das Leben schwer macht.« Ein kleines Lächeln erscheint auf ihren Lippen. »Außer dir kann ich das niemandem sagen.« Sie deutet mit einem Kopfnicken zum Schreibtisch neben sich, auf dem sich einige Briefe stapeln. »Selbst meine Mutter meint nur, dass ich mich mehr anstrengen und es klaglos ertragen soll.«

Ich zeige auf den Stuhl, der am Schreibtisch steht. »Darf ich mich setzen oder soll ich verschwinden?«

Kurz huscht ein Anflug von Panik durch ihren Blick. »Bleib. Bitte.«

Ich nicke und atme auf. Nicht nur, weil sie mich nicht hinauswirft, sondern weil die Stimme in meinem Kopf endlich schweigt. Ich setze mich auf den Stuhl, gute drei Meter von ihr entfernt. So nah und doch weit außerhalb meiner Reichweite.

Davina setzt sich aufs Fensterbrett, zieht die Beine an den Körper und drapiert das Kleid drum herum. »Warum bist du wirklich hier?«, fragt sie nach einer Weile.

Ich stoße die Luft aus. »Die Wahrheit willst du nicht hören.«

Ihr tiefblauer Blick findet meinen. »Und wenn doch?«

Ich bin hier, weil ich es satthabe, dich nur in meinen Träumen zu sehen. Ein Teil von mir will sichergehen, dass Esmond dir die Liebe gibt, die du verdienst. Der andere Teil will ihn dafür umbringen, dass er derjenige ist, der dir nahe sein darf.

»Ich habe ein paar Besorgungen zu machen«, sage ich ausweichend. »Die Bauarbeiten an der Burg in Brasania gehen gut voran, aber wir haben nicht alles, was wir brauchen.«

Der Ausdruck in ihrem Gesicht wird weicher. »Ich würde sie gern sehen, wenn sie fertig ist. Eines Tages.« Sie dreht den Kopf und schaut aus dem Fenster. »Irgendwann, wenn ich diesen verdammten Hof verlassen kann.«

Ich runzele die Stirn. »Warum gehst du nicht? Ich meine, du könntest nach Brannwin reisen und dir die Zeit in der Stadt vertreiben, wenn dir hier die Decke auf den Kopf fällt.« Ich zwinge mich zu einem Lächeln. »Und jetzt hast du Hembrant zurück. Du müsstest nicht auf einem fremden Pferd reiten. Er hat dich vermisst. Er war unausstehlich, weil du nicht da warst.«

Und nicht nur er. Selbst ich merkte, wie mir die Dorfbewohner aus dem Weg gingen, weil ich bei jeder Kleinigkeit aus der Haut fuhr.

Davinas Lächeln wird breiter, ehrlicher. »Ich danke dir, dass du ihn mitgebracht hast, aber ...« Ihr Blick gleitet kurz zu mir, dann sieht sie wieder aus dem Fenster. »Du hättest ihn in Brasania lassen sollen. Ich werde keine Gelegenheit haben, den Hof zu verlassen.«

»Warum? Du bist keine Gefangene, sondern ...«

Ich breche ab, weil ich es nicht ertrage, die Wahrheit auszusprechen. *Die Verlobte des Königs. Die zukünftige Königin.*

Jeder sollte dich sehen. Jeder sollte einmal im Leben dein Lächeln sehen dürfen.

»Ich kann nicht hinaus«, murmelt sie und schlingt beide Arme um die angewinkelten Beine. »Der kleine Ausflug in den Rosengarten heute Mittag hat mich bereits an meine Grenzen gebracht.« Ihre Miene verdüstert sich. »Wusstest du, dass Esmond ...« Unsicher schaut sie zu mir. »Dass es hier im Schloss Frauen gibt, die ...«

»... seine Mätressen sind?«, helfe ich ihr aus. »Ja. Bist du ihnen begegnet?«

Sie kaut auf ihrer Unterlippe. »Wie viele gibt es von ihnen?«

Ich zucke ausweichend mit den Schultern.

»Ist das ... normal?«

»Was meinst du?«

Sie rutscht auf der Stelle hin und her, als müsste sie sich erst über die richtigen Worte klar werden. »Dass er Geliebte hat und sie wahrscheinlich auch nach der Hochzeit behält. Mein Vater hat so etwas nicht – oder ich weiß zumindest nichts davon. Ich habe nie davon gehört, dass jemand derart öffentlich damit umgeht ... Sicher gibt es auch am fryskischen Hof heimliche Liebschaften, aber keine ... Mätressen. Und keine unehelichen Kinder, die im Rosengarten herumtollen.«

»Ah, denen bist du also auch schon begegnet«, murmele ich.

»Die Kinder können nichts dafür, aber die Mütter ...« Sie verzieht den Mund. »Sie haben mich behandelt, als wäre ich diejenige, die sich vor ihnen verneigen muss. Als sei ich nicht mehr wert als der Dreck unter ihren Schuhen. Ein Eindringling in ihre heile Welt.« Entschieden schüttelt sie den Kopf.

»Ich habe nicht darum gebeten, Esmond zu heiraten, aber ich habe gehofft, dass er mir mit der Zuneigung begegnet, von der er sprach. Dass er mir zumindest das Gefühl gibt, dass ich hier willkommen bin und mich wie zu Hause fühlen kann.« Sie lehnt die Stirn gegen die Fensterscheibe. »Doch ich bin eine Gefangene.«

Wie gern würde ich aufstehen und sie fest in die Arme schließen und ihr den Halt geben, den sie gerade benötigt. Aber ich muss mich daran erinnern, wo mein Platz ist: nicht neben ihr, sondern hinter ihr, als ihr Ritter und Beschützer, wenn sie mich lässt. Nicht mehr und nicht weniger.

»Ich weiß nicht, wie es in den anderen beiden Ländern gehandhabt wird«, gebe ich zu, »aber auch Esmonds Vater hatte Mätressen. Für die Menschen hier ist es also völlig normal. Gleichwohl solltest du einen höheren Stand haben als jede von ihnen. Ich werde Esmond sagen, dass er seinen Mätressen ins Gewissen reden soll.«

»Nein«, sagt sie schnell. »So ... meinte ich das nicht. Ich empfinde nichts für Esmond. Demnach ist es mir egal, ob und mit wie vielen Frauen er ... was auch immer tut, solange er mich in Ruhe lässt. Ich verlange nicht, dass sie vor mir kriechen, aber ich will den Respekt, der mir zusteht, wenn ich schon mit ihnen unter einem Dach leben muss.«

Mir fällt es schwer, ihr nach dem zweiten Satz weiter aufmerksam zuzuhören. *Sie empfindet nichts für Esmond.* Ein riesiger Stein fällt mir vom Herzen.

Mit einer Kinnbewegung deutet sie auf den Stapel Briefe auf dem Tisch vor mir. »Ich habe meine Eltern gebeten, die Verlobung zu lösen und mich nach Hause zu holen.«

Der Stein ist zwar weg, doch nun bohrt sich Angst wie eine eisige Klaue in mein Herz. Sie geht zurück nach Fryske.

Zurück in ihr Heimatland. So weit weg, dass ich sie nie wiedersehen werde.

»Ich kann es nicht«, murmelt Davina, nachdem ich keinen Ton herausbekomme. »Jemanden heiraten, für den ich rein gar nichts empfinde. Nicht einmal Freundschaft. Im Umkehrschluss könnte ich nie mein Herz an mehrere verschenken, so wie Esmond es tut. Ich weiß nicht, ob er seine Mätressen liebt, aber sie sind ihm wichtig genug, dass sie hier leben dürfen.«

»Ich könnte es auch nicht«, gebe ich heiser zu.

So vieles hängt zwischen uns, doch keiner wagt es, die Worte auszusprechen.

»Mein Vater ist dagegen«, sagt Davina schließlich. »Gegen die Auflösung der Verlobung, meine ich. Ich soll es ertragen und das Beste daraus machen.«

»Warum?«, frage ich.

Sie legt das Kinn auf ihre Knie. »Fryske braucht das Bündnis mit den Feuerlanden, und umgekehrt genauso. Ich bin der Preis für dieses Bündnis. Eine Verbindung der beiden königlichen Linien soll eine gemeinsame Stärke im Kampf gegen die Erdländer demonstrieren. Bis zu uns nach Fryske haben sich die Erdländer zwar noch nicht gewagt, aber es ist nur eine Frage der Zeit. Ihr kämpft bereits eine gefühlte Ewigkeit gegen sie.«

»Du bist kein Preis, Vi ... Eira.«

Sie lächelt. »Vi ist in Ordnung. Bitte nenne mich weiterhin so.«

»Wenn wir unter uns sind, gern.«

»Ich habe angeboten, selbst zu kämpfen.« Sie streckt die Hand aus. Kleine Eisflocken flirren um ihre Finger herum. »Jetzt, nachdem meine Kraft erwacht ist, könnte ich eine Hilfe sein. Und wenn die Erdländer besiegt sind, könnte ich ...« Ihr

Blick huscht kurz zu mir, ehe sie eine Faust macht und ihre Magie verschwindet.

»Du könntest frei sein«, sage ich sanft.

Sie nickt zögerlich. »Und frei wählen.«

Ihr Blick verhakt sich mit meinem und ich höre all die ungesagten Worte, die zwischen uns hängen.

»Was haben sie zu deinem Angebot gesagt?«, frage ich, als ich meiner Stimme wieder traue.

Davina schnaubt und verdreht die Augen. »Wenn ich vor ihnen gestanden hätte, hätten sie mich ausgelacht. Meine Mutter ist der Meinung, dass meine Kraft nicht für einen richtigen Kampf ausreichen würde.«

»Da bin ich anderer Meinung.« Ich neige den Kopf. »Vielleicht solltest du deinen Eltern zeigen, wie weitreichend deine Magie ist, wenn sie es dir nicht aus Briefen glauben.«

»Du meinst ... ich sollte nach Fryske reisen?«

Ich zucke mit den Schultern. »Warum nicht? Sie sind deine Eltern. Niemand kann dir verbieten, deine Eltern zu besuchen. Wenn du dort zufällig einen kleinen Eissturm entfesselst, wäre das eben ein dummer Zufall.« Ich runzele die Stirn. »Würde ein Eissturm in Fryske auffallen?«

»Meiner schon«, gibt sie grinsend zu. Ich war noch nie so erleichtert, ihr Lächeln zu sehen. »Normalerweise weht nur ein leichter Wind. Richtige Stürme sind sehr selten. Aber ... sie würden ihre Meinung nicht ändern. Seit mein Bruder geboren wurde, bin ich nur ... Da es jetzt einen männlichen Thronerben gibt, werde ich nur noch dazu gebraucht, Vorteile für sie und Fryske zu schaffen.«

Ich bin auch der einzige Sohn, dennoch hätten meine Eltern nie versucht, aus meinen Schwestern Kapital zu schlagen. Sie wollten die bestmöglichen Ehen für sie – ob ihr Schwiegersohn in spe ein Lord oder der Müller aus dem Dorf war, spielte dabei keine Rolle, solange er seine zukünftige Frau auf Händen trug.

»Meine Großmutter lebt noch am fryskischen Hof«, sagt Davina. »Ihre Magie ist ähnlich wie meine – unkontrollierbar.«

»Du schlägst dich ganz gut«, murmele ich und hoffe, ihr damit ein weiteres Lächeln zu entlocken, doch sie sieht mich nur traurig an.

»Im Moment, ja, aber das könnte sich jederzeit ändern. Deshalb traue ich mich nicht, nach Brannwin oder woanders hin zu reisen. Wenn ich die Kontrolle verliere ... Ich weiß nicht, wozu ich dann fähig bin.« Sie legt den Kopf auf die angewinkelten Knie. »Ich habe Angst, so zu enden wie sie. Sie fristet seit Jahren ihr Dasein in einem unterirdischen Gefängnis direkt unter dem Schloss von Fryske.«

»Ist ihre Magie ... so gefährlich?«

»Sie ist eine Gefahr für sich und andere. Vor allem für andere. Ich hab sie nur ein paar Mal zu Gesicht bekommen. Aber vielleicht habe ich Glück und sie hat ... einen lichten Moment. Meine Mutter kann ein paar Schneeflocken beschwören, mehr nicht. Sie versteht nicht, wie unberechenbar die Magie sein kann. Nur meine Großmutter würde es verstehen.«

Ich denke einen Moment über ihre Worte nach. Bisher kam mir nicht in den Sinn, dass ihre Magie ... gefährlich sein könnte. Vielleicht für Erdländer, ja, aber nicht für mich oder irgendwen sonst aus unserem Land. Ich ging davon aus, dass Davina ihre Kraft unter Kontrolle hätte, aber so, wie dieses Zimmer vorhin aussah, scheint das nicht der Fall zu sein.

»Dann solltest du gehen. Nur für einen Besuch, meine ich. Nicht ... für immer. Weil ich ...«

Ich reibe mir mit der Hand über den Mund, bevor noch mehr Blödsinn herauskommt.

»Wenn ich dich bitten würde, mich zu begleiten«, murmelt sie, »was würdest du sagen?«

Ich schlucke angestrengt. »Dass es keine gute Idee ist.«

Mit ihr allein in diesem Zimmer zu sein, strapaziert meine Zurückhaltung bereits aufs Äußerste. Aber mehrere Tage mit ihr allein auf dem Weg nach Fryske? Ohne dass jederzeit zufällig jemand durch eine Tür stolpern könnte. Ohne den stetigen Gedanken an meinen besten Freund im Hinterkopf, der sich ganz in der Nähe befindet. Das würde nicht gut enden.

»Ich ... könnte Linnet bitten, uns zu begleiten. Als Anstandsdame.«

Immer noch keine gute Idee, wendet mein Verstand ein, doch ich nicke bereits.

Davina krallt beide Hände in den Stoff ihres Kleides. »Wenn du ... in Brasania zu beschäftigt bist, dann ...«

»Vi«, unterbreche ich sie sanft. »Ich komme gern mit.«

»Danke«, wispert sie, und ich meine, Tränen der Erleichterung in ihren Augen zu sehen.

KAPITEL 27

DAVINA

Bist du nun zufrieden?, frage ich die flirrende Magie in mir. *Er ist hier. Und er kommt mit uns.*

In den letzten Tagen habe ich mir angewöhnt, mit der Kraft in mir zu reden. Ich hoffte, sie dadurch beruhigen zu können, doch dieses Wunder konnte nur Leander vollbringen – allein, indem er mein Zimmer betrat. Sobald meine Magie seine Nähe spürte, hörte sie auf, in meinen Adern zu randalieren und sich gewaltsam einen Weg nach draußen zu bahnen. Ich konnte sie zurückrufen und wieder in mir einschließen.

Nun zirkuliert sie friedlich in mir, ohne mich zu behelligen. Ich spüre sie, aber nicht auf zerstörerische Weise. Nicht so, dass ich das Bedürfnis habe, mir die Haut aufzukratzen, um sie aus mir herauszuholen.

Wie lange dieser Zustand anhalten wird, weiß ich nicht.

Ich klammere mich an die Hoffnung, dass meine Großmutter mehr weiß. Es gibt für meine Magie keinen Grund, völlig durchzudrehen.

Ich rausche aus dem Zimmer; Leander bleibt mir dicht auf den Fersen. Nach kurzem Suchen finde ich Esmond im Rosengarten, umringt von drei Frauen, die ihn mit süßen Früchten füttern und dabei kichern wie kleine Kinder. Der Anblick sollte mich kränken, doch ich empfinde rein gar nichts.

»Mein König«, sage ich laut genug, um das alberne Kichern zu übertönen. Die drei Frauen springen zur Seite und starren mich mit giftigen Blicken an. Ich ignoriere sie. »Ich muss mit Euch reden.«

Kurz huscht Esmonds Blick zu Leander hinter mir, dann wedelt er mit der Hand. »Lasst uns allein.«

Die drei Frauen trollen sich. Als sich auch Leander umwendet, sagen Esmond und ich wie aus einem Mund: »Du bleibst.«

Sichtlich unwohl tritt er von einem Bein aufs andere.

»Was kann ich für Euch tun, Liebste?«, fragt Esmond.

Es schüttelt mich bei diesem Kosenamen, doch ich halte den Kopf oben. »Ich werde meine Familie besuchen.«

Esmond runzelt die Stirn, völlig überrascht von meinem Vorhaben. Wahrscheinlich hat er damit gerechnet, dass ich ihm Vorhaltungen wegen der anderen Frauen mache. »Warum?«

Ich zucke mit den Schultern. »Familienangelegenheiten.«

»Ich kann Euch nicht allein nach Fryske reisen lassen«, führt Esmond an. »Die Grenzen sind nicht sicher, und selbst im Landesinneren wurden Erdländer gesichtet. Es wäre unverantwortlich, Euch ...«

»Leander wird mich begleiten«, unterbreche ich ihn. »Und Linnet ebenfalls. Außerdem ...«

Ich wecke meine Magie auf, die mich nur einen Augenblick später umtost. Esmond weicht mehrere Schritte zurück und starrt mich aus weit aufgerissenen Augen an. »... bin ich nicht wehrlos.«

Esmond schaut zu Leander. »Wie kannst du so nah bei ihr stehen? Selbst hier drüben habe ich Angst, dass mir vor Kälte gleich die Finger steif werden.«

Mit einem unguten Gefühl wende ich mich zu Leander um. Findet er meine Magie genauso kalt und abstoßend wie

Esmond? Zu meiner Erleichterung streckt Leander die Hand aus und fängt eine der Schneeflocken auf, die sogleich auf seiner Handfläche schmilzt.

»Mir ist nicht kalt«, sagt er zum König.

Esmonds Miene wechselt von Abneigung zu Unverständnis, doch er sagt nichts dazu. »Ich weiß nicht, warum Ihr so plötzlich ...«

Mit einem Fingerschnippen verschwindet meine Magie, und Esmond atmet erleichtert auf. »Ich habe nicht um Eure Erlaubnis gebeten«, stelle ich klar. »Ich werde gehen, ob mit oder ohne Eure Zustimmung. Ihr könnt Euch ... in der Zwischenzeit weiter amüsieren.«

Ich wirbele herum und lasse ihn einfach stehen.

»Die letzte Spitze hätte nicht sein müssen, Vi«, murrt Leander hinter mir.

»Warum? Hätte ich deutlicher werden müssen und seine Mätressen offen erwähnen sollen?«

Er seufzt. »Ich wusste, dass das Thema einen wunden Punkt bei dir trifft.«

Ich schnaube. »Tut es, aber ich weiß nicht, wieso.«

»Ich schon.«

Ich bleibe stehen und drehe mich zu ihm um. »Dann hilf mir auf die Sprünge.«

Bei seinem schiefen Grinsen bleibt mir beinahe das Herz stehen. »Nein. Ich glaube, das behalte ich für mich. Erzähl mir lieber, wie der Plan aussieht. Willst du einfach gehen?«

»Ja«, sage ich mit etwas Verspätung. »Ich gebe Linnet Bescheid, dass sie packen soll. Und ich werde Hembrant satteln lassen.« Ich verziehe den Mund. »Ich werde ein Stück im Damensattel reiten müssen, wie es von mir erwartet wird. Aber ich werde keineswegs eine Kutsche besteigen. Linnet kann von mir aus den ganzen Weg in diesem schaukelnden Ding verbringen, aber ich ziehe Hembrant vor.«

»Wir könnten in Brasania haltmachen«, schlägt Leander vor. »Dort habe ich noch einen normalen Sattel für ihn.«

Erleichtert atme ich auf. »Das klingt wundervoll.«

✳

Die Vorbereitungen sind schneller abgeschlossen, als ich befürchtet habe. Linnet schmollt etwas, weil sie nicht mitkommen will, doch ohne sie würde ich gegen unzählige Sitten verstoßen, wenn ich mit Leander allein reise. Obwohl ich das bereits getan habe und es niemanden gestört hat.

Nun bin ich jedoch die Verlobte des Königs. Selbst wenn ich mit einem der Diener oder Soldaten rede, habe ich ständig das Gefühl, ganz genau von den anderen Umstehenden gemustert zu werden. Jedes Wort, jede Geste, jede noch so spärliche Berührung wird auf die Goldwaage gelegt.

Während ich nur das Reitkleid von Grete und ein paar Kleidungsstücke zum Wechseln einpacke, hilft Leander dabei, Hembrant zu satteln. Er meinte, er könne nicht verantworten, dass einer der armen Stallburschen ein paar Finger verliert, weil Hembrant beißen würde, wenn ihn jemand Fremdes sattelt.

Nur eine knappe Stunde später stehe ich mit leichtem Gepäck auf dem Burghof, wo Hembrant bereits auf mich wartet und freudig wiehert, als er mich sieht. Leander, der auf Elora sitzt, verdreht die Augen.

»Normalerweise wehrt er sich nach Leibeskräften, wenn ihn jemand reiten will«, brummt er, als ich meinen Hengst hinter den Ohren kraule. »Was ist mit deiner Zofe?«

»Sie braucht noch«, sage ich seufzend. »Ist noch mit Packen beschäftigt. Außerdem ist ihre Kutsche nicht bereit. Wir warten in Brasania auf sie.«

»Von mir aus«, sagt Leander zu meiner Erleichterung. »Ich bin froh, wenn ich hier wegkomme.«

Umständlich klettere ich in den verhassten Damensattel und drapiere das Kleid so, dass meine Beine nicht zu sehen sind. Der Sitz ist so unbequem, dass ich am liebsten sofort absteigen würde, doch ich schnalze Hembrant zu, der sich sogleich in Bewegung setzt.

Sobald die Mauern des Königshofs außer Sichtweite sind, lenke ich Hembrant in einen kleinen, dichten Wald und steige ab.

»Bei der Göttin!«, zische ich. »Wie können Frauen nur auf diese Weise reiten?«

Leander schmunzelt, als er ebenfalls absteigt. »Die meisten reisen in Kutschen.«

»Wenn ich nur mit einem solchen Sattel reiten könnte, würde ich das auch tun.« Ich schnüre das Bündel los, das ich hinter dem Sattel angebracht habe. »Nimmst du ihm das verdammte Ding ab? Lass den Sattel hier zurück, wirf ihn in den nächsten Fluss oder verbrenn ihn – mir ist es egal, solange ich nie wieder darauf sitzen muss. Ich gehe mich umziehen. Bis Brasania geht es ohne Sattel.«

Leander wirft Hembrant einen abschätzenden Blick zu. »Kommt drauf an, was er dazu sagt. Aber solange du in der Nähe bist, ist er umgänglich.«

So geht es mir mit dir und meiner Magie. Schnell schlucke ich die Worte hinunter und schlage mich ein paar Meter ins Gebüsch, um endlich das verdammte Kleid loszuwerden.

In Fryske trug ich meistens Kleider, solange ich mich nicht aus dem Schloss schlich, doch sie waren kürzer und reichten mir höchstens bis zu den Knöcheln, da ich immer dicke Winterstiefel trug. Die Kleider hier in den Feuerlanden reichen bis zum Boden und sind kombiniert mit Unterkleidern und Reifröcken, die mich tagtäglich in den Wahnsinn treiben.

Mühsam öffne ich die unzähligen Häkchen, die das Kleid vorne zusammenhalten, und streife es samt Unterkleid und Korsett ab. Endlich wieder frei atmen! In dem Reitkleid von Grete ist zwar auch eine Korsage eingearbeitet, aber die ist längst nicht so einengend wie das Ding, das ich bis eben getragen habe.

Nur in einer kurzen Unterhose bekleidet, krame ich in dem Bündel. Ein Zweig knackt hinter mir und ich schlinge schnell beide Arme um meinen Oberkörper.

»Entschuldige«, murmelt Leander. »Ich wollte nicht ... Ich dachte, du wärst weiter ... Ich wollte mich nur umsehen, damit ...« Er seufzt. »Ich fang noch mal an. Ich wollte nicht spannen und gleich wieder umdrehen, als ich gesehen habe, dass du hier bist. Dann sind mir aber die Kratzer auf deiner hellen Haut aufgefallen und ich ... Sie erstrecken sich auch auf deinen Rücken. Hast du dir das wirklich selbst angetan?«

Das Herz schlägt mir bis zum Hals, als ich eine Hand löse und mit den Fingern die Furchen an meinem unteren Rücken ertaste. »Sieht ganz so aus«, murmele ich. »Meistens ist es nachts passiert. Deshalb auch die Handschuhe.«

»Die du jetzt aber nicht trägst.«

»Nein«, wispere ich. »Ich komme jetzt zurecht.«

Ich höre, dass er einen weiteren Schritt auf mich zu macht, und spüre ihn ganz nah hinter mir. Meine Sinne geraten außer Kontrolle, genau wie meine Atmung. Sogar die kleinen Härchen im Nacken stellen sich auf und wenden sich ihm zu, betteln stumm um seine Aufmerksamkeit.

»Einige Striemen sehen übel aus«, flüstert Leander, wobei mir sein warmer Atem über die Haut streicht und einen wohligen Schauer nach dem anderen auslöst und die Härchen in helle Aufregung versetzt. »Du solltest Grete nach einer Salbe fragen, damit keine Narben zurückbleiben.«

»Hmm-hmm«, mache ich, weil ich meiner Stimme nicht traue. Sogar diese einfachen Laute hören sich viel zu hoch an.

Ich schnappe nach Luft, als er vorsichtig eine Hand an meine bloße Taille legt und mit dem Daumen über die Haut streichelt. Meine Magie summt und pulsiert vor Freude.

»Ich verstehe nicht, warum Esmond meint, dass du dich kalt anfühlen würdest«, raunt er mir ins Ohr.

»Linnet sagt auch, ich sei eisig. Manchmal hat sie sich Handschuhe angezogen, wenn sie mir beim Anziehen half, weil sie mich nicht berühren konnte.«

»Für mich fühlst du dich warm an.« Kurz spüre ich seine Nase an meinem Kopf und höre ihn einatmen. »Ganz wohlig warm.«

Mir ist mehr als warm. Innerlich verglühe ich beinahe. Mein Herz klopft mir schnell und schmerzhaft gegen die Rippen, und das Kribbeln, das in meinem Bauch begonnen hat, wandert tiefer, wird heißer und drängender, bis ich nichts anderes mehr wahrnehme.

Weil mir die Knie zittern, lehne ich mich nach hinten gegen seine Brust. Leander schiebt die Hand nach vorne, streichelt mir über den Bauch. Jeder Zentimeter Haut, den er berührt, schreit nach mehr. Nachdem ich so lange auf seine Nähe verzichten musste, überwältigt sie mich nun beinahe.

Doch es reicht mir nicht.

Ich drehe den Kopf, bis sich unsere Nasenspitzen berühren. Ich will ihn so dringend küssen, dass ich mir auf die

Unterlippe beißen muss, um das Prickeln darin zu dämpfen. Er müsste nur den Kopf ein Stück neigen, damit ich meinen Mund auf seinen pressen kann, aber er tut es nicht.

Er zieht die Augenbrauen zusammen, und noch bevor er den Mund öffnet, weiß ich, dass er mich zurückweisen wird.

»Vi, ich ...«, wispert er.

Ich stoße den Atem aus. »Schon gut.«

»Nein, ist es nicht.« Er macht einen kleinen Schritt zurück, senkt den Kopf und lehnt ihn zwischen meinen Hals und die Schulter. »Ich vermassele es. Deshalb wollte ich nicht an den Hof. Ich wusste, dass ich mich nicht unter Kontrolle habe, wenn ich bei dir bin. Aber es ist zu gefährlich – für uns beide.«

Ich atme zittrig ein und aus und habe Mühe, seinen Worten zu folgen, während er mir weiterhin so nah ist.

Er hebt den Kopf und fährt mit den Lippen sanft an meiner Ohrmuschel entlang, bis ich mich in seinen Armen winde. »Ich will dich. Bei den Göttern, wie sehr ich dich will! Aber ich will, dass du mir gehörst und ich dir gehöre. Ohne einen Verlobten, der zwischen uns steht. Ohne die ständige Angst vor Entdeckung im Nacken. Ein falscher Blick, ein unvorsichtiges Treffen und nicht einmal meine Verdienste im Kampf oder dein Titel werden uns retten können.«

Esmond mag zwar Mätressen haben, aber mir wird dieses Privileg verwehrt. Er würde kurzen Prozess mit einem Nebenbuhler machen, auch wenn dieser sein bester Freund ist.

Um nichts in der Welt will ich Leander in Gefahr bringen.

»Ich verstehe«, wispere ich heiser.

»Es tut mir leid«, raunt er. »Ich wünschte, ich wäre nicht

an den Hof gekommen. Ein sauberer Schnitt hätte weniger weh getan.«

»Du kannst in Brasania bleiben, sobald wir dort sind«, biete ich krächzend an. »Wenn es das ist, was du willst.«

»Nein«, murmelt er. »Das will ich nicht. Und Esmond hatte recht: Die Feuerlande sind nicht sicher. Ich kann dich und Linnet nicht allein reisen lassen.«

Ich schmunzele erleichtert. »Ganz der selbstlose Ritter.«

»Mit Selbstlosigkeit hat das nicht viel zu tun«, erwidert er. »Eher damit, dass ich mich gern selbst quäle.« Geräuschvoll stößt er die Luft aus. »Zieh dich an! Ich warte bei Elora und Hembrant.«

Auch nachdem er mich nicht mehr berührt und sich längst entfernt hat, spüre ich immer noch überdeutlich die Stellen, wo bis eben seine Hände ruhten.

❆

»Wie lange brauchen wir bis Brasania?«, frage ich, als ich – fertig angezogen – wieder neben ihm stehe und über Hembrants rosige Nüstern streichele.

»Wir zwei, mit Elora und Hembrant?« Leander schürzt die Lippen. »Bis Einbruch der Nacht sollten wir dort sein, vielleicht etwas eher. Linnet wird mit ihrer Kutsche wahrscheinlich nicht vor Mitternacht eintreffen, wenn überhaupt.«

Ich werfe ihm einen Seitenblick zu. »Du meinst, wir sind noch bis Mitternacht meine Aufpasserin los?«

Er lächelt wieder dieses schiefe Lächeln, das die Schmetterlinge in meinem Bauch aufweckt. »Muss ich jetzt Angst vor dir haben?«

»Vielleicht«, entgegne ich ebenfalls lächelnd.

Leanders schiefes Grinsen verschwindet und er runzelt

die Stirn, während er mich betrachtet. »Wie geht es dir? Ich meine, du hast mir gesagt, dass deine Magie unkontrollierbar ist, und ich habe dein Zimmer gesehen.«

»Hast du Angst, dass ich in Brasania die Kontrolle verlieren könnte?«

Er zuckt mit den Schultern. »Du wolltest nicht in die Stadt, weil du befürchtet hast, dass etwas geschehen könnte.«

Ich presse die Lippen zusammen. Es ist nur natürlich, dass er sich um seine Leute sorgt. Außerdem habe ich ihm nicht die Wahrheit gesagt. Wenn selbst meine Mutter, die ebenfalls Magie in sich trägt, nicht verstehen kann, was in mir vorgeht – wie soll es dann Leander, wenn ich es ihm nicht erkläre?

Ich lasse von Hembrant ab und stelle mich vor Leander, ehe ich einige Schneeflocken beschwöre, die sich in seinem dunkelbraunen Haar festsetzen und nicht sofort verschwinden. Aufmerksam verfolgt er ihre Flugbahn mit einem staunenden Funkeln in den Augen.

»Es ist alles gut«, sage ich. »Die Menschen in Brasania haben nichts vor mir zu befürchten. Das hatten sie nie. Weißt du, warum?«

Leander richtet seine Aufmerksamkeit wieder auf mich und schüttelt den Kopf.

»Deinetwegen.« Ich lege eine Hand auf mein Herz und schließe die Augen. »Du hast meine Kraft erweckt. Wenn du nicht da bist, ist sie auf der Suche nach dir, und es gelingt mir nicht mehr, sie unter Verschluss zu halten. Aber wenn du bei mir bist, bin ich keine Gefahr für andere.« Ich seufze. »Ich war selbstsüchtig, als ich dich gebeten habe, mich zu begleiten.«

Als ich die Augen wieder öffne, bohrt sich Leanders Blick

in meinen. »Nur wegen deiner Magie hast du gefragt, ob ich dich begleite?«, will er wissen.

Ich schüttele den Kopf. »Wie ich schon sagte, ich war selbstsüchtig, obwohl ich weiß, dass du in Brasania viel zu tun hast und wir ... nicht ...« Ich breche ab und beiße mir auf die Unterlippe. »Ich wollte trotzdem, dass du bei mir bist. Auch wenn ich keine unkontrollierbare Magie hätte, würde ich es wollen.«

Unvermittelt umschließt er mein Gesicht mit beiden Händen. »Ich bin ebenfalls selbstsüchtig«, murmelt er. »Trotz meiner Pflichten in Brasania und dem Eid gegenüber meinem König bin ich hier. Und es gibt keinen Ort, wo ich lieber wäre.«

Ich zwinge mich zu einem Lächeln. »Uns ist wirklich nicht mehr zu helfen, oder?«

»Nein«, wispert er rau. »Das macht mir am meisten Angst. Wir wissen beide, dass es falsch ist und welche Konsequenzen uns drohen. Ich hintergehe meinen Freund und du stellst dich gegen die Wünsche deiner Eltern. Und trotzdem ...« Er lehnt sich ein Stück vor, bis er mit der Nasenspitze über meine streicht. »... verliere ich den Verstand, wenn ich dich nicht endlich wieder küsse.«

Ich gebe ein heiseres Wimmern vor mir, kurz bevor er die Lippen auf meine drückt. Ich habe schon fast vergessen, wie wundervoll sich seine Küsse anfühlen. Warm und fest und voll von den Emotionen, die wir über Wochen versucht haben zu unterdrücken. Verzweifelt verschränke ich die Hände in seinem Nacken und ziehe ihn weiter zu mir heran, während er beide Arme um mich schlingt und mich so fest an sich presst, dass ich kaum noch atmen kann. Hungrig holen wir uns das zurück, was wir verpasst haben, und ich hätte ihn ewig weiterküssen können.

Als wir schließlich voneinander ablassen, brennen meine Lippen und verlangen dennoch nach mehr.

»Wir müssen weiter«, murmelt Leander nur einen Hauch von meinem Mund entfernt.

Ich weiß, dass er recht hat. Wenn Linnet uns in der Kutsche einholt, wird das viel zu viele Fragen aufwerfen. Doch ich weiß, dass sich dieser Moment nicht so schnell wiederholen wird. Sobald wir in Gesellschaft sind, müssen wir jeden Blick, jede Geste überdenken. Wir werden nicht viele Gelegenheiten haben, allein zu sein wie jetzt. Deshalb wünschte ich, wir könnten diesen Augenblick länger auskosten.

Mit einer Hand streiche ich ihm durchs Haar und richte es, ehe ich mich widerstrebend von ihm löse und mich auf Hembrants Rücken schwinge.

KAPITEL 28

LEANDER

Noch bevor die Sonne hinter den Bergen versinkt, erreichen wir Brasania. Zwischendurch lieferten Davina und ich uns mehrere Wettrennen und ich musste neidlos anerkennen, dass Hembrant um einiges schneller ist als Elora. Manchmal ließ ich mich absichtlich zurückfallen, um Davina besser betrachten zu können.

Kaum dass wir ins Dorf reiten, werden wir von den Bewohnern umringt. Etwas abseits stehen einige unbekannte Gesichter; wahrscheinlich Händler, die ihre Waren aufstocken wollen, ehe sie weiter nach Brannwin reisen.

Keiner der Dörfler verheimlicht seine Erleichterung darüber, dass Davina zurück ist. Ich bringe es nicht über mich, ihnen jetzt schon zu sagen, dass wir nur auf der Durchreise sind.

Ich will nicht laut aussprechen, dass sie nicht bleiben wird. Für den Rest des Abends und mindestens so lange, bis die Kutsche mit ihrer Kammerzofe hier auftaucht, will ich keinen Gedanken daran verschwenden, dass ich sie wieder verliere. Entweder lösen ihre Eltern die Verlobung, dann würde sie in Fryske bleiben und einen anderen Edelmann heiraten; wahrscheinlich einen, der aus ihrem Land kommt. Oder sie verweigern Davina ihre Bitte, dann muss sie zurück zu Esmond.

Wie es auch ausgehen mag, sie wird nicht bleiben – nicht hier in Brasania und auch nicht bei mir.

Die Mädchen und jungen Frauen belagern meine Begleiterin und betteln um eine Kostprobe ihrer Magie. Ich mache mir keine Sorgen darüber, dass etwas geschehen könnte. Davina sagte, sie hätte es unter Kontrolle, solange ich in ihrer Nähe bin. Und nirgendwo anders will ich sein. Also lasse ich sie gewähren und führe unterdessen Elora und den widerwilligen Hembrant in den Stall hinter Gretes Haus.

»Was hab ich dir gesagt?«, höre ich Waldur hinter mir. »Die griesgrämige Miene ist verschwunden. Woran das wohl liegen könnte?«

»Ich habe dir nie widersprochen«, brummt Grete. »Ich dachte nur, er würde es schneller begreifen. Ohne dass wir wochenlang auf ihn einreden müssen.«

Ich verdrehe die Augen. »Ich kann euch hören.«

Waldur kommt zu mir geschlendert und lehnt sich gegen die Box, während ich Elora das Zaumzeug abnehme. »Dann erzähl mal. Wie ist es dir gelungen, sie dem König zu stehlen? Oder hat er sie freiwillig gehen lassen?«

»Ich habe sie ihm nicht gestohlen«, erwidere ich, ohne ihn anzusehen. »Und er hat sie auch nicht freiwillig gehen lassen.«

»Was meinst du damit?«, fragt Grete.

Ich lasse mir viel Zeit mit der Antwort und hoffe, dass die beiden einfach verschwinden. Leider tun sie mir den Gefallen nicht und ich muss das aussprechen, was ich für die restlichen Stunden des Tages verdrängen wollte. »Sie ist Esmonds Verlobte. Und das bleibt sie auch, es sei denn, ihre Eltern lösen die Verlobung.«

»Das wäre doch gut, oder?«, will Waldur wissen. »Wie hoch sind die Chancen, dass ...?«

»Das ist *nicht* gut«, falle ich ihm knurrend ins Wort. Hembrant legt die Ohren an und ich werfe ihm einen warnenden Blick zu, als ich sein Zaumzeug löse. »Wenn die Verlobung gelöst wird, muss sie in Fryske bleiben.«

»Aber sie wäre frei, einen neuen Mann zu erwählen«, sagt Grete. Es klingt wie eine Feststellung.

Ich knirsche so fest mit den Zähnen, dass mir der Kiefer schmerzt. »Das mag sein, aber ihre Eltern haben immer noch ein Mitspracherecht. Sie werden ihre Tochter – die Prinzessin von Fryske! – nicht einem mittellosen Landadligen wie mir geben, der nicht einmal eine verdammte Burg hat, wo sie vor Wind und Wetter geschützt wäre.«

»Nun stell dein Licht nicht unter den Scheffel, Junge!«, brummt Grete.

»Das tue ich nicht«, widerspreche ich. »Aber ich mache mir keine Illusionen. Davina war von Anfang an nicht für mich bestimmt, und daran wird sich auch nichts ändern.«

»Was sagt Davina dazu?«, fragt Waldur. »Wenn sie ...«

Ich wirbele zu ihm herum, die Hände zu Fäusten geballt. »Verstehst du es nicht? Niemand kümmert es, was wir beide denken oder fühlen. Wir können nicht ...«

Neben mir schnaubt Hembrant und scharrt aufgeregt mit den Hufen – ein untrügliches Zeichen dafür, dass sich Davina nähert. Ich stoße den Atem aus und murmele: »Wir reden ein andermal.«

Gerade als Waldur widersprechen will, taucht Davina hinter ihm auf. Das Lächeln, das bis eben auf ihren Lippen lag, erblasst, als sie unsere angespannten Mienen sieht.

»Entschuldigt«, flüstert sie, während ihr Blick von mir zu Waldur und Grete huscht. »Ich wollte nicht stören.«

»Tust du nicht«, sage ich und stecke die Hände in die Hosentaschen. »Wir haben uns nur unterhalten.«

Sie runzelt die Stirn und ich weiß genau, dass sie mir kein Wort glaubt. Aber ich bin froh, dass sie es einfach überspielt – nicht so wie Waldur und Grete, die immer wieder aufs Neue den Finger in die Wunde drücken müssen.

Davina wendet sich an die alte Kräuterfrau und schiebt den Ärmel ihres Oberteils ein Stück nach oben, um die ersten, fast verblassten Kratzspuren zu zeigen. »Hättest du eine Salbe, die ich auftragen könnte, damit sie besser verheilen?«

Sofort schauen Grete und Waldur zu mir, doch ich schüttele nur knapp den Kopf. *Wagt es nicht, sie danach zu fragen!* Und zu meiner Verblüffung halten sie tatsächlich den Mund.

»Ich werde eine neue Salbe anrühren müssen«, brummt Grete. »Aber ich habe alles da, was ich brauche. Sie sollte über Nacht ziehen, aber morgen früh kann ich sie dir geben.«

Sie wendet sich um und geht zu ihrer Hütte.

»Tja, ich ...« Waldur kratzt sich am Hinterkopf. »Ich hab auch noch was Wichtiges zu tun. Man sieht sich nachher, oder, Davina?«

Er wartet nicht auf ihre Antwort, sondern huscht davon. Ich seufze. Noch auffälliger hätten sie uns nicht allein lassen können. Ich mache mir eine mentale Notiz, Waldur dafür später den Hals umzudrehen.

»Ich wollte ihn nicht vergraulen«, murmelt Davina zerknirscht.

»Hast du nicht«, beruhige ich sie. »Es wundert mich, dass dich die Mädchen schon aus ihren Fängen entlassen haben.«

Davina grinst und ein übermütiges Funkeln erhellt ihre Augen. Mein Herz macht einen Satz. »Ich habe den kleinen See am Ortseingang eingefroren und sie sind damit beschäftigt, über das Eis zu schlittern.« Sie macht einen Schritt auf mich zu. »Dadurch konnte ich mir meine Freiheit für den

Abend erkaufen. Ich befürchte nur, dass die Erwachsenen damit begonnen haben, ein Festmahl zu planen.« Noch einen Schritt. Ich schlucke angestrengt. »Ich dachte, du könntest mir bis dahin zeigen, wie weit die Arbeiten an der Burg vorangeschritten sind, solange das Licht noch ausreichend ist.«

Ich spüre, wie ein Lächeln an meinen Mundwinkeln zupft. »Dachtest du das?«

Direkt vor mir bleibt sie stehen. Mit einem nur schlecht unterdrückten Seufzen atme ich aus und ein. Wie von selbst heben sich meine Hände und umschließen ihr Gesicht.

»Ich fürchte, die Sonne ist schon zu weit untergegangen«, raune ich, während ich mich ein Stück vorlehne. Weit genug, um ihren warmen Atem auf meinem Gesicht zu spüren, aber zu wenig, um sie – abgesehen von den Händen – zu berühren.

»Ja«, haucht sie. »Jetzt, wo du es sagst, befürchte ich das allerdings auch.«

Sie stellt sich auf die Zehenspitzen und streicht mit dem Mund über meinen. Nur kurz und so sanft, dass nichts weiter als ein feines Prickeln zurückbleibt.

Allein mit ihr zu sein, sie zu berühren und zu küssen, ist falsch. Und selbst wenn ich die Probleme, die es einbringen könnte, außer Acht lasse, weiß ich, dass mit jedem Kuss, jedem Moment in ihrer Nähe, jeder Berührung die Sehnsucht nach ihr nur noch größer werden wird. Sobald wir wieder unter Beobachtung stehen, wird es noch mehr wehtun.

Es ist Wahnsinn, mein Leben für diese Frau zu riskieren, die niemals die meine sein wird.

Aber ich tue es trotzdem. Die letzten Wochen haben mir gezeigt, wie leer sich mein Leben ohne sie anfühlt. Wie unbedeutend. Dieses Gefühl war schlimmer als der Schmerz, den ich bei der bloßen Vorstellung empfinde, ihr vielleicht nie wieder so nah sein zu können wie jetzt.

Ich lasse eine Hand an ihrer Seite nach unten gleiten und genieße das leichte Zittern, das durch Davina hindurchrauscht, ehe ich die Hand an ihren unteren Rücken lege und sie näher zu mir ziehe. Die Finger in mein Hemd gekrallt, schmiegt sie sich ohne Zurückhaltung an mich. Meine Nerven spielen verrückt und zwingen mich zu einem leisen Stöhnen, das Davina mit einem weiteren Kuss dämpft.

Mit dem Rücken gegen die hölzerne Pferdebox gelehnt, spüre ich sie überall an mir und versuche krampfhaft, meine Hände dort zu lassen, wo sie gerade sind – in ungefährlichen Gefilden. Das Verlangen, ihre weiche Haut ohne störende Schichten Stoff zu berühren, kribbelt in meinen Fingerspitzen – so wie vorhin im Wald, als sie sich umgezogen hat. Ich musste sämtliche Willenskraft aufbieten, um die Hände von ihr zu lösen.

Nur Elora, die neugierig den Kopf aus der Box steckt und mich anschnaubt, hält mich davon ab, etwas Dummes zu tun. Davina löst sich von mir und kichert, ehe sie Elora über die Blesse an der Stirn streichelt. Nun streckt auch Hembrant den Kopf aus der Box daneben und wiehert wütend, weil seine Herrin ihm nicht die gebührende Aufmerksamkeit schenkt.

»Vielleicht sollten wir woanders hingehen«, murmele ich, genervt und gleichzeitig froh über die Unterbrechung.

Davina schmiegt sich an mich und bettet den Kopf an meiner Brust. »Ich will nicht woanders hin.«

Ich schlinge beide Arme um sie. »Ich auch nicht.«

Sie hebt den Kopf und sieht mich an. »Ich wünschte, wir könnten uns für immer hier verstecken. Nur du und ich und Elora und Hembrant.«

»Das klingt wundervoll«, murmele ich und küsse sie auf die Stirn. »Doch ich befürchte, dass es dir sehr schnell langweilig werden würde. Ich könnte dir nie so viel bieten wie ...«

»Das denke ich nicht«, unterbricht sie mich, wobei ihre Stimme plötzlich rauer klingt.

Sie streicht mit den Händen über meine Schultern und die Arme hinab, während sie mit dem Blick jede Bewegung verfolgt. Mein Herzschlag legt einen Zahn zu.

»Ich sehne mich nicht nach Reichtümern oder feinen Kleidern oder erlesenen Speisen. Eine Krone sagt nichts über den Wert des Mannes aus, der sie trägt.«

Ihre Finger gleiten über die Rückseiten meiner Hände, die locker an ihren Hüften liegen. Mit sanftem Druck schiebt sie die linke ein Stück nach unten, während Davina aufmerksam meine Reaktion betrachtet.

»Viel wichtiger ist mir ein Mann, der mich so akzeptiert, wie ich bin«, murmelt sie. »Nicht nur mich, sondern auch meine Magie. Ein Mann, der mir die Dinge zeigt, von denen ich keine Ahnung habe, nach denen ich mich aber verzehre, seit ich dir begegnet bin.«

Als ich die Rundung ihres Pos unter den Fingerspitzen spüre, schlucke ich angestrengt und öffne den Mund, doch kein Ton kommt heraus.

»Soll ich aufhören?«, fragt sie. Mir entgeht nicht der Hauch Unsicherheit in ihrer Stimme.

Ja!, sollte ich schreien, denn es wird mir keine Sekunde länger gelingen, die Kontrolle aufrechtzuerhalten.

Doch mein Körper reagiert schneller als mein Verstand und ich schüttele den Kopf, noch immer unfähig zu sprechen.

Davina benötigt nur den Druck eines Fingers, um meine

Hand tiefer zu dirigieren. Mein Mund ist wie ausgedörrt, und die Hand, die nun auf ihrem Po liegt, zittert.

Tausend Gründe schießen mir durch den Kopf, warum das hier eine verdammt dumme Idee ist – einer stimmiger als der andere –, doch ich schiebe sie alle beiseite. Abgesehen von meiner zitternden Hand und der Brust, die sich unter jedem hektischen Atemzug so sehr hebt und senkt, dass ich damit gegen ihre streiche, verharre ich reglos.

Davina neigt den Kopf und mustert mich aufmerksam. Ich gebe mich nicht der Hoffnung hin, dass sie das Zittern nicht bemerkt. Eine Hand legt sie auf mein wild klopfendes Herz.

»Du siehst, du bist nicht der Einzige, der selbstsüchtig ist«, flüstert sie, wobei sie meinem Blick ausweicht. »Du kannst mich berühren, wenn du willst. Und du musst dich dabei nicht zurückhalten.« Ihr Blick huscht hoch zu meinem. »Ich bin nicht zerbrechlich.«

Die Mauer, die meine Zurückhaltung mühsam gefangen gehalten hat, fällt in sich zusammen, eingerissen von ihren Worten. Es dauert dennoch mehrere donnernde Herzschläge lang, ehe ich mich aus meiner Starre befreien kann. Jegliches Stimmchen der Vernunft in meinem Kopf verstummt. Ich bestehe nur noch aus pulsierendem Verlangen, das heiß durch meine Adern peitscht.

Mit beiden Händen packe ich ihren Po und hebe sie hoch. Davina entweicht ein erschrockener Laut, doch ich verschließe ihren Mund sofort mit einem erneuten Kuss, ehe ich sie herumwirbele und mit dem Rücken gegen die Pferdebox drücke. Als sie die Beine um meine Hüften schlingt, stöhne ich auf. Ihr Körper ist so herrlich anschmiegsam und weich, wo meiner fest und hart ist.

Sie ballt die Hand, die sie in meinem Haar vergraben hat,

zur Faust. Auf das leichte Ziepen hin beiße ich ihr in die Unterlippe und entlocke ihr damit einen weiteren heiseren Laut, der mein Blut noch schneller pulsieren lässt.

Mit der anderen Hand zerrt sie hektisch mein Hemd aus dem Hosenbund und schiebt sie anschließend darunter. Federleicht streicht sie über meinen Bauch, dann hinauf zur Brust, ehe sie die Finger langsam wieder tiefer gleiten lässt.

Tiefer und tiefer, fast bis zu der Stelle, an der sich ihr Unterleib gegen meinen drängt.

Ich verfluche das Reitkleid, das sie trägt, und die unzähligen Haken, mit denen es verschlossen ist und die ich unmöglich alle heil öffnen könnte. Der Drang, ihr das verdammte Ding einfach vom Leib zu reißen, wird fast übermächtig. Stattdessen begnüge ich mich damit, oberhalb der Kleidung über die Rundung ihrer Brust zu streicheln. Die Laute, die sie dabei ausstößt, und das sanfte Wiegen ihrer Hüften bringen mich schier um vor Verlangen. Wenn ich jetzt die Augen öffnen würde, könnte ich nicht mehr klar sehen.

Ein tiefes Räuspern hinter uns lässt uns jedoch erstarren. Mühsam erkämpft sich mein Verstand die Befehlsgewalt über meinen Körper zurück, der noch immer in Lust und Sehnsucht gefangen ist. Langsam schlage ich die Augen auf und begegne Davinas Blick, in dem ich die gleiche Mischung aus ungestilltem Verlangen und Schock erkenne.

»Die anderen fragen sich schon, wo ihr bleibt«, brummt Grete vom Stalleingang.

Zögerlich löst Davina die Beine von mir und kommt wackelig auf die Füße.

Ich beiße fest die Zähne zusammen, damit ich Grete nicht anschreie. Nur kurz erhasche ich einen Blick auf Davinas feuerrote Wangen, ehe sie den Kopf senkt und aus dem Stall eilt. Ich bleibe zurück, stemme die Arme gegen die Box und lasse den Kopf hängen, während ich verzweifelt versuche, die Gefühle, die in mir toben, wieder tief in mir einzuschließen.

»Du wirst auch erwartet«, sagt Grete. »Oder soll ich dir vorher einen Eimer kaltes Wasser bringen?«

Ich wirbele zu ihr herum, getroffen von der Prise Spott in ihrer Stimme. »Das ist nicht, was ... Wir wollten nicht ...«

»Ach nein?«, fällt sie mir ins Wort und verschränkt die Arme. »Da ist die Beule in deiner Hose aber anderer Ansicht.«

Ich wende mich von ihr ab und reibe mir mit beiden Händen übers Gesicht, während ich mir wünsche, die Erde möge sich unter meinen Füßen auftun und mich verschlingen.

»Ich mache dir keinen Vorwurf«, brummt die Alte. »Das ganze Dorf weiß, was zwischen euch vorgeht. Wir wurden alle Zeuge, wie du ihr die Zunge in den Hals geschoben hast.«

Ich grummele etwas Undeutliches, woran sie sich jedoch nicht stört.

»Niemand verurteilt euch«, fährt sie fort. »Trotzdem solltet ihr vorsichtiger sein. Heute Abend sind einige Händler im Dorf, die den Weg nach Brannwin nicht mehr vor Einbruch der Nacht geschafft hätten. Sie müssen nur eins und eins zusammenzählen, um zu wissen, wer Davina ist. So viele junge Fryskerinnen mit Eismagie laufen nicht bei uns herum. Und wenn sie sehen, wie du und sie euch näher kommt, als es sich für die Verlobte des Königs gehören würde, verbreiten sich die Gerüchte, noch ehe du morgen früh aufgewacht bist.«

Ich stoße ein gepresstes Lachen aus. »Fast dasselbe habe ich heute zu Davina gesagt, als wir aufgebrochen sind.« Ich schlage zweimal mit dem Hinterkopf gegen die Box in der Hoffnung, so wieder einen klaren Gedanken fassen zu können. »Ich hätte nicht an den Feuerhof reiten sollen ...«

»Das hätte nur nichts geändert«, meint Grete. »Eine Liebe, die wir nicht haben können, ist die, die am meisten schmerzt. Aber sie ist auch am stärksten. Über eine kleine Schwärmerei wärt ihr beide mittlerweile hinweg und könntet euch auf eure Aufgaben konzentrieren. Doch auch Davina kam mir nicht so vor, als wäre sie über irgendwas hinweg. Oder als hättest du sie zu irgendwas zwingen müssen.«

»Was soll ich tun?«

»Jetzt?«

Ich sehe sie an und nicke, woraufhin sie den Mund verzieht.

»Zunächst richtest du dir das Haar und steckst das Hemd zurück in die Hose. Dann kommst du zum Dorfplatz und tust so, als sei alles in bester Ordnung.«

»Das war nicht, was ich meinte«, grummele ich.

»Ich weiß. Aber mehr als einen Schritt kannst du nicht auf einmal machen. Du kannst immer noch darauf hoffen, dass ihre Eltern ein Einsehen haben und die Verlobung lösen.«

»Und wenn nicht?«

Grete schweigt eine Weile. »Wenn ich die Rezeptur für einen Trank hätte, der euch von euren gegenseitigen Gefühlen erlösen könnte, würde ich ihn für euch herstellen. Denn über kurz oder lang wird es in einer Katastrophe enden.«

❋

Gretes Worte hallen noch in mir wider, als ich bereits zum Dorfplatz unterwegs bin. Dass Davina und ich auf eine Katastrophe zusteuern, wissen wir beide. Wir sehen deutlich den Abgrund vor uns, der uns zu verschlingen droht, doch wir sind beide außerstande, die Zügel herumzureißen.

Noch bevor mich einer der Dörfler entdeckt hat, wendet

Davina den Kopf in meine Richtung, als wüsste sie, dass ich genau jetzt auftauche. Sie schenkt mir ein scheues Lächeln, das ich gern erwidere. Als sie jedoch aufstehen und zu mir kommen will, deute ich ein Kopfschütteln an und zeige unauffällig auf die vier Händler, die sich in einem Grüppchen etwas abseits zusammengefunden haben und dem Wein mehr zusprechen, als gut für sie ist. Davina versteht sofort und nickt. Schon im nächsten Augenblick unterhält sie sich mit den jungen Frauen, an deren Tisch sie sitzt, als sei nichts gewesen.

Der Dorfplatz ist ähnlich geschmückt wie beim letzten Mal. Ich sehne mich nach dieser unbeschwerten Zeit, als nichts anderes zählte als Davinas und meine Gefühle.

Ich geselle mich zu Waldur und den anderen jungen Burschen, die mir ausführlich von den Bauarbeiten der Burg berichten. Davon, dass ich noch, bevor ich zum Feuerhof aufgebrochen bin, selbst mit Hand angelegt habe, wollen sie nichts hören, sondern tun so, als sei ich Wochen weg gewesen.

Vielleicht war ich das auch. Es fühlt sich zumindest so an, als sei ich über eine längere Zeit irgendwo anders gewesen. An einem dunklen Ort, von wo ich ohne Hilfe nicht entkommen und mich niemand erreichen konnte.

Niemand, bis auf eine.

»Morgen früh wollt ihr gleich weiter?«, fragt Waldur.

Ich nicke, während mein Blick über die Menge schweift und wie von selbst an Davinas hängen bleibt, die mich ebenfalls anschaut. »Gleich bei Morgengrauen. Bis zur frykischen Grenze sind es mehrere Tage, bis zum dortigen Königshof vielleicht ein paar weitere, und zu allem Überfluss haben wir eine Kutsche dabei, an deren Tempo wir uns anpassen müssen.«

»Es wundert mich, dass der König eine solch lange Reise erlaubt hat«, murmelt Waldur in sein Glas.

Ich zucke mit den Schultern. »Es ist nicht so, dass Davina ihm eine Wahl gelassen hätte. Sie hat ihm gesagt, dass sie ihre Familie besuchen will, und ehe er einen guten Grund dagegen vorbringen konnte, war sie schon zur Tür hinaus und hat gepackt.«

»Sie ist ein echter Wirbelwind«, sagt einer der anderen Burschen.

Ein Eissturm trifft es wohl eher, denke ich. Hoffentlich sieht sie mich niemals derart eiskalt an wie Esmond ... Er zuckte regelrecht davor zurück, und ich bekam eine Ahnung von der Kälte, vor der er sich fürchtete, wenn Davina in seiner Nähe ist.

»Hast du dir schon Gedanken darüber gemacht, wo du sie heute Nacht unterbringen willst?«, fragt Waldur. »Jetzt, wo wir wissen, wer sie ist, kann sie nicht mehr auf der Pritsche bei Grete schlafen, oder? Ich meine, sie ist eine Prinzessin!«

Gerade als ich ihm sagen will, dass sich Davina wahrscheinlich nicht um solche Nebensächlichkeiten schert, kommt die Kutsche in den roten und gelben Farben der Feuerlande ins Dorf gerollt.

Ich stoße geräuschvoll die Luft aus. »Viel zu früh«, murre ich, bin aber gleichzeitig froh darüber, dass Grete uns vorhin überrascht hat und Davina und ich seitdem etwas Abstand wahren.

Die Kammerzofe Linnet streckt nur kurz den Kopf aus dem Fenster, als Davina zur Kutsche eilt. Ich verstehe nicht, was sie sagen, aber Davina sieht alles andere als begeistert aus. Als die Kutsche wendet, sucht sie meinen Blick und ich gehe zu ihr.

»Gibt es Probleme?«, frage ich.

Davina verdreht die Augen. »Linnet ist ... Sie fühlt sich nicht wohl in der Gesellschaft einfacher Leute. Deshalb wird sie am Dorfrand in der Kutsche schlafen. Nur für den Kutscher brauchen wir eine Unterkunft für die Nacht.«

»Da findet sich sicher etwas«, murmele ich. »Aber warum will Linnet nicht bei dir bleiben?« *Wie es eigentlich ihre Pflicht wäre. Nicht, dass ich etwas dagegen habe, wenn wir noch eine Weile vor ihr geschützt sind.*

»Ohne dass es jetzt abwertend klingen soll, aber ... sie hält sich für etwas Besseres«, antwortet Davina. »Am fryskischen Hof geboren und aufgewachsen, hatte sie nie viel mit einfachen Leuten oder Bauern zu tun. Sie ist nur ein paar Jahre älter als ich, deshalb war schnell klar, dass sie eines Tages meine Gesellschafterin und Kammerzofe sein würde. Sie verkehrte nur in den besten Kreisen. Und ...« Sie lehnt sich ein Stück zu mir und senkt die Stimme. »... ich habe ihr den Floh ins Ohr gesetzt, dass sie Königin der Feuerlande sein könnte.«

Ich runzele die Stirn. »Und so was ist deine Freundin?«

Sie sieht alles andere als glücklich aus. »Sagen wir, ich hatte nie jemanden außer ihr. Sie war die Einzige, mit der ich reden und meine Sorgen anvertrauen konnte. Meine Mutter war stets zu beschäftigt, um sich um mich zu kümmern. Nur Linnet war immer da, tagein, tagaus. Sie war verlässlich.« Sie zieht die Augenbrauen zusammen, als sie in die Richtung schaut, in die die Kutsche verschwunden ist. »Aber mittlerweile glaube ich nicht, dass sie eine echte Freundin war. Sie liebte ihre hohe Stellung und den Komfort, den sie durch mich bekam. Dafür musste sie mir nur zweimal am Tag beim An- oder Ausziehen helfen und mir die Haare machen.«

»Konntest du dir keine andere Dienerin nehmen?«

»So einfach ist das nicht«, erwidert sie. »Linnet wurde ihr Leben lang auf ihre Aufgabe vorbereitet. Deshalb dachte ich auch, dass es ihr gelingen würde, sich für mich auszugeben. Sie beherrscht Konversation und Tanz und kann sich besser in ausladenden Kleidern bewegen als ich. Sie war der perfekte Ersatz. Leider hat sie die falsche Augenfarbe. Und ...« Sie bricht ab und zuckt mit den Schultern.

»Denn sonst wärst du jetzt frei«, flüstere ich und streiche ihr beiläufig über den Handrücken.

Sie schenkt mir ein Lächeln und verhakt für einen kurzen Moment den Zeigefinger mit meinem. »Das wäre ich.«

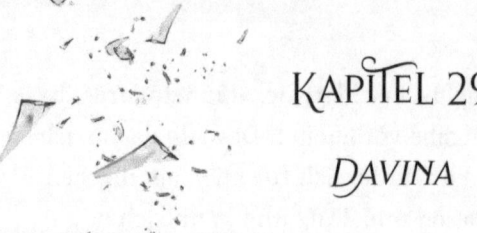

KAPITEL 29

DAVINA

Als sich der Abend dem Ende neigt und die meisten Dorfbewohner bereits zu Bett gegangen sind, belege ich zwei Teller mit Essen, um sie Linnet und dem Kutscher zu bringen.

Die auffällig rote Kutsche ist nicht schwer zu finden: sie steht direkt am Dorfeingang. Dennoch besteht Leander darauf, mich zu begleiten. Ich hasse den guten halben Meter Abstand, den er zu mir wahrt, und täte nichts lieber, als die Hand nach ihm auszustrecken und seine zu halten.

Bei der Kutsche angekommen, reiche ich zunächst dem Kutscher das Essen, dann klopfe ich gegen die Scheibe. Linnet zieht ein Gesicht wie sieben Tage Regenwetter, als sie öffnet und den Teller ohne ein Danke entgegennimmt.

»Ich habe immer noch nicht verstanden, warum wir nach Fryske reisen müssen«, murrt sie, während sie mit spitzen Fingern die mitgebrachten Speisen inspiziert und den Teller anschließend zur Seite stellt, ohne einen Krümel gegessen zu haben.

»Weil ich mit meiner Mutter reden muss«, sage ich, wobei ich die Arme verschränke und mich auf eine längere Diskussion mit Linnet einstelle. So wie fast immer.

»Das kann man in Briefen«, hält sie dagegen. »Deswegen muss man nicht quer durchs Land reisen.«

»Briefe hatten nicht die erwünschte Wirkung. Außerdem

hoffe ich, meine Großmutter an einem guten Tag zu erwischen.«

Linnets Kopf ruckt zu mir herum. »Die Verwunschene Königin? Warum willst du ausgerechnet zu ihr?«

Verwunschene Königin. Alle nennen sie so – wenn sie sie überhaupt erwähnen. Selbst ich habe oft vergessen, dass sie noch irgendwo in einem dunklen Gefängnis unter dem Schloss lebt.

Ich hebe die Hand und lasse einige Schneeflocken erscheinen. »Ich will mein Zimmer nicht mehr in einen eisigen Kerker verwandeln. Vielleicht kann sie mir helfen, die Magie besser zu verstehen.«

Linnet zieht die Brauen hoch. »Weil das bei ihr auch so gut geklappt hat.«

Mit ihrer Bemerkung trifft sie einen wunden Punkt, doch ich versuche, mir nichts anmerken zu lassen. Ich spüre, dass sich meine Magie nur durch Leanders Nähe besänftigen lässt, doch ich hoffe inständig, dass es weitere Wege gibt, sie zu kontrollieren.

»Wir werden sehen«, murmele ich ausweichend. »Brauchst du noch irgendwas? Ich könnte dir eine Decke besorgen oder ...«

Sofort verzieht sie das Gesicht. »Nein, danke. Wer weiß, was sich in den Decken dieser Bauern alles tummelt.«

Leander gibt hinter mir ein schlecht unterdrücktes Brummen von sich, während ich mich für Linnets Aussage am liebsten in Grund und Boden schämen würde. Aber was habe ich erwartet? Sie lebte von klein auf im Schloss, kannte weder Armut noch Hunger oder Kälte.

Ich beschließe, ihren Kommentar zu übergehen. »Dann wünsche ich dir eine gute Nacht.«

Gerade als ich mich umwenden will, fragt sie: »Schläfst du nicht mit in der Kutsche?«

»Nein, ich schlafe im Dorf.«

»Wo es viel wärmer und bequemer ist und nicht – wie von dir angenommen – vor Ungeziefer nur so wimmelt«, wirft Leander knurrend ein.

Linnets Blick huscht zu ihm. »Was mischst du dich da ein? Du bist kein *Ritari*. Wer bist du doch gleich?«

Ehe ich dazwischengehen kann, strafft er die Schultern. »Ich bin Leander, Kommandant der Kavallerie der Feuerlande und Ritter des Königs. Außerdem bin ich der Minher dieses Stück Landes.«

Sofort verändert sich etwas in Linnets Blick; die Abweisung verschwindet und macht einem begehrlichen Funkeln Platz, während sie Leander von oben bis unten taxiert. Diese Veränderung weckt die Magie und ein uraltes Gefühl in mir auf, das ich zuvor noch nie gespürt habe, das sich jetzt jedoch unumstößlich in den Vordergrund drängt und gemeinsam mit dem eisigen Kribbeln der Kraft durch meine Adern rauscht.

»Hör auf, ihn so anzusehen, Linnet«, grolle ich.

Ein vorfreudiges Grinsen umspielt ihre Mundwinkel, während ihr Blick nur kurz zu mir huscht, ehe er zu Leander zurückkehrt. »Wie sehe ich ihn denn an?«

Die Luft um mich herum wird kälter und beginnt plötzlich zu flirren.

»Er ist hier, weil ich ihn darum gebeten habe«, stelle ich klar. »Und weil Esmond der Meinung war, wir brauchen Schutz auf der langen Reise.«

Sie leckt sich über die Lippen, ehe sie die Stimme senkt. »Oh, der dürfte mich auf jeden Fall vor sämtlichen Gefahren retten. Vielleicht sollte ich mich vor die Kutsche werfen, nur damit er ...«

Meine Magie explodiert, ebenso wie ich. Linnet rutscht hastig ein Stück auf der harten Kutschenbank zurück und sieht mich aus schreckgeweiteten Augen an. Um mich herum schweben unzählige Eiskristalle, die nur auf meinen Befehl warten.

»Ich habe dir eine Krone samt König auf einem Silbertablett serviert«, knurre ich. »Doch du hast es vermasselt. Du hättest eine Königin sein können, wenn du besonnener vorgegangen wärst.«

»Was kann ich denn dafür, wenn er mich durchschaut?«

»Weil du ihm sofort an die Wäsche wolltest!«

Leander schnappt hörbar nach Luft. Ich bin dankbar, dass er sich einen Kommentar verkneift.

»Na und?«, schießt Linnet zurück. »Ich bin eben keine sittsame, zurückhaltende Jungfer wie du, sondern nehme mir das, was ich will.« Ihr Blick gleitet zurück zu Leander, ehe sie leise murmelt: »So wie ihn.«

Mir gelingt es nicht mehr, meine Magie zurückzuhalten – und ich will es auch gar nicht. Ich verliere die Kontrolle, nehme nur noch das kalte Pulsieren wahr, das sich gemeinsam mit meiner Wut einen Weg nach außen bahnt. Ich will ihr wehtun. Ihr panischer Blick berührt nichts in mir.

Nur Leanders Hand, die sich fest um meine schließt, hält mich letztendlich zurück, meine Magie auf Linnet loszulassen, um ihr ein für alle Mal das verträumte Lächeln aus dem Gesicht zu frieren.

Ruckartig wende ich mich zu Leander um, der an meiner Seite steht. Ich befürchte, die gleiche Angst in seinen Augen zu sehen wie bei Linnet, doch ich entdecke in seiner Miene nichts als Sorge um mich. Ich atme mehrmals tief durch und befehle meine Magie zurück, ehe ich durch zusammengebissene Zähne knurre: »Wir reisen bei Sonnenaufgang los.«

Ich wirbele herum, stecke die zitternden Hände unter die Achseln und flüchte aus dem Dorf. Hinter mir höre ich, dass Leander die Kutschentür zuknallt und mir folgt.

»Komm mir nicht zu nahe«, bitte ich, als das Dorf bereits außer Sichtweite ist und ich mich durch den Wald schlage. »Ich hab ... es nicht unter Kontrolle und will niemanden verletzen. Außer Linnet, vielleicht.«

»Wir sind weit genug weg«, sagt er ruhig, während er immer näher kommt. »Deine Magie kann mich nicht verletzen, und für andere stellst du keine Bedrohung mehr dar.«

Ich bebe am ganzen Körper vor unterdrücktem Zorn und Frustration, als ich schließlich stehen bleibe. Abgehackt schnappe ich nach Luft, die sich kälter und kälter in meinen Lungen anfühlt.

»Es ist in Ordnung«, murmelt Leander und stellt sich vor mich, ehe er mir eine Hand an die Wange legt. »Friss es nicht in dich hinein. Ich bleibe bei dir.«

»Aber ich ...« Meine Stimme versagt. »Wenn ich dich ... Meine Magie könnte ...«

Er lehnt die Stirn an meine. »Nichts davon wird geschehen. Sie hat mir noch nie geschadet. Du sagtest, sie mag mich. Ich vertraue euch beiden.«

Das Pulsieren wird immer schlimmer, bis mir nichts anderes mehr übrig bleibt, als ebenfalls darauf zu vertrauen, dass nichts geschieht. Meine Fingerspitzen kribbeln, und ehe ich den eigentlichen Befehl dazu erteilt habe, schießt meine Magie hervor. Sie kommt nicht langsam wie im Schloss, als sie sich Nacht für Nacht weiter vorgekämpft hat, sondern explodiert regelrecht aus mir heraus, zusammen mit meiner Wut auf Linnet und der kalten Eifersucht, die mich heimsuchte, als sie Leander musterte. Als wäre ein Damm gebrochen, schießt das Eis aus mir hervor und friert alles um uns herum ein. Mit jedem Herzschlag pulsiert mehr Schnee aus mir, bis ich beinahe entkräftet in Leanders Armen zusammenbreche.

Blinzelnd überzeuge ich mich davon, dass es ihm gut geht. Meine Sorge um ihn ist das Einzige, was mich noch bei Bewusstsein hält. Wenn ich ihn verletzt habe ...

Doch er streichelt mir beruhigend über die Wange. »Es ist alles gut«, murmelt er. »Fühlst du dich besser?«

Ich nicke. Selbst diese winzige Bewegung fordert mir alles ab. Ich fühle mich leer und kraftlos, aber gleichzeitig auch erleichtert. Das Kribbeln ist verschwunden, ebenso wie die Wut auf Linnet.

»Wahnsinn«, murmelt Leander, als er sich umschaut. »Sieht es so in Fryske aus?«

Ich hebe den Kopf und betrachte den Schnee und das Eis, das uns in einem Umkreis von schätzungsweise zehn Metern umgibt. Bäume, Sträucher, Gräser – alles ist mit einer weißen Schicht überzogen. Nur dort, wo Leander steht, sprießt noch grünes Gras unter seinen Füßen hervor, als hätte sich meine Magie um ihn herum ausgebreitet. Von den Zweigen hängen Eiszapfen, die sacht im Wind aneinanderklirren, und unablässig rieseln Schneeflocken auf uns herab.

»Es kommt dem nahe, was ich aus Fryske kenne«, antworte ich heiser. »Dort gibt es mehr Schnee und weniger Eis. Teilweise bin ich bis zur Hüfte in Schnee versunken, wenn ich mich aus dem Schloss geschlichen habe.«

Er nickt, während sein Blick beinahe liebevoll über die weißen Baumstämme gleitet, die uns umringen, ehe er zu mir zurückkehrt. »Und mir ist nichts passiert. Ich spüre nicht einmal jetzt die Kälte, die mir eigentlich bis in die Knochen kriechen müsste.« Er zieht die Augenbrauen zusammen, während er über etwas nachdenkt. »Aber Linnet hätte es gespürt, oder?«

Ich stoße den Atem aus. »Ja. Jeder hätte es gespürt. Ich hätte jemanden verletzen können, nur weil ich …«

Leander legt mir einen Finger unters Kinn und zwingt mich, ihn anzusehen. »Das hast du aber nicht. Du hast es so lange unterdrückt, bis du außerhalb des Dorfes warst.«

»Hättest du nicht meine Hand genommen, hätte ich meine Magie auf Linnet losgelassen«, wispere ich. »Ich *wollte* es. Ich wollte das Eis benutzen, um ihr wehzutun.«

»Jeder ist mal wütend«, murmelt Leander. »Ich könnte Waldur jeden Tag den Hals umdrehen. Oder Hembrant zum Schlachter bringen. Oder Esmond dafür schlagen, dass er … dich hat und ich nicht. Du warst wütend auf Linnet, was ich dir nicht verdenken kann, aber es ist niemandem etwas geschehen.«

Ich nicke abwesend. Wenn Leander nicht da gewesen wäre, hätte ich mich nicht zurückgehalten. Ich hätte Linnet geschadet und wahrscheinlich auch einigen Dorfbewohnern und dem Kutscher, die nichts für meine Wut auf Linnet konnten.

Was mache ich nur, wenn ich das nächste Mal die Kontrolle verliere und Leander nicht zugegen ist? Werde ich meine Magie dafür nutzen, um andere zu töten?

Hastig befehle ich meine Magie zurück, und nach wenigen Augenblicken sieht der Wald um uns herum aus, als wäre nichts geschehen. Zufrieden zieht sie sich tief in mich zurück, doch ich weiß, dass sie da ist – bereit, jederzeit erneut hervorzukommen.

Und beim nächsten Mal geht es vielleicht nicht glimpf-
lich aus.

✳

Nach einer miesen Nacht auf der Pritsche in Gretes Hütte
und noch geschwächt durch den Magieausbruch, bin ich am
Morgen eine wandelnde Katastrophe. Der Geruch der Salbe,
mit der Grete großzügig die Kratzspuren an meinem Körper
behandelt, sticht mir in der Nase und verursacht mir Kopf-
schmerzen. Am liebsten würde ich sie anfauchen, dass sie
mich in Ruhe lassen soll, doch das wäre nicht fair. Ich war
noch nie jemand, der seine schlechte Laune an anderen ausgelassen hat, und ich werde jetzt nicht damit anfangen. Erst
recht nicht, wenn Grete mir nur helfen will.

Leander klopft an die Tür, als ich gerade fertig mit Anziehen bin. Im Gegensatz zu mir sieht er ausgeruht und fit aus
und begrüßt mich mit einem schelmischen Lächeln, das meinen Herzschlag verrücktspielen lässt.

»Du siehst müde aus«, kommentiert er meinen zweifelsohne bemitleidenswerten Anblick. »Ich habe Hembrant bereits gesattelt, aber du könntest zunächst in der Kutsche mit-
fahren und ein bisschen Schlaf nachholen.«

Ich schüttele den Kopf. »In dem schaukelnden Ding wird
mir übel. Es wird schon gehen.«

Grete überreicht mir ein Bündel mit abgelegter Kleidung
ihrer Töchter und Enkelinnen und einen Tiegel mit der für
mich hergestellten Salbe. »Du weißt ja, wen du fragen musst,
wenn du an die Striemen am Rücken nicht rankommst«, wispert sie mir mit dem Anflug eines Schmunzelns zu, den ich
zuvor noch nie bei ihr gesehen habe.

Augenblicklich schießt mir das Blut in die Wangen, als

ich zu Leander schaue, der uns abwartend von der Tür aus mustert.

»Ich wünsche euch eine gute und sichere Reise«, sagt die Kräuterfrau, als wir die Hütte verlassen. »Und gutes Gelingen bei … was auch immer ihr vorhabt.«

Wir verabschieden uns und ich reite Seite an Seite mit Leander aus dem Dorf, begleitet von den guten Wünschen der Menschen, die sich innerhalb kürzester Zeit in mein Herz geschlichen haben.

»Du bist sicher, dass du Brasania eine Weile allein lassen kannst?«, frage ich Leander, weil mich ein schlechtes Gewissen überkommt und ich mich wieder daran erinnere, dass er weit mehr Pflichten hat, als mich zu begleiten.

Leander manövriert Elora näher an mich heran, greift nach meiner Hand und haucht mir einen Kuss darauf. »Es ist alles, wie es sein soll. Waldur wird sich in meiner Abwesenheit um den Bau der Burg kümmern. Ich war früher mehrere Monate an der Front. Da werden sie jetzt ein paar Wochen auf mich verzichten können, ohne dass Chaos ausbricht.«

Ich bin ihm für seine Begleitung so dankbar, dass ich es nicht in Worte fassen kann, deshalb verstärke ich nur den Druck meiner Hand und nicke, ehe ich ihn loslasse.

An der Kutsche erwartet uns bereits Linnet mit verschränkten Armen. Sichtlich widerwillig mustert sie den riesigen weißen Hengst, auf dem ich sitze.

»Ich dachte, du reist in der Kutsche mit«, sagt sie statt einer Begrüßung.

»Falsch gedacht«, erwidere ich, als ich an ihre vorbeireite.

Hastig klettert sie in die Kutsche, die sich sogleich ruckelnd und gezogen von zwei Pferden in Bewegung setzt.

KAPITEL 30

DAVINA

Mit Leander an meiner Seite vergeht die Reisezeit wie im Flug, obwohl wir uns dem Schneckentempo der Kutsche anpassen müssen. Vor allem Hembrant gefällt das gar nicht. Ich spüre seine Muskeln unter mir vibrieren, in der Hoffnung, endlich voranspreschen zu dürfen, doch ich muss ihn zügeln. Elora ist gelassener und gibt sich mit jeder Gangart zufrieden.

Leander und ich reden die meiste Zeit: über uns, unsere Vergangenheit, unsere Wünsche. Jedoch halten wir unsere Gespräche stets neutral aus Angst, Linnet oder der Kutscher könnte uns belauschen. Gleich zu Beginn habe ich mit einem Zauber die drei Fenster der Kutsche eingefroren, um zumindest vor Linnets neugierigen Blicken sicher zu sein.

Jeden Abend übernimmt Leander die Wache. Ich weiß, dass er einen leichten Schlaf hat, sofern er außerhalb eines Bettes schläft, aber mir wäre es lieber, wenn er eine freie Nacht hätte. Leider gibt es niemanden, der die Wache übernehmen könnte.

In der dritten Nacht schleiche ich mich von Hembrant weg, an den gekuschelt ich sonst immer schlafe. Der Kutscher schnarcht ohrenbetäubend auf dem Kutschbock und Linnet kam nur kurz heraus, um sich ihre Ration Abendbrot zu holen, ehe sie wieder verschwand.

Ich finde Leander ein Stück entfernt unseres Lagers.

»Was machst du hier?«, fragt er, als ich mich ihm nähere.

»Dir Gesellschaft leisten.«

»Du musst schlafen, Vi. Hembrant ist nicht wie Elora. Sobald er merkt, dass du auf ihm eingeschlafen bist, wird er dir durchgehen. Er wartet schon seit Tagen darauf, wieder rennen zu dürfen.«

»Ich weiß.« Schnell werfe ich einen Blick über die Schulter und lausche in die Nacht. Dann schmiege ich mich in Leanders ausgebreitete Arme. »Ich hab dich vermisst.«

»Ich war den ganzen Tag neben dir«, murmelt er grinsend, ehe er mich auf die Stirn küsst. »Aber mir geht es genauso.«

Außer unsere Gespräche und kurze Blicke hatten wir die letzten Tage über nichts – keine Berührung, kein flüchtiger Kuss. Wir hielten stets einen züchtigen Abstand, an dem sich niemand stören konnte.

Noch nie ist mir etwas so schwergefallen.

Ich hätte nur den Arm ausstrecken müssen, um ihn zu berühren. Er war direkt neben mir und doch weit entfernt.

Nun seine Lippen wieder auf meinen zu spüren, lässt mich vor Glück aufseufzen.

Er zieht mich fester an sich und breitet den Umhang über uns beiden aus.

»Du solltest trotzdem nicht hier sein«, wispert er an meinem Hals.

»Ich weiß.«

✳

Rechtzeitig vor Sonnenaufgang erwache ich in Leanders Armen und schleiche zurück zur Kutsche.

Den Tag über fällt mir auf, dass Leander ausgeruhter aussieht als die Tage zuvor, deshalb schleiche ich mich auch die folgenden Nächte zu ihm.

Am sechsten Tag erreichen wir die Grenze nach Fryske. Schon aus mehreren Meilen Entfernung rieche ich den Schnee und treibe Hembrant an, der willig meinem Befehl nachkommt. Leander steht vor Staunen der Mund offen, als er die weiße Landschaft vor sich sieht, die unter einer dicken Schneedecke begraben liegt. Ich atme tief ein, spüre den klaren Stich der Kälte im Hals und in den Lungen.

»Es sieht wunderschön aus«, sagt Leander, als wir von einer kleinen Anhöhe das Tal überblicken können.

Nur vereinzelt blitzen grüne Tannenzweige durch das ansonsten blendende Weiß hindurch.

»Bis zum Königshof ist es noch etwa eine halbe Tagesreise.« Ich schaue über die Schulter. »Mit der Kutsche durch den Schnee jedoch länger.«

»Wie reist ihr für gewöhnlich durchs Land?«

»Zu Pferd. Oder mit Schlitten. Die Räder von Kutschen bleiben zu oft im Schnee stecken.«

Nicht zum ersten Mal verfluche ich mich dafür, Linnet mitgenommen zu haben. Ich brauchte eine Anstandsdame, wenn ich mit Leander unterwegs sein will, und außer ihr gab es niemanden, den ich hätte fragen können. Aber sie hält uns nur auf ... Und sie mustert Leander zu häufig und zu intensiv, obwohl er ihr nie mit mehr als kühler Freundlichkeit begegnet. Dennoch ist es mir ein Dorn im Auge, wie sie ihn ansieht!

Und gestern Morgen ... Ich hätte schwören können, eine Gestalt im Gebüsch ganz in der Nähe gesehen zu haben, doch als ich zur Kutsche kam, lag Linnet darin und schlief. Wahrscheinlich spielen mir meine Sinne vor Aufregung einen Streich.

»Wir sollten allein vorreiten«, sage ich.

Leanders Blick huscht zu mir. »Hältst du das für eine gute Idee?«

»Auf jeden Fall ist es besser, als dich und den Kutscher ewig durch die Kälte reisen zu lassen. Linnet und mir macht das Wetter nichts aus, aber du ...« Ich deute mit einem Kopfnicken auf die drei Umhänge, in die er sich eingewickelt hat, bis ich nur noch sein Gesicht und die Hände sehen kann. Ich unterdrücke ein Schmunzeln. »Du bist ziemlich verweichlicht. Ich kann nicht verantworten, dass du dir hier draußen den Tod holst.«

Er verengt die Augen. »Hast du mich gerade verweichlicht genannt?«

Ich zucke mit den Schultern. »Ja, und es ist die Wahrheit. Ich sage Linnet Bescheid, dass sie und der Kutscher hier warten sollen und wir einen Schlitten schicken, der sie abholt.«

Als ich Hembrant wende, um zur Kutsche zurückzureiten, stellt sich mir Elora in den Weg. Leander mustert mich eindringlich. »Was wird deine Familie denken, wenn du nur in meiner Begleitung kommst?«

»Ich werde ihnen sagen, dass du mein *Ritari* bist.«

Er neigt den Kopf. »Was ist das?«

Ich schürze die Lippen, während ich überlege, wie ich es ihm am ehesten erklären kann. »Ein gewählter Champion. Eine Mischung aus Ritter und Leibwächter. Meistens sind es Männer, die eine hochrangige Dame wie eine Königin oder Prinzessin beschützen. Meine Mutter hat auch einen *Ritari*.«

»Und ... denen wird nicht nachgesagt, dass sie ... ihre Stellung ausnutzen würden?«

Ich weiß sofort, worauf er hinauswill, und muss mir auf die Unterlippe beißen. »Nein, sie dürfen sich der Dame, die sie zu beschützen geschworen haben, stets nähern. Es wird sogar als unehrenhaft angesehen, wenn ein *Ritari* auf Abstand bleibt. Aber die Leute kommen nicht auf die Idee, dass er seiner Dame *zu nah* kommen könnte.«

»Warum?«

Ich ziehe eine Augenbraue hoch. »Weil es sich bei *Ritari* um Eunuchen handelt.«

Sofort wird Leanders Gesicht blass wie der Schnee. »Was?«

Ich zucke mit den Schultern. »Ein *Ritari* zu werden, ist eine große Ehre und erfordert jahrelanges Training im Umgang mit Waffen, aber auch in gesellschaftlichem Benehmen. Um dieser Aufgabe gerecht zu werden, geben die Anwärter ihr bisheriges Leben auf. Ihre neue Familie ist nur die Dame, die sie beschützen. Sie werden blind für andere Frauen.«

Ich bin umgeben von *Ritari* aufgewachsen. Der meiner Mutter heißt Gawain und ich kenne ihn schon mein ganzes Leben. Als ich klein war, durfte ich oft vor ihm im Sattel sitzen und er drehte mit mir ein paar Runden im Burghof. Er war es, der meine Liebe für Pferde und das Reiten weckte.

Für mich ist es natürlich. Vielleicht schreckt mich König Esmonds Verhalten mit seinen Mätressen deshalb so ab, weil ich weiß, dass es auch anders geht. Weil ich es mein Leben lang anders kennengelernt habe. Nie habe ich die Qualität und die Hingabe der *Ritari* darauf zurückgeführt, dass sie Eunuchen sind.

»Was müsste ich tun?«, fragt Leander und reißt mich damit aus meinen Gedanken. »Wenn ich dein gewählter Champion, dein *Ritari* wäre.«

»Nicht viel mehr als jetzt auch«, sage ich. »Wir müssten uns nicht mehr vor jeder Berührung fürchten, denn es ist normal, dass ein *Ritari* seiner Dame den Arm reicht, um sie aus dem Saal zu führen, oder auch mit ihr tanzt. Neben Leibwächtern sind sie Gesellschafter und verbringen fast den ganzen Tag an der Seite der Dame.«

»Aber ich bin kein Eunuch und will ganz sicher auch keiner wegen eines kurzen Besuchs bei deiner Familie werden«, stellt er klar und bringt mich damit wieder zum Schmunzeln.

»Keine Sorge. Sie werden dich keiner ... genaueren Überprüfung unterziehen.«

Leander verdreht die Augen. »Da bin ich ja froh ... Und was ist mit Linnet? Sie weiß, dass ich kein *Ritari* bin und wir die ganze Sache nur vorschieben, um keine Probleme zu bekommen.«

»Wir bleiben höchstens ein paar Tage bis ... ich mit allen geredet habe. Linnet ist eine Dienerin. Ihr Wort hat kein solches Gewicht wie meines.«

Er seufzt. »Dass dein Plan Schwachstellen hat, muss ich dir wahrscheinlich nicht sagen, oder?«

»Es ist nur ein kurzer Besuch bei meiner Familie«, murmele ich. »Sie können mir nicht mehr schaden, als sie es bisher getan haben, selbst wenn sie die kleine List durchschauen. Ich bin schon an einen Mann gekettet, den ich nicht will, und wurde in ein mir fremdes Land mit fremden Sitten geschickt. Was sollen sie mir noch antun?«

KAPITEL 31

LEANDER

Nur der Kutscher sieht erleichtert darüber aus, dass wir ihn samt Kutsche – und Linnet – an der Grenze nach Fryske zurücklassen. Wie ich hat er sich in mehrere Umhänge und Decken gehüllt, um der Kälte zu trotzen, während Davina sie nicht zu spüren scheint.

Deutlich macht sie Linnet klar, dass sie bei der Kutsche zu bleiben hat, bis der angeforderte Schlitten eintreffen wird oder bis Davinas Besuch beendet ist. Die Beziehung der beiden jungen Frauen hat einen Tiefpunkt erreicht, doch ich mische mich nicht ein. Viel zu oft beobachtet mich die Dienerin, und nachdem ich hörte, dass ihr Täuschungsmanöver hauptsächlich deswegen aufgeflogen ist, weil sie nicht für ein paar Tage ihre Hände bei sich lassen konnte, bin ich erst recht wütend auf sie. Hätte sie sich zügeln können, wäre sie die perfekte Frau für Esmond gewesen und alle wären glücklich. Ich hoffe, dass ich nie wieder etwas mit ihr zu tun haben muss, nachdem diese Reise beendet ist.

Elora und Hembrant bewegen sich sicherer durch den Schnee, als ich es erwartet hätte. Selbst auf den Straßen, die durch Fryske führen, liegt zentimeterhoch Schnee und neuer fällt in dicken Flocken vom Himmel.

Eine friedliche Stille umgibt uns. Auch Davina scheint sich zu entspannen, nun da wir in Fryske angekommen und vor Linnets neugierigen Blicken verborgen sind.

»Freust du dich auf dein Zuhause?«, frage ich.

Sie schenkt mir ein scheues Lächeln. »Ja und nein. Ich habe Fryske schmerzlich vermisst – den Schnee, die Kälte, den klaren Geruch. Aber meine Familie ... habe ich nicht vermisst. Ich war froh, sie nicht mehr um mich zu haben.«

»Wirst du mir irgendwann erzählen, was geschehen ist?«

Sie zuckt mit den Schultern. »So viel gibt es da nicht zu erzählen. Ich war ein Einzelkind. In Fryske ist es möglich, dass auch eine Frau den Thron besteigen kann, ohne dass sie dafür einen König heiraten muss. Da meine Eltern nach mir zunächst keine Kinder mehr bekamen, wurde ich von klein auf als zukünftige Königin erzogen. Ich nahm an Sitzungen und Verhandlungen teil.«

»Deshalb kannst du bei allem mitreden.«

Davina nickt. »Ich wurde während Verhandlungen nach meiner Meinung gefragt und lernte schnell, dass ich gut zuhören und das Wohle aller im Hinterkopf behalten musste.«

»Du wärst eine großartige Königin geworden.«

Das ist die Wahrheit. Ich habe keine Mühe, mir Davina als Mittelpunkt eines Reiches vorzustellen. Während unserer gemeinsamen Zeit waren ihre Bemerkungen stets präzise und auch ihr Rechtsspruch in Brasania zielte nicht nur auf das Wohl der beiden Streitparteien, sondern auf das des ganzen Dorfes ab.

»Ich hätte mich zumindest bemüht«, murmelt sie eine Spur verlegen. »Es hätte mich mit Stolz und Freude erfüllt. Doch dann ...« Ihr Blick verdüstert sich. »... wurde meine Mutter trotz aller Erwartungen wieder schwanger. Ich betete zur Göttin, dass es ein Mädchen werden würde, und ich verachtete mich dafür. Anstatt mich für meine Eltern zu freuen, bangte ich nur um meine Zukunft.«

Ich lenke Elora näher an Hembrant heran und ergreife Davinas Hand. »Wie alt warst du damals?«

»Fast fünfzehn.«

Ich streichele ihr mit dem Daumen über den Handrücken. »Du musst dich deswegen nicht verachten. Damals warst du fast noch ein Kind und hattest Angst davor, dass sich dein Leben ändern könnte.«

»Ich redete mir trotzdem ein, dass meine Gefühle falsch waren. Als dann schließlich mein Bruder geboren wurde, war es, als hätte mir jemand den Boden unter den Füßen weggezogen. Ich wurde unsichtbar für meine Eltern und die Diener und jeder überschlug sich dabei, dem jungen Prinzen zu Diensten zu sein. Nachdem sicher war, dass er gesund war, und er die ersten Monate überstanden hatte, wurde er zum Thronfolger erklärt. Ich existierte ab diesem Zeitpunkt nicht mehr.«

Wie gern würde ich sie jetzt in die Arme schließen. »Für mich existierst du. Und für alle anderen in Brasania auch.«

Ihr Lächeln fällt kläglich aus. »Es war ... schwer für mich. Ich fraß alles in mich hinein und warf mir vor, dass ich glücklich sein müsste – für meine Eltern, die endlich den ersehnten Sohn bekommen haben, und auch für Fryske, da es nun wieder einen König geben würde. Ich sagte mir, dass die Göttin schon wüsste, weshalb sie mir das antäte, und ertrug mein Schicksal klaglos. Selbst als sie mir Akando wegnahmen, damit mein Bruder auf dem sanften Wallach reiten lernen konnte, protestierte ich nicht. Auch nicht, als sich meine Eltern für einen kurzen Moment wieder an mich erinnerten und mir mitteilten, dass ich den Feuerkönig zu heiraten hätte.«

Es bricht mir das Herz, mir die junge Davina vorzustellen,

die mit jeder Kränkung, jeder Missachtung mehr und mehr ihre Lebenslust verlor.

»Hattest du niemanden, dem du dich hättest anvertrauen können?«, frage ich.

»Der *Ritari* meiner Mutter Gawain leistete mir oft Gesellschaft und führte mich auf die Tanzfläche, wenn ich bei einem Fest anwesend sein musste. Er ist ein mittlerweile älterer Mann, den ich schon mein ganzes Leben kenne und der mich fast so sehr verehrt wie meine Mutter. Daran änderte auch die Geburt meines Bruders nichts und dafür bin ich ihm aus tiefstem Herzen dankbar.«

Ich nehme mir vor, diesem Gawain persönlich zu danken, wenn ich ihm begegnen sollte.

»Ansonsten hatte ich nur Linnet. Alle anderen Dienerinnen, die ich bis dahin hatte, wurden entlassen. Sie war das einzige weibliche Wesen, mit dem ich täglich zu tun hatte. Deswegen war sie auch die Einzige, an die ich mich für die Täuschung wenden konnte, weil von Anfang an feststand, dass sie mich in die Feuerlande begleiten würde, sobald ich König Esmond heiraten sollte. Heute weiß ich, dass Linnet nicht wegen ihrer herausragenden Fähigkeiten als Kammerzofe vor einer Entlassung verschont blieb, sondern weil sie sich besser als alle anderen auf neue Situationen einstellen kann. Sie findet sofort Anschluss.« Sie seufzt. »Ganz im Gegensatz zu mir.«

»Das stimmt nicht, Vi. Und das weißt du auch.«

Sie winkt ab. »Wie dem auch sei, Linnet hat es vermasselt und nun sind wir hier. Jetzt müssen wir das Beste daraus machen.«

»Wenn deine Eltern zustimmen, die Verlobung mit Esmond zu lösen, was geschieht dann mit dir?«

»Ich bin mir nicht sicher«, murmelt sie. »In Fryske werde ich nicht gebraucht und wäre nur wieder unsichtbar. Meine Eltern haben sehr deutlich gemacht, dass sie in mir nicht mehr als ein Pfand sehen, das sie an denjenigen verschenken können, der ihnen im Gegenzug das meiste bietet. Und das war Esmond, weil er ihnen versprach, Fryske vor einem Angriff der Erdländer zu schützen und mit den fryskischen Soldaten ein für alle Mal kurzen Prozess mit den Angreifern zu machen.« Sie zieht die Nase kraus. »Ob ihm das gelingt, steht auf einem anderen Blatt. Und was dann mit mir geschieht, ebenfalls. Vielleicht lassen sie mich in Fryske, bis ihnen irgendwann wieder einfällt, dass es mich noch gibt. Vielleicht ...« Sie schaut zunächst auf unsere verschränkten Hände und dann mir ins Gesicht. »... darf ich endlich ein eigenes Leben haben.«

Das warme Gefühl, das meine Brust bei ihren Worten flutet, verschwindet jedoch, als ich ihre traurige Miene sehe.

»Ich weiß nicht, was ich tun soll, wenn sie ablehnen«, wispert sie. »Wenn sie mich zurückschicken und mir sagen, dass ich mich nicht so anstellen soll.«

Ich verstärke den Druck um ihre Hand. »Wir lassen uns etwas einfallen, wenn es so weit ist, in Ordnung? Bis dahin hoffen wir, dass deine Eltern ein Einsehen haben.«

✳

Der Königshof von Fryske ist noch berauschender als der der Feuerlande. Weder pompös noch weitläufig, aber wunderschön anzusehen. Es ist, als bestünde das gesamte Schloss mit all seinen Türmchen und Zinnen aus Eis, das in der Sonne funkelt.

Als wir durch das Tor reiten, trägt Davina einem der Soldaten auf, einen Schlitten an die Grenze zu schicken, wo wir unsere Kutsche zurückgelassen haben.

»Macht es dir etwas aus, wenn du dich um Elora und Hembrant kümmerst?«, fragt mich Davina. »Ich bringe dich zu den Stallungen. Leider weiß ich nicht, was unsere Stallburschen taugen, weil ich mich zu lange von dort ferngehalten habe.«

Ich nicke. »Natürlich. Lieber schaue ich nach unseren Pferden, als es jemand anderem zu überlassen, der nicht weiß, was er tut.«

Kaum dass wir vor den Stallungen halten, versperrt uns ein stämmiger Ritter den Weg. Haar und Bart sind schneeweiß und das Gesicht von Falten durchzogen, doch er strahlt eine solche Kraft und Würde aus, die sogar mich einschüchtern. Die blaue, aber mit aufwendigen weißen Stickereien verzierte Tunika spannt ihm um Brust und Schultern. Als ich aus dem Sattel gleite, bemerke ich, dass er mindestens einen Kopf größer ist als ich.

»Gawain!«, jauchzt Davina und fällt dem stoischen Ritter in die Arme. Er legt einen um sie und hebt für einen kurzen Moment die Mundwinkel.

»Willkommen daheim, Prinzessin«, murmelt er mit tiefer Stimme. »Wir haben nicht mit Euch gerechnet.«

Davina löst sich von ihm. »Mein Besuch ist unangekündigt. Ich muss mit meinen Eltern reden.«

Gawain nickt – eine knappe und präzise Bewegung, als würde er eine Waffe führen. »Ich werde gleich Eure Mutter aufsuchen.« Sein Blick gleitet zu mir und ich versteife mich unweigerlich, als ich in seine stahlblauen Augen schaue. »Und wer ist das?«

Es ist sehr lange her, dass mich die bloße Anwesenheit eines anderen Menschen eingeschüchtert hat. Nur einer der

Ausbilder während meiner Knappenzeit strahlte eine ähnliche Würde und Unantastbarkeit aus wie der Ritter vor mir. *Ritari*, verbessere ich mich. Gawain ist der *Ritari* von Davinas Mutter und war einer der wenigen Vertrauten, die sie hier am Hof hatte.

Ich verneige mich vor dem älteren Mann.

»Das ist Leander«, antwortet Davina für mich. »Er ist ... so was wie mein *Ritari*.«

Gawain mustert mich, ohne eine Miene zu verziehen. »Einen ›*so was wie*‹-Ritari gibt es nicht.«

Davina schenkt ihm ein entschuldigendes Lächeln. »Es gibt außerhalb von Fryske auch keine *Ritari*. Belassen wir es einfach bei dieser Erklärung.«

Er wirft mir einen letzten, durchdringenden Blick zu, der mir durch Mark und Bein geht, und verabschiedet sich knapp, um der Königin mitzuteilen, dass ihre Tochter eingetroffen ist.

»War es klug, ihm die Wahrheit zu sagen?«, wispere ich Davina zu, als wir allein sind.

Sie nickt. »Gawain hätte dich sofort durchschaut. Aber er wird uns nicht verraten, niemals. Er ist zwar der *Ritari* meiner Mutter, jedoch auch mir treu ergeben. Solange wir ihn nicht in eine Situation bringen, in der er sich für eine von uns entscheiden muss, wird er Stillschweigen bewahren.« Sie schmunzelt. »Es kann aber sein, dass er dich auf die Probe stellt.«

»Inwiefern?«

Davinas Augen funkeln, als sie zu mir aufsieht. »Nach Fryske kommen nicht oft Vertreter der anderen Völker. Er wird sich mit dir messen wollen. Auch um zu sehen, dass du auf mich aufpassen kannst.«

*

Nachdem wir Elora und Hembrant versorgt haben, teilt uns Gawain mit, dass die Königin uns in einer Stunde empfangen wird und wir uns bis dahin frisch machen können.

»Gegen ein heißes Bad hätte ich nichts einzuwenden«, murmele ich, als Davina mich durch die verwinkelten Gänge des Schlosses führt. Ich ziehe die Umhänge fester um mich. »Hier drin ist es fast genauso kalt wie draußen.«

Davina kichert, hält sich aber schnell die Hand vor den Mund, um es zu überspielen. »Ich bringe dich zum Badehaus und lasse dir wärmere Kleidung bringen, damit du mir nicht erfrierst.«

Schmunzelnd verdrehe ich die Augen über ihren Spott. Vor dem Badehaus, einem riesigen Raum im unteren Teil des Palastes, verabschiedet sie sich von mir. Gawain würde mich zu ihr bringen, sobald ich fertig sei. Tatsächlich begegne ich dem einschüchternden *Ritari*, als ich frisch gebadet und aufgewärmt, aber in alter Kleidung, das Badehaus verlasse.

»Komm mit, Junge«, brummt er, wodurch er mich sofort an Grete erinnert.

»Wohin?«

»Wenn die Prinzessin sagt, dass du ihr *Ritari* bist, dann sollst du auch wie einer aussehen.«

KAPITEL 32

DAVINA

Ich kann gar nicht aufhören, ganz tief ein- und auszuatmen. Die frische, klare Luft, die mich hier in Fryske umgibt, hat mir mehr gefehlt, als ich bisher dachte.

Abgesehen von der Luft und der Kühle und der Landschaft an sich, gibt es jedoch nichts, was ich wirklich vermisst habe. Die Korridore des Schlosses kommen mir so einengend und erdrückend vor wie eh und je, und ich muss mir mehrmals ins Gedächtnis rufen, dass ich jederzeit durch das Tor spazieren kann, ohne Konsequenzen zu befürchten. Ich bin keine Gefangene mehr. Dieses Wissen erleichtert mir das Atmen.

Als ich den Weg zu meinem alten Zimmer einschlage, spricht mich eine Dienerin an. »Kann ich Euch helfen, Prinzessin?«

Es grenzt an ein Wunder, dass sie mich erkennt. »Ich möchte mich in meinem Zimmer umziehen.«

Sie neigt den Kopf. »Euer Zimmer befindet sich nicht mehr auf dieser Etage. Eure Sachen wurden in den Keller gebracht.«

Ich balle die Hände zu Fäusten, schlucke die Kränkung aber herunter. Ich bin erst seit etwas über einem Monat weg, und das Erste, was meinen Eltern einfällt, ist, mein altes Zimmer umzufunktionieren?! Noch dazu wurden meine Sachen – meine Kleider und alles, was sich für mein Leben im warmen Feuerland nicht eignete – einfach in den Keller verfrachtet.

Wahrscheinlich kann ich froh sein, dass sie es nicht gleich gespendet oder verbrannt haben ...

»Kannst du mir den Weg zeigen?«, frage ich mit zusammengebissenen Zähnen.

Die Dienerin nickt und huscht voraus. Ich folge ihr hinab in den Keller. Hier unten spüre sogar ich die Kälte und reibe mir fröstelnd über die Arme. Meine Großmutter scheint heute keinen guten Tag zu haben ...

»Hier drin, Prinzessin«, murmelt die Dienerin und weist in einen dunklen, vollgestellten Raum. »Braucht Ihr sonst noch etwas?«

Ich schüttele den Kopf und seufze, nachdem sie verschwunden ist. Neben der Tür finde ich einen Kerzenständer und Streichhölzer. Mit etwas Licht mache ich mich daran, die gestapelten Kisten zu durchwühlen.

Nach einer Weile werde ich fündig und ziehe mein altes Lieblingskleid hervor: ein schulterfreier Traum aus blau-weißem Stoff, der sich eng an meinen Oberkörper schmiegt und ab der Hüfte ausgestellt ist und mir bis knapp unter die Knie reicht. An den Armen und dem Oberteil ist das Kleid leicht gefüttert, weshalb ich es schweren Herzens hier in Fryske zurückließ. In einer Truhe daneben finde ich die passenden Stiefel, ebenfalls gefüttert und farblich nahezu identisch zum Kleid.

Schnell streife ich das geliehene Reitkleid ab und schlüpfe in mein Lieblingskleid. Wie eine zweite Haut schmiegt sich der Stoff an mich, umschmeichelt meine Figur. Nachdem ich die Stiefel angezogen und den Stoff glatt gestrichen habe, flechte ich mir das Haar neu und stecke es mit einigen Spangen hoch, die ich ebenfalls in meinen verstauten Habseligkeiten finde. Nur einzelne Strähnen hängen wie zufällig heraus und kringeln sich um Hals und die Schultern.

Auch ohne Spiegel weiß ich, dass dieses Kleid mir tausendmal besser steht als die furchtbar steifen und mit mindestens drei Unterkleidern und Reifröcken bestückten Kleider, die der Mode der Feuerlande entsprechen. Ich fühle mich endlich wieder wie ich selbst, und dank Leanders Nähe verhält sich meine Magie ebenfalls ruhig.

»Vi?«, höre ich Leander durch den Gang rufen. »Bist du hier unten?«

Mit einem vorfreudigen Kribbeln im Bauch lösche ich das Licht und verlasse den Raum. Wird Leander das Kleid ebenfalls gefallen? Ich wollte noch nie für einen Mann hübsch aussehen, und nun kann ich an nichts anderes mehr denken. Was mache ich, wenn er es nicht mag? Wenn ihm die steife Mode der Feuerlande eher zusagt?

Alle wirren Gedanken und Ängste kommen zum Erliegen, als ich in den nächsten Gang biege und beinahe in Leander hineinlaufe. Mir stockt der Atem, als ich ihn von oben bis unten betrachte.

Er trägt den Anzug eines *Ritari*; ein weißes Hemd mit blauen Verzierungen am Kragen, eine dunkelblaue Hose, schwarze Stiefel und eine blaue, gefütterte Jacke, auf die am Kragen und den Armaufschlägen goldene Ornamente gestickt sind. An der Hüfte steckt sein Schwert in einer neuen, farblich passenden Scheide. Sein Haar ist frisch gewaschen und noch leicht feucht zurückgekämmt.

»Du siehst umwerfend aus«, hauche ich.

Mir ist natürlich vorher aufgefallen, dass Leander mehr als nur attraktiv ist, doch ihn in den Farben und der traditionellen Kleidung meines Landes zu sehen, setzt noch eine Schippe drauf. Ich bin noch nie einem Mann begegnet, dessen Aussehen mich derart gefesselt hat.

Leander schluckt angestrengt, als er mich ebenfalls betrachtet. Beinahe meine ich, das liebevolle Streicheln seines Blickes zu spüren, der über mich hinweghuscht.

»Du bist wunderschön«, flüstert er.

Ich kralle die Hand in seine Jacke und ziehe ihn zurück in den Gang, aus dem ich kam. Leander versteht sofort, wonach mir der Sinn steht. Beide Hände rechts und links von mir gegen die Wand gestemmt, ragt er vor mir auf und schaut mit einem belustigten Funkeln in den Augen auf mich herab.

Züchtig streiche ich mit den Fingern über seine Jacke. »Hmm, ich sehe, sie haben dir die Variante für verweichlichte Besucher aus den Feuerlanden gegeben, die bei der ersten Schneeflocke schon Frostbeulen bekommen.«

Das Grübchen erscheint in seinem linken Mundwinkel. »Hast du mich schon wieder verweichlicht genannt? Ich sollte dir klarmachen, dass ich das nicht hinnehme.«

Ehe ich zu einer erneuten Erwiderung ausholen kann, beugt er sich bereits zu mir herunter, fährt erst mit den Lippen die Kontur meines Ohres nach und beißt schließlich sanft in die Spitze. Ich stöhne auf und drücke den Rücken durch, wodurch ich mich enger an ihn schmiege. Langsam, als hätte er alle Zeit der Welt, bahnt er sich mit heißen Küssen ein Weg weiter nach unten, verweilt kurz an meinem Hals, um dann zur Schulter überzugehen. Ich kralle beide Hände in sein Hemd.

Zu meiner Enttäuschung zieht er sich viel zu schnell zurück. Lächelnd haucht er mir einen Kuss auf die Lippen. »Ich befürchte, dass mich Gawain zu einem vollwertigen *Ritari* macht, wenn er uns hier erwischt.«

Ich schmunzele und richte seine Kleidung. »Da könntest du recht haben.«

»Ich wollte dich nur abholen, weil deine Mutter dich jetzt empfängt.«

Sofort spüre ich wieder den eisigen Knoten der Angst in meinem Magen. »Kommst du mit mir?«

»Natürlich, Vi.«

✿

Als wir den Thronsaal betreten, hält sich Leander einen Schritt hinter mir. Ich weiß nicht, ob er es unbewusst richtig macht oder Gawain ihm in Rekordzeit sämtliches *Ritari*-Benehmen eingetrichtert hat. Allein seine Anwesenheit macht es für mich weniger schlimm, dass ich meiner Familie gegenübertreten muss.

Die hohe Halle des Thronsaals besteht aus Eis und schneeweißem Marmor und wirkte schon immer kalt und leblos auf mich. Meine Schritte hallen von den Wänden wider, als ich mich den drei Thronen nähere. Einst saß ich auf dem ganz links, nun ist es der Platz meines kleinen Bruders, der jedoch auf dem Boden hockt und mit einem Holzspielzeug spielt. Für Leander und mich hat er keinen Blick übrig. Vater ist nicht anwesend. Nur Mutter sitzt mit hoheitsvoll abweisender Miene auf ihrem Thron, das lange, weiße Haar streng zurückgebunden und mit einem blauen, hochgeschlossenen Kleid bekleidet. Hinter ihr steht Gawain, der uns zumindest ein kurzes Lächeln schenkt. Ich kann mich nicht daran erinnern, dass mich meine Mutter in den letzten Jahren angelächelt hat.

Vor ihr sinke ich in einen tiefen Knicks. »Mutter«, murmele ich. »Es ist schön, dich wohlauf zu sehen.«

»Dein Besuch war nicht angekündigt, Eira«, tadelt sie mich statt einer Begrüßung.

Sogleich versteife ich mich unter ihren kühlen Worten.

Doch was habe ich erwartet? »Das ist richtig. Leider schien es mir unmöglich, in meinen Briefen zu dir durchzudringen.«

Sie reckt das Kinn ein Stück vor – ein untrügliches Zeichen dafür, dass ich zu weit gegangen bin. »Wirfst du mir vor, dass ich dich nicht verstanden hätte?«

»Nein, ich ...«

»Das habe ich nämlich durchaus. Und ich habe mehr als deutlich gemacht, dass du keine andere Wahl hast. Es ist dein Schicksal, den Feuerkönig zu heiraten.«

Ich kralle die Hände in den Stoff des Rockes. »Es muss einen anderen Weg geben. Meine Magie ist ... Ich kann sie nicht kontrollieren.«

Mutter gibt ein hohes, klares Lachen von sich. »Mach dich nicht lächerlich, Kind! Du musst dich einfach mehr anstrengen. Auch dabei, deinen künftigen Ehemann zu lieben, solltest du dir mehr Mühe geben. Er hat viele Jahre auf dich gewartet. Du solltest dankbar dafür sein, dass wir dir eine solch hervorragende Partie ermöglicht haben.«

Bei jedem ihrer Worte knirsche ich fester mit den Zähnen.

»Außerdem«, fährt sie fort, ohne mir die Möglichkeit einer Erwiderung zu lassen, »bist du ein Teil der Abmachung. Du hast dich also zu fügen, ob es dir passt oder nicht.«

»Es passt mir ganz und gar nicht!«, knurre ich.

Mutters Blick verdunkelt sich. »Du vergisst dich, Eira.«

»Das tue ich nicht!«, schleudere ich ihr entgegen. »Ich wehre mich nur dagegen, an einen Mann gekettet sein, den ich nicht will!«

Mein Blut beginnt zu gefrieren. *Reiß dich zusammen!*, mahne ich mich und dränge die Magie zurück.

»Du bist eine Prinzessin und erst dann eine Frau. Gefühle stehen dir nicht zu. Sie sind belanglos für dich. Das Wohl deines Landes und der Wunsch deiner Eltern haben für dich an erster Stelle zu stehen.«

Ich straffe die Schultern. »Ich werde ihn nicht heiraten. Wenn es nur wegen meiner Kraft ist, kann ich ...«

»Wie war das?«, unterbricht sie mich. »Du wirst ihn nicht heiraten?«

Jeder Muskel in meinem Rücken verspannt sich, so vehement versuche ich mich gerade zu halten und nicht unter ihrer eiskalten Stimme zusammenzuzucken. Mein Blut wird immer kälter. »Ich liebe ihn nicht.«

Mutter starrt mich an – viel zu lange und zu durchdringend –, ehe sie den Kopf in den Nacken wirft und schallend lacht. »Hast du es immer noch nicht verstanden? Du bist eine Prinzessin! Liebe ist dir nicht vergönnt. Du bist nur dafür da, dem Land, aus dem du stammst und dem du dienst, einen Vorteil zu sichern. Und König Esmond der Feuerlande hat das beste Angebot für dich gemacht.« Sie lehnt sich zurück und zupft an ihrem Gewand herum. »Aber ... wenn du ihn nicht willst ...«

»Was dann?«, zwinge ich mich zu fragen.

»Nun, der König des Erdreichs hat vor Jahren auch ein Angebot für dich abgegeben. Vielleicht will er darauf zurückkommen.«

Ich ziehe scharf die Luft ein, genau wie Leander hinter mir. Sie würde ... mich an den Feind weiterreichen?

»Wenn du dich gegen den Feuerkönig sperrst, vielleicht trifft der Erdkönig eher deinen ... *Geschmack*.«

»Nein«, presse ich hervor. »Du ... Du kannst nicht ... Wir haben einen Pakt mit den Feuerlanden! Du kannst mich nicht mit dem Erdkönig verheiraten!«

»Pakte können gebrochen werden«, murmelt sie beinahe

desinteressiert. »Und vielleicht gelingt es dem Erdreich dann, seinen Erzfeind zu besiegen.«

Mein Blick fliegt zu Leander, der bleich und starr vor Schock meine Mutter anstarrt. Wenn sie mich dem Erdkönig zur Frau gibt, wird er auch die Soldaten aus Fryske bekommen.

Und Leanders Brasania ist einer der ersten Orte, der unter der erstarkten Macht des Erdreichs fallen wird. Die Erdländer werden sich nicht mit ein bisschen Plünderei begnügen – sie werden morden. Sie werden die Bewohner töten, wie sie Leanders Familie getötet haben.

Unter meinen Füßen bildet sich eine Eisschicht.

»Uns hier in Fryske ist es gleichgültig, wer der Herrscher über die südlichen Gebiete ist. Solange sie uns in Ruhe lassen, können sie sich gegenseitig in ihren Eroberungsversuchen abschlachten, wenn es ihnen Freude bereitet.«

Meine Finger kribbeln vor lauter Magie, die sich einen Weg hinaus bahnen will, und ich kralle die Hände noch fester in den Stoff.

»Warum?«, presse ich hervor. »Warum bist du so kaltherzig?«

»Bin ich das?« Mutter legt den Kopf schief. »Ich handele zum Wohle meines Volkes. Was die Menschen jenseits der Grenze machen, kümmert mich nicht. Das ist es, was eine gute Königin ausmacht. Eine Eigenschaft, die dir fehlt. Wie so viele andere. Einst dachte ich, dass ich dich zu einer würdigen Königin erziehen könnte. Zum Glück ...« Ihr Blick wird weich, als er zu dem Jungen huscht, der gedankenversunken am Boden spielt. »... wurde dein Bruder geboren und ersparte uns eine weitere Königin, die sich nur von ihren Gefühlen leiten lässt. Du willst nicht einmal zum Wohle deines Volkes heiraten.«

»Du kannst mich nicht dazu zwingen!«

»Bist du dir da so sicher? Ich habe Macht über dich«, fährt meine Mutter erbarmungslos fort. »Ohne Mann bist du nichts weiter als eine Prinzessin und unterstehst dem Willen deiner Eltern. Wir entscheiden, was das Beste für dich ist, so wie es meine Eltern ebenfalls entschieden haben. Denkst du etwa, ich wollte deinen Vater heiraten?«

Ich schnappe nach Luft, bin aber unfähig zu antworten. Ich habe mich noch nie gefragt, wie die Ehe meiner Eltern zustande kam. Wahrscheinlich habe ich als Kind zu viele Märchen und Liebesbücher gelesen, die mich davon überzeugten, dass ein König und eine Königin stets aus Liebe heiraten würden.

Doch die Realität ist kein Märchen.

Mutter bewegt die Hand und beschwört einige Schneeflocken herauf. Beinahe bemitleidenswert schwirren sie um ihre Hand herum, ehe sie zu Boden segeln. »Mehr als das kann ich nicht. Aber das ist gut so, schließlich haben wir alle gesehen, was zu viel Macht bedeuten kann. Ich sollte deinen Vater heiraten, weil in meiner Blutlinie noch nie Magie vorkam. Niemand wollte eine neue Verwunschene Königin auf dem Thron. Und doch trage ich Magie in mir, erweckt durch deinen Vater. Irgendwann begriff ich, dass ich es gar nicht so schlecht getroffen habe. Immerhin bin ich eine Königin! Esmond hat deine Magie erweckt, deshalb wirst du bald ähnlich denken wie ich. Nur wahre Liebe kann die Kraft in einer Frau hervorrufen.«

Ich stoße ein freudloses Lachen aus und danke der Göttin im gleichen Atemzug dafür, dass es nicht Esmond war, der mein Herz aus dem eisigen Gefängnis befreite. »Ich werde nie anders denken«, wispere ich zu mir selbst.

Mutter wedelt mit der Hand und die kümmerlichen Schneeflocken verschwinden. »Wie auch immer. Da du den weiten Weg auf dich genommen hast, stelle ich dich vor die Wahl: Welchen König willst du?«

Ich straffe die Schultern. »Keinen. Ich bestehe nicht auf mein Geburtsrecht, aber ich werde in keine gezwungene Heirat einwilligen.«

Gerade zu stehen und meine Kraft zurückzuhalten, verlangt mir alles ab.

Mutter verdreht die Augen. »Du wirst aber einen von ihnen heiraten, ob es dir passt oder nicht. König Esmond hatte das bessere Angebot für dich, aber ich gebe dich auch dem Erdkönig, obwohl deine Magie dann ... nutzlos werden wird. Und du hättest ...«

Als sie mehr und mehr ins Stocken gerät, weiß ich, dass dies der Zeitpunkt ist, an dem es ihr dämmert. Ein Lächeln stiehlt sich auf meine Lippen.

Sie verengt die Augen. »Du hättest Schmerzen. Deine Magie würde ...«

»... unkontrollierbar sein?«, helfe ich ihr aus und gebe es endlich auf, das Kribbeln und eisige Rauschen in meinen Adern zu unterdrücken.

Die Luft um mich herum kommt zum Stillstand, friert ein, wie der Rest von mir. Ein eisiger Dunst bildet sich zu meinen Füßen, und das Eis, das sich schon zuvor darunter ausgebreitet hat, frisst sich nun fast bis zu ihrem Thron vor.

Mutters kalte Fassade bröckelt zusehends. Mit beiden Händen krallt sie sich an den Armlehnen ihres Thrones fest, als befürchte sie, ich könne sie mit einer einzigen Handbewegung von dort entfernen.

Vielleicht könnte ich es, wenn ich es darauf anlegen würde. Viel-

leicht sollte ich es tun. Schnell dränge ich diesen Gedanken zurück. Deswegen bin ich nicht hier.

»Du ... Du bist wie *sie*! Aber wie kannst du ...?« Sie bläht die Nasenflügel. »Das ist nicht wichtig. Gut, deine Magie ist ... weitreichender, als ich vermutet habe, aber das tut nichts zur Sache. Du wirst dich fügen! Oder du wirst mit Konsequenzen zu rechnen haben.«

Ich gebe ein gequältes Lachen von mir. »Konsequenzen? Was willst du mir denn noch antun, Mutter?«

Schnee wirbelt um mich herum, ohne dass ich es ihm befehlen muss. Meine Magie passt sich meinem Gemütszustand an und ich lasse ihr freie Hand. Mutter soll sehen, wozu ich fähig bin, damit sie niemals wieder auf die Idee kommt, ich sei unwürdig oder nutzlos.

Doch anstatt, mich und meine Magie zu sehen, schaut sie zum ersten Mal, seit wir den Saal betreten haben, zu Leander. Ich halte die Luft an, als sich ein wissendes Lächeln auf ihren Lippen ausbreitet. Auch ich wage einen Seitenblick. Meine Magie bevölkert den Saal – nur die Stelle, wo Leander steht, meidet sie, weil sie ihm nicht schaden will.

»Was ich dir antun kann?« Mutters Blick klebt weiter an Leander, der jedoch keine Miene verzieht. »Wie herzlos von dir! Ich habe doch nur dein Bestes im Sinn. Aber wenn du dich weiter sträuben solltest, würde mir das ein oder andere einfallen, um dich gefügig zu machen.«

Obwohl die Magie in weißen Schwaden aus mir heraussickert und sich im Thronsaal ausbreitet, läuft es mir eiskalt den Rücken herunter.

»Ein Kämpfer ... Einer der Ritter des Königs, vielleicht?«, sinniert sie, während sie Leander mustert. »Mal sehen, wie lange er im Krieg durchhält, wenn wir uns entscheiden, doch das Erdreich zu unterstützen, weil unsere eigensinnige Tochter den Feuerkönig brüskiert hat.«

»Das würdest du nicht wagen«, presse ich hervor.

»Warum sollte ich nicht? Wir sind die dritte Kraft, das neutrale Reich. Bisher haben wir uns aus allem herausgehalten, doch die Gebote der anderen Länder wurden immer besser, je länger der Krieg andauerte. Wir mussten nur die Hand nach dem Besten ausstrecken. Ich habe dich als Prinzessin und zukünftige Königin erzogen. Du solltest wissen, wo dein Platz ist. Du kannst auf der Seite der Gewinner stehen und ein glückliches und sorgenfreies Leben führen.«

»Ich bin weder glücklich noch sorgenfrei«, zische ich, ehe das Eis aus mir hervorschießt.

Mutter reagiert schnell und wirft sich über ihren Sohn. Doch das ist mir egal. Wut und Frustration sind so stark in mir, dass die Magie mein Handeln übernimmt. Eis und Schnee formen sich zu spitzen Splittern, die ich zielgerichtet auf die Frau richte, die der Grund für meinen Hass ist. Wenn ich dabei den Jungen treffe, soll es mir nur recht sein. Seit er geboren wurde, ist alles nur noch schlimmer geworden. Er ist schuld daran, dass ich mein altes Leben aufgeben musste und nun in diesem Albtraum feststecke.

Als sich jedoch Gawain vor meine Mutter stellt, komme ich wieder zu Sinnen. Die Eisgeschosse halten in der Luft an und fallen auf den Marmor, wo sie klirrend in Tausende Splitter zerspringen.

Von allen Menschen hier im Schloss ist Gawain der Letzte, dem ich schaden will. Er war mehr ein Vater und Freund für mich als irgendwer sonst.

Er war der Einzige, der mich gesehen hat, als ich unsichtbar war.

Zitternd rufe ich meine Magie zurück. Es fühlt sich an, als würde ich in eine endlose Tiefe sinken. Kraftlos sacke ich zu Boden, forme die Hände zu Krallen im verzweifelten Versuch, irgendwo auf dem Marmorboden Halt zu finden.

Sofort kniet Leander neben mir. »Geht es dir gut?«

»Ihn hat die Magie verschont«, grollt Mutter, die sich zu schnell erholt hat und nun mit ausladenden Schritten auf uns zukommt. Ich wünschte, ich könnte aufstehen, um ihr wenigstens dadurch die Stirn zu bieten, doch meine Beine versagen mir den Dienst. »Halte mich ja nicht für dumm! Ich werde nicht zulassen, dass sich die anderen Reiche erneut die Mäuler über uns zerreißen, weil sich meine Tochter nicht unter Kontrolle hat.«

Ich schließe gequält die Augen. Sie weiß es ... Sie kennt die Wahrheit. Und sie wird nicht zögern, sie gegen mich zu verwenden.

»Wir mussten viele Jahre unter den Taten und der Fehlentscheidungen deiner Großmutter leiden. Sie hat unser ganzes Reich in Verruf gebracht, bis wir keinerlei Verbindungen mehr zu anderen Ländern hatten. Meine eigene Tochter wird keine solche Schmach über uns bringen.« In ein paar Metern Entfernung bleibt sie stehen. »Du wirst dich fügen, hast du verstanden? Du wirst den Feuerkönig heiraten oder ich werde selbst dafür sorgen, dass die Feuerlande dem Erdboden gleichgemacht werden.« Ihr Blick fällt auf Leander. »Mit all seinen Bewohnern.«

Ich stoße ein verächtliches Schnauben aus. »Womit? Mit deiner kümmerlichen Magie? Dass ich nicht lache!«

Ein eiskalter Schauder erfasst mich, als sie auf mich hinablächelt. »Wozu brauche ich Magie, wenn ich Soldaten hinter mir habe?«

»Soldaten, die noch keine einzige Schlacht gesehen haben«, halte ich dagegen.

Mutter macht einen weiteren bedrohlichen Schritt auf mich zu und ich rechne damit, dass sie mich packen und schütteln wird, doch Leander stellt sich vor mich. Wie ein unverrückbarer Fels ragt er über mir auf und versperrt Mutter die Sicht auf mich.

»Geh mir aus dem Weg!«, zischt sie.

Leander legt in aller Seelenruhe seine Hand auf den Schwertknauf.

Mutter zieht geräuschvoll die Luft ein und wirbelt zu ihrem *Ritari* herum. »Schaff ihn aus dem Weg!«

In Gedanken überschlage ich, wer bei einem Duell gewinnen würde, komme aber zu dem Schluss, dass es mich zerstören würde, egal, welcher von beiden verliert.

Doch zu meiner Überraschung schüttelt Gawain den Kopf. »Er beschützt seine Dame. Ich werde mich nicht einmischen.«

»Wie war das?« Mutters Stimme überschlägt sich beinahe vor Unglauben. »Er ist nicht mal ein *Ritari*!«

»*Ritari* oder nicht, er beschützt seine Dame«, stellt Gawain unumwunden klar. »Sobald er das Schwert gegen Euch erheben sollte, werde ich eingreifen, aber keine Sekunde eher. Bei allem Respekt, meine Königin, aber im Moment seid Ihr es, die jemanden bedroht.«

»Wir bedanken uns für Eure Gastfreundschaft«, sagt Leander mit einer beleidigend knappen Verbeugung. »Wir werden sie nicht viel länger in Anspruch nehmen. Wenn Ihr uns nun entschuldigt.«

Er kniet sich wieder neben mich, hebt mich auf die Arme und wendet meiner Mutter den Rücken zu. Ihr Zetern und Schimpfen werden mit jedem Schritt leiser.

＊

Leander trägt mich in den Gang, wo wir uns vorhin begegnet sind. Hier, in der Nähe des Kellerverlieses, kommen nicht viele Diener vorbei. Als er sich, immer noch mit mir auf den Armen, auf dem Boden niederlässt, fange ich sofort an zu weinen.

Das Gesicht fest an seine Brust gedrückt, schluchze ich hemmungslos – wegen der Ungerechtigkeit, meiner furchtbaren Mutter und aller Hoffnungen, die nun zerstört sind. Die ganze Zeit über hält Leander mich fest und streicht mir über den Rücken, trotz des kleinen Schneesturms, den mein Gefühlsausbruch heraufbeschwört. Hin und wieder murmelt er mir beruhigende Worte zu, die ich aber über mein Schluchzen hinweg nicht verstehe.

Nach einer gefühlten Ewigkeit versiegen die Tränen und ich richte mich ein Stück auf. »Entschuldige«, schniefe ich.

Leander wischt mir die letzten Tränenspuren von den Wangen. »Es gibt nichts, wofür du dich entschuldigen musst. Du hast zwar gesagt, dass nicht jeder eine solch glückliche Familie haben kann wie ich, aber ... ich hab mir deine Mutter nicht so schlimm vorgestellt. Sie ist ...«

»Ein Scheusal?«, helfe ich aus.

»Das ist noch untertrieben.«

Ich seufze. »Teilweise verstehe ich sie. Ihr geht es um die Sicherheit unseres Landes, das ihr Sohn irgendwann erben wird. Dafür ginge sie jeden Handel ein.«

»Aber die Mittel und Wege sind nicht in Ordnung«, widerspricht Leander. »Sie hat damit gedroht, das Erdreich zu unterstützen!«

Ich zucke resigniert mit den Schultern. »Wenn der Erdkönig mehr für mich geboten hätte als Esmond, wäre das mittlerweile geschehen.«

Er zieht mich fest an sich. »Es tut mir so leid, Vi. Ich weiß nicht, wie ich dir helfen kann ...«

»Ich weiß es auch nicht«, wispere ich heiser, als ich das Gesicht an seinen Hals presse. »Sie wird ihre Drohung wahr machen, sobald ich wieder aufmucke. Oder weglaufe. Oder irgendwas tue, was ihr nicht passt. Ich könnte mir nie verzeihen, wenn dir meinetwegen etwas zustößt. Oder Grete oder Waldur oder Ulara oder einem der anderen Dorfbewohner.«

Leander lehnt die Stirn gegen meinen Kopf. »Also wirst du tun, was sie verlangt. Du wirst Esmond heiraten.«

»Ich habe keine andere Wahl.«

Kurz verstärkt er den Druck seiner Arme. »Uns muss etwas einfallen! Ich kann nicht ...!«

Ich richte mich auf und umschließe sein Gesicht mit den Händen. »Auch wenn ich ihn heirate, wird das nichts an meinen Gefühlen ändern. Esmond wird mich nicht beachten. Er hat seine Mätressen.« Ich küsse ihn auf die Stirn. »Und ich habe dich.«

Mit einem traurigen Seufzen schließt er die Augen. »Ja. Du hast mich, von jetzt bis in alle Ewigkeit. Und daran wird sich nichts ändern.«

KAPITEL 33

DAVINA

Nachdem ich mich halbwegs beruhigt habe, greife ich nach Leanders Hand. »Wartest du kurz hier? Ich will zu meiner Großmutter.«

Nach meinem Zusammenstoß mit Mutter habe ich mit mir gehadert, ob ich Großmutter Davina besuchen soll. Am liebsten würde ich sofort aufbrechen, aber wenn ich einmal hier bin, muss ich mit ihr reden. Vielleicht ... dringe ich irgendwie zu ihr durch und sie kann mir einen Rat geben, wie ich meine Magie besser unter Kontrolle bringe.

»Ich kann dich begleiten«, bietet Leander an.

Ich schüttele den Kopf. »Ihre Magie ist nicht wie meine. Sie würde dir schaden. Das will ich nicht riskieren.«

Er streicht mir eine Haarsträhne hinters Ohr. »Und was ist mit dir?«

»Ich kann auf mich aufpassen.« Mühsam forme ich die Lippen zu einem Lächeln. »Wenn sie einen schlechten Tag hat, drehe ich gleich wieder um und wir verschwinden von hier.«

Leander sieht nicht begeistert aus, nickt aber. »Je eher wir diesen frostigen Hof verlassen können, desto besser«, grollt er. »Ich kann Elora und Hembrant in der Zwischenzeit satteln.«

»Nein.« Ich lege ihm eine Hand an die Wange. »Es wäre mir lieber, wenn du hier wartest. Falls ... meine Mutter doch noch auf dumme Ideen kommt, will ich nicht, dass du ihr allein gegenüberstehst.«

Er verzieht den Mund, verkneift sich aber die Frage, ob ich ihm nichts zutraue. Das tue ich! Jedoch will ich ihn keiner weiteren Gefahr aussetzen. Er hat recht, wir sollten so schnell wie möglich verschwinden.

»Ich beeile mich, versprochen«, sage ich, stelle mich auf die Zehenspitzen, um ihn zu küssen, und husche den Gang entlang zur Treppe hinunter in das Kellerverlies.

✳

Mit jeder Stufe, die ich hinabsteige, wird es kälter und kälter. Bibbernd schlinge ich beide Arme um mich, erreiche damit jedoch nichts. Am liebsten würde ich umdrehen und mich zurück in Leanders warme Umarmung flüchten, doch ich setze tapfer einen Fuß vor den anderen.

Ich will es sehen. Ich *muss* es sehen. Das, was mich erwartet, wenn ich meine Magie nicht unter Kontrolle habe.

Als ich die letzte eiserne Tür entriegele, die zum hintersten Kerkertrakt führt, schlägt mir eine solche Eiseskälte entgegen, dass ich für einen Moment nicht mehr atmen kann.

»Wer ist da?«, verlangt eine herrische, aber raue Stimme zu wissen.

Vor vielen Jahren habe ich mich manchmal heimlich hier heruntergeschlichen. Damals war ich noch ein Kind.

»Ich bin Eira«, sage ich und bin froh, dass meine Stimme nicht so sehr zittert wie der Rest von mir. »Erinnerst du dich an mich? Ich bin deine Enkelin.«

Ketten rasseln. »Komm näher, Kind.«

Eis knirscht unter meinen Stiefeln, als ich den Trakt betrete. Mehrere Meter vor mir erstrecken sich dicke Gitterstäbe, die ebenfalls mit Eis überzogen sind. Dahinter hockt eine zusammengesunkene Gestalt auf einem einfachen Bett.

Das Verlies ist karg eingerichtet – nicht würdig einer Königin, selbst wenn ihr der Titel aberkannt wurde. Neben einem winzigen Tisch und Schemel entdecke ich einen Stapel Bücher und eine leere Schüssel.

»Großmutter«, murmele ich, als ich vor den Gittern stehe, und neige respektvoll den Kopf.

Die Verwunschene Königin erhebt sich; wieder rasseln schwere Ketten, deren Manschetten um ihre Hände und Füßen geschlungen sind.

Ich habe das Gefühl, in einen Spiegel zu sehen, der mich gut vierzig Jahre älter erscheinen lässt. Als Kind ist mir die Ähnlichkeit nicht derart gravierend aufgefallen, doch nun sehe ich sie: die nahezu identische Gesichtsform und Augenfarbe, die gleiche Nase.

Einen guten Meter vor den Gittern bleibt sie stehen, weil ihr die Ketten nicht mehr Bewegungsfreiraum zugestehen, und mustert mich mit einer ähnlichen Neugier, wie ich sie.

»Du bist groß geworden, Eira«, sagt sie schließlich mit einem Lächeln auf den aufgesprungenen Lippen.

»Entschuldige, dass ich dich nicht öfter besuchen komme.«

Sie winkt ab, wodurch wieder die Ketten rasseln. Mich würde es wahnsinnig machen, dieses Geräusch bei jeder noch so kleinen Bewegung hören zu müssen. »Was führt dich zu mir?«

Anstatt einer Antwort rufe ich den weißen Eisnebel hervor, der mich zusammen mit einer Horde Schneeflocken umtost.

Großmutters Lächeln wird breiter. »Ah, dann ging von dir die Kraft aus, die ich vorhin gespürt habe. Es hat also nicht funktioniert.«

»Was hat nicht funktioniert?«

»Die große Macht unserer Familie auszulöschen«, sagt sie. »Obwohl mein nichtsnutziger Sohn eine Frau geheiratet hat, in deren Blutlinie nie Magie vorkam, verfügst du nun über eine ähnliche Kraft wie ich.«

Sie neigt den Kopf. »Ich nehme an, deine Eltern sind davon nicht begeistert?«

»Nein.«

»Das wundert mich nicht. Sie fühlen sich an mich erinnert, obwohl sie doch alles erdenkliche dafür tun, jede Erinnerung, die mit mir zu tun hat, auszulöschen.«

Ich mache einen Schritt auf sie zu, doch sie hebt schnell die Hand. »Komm nicht näher. Bitte.«

»Du bist nicht gefährlich«, sage ich.

Ihr Lächeln verblasst. »Doch, das bin ich. Und im Gegensatz zu dir, habe ich keine Kontrolle über meine Magie. Sie ist es, die mich kontrolliert. Ich habe schon zu viele Menschen verletzt, obwohl ich es nicht wollte. Du sollst nicht dazugehören.«

»Warum haben meine Eltern versucht, die Magie in unserer Linie auszulöschen? Ich dachte, sie sei ein Geschenk.«

Großmutter gibt einen abschätzigen Laut von sich. »Für niedere Magier wie deine Mutter vielleicht, die sich damit brüsken, eine Schneeflocke herbeirufen zu können und sich deshalb für etwas Besonderes halten. Für Magierinnen wie dich und mich jedoch ...« Sie runzelt die Stirn. »Nun, ich bin mir sicher, dass du bereits weißt, wie verzehrend das Eis sein kann, das in uns lebt.«

Mein Blick huscht in ihrem eisigen Gefängnis herum, das mich entfernt an das Zimmer am Königshof erinnert, das ich nicht mehr verlassen konnte. Ich erschaudere beim Gedanken daran.

»Wenn derjenige, der deine Magie befreit hat, dich verlässt oder gar stirbt, wird es noch schlimmer. Er ist hier, nehme ich an?«

Ich nicke.

»Und er ist nicht derjenige, den deine Eltern für dich ausgesucht haben.«

Zögerlich schüttele ich den Kopf. »Woher ...?«

»Weil es bei mir ebenfalls so war. Nun fürchten deine Eltern, dass sich die Geschichte wiederholen könnte.«

»Ich verstehe nicht ...«

»Wir sind mächtig, Eira. Du noch mehr als ich, denn du hast deine Magie unter Kontrolle. Eine solche Macht kann Fluch und Segen sein. Könige verlangen danach und fürchten sich gleichermaßen davor. Wenn du es darauf anlegen würdest, könntest du die ganze Welt beherrschen.«

Ich schnappe nach Luft.

Dieser Gedanke ist mir noch nie gekommen. Ich wollte eine gute Königin für Fryske sein, aber als Herrscherin habe ich mich nie gesehen.

»Du könntest all das zerstören, was deine Eltern mühsam aufgebaut haben. Du könntest deinen rechtmäßigen Platz einfordern.«

Ich schlucke angestrengt. »Fryske ...«

Großmutter nickt. »Du könntest eine Königin sein, ohne die Frau eines stumpfsinnigen Kerls werden zu müssen, der sich nur für deine Magie interessiert. Sicherlich gibt es hier in Fryske genug Menschen, die lieber eine gescheite und mächtige Königin auf dem Thron sähen, als einen Knaben, der zu behütet aufgewachsen ist, um etwas von der Welt zu verstehen.«

»Ich würde nie ... Es ging mir nie um den Thron. Ich will

weder über Fryske herrschen noch die Königin der Feuerlande werden.«

Großmutter mustert mich aufmerksam. »Was willst du dann?«

Sofort blitzt ein kleines Dorf mit einer zerstörten Burg in meinen Gedanken auf. Eine Burg, die wir wiederaufbauen könnten. Stallungen voller Pferde. Und ein Mann, dessen Lächeln das Erste ist, was ich jeden Morgen sehe. Dieses Leben würde mich tausendmal glücklicher machen, als jede Krone es vermochte.

»Du und ich sind nicht für ein einfaches Leben geschaffen«, sagt Großmutter, als hätte sie meine Gedanken erraten. »Wir sind Herrscherinnen – oder bringen Zerstörung. Darf ich dir einen Rat geben?«

»Deswegen bin ich hier.«

»Beschütze ihn. Mit allem, was du hast.«

Ich weiß, dass sie von Leander spricht, und schlucke angestrengt. »Das habe ich vor.«

»Auch, wenn es bedeutet, dass du dich gegen deine Familie stellen musst?«

Ich nicke ohne zu zögern.

»Dann hoffe ich, dich nie in einer Zelle neben meiner sehen zu müssen, Kind.« Sie zuckt zusammen und ballt die Hände zu Fäusten. »Du solltest jetzt gehen.«

»Ich habe noch Fragen.«

»Nein.« Ihr ganzer Körper erschaudert und sie krümmt sich nach vorn. »Geh und schließe alle Türen hinter dir. Sofort!«

Ich stolpere ein paar Schritte rückwärts, gebannt von der rohen und ungefilterten Kraft, die aus ihren Händen sickert und sich in Windeseile im Kerkertrakt ausbreitet. Als mich ihr Eis beinahe erreicht hat, wirbele ich herum und renne hinaus, begleitet von ihren Schreien, die mir die Haare zu Berge stehen lassen.

*

Leander erwartet mich bereits mit unseren gesattelten Pferden im Schlosshof. Neben ihm steht Gawain, doch beide sehen auf, als ich zu ihnen trete.

»Prinzessin«, sagt Gawain und neigt respektvoll den Kopf. »Ihr wisst, dass ich Eure Gesellschaft stets schätze, aber es ist besser, wenn Ihr so schnell wie möglich abreist.«

»Ich weiß«, murmele ich. »Es war ein Fehler, herzukommen.«

Ich habe von ganzem Herzen gehofft, dass meine Mutter Verständnis für mich hätte – entweder für meine Situation oder die Magie, die in mir tobt. Doch das war ein Irrtum. Ihr geht es nur darum, das Reich für ihren Sohn zu sichern. Ich diene dazu, das Nachbarreich als Verbündeten durch eine Hochzeit an Fryske zu binden, und meine Kraft soll dazu dienen, das dritte Reich so weit einzuschüchtern, dass keiner der Erdländer es je wagen wird, seine gierigen Hände nach Fryske auszustrecken.

Keiner kam auf die Idee, mich zu fragen, was ich von alledem halte.

Ich werde nie die Jahre meiner Kindheit und frühen Jugend vergessen, in denen ich als zukünftige Königin erzogen wurde. Die Ausbildung war hart und die Anforderungen an mich hoch, doch ich habe es geliebt. Ich hatte ein klares Ziel vor Augen und wollte jeden, der seine Hoffnungen in mich setzte, stolz machen. Allen voran Gawain.

Und vielleicht würden auch meine Eltern endlich erkennen,

welch gute Tochter ich bin, wenn ich eine Königin würde, auf die ganz Fryske stolz sein könnte.

Doch dieser Traum zerbrach. Nun werde ich zwar auch eine Königin sein, aber keine, die ich sein will. Neben einem Mann, für den ich nur eine von vielen bin und der mich nicht einmal berühren kann, werde ich den Rest meines Lebens in Kälte verbringen müssen. Denn wenn ich dagegen aufbegehre ...

Mein Blick huscht zu Leander, der mich besorgt mustert. Ich zwinge mich zu einem Lächeln, das ihn jedoch nur mehr die Stirn runzeln lässt.

Wenn ich mich gegen die Rolle, die mir meine Eltern zugedacht haben, stelle, werden sie Mittel und Wege finden, mir das letzte Glück zu nehmen, das ich noch besitze. Unschuldige werden meinetwegen leiden und sterben.

»Ich habe dir deine Sachen eingepackt«, sagt Leander und deutet hinter Hembrants Sattel, wo ein Bündel befestigt ist. »Ich weiß nicht, ob es noch etwas gibt, was du von hier mitnehmen möchtest ...«

Ich wende mich an Gawain. »Wie geht es Akando?«

»Dem Wallach?« Er schaut zu Boden. »Nun ... Er ... ist tot.«

Ich schnappe nach Luft und überschlage, wie alt Akando war. Maximal fünfzehn Jahre.

»Euer Bruder, der Kronprinz, bekam ihn zu seiner Geburt geschenkt«, murmelt Gawain betreten. Ich grabe die Fingernägel in die Handflächen, um nicht zu schreien. »Er hat auf dem sanften Tier – genau wie Ihr, Prinzessin – das Reiten gelernt. Nur ... Es gab einen Reitunfall. Dem Prinzen ist – der Göttin sei Dank! – nichts geschehen, aber Akando brach sich die Vorderläufe.«

Leander gibt ein Grummeln von sich. »Ist er in eine Eisspalte getreten?«

Als Gawain gequält die Augen schließt, glaube ich, jeden Moment die Beherrschung zu verlieren. Nur mit Mühe kann ich mich davon abhalten, den riesigen *Ritari* zu packen und zu schütteln, bis er mit der Sprache herausrückt.

»Der Prinz ist ... kein sonderlich geschickter Reiter. Ich befürchte, er hat Akando über ein Hindernis gezwungen, das der Wallach unmöglich bewältigen konnte.«

Leander stößt einen Fluch aus. In mir jedoch erstarrt jegliches Gefühl zu Eis und ich bin unfähig, auch nur einen Ton von mir zu geben.

»Es tut mir leid, Prinzessin«, sagt Gawain. »Ich weiß, wie viel Akando Euch bedeutet hat.«

»Ist der Prinz nicht etwas zu jung für ein ausgewachsenes Pferd?«, fragt Leander.

Gawain schüttelt den Kopf. »Die Prinzessin ist ebenfalls in jungen Jahren auf ihm geritten.«

»Sie ist auch begnadet im Umgang mit Pferden. Sie reitet sogar auf Hembrant! Nicht mal ich traue mich, auf dem Gaul zu sitzen. Aber nicht jeder kann ...«

Ich hebe die Hand und bringe ihn damit zum Schweigen. »Ist schon gut. Hat er ...? Ging es wenigstens schnell?«

Gawains Blick ist voller Mitleid. »Ich habe den Stoß in sein Herz selbst ausgeführt, Mylady. Er musste keine Sekunde länger als nötig leiden.«

Ich zwinge mich zu einem Nicken, obwohl ich genau verstehe, was sich hinter Gawains Worten verbirgt. Selbst wenn er dabei war und den Unfall aus nächster Nähe gesehen hat, muss er sich erst davon überzeugt haben, dass dem Prinzen nichts geschehen war. Er muss sich seine Verletzungen angesehen und sein Geschrei angehört haben. Zeit, in der Akando mit zerschmetterten Knochen und unsäglichen Schmerzen im Schnee lag.

Dennoch bin ich dankbar dafür, dass es Gawain war, der Akandos Leiden ein Ende setzte. Bei ihm weiß ich, dass der Stoß sauber und präzise war.

»Ihr habt nun ein noch prachtvolleres Tier«, sagt Gawain und versucht, taktvoll das Thema zu wechseln. »Sicherlich hilft Euch das über Euren Verlust hinweg.«

Augenblicklich versteife ich mich. Leander macht einen Schritt nach vorne und will auf Gawain losgehen, doch ich halte ihn zurück.

»Nicht«, wispere ich. »Lass uns ... einfach verschwinden.« Ich wende mich an den *Ritari*. »Wenn die Kutsche mit Linnet hier ankommt und wir sie unterwegs verpassen, sag ihr, dass sie hierbleiben kann, wenn sie will. Oder sie kommt zurück an den Feuerhof. Die Entscheidung liegt bei ihr. Leb wohl, Gawain.«

»So furchtbar es auch klingen mag, aber ich hoffe, dass wir uns nicht wieder begegnen. Ich will niemals eine Waffe gegen Euch ziehen müssen, Prinzessin.«

»Von allen Menschen hier in Fryske bist du der Letzte, dem ich schaden will.«

Ohne ein weiteres Wort steige ich in den Sattel und verlasse den fryskischen Königshof.

*

Wir sind bereits eine Weile unterwegs, als Leander nach Hembrants Zügeln greift und ihn und Elora ein Stück abseits der Straße führt. Als der Schnee tiefer wird, gleitet er aus dem Sattel und streckt die Arme nach mir aus.

»Wir müssen weiter«, sage ich steif. Es sind die ersten Worte, die ich seit unserem Aufbruch gesagt habe.

Stumm streckt mir Leander weiter die Hände entgegen und gibt erst nach, als ich sie schließlich ergreife.

»Wo gehen wir hin?«, frage ich, während ich mir hinter ihm her einen Weg durch den Schnee bahne.

Hinter einer hohen Schneewehe, von wo aus wir weder Hembrant und Elora noch die Straße sehen können, bleibt er stehen, wendet sich zu mir um und schließt mich fest in die Arme.

»Es tut mir leid«, murmelt er mir ins Ohr.

Ich versteife mich. »Es gibt nichts, was dir ...«

»Er hat es nicht verstanden. Gawain, meine ich. Er versteht nicht, was Akandos Verlust für dich bedeutet, selbst wenn er seit Jahren nicht mehr dein Pferd war. Aber ich verstehe es. Ich verstehe auch, dass ein solcher Verlust niemals mit einem neuen Pferd überdeckt werden kann.«

Tränen, die ich krampfhaft zurückhalte, seit ich von Akandos Tod erfahren habe, brennen nun in meinen Augen. Ich presse das Gesicht gegen Leanders Schulter und schlinge nun auch die Arme um ihn.

Beruhigend streicht er mir über den Rücken. »Ich hätte dir das gern erspart. Wenn ich gewusst hätte, wie schlimm der Besuch bei deinen Eltern werden würde, hätte ich nie ...«

»Du kannst nichts dafür«, krächze ich mit tränenerstickter Stimme. »Ich habe gehofft, dass meine Mutter Verständnis für mich hätte. Jetzt, da sie den Sohn hat, der ich nicht war, dachte ich, ich hätte eine Chance auf ein eigenes Leben. Ich dachte, nur einmal könnte sie wie eine Mutter für mich sein.«

»Ich wünschte, du hättest meine Mutter kennenlernen dürfen«, murmelt er. »Sie hätte dich geliebt wie eine ihrer eigenen Töchter.«

Ich schaue zu ihm auf. »Woher willst du das wissen? Ich wäre eine Fremde für sie und ...«

Er legt mir eine Hand an die Wange und streicht mit dem Daumen die Tränen weg. Ein Lächeln umspielt seine Lippen – so sanft und ehrlich und echt, dass es mir das Herz zusammenzieht. »Ich weiß es, weil *ich* dich liebe. Und sie hätte dich auch geliebt.«

Ich schließe die Augen und schäme mich nicht für die Tränen und den Schneesturm, der uns sanft umtost.

Seit Wochen hat mir Leander diese Worte in meinen Träumen zugeflüstert, doch nun spricht er sie zum ersten Mal aus. »Ich habe mir so sehr gewünscht, dich das sagen zu hören. Und gleichzeitig habe ich mich davor gefürchtet.«

Ich spüre seine Lippen an meinen Wangen, spüre, dass er mir die Tränen wegküsst. Eine winzige Berührung, nicht stärker als der Flügelschlag eines Schmetterlings, und doch stark genug, dass sie sich tief in mein Herz gräbt.

»Ich wollte es dir sagen«, murmelt er nur einen Hauch von meinem Mund entfernt, »bevor wir zurück an den Feuerhof gehen. Bevor du wieder Prinzessin Eira sein musst und nicht mehr Davina sein kannst. Bevor ich wieder ein Ritter und Berater und Freund des Königs bin. Auch wenn wir niemals zusammen sein können, will ich, dass du weißt, wie ich fühle. Daran wird sich nie etwas ändern.«

»Nur ein bisschen«, flüstere ich. »Lass uns noch ein bisschen länger ein Mann und eine Frau sein, die sich lieben.«

Im letzten Kuss, den er mir schenkt, spüre ich all die Gefühle, die in mir toben: Liebe, Verlangen, Verzweiflung und

Angst vor der Zukunft. Als könnte ich das Unausweichliche länger hinauszögern, klammere ich mich mit aller Kraft an ihm fest und vergesse einmal mehr, wer ich bin und was mir nun bevorsteht.

KAPITEL 34

LEANDER

Ich habe die Worte der fryskischen Königin und ihre unterschwellige Drohung nicht vergessen.

Innerhalb kürzester Zeit hat sie uns durchschaut. Sie weiß, dass es nicht Esmond war, der die Magie ihrer Tochter befreit hat. Sobald Davina von dem, was ihre Eltern von ihr fordern, abweicht, wird nicht nur sie die Konsequenzen zu spüren bekommen.

Es gibt keine Hoffnung mehr. Weder Davina noch ich werden zulassen, dass andere unseretwegen leiden müssen. Sie wird ihre Aufgabe erfüllen, auch wenn es uns beide zerstören wird. Sie wird die Königin der Feuerlande werden und meinen Freund Esmond heiraten, damit sie all jene beschützen kann, die ihr wichtig sind.

Nicht nur einmal denke ich darüber nach, einfach bei Nacht und Nebel mit ihr zu verschwinden. Irgendwohin, wo niemand unsere Namen kennt. Irgendwohin, wie wir uns ohne Rang und Titel ein eigenes Leben aufbauen können. Irgendwohin, wo uns weder die Schatten der Vergangenheit noch die Schrecken der Gegenwart erreichen.

Nur ein Dummkopf würde nicht eins und eins zusammenzählen können, wenn Davina und ich zeitgleich verschwinden und nie wieder auftauchen. Die Kunde würde sich rasend schnell bis nach Fryske ausbreiten und der Zorn des Königspaars würde verheerend sein. Ebenso wie Esmonds. In seiner

Wut traue ich ihm sogar zu, dass er die Menschen aus Brasania für mein Vergehen leiden lassen würde.

Sosehr ich Davina auch liebe, aber mit dieser Schuld könnte ich niemals leben. Und sie ebenso wenig. Dafür liebe ich sie sogar noch mehr.

Mit einem letzten, leidenschaftlichen Kuss, in dem so viel mehr lag als unsere Liebe, haben wir uns von dem Leben, was wir hätten führen können, verabschiedet.

Vielleicht, hoffe ich, sind die Götter uns gewogen und haben Mitleid mit uns, sodass uns im nächsten Leben mehr Glück vergönnt ist.

✻

Ich biete nicht an, in Brasania einen Zwischenstopp einzulegen. Wir reiten direkt an den Feuerhof zurück.

Dort erwartet uns bereits Esmond. Mit einem breiten Lächeln nähert er sich seiner Braut und Hembrant, macht aber einen Satz zurück, als der Hengst nach ihm schnappt. Ich nehme mir vor, dem Gaul dafür später ein paar Zuckerstückchen zuzustecken, sofern er mir nicht die Hand abbeißt.

»Da seid Ihr endlich wieder, meine Liebe!«, tönt Esmond aus sicherer Entfernung.

Ich gleite aus dem Sattel und reiche Davina die Hand, um ihr beim Absteigen zu helfen, da sich niemand sonst in Hembrants Nähe traut. Sie dankt mir mit einem hoheitsvollen Nicken und einem verstohlenen Streicheln über mein Handgelenk.

»Kümmerst du dich um Hembrant?«, fragt sie, ohne mich dabei direkt anzusehen, laut genug, damit jeder sie verstehen kann.

Ich senke ebenfalls den Blick. »Natürlich, Hoheit.«

Wir beide zögern, als könnten wir uns nicht aus der Nähe des jeweils anderen bewegen, die Blicke krampfhaft auf etwas anderes als unseren Gegenpart gerichtet.

Schließlich ist es Davina, die den Bann als Erste bricht und auf Esmond zugeht, der sie überschwänglich begrüßt. Ich packe Hembrant, der seiner Herrin nachlaufen wollte, am Zügel und führe ihn und Elora zu den Ställen.

»Minher!« Wie ein geölter Blitz kommt ein junger Bursche von den hintersten Boxen auf mich zugeschossen, bleibt vor mir stehen und verbeugt sich, ehe er sich mit einiger Verspätung die Kappe vom Kopf zieht.

»Fulk«, begrüße ich ihn, wobei ich ein Schmunzeln unterdrücken muss.

Fulk ist ein zwölfjähriger Bursche aus Brasania, den ich unter meine Fittiche genommen habe, weil er ganz gut mit Pferden umgehen kann. Ich dachte darüber nach, ihn zu meinem Knappen zu machen, aber das war, bevor ich Davina kennengelernt habe. Nun denke ich, dass er bei einem anderen Ritter besser aufgehoben wäre.

Ein anderer könnte ihm Tugenden wie unerschütterliche Königstreue und aufopferungsvolle Hingabe für das eigene Land weit besser vermitteln als ich.

Meine Gedanken kreisen einzig und allein darum, wie ich in Davinas Nähe bleiben kann, ohne ihr *zu* nah zu kommen. Und wie ich meine Pflichten in Brasania mit meiner verzehrenden Liebe zu der Frau, die ich nicht haben kann, unter einen Hut bringen soll. Ritterliche Tugenden und ein Ehrenkodex – und sei es nur der unter alten Freunden – sind für mich zu Nichtigkeiten verkommen.

»Wie läuft deine Ausbildung?«, frage ich den Jungen, um mich auf andere Gedanken zu bringen.

Er zieht einen Flunsch. »Langweilig. Nur Ställe ausmisten und füttern.«

»Das gehört nun mal dazu«, sage ich, als ich Elora in eine freie Box und Hembrant in die daneben führe. Letzterer ist von der Wahl der Unterbringung wenig begeistert und teilt mir dies mit einem Schnauben mit.

»Ich weiß«, murmelt Fulk. »Aber das ist nichts, was ich nicht auch in Brasania hätte lernen können. Wenn Ihr die Stallungen wiederaufgebaut hättet. Das habt Ihr doch vor, oder? Meine Schwester hat mir davon erzählt.«

Ich schlucke angestrengt. Ja, ich *hatte* es vor. Der lang vergessene Lebenstraum meines Vaters sollte auch zu meinem werden, doch ein wichtiger Bestandteil dieses Traums ist nun unerreichbar geworden, und somit droht auch der Rest des Traums zu zerplatzen.

»Irgendwann vielleicht«, sage ich ausweichend. »Wenn die Burg wieder steht. Das hat momentan Priorität. Und dann muss ich sehen, wie viel Geld noch übrig ist, um die Stallungen wiederaufzubauen. Das kann Jahre dauern.«

Oder länger als ein ganzes Leben.

Fulk seufzt herzzerreißend. »Vielleicht wäre es besser, wieder zurück nach Hause zu gehen. Mein Vater braucht Hilfe in der Bäckerei.«

Es wäre eine Verschwendung, den Jungen ebenso wie seine Brüder in eine stickige Backstube zu stecken. Er ist gescheit und lernt schnell und hat ein Gespür für Pferde. Nicht unbedingt für Elora oder Hembrant, aber für ... *normale* Pferde.

»Ich mache dir einen Vorschlag«, sage ich. »Ich muss sowieso mit dem König reden, wie mein weiterer Einsatz geplant ist. Meinen Dienst an der Front habe ich schon mehr als erfüllt, aber ich könnte trotzdem nützlich sein. Und du könntest mein Knappe werden.«

Seine großen braunen Augen leuchten. »Wirklich? Bekomme ich dann auch eine so schöne Rüstung wie ihr?«

Ich schaue an mir hinab. Noch immer trage ich das blauweiße Gewand der fryskischen *Ritari* – eine Farbkombination, die hier in den Feuerlanden mehr als selten ist. Es ist keine direkte Rüstung, aber ich fühle mich darin wohler und wendiger als in der üblichen Kluft, in die Esmond seine Ritter und Soldaten steckt.

»Vielleicht«, murmele ich.

Eine Idee reift in mir heran, die ich um unser beider willen sofort verwerfen sollte. Doch ich könnte in ihrer Nähe sein ...

KAPITEL 35

DAVINA

Esmond reicht mir nicht den Arm, um mir die Treppenstufen hinaufzuhelfen, sondern erklimmt sie selbst – mehrere Meter von mir entfernt –, nachdem er über das wadenlange blaue Kleid und die Stiefel, die ich noch von Fryske trage, die Nase gerümpft hat. Ich stelle mich auf einen späteren Vortrag über die passende Kleidung für eine zukünftige Königin ein.

Es würde mich nicht wundern, wenn Esmond und meine Mutter per Brief in regem Austausch über all meine Verfehlungen stünden.

Zum Glück weiß nur meine Mutter von der größten Verfehlung. Und um die Verbindung zu den Feuerlanden nicht zu gefährden, wird sie darüber Stillschweigen bewahren.

Ich folge ihm in einen der kleineren Räume im unteren Teil des Schlosses.

»Es wird ein reißendes Fest werden«, sagt Esmond unvermittelt.

Vielleicht hat er mir den Grund erklärt, aber ich habe ihm nicht zugehört. Krampfhaft setze ich eine – wie ich hoffe – höflich interessierte Miene auf, obwohl ich ihm sagen will, dass mir sein Fest egal ist. Ich werde eh nicht daran teilnehmen. Leander und ich haben zwar nicht genau darüber gesprochen, was er nun tun wird, aber wenn er nicht hier ist, werde ich die meiste Zeit des Tages in meinem eisigen Zimmer verbringen.

»Die Adligen warten nur darauf, Euch kennenlernen zu dürfen, meine Liebe«, fährt Esmond fort. »Wir sollten endlich unseren Hochzeitstermin bekannt geben.«

Ich spüre, wie meine mühsam aufrechterhaltene interessierte Miene in sich zusammenfällt. »Hochzeit?«, presse ich hervor. »Ich dachte, es wäre noch Zeit, bis ...«

»Ihr seid zwanzig, Liebste«, fällt er mir ins Wort. »Ich habe lange genug auf Euch gewartet.«

Ich schlucke angestrengt. Hinter Esmond bilden sich Eisblumen an den Fenstern. *Konzentrier dich!*, zische ich mir in Gedanken zu. *Du weißt, was deine Mutter tun wird, wenn du Fehler machst.*

Seit sie mir Akando genommen haben, ist es mir noch nie so schwergefallen zu lächeln. »Natürlich, mein König. Auch ich habe lange auf Euch gewartet. Viel zu lange! Vergebt mir, es kam etwas plötzlich. Ich hatte noch keine Zeit, mich nach der Reise zu erholen. Wann gedenkt Ihr, unsere Hochzeit zu feiern?«

»So schnell wie möglich. Am besten nächsten Monat.«

Die Fensterscheiben klirren vor Kälte und sind nun über und über mit Frost überzogen. Mein abgehackter Atem bildet weiße Wölkchen vor meinem Gesicht.

Esmond reibt sich fröstelnd über die Arme. »Es ist so kalt, seit Ihr zurück seid. Habt Ihr die Kälte Fryskes mitgebracht?«

Ich weiß, dass er es als Scherz meint, aber mir entgeht nicht der Vorwurf in seiner Stimme.

»Entschuldigt«, zwinge ich mich zu sagen. »Ich ... bin überwältigt und kann nicht ... Meine Magie ist ... ebenfalls froh und ...«

Ich presse fest die Lippen zusammen, weil ich keine weitere Lüge mehr hervorwürgen kann.

Nächsten Monat. Nächsten Monat werde ich seine Frau. Ich überschlage kurz, in welchem Stockwerk der Burg wir uns befinden, komme aber zu dem Schluss, dass ein Sturz aus dem ersten Stock keine bleibenden Schäden hervorrufen würde.

Doch warum sollte ich das Unvermeidliche hinauszögern? Ich *muss* ihn heiraten – ob nächsten Monat oder übernächsten, spielt keine Rolle.

»Ich bin stolz darauf, Eure Kraft erweckt zu haben«, sagt Esmond mit einem Augenzwinkern. Ich wende schnell den Blick ab. »Aber Ihr solltet lernen, sie besser zu kontrollieren. Auch wenn ich Verständnis dafür habe, dass Ihr überglücklich seid.«

»Ja«, hauche ich. »Das bin ich ... durchaus.«

Aus den Augenwinkeln sehe ich ihn nicken. »Ihr solltet nun in Eure Gemächer gehen und Euch umziehen. Irgendwas ... Angemesseneres.«

Ich verkneife mir die Frage, ob ich ein Kleid mit einem gewagten Ausschnitt wie eine seiner Mätressen tragen soll.

Nachdem ich einmal tief durchgeatmet habe, schaue ich Esmond wieder an. Ganz nüchtern betrachtet, ist er gut aussehend und zuvorkommend. Etwas einfältig vielleicht, aber im Großen und Ganzen kein schlechter Kerl. Auch seine Aufforderung, dass ich mir etwas Angemesseneres anziehen soll, geschieht in meinem Interesse. Hier am Feuerhof gelten sehr viel strengere Sitten als in Brasania.

Ich hätte es weitaus schlechter treffen können als mit Esmond.

Aber auch besser!, meldet sich eine kleine Stimme in meinem Kopf.

Ich muss ihr recht geben. Esmond mag eine gute Partie sein, aber er ist nicht derjenige, den mein Herz will. Den *ich* will. Allein die Vorstellung, seine Ehefrau zu werden, versetzt meine Magie und mich gleichermaßen in Panik. Wenn er mich in unserer Hochzeitsnacht anfasst, werde ich die gesamte Burg einfrieren, das weiß ich jetzt schon. Alles in mir wird dagegen aufbegehren.

Gerade als ich vor ihm knicksen und in die kalte Einsamkeit meines Zimmers flüchten will, klopft es an der Tür des kleinen Besprechungsraums.

»Herein!«, ruft Esmond.

Mein Herz macht einen Satz, als Leander eintritt, und auch meine Magie beruhigt sich sofort, als sie seine Nähe bemerkt.

Leander erfasst die Situation mit einem Blick: die vereisten Fensterscheiben, die Kälte, die im Zimmer herrscht. Er schaut mich an, sucht nach einem Anzeichen dafür, dass etwas mit mir nicht stimmt, und ich deute schnell ein Kopfschütteln an.

»Entschuldigt die Störung, Majestät«, wendet er sich an Esmond.

Ich nutze den Moment und gehe hinüber zu den Fenstern. Eine Hand an die Scheibe gelegt, rufe ich meine Kraft zurück, die sogleich meinem Willen gehorcht.

Wenn es doch nur immer so einfach wäre ...

»Was trägst du denn da?«, fragt Esmond skeptisch.

»Man sagte mir, das sei die neueste Mode in Fryske.«

Nachdem sie ein paar platte Floskeln ausgetauscht haben, sagt Leander: »Ich möchte mit Euch über meine Zukunft reden.«

Sofort klammere ich mich mit beiden Händen am Fensterbrett fest. Jetzt wird er es ihm sagen ... Dass er zurück nach Brasania geht und nicht so bald zurückkommt. Wenn überhaupt. So wie er es eigentlich vorhatte. Ich wusste, dass dieses Gespräch stattfinden würde, aber ich habe gehofft, nicht direkt dabei sein zu müssen.

»Hör auf, so förmlich mit mir zu sein«, brummt Esmond. »Und spuck aus, was du sagen willst. Obwohl ich es schon weiß. Du hattest doch eine Frau kennengelert, nicht wahr? Ich kann es immer noch nicht glauben!«

»Bei dir hört sich das an, als hätte ich nie etwas mit einer Frau gehabt.«

Esmond winkt ab. »Du weißt, wie ich das meine. Ich hab dir so viele schöne Mädchen und Frauen angeboten, damit du hier am Hof bleibst. Sogar welche von meinen eigenen Mätressen. Aber sie haben dich alle nicht interessiert. Böse Zungen behaupten, die Frau, die dir den Kopf verdrehen könnte, müsse auf einem weißen Pferd direkt von den Göttern gesandt werden.«

Mein Herzschlag gerät ins Stottern, und obwohl ich es eigentlich vermeiden wollte, drehe ich mich zu Leander um.

Sein Blick verhakt sich mit meinem. »Ja, das habe ich auch gehört. Und vielleicht stimmt es sogar.«

Ich presse beide Hände gegen den Brustkorb im verzweifelten Versuch, das schnelle und dumme Schlagen meines Herzens zu dämpfen, damit Esmond es nicht hört.

»Also, wer ist sie?«, fragt der König. »Eine Adlige? Nein, für die hattest du nie viel übrig. Wie nanntest du sie?«

»Hohlköpfige, ausstaffierte Püppchen ohne Gespür für das wahre Leben.«

»Dann ist es eine Bauerstochter aus Brasania?«, rät Esmond weiter.

»Nein, sie ... ist nicht aus der Gegend.«

»Ah, dann hast du sie auf einem der Feldzüge kennengelernt! Wann wirst du sie mit an den Hof bringen? Ich will sie unbedingt treffen!«

»Das wird nicht möglich sein, fürchte ich. Wir ... haben uns getrennt.«

Esmond zieht Leander in eine grobe männliche Umarmung. »Das tut mir leid. Weiber! Nichts als Ärger hat man mit ihnen.« Er wendet sich zu mir. »Nichts für ungut, meine Liebe. Ihr seid natürlich eine Ausnahme.« Als er sich wieder zu Leander umdreht, zupft er an dessen *Ritari*-Jacke herum. »Ein Mitbringsel aus Fryske, sagtest du? Steht dir gut!«

»Ja, wir ... waren zwar nicht lange dort, aber ich fand Gefallen an einigen Gepflogenheiten unserer Nachbarn. Deshalb bin ich hier.«

Er schiebt Esmond mit dem Arm zur Seite und kommt auf mich zu. Unfähig den Blick abzuwenden, sauge ich jede geschmeidige Bewegung in mich auf, damit ich davon zehren kann, wenn er fort ist.

Eine Faust an die Brust, direkt über dem Herzen, gelegt, verneigt er sich vor mir. »Prinzessin.« Beinahe hätte ich bei der Art, wie er meinen Titel ausspricht, laut geseufzt. »Ich weiß, dass ihr noch keinen Leibwächter habt. Ich weiß auch, dass Ihr durchaus allein in der Lage seid, Euch selbst zu beschützen. Ich bitte dennoch darum, mich als Euren *Ritari* in Betracht zu ziehen.«

»Was?«, wispere ich so leise, dass nur er mich verstehen kann. »Bist du wahnsinnig?«

Er hebt den Blick und schenkt mir ein Lächeln. »Gut möglich.«

»Was soll das sein, ein *Ritari*?«, schaltet sich Esmond ein, der beinahe vergessen in der Mitte des Zimmers steht.

Ich erkläre es ihm mit knappen Worten, lasse aber den

Umstand aus, dass es sich bei echten *Ritari* stets um Eunuchen handelt.

Esmond kratzt sich übers Kinn. »Nun, Ihr habt nicht viele Leute hier, die Ihr kennt, meine Liebe. Da kommt ein Gesellschafter natürlich gerade recht. Aber Leander ist mein bester und zuverlässigster Ritter. Ich kann ihn nicht so einfach gehen lassen, schließlich brauche ich ihn an der Front.«

»Ich werde nicht mehr kämpfen«, sagt Leander. »Ich habe genug Blut und Tod gesehen, dass es für zwei Leben reicht. Ich helfe gern dabei, die Pferde für die neuen Ritter auszubilden, aber Elora und ich werden in keine Schlacht mehr reiten.«

Esmond blinzelt mehrmals. »Wie ...? Wie kannst du ...? Du kannst das nicht einfach so entscheiden! Du bist der Beste, den ich habe!«

Leander zuckt mit den Schultern. »Bester oder nicht, ich habe meinen Dienst geleistet. Du kannst mich nicht zwingen. Ansonsten müsstest du auch Anselm, Baldwin und Jakob zurückholen. In wie vielen Schlachten haben sie nicht gekämpft, weil sie ihren Dienst abgeleistet haben?«

Esmond knirscht mit den Zähnen. »Das tut nichts zur Sache! Du bist trotzdem ...«

»Du hast die Wahl, Esmond. Entweder ich bleibe und hoffe, der *Ritari* der zukünftigen Königin zu werden, und helfe dir bei der Ausbildung der Knappen und Schulung der Pferde. Oder ich gehe und du hast nichts davon.«

Esmonds Blick huscht so lange zwischen Leander und mir hin und her, dass ich mich unweigerlich darunter versteife. *Er ahnt etwas!*, schießt es mir durch den Kopf.

»Du bist der Einzige«, sagt er schließlich, »der so nah in ihrer Nähe stehen kann, ohne sich überall Frostbeulen einzufangen. Wie machst du das?«

»Keine Ahnung«, antwortet Leander. »Vielleicht bin ich nicht so verweichlicht, was Kälte angeht.«

Ich beiße mir auf die Unterlippe und senke den Kopf, um das Lächeln zu überspielen.

Mit einem lang gezogenen Seufzen verschränkt Esmond die Arme vor der Brust. »Wie auch immer. Abgesehen davon, dass du ihre Kälte erträgst, bist du noch dazu der Einzige, dem ich ihre Sicherheit ruhigen Gewissens anvertrauen würde. Das letzte Wort hat jedoch meine Verlobte. Wollt Ihr ihn als Euren ... Wie hieß das noch gleich?«

»*Ritari*«, sage ich. »Ihr ... habt kein Problem damit? Ein *Ritari* ist viel mehr als ein bloßer Beschützer. Es könnten ... Gerüchte aufkommen.«

Esmond winkt ab. »Dann teile ich euch in der Anfangszeit eben eine Anstandsdame zu, bis sich die Feuerländer an diese Tradition aus Fryske gewöhnt haben. Ihr habt recht damit, dass wir Gerüchte um unser aller willen vermeiden sollten. Aber ich denke, dass es von Vorteil sein könnte. Ihr wärt nicht mehr ständig allein. Und ich wüsste, dass ihr in guten Händen seid.«

In *sehr* guten Händen. Mir kommt unser Treffen in Gretes Stall in den Sinn, und sofort schießt mir das Blut in die Wangen, als ich mich daran erinnere, wie seine Hände über meinen Körper geglitten sind.

Und genau das ist der Grund, warum ich zögere. Nach dem Besuch in Fryske wurde uns klar, dass wir das, was wir fühlen, tief in uns wegsperren müssen. Keine geheimen Treffen, keine ständigen Blicke, kein Näherkommen. Mit nur einem falschen Schritt wäre nicht nur unser Leben verwirkt. Leander nun ständig um mich zu haben, ohne ihm nah sein zu dürfen, würde an pure Folter grenzen. Meine Magie würde sich zwar beruhigen und ich hätte sie im Griff, aber der Rest von mir … würde nur daran denken, wieder von ihm berührt und geküsst zu werden.

»Ich … weiß nicht, ob diese Tradition hierzulande …«

Mit aller Macht versuche ich, das Richtige zu tun, doch ein Blick in Leanders Augen lässt mich verstummen. In seiner Miene entdecke ich die gleiche Zerrissenheit, die auch in mir wütet, doch er hat sich für einen Weg entschieden. Ich bewundere ihn für seinen Mut. Ich hätte mich stumm leidend damit abgefunden, ihn nur noch zu besonderen Anlässen zu sehen.

Ich weiß nicht, welches Schicksal schlimmer ist.

»Ja«, sage ich. »Ich will Euch … als meinen *Ritari*.«

KAPITEL 36

DAVINA

Ich wähle Clarice, die rundliche Dienerin mit dem freundlichen Lächeln, die mir an meinem ersten Tag hier am Feuerhof mein Zimmer gezeigt hat, als unsere Anstandsdame. Für sie ist es eine immense Verbesserung ihrer Lebensumstände. Zwar muss sie Leander und mich nun auf Schritt und Tritt verfolgen, aber sie muss nicht mehr in der Küche schuften. Ihre Nähe empfinde ich nicht als aufdringlich und ich schätze ihr Taktgefühl. Stets hält sie sich einige Meter hinter uns, sodass sie uns zwar im Blick hat, aber nicht direkt belauschen kann. Außerdem zieht sie in das Zimmer rechts von meinem, während Leander in dem links von mir einquartiert wird, das Linnet zuvor bewohnt hat, die noch nicht aus Fryske zurückgekehrt ist.

Ein quirliger Junge namens Fulk zieht ebenfalls neben mir ein. Nachdem er sich artig vor mir verbeugt hat, stellt er sich als meinen zweiten *Ritari* vor, was mich schmunzeln lässt.

Mit Clarices Hilfe schiebe ich mein Bett an die Wand, die zu Leanders Zimmer zeigt. Ich schlafe besser mit dem Wissen, dass wir nur von dieser Wand getrennt werden.

Am nächsten Morgen gebe ich neue Kleidung für Leander und auch für Fulk in Auftrag. Der Junge ist völlig aus dem Häuschen, als er erfährt, dass er ebenfalls die traditionelle *Ritari*-Kleidung bekommt. Mit strahlenden Augen und seligem Lächeln lässt er sich geduldig Maß nehmen, während ich den Schneidern die genaue Passform und Anordnung der Ornamente einschärfe.

Nur kurz darauf stehen dem ersten königlichen Hofschneider Schweißperlen auf der Stirn. »Verzeiht mir, Prinzessin, aber ich fürchte, dass wir keine Stoffe in dieser Farbe auftreiben können. Blau ist ... bei uns wenig verbreitet. Es sind die Farben von Fryske.«

»Ich kümmere mich um den Stoff«, sage ich in einem Tonfall, der keinen Widerspruch duldet. Mit ausgestreckter Hand lasse ich mir von Leander die gefütterte Jacke reichen, die er seit unserer Rückkehr trägt, und zeige sie dem Hofschneider. »Ich brauche eine Jacke mit einem solchen Futter und zwei ohne. Hier in den Feuerlanden ist es zu warm, aber ich möchte trotzdem, dass meine *Ritari* auf alle Eventualitäten vorbereitet sind.«

Misstrauisch befühlt der Schneider das Futter aus weichem Fell. Auch solche – für mich essenziellen Dinge – sind in den Feuerlanden nicht verbreitet, weil es keinen Nutzen dafür gibt.

Ich winke Leander näher und deute auf die gestickten Verzierungen am Hemd. »Anstatt dieser Ornamente möchte ich Schneeflocken.«

»Schnee?«, hakt der Schneider nach.

»Ja, Schnee.« Ich bewege die Hand und lasse einige Schneeflocken über ihn rieseln. Erschrocken macht er einen Satz zurück, und auch von seiner Brigade Schneiderinnen, die sich bisher im Hintergrund gehalten haben, höre ich ein Aufkeuchen. »Ich lasse Euch gerne etwas Schnee da, falls Ihr Anregungen braucht.«

»N-Nein, das wird ... nicht nötig sein, Prinzessin.«

Der oberste Schneider nimmt persönlich bei Leander Maß,

während die Schneiderinnen das Material der Jacke und des Hemdes befühlen und sich Notizen und Skizzen machen. Ich stehe daneben und überwache seine Arbeit.

Zumindest ist es das, was ich vorgebe zu tun.

In Wahrheit wandert mein Blick über Leanders entblößten Oberkörper, gleitet über die Erhebungen seiner Muskeln an Schultern, Brust und Bauch und saugt seinen Anblick in sich auf. Schnell verschränke ich die Arme, damit ich nicht die Hände nach ihm ausstrecke. Er sieht so verboten gut aus, dass ich meine Gedanken nicht mehr unter Kontrolle habe. Ich schlucke angestrengt, weil mein Mund plötzlich staubtrocken ist.

Als ich ihm wieder ins Gesicht schaue, zieht Leander spöttisch eine Augenbraue nach oben und schenkt mir ein flüchtiges Grinsen. Eigentlich sollte ich spätestens jetzt erröten und schleunigst den Blick senken – jedenfalls wäre es das, was von mir erwartet würde –, doch ich zucke nur kaum merklich mit den Schultern.

»Ich brauche ebenfalls neue Kleidung«, zwinge ich mich zu sagen.

»Prinzessin, ich befürchte, das wird nicht möglich sein. Mit diesem Auftrag und Eurem Hochzeitskleid werden wir Tag und Nacht beschäftigt sein.«

Sofort verflüchtigt sich die kribbelnde Wärme, die in mir herrschte, seit ich Leander betrachtet habe. *Hochzeitskleid*. Ich wusste nicht, dass sie bereits daran arbeiten, aber es ist nur logisch. Schließlich hat Esmond die Hochzeit für kommenden Monat angesetzt. Auch aus Leanders Miene ist jedweder Übermut gewichen.

»Ich komme auf Euch zurück«, sage ich gepresst. »Sobald die Stoffe aus Fryske eingetroffen sind, erwarte ich, dass die

Anzüge für meine *Ritari* gefertigt werden. Ich werde mich selbst vom Fortschritt der Arbeiten überzeugen.«

»Natürlich, Prinzessin.«

✳

Es dürfte mich nicht derart aus der Fassung bringen, dass die Schneider mit den Arbeiten an meinem Hochzeitskleid beschäftigt sind. Tut es aber. Genau wie der Umstand, dass es niemand für nötig hielt, mich nach meiner Meinung zu Farbe oder Schnitt zu fragen. Ich habe es so satt, dass andere, die rein gar nichts über mich wissen, über meinen Kopf hinweg Entscheidungen treffen.

Als wir aus der Schneiderei eilen, streift Leander unauffällig mit seiner Hand über meine. Er spürt meine Anspannung und die unterdrückte Wut, die in mir brodelt. Nur dank seiner Nähe gelingt es mir, meine Kraft im Zaum zu halten. Ich habe ihn als meinen *Ritari*. Dieses Privileg darf ich nicht verspielen!

Dennoch schlage ich den Weg zu Esmond ein, um mit ihm über die Hochzeit zu reden und zumindest bei kleineren Entscheidungen ein Mitspracherecht einzufordern. Von mir aus kann er seine Mätressen bevormunden und einkleiden, wie es seinem Geschmack entspricht, aber bei mir hat er das zu unterlassen!

Mit Leander, Fulk und Clarice im Schlepptau rausche ich zu Esmonds Gemächern, wo mir eine Wache den Weg versperrt.

»Verzeiht, Prinzessin«, sagt der Mann. »Der König befindet sich in einer wichtigen Besprechung und möchte nicht gestört werden.«

»Besprechung?«, echoe ich und schnaube. »Wie diese Besprechung aussieht, kann ich mir bildlich vorstellen. Ich muss trotzdem zu ihm.«

»Welche Art von Besprechung?«, fragt Leander.

Sofort schaut der Wachmann zu meinem *Ritari*. »Kommandant Leander ... Es gab wohl einen neuen Angriff.«

Ich höre, wie er neben mir scharf die Luft einzieht, und auch mir läuft ein kalter Schauer über den Rücken. »Wo?«, will er wissen.

»Nicht in Brasania, Kommandant. Weiter südlich. Aber ... der Angriff war verheerender als die letzten. Es ist, als würden die Erdländer ihre Kräfte bündeln.«

Ohne zu zögern schiebt Leander den verblüfften Wachmann beiseite und betritt den Besprechungsraum. Mehrere Köpfe rucken zu uns herum.

»Entschuldigt die Unterbrechung«, sagt Leander, ohne zerknirscht zu klingen.

Esmond lehnt sich auf seinem Stuhl zurück und seufzt. »Was willst du hier?«

»Es gab einen Angriff. Ich sollte davon in Kenntnis gesetzt werden.«

»Warum?«, fragt Esmond. Sein Blick huscht zu mir. »Du hast eine neue Aufgabe. Wie du mir mehrmals und sehr deutlich mitgeteilt hast, geht dich der Krieg gegen das Erdreich nichts mehr an.«

Leander ballt die Hände zu Fäusten.

»Sein Wissen über den Gegner und das Gelände, durch das er bereits seine Truppen geführt hat, könnte trotzdem nützlich sein«, sage ich und straffe den Rücken, während mich die abschätzigen Blicke der versammelten Männer treffen. Sie mustern mich aus zusammengekniffenen Augen, doch davon lasse ich mich nicht einschüchtern, sondern betrete hinter Leander den Raum. Clarice und Fulk bleiben zusammen mit dem Wachmann im Flur. »Leander war der Kommandant Eurer Reiter, mein König.«

»Das ist er aber nicht mehr«, donnert einer der Männer, die ich nie zuvor gesehen habe, bei denen es sich jedoch um Esmonds engste Berater handeln muss.

Ich schürze die Lippen. »Trotzdem verfügt er über Wissen, das euch allen nützlich sein könnte.« Ich verschränke die Arme und bleibe vor dem älteren Mann stehen, der sich nicht die Mühe macht, sich zu erheben, wie es sich gehören würde. »Was ist mit Euch? Als Berater verfügt Ihr sicher ebenfalls über ein breites Wissen. In wie vielen Schlachten habt Ihr gekämpft?«

Hinter mir höre ich Leanders schlecht unterdrücktes Lachen.

Der Mann funkelt mich wütend an. »Ich wüsste nicht, was Euch das anginge. Habt Ihr keine Stickerei, um die Ihr Euch kümmern müsst?«

»Mir sind leider die Stickgarne ausgegangen, deshalb suche ich nach einer neuen Beschäftigung«, gebe ich mit süßlicher Stimme zurück.

Ich werfe einen Blick auf den Tisch, wo sich eine Karte und verschiedene Figuren befinden, die wohl die Truppen darstellen sollen. Schnell finde ich mich auf der Karte zurecht und erkenne die drei Reiche. Auch Brasania und Brannwin habe ich zügig ausgemacht. Der Wachmann hatte recht: Der letzte Angriff erfolgte südlich von Brasania, während ein zweiter an der südlichen Grenze stattfand.

»Ein doppelter Angriff«, murmelt Leander, der ebenfalls die Karte studiert.

Ich deute auf die südliche Grenze. »Was befindet sich dort?«

»Das hat Euch nicht zu interessieren!«, donnert einer der Berater.

»Mienen«, antwortet Leander. »Eisen.«

»Für Waffen«, sinniere ich. »Wie gut sind die Waffenschmiede aus dem Erdreich?«

»Bringt Eure Verlobte unter Kontrolle, mein König!«

»Von den Fähigkeiten her genauso gut wie unsere«, sagt Leander und ignoriert die wütenden Proteste der anderen Berater. »Im Erdreich gibt es nur keine Mienen oder die passenden Rohstoffe, um Waffen herzustellen. Deshalb mussten sie die nehmen, die sie uns stehlen konnten.«

»Wenn sie nun jedoch die Mienen überfallen ...«

»... müssen wir damit rechnen, dass sie einen größeren Angriff planen.«

Ich wechsele einen kurzen Blick mit Leander. Wir beide wissen, dass die Orte in Grenznähe die ersten sind, die von den Erdländern überrannt werden. Wenn sie sich einen Weg ins Landesinnere nach Brannwin oder gar an den Feuerhof bahnen, werden sie nichts als Zerstörung hinter sich zurücklassen.

Brasania wird fallen.

Ich kralle die Hände um die Lehne eines leeren Stuhls. »Sind die Soldaten aus Fryske bereits eingetroffen?«, frage ich Esmond.

Er sieht alles andere als zufrieden aus. »Eure Eltern halten mich hin. Sie wollen die Soldaten erst schicken, wenn die Hochzeit vollzogen ist.«

Ich kneife die Augen zusammen und verstärke den Griff um die Lehne. Deshalb drängt er darauf, dass die Hochzeit baldmöglichst stattfinden soll.

»Bis nächsten Monat werden wir die Angriffe zurückschlagen«, tönt ein Berater. »Und dann besiegen wir sie mit der vereinten Stärke der Feuer- und Eislande.«

Zustimmendes Gemurmel erhebt sich.

Ich verdrehe die Augen. »So schnell werden fünftausend Soldaten nicht hier eintreffen. Sie werden Wochen unterwegs sein, selbst wenn der König von Fryske sie noch am Tag der Hochzeit losschickt. Wir brauchen einen Plan, wie wir die Grenzen bis dahin sichern können.«

»Und wie stellt Ihr Euch das vor?«, fragt Esmond mit gefährlich ruhiger Miene. »Mein bester Mann zieht es vor, den Dienst zu quittieren.« Mit einer wegwerfenden Handbewegung deutet er auf Leander. »Andere gründen lieber eine Familie und ziehen sich aufs Land zurück, anstatt weiter zu kämpfen.«

Ich übergehe seine Spitze und wende mich direkt an meinen *Ritari*. »Wie viele deiner ehemaligen Reiter sind einsatzbereit?«

Er zieht die Augenbrauen zusammen, während er eingehend die Karte betrachtet. »Einsatzbereit *und* kampfwillig? Maximal zwanzig. Es könnten auch weniger sein. Der neue Kommandant soll unausstehlich sein, sodass einige die Waffen niedergelegt haben.«

Ich kaue auf der Unterlippe. Einhundert Berittene sind zu wenig, um die gesamte Grenze zu verteidigen. »Fußsoldaten?«, frage ich in die Runde.

»Wenn wir genug Männer hätten«, grollt der ältere Berater, »hätten wir wohl kaum teuer fryskische Soldaten, die noch keinen echten Kampf gesehen haben, einkaufen müssen. Ein Weibsbild, das sich in Dinge einmischt, von denen es nichts versteht, war eine Dreingabe, um die keiner von uns gebeten hat.«

Ich schlucke die Kränkung hinunter, schließlich weiß ich, dass ich nichts weiter als ein Pfand bin, der einem höheren Ziel dienen soll.

Leander hingegen greift über den Tisch, packt den Berater am Kragen und zerrt ihn auf die Füße. »Ihr werdet Euch auf der Stelle bei der Prinzessin entschuldigen.«

»Leander«, grollt Esmond warnend.

Doch mein *Ritari* lässt nicht von dem älteren Mann ab. »Sie versucht zu helfen. Und ihre Ideen sind allesamt besser als der Rest, den ich von euch anderen gehört habe. Vor allem von Euch, Kanzler.« Leander verzieht den Mund. »Ihr könnt nichts als große Töne spucken, habt Ihr doch in keiner einzigen Schlacht gekämpft, sondern nur die Berichte gelesen.«

Ruckartig stößt er ihn zurück, sodass der Berater gegen den Stuhl sinkt und beinahe mit ihm nach hinten umkippt.

»Kam von euch eigentlich einer auf die Idee, die grenznahen Dörfer irgendwie zu verteidigen?«, knurrt Leander in die Runde. »Oder habt ihr sie bereits abgeschrieben?«

»Wir tun unser Möglichstes«, wirft einer der Berater ein.

Ich schnaube. »Euer Möglichstes ist nicht gut genug.« Ich greife nach einer Figur, die eine Reitereinheit darstellen soll. »Oberste Priorität hat die Verteidigung der Mienen. So weit dürftet ihr bereits gekommen sein, nicht wahr, meine Herren?« Ich setze die Figur auf die Karte, wo sich die Mienen befinden. »Ein Gegner mit besseren Waffen ist gefährlich. Das versteht sogar ein Weibsbild wie ich. Also müssen wir unseren Feind daran hindern, an bessere Waffen zu gelangen. Zeitgleich müssen wir ihn davon abhalten, die umliegenden Dörfer zu überfallen und zu plündern, denn auch mit mehr Vorräten wird er stärker. Mehr Vorräte bedeuten mehr Soldaten, die der Feind versorgen kann.«

Ich verteile weitere Einheitenfiguren entlang der Grenze. Nach Brasania setze ich zwei Reitereinheiten.

»Und wie gedenkt Ihr, diese vielen Einheiten zu versorgen?«, grollt einer der Berater.

»Wir machen den Menschen in den Dörfern klar, dass die Soldaten da sind, um sie zu beschützen. Sie sollen Nahrung und Unterkunft bereitstellen.«

Diesmal scheint sogar Leander Probleme mit meinem Vorschlag zu haben. »Die Moral der Truppen ... Nun, sagen wir, sie ist nicht ganz auf dem Niveau, das ich mir als ehemaliger Kommandant wünschen würde.«

»Was meinst du damit?«

»Er meint«, schaltet sich ein Berater ein, »dass die Männer sich gerne das nehmen, wonach es ihnen verlangt.« Er schenkt mir ein breites Grinsen. »Wobei sich die meisten darüber freuen werden, in einem Dorf voll draller Bauerstöchter stationiert zu werden, anstatt direkt an der Front.«

Ich wirbele zu ihm herum und beschwöre tosende Schneeflocken über meiner Hand. Sofort presst er den Rücken so weit wie möglich gegen die Lehne. »Solche Männer beschäftigt Ihr in Euren Reihen?«

Der Berater reckt mit einem überheblichen Grinsen das Kinn vor. »Wir beschäftigen die, die Potenzial haben. Ob zum Reiten oder Töten, spielt dabei eine untergeordnete Rolle. Ebenso wie ihr sonstiges Verhalten. Sie tun, was wir ihnen auftragen. Sie sind Befehlsempfänger – genau wie Ihr, Prinzessin – und manchmal müssen sie von der Leine gelassen werden.«

Meine Hand zittert. In meinen Adern pulsiert meine Kraft und bettelt darum, dass ich sie freilasse. Selbst Leanders Nähe beruhigt sie dieses Mal nicht. Ich konzentriere mich nur auf den herablassenden Berater vor mir. »Wenn mir nur ein unerwünschter Übergriff zu Ohren kommt, werde ich mich persönlich um den Soldaten kümmern. Und um seinen Kommandanten gleich mit.«

»Prinzessin«, grollt Esmond. »Ihr vergesst Euch.«

»Tue ich das?«, zische ich zurück. »Die Soldaten werden in die Grenzorte geschickt, um die Dorfbewohner zu beschützen, nicht, um sich an den Frauen zu vergehen. Wenn sie ihre Aufgabe nicht ernst nehmen, werde ich dafür sorgen, dass ein solcher Vorfall nicht wieder vorkommt.«

Esmond bläht die Nasenflügel. Sein ansonsten ansehnliches Gesicht ist zu einer Fratze verzogen. »Hinaus! Alle!«

Eilig kommen die Berater und Speichellecker seinem Befehl nach. Nur Leander und ich bleiben an Ort und Stelle stehen.

»Der Befehl galt auch dir, Leander«, knurrt der König.

»Ich bitte um Verzeihung«, sagt dieser betont ruhig, »aber Ihr seid nicht mehr in der Position, um mir Befehle zu erteilen, mein König.«

Esmonds Blick verdüstert sich. »Wie war das?«

»Ihr habt mich verstanden.«

»Ich bin dein König!«, donnert er und wendet endlich den stechenden Blick von mir ab. Ich wage wieder zu atmen.

Leander schnaubt. »Ein König, der lieber die Orte an den Grenzen brennen sieht, anstatt etwas zu unternehmen. Ich diene Euch schon viele Jahre, aber ich hätte nicht gedacht, dass Ihr einmal so werdet wie Euer Vater. War es nicht das, wovor Ihr Euch am meisten gefürchtet habt?«

»Hör schon auf, Leander! Du weißt genau, dass die Grenzgebiete nicht wichtig sind.«

Ich schnappe nach Luft, doch Leander kommt mir zuvor. »Nicht wichtig?«, echot er. »Es leben *Menschen* dort! Eure

Untertanen, die darauf vertrauen, dass Ihr sie beschützt. Und Ihr wollt sie opfern, um den Angriff der Erdländer noch weiter hinauszuzögern.«

»Wir brauchen mehr Zeit. Dafür bin ich bereit, Opfer zu bringen.«

»Leanders Land und Eure Untertanen bezeichnet Ihr als Opfer?«, frage ich ungläubig.

Esmond winkt ungehalten ab. »Leander hat weder eine Burg noch ist dieses Dörfchen ein wichtiger Umschlagplatz für Waren.«

Ich schlucke angestrengt. Esmond hat tatsächlich vor, alles zu opfern, was er als nicht wichtig genug ansieht. Dazu zählt auch Brasania – das idyllischste Dorf, in dem ich je war. Der einzige Ort, den ich liebend gern als mein Zuhause bezeichnet hätte.

»Ihr seid ein Monster«, zische ich.

Ich bemerke seine Armbewegung zu spät und werde durch die Wucht der Ohrfeige zur Seite geschleudert. Alles geschieht so schnell, dass ich nicht darauf reagieren kann. Während ich noch darum kämpfe, das Gleichgewicht nicht zu verlieren, zieht Leander sein Schwert und hält Esmond die Klinge an den Hals.

Ich weiß nicht, wer von uns dreien geschockter aussieht.

Schließlich ist es der König, der sich als Erster fängt. »Du *wagst* es, mich mit deiner Waffe zu bedrohen?«, grollt er. »Ich könnte dich dafür aufknüpfen lassen!«

Leander fletscht die Zähne und ist drauf und dran, zu einer hitzigen Erwiderung auszuholen. Schnell gehe ich dazwischen, lege eine Hand auf seine, die das Schwert hält, und drücke sie sanft, aber mit Nachdruck hinunter.

»König Esmond«, murmele ich.

Ehe er den Mund aufmachen kann, stoße ich ihn mit meiner Kraft zurück, sodass er unsanft gegen den Tisch kracht. Ich gebe es auf, das Eis in mir weiter zu unterdrücken und lasse es so weit frei, wie ich es noch kontrollieren kann. Die Fensterscheiben und Getränkegläser klirren vor Kälte, als mich Schnee und Eis umtost und aus mir hervorschießt. Esmond starrt mich angsterfüllt an.

»Ihr werdet *nie wieder* die Hand gegen mich erheben.« Seine Hände frieren am dunklen Holz des Tisches fest. »Es ist mir völlig gleich, ob Ihr der Meinung seid, ich hätte es verdient. Ihr könnt mir widersprechen. Ihr könnt mich beleidigen und demütigen. Aber Ihr werdet mich nie wieder schlagen.« Bedächtig kriecht das Eis beidseitig seine Arme hinauf und er gibt einen Schmerzenslaut von sich. »Außerdem werdet Ihr nie wieder einem meiner *Ritari* drohen. Sie unterstehen mir, nicht Euch. Und sie werden mich gegen jede Gefahr verteidigen. Genauso wie ich sie gegen jede Gefahr verteidigen werde. Selbst gegen Euch. War das deutlich genug?«

Esmond nickt knapp und ich befehle meine Kraft zurück. Sie kämpft noch immer in mir darum, freigelassen zu werden. Das, was ich gegen Esmond eingesetzt habe, war nichts weiter als eine Kostprobe. Schnell wende ich mich an Leander.

»Bring mich in mein Zimmer.«

Er versteht sofort, wie es um mich steht, stützt mich mit einem Arm und hastet mit mir aus dem Beratungszimmer. Im Flur rennen wir beinahe in die Berater hinein, die sich die Ohren an der Tür platt drücken. Fulk und Clarice, die ebenfalls vor der Tür gewartet haben, eilen hinter uns her.

»Was ist mit ihr?«, fragt Clarice.

»Nicht hier«, sagt Leander knapp, während er mir die Treppen hinaufhilft. Als ich kurz nach dem Geländer greife, friert die Stelle, die ich berührt habe, ein. »Bleibt ein Stück hinter uns.«

In meinem Zimmer angekommen, schiebt mich Leander sanft hinein.

»Ihr wartet hier draußen«, sagt er zu Fulk und Clarice. »Macht die Tür nicht auf und lasst niemanden hinein.«

»Aber ...«, setzt Clarice an, doch Leander schlägt ihr die Tür vor der Nase zu. Dann hastet er zu den Fenstern und zieht die Vorhänge zu.

Ich zittere am ganzen Körper, vergebens darum bemüht, meine Kraft zu kontrollieren. Doch gemeinsam mit der Wut auf Esmond und der Verzweiflung, die ich in Leanders Gesicht gesehen habe, als Esmond meinte, dass Brasania geopfert werden könnte, lässt sie sich nicht mehr bändigen. Sie rauscht durch mich hindurch, als suche sie nach einem Weg, gewaltsam aus mir auszubrechen, wenn ich ihr nicht endlich nachgebe.

Leander schlingt von hinten einen Arm um meine Mitte und zieht mich mit dem Rücken an seine Brust. »Es ist in Ordnung«, murmelt er mir ins Ohr. »Nur wir beide sind hier. Du musst dich nicht mehr zurückhalten.«

Lang gezogen stoße ich den Atem aus und reiße alle Mauern ein, die ich in den letzten Minuten höher und höher in mir errichtet habe. Ungehindert sickert die Magie aus mir heraus und verwandelt das Zimmer innerhalb kürzester Zeit in eine Eislandschaft. Schnee und Raureif bedecken den Boden, den Teppich, das Bett, während kleine Eiszapfen von der Decke hängen. Kraftlos lasse ich mich gegen Leander sinken. Er verstärkt seinen Griff, als meine Knie unter mir nachgeben. Ich bekomme nur am Rande mit, wie er mich hochhebt und zur Tür trägt.

Clarice zieht scharf die Luft ein. »Was ist mit ihr passiert? Und warum ist ihre Wange so rot?«

»Das war Esmond«, knurrt Leander. Ich presse das Gesicht gegen seinen Hals in der Hoffnung, so dem neugierigen Starren meiner Dienerin und meines anderen *Ritari* entkommen zu können.

»Heilige Götter«, murmelt Fulk, als er einen Blick in mein Zimmer geworfen hat.

»Sie muss sich ausruhen«, sagt Leander bestimmt. »Wir bringen sie bei uns unter, damit sie ein paar Stunden Schlaf bekommt. Fulk, öffne die Tür.«

Ich höre die schnellen Schritte des Jungen und finde mich kurz darauf in einem fremden Bett, aber umgeben von Leanders vertrautem Duft wieder.

»Soll ich nicht lieber einen Arzt rufen?«, fragt Clarice.

»Nein. Sie braucht Ruhe. Sobald es ihr besser geht, wird sie das Eis im Zimmer nebenan verschwinden lassen. Bis dahin darf niemand dort hinein, verstanden?«

Zustimmendes Gemurmel ertönt.

»Lass mich wenigstens ihre Wange ansehen«, bittet Clarice. »Sie ist feuerrot und ich kann sogar von hier die einzelnen Finger sehen. Ich will nur sichergehen, dass alles in Ordnung ist.«

Warme Hände betasten mein Gesicht, während Leander die Finger mit meinen verschränkt. Normalerweise würde ich ihm meine Hand entziehen, weil Fremde bei uns sind, doch selbst dazu fehlt mir die Kraft. Ich spüre seine Nähe; wahrscheinlich sitzt er direkt neben dem Bett.

»Die Wange könnte anschwellen, wenn ich sie nicht kühle, aber sie scheint sich nicht auf die Zunge gebissen zu haben, und alle Zähne sind auch noch da. Ich hole etwas Eis von nebenan. Wenn es einmal da ist, können wir es auch nutzen.«

Clarice huscht aus dem Zimmer.

»War das ... wirklich König Esmond?«, fragt Fulk leise. »Hat er die Prinzessin geschlagen?«

»Ja«, murmelt Leander.

»Und Ihr ... habt das zugelassen, Minher?«

»Ich hätte ihm fast dafür den Kopf von den Schultern getrennt.«

Der Junge zieht scharf die Luft ein. »Ihr hättet ... den König getötet? Aber das ist ...«

»Hochverrat?«

»Ja.« Fulk seufzt. »Aber ich hätte es vermutlich auch getan. Ich finde es nur so verwirrend. Ich meine, er ist der König! Aber wenn ich zwischen ihm und der Prinzessin wählen muss, würde ich mich stets für die Prinzessin entscheiden. Sie hat mich zu einem *Ritari* gemacht, als ich nicht mehr war als ein niederer Stallbursche. Anders als der König hat sie nicht durch mich hindurchgesehen, als wäre ich Luft.«

»Vergiss nie, wem du Loyalität schuldest«, mahnt Leander. »Ganz gleich, wie die Konsequenzen aussehen.« Kurz streichelt er mit dem Daumen über meinen Handrücken. »Du hättest sie sehen sollen, als Esmond damit gedroht hat, mich aufzuknüpfen, weil ich das Schwert gegen ihn gerichtet habe. Sie hat ihn am Tisch festgefroren! Keine Ahnung, ob er sich mittlerweile befreien konnte.«

»Das hätte ich wirklich gern gesehen!« Auch ohne ihn anzuschauen, weiß ich, dass Fulks Augen gerade vor kindlicher Freude leuchten.

»Es ist unsere Aufgabe, die Prinzessin zu beschützen«, sagt

Leander. »Gegen jeden, der ihr schaden will. Und sie wird das Gleiche für uns tun, egal, wer der Gegner sein mag.«

»Und warum ist sie mit dem König aneinander geraten?«, fragt Clarice, die zurück ins Zimmer gekommen ist.

Ich stöhne auf, als sie mir ein Tuch, gefüllt mit Eis, gegen die pochende Wange drückt. Verdammt, bisher habe ich den Schmerz nicht so stark gespürt, weil ich mich zu sehr auf meine Kraft konzentriert habe. Dennoch zwinge ich mich, die Augen aufzuschlagen.

»Such die Männer zusammen, denen du vertraust«, sage ich zu Leander. Meine Stimme klingt heiser. »Bring sie nach Brasania.«

Er zieht die Augenbrauen zusammen. »Ich kann jetzt nicht fort.«

Zwischen seinen Worten höre ich deutlich das, was er eigentlich sagen wollte. *Ich kann dich nicht allein zurücklassen.*

»Du *wirst* gehen«, sage ich nachdrücklich und zwinge mich zu einem Lächeln, auch wenn meine Wange diesen Versuch mit einem wütenden Pochen quittiert. »Ich komme zurecht. Brasania braucht Schutz.«

»Was ist mit Brasania?«, fragt Fulk.

Leander ignoriert ihn. Sein Blick ruht nur auf mir, und ich erkenne so viele widerstreitende Emotionen darin, dass mir fast schwindelig wird.

Ich verstärke den Druck meiner Finger um seine. »Bitte. Ich werde mir nie verzeihen, wenn ich dich hier gelassen habe, während die Menschen in Brasania deine Hilfe gebraucht hätten. Suche die Männer, ehe Esmond sie woanders hinschickt.«

»Ich ... werde mehrere Tage unterwegs sein.«

Ich schlucke angestrengt, überspiele es jedoch schnell. Von ihm getrennt zu sein, wird meine Magie randalieren lassen.

»Ich schaffe das«, flüstere ich. »Außerdem bin ich nicht allein.«

Leander ringt noch einen Moment mit sich, dann schließt er seufzend die Augen. »Fulk.«

»Ja, Minher?«

»Du wirst die Prinzessin beschützen, bis ich wieder zurück bin.«

Der Junge nickt. »Egal, gegen wen.«

»Ich werde ihr nicht von der Seite weichen«, sagt Clarice. »Esmond wird nicht an sie herankommen.«

Vorsichtig streicht mir Leander eine klamme Strähne aus der Stirn, während er sich erhebt. »Ich bin so schnell zurück, wie ich kann. Sollte irgendwas geschehen, werdet ihr Fulk nach Brasania schicken, um mich zu holen.«

»Verlass dich auf uns, Leander.« Clarices Stimme klingt fester als meine vorhin. »Die Prinzessin liegt uns auch am Herzen. Wir werden auf sie aufpassen.«

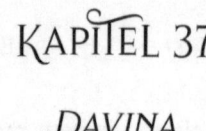

KAPITEL 37

DAVINA

𝒟ie Tage ohne Leander kommen mir endlos und leer vor, auch wenn sich Fulk und Clarice viel Mühe geben, mir die Zeit zu vertreiben. Ich kann praktisch keinen Schritt ohne einen der beiden machen.

Nachdem ich eine Nacht in Leanders Bett geschlafen habe, fühle ich mich fit genug, um das Chaos in meinem Zimmer zu beseitigen. Clarice sieht genauso verzückt zu wie der junge *Ritari*. Bisher haben sie meine Kräfte nur sporadisch zu sehen bekommen, aber nie in diesem Ausmaß.

Nachdem das Eis aus meinem Zimmer verschwunden ist, habe ich keine Ausrede mehr, um in Leanders Bett zu schlafen. Sofort vermisse ich seinen Duft, der Kissen und Decke anhaftete, als ich mich abends in meinem eigenen Bett von einer Seite auf die andere wälze.

Esmond lässt sich nicht blicken. Vielleicht versucht er es, aber ich bekomme ihn nicht zu Gesicht. Stattdessen höre ich ihn im Rosengarten mit seinen Mätressen lachen. Clarice schließt sofort das Fenster, doch ich winke ab. In mir wütet kein eifersüchtiges Stechen.

Meine Gedanken kreisen einzig und allein um Leander. Ich hoffe von ganzem Herzen, dass er zuverlässige und gleichzeitig anständige Soldaten für den Schutz Brasanias findet.

»Meint Ihr, Minher Leander hatte Erfolg?«, fragt Fulk, als hätte er meine Gedanken erraten. Er sitzt auf dem Boden in meinem Zimmer, während Clarice stickt und ich ziellos aus dem Fenster schaue. Ich weiß, dass es ihn anstrengt, über längere Zeit stillzusitzen, aber er weigert sich hartnäckig, etwas anderes zu tun.

»Bestimmt«, sage ich.

»Ich habe Schauergeschichten über manche Einheiten gehört«, murmelt Clarice, ohne von ihrer Stickarbeit aufzusehen. »Wenn sie nur plünderten oder brandschatzten, sprachen die Bewohner von Glück.«

Ich werfe ihr einen finsteren Blick zu. Solche Dinge vor Fulk, der sich um sein Heimatdorf und seine dort lebende Schwester sorgt, finde ich unangebracht.

»Was denn?«, fragt Clarice. »Der Junge ist alt genug, um den Unterschied zu begreifen. Zum Glück eifert er Leander nach und nicht einem dieser Nichtsnutze aus einer anderen Einheit.«

»Ich war bereits mehrmals in Brasania«, sage ich. »Die Frauen dort werden sich behaupten können. Sie löcherten mich sogar nach Tipps, wie sie einen hochrangigen Offizier umgarnen könnten. Ich habe nichts dagegen, wenn einer von ihnen ein stationierter Soldat gefallen sollte. Falls doch etwas in nicht beiderseitigem Einverständnis geschieht ...« Ich halte die Hand an die Fensterscheibe, die sofort mit Eisblumen überzogen ist. »... werde ich mich persönlich darum kümmern, dass es nie wieder vorkommt.«

»Ich habe gehört, dass Ihr diese Drohung auch gegenüber den Beratern ausgesprochen habt«, murmelt Clarice. »Es wurde endlich Zeit, dass jemand diesen aufgeblasenen Wichtigtuern Kontra gibt. Seit Esmond König ist, fühlen sie sich sicher und führen sich auf, als seien sie selbst die Könige. Beim alten König stießen sie mit ihren Forderungen oft auf taube Ohren, aber Esmond ... ist zu jung und unerfahren. Er kennt nur den Kampf gegen die Erdländer, aber bei Entscheidungen, die sein Land und dessen Bewohner betreffen, verlässt er sich zu sehr auf seine Berater.«

Ich seufze. »Und die haben nur ihr eigenes Wohl im Sinn.«

Clarice nickt. »Vielleicht könnt Ihr etwas bewirken, wenn Ihr Königin seid. Ich hoffe es zumindest. Ihr versteht mehr von den Nöten und Bedürfnissen der einfachen Menschen als Esmonds Berater zusammen.«

Auf die bevorstehende Hochzeit angesprochen zu werden, schreckt meine Magie wieder auf. Bisher konnte ich sie ruhig halten und ignorieren, obwohl ich sie unentwegt in meinen Adern spüre. Sie ist stets wachsam und hält Ausschau nach Leander. Ich hoffe, dass ich sie noch eine Weile unterdrücken kann. Zum Glück macht sie mir heute weniger Probleme als gestern.

»Ich werde mein Bestes tun«, murmele ich ausweichend.

Clarice wirft mir einen sorgenvollen Blick zu. »Wie fühlt Ihr Euch, Prinzessin?«

Schnell schaue ich wieder aus dem Fenster. »Es geht mir gut.«

»Ich habe mir Sorgen gemacht, als Ihr neulich fast den ganzen Tag geschlafen habt, nachdem Ihr ... das Zimmer in eine Eislandschaft verwandelt habt. Passiert das öfter?«

Ich zucke mit den Schultern. »Hin und wieder. Wenn ich mich über etwas ärgere oder großem Stress ausgesetzt bin, kann ich meine Magie nicht immer kontrollieren. Ich versuche aber stets irgendwo hinzugehen, wo ich niemandem schaden kann.«

»Leander war bei Euch«, wirft Fulk ein.

Ich schlucke angestrengt. »Ihm ... schadet meine Magie nicht. Und er weiß von den gelegentlichen Ausbrüchen.«

»So wie während des Kampfes gegen die Erdländer in Brasania?«

Mein Kopf ruckt zu ihm herum. »Woher ...?«

Er zuckt mit den Schultern. »Meine Schwester hat es mir in einem Brief erzählt. Ihr habt die Erdländer im Alleingang besiegt, meinte sie. Aber danach wart Ihr ohnmächtig. Das ganze Dorf hat sich Sorgen um Euch gemacht.«

»Gibt es einen Weg, Euch besser an diese Kraft zu gewöhnen?«, fragt Clarice. »So wie ich es verstehe, handelt es sich um wenige Kraftausbrüche. Aber die Magie ist ständig in Euch, oder? Wie fühlt Ihr Euch dabei?«

Ich schlinge beide Arme um mich und lehne die Stirn gegen das Fenster. »Ich muss ständig aufpassen. Vor allem jetzt, wenn ...« Schnell schlucke ich den Rest des Satzes herunter. »Ich muss meine Magie unterdrücken und in mir einschließen. Ansonsten habe ich Angst, dass ich jemanden verletzen könnte.«

»Wisst Ihr«, murmelt die Dienerin, »ich habe mich früher pausenlos mit der Nadel in den Finger gestochen, als ich mit Sticken angefangen habe. Das ist natürlich kein wirklicher Vergleich zu Eurer Eismagie, aber ... mit der Zeit wurde ich besser. Ich habe Tag und Nacht geübt. Irgendwann wurden nicht nur meine Stickbilder besser, ich stach mich auch nicht mehr in den Finger. Ich verstehe, dass Ihr Euch davor fürchtet, anderen zu schaden. Deshalb frage ich mich, ob es einen Weg gibt, Eure Magie ... anderweitig zu befriedigen, anstatt sie nur zu unterdrücken.«

Ich mustere sie aufmerksam. »Was meinst du damit?«

Clarice zuckt mit den Schultern. »Wenn ich etwas unterdrücke, kommt es irgendwann mit doppelter Kraft zurück. Ich habe keine Ahnung von Magie oder davon, wie Ihr Euch fühlt. Ich versuche nur, Eure Lage mit etwas zu vergleichen, was ich begreifen kann. Ich stamme aus einer armen Familie und musste als Kind oft Hunger leiden, bevor ich an den Hof kam. Ich unterdrückte den Hunger mit aller Kraft, aber er kam immer wieder und piesackte mich heftiger als zuvor, bis ich keinen klaren Gedanken mehr fassen konnte.«

»Das ... kommt dem nahe«, murmele ich.

Clarice nickt. »Vielleicht ist es mit Eurer Magie ähnlich. Sie will hinaus. Wenn wir einen Weg finden, wie Ihr sie nutzen könnt, ohne andere in Gefahr zu bringen ... Vielleicht würde Euch das helfen.«

»Ich hätte da schon eine Idee«, kommt es von der Tür aus.

Sofort springe ich auf und auch mein Herz macht einen Satz. »Leander.«

Eine Hand gegen die Brust gedrückt, versuche ich, das viel zu schnelle Schlagen darin zu besänftigen, doch mit jeder Sekunde, die ich meinen *Ritari* anschaue, wird es schlimmer. Er sieht müde aus – das fällt mir zuerst auf. Der Schmutz der Straße klebt ihm fast bis zu den Hüften an der Kleidung. Da er so schnell wieder da ist, wird er sich keine Pause gegönnt haben.

Er nickt Clarice zu, als er ins Zimmer kommt, strubbelt Fulk im Vorbeigehen über den Kopf und beugt vor mir das Knie, während er nach meiner Hand greift und einen Kuss darauf haucht. Ein heißer Schauer schießt mir den Arm hinauf und nistet sich in meinem Bauch ein.

»Prinzessin«, murmelt er, wobei seine Lippen bei jeder Silbe über meine Haut streifen. »Ich freue mich, wieder bei Euch zu sein.«

Ich schlucke krampfhaft die Worte hinunter, die ich eigentlich sagen will. »Ich bin froh, dass du wohlbehalten zurückgekehrt bist. Hast du deinen Auftrag erfüllt?«

Er nickt. »Ich habe zehn meiner alten Kavallerie-Soldaten in Brasania stationiert. Grete hat die Aufsicht über sie. Sobald sich einer danebenbenimmt, wird sie ihm die Leviten lesen.«

»Das klingt hervorragend. Du solltest dennoch in ein paar Tagen nachsehen, ob alles seine Richtigkeit hat.«

Er verstärkt den Griff um meine Hand. »Wollt Ihr mich wieder loswerden?«

Das übermütige Funkeln in seinen eindrucksvollen Augen beschwört einen ganzen Schwarm hitziger Schmetterlinge in meinem Bauch herauf. »Nicht ... so bald«, krächze ich, froh darüber, überhaupt einen Ton herauszubekommen. »Zunächst solltest du ein Bad nehmen und schlafen.« Ich streiche ihm mit der freien Hand durchs zerzauste Haar. »Du siehst müde aus.«

»Ich habe mich beeilt.«

»Ich weiß«, flüstere ich. Ich räuspere mich. »Wenn du ausgeruht bist, höre ich mir gern deine Idee bezüglich meiner Kraft an. Ich bin es leid, dass sie diejenige ist, die mich kontrolliert.«

Leander erhebt sich und ich muss den Kopf ein Stück in den Nacken legen, um zu ihm aufzusehen. Seine direkte Nähe lässt meine Magie vor Freude in meinen Adern summen und verstärkt das Kribbeln nur noch weiter. Meine Muskeln verkrampfen sich, weil ich sie mit aller Macht davon abhalten muss, meinen Körper nur einen Schritt nach vorne zu bewegen, damit ich mich an ihn schmiegen kann.

Mit einem liebevollen Lächeln gleitet Leanders Blick über

mein Gesicht. Ich fühle ihn fast wie eine Berührung seiner Hände.

»Erinnerst du dich daran, als wir im Wald trainiert haben und du dich nicht sonderlich geschickt im Werfen von Dolchen angestellt hast?«, flüstert er leise, sodass Fulk und Clarice ihn nicht hören können.

Ich ziehe eine Augenbraue nach oben. »Vielleicht hatte ich nur einen miesen Lehrmeister.«

Er zuckt mit den Schultern und schmunzelt, als er den Spott in meiner Stimme hört. »Vielleicht war dein Lehrmeister mehr damit beschäftigt, dich anzustarren, als deine Haltung zu korrigieren.«

Kurz spähe ich an Leander vorbei zu Clarice und Fulk, die uns jedoch nicht zu beachten scheinen. »Was sollte mein Lehrmeister denn angestarrt haben?«

Leanders Stimme ist nicht mehr als ein heiseres Flüstern, das mir direkt unter die Haut fährt. »Deinen Hintern, zum Beispiel. Oder deine Ohren. Oder deinen gesamten Körper, der sich ziemlich genau unter dem vom Regen durchweichten Hemd abgezeichnet hat. Du hast nichts druntergetragen.«

Ich schlucke angestrengt und spüre, wie mir Hitze in die Wangen schießt. »Und ... würde es jetzt nicht wieder genauso laufen?«

»Vielleicht«, murmelt er. »Aber gucken ist schließlich erlaubt. Du solltest dir etwas anziehen, worin du reiten kannst.«

»Damit du mich wieder anstarren kannst?«, wispere ich spitz.

Sein schiefes Grinsen beschwört ein erneutes Flattern in meinem Bauch herauf. Die Luft zwischen uns scheint vor Anspannung zu flirren, und ich bin mir sicher, dass es Clarice und sogar Fulk ebenfalls auffallen muss.

»Wirst du schlechter von mir denken, wenn es so ist?«, raunt er. »Wenn ich dich ansehe und mich daran erinnere, wie weich und mühelos sich dein Körper an meinen geschmiegt hat, als ich dich mit dem Rücken gegen die Box in Gretes Stall drückte. Wenn ich mir ins Gedächtnis rufe, wie du dich unter meinen Händen angefühlt hast. Ändert das deine Meinung über mich?«

Ich schließe die Augen und atme zittrig aus. »Nein. Ich denke auch daran und schäme mich nicht dafür.«

»Dann sollten wir nachher trainieren«, sagt er rau. »Ich versuche jedoch erst, eine Stunde Schlaf nachzuholen.«

»Mach zwei draus«, wispere ich. »Du siehst müde aus.«

Er lächelt. »Ich kann nicht mehr schlafen, wenn ich weiß, dass du nicht auf der anderen Seite der Wand bist.«

»Ich bleibe hier«, verspreche ich. »Schlaf.«

Leander macht einen Schritt zurück, legt die Hand die Brust und verbeugt sich vor mir, ehe er das Zimmer mit langen Schritten verlässt. Ich sehe ihm nach und hätte am liebsten laut geseufzt. Er ist wieder da! Und alles hat sich zum Guten gewendet.

Als ich zu Clarice schaue, schmunzelt sie auf ihre Stickerei hinab, und auch Fulk findet das Muster auf dem Teppich plötzlich sehr interessant.

❄

Ein paar Stunden später lasse ich mir von Clarice dabei helfen, das verhasste Feuerlande-Kleid abzulegen und schlüpfe in Gretes Reitkleid. Leander und Fulk warten bereits im Hof auf mich. Hembrant reißt sich sogleich von dem Stallburschen los, der ihn an den Zügeln hielt, und kommt auf mich zu. Mit stürmischer Aufmerksamkeit drückt er den Kopf gegen mich und gibt erst nach, als ich ihn kraule.

»Ich weiß, mein Bester«, murmele ich. »Ich konnte ein paar Tage nicht nach dir sehen.«

»Hembrant braucht Bewegung«, sagt Leander. »Die Stallburschen lässt er nicht an sich heran, und mich erträgt er auch nur, wenn er einen guten Tag hat. Hinter dem Rosengarten gibt es eine Koppel. Und dahinter ist ein Übungsgelände, das eigentlich fürs Bogenschießen gemacht ist.«

»Willst du mir doch Bogenschießen beibringen?«, frage ich.

Leander schüttelt den Kopf. »Ich hatte etwas anderes im Sinn.«

Ich bin mir der Stallburschen und Soldaten und Diener, die hektisch hin und her laufen, vollends bewusst, sonst würde ich zu einer weiteren spitzen Bemerkung ausholen. In seiner Gegenwart steht mir der Sinn auch zu oft nach etwas anderem ...

»Dann bin ich gespannt«, sage ich stattdessen.

Über Leanders Lippen huscht der Anflug eines Lächelns, als wüsste er genau, was mir durch den Kopf geht, ehe er sich auf Eloras Rücken schwingt.

Fulk schaut zweifelnd zwischen seinem Minhern und mir hin und her, entscheidet sich jedoch, zu mir zu kommen, um mir in den Sattel zu helfen.

»Das ist lieb von dir, Fulk«, sage ich und streiche ihm über den lockigen Haarschopf, »aber ich schaffe das schon.«

Ohne Mühe gleite ich in den Sattel, ein Bein auf jeder Seite. Hinter mir höre ich das entsetzte Raunen der Zuschauer, doch ich ignoriere es.

»Ein kleines Rennen bis zum Übungsgelände?«, frage ich meinen *Ritari*.

Leander neigt den Kopf. »Ganz wie meine Lady wünscht.«

✳

Mit Hembrant ist es fast schon zu einfach zu gewinnen. Wie der Wind rennt er die Wege entlang und springt über die niedrigen Zäune hinweg, als wüsste er genau, wohin wir wollen.

Einige Sekunden nach uns erreichen auch Leander und Elora den Treffpunkt. Ich bin immer wieder darüber erstaunt, wie die im Vergleich zu Hembrant zierliche Stute mit meinem weißen Hengst mithalten kann.

»Also, was haben wir hier vor?«, frage ich.

»Zuerst sollten wir auf unsere Aufpasser warten«, entgegnet Leander.

Ich verdrehe die Augen. »Als ob wir die Zeit nicht sinnvoll nutzen könnten ...«

»Davon gehe ich aus, aber ich habe nicht vor, Esmonds Zugeständnisse und Vertrauen zu missbrauchen. Als dein *Ritari* kann ich bei dir sein, Vi, alles andere ist zweitrangig. Wenn aber Gerüchte aufkommen ... Esmond wird sich nicht mit der Erklärung zufriedengeben, dass ein *Ritari* nicht aus seinem Dienst entlassen werden kann.«

Ich seufze. »Du hast ja recht. Und wir hatten uns darauf geeinigt. Aber ich dachte nicht, dass es mir so schwerfallen würde ...«

In diesem Moment kommen Fulk und Clarice auf den Übungsplatz. Beide ringen nach Luft und setzen sich an den Rand, um wieder zu Atem zu kommen.

»Also?« Ich neige den Kopf. »Du hast von einem Training gesprochen.«

Leander nickt. »Nicht nur Hembrant braucht regelmäßig Bewegung. Auch dir wird es guttun, einen Teil deiner Kraft nutzen zu können, anstatt sie in dir einsperren zu müssen. Ich erinnere mich daran, dass du einen Eissplitter formen konntest.«

Ich bewege zwei Finger, und kurz darauf schwebt ein Eissplitter über ihnen, der fast so groß ist wie meine Handfläche und zu beiden Enden spitz zuläuft.

»So in etwa?«

Leander schenkt mir ein zufriedenes Lächeln. »Genau so. Wie oft kannst du das wiederholen?«

Ich zucke mit den Schultern. »Bis auf den Kampf gegen die Erdländer und einige spontane Ausbrüche meiner Kraft, habe ich keine Ahnung, wozu ich wirklich fähig bin oder wie lange ich sie nutzen kann, ehe ich völlig entkräftet bin.«

Leanders Miene verdüstert sich. »Nach dem Angriff der Erdländer auf Brasania warst du einige Stunden ohnmächtig. So weit will ich es auf keinen Fall kommen lassen! Deshalb tasten wir uns langsam an das heran, was du leisten kannst.« Er deutet auf die aufgereihten Zielscheiben, die in verschiedenen Höhen und Abständen angebracht sind. »Ziel des Trainings wird es sein, dass du die Eissplitter zu Pferd auf die Ziele verschießt und triffst. Wir fangen aber klein an. Fürs Erste wirst du Hembrant mehrmals vor den Zielscheiben auf und ab galoppieren lassen.«

Ich ziehe die Augenbrauen hoch. »*Das* nennst du Training? Weder mich noch Hembrant wird es fordern, wenn wir etwas auf und ab galoppieren.«

Leander bedenkt mich mit einem wissenden Grinsen. »Wir werden sehen.«

✽

Schon nach der dritten Wiederholung weiß ich, was Leander meinte. Hembrant beginnt, sich zu langweilen und findet die Grashalme interessanter als erneut die Strecke abzulaufen. Ich habe meine liebe Not, ihn auf Kurs zu halten. Ohne die Zügel zu benutzen, ist es völlig unmöglich, aber die stünden mir nicht zur Verfügung, wenn ich währenddessen Eissplitter beschwören und verschießen sollte.

»Willst du es auf Elora versuchen?«, fragt Leander, als ich Hembrant und mir frustriert eine Pause gönne. »Du wirst einen Unterschied bemerken.«

»Aber auf Hembrant bin ich viel besser eingestellt als auf Elora.«

»Hembrant liebt dich«, sagt Leander. »Daran besteht kein Zweifel. Doch er ist bei Weitem nicht so gut geschult wie Elora und ein Heißsporn noch dazu. Ebenso wie du.« Er neigt den Kopf ein Stück zu mir herunter. »Du hast angenommen, dass du heute schon mit deinen Eissplittern mitten ins Schwarze triffst, oder?«

»Kann sein«, nuschele ich. »Zumindest habe ich nicht bedacht, dass ich ewige Vorarbeit leisten muss. Aber ...« Ich strecke mich ein Stück, bis unsere Nasenspitzen nur noch wenige Zentimeter voneinander entfernt sind. »... das stört mich nicht. Ich habe etwas zu tun und komme aus dieser verdammten Burg heraus. Und ich muss nicht über Dinge nachgrübeln, die ich nicht ändern kann. Es ist selbstverständlich, dass ich für Hembrants Training den besten Pferdeexperten will, den ich kenne.«

»Beschwere dich dann abends nicht, wenn du kaum noch laufen kannst, Prinzessin«, warnt er mich mit einem Grinsen.

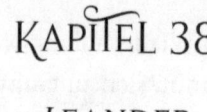

KAPITEL 38

LEANDER

Hembrant gibt ein entrüstetes Wiehern von sich, als Davina einige Wochen später eine Trainingseinheit erneut mit Elora absolviert, damit sie ein Gespür für die Unterschiede der beiden Pferde bekommt und weiß, woran sie mit ihrem noch arbeiten muss. Der weiße Hengst zerrt an den Zügeln, die ich jedoch verbissen festhalte.

»Beruhige dich«, knurre ich, »oder du landest doch noch beim Schlachter.«

Dabei habe ich mehr Verständnis für ihn, als irgendwer vermuten würde. Wenigstens weiß er, dass seine Herrin nach dem Training wieder zu ihm kommt, ihm sanft über die Nüstern streichelt und ihm beruhigende Worte zuflüstert.

Ich muss jeden Abend dabei zusehen, wie Davina neben Esmond sitzt und sich die größte Mühe gibt, ein freundliches Gespräch mit ihm am Laufen zu halten. Mit jedem Abend wird mir bewusst, dass der Tag, an dem sie seine Frau wird – und ich sie für immer verliere –, unaufhaltsam näher rückt. Doch hier draußen, auf dem Trainingsgelände, kann ich diese und ähnliche Gedanken, die mir Nacht für Nacht den Schlaf rauben, weitestgehend verdrängen. Hier genieße ich ihre Nähe, die kleinen Berührungen, wenn ich ihre Haltung korrigieren muss, und ihr Lächeln, das nur für mich bestimmt und nicht aufgesetzt ist wie gegenüber Esmond.

Nach den ersten Trainingseinheiten bin ich dazu übergegangen, ihr zu zeigen, wie sie selbst ein anspruchsvolles Pferd wie Hembrant mit dem Druck ihrer Schenkel lenken kann. Danach konnte sie ein paar Tage nicht mehr richtig laufen, aber Davina ertrug es klaglos und setzte das Training am nächsten Morgen fort. Mir würde spontan mehr als ein Soldat einfallen, der unter fadenscheinigen Gründen das Training geschwänzt hätte. Aber nicht Davina! Sie beißt sich durch, auch wenn ihre Kraft nicht immer ihrem Willen gehorcht und Hembrant lieber nach links läuft als nach rechts.

Nachdem sich herumgesprochen hat, dass Davina hin und wieder ihre Kraft während des Trainings zeigt, haben sich Tag für Tag mehr Zuschauer am Rand des Platzes eingefunden. Clarice, die als unsere Anstandsdame fungiert, ist schnell dazu übergegangen, mit den anderen Mägden zu schnattern, statt uns genau zu beobachten.

Während Davina trainiert, widme ich mich der Ausbildung von Fulk, der mehr als stolz darauf ist, ebenfalls ein *Ritari* zu sein. Es wurde sogar noch schlimmer, seit er den blauen Anzug trägt, den die Schneider für ihn angefertigt haben.

Fulk verehrt die Prinzessin mit einer glühenden Hingabe. Bereits mehrmals habe ich spottend gemeint, dass er sie ansehen würde wie eine Göttin. Als er daraufhin antwortete, dass ich sie genauso anschauen würde, wusste ich nicht mehr, was ich dazu sagen sollte.

»Habt Ihr diesmal an den Sandsack gedacht?«, fragt er mich. »Ich muss meinen Schwertarm stärken, wenn ich die Prinzessin vor den Erdländern beschützen soll.«

Ich runzele die Stirn, während ich dabei zusehe, wie die Prinzessin einen Eissplitter nach dem anderen auf die Zielscheiben abschießt, während sie auf Elora reitet. Ich verkneife mir jedoch den Kommentar, dass sie weder seinen noch meinen Schutz wirklich braucht.

»Tut mir leid, ich habe ihn schon wieder vergessen.«

Fulk seufzt. »Aber wie soll ich dann trainieren?«

Suchend schaue ich mich auf dem Platz um. »Du könntest ...« Doch ich finde beim besten Willen nichts, wogegen er mit seinem Übungsschwert schlagen könnte, um Kraft, Koordination und Ausdauer zu stärken.

Ein paar der Zuschauer nicken mir zu, als mein Blick sie streift. Heute sind es schon wieder mehr als gestern. Einige klatschen, als Davinas Splitter ihr Ziel treffen. Manche gehen daneben, aber so langsam hat sie den Dreh raus. Nun muss sie das Timing nur noch auf Hembrant hinkriegen.

Der weiße Hengst ruckt am Zügel, als Davina absteigt und mit Elora auf uns zukommt. Sie sieht abgekämpft aus wie meistens nach dem Training, aber sie lächelt und ihre tiefblauen Augen strahlen vor Freude, als sie mich ansieht.

Jeden Tag nehme ich mir vor, die Übungen abzubrechen, sobald ich die ersten Ermüdungserscheinungen bei ihr sehe, doch ich befürchte, deswegen von ihr ausgeschimpft zu werden. Nur ein Mal habe ich gewagt, sie zu fragen, ob sie eine Pause machen will. Sofort bekam ich eine Kostprobe des eiskalten Blickes, vor dem Esmond sich fürchtet.

»Ist ja gut, mein Großer«, murmelt Davina, als Hembrant besitzergreifend den Kopf an ihrer Schulter reibt. »Wie weit seid ihr mit dem Training?«

Ich zucke mit den Schultern. »Ich habe den Sandsack vergessen. Daher sind wir genauso weit wie vorher.«

Fulk bläst entrüstet die Wangen auf. »Ich werde nie besser, wenn mein Minher mein Training weiter vernachlässigt. Einer der anderen Knappen darf schon im Übungskampf gegen seinen Herrn antreten, während ich nicht einmal auf eine Attrappe einprügeln darf.«

Ein Schmunzeln lauert in Davinas Mundwinkel. »Du möchtest also auf deinen Herrn einprügeln?«

Fulks Blick huscht unsicher zu mir und schließlich wieder zu Davina zurück. »Das ... meinte ich nicht so. Ich wollte nur ...«

»Vielleicht kann ich dir dabei helfen.« Sie zwinkert ihm zu, woraufhin sich eine tiefe Röte über seinen Wangen ausbreitet. Ich verdrehe die Augen. »In einer alten Geschichte über meine Großmutter hieß es, dass sie mit ihrer Magie eine Rüstung erschaffen konnte. Nachdem ich tagelang nichts als Eissplitter erschaffen und verschossen habe, kann ich etwas Abwechslung gebrauchen.«

»Eine Rüstung?«, frage ich.

Davina wiegt den Kopf hin und her. »Es war wohl eher so etwas wie ein Brustpanzer aus Eis. Ich weiß nicht, ob du dich darin überhaupt bewegen kannst, aber ich würde es gern versuchen.«

Ihrem flehentlichen Blick habe ich nichts entgegenzusetzen, also nicke ich. Kurz darauf liegt ihre Hand auf meinem Herzen, das bei der Berührung gleich schneller schlägt. Langsam breitet sich unter ihrer Handfläche eine Eisschicht aus, die über meine Brust, den Bauch und schließlich den Rücken verläuft.

»Ist dir kalt?«, murmelt sie.

»Nein«, flüstere ich und inhaliere ihren Duft.

Ihre Magie macht mir nichts aus und ich spüre keine Kälte von ihr ausgehen. Selbiges gilt auch für die Eisblumen, die regelmäßig die Scheiben ihres Zimmers oder die des Speisesaals zieren, wenn Esmond während des Abendessens wieder eine taktlose Bemerkung über seine Mätressen gemacht hat. Im Gegensatz zu den anderen Anwesenden, die schon erzittern, wenn sich Davinas Magie ausbreitet, spüre ich nichts davon.

»Versuche, dich zu bewegen«, sagt Davina, nachdem sie ihre Hand zurückgezogen hat.

Tatsächlich behindert mich der Brustschutz aus Eis kaum in meinen Bewegungen, sogar noch weniger als es ein Brustpanzer aus Eisen tun würde.

Sie winkt Fulk herbei. »Lass uns sehen, wie viel das Eis aushält.«

Mit etwas zu viel Enthusiasmus schlägt Fulk mit seinem stumpfen Übungsschwert auf mich ein. Ich spüre zwar den Stoß und den Aufprall, aber abgesehen davon nichts.

»Dann könnt ihr noch ein wenig trainieren«, sagt Davina. »Ich bringe Hembrant und Elora in den Stall.«

»Ist alles in Ordnung?« Ich mustere ihr blasses Gesicht.

Sie nickt. »Das Training war heute ziemlich anstrengend. Nichts, was ein heißes Bad und etwas Schlaf nicht richten könnten.«

Ich nehme mir vor, nachher bei ihr vorbeizuschauen und mich davon zu überzeugen, dass sie wirklich nur erschöpft ist, doch fürs Erste lasse ich sie gehen. Wir sind seit Stunden hier. Selbst ich spüre das Training bereits in den Knochen, aber ich muss noch ein wenig durchhalten.

Elora folgt Davina und Hembrant brav wie ein Lämmchen, und auch Clarice huscht mit der Prinzessin vom Trainingsplatz. Nach und nach zerstreuen sich die Zuschauer. Nur ein paar Soldaten bleiben zurück und sehen Fulks Training zu.

Als Davina nicht mehr in Sichtweite ist, fällt ihr Eiszauber in sich zusammen und ich handele mir einen schmerzhaften Hieb von Fulk ein.

»E-Entschuldigt, Minher«, stammelt der Junge sofort.

Ich beiße die Zähne zusammen. »Schon gut. Ich konnte auch nicht mehr rechtzeitig reagieren.«

»Lasst uns für heute Schluss machen«, murmelt Fulk. »Es hat keinen Sinn, wenn ich nur Trockenübungen machen kann.« Sein Blick huscht zur Burg. »Die Prinzessin sah müde aus.«

»Es sind nur noch ein paar Tage«, entgegne ich leise.

»Ein paar Tage?«

»Bis zu ihrer Hochzeit.«

Schnell verdränge ich den Gedanken. Es reicht, wenn er mich wieder heimsucht, sobald ich im Bett so weit wie möglich an der äußeren Kanteliege, weil ich weiß, dass uns nur die paar Zentimeter der verdammten Wand voneinander trennen.

Wir sind dazu übergegangen, nachts, bevor wir einschlafen, dreimal kurz gegen die Wand zu klopfen. Kurz, lang, kurz. Das ist unsere Art, dem anderen zu sagen, was wir empfinden, ohne Worte zu benutzen, die ein Dritter hören könnte.

Immer wieder sage ich mir, dass ich froh über jede Kleinigkeit sein soll, die ich von ihr bekomme: ein Blick, ein Lächeln, ein Wort, eine kurze Berührung. Ich sollte mich glücklich darüber schätzen. Doch der größte und lauteste Teil von mir schreit, dass es nicht reicht. Dass ich sie ganz will, nicht nur gestohlene Augenblicke.

»Das mit der Eisrüstung war echt beeindruckend«, sagt einer der Soldaten jenseits der Absperrung.

Ich kenne ihn nur flüchtig vom Sehen. Seit ich nicht mehr für die Kavallerie zuständig bin, habe ich mir nicht die Mühe gemacht, die neuen Rekruten kennenzulernen, aber ich habe gehört, dass sie nicht die beste Moral haben sollen. Esmond ist derart verzweifelt wegen der Attacken der Erdländer, dass er so ziemlich jeden in seinen Reihen willkommen heißt und ihm einen Sold zahlt, der manchen Landadligen vor Neid erblassen lässt. Hier am Feuerhof bekomme ich von den Übergriffen der Erdländer nur sporadisch etwas mit, denn Esmond weigert sich, Davina oder mich erneut an einer Besprechung teilnehmen zu lassen.

Ich will gerade nicken und dann meiner Wege gehen, als einer der anderen tönt: »Was meint ihr? Ob die Eisprinzessin überall so frostig ist? Oder ob sie sich an gewissen Stellen für einen Mann erwärmen kann?«

Sofort versteife ich mich und ziehe scharf die Luft ein. Meine Hand schießt zu meinem Schwert, das normalerweise an meiner Seite hängt, doch zum Training habe ich es in der Burg zurückgelassen.

»Fulk«, knurre ich. »Pack unsere Sachen zusammen und bring sie in unser Zimmer.«

Verwirrt schaut der Junge, der nicht vollends begriffen hat, was der Soldat meinte, von mir zu der Gruppe Männer. Doch ich sehe ihm an, dass er ahnt, in welche Richtung sich das Gespräch entwickelt.

Ich hoffe inständig, dass die Kerle ihre Klappe halten, doch den Gefallen tun sie mir nicht.

»Mich würde es nicht wundern, wenn ihre Muschi gespickt mit Eissplittern wäre, die man erst mühsam beseitigen muss.«

Nun schnappt auch Fulk nach Luft und wirbelt zu den Männern herum. »Hört auf der Stelle auf, so über meine Lady zu sprechen!«

Die Soldaten brechen in schallendes Gelächter aus. »Oder was, Kleiner? Du bist noch zu grün hinter den Ohren, aber die älteren Burschen und Männer stellen sich alle vor, wie es ist, einmal mit der Prinzessin ...« Er macht eine obszöne Geste mit den Händen.

Ich spüre meine Adern an Stirn und Hals vor Wut pochen. »Haltet sofort euer dreckiges Maul!«

»Ach, kommt schon, Leander!«, sagt einer von ihnen grinsend. »Als ob Ihr noch nicht darüber nachgedacht hättet! Ihr wärt doch der Erste, der in ihr Bett kriechen würde, wenn sie es Euch erlaubte. Und dann könntet Ihr uns anderen erzählen, ob sie ...«

Weiter kommt er nicht, da meine Faust mit einem lauten Krachen in seinem Gesicht landet. Ich spüre den Schmerz nicht, der sich vermutlich gerade meine Schulter hinauffrisst. Da ist nichts als rasender Zorn, der durch meine Adern pumpt und mich handeln lässt.

Noch ehe ihr Kamerad zu Boden geht, stürzen sich die übrigen drei auf mich. Aus den Augenwinkeln sehe ich, dass Fulk sich kratzend und beißend gegen einen von ihnen behauptet.

Mehrmals fange ich mir einige Hiebe ins Gesicht und den Magen ein, doch ich teile mindestens genauso viele aus. Jedes Mal, wenn meine Fäuste auf ein Hindernis treffen, das unter ihrer Wucht nachgibt, durchströmt mich ein Hochgefühl.

Ich bremse mich nicht. Ich denke nicht darüber nach, welchen Schaden ich anrichten könnte. Das Einzige, was ich will, ist, dass diese Idioten nie wieder auf irgendeine Weise an Davina denken, die ich nicht gutheiße. Wenn nötig, werde ich ihnen sämtliche Vorstellungskraft aus den Köpfen prügeln!

Ein lauter Pfiff reißt mich aus meinem Blutrausch. Nur mühsam kämpfe ich mich zurück in die Realität.

»Was, bei allen Göttern, ist hier los?«, donnert Esmonds laute Stimme.

Ich brauche mehrere Anläufe, um mich auf ihn zu konzentrieren. Er sitzt auf einem herrlichen Rappen, den ich selbst für ihn ausgewählt habe, und wird von zwei seiner Mätressen flankiert.

Mein nächster Blick gilt Fulk, der sich auf die Füße kämpft und vor dem König verbeugt. Der Junge hat ziemlich was abgekriegt. Ich sehe wahrscheinlich um Einiges schlimmer aus.

»Ihr werdet euch alle sechs in der Halle einfinden und mir erklären, was dieses Verhalten zu bedeuten hat«, grollt Esmond, ehe er seinem Pferd die Fersen in die Flanken drückt.

Beim Aufstehen spucke ich Blut aus. Mein ganzes Gesicht pocht vor Schmerz und ich sehe verschwommen. Doch sollte einer der Kerle es wagen, auch nur noch den Mund aufzumachen, werde ich mich erneut auf ihn stürzen.

»Komm, Fulk«, murmele ich angestrengt, weil mir mein Kiefer nicht gehorcht. »Wir sollten den König nicht warten lassen. Doch zuerst müssen wir uns den Schlamm abwaschen.«

Fulk nickt. »Wenn die Prinzessin sieht, dass die schönen Anzüge dreckig sind, wird sie traurig werden.«

Ich fahre ihm mit einer Hand über den Kopf und humpele an seiner Seite vom Übungsplatz, begleitet vom Stöhnen und Jammern der vier Soldaten.

✳

Fulk und ich knien seit einer gefühlten Ewigkeit in der großen Halle, bis endlich die Soldaten eintreffen. Sie stützen einander, und ich bemerke mit wachsender Zufriedenheit, dass sie alle ziemlich mitgenommen aussehen. Kratzspuren ziehen sich quer übers Gesicht des einen, während die Nase des anderen gebrochen sein dürfte.

Wie wahrscheinlich meine auch.

Ich hatte noch nicht den Mut, sie zu befühlen, sondern habe mich nur davon überzeugt, dass Fulk soweit in Ordnung ist. Stolz hat er mir die vordere Zahnlücke gezeigt, wo ihm während der Rangelei der letzte verbliebene Milchzahn ausgeschlagen wurde. Er meinte, die anderen Knappen würden ihn morgen darum beneiden.

In sicherer Entfernung zu uns lassen sich die Soldaten auf dem harten Marmor nieder und neigen die Köpfe vor Esmond, der uns von seinem Thron aus wie ein drohender Sturm beobachtet. Bisher hat er kein Wort gesagt, doch nicht einmal ich konnte seinem Blick standhalten.

Das Verhältnis zwischen uns hat sich seit der Besprechung neulich merklich abgekühlt. Ich werde ihm nie verzeihen, dass er Davina geschlagen hat, so wie er mir nie verzeihen wird, dass ich die Waffe gegen ihn gezogen habe. Auch jetzt habe ich nicht das geringste Bedürfnis, vor ihm zu knien, doch da ich keinen weiteren Vorfall provozieren will, tue ich, was von mir erwartet wird. Hoffentlich kommt Davina nicht zu Ohren, dass ihre *Ritari* vor den König zitiert wurden ...

»Da mir keiner von euch vorhin antworten wollte, frage ich noch einmal«, grollt Esmond. »Was ging da draußen vor sich? Ihr wisst ganz genau, dass ich keine Streitereien in meinen eigenen Reihen dulde!«

Ehe einer von den Soldaten den Mund aufmachen kann, wird die Tür zum Saal aufgestoßen und Davina kommt hereingerauscht wie ein Eiswind. Sie trägt nun ein helles, luftiges Kleid, das sich sanft an ihren Körper schmiegt und so gar nicht der gängigen Mode entspricht, dass Esmond das Gesicht verzieht. Doch Davina bemerkt es nicht, denn ihr Blick ruht nur auf mir. Sorge und Angst huschen über ihre Miene, als sie meinen und Fulks Zustand sieht.

»Was ist passiert?«, will sie wissen.

»Ja, das würde mich auch interessieren«, brummt Esmond, der offenbar nicht erfreut über die Unterbrechung seiner Verlobten ist. »Leander? Ich höre.«

Ich räuspere mich. »Verzeiht, mein König, aber ich möchte in Gegenwart der Prinzessin nicht wiederholen, was die Männer dort drüben gesagt haben.«

»Wir haben nur die Ehre unserer Lady verteidigt«, fügt Fulk hinzu.

Davinas Schritte sind steif, als sie auf uns zukommt und sich vor uns kniet. Sanft hebt sie erst Fulks Kopf mit einem Finger an und begutachtet ihn von allen Seiten, und schließlich meinen. Die Sorge in ihrem Blick, als sie meine Wunden und Blessuren betrachtet, lässt mir das Herz schwer werden.

»Meine tapferen *Ritari*«, flüstert sie.

Mit zwei Fingern greift sie nach meiner Nase und zieht kurz daran. Ich will aufschreien, doch sofort lindert ein kühler Eiszauber meine Schmerzen.

»Entschuldige«, murmelt sie, »aber ich wollte nicht riskieren, dass sie schief zusammenwächst.«

Anschließend streicht sie mit dem Daumen über meine Wangen und die Stirn, wo ich am meisten abbekommen habe. Wieder spüre ich den kühlen Zauber, mit dem sie in Brasania bereits die Stichwunde geheilt hat. Zuletzt greift sie nach meinen Händen und pustet vorsichtig über die aufgeschürften und blutigen Fingerknochen. Die Haut schließt sich sofort.

Dann wendet sie sich an Fulk, doch der Junge hebt abwehrend die Hände. »Ich danke Euch, Prinzessin, aber ich habe längst nicht so viel einstecken müssen wie mein Minher. Die paar Blessuren trage ich mit Stolz.«

Davina lehnt sich vor und küsst ihn auf die Stirn. »Hab Dank, mein junger *Ritari*.«

Errötend senkt Fulk den Blick und murmelt etwas, was ich nicht genau verstehen kann.

Als sich Davina zu den Soldaten dreht, weicht jede Milde aus ihrer Miene. Noch während sie aufsteht, umtost sie ein kalter Nebel. Schnell schiebe ich Fulk hinter mich.

»Prinzessin«, sagt derjenige, gegen den ich den ersten Treffen gelandet habe. »Auch wir haben einiges abbekommen. Wie wäre es, wenn Ihr uns ebenfalls dabei helft, diesen unsäglichen Vorfall zu vergessen?« Das widerliche Grinsen seiner Kumpanen weckt in mir den Wunsch, wieder auf sie loszugehen und ihnen diesmal die Kiefer zu brechen, damit sie so schnell nichts mehr angrinsen können. »Eure ... wie nennt ihr sie? ... *Ritari* verstehen keinen Spaß.«

Davinas Mundwinkel zucken. »Weißt du, wer noch keinen Spaß versteht? Ich.«

Sie streckt den Arm aus, bewegt die Finger – und im nächsten Moment wird der Soldat durch den halben Saal geschleudert und kracht gegen eine Säule. Die übrigen Männer weichen ängstlich vor ihr zurück, doch sie schreitet hoheitsvoll auf den weggeschleuderten Soldaten zu, der sich mühsam wieder aufrappelt.

»Ich verstehe keinen Spaß, wenn es um meine *Ritari* geht. Was auch immer du und deine Spießgesellen gesagt haben, meine *Ritari* werden einen Grund gehabt haben, euch am Weiterreden zu hindern.«

Sie beschwört einen Eissplitter, dessen Spitze sie dem Kerl direkt an den Hals hält.

Er schluckt hektisch und presst sich mit dem Rücken gegen die Säule.

»Solltet ihr mir noch einmal unter die Augen oder mir ein an den Haaren herbeigezogenes Gerücht zu Ohren kommen, wird niemand da sein, der meine *Ritari* zurückhält. Und ich werde ihnen helfen. Habe ich mich klar ausgedrückt?«

»J-Ja, Prinzessin«, stammelt er.

Der Eissplitter verschwindet und Davina wendet sich ohne ein weiteres Wort von dem Soldaten ab. Zwischen Fulk und mir bleibt sie stehen. Ihre linke Hand ruht auf Fulks Haarschopf, während die rechte auf meiner Schulter liegt.

»War das dann alles, mein König?«, fragt sie Esmond, der den Ausbruch seiner Frau mit großen Augen verfolgt hat.

»Ich ... ähm ...« Unruhig rutscht er auf seinem Thron hin und her. »Ich denke noch über die Bestrafung nach.«

»Bestrafung?«, fragt Davina scharf. »Dafür, dass sie meine Ehre verteidigt haben?«

Esmond sinkt in sich zusammen. »Nun, ich ... Wahrscheinlich kann ich eine Ausnahme machen.«

»Gut.« Sie zieht ihre Hände zurück und nickt uns zu. »Folgt mir.«

*

Wie getrieben hastet Davina durch die Gänge zu unseren Gemächern. Vor meinem und Fulks bleibt sie stehen.

»Fulk«, murmelt sie. »Geh nach nebenan und sag Clarice, dass ich sie sehen will.«

Der Junge verneigt sich und huscht ins Nebenzimmer, während ich Davina in unseres bitte.

»Was haben sie gesagt?«, fragt sie leise.

»Ich will es nicht wiederholen.« Ich greife nach ihrer Hand.

»Nichts, worüber du dir Sorgen machen müsstest. Keine Gerüchte. Nur … das dumme Geschwätz notgeiler Kerle.«

»Aber es war schlimm genug, dass du und Fulk euch geprügelt habt. Meinetwegen.«

»Ich würde es wieder tun.«

Schnell lasse ich ihre Hand los, als Fulk mit Clarice im Schlepptau ins Zimmer geplatzt kommt. Die Dienerin gähnt und mustert ihre Herrin mit gerunzelter Stirn.

»Warum lauft Ihr im Nachthemd herum, Herrin?«

Sofort rauscht mir das Blut heiß durch die Adern, während ich mich davon abhalten will, sie mir genauer anzusehen. Ich sollte es nicht tun, doch ich bin machtlos gegen mein eigenes Verlangen. Was ich vorhin für das luftige Sommerkleid einer Frau, die nur die Kälte Fryskes kennt, gehalten habe, entpuppt sich bei näherem Hinsehen als hellblaues Nachtgewand ohne Unterkleid oder Mieder. Sanft umspielt es ihre Form, während eine lockere Schnürung am Hals den Ansatz ihrer Brüste preisgibt. Ich schlucke hektisch und stecke die Hände in die Hosentaschen, damit ich sie nicht nach ihr ausstrecke.

»Ich konnte nicht schlafen«, murmelt Davina entschuldigend auf Clarices Frage hin. »Und zufällig habe ich vom Rosengarten die Stimmen der Mätressen gehört. Sie sagten, dass Esmond meine *Ritari* und eine Handvoll anderer Soldaten in die große Halle zitiert hätte. Du verstehst sicher, dass ich mich nicht damit aufhalten konnte, mich erst noch angemessen zu kleiden.«

Clarice plustert die Wangen auf. »Aber ein Überwurf oder Umhang hätte Euch nicht geschadet, Prinzessin.«

Davina verdreht die Augen. »Niemand wird mir etwas weggucken.«

Mit einem Seufzen gibt Clarice auf. »Warum sind wir hier?«

»Ich will mir Leanders Verletzungen ansehen.«

Ich blinzele verwirrt. »Das hast du doch schon getan.« Ich bin so durch den Wind, dass ich vergesse, sie auf die gebührende Weise anzusprechen, wie ich es normalerweise tue, wenn wir nicht unter uns sind.

»Die im Gesicht, aber nicht die unter deiner Kleidung.« Sie deutet mit einer Kinnbewegung auf die blaue Jacke. »Runter damit.«

»Prinzessin ...«, murmelt Clarice leicht pikiert, weil ich den Mund nicht aufbekomme.

»Was, Clarice? Du standest hinter mir, als wir und bestimmt zehn Schneiderinnen Leander während der Anprobe mit freiem Oberkörper gesehen haben. Du und Fulk seid hier, damit es keine seltsamen Gerüchte gibt. Es geht mir nur darum auszuschließen, dass er noch mehr Verletzungen von diesen Idioten davongetragen hat. Ich will nicht riskieren, dass mein *Ritari* die nächsten Tage ausfällt, weil er eine angeknackste Rippe oder gar innere Blutungen hat.«

Clarice reibt sich über die Stirn. »Na schön ... Wenn es unbedingt sein muss.«

Mit steifen Bewegungen streife ich zuerst die blaue Jacke ab und ziehe mir dann das Hemd über den Kopf. Meine Haut prickelt, als ich Davinas Blick auf mir spüre. Wieder und wieder rufe ich mir ins Gedächtnis, dass wir nicht allein sind, obwohl Fulk und Clarice weit in den Hintergrund rücken, während Davina mich eingehend betrachtet. Es könnten auch hundert Anstandsdamen im Zimmer stehen und ich würde trotzdem auf meine Lady reagieren. Schnell verlagere ich das Gewicht, damit es ihr nicht ebenfalls auffällt. Als sie mit der Hand über meine Brust gleitet, wird es noch schlimmer. Meine Muskeln erzittern unter ihren sanften Berührungen.

»Das sieht übel aus«, murmelt sie, als sie über die Stelle streicht, an der mich Fulk mit dem Übungsschwert erwischt hat. Die Haut schillert dort in verschiedenen Lilatönen.

»Das war keiner von denen«, sage ich leise. »Deine Eisrüstung ist verschwunden, sobald du außer Sichtweite warst, und Fulk konnte den Angriff nicht mehr stoppen.«

Etwas fester reibt sie über die Stelle, sodass ich die Zähne zusammenbeißen muss.

»Entschuldige. Es dürfte gleich besser werden.«

Tatsächlich verschwindet der Schmerz nur wenige Augenblicke später und auch die Haut nimmt wieder die gewohnte Farbe an.

»Bei allen Göttern, ist das eisig kalt hier drin!«, brummt Clarice und reibt sich mit beiden Händen über die Arme. »Ich hole Euch einen Umhang.«

»Den roten«, sagt Davina, ohne den Blick von mir zu nehmen. »Es muss der rote sein.«

Clarice verschwindet aus dem Zimmer.

»Ich habe keinen roten Umhang«, wispert Davina, als sie zu mir aufschaut.

Mein Herzschlag legt einen Zahn zu. »Fulk. Geh hinunter in die Küche und hol für dich und mich eine von diesen Tinkturen der Köchin.«

»Aber ich brauche keine ...«

Ich werfe ihm nur einen Blick über Davinas Kopf hinweg zu, der ihn dazu veranlasst, sofort aus dem Zimmer zu huschen.

Als die Tür hinter ihm ins Schloss fällt, stößt Davina den Atem aus und lehnt die Stirn gegen meine Schulter. Ich schlinge beide Arme um sie und ziehe sie fest an mich.

»Wann waren wir zuletzt allein?«, murmelt sie.

»Keine Ahnung.«

Vorsichtig streiche ich über ihre Seite. Der Stoff ihres Nachthemds ist so dünn, dass ich durch ihn hindurch deutlich ihre Körperwärme spüren kann. Die andere Hand lege ich an ihre Wange und drehe ihren Kopf zu mir.

»Nicht«, wispert sie nur einen Hauch von meinen Lippen entfernt. »Bitte küss mich nicht.«

Sofort ziehe ich mich zurück, doch der Stich, den mir ihre Worte versetzen, lässt mich nach Luft schnappen. Schnell verschränkt sie die Arme in meinem Nacken und zieht mich wieder zu sich.

»Das meinte ich nicht«, murmelt sie. »Es ist nur … Ich habe dich jetzt seit unserer Rückkehr aus Fryske nicht mehr geküsst. Das ist fast einen Monat her. Wenn ich … dich jetzt küsse, befürchte ich, dass ich nicht mehr damit aufhören kann, egal, wer durch diese verdammte Tür kommt.«

»Vi«, hauche ich.

Flink, aber sanft huschen ihre Hände über meine Schultern und Arme, um schließlich wieder an meiner Brust zu ruhen.

»Was hat dich so wütend gemacht, dass du dachtest, du könntest es ohne Waffe mit vier Soldaten aufnehmen?«

Ich stoße den Atem aus. »Die Wahrheit«, antworte ich. »Die Wahrheit ist immer schrecklicher, wenn man sie von jemand anderem ins Gesicht geschleudert bekommt. Sie haben auch eine Menge Blödsinn gesagt, aber letztendlich war es die Wahrheit, die mich jedwede Zurückhaltung vergessen ließ.«

Der Blick aus ihren blauen Augen ist unergründlich, als sie zu mir aufblickt. »Und was war die Wahrheit?«

Mit einem gequälten Seufzen lehne ich die Stirn an ihre und schlucke angestrengt. Ich will ihr nicht antworten, aber die Worte entschlüpfen mir dennoch. »Sie sagten, dass ich der Erste wäre, der in dein Bett steigen würde, sofern du mich lassen würdest. Sie haben recht. Ich erwische mich jeden Tag bei der Frage, wie sich dein Körper wohl unter meinem anfühlt. Ich frage mich, ob du überall genauso süß schmeckst wie du riechst. Ich will wissen, welche kleinen Geräusche du von dir gibst, wenn ich dich berühre – *richtig* berühre. Und ich hasse mich selbst dafür.«

Sie erschauert bei meinen Worten und ich rechne damit, dass sie mich von sich stoßen wird. Kein Ritter – und vor allem kein *Ritari* – sollte auf diese Weise an eine Lady denken, erst recht nicht, wenn die Lady verlobt und die zukünftige Königin ist.

Ich wünschte, ich könnte diese Gedanken einfach abstellen und sie auf die gleiche Weise verehren wie Fulk.

Doch ich weiß, wie sich ihre Lippen auf meinen anfühlen. Ich weiß, wie seidig ihr Haar ist, wenn es durch meine Finger gleitet. Ich weiß, wie weich ihr Körper ist, wenn er sich an meinen schmiegt, als würde er viel zu perfekt dazu passen.

Davina greift nach meiner Hand und legt sie an ihre Wange. Ich schaue zu ihr auf, als sie mir einen Kuss auf die Handfläche haucht.

»Ich frage mich fast dasselbe«, gibt sie leise zu. »Ich frage mich, wie wir nur in diese schreckliche Situation geraten konnten. Warum wir nicht einfach zusammen sein können. Warum ich dich nicht küssen kann, wann immer ich will.«

Langsam schiebt sie meine Hand nach unten, bis sie direkt an ihrer Brust liegt, die sich deutlich unter dem Nachthemd abzeichnet. Ich schlucke trocken, während ein heißer Schauer nach dem anderen durch mich hindurchjagt.

»Ich frage mich«, wispert sie, »warum du mich noch nie *richtig* berührt *hast*.«

Die Antwort auf ihre letzte Frage liegt mir bereits auf der Zunge. *Weil du die Prinzessin bist. Weil du verlobt bist – mit meinem besten Freund. Weil ich dich niemals haben kann.*

Jede Antwort ist richtig und doch falsch. Keiner will diese Heirat – weder Davina noch ich und Esmond ebenso wenig. Und doch sind wir aus unterschiedlichen Gründen an die Entscheidung anderer gekettet, die es nicht kümmert, was wir denken und fühlen. Entscheidungen von Königinnen und Königen, die das Wohl und die Zukunft ihres Landes im Hinterkopf haben. Hehre Ziele, in denen die Gefühle eines Einzelnen keinen Platz finden.

»Weil ich befürchte, dass ich nicht mehr aufhören kann, wenn ich dich berühre«, wispere ich und nutze die gleichen Worte wie sie vorhin.

»Willst du, dass ich bettele?«, haucht sie.

»Nein. Das müsstest du nicht. Ich versuche nur krampfhaft, das Richtige zu tun. Ich bin stolz, dein *Ritari* und dadurch ständig in deiner Nähe sein zu dürfen. Ich will dieses Privileg nicht mit ... körperlichem Verlangen verspielen.«

»Also quälen wir uns weiter mit Fragen, auf die wir keine Antwort erhalten?«

»Haben wir eine andere Wahl?«, halte ich dagegen.

Sie wendet den Blick ab und lässt die Hand sinken. »Nein.«

Ich stoße den Atem aus – erleichtert und enttäuscht gleichermaßen – und ziehe mir wieder das Hemd über.

»Leander«, murmelt sie. »Ich liebe dich. Ich würde mir nie verzeihen, wenn du unglücklich bist. Wenn du ...« Sie schluckt angestrengt. »... ein anderes Leben für dich wünschst – in Brasania oder mit ... einer Frau, die du küssen und berühren kannst, wann immer du willst –, dann verstehe ich das. Ich gebe dich frei.«

Ich starre sie an und sie senkt eilig den Blick. Einerseits berührt mich ihr Angebot, andererseits stößt es mich vor den Kopf, und für die Dauer einiger heftiger Herzschläge weiß ich nicht, wie ich darauf reagieren soll.

»Du willst, dass ich gehe? Dass ich mir eine andere suche?«, frage ich schärfer als beabsichtigt.

»Nein«, sagt sie sofort. »Aber ... reicht es nicht, wenn ich unglücklich bin? Du hast bereits so viel verloren. Deine Familie ... Deine Burg ... Ich will dir nicht noch deine Zukunft stehlen.«

Mit einem großen Schritt bin ich bei ihr und umschließe ihr Gesicht mit beiden Händen. »Ich habe hier alles, was ich will.«

Tränen sammeln sich in ihren Augen und über uns tanzt ein Schneegestöber. »Aber ich kann niemals dir gehören. Und du wirst nie mir gehören. Ich will nicht, dass du irgendwann denkst, dass du meinetwegen irgendwas verpasst hast.«

Ich lehne mich vor und küsse sie auf die Stirn, die Nasenspitze und den Mundwinkel. Ein leises Wimmern kommt ihr über die Lippen. »Ich habe in den letzten Jahren sehr viel verpasst. Du hast mich aus diesem Loch der Rache und Verzweiflung herausgezogen und mir gezeigt, dass es auch für mich einen anderen Weg geben kann. Und diesem Weg werde ich folgen – mit allen Konsequenzen.«

Mit einem Schluchzen presst sie das Gesicht gegen meinen Hals. »Ich weiß nicht, womit ich dich verdient habe.«

Ich streiche ihr beruhigend über den Rücken. »In diesem Leben mag uns kein Glück vergönnt sein. Vielleicht haben die

Götter ein Einsehen und gewähren uns eine zweite Chance. Bis dahin ... genieße ich alles, was ich von dir bekommen kann. Und sei es nur ein kurzer Blick oder ein Lächeln. Alles ist besser, als gänzlich darauf zu verzichten.«

KAPITEL 39

DAVINA

Ganz gleich, mit wie viel Training ich mich ablenke: Der Tag der Hochzeit rückt mit unaufhaltsamer Geschwindigkeit näher. Daran ändert es auch nichts, dass ich täglich fast bis zur Erschöpfung übe, um die Angst in meinem Inneren zu bändigen.

Bereits Tage vorher beginnen eifrige Diener damit, die gesamte Burg zu schmücken. Aufwendige Blumengestecke und rote Girlanden säumen die Treppen und Eingänge, während ich mich in sämtlichen Böden spiegeln kann.

Zwei Tage vor der Hochzeit werde ich zum Schneidermeister gerufen, der mir voller Stolz die Hässlichkeit präsentiert, in der ich den Mann heiraten soll, den ich nicht heiraten will. Ein weißes, unförmiges Kleid mit Puffärmeln und mehreren Lagen Rüschen und Spitzen, das bis unters Kinn geschlossen ist und mir das Atmen erschwert.

Als ich vor dem Spiegel stehe, wirkt meine sowieso helle Haut aschfahl, beinahe kränklich. Der Stoff bauscht sich unvorteilhaft um meine Hüften, und meine zierliche Gestalt versinkt fast darin.

Die anwesenden Schneiderinnen kommen aus dem Staunen nicht mehr heraus. Sie loben die Arbeit ihres Meisters und beteuern, wie wundervoll mir das Kleid stünde. Ich beiße fest die Zähne zusammen, um sie nicht alle anzuschreien und mir das verdammte Ding vom Leib zu reißen.

Nur Clarice, die ein paar Schritte hinter mir steht, schweigt. Sie ist die Einzige, die etwas von meiner inneren Zerrissenheit zu spüren scheint. Die letzten Wochen ist sie von meiner Anstandsdame zu einer Freundin geworden. Selbst als ich sie wegschickte, um mir den roten Umhang zu holen, den ich nicht besitze, ist sie gegangen, obwohl sie meine Garderobe wahrscheinlich besser kennt als ich selbst. Sie ahnt etwas, aber ich habe nicht die Kraft, ihre Bedenken zu zerstreuen.

Ich will nur die verdammte Hochzeit endlich hinter mich bringen und damit der direkten Befehlsgewalt meiner Eltern entgehen.

Ob ich hingegen mit Esmond fertigwerde und tatsächlich etwas bewirken kann, wie Clarice es hofft, weiß ich nicht. Oder ob ich es überhaupt will.

»Ich denke, das genügt«, sagt Clarice.

»Aber die Prinzessin hat noch nichts zum Kleid gesagt«, wirft der Schneidermeister ein.

»Sie ist überwältigt, seht Ihr das nicht?« Sie deutet auf mich im Spiegel. »Und nun zieht ihr das Kleid aus. Wir müssen uns noch um weitere Vorbereitungen kümmern.«

Ich schmuggele ein dankbares Nicken in ihre Richtung, während sich drei Schneiderinnen damit abmühen, mir aus der Scheußlichkeit zu helfen.

✱

»Ich wusste nicht, dass wir noch Vorbereitungen haben«, sage ich zu Clarice, als wir endlich die Schneiderstuben verlassen.

Sie zuckt mit den Schultern und lächelt verschwörerisch. »Ihr werdet schon sehen, was ich meine.«

Mit einem mulmigen Gefühl folge ich ihr aus der Burg hinaus in den Hof. Dort entdecke ich zuerst Leander, der inmitten einer Gruppe Menschen steht. Wie immer fesselt er meine gesamte Aufmerksamkeit, sodass ich erst mit einiger Verspätung erkenne, wer sich um ihn geschart hat.

Während ich noch völlig überrumpelt mitten im Hof stehe, kommt die kleine Ulara wie ein Blitz auf mich zugerannt. Ich gehe ihn die Hocke, damit sie mir um den Hals fallen kann. Ihre geflochtenen Zöpfe kitzeln mir in der Nase.

»Vi!«, jauchzt sie mir ins Ohr, als ich sie auf den Arm nehme und mich aufrichte.

»Was machst du denn hier?«, frage ich das Mädchen.

»Jemand war der Meinung, dass zu deiner Hochzeit auch Leute anwesend sein sollten, die du magst«, brummt Grete neben mir. Mit einem Kopfnicken deutet sie auf Leander, der sich abseits hält, mich aber mit einem liebevollen Lächeln bedenkt. »Und da er recht hat, sind alle, die im Dorf entbehrlich waren, gekommen.«

Ich schaue von ihr zu Waldur und Ularas großer Schwester Anja und einigen anderen jungen Frauen, die mich am ersten Abend in ihrer Mitte willkommen hießen.

Vorsichtig lasse ich Ulara runter. »Ich freue mich, dass ihr hier seid.«

Grete winkt ab und mustert mich von oben bis unten. »Was machen deine Verletzungen?«

»Sie sind gut verheilt, dank deiner Salbe.«

»Sind keine neuen hinzugekommen?«

»Nein«, sage ich ausweichend.

Die alte Heilerin nickt und murmelt: »Weil dein persönliches Heilmittel in der Nähe war.«

Sofort versteife ich mich und schaue unauffällig nach rechts und links.

»Grete«, brummt Waldur. »Wir sind nicht in Brasania. Hier musst du aufpassen, was du sagst.«

Die Alte stößt ein Schnauben aus. »Ich begreife nicht, wie es euch bis heute gelungen ist, die Sache geheim zu halten. Selbst ein Blinder bemerkt, wie ihr euch anseht.«

»Wir sind ... vorsichtig«, flüstere ich.

Grete verzieht den Mund. »Wenn das eure Version von vorsichtig ist, will ich nicht wissen, wie es aussieht, wenn ihr unvorsichtig seid.« Sie zuckt mit den Schultern. »Wahrscheinlich so wie in meinem Stall.«

Ich verdrehe die Augen. »Das wirst du uns ewig vorhalten, oder?«

»Worauf du dich verlassen kannst.«

»Jetzt bin ich neugierig«, murmelt Waldur. »Was ist im Stall passiert?«

»Nichts, was dich etwas anginge«, brummt Leander, der zu uns getreten ist. Er senkt die Stimme. »Und bitte, passt auf, was ihr hier sagt. Auch wenn es für euch offensichtlich ist, konnten wir bisher jedes Gerücht im Keim ersticken, weil wir nie allein sind.«

Möglichst unauffällig streiche ich mit dem Finger über seinen Handrücken. »Danke, dass du sie hergebracht hast. Das bedeutet mir wirklich viel.«

Er neigt den Kopf ein Stück zu mir herunter. »Gern geschehen, Prinzessin.«

»Das ... ist alles?«, fragt Waldur verwundert, aber zum Glück leise. »Mehr kommt nicht? Kein Kuss, kein ...«

»Nein«, murmele ich, ohne den Blick von Leander zu nehmen. »Das ist alles.«

KAPITEL 40

LEANDER

Die Idee, einige Dorfbewohner aus Brasania kommen zu lassen, war spontan und ich wusste nicht, wie Davina darauf reagieren würde, doch ihr Lächeln ließ alle Zweifel verblassen. Ich hatte auch Gawain, dem *Ritari* ihrer Mutter, vor einigen Wochen geschrieben und ihn eingeladen, aber er sagte ab, weil er seine Lady nicht allein lassen könne. Wenigstens bedeutete dies, dass Davinas Eltern nicht kommen würden.

Am Tag der Hochzeit gleicht die Burg einem bunten Bienenstock. Fulk und ich flüchten in die Ställe und helfen dabei, die Pferde der Gäste zu versorgen. Die Stallburschen mustern mich mit großen Augen und tuscheln hinter vorgehaltener Hand, warum ich mich zu solch niederen Arbeiten hinreißen lasse.

Mir ist alles recht, solange es mich beschäftigt und davon abhält, etwas Dummes zu tun.

»Minher«, murmelt Fulk, während er Elora striegelt und ich versuche, Hembrant zu füttern. Letzterer ist nicht erbaut davon, dass seine Herrin ihn seit Tagen vernachlässigt. Was ich durchaus nachvollziehen kann. »Ist Euch auch aufgefallen, dass die Prinzessin ... blasser ist als gewöhnlich? Sie lächelt auch weniger und wirkt ... abwesend.«

Ich habe gehofft, dass Fulk zu jung ist, um derlei Dinge zu bemerken, doch offenbar lag ich falsch. »Sie ist bestimmt nur nervös.«

Der Junge schüttelt den Kopf. »Sie kommt mir nicht nervös vor. Eher ... traurig.«

»Das bildest du dir nur ein.«

»Ihr wirkt auch traurig. Und wütend.«

Ich halte mitten in der Bewegung inne.

»Viele der Burschen hatten in den letzten Wochen regelrecht Angst vor Euch«, fährt der Junge fort. »Ich manchmal auch, wenn ich ehrlich bin. Aber ich möchte auch nicht, dass die Prinzessin König Esmond heiratet.«

»Fulk«, zische ich. »So was darfst du nicht sagen!«

»Warum nicht?« Er legt den Striegel zurück in den Korb zu den anderen. »Er hat sie geschlagen. Und er kommt mir nicht so vor, als würde er die Prinzessin lieben. Er verehrt sie nicht einmal halb so sehr wie wir.« Fulk nickt, um seine eigenen Worte zu unterstreichen. »Bestimmt wäre die Prinzessin glücklicher, wenn ich sie heiraten würde. Oder Ihr, Minher.«

Ich müsste ihn zurechtweisen. Ihm sagen, dass er niemals wieder etwas Ähnliches auch nur denken soll. Stattdessen gehe ich zu ihm und lege ihm beide Hände auf die Schultern.

»Wir bekommen nicht immer das, was wir wollen«, murmele ich. »Das wirst du eines Tages verstehen. Manchmal müssen wir Entscheidungen treffen, die wir nie treffen wollen. Entscheidungen, die zum Wohle aller gedacht sind, uns selbst jedoch zerstören. Doch wir müssen sie ertragen.«

Er zieht die Nase kraus. »Ihr habt recht, ich verstehe es nicht. Versteht Ihr es?«

»Nicht immer«, gebe ich zu. »Aber ich klammere mich an den Gedanken, dass die Götter schon wissen, was sie tun, wenn sie uns schwere Prüfungen auferlegen.«

»Und wenn sie es nicht wissen?«

Ich zucke mit den Schultern. »Dann können wir nur irgendwie weitermachen.«

*

Kurz vor der Mittagszeit hat es keinen Sinn mehr, sich zu verstecken. Gemeinsam mit Fulk gehe ich in unser Zimmer, wo wir unsere *Ritari*-Anzüge anziehen. Als ich den Hemdkragen schließe, habe ich das Gefühl zu ersticken. Es verschwindet auch nicht, als ich den Kragen lockere.

Fulk müht sich damit ab, seine Locken zu entwirren, während ich nur einen flüchtigen Blick in den Spiegel werfe und einmal mit der Hand durchs Haar fahre.

Ein Klopfen an der Tür lässt uns zusammenfahren. Noch bevor ich den Ankömmling hereinbitten kann, steckt Clarice den Kopf ins Zimmer. »Es ist gleich so weit. Wir erwarten euch nebenan.«

Ein eisiger, fester Knoten bildet sich in meinem Magen, als ich steif nicke.

Der Tag, vor dem ich mich seit Wochen gefürchtet habe, ist gekommen. Die Frau, die ich liebe, wird einen anderen heiraten. Ein anderer wird das Recht haben, sie zu küssen und zu berühren und ihr nahe zu sein, während ich es stumm ertragen muss.

Wieder einmal verfluche ich mich dafür, bei Hofe geblieben zu sein. Ich hätte gehen und mir diesen Schmerz ersparen können.

Doch die Wahrheit ist, dass ich ihn nur gegen einen anderen Schmerz eingetauscht hätte. Ich könnte es mir nie verzeihen, wenn ich Davina allein bei Hofe gelassen hätte – inmitten von Intrigen und eigennützigen Beratern und eifersüchtigen Mätressen. Als ihr *Ritari* kann ich sie zumindest vor diesen Einflüssen beschützen.

»Kommt Ihr?«, fragt Fulk von der Tür aus.

Meine Hände sind eiskalt, als ich das letzte Mal den Sitz meiner Kleidung überprüfe und dem Jungen ins Nebenzimmer folge.

✻

Davina sitzt in einem Albtraum aus weißem Tüll, der sich um ihre Gestalt bauscht, auf einem Stuhl mitten im Zimmer, während Clarice und Anja um sie herumschwirren. Ohne eine Miene zu verziehen, starrt sie in den Spiegel und lässt das Zupfen an ihren Haaren klaglos über sich ergehen.

»Sie sieht aus, als müsste sie zu ihrer eigenen Hinrichtung«, murmelt Fulk mir verschwörerisch zu, als wir das Zimmer betreten.

»Schick seht Ihr aus, Leander«, begrüßt mich Anja. »Und du auch, Fulk. Wie ein richtiger Ritter.«

»*Ritari*«, verbessert sie der Junge.

Anja zuckt mit den Schultern und schiebt eine letzte Spange in Davinas helles Haar. »So, das wäre geschafft.« Sie streckt die Hand nach Ulara aus, die ein Körbchen voller Rosenblüten umklammert hält. »Komm, wir müssen los, damit du der Prinzessin mit deinen Blüten den Weg zu ihrem Bräutigam zeigen kannst.«

Ulara runzelt die Stirn und schaut von mir zu Davina und wieder zurück. »Aber sie muss doch nur ein paar Schritte machen.«

Erschrocken zieht Anja die Luft ein und legt eine Hand über den Mund ihrer kleinen Schwester. »Entschuldigung«, murmelt sie. »Ulara, du weißt doch, dass die Prinzessin den König heiratet. Deswegen sind wir hier, erinnerst du dich?«

»Warum?«, kräht die Kleine. »Sie ist doch Leanders ...«

Ehe sie den Satz beenden kann, ist Davina aufgesprungen und hat sich vor das Mädchen gekniet. »Weißt du noch, was ich dir gesagt habe, als ich dir die gefrorene Rose geschenkt habe?«

Ulara nickt. »Dass ich die Blüten verstreuen soll, wenn ich wieder verloren gehe. Du hast mir versprochen, dass du mich dann findest. Ich habe die Blüten verstreut, aber du bist nicht gekommen.«

»Ich konnte hier nicht weg. Aber jetzt brauche ich deine Hilfe. Diesmal bin ich diejenige, die den Weg finden muss. Gehst du voraus und verstreust die Blüten, damit ich es schaffe?«

Davina bewegt die Finger und beschwört einen leichten Eiszauber, der sich sofort um die roten Blütenblätter legt.

Ulara nickt feierlich und lässt sich von ihrer Schwester nach draußen führen.

»Die Kleine hat ausgesprochen, was alle hier im Raum denken«, sagt Clarice zu meiner Überraschung in die entstandene Stille hinein. »Nun schaut mich nicht so an, Prinzessin! Ich kenne zwar nicht die ganze Geschichte, aber ich weiß, dass Ihr nichts für den König empfindet.«

Davinas Bewegungen sind steif, als sie sich erhebt. »Können wir es bitte trotzdem hinter uns bringen, ehe ich mich aus dem Fenster stürze, um mein Leiden zu verkürzen?«

»Ihr könntet einfach sagen, dass Ihr ihn nicht wollt«, meint Clarice.

Davina gibt ein gepresstes Lachen von sich. »Warum bin ich noch nicht selbst auf diese glorreiche Idee gekommen?« Sie seufzt und reibt sich mit der Hand über die Stirn. »Entschuldige, ich ... wollte dich nicht verspotten. Es gibt Gründe, warum ich diese Ehe eingehen muss. Belassen wir es dabei.«

Clarice nickt zögerlich. »Dann sollten wir jetzt gehen.«

Sie hilft Davina mit der Schleppe. Ich schaffe es nicht, sie anzusehen. Anders als sie habe ich nicht einen solchen Willen in mir und könnte nicht erhobenen Hauptes in mein Verderben gehen. Ich bin froh, dass ich hier stehen kann, ohne auf irgendwas einzuschlagen oder meiner Verzweiflung anderweitig Luft zu machen.

Als sie schon fast zur Tür hinaus ist, höre ich hinter mir, dass sie dreimal gegen den Türrahmen klopft. Kurz, lang, kurz. Ich stoße die angehaltene Luft aus. Mit ihr entweicht auch ein Teil der Wut, die in mir brodelt. Nur der Schmerz in der Brust will einfach nicht verschwinden.

Ich hebe die Hand und klopfe ebenfalls dreimal gegen den Schrank neben mir.

Drei Klopfzeichen. Drei Worte. *Ich liebe dich.*

Kurz darauf verhallen Davinas Schritte im Flur. Grete und Waldur kommen zu mir und legen mir nacheinander die Hand auf die Schulter.

»Es tut mir leid, mein Junge«, murmelt Grete unerwartet sanft.

»Halte für sie den Kopf oben«, sagt Waldur. »Sie braucht deine Stütze mehr denn je.«

Ich nicke beiden zu und sehe ihnen stumm nach, als sie das Zimmer verlassen.

»Wir müssen auch gehen.« Fulks Stimme klingt belegt.

Ich will nicht gehen. Ich will nicht dabei zusehen, wie sie schwört, einen anderen zu lieben und zu ehren. Ich will

nicht noch einmal miterleben, wie ein anderer sie küsst. Ich
will mich irgendwo verstecken und nie wieder hervorkom-
men.

»Ja«, sage ich. »Die Prinzessin wartet auf uns.«

DANKSAGUNG

Die Idee zu »Frozen Crowns« entstand ganz spontan. Ich wusste, dass ich unbedingt wieder eine Geschichte über eine verbotene Liebe schreiben wollte – und welche »Vorlage« passt da besser als Lancelot und Guinevere aus der Arthus-Sage? Dazu gesellte sich etwas Eismagie, da es in meinem vorherigen Buch um Feuer ging und ich Abwechslung wollte.

Anfangs sollte »Frozen Crowns« ein Einzelband werden. Ich hatte sogar Angst, kein ganzes Buch mit der groben Idee füllen zu können, doch die Geschichte um Davina, Leander, Fulk, Grete, Waldur und die anderen verselbstständigte sich schnell, und ich bin dem Loomlight-Verlag mehr als dankbar für sein Vertrauen. Keine maximale Wort- oder Seitenanzahl. Keinerlei Vorgaben. Nichts beflügelt meine Kreativität mehr als ein »Mach du mal und wir schauen dann«. Tausend Dank für die tatkräftige Unterstützung vor und während des Releases. Und natürlich für das wundervolle Cover vom Covergott Alexander Kopainski himself! Es ist das mit Abstand schönste in meinem Regal. Für die Erfüllung zwei meiner größten Träume – einer davon ist dieses Hardcover – gibt es keine Worte, um meine Dankbarkeit auszudrücken.

Ich hatte völlig freie Hand, wenngleich ich mich ein wenig vor meinem ersten Jugendbuch fürchtete. Ich konnte das

Seufzen meiner Lektorin Claudia Wuttke bis zu mir hören, wenn sie wieder eine Mail von mir bekam, in der ich nachfragte, ob ich dies oder jenes durfte. Sie sagte mir zwar immer wieder, dass ich mir keine Sorgen machen solle, aber das tat ich trotzdem. Danke für deine Geduld mit mir!

Meine Testleserinnen Rica, Rina, Alex, Jenny, Janina, Laura, Pauline, Ariane und Jessi sind die Ersten, die meine Geschichten in die Finger kriegen. Und jedes Mal sitze ich aufs Neue Minuten später bangend am Handy oder vor dem Bildschirm und harre auf eine Reaktion, auch wenn ich weiß, dass sie erstmal lesen müssen. Ich danke euch, dass ihr Leander und Davina genauso ins Herz geschlossen habt wie ich.

Ein ganz dickes Danke geht an meine #FrozenCrew, die mir beim Release so wunderbar unter die Arme gegriffen hat. Danke für eure tollen Ideen und Beiträge, die Fryske und die Feuerlande so viel lebendiger gemacht haben.

Auch wenn er es nie lesen wird, danke ich wie immer auch meinem Mann dafür, dass er mich nur noch ganz selten mit merkwürdigen Blicken ansieht, wenn ich mitten beim Essen oder während einer Unterhaltung aufspringe und wahlweise gleich zum Laptop oder zum Notizbuch renne. Danke, dass du mir den Rücken freihältst, wenn ich gerade in einer Szene feststecke oder noch nicht wieder aus meiner eigenen Welt auftauchen will.

Danke auch an meine Hunde, die mich in regelmäßigen Abständen daran erinnern, dass ich noch nicht mit der Tastatur verwachsen bin und Sauerstoff nicht überbewertet wird.

Danke an all meine Unterstützer:innen bei Patreon, allen voran Vanessa, Katharina, Ricarda, Lisa, Klara, Sandra, Angela, Jaqueline, Deborah, Büsra, Tanja, Ngoc Anh und Priscilla.

Wie immer geht last but not least mein Dank an meine Leser:innen und Blogger:innen, die zu Davinas Geschichte gegriffen und sie auf ihren Abenteuern begleitet haben. Ich hoffe, ihr hattet beim Lesen genauso viel Spaß wie ich beim Schreiben! Und vielleicht sehen wir uns nicht nur in Band 2, sondern auch in weiteren Geschichten wieder. Ich freue mich!

Alles Liebe
Asuka

Lionera, Asuka
Frozen Crowns
Ein Kuss aus Eis und Schnee
ISBN 978 3 522 50714 1

Umschlaggestaltung: Alexander Kopainski
unter Verwendung von Bildern von shutterstock.com
Lektorat: Claudia Wuttke
Innentypografie: Kadja Gericke unter Verwendung eines Motivs
von shutterstock.com
Reproduktion: DIGIZWO Kessler + Kienzle GbR, Stuttgart
Druck und Bindung: GGP Media GmbH, Pößneck

Die Originalausgabe dieses Buches erschien erstmals als E-Book
bei Loomlight im Jahr 2020.
© 2021 Planet!
in der Thienemann-Esslinger Verlag GmbH, Stuttgart
2. Auflage 2021

Eisreich

Erdreich

Bras

Jordenort